中印经典和当代作品
互译出版项目
CHINA-INDIA TRANSLATION PROJECT

谢克尔传

Shekhar: Ek Jeevani

【印】阿格叶耶◎著
郭童◎译

中国大百科全书出版社

图字：01-2020-0766

图书在版编目（CIP）数据

谢克尔传 /（印）阿格叶耶著；郭童译. — 北京：中国大百科全书出版社，2021.3

中印经典和当代作品互译出版项目

ISBN 978-7-5202-0938-0

I. ①谢⋯ II. ①阿⋯ ②郭⋯ Ⅲ. ①传记小说—印度—现代 IV. ①I351.45

中国版本图书馆CIP数据核字（2021）第036161号

出 版 人 刘国辉
审　　校 薛克翘　姜景奎
责任编辑 董淑芳
封面设计 许润泽　叶少勇
责任印制 魏　婷
出版发行 中国大百科全书出版社
地　　址 北京阜成门北大街17号　　**邮政编码** 100037
电　　话 010-88390636
网　　址 http：//www.ecph.com.cn
印　　刷 北京地大彩印有限公司
开　　本 710 毫米 × 1000 毫米　1/16
印　　张 43.5
字　　数 503千字
印　　次 2021 年 3 月第 1 版　2021 年 3 月第 1 次印刷
书　　号 ISBN 978-7-5202-0938-0
定　　价 138.00 元

中印经典和当代作品互译出版项目
中方专家组

主　　编	薛克翘　刘　建　姜景奎
执行主编	姜景奎
特约编审	黎跃进　阿妮达·夏尔马（印度）
	邓　兵　B.R. 狄伯杰（印度）
	石海军　苏林达尔·古马尔（印度）

总序：印度经典的汉译

一、概念界定

何谓经典？经，“织也”，本义为织物的纵线，与“纬”相对，后被引申为典范之作。典，在甲骨文中上面是“册”字，下面是“大”字，本义为重要的文献，例如传说中五帝留下的文献即为“五典”[①]。《尔雅·释言》中有“典，经也”一说，可见早在战国到西汉初，“经”“典”二字已经成为近义词，“经典”也被用作一个双音节词。

先秦诸子的著作中有不少以“经”为名，例如《老子》中有《道经》和《德经》，故也名为《道德经》，《墨子》中亦有《墨经》。汉罢黜百家之后，“经”或者“经典”日益成为儒家权威著作的代称。例如《白虎通》有“五经何谓？谓《易》《尚书》《诗》《礼》《春秋》也”一说，《汉书·孙宝传》有“周公上圣，召公大贤。尚犹有不相说，著于经典，两不相损”一说。然而，由印度传来的佛教打破了儒家对这一术语的垄断。自汉译《四十二章经》以来，“经”便逐

① “典，五帝之书也。”——《说文》

渐成为梵语词 sutra 的标准对应汉译，“经典”也被用以翻译“佛法”（dharma）[①]。随着佛教在中国的传播和发展，类似以“经典”指称佛教权威著作的说法也多了起来。[②]到了近代，随着西学的传入，“经典”不再局限于儒释道三教，而是用以泛指权威、影响力持久的著作。

来自印度的佛教虽然影响了汉语“经典”一词的语义沿革，但这又可以反过来帮助界定何为印度经典。汉译佛经具体作品的名称多以 sutra 对应“经”，但在一般表述中，“佛经”往往也囊括经、律（vinaya）、论（abhidharma）三藏。例如法显译《摩诃僧祇律》（*Mahasanghika-vinaya*）、玄奘译《瑜伽师地论》（*Yogacarabhumi-sastra*），均被收录在“大藏经”之中，其工作也统称为“译经”。来华译经的西域及印度学者多为佛教徒，故多以佛教典籍为“经典”。不过也有一些非佛教徒印度学者将非佛教著作翻译为汉语，亦多冠以“经”之名，其中不乏相对世俗、与具体宗教义理不太相关的作品，例如《婆罗门天文经》《婆罗门算经》《啰嚩拏说救疗小儿疾病经》（*Ravankumaratantra*）等。如此，仅就译名对应来说，古代汉语所说的“经典”可与 sutra, vinaya, abhidharma, sastra, tantra 等梵语词对应，这也基本囊括了印度古代大多数经典之作。

然而，古代中印文化交流也有一定的局限性，若以现在对经典的理解以及对印度了解的实际情况来看，吠陀、梵书、森林书、奥义书、往世书等古代宗教文献，两大史诗、古典梵语文学著作等文学作品，以及与语法、天文、法律、政治、艺术等相关的专门论著都是印度经典不可或缺的部分。从语言来看，除梵语外，巴利语、波罗克利特语、阿波布朗舍语等古代语言，伯勒杰语、阿沃提语等中世纪语言，印地语、孟加拉语、乌尔都语等现代语言，以及殖民时期被引入印度并在印度生根发芽的英语都在不同的历史时期承载了印度经典的传承。

---

① “又睹诸佛，圣主师子，演说经典，微妙第一。”——《妙法莲华经》卷一《序品》（T09, no. 262, c18-19）

② “佛涅槃后，世界空虚，惟是经典，与众生俱。”——白居易《苏州重玄寺法华院石壁经碑》

二、古代中国对印度经典的汉译

经典翻译，是将他者文明的经典之作译为自己的语言，以资了解、学习，乃至融合、吸纳。这一文化行为首先需要一个作为不同于自己的“他者”客体具有足以令主体倾慕的经典之作，然后需要主体“有意识”地开展翻译工作。印度文明在宗教、哲学、医学、天文等方面的经典之作具有较高的知识水平，在不同时代对中国社会各阶层产生了独特的吸引力。中印文明很早就有了互通记录，有着甚深渊源，在商品贸易、神话传说、天文历法等方面已有学者尝试考证。[①] 随着张骞出使西域，佛教传法僧远来东土，中印之间逐渐建立起“自觉”的往来，古代中国对印度经典的汉译也在汉代以佛经翻译的形式得以展开。

1. 佛教经典汉译

毫无争议，自已佚的《浮屠经》[②] 以来，佛教经典汉译在古代中国对印度经典的翻译中占有主流地位。译经人既有佛教僧人，也有在家居士，既有本土学者，也有西域、印度的传法僧人。仅以《大唐开元释教录》以及《贞元新定释教目录》的统计为例，从东汉永平十年至唐贞元十六年，这 734 年间，先后有 185 名重要的译师翻译了佛经 2 412 部 7 352 卷（见表 1)，成为人类历史上少有的翻译壮举。

---

① 季羡林:《中印文化交流史》（北京：新华出版社，1993 年）及薛克翘:《中国印度文化交流史》（北京：昆仑出版社，2008 年）中部分内容均介绍了相关观点。

② 学术界关于第一部汉译佛经的认定，历来观点不一。不少学者认为,《四十二章经》是第一部汉译佛经；但有学者经过考证发现，西汉哀帝元寿元年（公元前 2 年）大月氏使臣伊存口授的《浮屠经》应该是第一部，可惜原本失佚，后世知之甚少。目前，学术界基本倾向于认为《浮屠经》为第一部汉译佛经，并已意识到《浮屠经》在中国佛教史及学术史上的重要地位。参见方广錩:《〈浮屠经〉考》,《法音》, 1998 年第 6 期。

表 1　东汉至唐代汉译佛经规模①

朝代	年代	历时	重要译师人数	部数	卷数
东汉	永平十年至延康元年	154 年	12	292	395
魏	黄初元年至咸熙二年	46 年	5	12	18
吴	黄武元年至天纪四年	59 年	5	189	417
西晋	泰始元年至建兴四年	52 年	12	333	590
东晋	建武元年至元熙二年	104 年	16	168	468
前秦	皇始元年至太初九年	45 年	6	15	197
后秦	白雀元年至永和三年	34 年	5	94	624
西秦	建义元年至永弘四年	47 年	1	56	110
前凉	永宁元年至咸安六年	76 年	1	4	6
北凉	永安元年至承和七年	39 年	9	82	311
南朝宋	永初元年至升明三年	60 年	22	465	717
南齐	建元元年至中兴二年	24 年	7	12	33
南朝梁	天监元年至太平二年	56 年	8	46	201
北朝魏	皇始元年至东魏武定八年	155 年	12	83	274
北齐	天保元年至承光元年	28 年	2	8	52
北周	闵帝元年至大定元年	25 年	4	14	29
南朝陈	永定元年至祯明三年	33 年	3	40	133
隋	开皇元年至义宁二年	38 年	9	64	301
唐②	武德元年至贞元十六年	183 年	46	435	2 476

自东汉以后的约 6 个世纪中，大量佛教经典被译为汉语，其历程与佛教在中国的传播历程基本同步。在这一过程中，涌现出许多重要译师，仅译经 50 部或 100 卷以上的译师就有 16 人（见表 2），其中又以鸠摩罗什、真谛、玄奘、义净、不空做出的贡献最为卓越，故此他们被称为“汉传佛教五大译师”。他们的生平事迹和具体贡献在许多佛教典籍中均有叙述，此不赘述。

---

① 本表主要依据《大唐开元释教录》整理而成，其中唐代的数据引用的是《贞元新定释教目录》。

② 唐代数据至德宗贞元十六年（800）为止，并不完整。但考虑到贞元年后，大规模译经基本停止，故此数据亦有相当高的参考价值，至贞元十六年，唐代已经译经 435 部 2 476 卷，足以确立其在中国译经史上的地位

表 2　译经 50 部或 100 卷以上的译师

时代	朝代	人名	译经部数	译经卷数
三国西晋	吴	支谦	88	118
	西晋	竺法护	175	354
东晋十六国	东晋	竺昙无兰	61	63
		瞿昙僧伽提婆	5	118
		佛陀跋陀罗	13	125
	北凉	昙无谶	19	131
	后秦	鸠摩罗什	74	384
南北朝	宋	求那跋陀罗	52	134
	陈	真谛	38	118
	北魏	菩提留支	30	101
隋唐	隋	阇那崛多	39	192
	唐	玄奘	76	1 347
		实叉难陀	19	107
		义净	68	239
		菩提流志	53	110
		不空	111	143

自唐德宗之后，译经事业由于政局等多方面因素影响而受阻，此后又经历了唐武宗和后周世宗两次灭佛，佛教在中国的发展受到冲击。直到 982 年，随着天竺僧人天灾息和施护的到访，北宋朝廷才重开译经院，此时距唐德宗年间已有约两百年，天灾息等僧人不得不借助朝廷的力量重新召集各地梵学僧，培养本土翻译人才。在此后的约半个世纪中，他们总计译出五百余卷佛经。此后，汉地虽有零星译经，却再也不复早年盛况，古代中国对印度经典的汉译逐渐落下帷幕。

2. 非佛教经典汉译

佛教经典汉译占据了古代中国对古代印度经典汉译的主流，除此之外，其他一些印度经典也被译为汉语。这些文献大致可以分为两类：一类是在翻译佛教经典的过程中无意之中被译为汉语的，尤其是佛教文献中所穿插的印度民间故事等。[①] 一类是在翻译佛教经典之外，有意翻译的非佛教经典，例如婆罗门教哲学、天文学、医学著作等，尽管数量无法与佛教经典相提并论，但这些非佛教经典的翻译在一定程度上体现了古代中华文明对古代印度文明的关注开始逐渐由佛教辐射到印度文明的其他领域，不过从译者的宗教信仰以及对经典的选择来看，这类汉译大部分是佛教经典翻译的附属产品。

3. 其他哲学经典汉译

佛教自产生以来，与印度其他思潮之间既有争论，也有共通之处。因而在佛教经典的汉译过程中，中国人也逐渐接触到古代印度的其他哲学。有关这些哲学派别的基本介绍散见于包括佛经、梵语工具书、僧人传记的作品中，例如《百论疏》对吠陀、吠陀支、数论、胜论、瑜伽论，甚至与论释天文、地理、算术、兵法、音乐法、医法的各种学派相关的记载、注释和批判也可以在这些作品中找到。[②] 很有可能出于佛教对数论派和胜论派知识的尊重，以及辨析外道与佛法差别的需要等原因，真谛和玄奘才分别译出了数论派的《金七十论》和胜论派的《胜宗十句义论》。[③] 这两部经典的汉译在一定程度上拓宽了中国知识界对印度哲学的视野，但其翻译在很大程度上受到了佛教对其他哲学派别好恶的影响，依然是在佛教经典汉译的主导思路下完成的。

4. 非哲学经典汉译

除宗教哲学经典外，古代印度的天文学、数学、医学在人类科

---

① 新文化运动以来，这一领域已有多部论著问世，此不赘述。

② 宫静：《谈汉文佛经中的印度哲学史料——兼谈印度哲学对中国思想的影响》，《南亚研究》，1985 年第 4 期，第 52~59 页。

③《金七十论》译自数论派的主要经典《数论颂》（*Samkhya-karika*），相传为三四世纪自在黑（Isvarakrsna）所作。《胜宗十句义论》的梵文原本已佚，从内容看属于胜论派较早的经典著作。参见黄心川：《印度数论哲学述评——汉译〈金七十论〉与梵文〈数论颂〉对比研究》，《南亚研究》，1983 年第 3 期，第 1~11 页。

学史上也具有重要地位，其中一些著作也被译为汉语。古代印度天文学经典多以佛教经典的形式由传法僧译出。[①] 隋唐时期，天文学著作汉译逐渐出现了由非佛教徒印度天文学家主导的潮流。据《隋书》记载，印度天文著作有《婆罗门天文经》《婆罗门竭伽仙人天文说》《婆罗门天文》。[②] 瞿昙氏（Gautama）、迦叶氏（Kasyapa）和拘摩罗氏（Kumara）三个印度天文学家氏族曾先后任职于唐代天文机构太史阁，其中瞿昙氏的瞿昙悉达翻译了印度天文学经典 *Navagraha-siddhanta*，即《九执历》。[③] 此外，印度的医学、数学、艺术经典也因其实用价值通过不同渠道被介绍到中国，其中一些著作或部分或完整地被译为汉语。

5. 落幕与影响

中国古代的印度经典汉译在唐代达到巅峰，此后逐渐走向低谷，无论是数量还是质量都难以达到唐代的水平。造成这一现象的原因主要有两个方面：一方面，唐代中后期，阿拉伯帝国的崛起以及唐朝与吐蕃关系的恶化阻断了中印之间两条重要的陆路通道：西域道和吐蕃道，之后五代十国以及宋代时期，这两条通道均未能恢复，只有南海道保持畅通。[④] 另一方面，中国宗教哲学的发展和印度佛教的密教化这两种趋势决定了中国对印度佛教经典的需求逐渐下降。在近千年的历程中，佛教由一个依附于黄老信仰的外来宗教逐渐在汉地生根发芽，成为汉地宗教生活不可缺少的一部分，其作为“中国佛教”的独立性日益增强。甚至权威如玄奘，也不能将沿袭至那烂陀寺戒贤大师

---

① 例如安世高译《佛说摩邓女经》、支谦等译《摩登伽经》、竺法护译《舍头谏太子二十八宿经》等。

②《隋书・经籍志》，北京：中华书局，1982 年，第 1019 页。

③ 参见 P.C.Bagchi, *India and China: A Thousand Years of Cultural Relations*. 1981, Calcutta, Saraswat Library, p.212. 此后，依然有传法僧翻译佛教天文学著作的记载，具体参见郭书兰：《印度与东西方古国在天文学上的相互影响》，《南亚研究》，1990 年第 1 期，第 32~39 页。

④ 菩提迦耶出土的多件北宋时期前往印度朝圣的僧人所留下的碑铭证明，宋代依然有僧人前往印度朝圣，且人数不少。法国汉学家沙畹（E. Chavannes）、荷兰汉学家施古德（G. Schlegel）、印度学者师觉月（P. C. Bagchi）等国外学者在这方面均有讨论，具体参见周达甫：《改正法国汉家沙畹对印度出土汉文碑的误释》，《历史研究》，1957 年第 6 期，第 79~82 页。

的“五种姓说”完全嵌入汉地佛教的信仰之中。汉地“伪经”的层出不穷也从某种角度反映了佛教的中国本土化进程。不空等人在中国传播密教虽然形成了风靡一时的“唐密”，但未能持久。究其根本在于汉地佛教的发展受到本土儒家信仰的影响，很难与融合了婆罗门教信仰的佛教密宗契合。此外，本土儒家、道家也在吸纳佛教哲学的基础上有了新的变革。至宋代，三教合一的趋势逐渐显现，源自印度但已本土化的佛教与儒家、道家的融合进一步加深，致使对印度经典的诉求越来越少。由此，义理上的因素使得中国的知识分子不再追求印度佛教的哲学思想；再者，随着佛教在印度的衰落，以及中国佛教自身朝圣体系的建立和完善，前往印度朝圣也失去了意义。

古代中国对古代印度经典的汉译始于佛教，也终于佛教。尽管如此，古代中国对以佛教经典为主的古代印度经典汉译已经在中国历史上烙下了深刻的印记，其影响是持久和多方面的。在这一过程中，译师们开创的汉译传统给后人翻译印度经典留下了巨大财富：

其一，汉译古代印度经典除早期借助西域地方语言外，主要翻译对象都是梵语经典，本土学者和外来学者编写了不少梵汉工具书。其二，一套与古代印度宗教哲学术语对应的意译和音译相结合的汉译体系得以建立。由于佛教经典的流传，很多术语已经成为汉语的常用语，广为人知。其三，除术语对应外，梵语作品译为汉语需要克服语法结构、文学体裁等方面的限制，其实践在一定程度上影响了汉语的一些表达法。[①]如此等等都为后人继续翻译印度经典提供了便利之处。

更为重要的是，历史上重要的译师摸索出一套大规模翻译经典的方式方法，他们的努力对于后继的翻译工作来说具有很高的参考价值。经过早期的翻译实践，鸠摩罗什译经时便开始确立了译、论、证几道基本程序，并辅之以梵本、胡本对勘和汉字训诂，经总勘方

---

① 例如汉语中常见的“所＋动词”构成的被动句就可能源自对佛经的翻译。参见朱庆之《汉译佛典中的‘所V’式被动句及其来源》（载《古汉语研究》，1995年第1期，第29~31、45页）及其他相关著述。

定稿。在后秦朝廷的支持下，鸠摩罗什建立了大规模译场，改变了以往个人翻译的工作方式，配合翻译方法上的完善，大大提高了译经的效率和质量。唐代译场规模更大，翻译实践进一步细化，后世记载的翻译职司包括译主、证义、证文、度语、笔受、缀文、参译、刊定、润文、梵呗等十余种之多。

此外，先人还摸索出一套翻译人才的培养模式，隋代译师彦琮曾以“八备”总结了译师需具备的一系列条件，具体内容为：

> 一诚心受法，志在益人；二将践胜场，先牢戒足；三文诠三藏，义贯五乘；四傍涉文史，工缀典词，不过鲁拙；五襟抱平恕，器量虚融，不好专执，耽于道术，淡于名利，不欲高衔；六要识梵言；七不坠彼学；八博阅苍雅，粗谙篆隶，不昧此文。①

这八备之中，既有对译者宗教信仰、个人品行的要求，也有对梵语、汉语表达的语言技能以及对佛教义理的知识掌握等方面的要求，今天看来，依然有很大的借鉴意义。

三、近现代中国对印度经典的汉译

佛教在印度的衰落及消亡使中印失去了最为核心的交流主题。中国对印度经典的汉译停留在以梵语为主要媒介、以佛教经典为主要对象的时代，自 11 世纪末②至 20 世纪初，这一停滞状态持续了数个世纪之久。19 世纪中后期，印度士兵和商人随着欧洲殖民者的战舰再次来到中国，中印之间的交往以一种并不和谐的方式得以恢复。中印孱弱的国力和早已经深藏故纸堆的人文交往传统都不足以阻挡西方诸国强势的物质力量和文化力量，中印人文交往便在这新的格局中，借助西方列强构建起来的“全球化”体系开始复苏。

---

①《释氏要览》卷 2，T54, no. 2127, b21-29。

② 宋神宗元丰五年（1082）废置译经院，佛教经典汉译由此不再。

由于缺乏对印度现代语言和文化的了解，早期对印度经典的译介在语言工具和主题设置两个层面均在一定程度上受制于西方的话语体系。20世纪上半叶中国对泰戈尔作品的译介便是明证。1913年，泰戈尔自己译为英语的诗集《吉檀迦利》以英语文学作品的身份获得诺贝尔文学奖，这在当时的世界文坛引起了轩然大波，对当时正在探索民族出路的中国知识分子来说同样具有很大的震撼力和吸引力。陈独秀在1915年10月15日出版的《青年杂志》上刊载了自己译自《吉檀迦利》的四首《赞歌》，为此后持续了近一个世纪并且至今依然生机勃勃的泰戈尔著作汉译工程拉开了序幕。据刘安武统计，至1949年中华人民共和国成立止，“我国翻译介绍了印度文学作品40种左右（不包括发表在报刊上的散篇）。这40种中占一半的是泰戈尔的作品”。[①] 泰戈尔之所以在中国受到格外关注固然始于西方学术界对他的重视，但他的影响如此之大亦在于他的作品恰好满足了当时中国在文学思想领域的需求。首先，从语言文学来看，泰戈尔的主要创作语言是本土的孟加拉语，而非印度古典梵语。这引起了当时正致力于推广白话文的中国知识分子的广泛关注，并被视为白话文替代古文的成功榜样。[②] 此外，泰戈尔的文学创作，尤其他的散文诗为当时正在摸索之中的汉语诗歌提供了一个重要的参考对象。其次，从思想上来说，泰戈尔的思想与当时作为亚洲国家“先锋”的日本截然相反，为当时正在探索民族出路的中国知识分子提供了另一个标杆。于是，泰戈尔意外地成为中印之间自佛教之后的又一重大交流主题。尽管中国知识分子对其思想和实践的评价并不一致，许多学者依然扎实地以此为契机重启了中国翻译印度经典的进程。当时中国尚未建立起印度现代语言人才培养机制，因此早期

---

① 刘安武：《汉译印度文学》，《中国翻译》，1991年第6期，第44~46页。

② 胡适向青年听众强调泰戈尔对孟加拉语文学的贡献时说：“泰戈尔为印度最伟大之人物，自十二岁起，即以阪格耳（孟加拉）之方言为诗，求文学革命之成功，历五十年而不改其志。今阪格耳之方言，已经泰氏之努力，而成为世界的文学，其革命的精神，实有足为吾青年取法者，故吾人对于其他方面纵不满足于泰戈尔，而于文学革命一段，亦当取法于泰戈尔。”（载《晨报》，1924年5月11日）

对泰戈尔作品的汉译多转译自英语。凭借译者深厚的文学功底，不少经典译作得以诞生，尤其是冰心、郑振铎等人翻译的泰戈尔诗歌，时至今日依然在中国广为流传。

与泰戈尔一同被引介到中国的还有诸多印度民间故事文学作品。[①]如前文所述，古代翻译印度经典时就有不少印度民间故事被介绍到中国，但多以佛教经典为载体。[②]近现代以来，印度民间文学以非宗教作品的形式被重新介绍过来。这在很大程度上是因为“中国缺少创作儿童文学的传统”[③]，印度丰富的民间文学正好满足了中国读者的需求。与此同时，印度民间文学与中国文学之间的关系也日益进入中国学者的视野，“中印文学比较研究”这一新的研究领域开始初露端倪，其研究领域最广为人知的课题之一便是《西游记》中孙悟空形象与《罗摩衍那》中哈奴曼形象的渊源，当时许多新文化运动的大家都参与其中，鲁迅、叶德均认为孙悟空形象源于本土神话形象“无支祁”，胡适、陈寅恪、郑振铎则认为孙悟空形象源于哈奴曼。[④]

自西方语言转译印度经典的尝试为增进对印度的认知、重燃中国知识界和民众对印度文化的兴趣起到了积极作用，许多掌握西方语言的汉语作家投身其中，其翻译作品受到读者喜爱。然而，转译的不足也显而易见，因此，对印度经典的系统汉译需要建立一支如古代梵汉翻译团队一样的专业人才队伍。

1942 年，出于抗战需要，民国政府在云南呈贡建立了国立东方语文专科学校，设有印度语科，开始培养现代印度语言人才。1946 年，季羡林自德国学成回国，在北京大学创设东语系；1948 年，金克木加盟东语系。1949 年，国立东方语文专科学校并入北京大学东

① 参见刘安武：《汉译印度文学》，《中国翻译》，1991 年第 6 期，第 44~46 页。

② 参见薛克翘：《中国印度文化交流史》，北京：昆仑出版社，2008 年，第 261~265 页。

③ 刘安武：《汉译印度文学》，《中国翻译》，1991 年第 6 期，第 44~46 页。

④ 参见鲁迅：《中国小说史略》，《鲁迅全集》第 9 卷，北京：人民文学出版社，1981 年；鲁迅：《中国小说的历史的变迁》，《鲁迅全集》第 9 卷，北京：人民文学出版社，1981 年、胡适：《〈西游记〉考证》，《胡适文存》第 2 集第 4 卷，上海：亚东图书馆，1924 年；陈寅恪：《〈西游记〉玄奘弟子故事之演变》，《金明馆丛稿二编》，上海：上海古籍出版社，1982 年、郑振铎《〈西游记〉的演化》，《郑振铎全集》第 4 卷，石家庄：花山文艺出版社，1998 年；叶德均：《无支祁传说考》，《戏曲小说丛考》，北京：中华书局，1999 年。

语系。东语系开设梵语－巴利语、印地语、乌尔都语三科印度语言专业，并很快培养出第二代印度语言专业队伍。随之，印度经典得以从原文翻译。第一代学者季羡林、金克木领衔的梵语团队翻译了印度大史诗《罗摩衍那》及以迦梨陀娑为代表的印度古典梵语文学作家的许多作品，如《沙恭达罗》《优哩婆湿》《云使》《伐致呵利三百咏》等，并启动了《摩诃婆罗多》等经典作品的翻译；旅居印度的徐梵澄翻译了《五十奥义书》[①] 及奥罗宾多创作、注释的诸多哲学著作。季羡林、金克木的弟子黄宝生等延续师尊开创的传统，完成了《摩诃婆罗多》、奥义书[②]、《摩奴法论》、古典梵语文论、故事文学作品等一系列著作的翻译。与此同时，由第二代学者刘安武领衔的近现代印度语言团队译介了大量的印地语、乌尔都语、孟加拉语等语言的文学作品，其中尤以对印地语 / 乌尔都语作家普列姆昌德和孟加拉语作家泰戈尔的作品的汉译最为突出。[③] 殷洪元对印度现代语言语法著作的翻译以及金鼎汉对中世纪印度教经典《罗摩功行之湖》的翻译也开拓了新的领域。巫白慧等学者陆续将包括“吠檀多”在内的诸多婆罗门教哲学经典译为汉语。[④] 文献资料是学术研究的基础，这一系列经典汉译成果打破了古代中国对古代印度经典汉译中存在的“佛教主导”的局限，增加了现代视角，并以经典文献为契机，首次较为全面系统地介绍了印度文明，奠定了现代中国印度学研究的基础。由这两代学者编订的《印度古代文学史》《梵语文学史》和

---

① 参见徐梵澄译:《五十奥义书》，北京：中国社会科学出版社，1995 年。

② 参见黄宝生译:《奥义书》，北京：商务印书馆，2010 年。

③ 刘安武自印地语译出的普列姆昌德作品（集）有《新婚》（贵阳：贵州人民出版社，1982 年）、《如意树》（上海：上海译文出版社，1983 年）、《普列姆昌德短篇小说选》（北京：人民文学出版社，1984 年）、《割草的女人：普列姆昌德短篇小说新集》（长沙：湖南人民出版社，1985 年）等，加之其他学者的译介，普列姆昌德的重要作品几乎全被译为汉语。此后，刘安武又主持编译出版了 24 卷本《泰戈尔全集》（石家庄：河北教育出版社，2000 年），泰戈尔的主要作品均被收录其中。

④ 其中重要的译著成果包括巫白慧译《圣教论》（乔荼波陀著，北京：商务印书馆，1999 年）、姚卫群译《古印度六派哲学经典》（节译六派哲学经典，北京：商务印书馆，2003 年）、孙晶译《示教千则》（商羯罗著，北京：商务印书馆，2012 年）等。

《印度印地语文学史》等著作成为中国现代印度学研究的必读文献。[①]

由于印度文化的独特之处及其在历史上形成的巨大影响力，以现代学术研究的方式开展的印度经典汉译所产生的影响进一步辐射了包括语言、文学、哲学、历史、考古等多个学科领域，并形成了一些跨学科研究领域：

其一，中印文化比较研究。由胡适等老一辈学者开创的中印文学比较取得了新的进展，其中一部分研究形成了中印文化交流史这一新的学术研究领域；另一部分研究成为东方文学研究领域最重要的组成部分，东南亚、西亚等区域文学研究也受益于印度文学研究的开展和所取得的成就。此外，从具体作品到文艺理论的印度文学译介也从整体上进一步拓展了比较文学研究的视野。

其二，佛教研究。现代中国对印度经典汉译的范围不再局限于传统的汉语系佛教传统经典，在许多领域都取得了新的突破。在佛教文献来源方面，开拓了对巴利语系和藏语系佛教的研究。[②] 由于梵语人才的培养，中国学者得以恢复梵汉对勘的学术传统。[③] 对非佛教宗教思想典籍的译介也使得对佛教的认识跳出了佛教自身的范畴，对其与其他宗教思想之间的互动与联系有了更加全面的认识。

其三，语言学研究。对梵语及相关语言的研究推动了梵汉对音，以及对古汉语句法的研究。一些接受了梵语教育的汉语言学学者结合古代语料，尤其是汉译佛经，对古汉语的语音、句法等做出研究。

---

① 单就印度文学翻译而言，据不完全统计，1950~2005 年，中国翻译印度文学作品（以书记）约 400 余种，其中中印关系交好的 1950~1962 年约有 70 种，关系不好的 1962~1976 年仅有 4 种，关系改善后的 1976~2005 年则有 300 余种。不过，2005 年之后，除黄宝生、薛克翘等少数学者仍笔耕不辍外，其他前辈学人逐渐“离席”，这类汉译工作进入某种冬眠期。

② 相关成果包括郭良鋆译《佛本生故事选》（与黄宝生合译，北京：人民文学出版社，1985 年）、《经集：巴利语佛教经典》（北京：中国社会科学出版社，1998 年），以及段晴等译《汉译巴利三藏·经藏·长部》（上海：中西书局，2012 年）等。

③ 自 2010 年以来，黄宝生主持对勘出版了《入菩提行论》（北京：中国社会科学出版社，2011 年）、《入楞伽经》（北京：中国社会科学出版社，2011 年）、《维摩诘经》（北京：中国社会科学出版社，2011 年）等佛经的梵汉对勘本，叶少勇以梵藏汉三语对勘出版了《中论颂》（上海：中西书局，2011 年）。

四、现状和汉译例解

尽管取得了上述成就，但由于印度文明积累深厚、经典众多，目前亟待翻译的印度经典还有很多。其中，以梵语创作的经典包括四部吠陀本集、梵书、森林书、往世书、《诃利世系》《利论》《牧童歌》等；以南印度语言创作的经典包括桑伽姆文学、《脚镯记》《玛妮梅格莱》《大往世书》《甘班罗摩衍那》等；以波罗克利特语创作的经典包括《波摩传》等；以中世纪北印度地方语言创作的经典包括《地王颂》《赫米尔王颂》《阿底·格兰特》《苏尔诗海》《莲花公主》，以及格比尔、米拉巴伊等人的作品等；以现代印度语言创作的经典包括帕勒登杜、杰辛格尔·普拉萨德、般吉姆·钱德拉·查特吉、萨拉特·钱德拉·查特吉、拉默金德尔·修格尔、默哈德维·沃尔马、阿格叶耶等著名现当代文学家的作品以及迦姆达普拉沙德·古鲁、提兰德尔·沃尔马等人的语言学著作等。此外，20 世纪以来，一些印度思想家、政治家、文学家以英语创作的作品也可列入印度现代经典之列，目前中国仅对圣雄甘地、贾瓦哈拉尔·尼赫鲁、辨喜、纳拉扬、安纳德、拉贾·拉奥、奈都夫人等人的个别作品有所译介，大量作品仍然处于有待翻译的名单之中。

这些经典汉译的背后离不开相关学者的努力。进入 21 世纪以来，中国从事印度经典汉译工作的人员大致有两支队伍：第一支是自 20 世纪四五十年代以来成型的印度语言专业队伍，其人员构成以高等院校和研究机构从业人员为主，兼有相关外事机构从业人员，他们均接受过系统、专业的印度语言训练。第二支是 20 世纪初译介包括泰戈尔作品在内印度文学作品的作家和出版业者，随着 80 年代改革开放以来，越来越多接受过英语教育的人或全职或兼职地参与到印度作品的汉译工作之中。相比第一支队伍，这支队伍的人员构成较为复杂，水平也参差不齐，但在市场经济的推动下，一些能够成为市场热点的著作往往很快就翻译过来，例如两位与印度相关的诺贝尔文学奖得主泰戈尔和奈保尔的作品一版再版，四位印度裔布克奖得主萨尔曼·拉什迪、阿兰达蒂·罗伊、基兰·德塞、阿拉文德·阿迪加的作品也先后译出；此外，由于瑜伽的普及，包括克里希那穆提在内的一些现代宗教家的论著也借由英语转译为汉语。一方面，随着市场化改革的需求，第二支队伍日益蓬勃发展，但其翻译质量往往难以保障。另一方面，由于现行科研体制对从事翻译和研究者的不利状况，第一支队伍也面临着诸多问题。如何在接下来的实践中取长补短，或者说既要尊重市场机制的要求，又要以学术传统克服市场失灵的状况等，这也是需要进一步思考的问题。

应该说，印度经典汉译主要依靠第一支队伍，原文经典翻译比通过其他语言转译更为重要。20 世纪 80 年代以来，这支队伍勤勤恳恳，笔耕不辍，为印度经典汉译做出了巨大贡献，取得了丰硕成果。然而，就现状看，除黄宝生、薛克翘等极少数学人外，这支队伍的第一代和第二代学人已然“离席”，后辈学人虽然已经加入进来，但毕竟年轻，经验不足，加之现行科研体制自身问题的牵制，后续汉译工作亟需动力。好在已有些年轻人在这方面产生了兴趣，其汉译意识很强，对印度梵文原典和中世纪及现当代原典的汉译工作的理解也令人刮目。可以预见，印度经典汉译将会迎来又一个高潮，汉译印度经典的水平也将有新的提升。

从某种角度说，在前文罗列的种种有待翻译的印度经典中，印度中世纪经典尤为重要。中世纪时，随着传统婆罗门教开始融合包括佛教、耆那教等在内的异端信仰与民间的大众化宗教传统，加之伊斯兰教的进入，印度进入了一个新的“百家争鸣”时代。这一时期留下了许多经典之作，它们对后世印度的宗教、社会、文化均产生了重要影响。长期以来，中国对印度中世纪经典的译介几乎一片空白，仅有一部《罗摩功行之湖》和零星的介绍。近年来，笔者组织团队着手翻译印度中世纪经典《苏尔诗海》，并初步总结了以下心得：

第一，经典汉译并非简单的语言转换，除需要精通相关语言外，还需要译者具备与印度文化相关的背景知识，以便能够精准地理解原文含义。例如，在一首描写女子优雅体态的艳情诗中，作者直接以隐喻的修辞手法描述了包括莲花、大象、狮子、湖泊等在内的一系列自然景象和动植物，若不熟悉印度古代文学中一些固定的比喻意象，则很难把握这首诗的含义。[①] 由于审美标准不同，被古代印度诗人视为美丽的“象腿”在当今语境中已经成为足以令女子不悦的比喻。此类审美视角需要辅之以例如《沙恭达罗》中豆扇陀国王对沙恭达罗丰乳肥臀之态的称赞才能理解。

第二，古代中国对古代印度经典汉译的传统在很大程度上为现代翻译经典提供了以资可鉴的便利，譬如许多专有词汇在汉语中已有完全对应的词汇可供选择，省去了译者的诸多麻烦。但是，这也要求译者了解相关传统，并能将其中的一些内容为己所用；同时，还应避免由于古代中国对古代印度经典翻译在视角、理解上的偏差所带来的问题。例如，triguna 这一数论哲学的基本概念已由真谛在《金七十论》中译为“三德”，后来的《薄伽梵歌》等哲学经典的汉译也已沿用，新译经典中便不宜音译为“三古纳”之类的新词。此外，由于受佛教信仰的影响，一些读者在看到“三德”时往往容易将之与佛教中所说的法身德、般若德、解脱德等其他概念联系起来，对此需要给出注释加以说明以免误解。

第三，现代中国对现代印度经典的汉译虽然已经取得了不俗的成绩，但由于时间、人员等条件的限制，在翻译体例、内容理解等方面依然存在不少可改进之处。

笔者以《苏尔诗海》中黑天的名号为例予以说明。黑天是印度教大神毗湿奴最重要的化身之一，梵语经典中通常称之为 Krsna，字面义为“黑”，汉语之所以译为“黑天”，很可能是因为汉译佛经将婆罗门教诸神（deva）译为“天”，固在 Krsna 的汉语译名“黑”之后加上了“天”，大约与 Brahma 被译为“梵天”、Indra 被译为“帝释天”，以及 Sri 被译为“吉祥天”等相当。后世对相关经典文

① 参见姜景奎等:《〈苏尔诗海〉六首译赏》，载《北大南亚东南亚研究》（第一卷），北京：中国青年出版社，2013 年，第 261~262 页。

献的介绍都沿用了这一名称。然而，若实际对照各类经典，可以发现毗湿奴名号繁多。[①] 中世纪印度语言继承并发扬了这一传统，在伯勒杰语《苏尔诗海》中，黑天的名号有数十种之多，其中仅字面义为“黑”的常见名号就有四个，分别是 Krsna, Syama, Kanha, Kanhaiya。这四个名号之中只有 Krsna 是标准的梵语词，且使用最少，只用于黑天摄政马图拉之后人们对他的尊称；其他三个均为伯勒杰语词，多用于父母家人、玩伴女友对童年和少年黑天的称呼。因此，汉译中如果仅使用天神意义的“黑天”一名就违背了《苏尔诗海》所描述的黑天的成长情境。为此，结合不同名号的使用情状以及北印度农村生活的实际情况，笔者重新翻译了其他三个名号，即将多用于牧女和同伴对少年黑天称呼的 Syama 译为“黑子”，多用于父母和其他长辈对童年黑天称呼的 Kanha 和 Kanhaiya 分别译为“黑黑”和“黑儿”。此外，还有一些名号或表明黑天世俗身份，或描述黑天体态，或宣扬黑天神迹，笔者也重新进行了翻译，例如：nanda-namdana“难陀子”、madhava“摩图裔”等称呼说明了黑天的家族、家庭身份，kesau“美发者”、srimukha“妙口”等以黑天身体的某一部分代指黑天，giridhara“托山者”、manamohana“迷心者”等以黑天在其神迹故事中的表现代指黑天，等等。

结合以上几方面的思考，《苏尔诗海》汉译实际上兼具深入而系统的研究性质，包括四部分：第一，校对后的原文。到目前为止，印度出版了多个《苏尔诗海》版本，各版本虽大同小异，但仍有差异，笔者团队搜集到影响较大的几个主要版本，并进行核对比较，最后确定一种相对科学的原文进行翻译研究。第二，对译。从经典性和文献性出发，尽可能忠实于原文，在体例选择上尽量保持诗词的形态，在内容上尽量逐字对应，特殊情况则以注释说明。第三，释译。从文献性和思想性出发，尽可能客观地阐明原文所表现的文献内容和宗教思想。该部分为散文体，其中补充了原文省略的内容

---

① 参见葛维钧：《毗湿奴及其一千名号》（载《南亚研究》，2005 年第 1 期，第 48~53 页）及相关著述。

并清楚地展现出情节的发展、人物的心理变化以及作品的思想内涵。第四，注释。给出有关字词及行文的一些背景知识，例如神话传说故事、民间信仰、生活习俗、哲学思想等，以及翻译中需要说明的其他问题。

试以下述例解说明：

【原文】略①

【对译】

此众得乐自彼时

听闻诃利②你之信，当时即刻便昏厥。

自隐蔽处蛇③出现，欣喜尽情吸空气。

鹿④心本已忘奔跃，复又撒开四蹄跑。

群鸟大会高高坐，鹦鹉⑤言称林中王。

杜鹃⑥偕同自家族，咕咕欢呼唱庆歌。

自山洞中狮子⑦出，尾巴翘到头顶上。

自密林中象王⑧来，周身上下傲慢增。

如若想要施救治，莫亨⑨现今别耽搁。

苏尔言，

如若罗陀⑩再这般，一众敌人大欢喜。

【释译】

黑天离开牛村很久了，养父难陀、养母耶雪达以及全村的牧人牧女都非常思念他，希望他能回来看看。牧女们对黑天的思念尤为

---

① 由于原文字体涉及较为复杂的排版问题，这里仅呈现该首诗的对译、释译和注释三部分，原文略。本诗为《苏尔诗海》（天城体推广协会版本）第 4 760 首，参见 Dhirendra Varma, *Sursagar Sara Satika*, Sahitya Bhavan Private Ltd., 1986, No. 181, p.334.

② 诃利，原文 Hari，“大神”之义，黑天的名号之一。

③ 此处以蛇代指罗陀的发辫，意在形容发辫柔软纤长、乌黑发亮。

④ 此处以鹿的眼睛代指罗陀的眼睛，意在形容眼睛大而有神、灵动美丽。

⑤ 此处以鹦鹉的鼻子代指罗陀的鼻子，意在形容鼻子又挺又尖、美妙可爱。

⑥ 此处以杜鹃的声音代指罗陀的声音，意在形容声音甜美悠扬、清脆嘹亮。

⑦ 此处以狮子的腰代指罗陀的腰，意在形容腰身纤细柔顺、婀娜灵活。

⑧ 此处以大象的腿代指罗陀的腿，意在形容腿脚步态从容、端庄稳重。

⑨ 莫亨，原文 mohana，黑天的名号之一。

⑩ 罗陀，原文 Radha，黑天最主要的恋人。

强烈，其中又以罗陀最甚。罗陀是黑天的恋人，两人青梅竹马，两小无猜，曾经你欢我爱，形影不离。可是，黑天自离开后就再也没有回来过，甚至连信也没有寄过一封。伤离别，罗陀时刻处于煎熬中。为了教育信奉无形瑜伽之道的乌陀，也为了看望牧区故人，黑天派乌陀来到牛村，表面上让他传授无形瑜伽之道，实则置他于崇尚有形之道的牛村人中间，让他迷途知返。乌陀的到来，打乱了牛村人的生活，一者，牛村人沉浸在思念黑天的离情别绪之中，乌陀破坏了气氛，于表面的宁静之中注入了不宁静。二者，牛村人本以为乌陀会带来黑天给予牛村的好消息，但适得其反，乌陀申明自己是为传授无形的瑜伽之道而来，甚至说是黑天派他来传授的，牛村人对此不解、迷茫。他们崇尚有形，膜拜黑天，难道黑天完全抛弃了他们？他们陷入了更深一层的痛苦之中。三者，对牧区女来说，与黑天离别本就艰难，但心中一直抱有再次见面再次恋爱的期望，乌陀的到来打消了她们的念头，从精神上摧毁了她们。其中，罗陀尤甚，她所遭受的打击要比别人更甚。由此，出现了本诗开头提及的罗陀晕厥以及晕厥之后乌陀"看到"的情况，具体内容是乌陀向黑天口述的：

乌陀对黑天说道："黑天啊，你的恋人罗陀非常思念你，她忍受离别之苦，渴望与你相见。可是，你却让我去向她传授无形的瑜伽之道。唉，她一听到是你让我去的，当即就昏了过去，倒在地上，不省人事。唉，真是凄凉啊！这边罗陀昏迷不醒，那边动物界却出现了一派喜气景象：黑蛇从洞里出来了，它高兴地尽情享受空气；此前，罗陀的又黑又亮的长发辫曾使它羞于见人，认为自己形体丑陋，不得不躲藏起来。已经忘记奔跑的小鹿出来了，它撒开四蹄，愉悦地到处奔跳；此前，罗陀那明亮有神的大眼睛曾使它羞于见人，认为自己的眼睛丑陋，不敢出来乱逛。鹦鹉出来了，它参加群鸟大会，坐在高高的枝丫上，声称自己是林中之王；此前，罗陀又尖又挺的鼻子曾使它羞于见人，认为自己的鼻子丑陋，躲藏起来。杜鹃鸟出来了，它和同族一起，咕咕叫个不停，欢庆胜利；此前，罗陀那甜美悠扬的声音曾使它感到拘束，认为自己的声音难听，不敢开口。狮子从山洞中出来了，他得意扬扬，悠闲自在，尾巴翘到了头顶上；此前，罗陀纤细柔软的腰肢曾使它羞于见人，认为自己的腰肢粗笨僵硬，不敢示人，躲进山洞。大象从茂密的森林里出来了，它一步一昂头，傲慢自大，目中无人，盛气凛然；此前，罗陀稳重美丽的妙腿曾使它自惭形秽，认为自己的腿丑陋不堪，羞于展露，躲进森林。唉，黑天啊，你快救救罗陀吧，如果再不行动，稍后想要施救就来不及了……”

“此众得乐自彼时”是本诗的标题，意思是罗陀晕倒之时，即是众动物高兴之时，它们羞于与罗陀相比，虽然视罗陀为敌，却不敢直面罗陀，纷纷逃遁躲藏。听说罗陀遭到黑天抛弃，晕厥不醒，它们自然高兴，便迫不及待地恢复了原来的自由生活。“如若罗陀再这般，一众敌人大欢喜”，是诗外音，是苏尔达斯的总结性话语。在这首诗里，苏尔达斯主要展现了罗陀的美，但整首诗中没有出现任何对罗陀的溢美之词，没有提到罗陀的名字，更没有提到她的发辫、眼睛、鼻子、声音、腰肢和腿等，甚至没有提到蛇、鹿、鹦鹉、杜鹃鸟、狮子和大象的相关部位，仅以这些动物对罗陀晕厥不醒后的反应进行阐释，这就给听者和读者留下了巨大的想象空间，似形似景，情景交融。这种手法似乎是印度特有的，其审美视角值得深入研究。

上述例解仅为笔者及笔者团队之于印度中世纪经典汉译的一己之见，希望能开拓印度经典汉译与研究的新视角、新路子，以期印度经典在中国能得到更为深入系统的翻译与研究。

五、中印经典及当代作品互译出版项目

2013 年初，笔者与中国大百科全书出版社社长龚莉女士、副总编辑马汝军先生和社科分社社长滕振微先生合作，提出了“中印经

典和当代作品互译出版项目”的动议。该动议得到相关单位的积极回应。2013年5月李克强总理访印期间，国家新闻出版广电总局和印度外交部签署合作文件，决定启动“中印经典和当代作品互译出版项目”，并写入两国发表的联合声明（第17条）。2014年9月，习近平主席访问印度，该项目再次被写入两国发表的联合声明（第11条）。该项目成为中印两国的重大文化交流项目之一。双方商定，双方各翻译对方的25种图书，以5年为期。2016年5月，国家新闻出版广电总局印发“关于实施《“十三五”国家重点图书、音像、电子出版物出版规划》的通知”，该项目被列入“‘十三五’国家重点图书出版规划”。在此期间，笔者与薛克翘先生商量组织翻译团队事宜。我们掰着指头算，资深的老辈学人几乎都不能相扰，后辈学人又大多刚刚走上工作岗位，有的还在求学，翻译资质存疑。我俩怎一个愁字了得！然，事情得做，学人得培养。我们决定抓住机遇，大胆启用后辈学人，为国家培养出一支新的汉译团队。因此，除薛克翘、刘建、邓兵等少数几位前辈学人外，我们的翻译成员绝大多数在40岁左右，有的还不过30岁。两三年的实践证明，我们的决定完全正确。新生代学人知识全面，学习能力强，执行能力更强。从已完成待出版的成果看，薛克翘先生对审读过的一本书的评价最能说明问题：“字里行间，均见功夫。”译文质量是本项目的重中之重。除薛克翘、刘建和笔者外，我们邀请了黎跃进教授、石海军研究员和邓兵教授作为特约编审，约请了尼赫鲁大学的狄伯杰（B. R. Deepak）教授以及德里大学的阿妮达·夏尔马（Anita Sharma）教授和苏林达尔·古马尔（Surinder Kumar）先生作为印方顾问，对译文质量进行全面把关。译者完成翻译后，译稿首先交予编审审校，如遇大问题时向印方顾问咨询，之后返予译者修改。如有必要，修改稿还需经过编审二次审校，译者再次修改。这以后，稿件才会交予出版社编辑进行审读，发现问题再行修改……我们认为，唯如此，译文质量才能得到保障，译者团队才能得到锻炼。

本项目是中印两国的重大文化交流项目之一。因此，印度方面也有相应团队，负责汉译印的工作，由上文提及的狄伯杰教授领衔，由印度国家图书托拉斯负责实施。需要指出的是，双方翻译的作品并非译者自选，而是由双方专家通过充分沟通磋商确定。汉译作品的选定过程是这样的，笔者先拟定了50多种印度图书，这些书抑或是中世纪以来有重要影响的经典巨著，比如《苏尔诗海》《格比尔双行诗集》和《献牛》等，抑或是印度独立以后获得过印度国家级奖项的作家之名作，如默哈德维·沃尔马、毗什摩·萨赫尼、古勒扎尔的代表作等。而后，笔者请相熟的印度学者从中圈定出30种。之后，国家新闻出版广电总局的相关领导、中国大百科全书出版社的龚莉社长和滕振微先生以及笔者本人专赴印度，与印方专家组进行面对面的交流探讨，最终确定了25种汉译印度图书名录。印度团队的印译中国图书名录的选定过程与此类似。具体的汉译书单如下表：

序号	书名	作者	备注
1	苏尔诗海 *Sursagar*	苏尔达斯 Surdas	诗歌
2	格比尔双行诗集 *Kabir Dohavali*	格比尔达斯 Kabirdas	诗歌
3	献牛 *Godan*	普列姆昌德 Premchand	长篇小说
4	帕勒登杜戏剧 *Bharatendu Natakavali*	帕勒登杜 Bharatendu	戏剧
5	普拉萨德作品集 *Prasad Rachna Sanchayan*	杰辛格尔·普拉萨德 Jaishankar Prasad	戏剧、诗歌、短篇小说
6	鹿眼女 *Mriganayani*	沃林达温拉尔·沃尔马 Vrindavanalal Verma	长篇小说
7	献灯 *Deepdan*	拉默古马尔·沃尔马 Ramkumar Verma	独幕剧
8	灯焰 *Dipshikha*	默哈德维·沃尔马 Mahadevi Verma	诗歌
9	谢克尔传 *Shekhar: Ek Jeevani*	阿格叶耶 Ajneya	长篇小说
10	黑暗 *Tamas*	毗什摩·萨赫尼 Bhisham Sahni	长篇小说
11	肮脏的边区 *Maila Anchal*	帕尼什瓦尔·那特·雷奴 Phanishwar Nath Renu	长篇小说
12	幽闭的黑屋 *Andhere Band Kamare*	莫亨·拉盖什 Mohan Rakesh	长篇小说

序号	书名	作者	备注
13	宫廷曲调 *Raag Darbari*	室利拉尔·修格勒 Shrilal Shukla	长篇小说
14	鸟 *Parinde*	尼尔莫勒·沃尔马 Nirmal Verma	短篇小说
15	班迪 *Aapka Bunti*	曼奴·彭达利 Mannu Bhandari	长篇小说
16	一街五十七巷 *Ek Sadak Sattavan Galiyan*	格姆雷什瓦尔 Kamleshwar	长篇小说
17	被抵押的罗库 *Rehan par Ragghu*	加西纳特·辛格 Kashinath Singh	长篇小说
18	印度与中国 *India and China*	师觉月 P. C. Bagchi	学术著作
19	向导 *Guide*	纳拉扬 R. K. Narayan	长篇小说
20	烟 *Dhuan*	古勒扎尔 Gulzar	短篇小说、诗歌
21	那时候 *Sei Samaya*	苏尼尔·贡戈巴泰 Sunil Gangopadhyaya	长篇小说
22	一个婆罗门的葬礼 *Samskara*	阿南特穆尔蒂 U. R. Ananthamurthy	短篇小说
23	芥民 *Chemmeen*	比莱 T. S. Pillai	短篇小说
24	印地语文学史 *Hindi Sahitya ka Itihas*	罗摩金德尔·修格勒 Ramchandra Shukla	学术著作
25	棋王奇着 *The Chessmaster and His Moves*	拉贾·拉奥 Raja Rao	长篇小说

毫无疑问，这些作品均是印度中世纪以后的经典之作，基本上代表了印度现当代文学水准，尤其反映出印地语文学的概貌。我们以为，通过这些文字，中国读者可以大体了解印度现当代文学的基本情况。

就本项目而言，笔者在这里需要表达由衷谢意：

首先，感谢国家新闻出版广电总局的相关领导，没有他们的认可，本项目不可能正式立项。其次，感谢中国大百科全书的前社长龚莉女士、前副总编辑马汝军先生和前社科分社社长滕振微先生，没有他们的奔走，本项目不可能成立。再次，感谢中国大百科全书出版社社长刘国辉先生，社科学术分社社长郭银星女士、副社长王宇女士以及诸位编辑大德，没有他们的付出，本项目不可能实施。感谢另两位主编薛克翘先生和刘建先生，两位前辈不仅担当主编、审校工作，还是主要译者；他们是榜样，也是力量。十分感谢黎跃进和邓兵两位教授，两位是特邀编审，邓兵教授也是译者，他们认真负责的精神令人起敬。感谢印度尼赫鲁大学的狄伯杰教授以及德里大学的阿妮达·夏尔马教授和苏林达尔·古马尔先生，他们的付出为本项目的实施提供了某种保障。特别感谢石海军研究员，他是特邀编审之一，可惜天不假年，他于2017年5月13日凌晨突然辞世，享年仅55岁，天地恸哭，是中国印度文学研究的一大损失！最后，感谢翻译团队的诸位译者，他们是新时代的精英，是中国印度研究领域的后起之秀，他们的成就由读者面前的文字可见一斑。

祝福诸位，祝福所有为本项目的立项和实施有所付出的先生大德们！

自《浮屠经》以来，汉译印度经典已有两千多年的历史。这一人类历史上少有的浩大文化工程背后既有对科学技术的追求，也有对宗教信仰的热忱；既有统治者的意志，也有普通民众的需求。印度经典汉译一方面极大地丰富了中华文化，另一方面也保存和传播了印度文化；既形成了自己的学术传统，又推动了许多相关领域研究的发展。时至今日，在中印关系具有特殊意义的大背景下，继续推进对印度经典的汉译在两国关系层面有助于加深两国之间的认知和了解，构建更为均衡、更为深厚的国际关系，在学术研究层面也有助于推动相关领域研究的继续发展。

姜景奎

北京燕尚园

2017年12月31日

2019年12月25日修订

译者前言

一、关于作家

阿格叶耶（Ajneya，1911~1987）是印地语现代文学史上一位重要的作家，他在小说、诗歌、散文以及文学理论等方面都有所建树。与此同时，阿格叶耶也是印地语文学史上一位饱受争议的作家，无论是特立独行的个性还是求新求变的创作风格都使他经常处于争议之中，印度文学评论界对他的文学创作一直存在着不同的看法和评价。尽管存在争议，但是目前印度文学评论界比较一致地认为阿格叶耶是一位具有现代主义创作风格的作家，是印地语文学从传统向现代转型的过程中对印地语文学的发展产生了重要影响的作家，同时也是印地语文学现代主义的开拓者和奠基人。

阿格叶耶本名萨基达南德·希拉南德·瓦德斯亚因（Sachchidananda Hirananda Vatsyayan），1911年3月7日出生于印度北方邦的佛教圣地拘尸那迦（又译拘尸那揭罗）。他的父亲是印度国家文物考古部门的一个高级官员，当时正在那里从事考古挖掘工作，阿格叶耶出生的地方正是父亲考古工作的现场。阿格叶耶的家族属于旁遮普的一个名为“萨尔斯瓦德”（Saraswat）的婆罗门副种姓，祖父是当地非常著名的梵文学者，父亲希拉南德·夏斯特利幼年起就开始接受严格的传统教育，之后又在大学继续深造，后来一直在考古部门任职。希拉南德·夏斯特利共有八子两女，阿格叶耶排行第四。阿格叶耶这样描述自己的家庭背景——“我不知贫困为何物，如果可以称为富裕，那么它的经济基础也只是衣食无忧而已。至于奢侈的消费，那是不属于我的。”①

父亲的工作性质决定了全家人总要不停在各地搬迁。阿格叶耶先后在勒克瑙、斯利那加、那烂陀、巴特那、马德拉斯（金奈）等地度过了自己的童年时光。父亲很重视他的教育，很早就开始对他以传统方式进行口授的梵语教育。当他到了应该开始正规教育的年龄，父亲因为对学校教育的不信任以及经常调换任职地点而造成就学不便等原因，一直安排他在家中接受教育。但这种家塾式教育也是十分严格和规范的，父亲专门聘请了精通梵语、波斯语的学者和一名美国传教士担任他的教师。这一时期他学习了梵语、英语和波斯语，后来他又系统学习了孟加拉语。此外，父亲丰富的藏书使他在童年和少年时期得以阅读大量书籍，如惠特曼、莎士比亚、果戈理、屠格涅夫、托尔斯泰、雨果等外国文学名家的作品，以及米拉巴依、杜勒西达斯、迈提里谢仑·古伯德、谢利特尔·巴特格以及赫利奥特等印度作家的作品。早期的文学启蒙和熏陶为其日后的文学创作打下了坚实的基础。

1925年阿格叶耶考入了马德拉斯基督教会学院，开始了大学预科的学习。1927年结束了大学预科学习的阿格叶耶考入了拉合尔的

① 阿格叶耶:《自白》，印度格杨比特出版社，1960年，第178页。

福尔曼学院，专业仍是理工科。在这一时期，阿格叶耶同青年印度大会有了接触，并结识了“印度社会主义共和军”的主要成员金德尔谢克尔·阿扎德、苏克德沃和帕格沃提杰伦·波赫拉等人，从此开始投身于政治运动，并于1929年开始攻读英语专业的硕士学位。

自1929年至1936年的这段时期，政治活动、暴力革命和监狱生活构成了阿格叶耶生活的主旋律。1930年11月15日，阿格叶耶在阿姆利则的兵工厂里被捕，直至1934年2月才获释，获释后他又在拉合尔被软禁了一段时间。阿格叶耶在狱中经受了来自精神和肉体的双重折磨。然而正是在狱中，他阅读了很多文学作品以及大量心理学、政治学、经济学、历史学、哲学、法律等方面的著作，因此他把监狱称为自己的第二所大学。此外，阿格叶耶在狱中正式走上了文学创作的道路，并开始以“阿格叶耶”的笔名发表作品。“阿格叶耶”这个笔名的诞生还有一段堪称传奇的故事。阿格叶耶从狱中悄悄托人将自己的两篇短篇小说交给介南德尔·古马尔，并通过他送到普列姆昌德主编的《觉醒》上发表。普列姆昌德很喜欢这两篇小说却又不认识作者，因此接受了介南德尔的建议，用“阿格叶耶”（意为：未知者）这个名字为作品署名。从此以后，文学新人萨基达南德·希拉南德·瓦德斯亚因就以“阿格叶耶”这个笔名登上了印度文坛，这个名字也开始渐渐开始在诗歌和小说界引起人们的关注。

后来，阿格叶耶先后在阿格拉的《战士》、加尔各答的《伟大印度》、巴特那的《闪电》等杂志社任编辑，1940~1942年在德里广播电台担任记者和编辑。1943年，他弃笔从戎参加盟军，积极投身于反法西斯战争，在阿萨姆和缅甸服役至1946年。此后，他主要从事编辑、记者和教师的工作。1947~1952年，任文学刊物《象征》的主编；1952~1955年，在全印广播电台担任记者和编辑；1961~1964年，在美国加利福尼亚大学讲授印度文化和印度文学；1965~1979年期间，他先后主编了《日晷》《新象征》以及《新印度时报》等报刊，这一期间他还曾在美国加州大学伯克利分校以及印度乔特普尔大学比较文学系担任教职。除了在国外讲学之外，阿格叶耶还曾多次出访欧美、东南亚、日本等地。1984年，他曾经访问过中国。1987年4月4日，阿格叶耶因病与世长辞，享年76岁。

绝大多数研究者，包括阿格叶耶本人也认为他是在狱中正式走上文学创作之路的，尽管此前他已发表过一些作品。受泰戈尔《吉檀迦利》和阴影主义诗歌的影响，阿格叶耶在狱中创作了一些神秘主义风格的诗歌，其中部分作品在狱中佚失了，还有一部分幸运地得以留存。《谢克尔传》第一部的构思也是这一时期在狱中进行的。阿格叶耶早期的小说作品多以表现革命者和牢狱生活为题材，充满理想主义色彩和浪漫主义精神，然而在艺术方面还显得比较稚嫩，情节和人物塑造都不够真实自然。诗歌作品则带有阴影主义的风格和受泰戈尔诗歌创作影响的痕迹。

进入20世纪40年代，阿格叶耶在印地语文坛声名鹊起。在文学创作方面，1940年长篇小说《谢克尔传》第一部正式出版，之后诗集《忧虑》（1942年）、长篇小说《谢克尔传》第二部（1944年）、短篇小说集《传统》（1944年）和《狱中故事》（1945年）、诗集《终结》（1946年）、短篇小说集《难民》（1948年）、诗集《青草上的瞬间》（1949年）等作品集相继出版。此外值得一提的是，由阿格叶耶主编，收录了包括他本人在内的七位诗人作品的诗集《七星》于1943年出版，这本印数总共只有500册的诗集在印地语现代诗歌的发展史上却有着特别重要的意义，它是“实验主义”和“新诗”诞生的标志。

20世纪50年代，阿格叶耶除了致力于文学创作和文学刊物的编辑工作之外，还多次出访欧洲和亚洲的许多国家。国外的游历使他对现代城市文明和工业文明的负面影响有了更直接的感受，这对他的创作也产生了一定的影响，这些思想在他这一时期的作品中也有所体现。这一时期的重要作品有：短篇小说集《胜利之湖》（1951年）、《长青的藤蔓》（1954年）、《命运的锁链》（1957年）[①]，诗集《疯狂的猎人》（1954年）、《被践踏的彩虹》（1957年）、《光辉的怜悯》（1959年）和长篇小说《江心洲》（1951年）。在这一时期他还继续主编并出版了《七星》的第二集（1951年）和第三集（1958年）。

20世纪60年代是阿格叶耶创作的成熟期。这一时期出版的作品除了短篇小说集《你的偶像》（1961年）以及由已发表作品重新结集而成的短篇小说集《不可触碰的花》（1961年）和《好奇》（1965年）之外，还有他最重要的几部诗集如《庭院的门槛》（1961年）、《摆渡几多回》（1967年）和《因为我了解》（1969年）。《庭院的门槛》在1965年获得了印度文学院奖。此外，阿格叶耶的最后一部长篇小说《陌生人》也于1961年问世。

阿格叶耶在20世纪70年代之后的作品数量也相当可观，如诗集《海的印章》（1970年）、《我编织了寂静之网》（1973年）、《大树下面》（1977年）、《河湾上的影子》（1982年）、《你曾见过这样的家》（1986年），1975年还出版了汇集了他全部67篇短篇小说的两卷本全集《弃绝的道路》（上）和《回转的小径》（下），1985年他的诗歌全集得以出版，1978年《七星》第四集也由他编辑出版。1978年，他的诗集《摆渡几多回》获得了“格杨比特奖”。

---

①《长青的藤蔓》和《命运的锁链》为重新结集出版的短篇小说集，没有收录新的作品。

阿格叶耶是一个创作生命很长，同时作品数量也很多的高产作家。除了以上提到的十几部诗集中的千余首诗歌、四部长篇小说和六十七篇短篇小说之外，他还创作了大量的散文以及文艺理论和批评方面的文章，结成《色彩缤纷》（1946年）、《印地语文学现代观》（1967年）、《乌云》（1971年）、《洁白的纸》（1972年）、《今日》（1977年）、《纪元》（1974年）、《命中注定》（1977年）、《水流与堤坝》（1978年）、《人与制度》（1978年）、《文化意识》（1980年）、《圆周和圆心》（1984年）等几十部散文杂文集。阿格叶耶的散文作品涉猎极广，有随感，也有艺术性的散文，还有关注社会问题和文学问题的杂文。他将目光投射于现实社会中，除了个人所从事的文学创作和文学评论方面的工作之外，他对社会问题、文化问题、教育问题、政治问题等都表现出极大的兴趣和关注。阿格叶耶还创作了不少英文诗歌，出版了英文诗集《狱中时光》（1946年）。此外，他还翻译了一些自己的作品以及其他文学作品，如介南德尔·古马尔的《辞职》（英译本）、泰戈尔的《戈拉》和《国王》（印地语译本）以及他自己的小说《陌生人》（英译本）等。

二、关于作品

1. 创作背景

阿格叶耶的文学创作生涯开始于20世纪30年代，但是真正引起印度文坛广泛反响并为其在印地语文学的发展史上赢得一席之地的是他的长篇小说创作。1940年长篇小说《谢克尔传》第一部——《谢克尔传：成长》正式出版，奠定了阿格叶耶在印地语现代文学中的地位。此后他还分别于1944年、1951年和1961年出版了《谢克尔传》

第二部——《谢克尔传：斗争》《江心洲》和《陌生人》等长篇小说。阿格叶耶长篇小说的数量虽然不多，但是几乎每一部作品的出版都在印度文坛上引起不小的震动和争议，他的长篇小说创作因其在主题、艺术和语言等方面的探索性和创新性丰富并推动了印地语长篇小说的发展。

《谢克尔传》的第一部和第二部分别出版于1940年和1944年。阿格叶耶在第一部的前言中谈到，《谢克尔传》共分三部，这三部的人物和情节一脉相承、相互联系，但同时又具有独立性。前两部问世之后，尽管人们一直翘首盼望第三部的出版，但是直至阿格叶耶逝世，《谢克尔传》第三部也未见问世。关于第三部一直未能得以出版的原因，有传言说是因为原稿在狱中遗失了，但事实其实并非如此。有不少读者和评论家曾就这一问题多次询问过阿格叶耶，他说："第三部已经写了两遍，还在修改，但是仍不能令我感到满意。"[①]关于具体原因，他解释道："创作不仅仅是为了表达，也是为了传递。今天当我感觉到当初的表达是不完整的，或者用今天的观点来看那根本不是表达，那么在有鉴赏力的社会面前我该出版什么呢？传递什么呢？"[②]由此可以看出，阿格叶耶最终没有出版《谢克尔传》第三部的原因是——他感到当初希望通过作品传达的思想和感受已经远离了后来的时代，他自己关于暴力革命的观点已经发生了改变。

阿格叶耶在《谢克尔传》第一部的前言中谈到了创作这部作品的原因。1930年的一个夜里，阿格叶耶因为参加地下革命组织被逮捕，受到了审讯和拷打。他感到自己的生命"可能即将走向终结"，可能会被判处绞刑。面临死亡的痛苦赋予了他一种回顾人生的力量，

① 普尔帕格尔·马杰韦：《阿格叶耶》，腊基巴尔父子出版社，1991年，第57页。
② 阿格叶耶：《自白》，印度格杨比特出版社，1960年，第62页。

他认为“痛苦中隐藏着一种使人富于洞见的力量，一个身处痛苦中的人或许会成为一个洞察者”。在生与死的交叉点上，阿格叶耶开始思索生命的价值和意义。他忽然意识到，人生旅途中许多表面上看起来毫无关联的小事，在一种冥冥力量的左右下最终会铸成一个人的命运，正如谢克尔在回顾自己人生的旅程时所感到的——“生命旅途中的高山、溪谷、河渠、荆棘、风暴，所有这一切对我而言，而且仅仅对我而言，是相同的。其目的就是在某个特殊的时期、特殊的环境、特殊的地方，以特殊的方式和手段给我的生命一个特殊的终结，由此使其获得自身的解脱、成功和完满……”因此，在《谢克尔传》这部作品中，谢克尔所做的正是努力探寻铸成自己命运的种种线索，因为认识了这些线索，便“理解了生命，获得了生命的完满”。阿格叶耶通过《谢克尔传》所要表现的是一个人性格发展和命运形成的过程，是对人格和命运的探究和挖掘，是一部关于主人公谢克尔的心灵成长史。阿格叶耶说：“我最感兴趣的是一个从事恐怖暴力活动的人的心灵是怎样形成的，‘谢克尔’的创作正是由此开始的。”[①]

《谢克尔传》的草稿是用英文在监狱中写成的，1935年被软禁期间，阿格叶耶又用印地语对原稿进行了修改和完善。这样的修改和再创作前后持续了9年时间，直到1940年《谢克尔传》的第一部才由娑罗室伐底出版社正式出版，因此阿格叶耶说《谢克尔传》是他“十年努力耕耘的成果”。

《谢克尔传》的创作与阿格叶耶的个人生活经历和思想有着密不可分的联系。诚然，所有文学作品的创作都是作家思想和经历的一种体现，但从《谢克尔传》的前言中我们可以看出，这部作品与阿

① 阿格叶耶：《自白》，印度格杨比特出版社，1960年，第64页。

格叶耶个人生活和思想的联系超出了一般的文学作品，所以很多人认为《谢克尔传》的原型就是阿格叶耶本人，甚至有许多学者直接依据《谢克尔传》研究阿格叶耶个人的生平经历和思想。尽管阿格叶耶从其个人生活的环境和经历以及个人的思想、情感和对生活的感受中提取了很多素材，塑造了谢克尔这个形象，但不能将《谢克尔传》看作是阿格叶耶的自传，也不能把谢克尔这个人物看作是阿格叶耶本人，这也是作家本人在作品前言中反复强调的。《谢克尔传》是阿格叶耶文学创作的结晶，谢克尔这个人物是阿格叶耶凭借着艺术家特有的敏感和对生活的感受创作和塑造的文学人物形象，绝不能将二者混淆起来。至于阿格叶耶作为一个作家从自己的生活中以怎样的角度和方式提取了艺术创作的素材，做这样的判断和辨析恐怕并非一件易事。

《谢克尔传》表现的是主人公谢克尔—— 一个参加了秘密革命组织的"叛逆者"，在被判处绞刑之后，以一种经痛苦磨砺而成的平静的心情和澹然的心态对自己一生所做的回顾。面对死亡，谢克尔并不感到恐惧，而是以一种超然的理性回首自己的人生之路，以一个旁观者的视角回顾审视谢克尔的生命历程。谢克尔的精神和灵魂对另一个谢克尔——经历了二十多年的坎坷风雨最终成为"革命者"的谢克尔——的人格和情感进行了理智和清醒的剖析。随着回忆和思绪的展开，谢克尔充满叛逆的一生渐渐清晰地出现在读者面前。

《谢克尔传》的第一部和第二部在情节、内容以及时间方面是连贯一致的，第一部主要反映的是谢克尔从出生到17岁左右大学毕业这一段时期的生活经历；第二部表现的是谢克尔从在拉合尔读硕士到谢西死去，即他17岁到20岁这一阶段的生活经历。但是正如阿格叶耶所说，这两部小说具有各自的独立性，既是一部作品的两个部分，同时也可以被看作是两部独立的长篇小说。《谢克尔传》第一部和第二部在创作思路、创作思想和艺术手法等方面也有所不同。

《谢克尔传》以谢克尔这个人物的生活以及他的心灵成长为主要线索，表现了在与社会、家庭以及各种传统观念的冲突和碰撞中，他的叛逆性格形成和发展的过程，是对一个所谓的“叛逆者”心灵的解读。作品中的另一条线索是谢克尔和谢西的爱情故事，这两条线索相互交叉、密不可分。谢西以及她与谢克尔之间的爱情是影响谢克尔人格和命运发展的一个非常重要的因素，谢克尔的个性和经历最终铸成了他和谢西之间感人而又充满悲剧色彩的爱情。第一部的主要线索是谢克尔的心灵成长史，第二部在延续了这一线索的发展之外，主题的重心偏重于谢克尔和谢西之间的爱情这一线索的发展。因此，两部作品的内容和情节虽有连贯性，但是侧重点却有所不同。

2. 人物塑造

《谢克尔传》是以人物个性及心灵成长为主要线索的小说。谢克尔是这部作品的中心人物，作品最重要的主题就是揭示其人格的形成和发展过程。作品中其他人物的塑造都是围绕着谢克尔展开的，刻画这些人物是为了表现他们在谢克尔人格发展过程中所起的各种不同作用。其中谢西是最为重要和关键的人物，因为她不仅是影响谢克尔人格发展的一个重要因素，同时她与谢克尔的爱情也是这部小说的另一条主要线索。

谢克尔出生于一个婆罗门种姓的知识分子家庭，但他似乎是个天生的叛逆者。从幼年时起，来自家庭和学校的束缚和规则就不断激起他强烈的不满和反抗。他聪慧而又骄傲，对世界万物充满好奇心和求知欲，他不断对恐惧的含义、生命的起源、死亡的意义、神的存在等诸多问题发出疑问，希冀得到真实无欺、令人信服的答案，但是父母、家庭和学校不但不能满足他的这种求知欲，反而回避、压制和扼杀它，这使得谢克尔从幼年时起便充满了对周围环境、家庭、父母以及学校教育的不满。在成长的过程中，来自家庭、社会和情感方面的人和事所构成的各种偶然因素促进了他天性中叛逆个性的发展，使他对家庭和社会产生了不可遏止的逆反心理，最终促使他走上了暴力革命的道路。谢克尔的人生旅途是一条充满叛逆和不断寻找自由的旅途。从童年到青年，谢克尔一直不断和周围的环境发生冲突，同时也在自我内心的矛盾和痛苦中苦苦挣扎，在与自我和与外部世界的不断斗争中塑造着自己的心灵和人格，寻找着自我存在的价值和人生方向。谢克尔是一个充满矛盾个性的人。他性格内向，善于思考，非常重视、渴望亲情，正直友善；他敏感细腻，同时又极端自我，充满叛逆精神，对待别人的误解和伤害绝不宽容；他清高自傲，但有时又非常自卑；他时而充满热情、满怀抱负，时而又悲观自弃；有时非常坚强，有时也异常脆弱。他不断探索着自我的价值，不断否定自我而后又重塑自我。谢克尔的性格是复杂多变的，是多层面的而不是单一的。

许多人认为谢克尔是个唯我主义者，是以自我为中心的人，“任何外界的呼喊从未在他的内心中激起比焦灼不安更强烈一些的责任感”，[①]“他的所有斗争都停留在口头上，而没有转化在行动里”。[②]谢克尔身上确实有许多人格上的弱点，他的反叛性格中有一种为叛逆而叛逆的倾向，而且他的性格有时十分软弱，反叛经常只停留在内心和口头上，在实际行动中常常摇摆不定。阿格叶耶并不想把谢克

---

① 罗摩·科莫尔·罗易:《阿格叶耶——创作和斗争》，罗格帕尔第出版社，1978年，第114页。

② 那根德罗主编:《印地语文学史》，国家出版社，1988年，第676页。

尔塑造成一个完美的理想人物，他尖锐地指出了谢克尔性格中的矛盾和弱点，他在小说前言中写道：“我感到这部作品中既表现了他的伟大，也刻画了他的渺小。伟大是因为他的求知和探索中充满专注和虔诚，渺小是因为虽然他的求知欲非常强烈，但在很多方面，他并未成为一个真正的探寻者，而沦为了一个诡辩家，而他论辩中的逻辑（rationalisation）令人感到可怜和可悲……”阿格叶耶在谈到谢克尔这个人物时还说：“谢克尔不是什么伟大的人，也不是完美的人。但是他一直试图在人道精神的光芒下诚实地认识自己。他可能也不算是一个好的同伴，但是我相信，与他同行，最终您不会冷酷地对待他。而且在当今这个时代，我或者您都具有综合性格，也许你会发现，你内心深处的某个地方也有一个谢克尔——他并不伟大，也不优秀，但是清醒、自由而且诚实，非常诚实！”阿格叶耶认为，在印地语文学从传统向现代转型的过程中，科学人道主义逐渐取代了浪漫主义和现实主义，在印地语文学中出现了一种“非英雄主义倾向”。他说：“作家现在不再着力于塑造人，而是满足于发现人，承认人的重要性。当代印地语作品关心和描写普通人。”[①]“人类价值被认为来源于普通的人，而不是来自概念化的‘英雄’。”[②]阿格叶耶将印地语文学中的这一变化称为——“英雄的退场”，作家的这一观点也许能为我们认识和评价谢克尔这个人物提供一些依据。对于读者而言，贴近于真实生活和人类情感的人物更为可信，更易于得到读者的认同和接受。译者比较赞同印度学者戈巴尔·罗易的观点，他说：“谢克尔身上随处可见的不寻常把他和我们分隔开来，但谢克尔

① 黄宝生、周至宽、倪培根译：《印度现代文学》，外国文学出版社，1981年，第101页。

② 黄宝生、周至宽、倪培根译：《印度现代文学》，外国文学出版社，1981年，第102页。

对人性的感受是如此强烈，又使我们原谅了他的不同寻常。”[1]无论我们是否喜欢或者欣赏谢克尔这个人物，相信许多读者都会同意他是印地语小说中一个非常令人难忘的人物形象。

读完了《谢克尔传》这部作品，读者可能会发出这样的疑问：谢克尔是一个革命者吗？谢克尔在作品中是以一个革命者的形象出现的，但是《谢克尔传》并没有侧重于表现谢克尔的革命生涯。我们看不到谢克尔从事了多少重要的革命工作，甚至连他最后参加地下革命组织都带有一定的巧合性，令人感觉到他似乎是由于生活现状所迫而不是出于强烈的革命意识投身于暴力革命的。在《谢克尔传》的第一部中，我们可以看到谢克尔从童年到青年时期叛逆性格的形成和不断发展，可以看到他的社会意识和政治意识的觉醒和萌发。然而在第二部中，尽管作家描写了他在监狱中受到了一些关于暴力革命和国家民族意识的教育和熏陶，以及他出狱后通过写作宣传进步思想直到最后参加地下革命组织的生活经历，但是我们似乎很难感受到这一段生活中谢克尔的社会和政治意识中反叛精神有更进一步实质性的发展。第二部情节的主要线索是谢克尔和谢西的爱情，他作为一个“革命者”的经历和生活成为背景，并没有作为作品发展的主要线索。由于主题和内容线索的重点发生了转移，谢克尔心灵和人格的成长过程仿佛也随之发生了中断。从这个角度来看，谢克尔在《谢克尔传》中的性格发展是不完整的。从作品情节发展的连续性来看，我们可以预测《谢克尔传》的第三部应该侧重于刻画谢克尔的社会角色，侧重于表现他思想中政治观点和叛逆意识的发展和变化以及他暴力抗英斗争的革命者生涯。但是由于作家本人

---

① 戈巴尔·罗易：《阿格叶耶和他的长篇小说》，印度迈克米兰有限公司，1975年，第121页。

创作思想和个人观念的改变，《谢克尔传》的第三部一直没有出版。由于在思想和性格的发展过程中出现了某种程度的断裂，因而通过第一部和第二部呈现在我们面前的谢克尔的形象不够完整，这不能不说是一种遗憾。

谢西是《谢克尔传》这部作品中另一个非常重要、同时也具有感染力的人物形象。尽管在《谢克尔传》中，谢西是作为影响谢克尔人格和命运发展的因素出现的，但与其他人物不同的是，由于《谢克尔传》第二部将他们两人的爱情发展作为主要线索，因而她的人物形象在作品中也得到了比较充分的刻画，从而使谢西这个人物的性格比较饱满，相对于其他人物而言，她的形象更为独立和完整。谢克尔的人物性格和思想在整个作品中一直处于一种不断的发展和变化当中，与谢克尔相比，谢西的性格没有大的发展和变化，这与作品注重表现谢克尔的心灵发展史的主题有直接关系。当谢西作为主要人物出现在作品中的时候，她的年龄是16岁左右，人物的性格已经基本定型。读者是在谢克尔和谢西爱情故事中逐渐了解谢西这个人物的。

如果对谢西的性格特点做一些归纳的话，那么真诚、善良、宽容、坚强、富有牺牲精神应该是她人格魅力最集中的体现。她是谢克尔精神力量的源泉，是谢克尔灵魂的塑造者、爱情的培育者、生命的保护者。谢克尔将他与谢西的关系比喻为“刀锋”和“砺石”，他在与谢西的灵魂对话中说：“宝剑锋从磨砺出，你是砥石，我的生命在你不断的磨砺下才保持锋锐。在你的磨砺之下，我才能够去除锈渍、显露锋芒，我才能够站在世界面前不感到羞愧。”谢西在谢克尔生命中的价值是如此重要，因此在《序曲》中，当谢克尔面对绞索痛定思痛、回顾一生的时候，最先出现在他脑海里的人就是谢西。

谢克尔对谢西充满感激和崇拜，他感到谢西对他人格的呼唤促使他心灵中叛逆的一面更加积极地去面对挑战，而谢西的温柔和怜爱又唤醒了他心灵深处对美的追求和灵感。谢克尔和谢西的爱情是真挚感人的，对他们爱情的刻画是这部作品具有感染力的一个重要方面。

除了谢西之外，谢克尔的生活中还有许多人对他人格的形成和发展起了不同作用，这些人在谢克尔人生的不同阶段中出现，以不同的方式对他的生活和心灵产生了或大或小的影响。刻画这些人物的目的是为了表现谢克尔心灵和人格成长的过程，因此这些人物形象在《谢克尔传》中并不完整，围绕着谢克尔这一中心人物，作品刻画和表现了其他人物身上的某些性格特征。其中对谢克尔产生了比较重要影响的人有：谢克尔的父亲、母亲、姐姐萨尔丝沃蒂、夏尔达以及莫丹辛格等狱中朋友。此外，还有许多人物出现在谢克尔生活的不同阶段，对他的生活产生了一些影响，比如谢克尔做家庭教师时教过的学生茜拉，和谢克尔产生过一些朦胧感情，后来因病离开人世的香蒂以及谢克尔的大学同学古玛尔、瑟达西沃等等。有人统计过，作品中大大小小的次要人物约有一百多个，但显然《谢克尔传》是一部围绕着谢克尔，将其作为人物刻画和描写中心的作品。

3. 艺术特色

《谢克尔传》是印地语文学中一部非常重要，但又饱受争议的作品，它的题材、人物和艺术手法中表现出来的创新性和先锋性突破了当时的读者对传统小说的阅读习惯和思维定式，因而读者和评论家们对《谢克尔传》的评价也不尽相同。那根德罗在《印地语文学史》中写道："评论家因这部长篇小说产生了严重的分歧。有人把它称为闪亮的彗星而对它大加褒扬，有人指责它过于以自我为中心，情节混乱而不连贯。从这些相互矛盾的观点中可以得到这样的认识：从情节、艺术以及语言的角度来看，它都背离了传统而进行了一种新的尝试。”[①]无论对这部作品的评价如何，评论界对它的创新性的看法是一致的，而且也承认这部作品对印地语长篇小说发展的影响和作用——“伴随着阿格叶耶的长篇小说《谢克尔传》第一部的出版，印地语长篇小说的方向也发生了一个新的转变。”[②]

在阿格叶耶之前，印地语的长篇小说已经取得了很大的成就。但是伴随着世界文学潮流发展的脚步，印地语文学也在20世纪的三四十年代进入了一个由传统向现代发展的转型期。文学潮流变化的一个显著特征就是在文学中出现了一个“向内转”的大趋势：从强调表现客观现实发展到强调表现心理真实；从通过对人物的塑造表现和反映复杂的社会关系与社会现实，到强调表现人的心灵世界和情感世界；从传统现实主义文学的“外向性”审美视角到“内向性”审美视角。阿格叶耶的文学创作契合并且代表了印地语现代文学这一新的发展趋势。

阿格叶耶认为，在印地语现代文学的发展中发生了一个深刻的变化，一种重新确定对人的看法的变化——“它（印地语文学）日益认识到人是一个无与伦比的完整体，这是文学意识的一个新水平，情感的一个新尺度。”[③]他说：“当代印地语作品关心和描写普通人。作家承认人的普遍性，承认人的爱情、离愁、希望、心愿、幸福、痛苦、饥渴、恐惧、不安、欢乐和忧愁的普遍性。他不认为普遍性和特殊性之间有什么矛盾。人类是普遍的，而同时每个人又是特殊

① 那根德罗主编：《印地语文学史》，国家出版社，1988年，第675页。

② 那根德罗主编：《印地语文学史》，国家出版社，1988年，第675页。

③ 黄宝生、周至宽、倪培根译：《印度现代文学》，外国文学出版社，1981年，第100页。

的。正是从这一前提出发，当代作家开始为人类寻求希望。”[1]

阿格叶耶在《谢克尔传》中并没有把对印度社会的描写作为作品的主题，而是将人作为作品主题、内容、情节和各种艺术手段所要表现的中心。整部作品都是围绕着谢克尔这一个中心人物展开的，他既是作品的叙述者，也是事件的主人公。情节的发展和人物形象的塑造以他为中心展开，所有的人物、事件以及社会环境在与他的冲突和碰撞中得以展现。谢克尔是整部作品的中心，是整个作品的灵魂，其他所有人物、事件和情节都附着于这个中心之上，没有了谢克尔，这些人物和情节也就失去了在作品中存在的意义。因而有评论家指出："《谢克尔传》第一次使一个人物成为整部长篇小说的主题。"[2]在《谢克尔传》中，外部的社会和生活不是作品关注的中心，它只是人物活动的一个背景，作品关注的焦点是复杂的社会环境下人物心理的发展和衍变的过程，它着意表现人的自我斗争以及人与社会环境的冲突和对立对人类心灵的冲击和影响，着意表现人的自我探索和思考。

《谢克尔传》不是一部通常意义上的简单的人物传记，他是主人公谢克尔的心灵成长史。与一般文学作品中心理刻画和描写作为辅助性的创作手段不同，这部作品整个情节的发展就是在谢克尔的心理变化和人格发展中进行的。读者阅读文本的过程就是不断感受谢克尔心理变化和发展的过程，是读者同谢克尔一起回顾其人生和心灵成长的过程。所以说《谢克尔传》不仅使谢克尔这一个人物成为整部作品的中心和主题，它还使对这个人物的心理分析和描写成为

① 黄宝生、周至宽、倪培根译：《印度现代文学》，外国文学出版社，1981年，第101~102页。

② 戈巴尔·罗易：《阿格叶耶和他的长篇小说》，印度迈克米兰有限公司，1975年，第186页。

作品的主要线索之一，这与传统小说有很大的不同。有学者认为：“可以毫不犹豫地说，阿格叶耶之前的任何其他长篇小说家都没有如此深刻地进入某一个人物的内心世界对其进行分析和刻画。”[1]

此外，《谢克尔传》这部作品采用了一种非常独特的叙述视角，整个作品既有第一人称的叙述视角，又有第三人称的叙述视角。但是这两种叙述视角的并存和转换并不是简单地由多位叙述者共同叙述造成的，而是与这部作品的内容、主题以及结构非常巧妙地糅合在一起。《谢克尔传》是谢克尔对自己人生经历的回顾，属于一种自传体小说。一般来说，自传体小说通常采用第一人称的叙述视角。事实上，《谢克尔传》有别于一般自传体小说的特点即在于此，它既没有完全抛弃一般自传体小说从第一人称的角度展开叙述的特点，同时又借用了第三人称的全知者视角。同时，这种第三人称全知者的视角因为作品特殊的题材和结构突破了以往传统小说中第三人称全知者视角的局限。在《谢克尔传》中，谢克尔通过回顾自己以往的人生经历探寻自己心灵成长的过程，但是即将面临死亡的痛苦使谢克尔产生了一种超越了自身的理智和清醒，他用一种理性的目光回顾自己的过去，从一个旁观者的角度审视过去生活中的自我。由此，两种叙述视角很自然地结合在一起。这里的“我”和“他”是相同的，是谢克尔的精神与过去生活中的谢克尔在记忆中的交汇；与此同时，这里的“我”与“他”又是不同的。作品不断地在“我”与“他”之间转换叙述视角，既有谢克尔的心灵独白和对自己内心感受的直接倾诉，也有在回忆中以一个旁观者的视角记录下来的片段的生活场景和事件。读者在阅读的过程中，似乎进入了谢克尔的

---

① 戈巴尔·罗易：《阿格叶耶和他的长篇小说》，印度迈克米兰有限公司，1975年，第186页。

大脑，随着他的思维流动、回忆和讲述目睹、感受了谢克尔心灵的成长和变化。第一人称的叙述视角自然直接地向读者展现了谢克尔自己的内心感受，而当采取第三人称视角的时候，由于叙述者和主人公之间的特殊关系，并不会给读者带来“上帝视角”通常具有的那种不自然、不可信的感觉。同时，由于叙述者和主人公处于一种完全平等的地位，因而在刻画人物内心感受的时候是客观和真实的，叙述者的主观性议论由于叙述者和当事者之间特殊的平等关系也不会使读者感到枯燥和虚假。而且值得注意的是，当作家采取第三人称全知者视角时，对人物心理的描述通常仅限于谢克尔这一个人物，很少直接描写和分析其他人物的心理活动。所以在《谢克尔传》中，除了谢克尔之外，其他所有人物包括谢西都很少用内心独白的方式来表达内心感受，对谢西内心感受为数不多的几次直接刻画只是通过她对谢克尔的倾诉和书信表现出来。因此，《谢克尔传》中第三人称全知者的叙述视角与传统小说中的第三人称全知者视角有所不同，实际上在这部小说中并不存在真正意义上的全知全能的叙述者。《谢克尔传》这种独特的叙述视角不仅打破了传统小说的叙述方式，也突破了一般意义上自传体小说叙述视角的单一性。同时，这种独特的叙述视角与作品的主题、内容以及艺术风格结合在一起，叙述视角的创新和实验并不仅仅是一种单纯的炫技，同时也增强了这部作品的艺术感染力。

阿格叶耶在《谢克尔传》的创作中还借鉴了一些现代小说的创作手法，《谢克尔传》的情节结构具有一些现代小说的特征。第一部《序曲》一章的开始是谢克尔精神世界的内心独白，在零乱、跳跃性的思维流动中，穿插交错着谢西、姐姐、夏尔达、母亲、茜拉等一些相互之间没有什么内在关系的人物，一些散乱并且相互之间缺乏内在联系的生活场景和谢克尔本人的内心活动。这些人物、场景、事件以及心理活动并没有相互的逻辑关系以及时间的先后顺序，甚至由于记忆的错乱和情绪的诱导，记忆中的很多场景真假莫辨，同一场景甚至出现了截然不同的两种回忆。但是在心理活动的背景下，这些散乱的片断由人物的心理逻辑串联起来，表达了相应的思想内容。在这一章节中，我们几乎完全找不到传统小说情节的完整性、清晰性以及相应的因果联系和时间顺序。此后的整部小说，尤其是《谢克尔传》的第一部继续保持了这样一种基本的情节结构，在叙述视角的频繁切换中，情节发展的时间顺序被打破，时而是回忆中的生活场景和事件，时而是牢狱中谢克尔的意识流动和情绪表达，而且回忆和心理活动之间并不一定具有必然的相互联系。作品中情节发展所依据的时间不是现实时间，时间和空间的变化和转换完全随着人物的心理活动进行。因而有学者指出："阿格叶耶的时间是从现在开始向过去发展，而后又转回来融入现在，不仅如此，在阿格叶耶的时间观念中，现在和过去如同两只球一般从一只手到另一只手不断被交换，于是现在和过去就这样共存着。"[①]《谢克尔传》的第一部中，在谢克尔对自己从3岁至17岁这段人生经历的回忆里，所有的人物和事件都以一种松散的时间顺序出现，虽然有一定的时间先后，但是这种时间的顺序又并不很清晰和明确，事件的发展也没有延续性和完整性。这样的情节结构完全符合这部作品以人物心理活动串联起情节发展的基本特点。

但是必须指出的是，《谢克尔传》的第一部和第二部在艺术创作手法上是有差异的。第二部的情节是围绕着谢克尔和谢西的爱情线

---

① 戈巴尔·罗易：《阿格叶耶和他的长篇小说》，印度迈克米兰有限公司，1975年，第188页。

索展开的，虽然某种程度上仍保留了第一部情节结构的一些基本特点，通过叙述视角的转换在现在和过去两个时空之间来回穿插；但是第二部的情节结构更接近于传统小说的风格，与第一部相比，故事情节更加清晰完整，情节发展之间既有因果关系，又有时间的连续性。从大学生活→被捕入狱→文学创作→共同生活→谢西之死，这时的情节发展已完全符合传统小说情节发展的基本特点。谢克尔的思维从现在到过去，再由过去回到现在的转换已经非常有限，这有限的时空转换也可能是出于保持前后两部作品在艺术风格方面的延续性和一致性的考虑。

另外需要指出的是，《谢克尔传》并不是一部纯粹的意识流小说，虽然它借鉴了一些现代小说包括意识流小说的手法，在第一部尤其是《序曲》部分使用了少量意识流的创作手法。但是与纯粹的意识流小说不同，这部作品的情节结构虽然有些散乱，具有跳跃性，但是仍具有相对集中的情节，人物的心理活动也不完全属于毫无关联的自由联想，意识流小说惯用的内心独白和象征手法也并不很多。所以从整体上来说，《谢克尔传》尤其是第一部对传统小说的情节结构有所突破，吸收了现代小说的许多创作特点，但它并不是一部真正意义上的意识流作品。

阿格叶耶的语言风格非常独特，他偏爱使用梵语原形词或梵语的词缀，遣词造句十分古雅，具有一种诗化的语言风格，因此有学者指出："他的语言风格很接近于伯勒萨德，也就是很梵语化。"[①]这样的语言风格一方面使作品的文词优美典雅，富有节奏感和诗意，但是又常常会使语言显得堆砌雕琢、晦涩难懂，有失生动和自然。与普列姆昌德和介南德尔·古马尔生动、自然、朴实、亲切的语言风格相比，阿

① 普尔帕格尔·马杰韦：《阿格叶耶》，腊基巴尔父子出版社，1991年，第54页。

格叶耶的语言更为书面化，尽管具有优美和高雅的意蕴，但是常常脱离人物的身份和性格，特别是在人物对话中表现得更为明显。

最后需要指出的是，《谢克尔传》这样一部在题材、内容、艺术手法等各方面都与传统小说截然不同的作品在20世纪40年代初问世，由此引起激烈的争论和不同的评价并不奇怪。而且赞同者和反对者争论的焦点都是这部作品的“实验性”特点，赞同者认为它为“普列姆昌德之后印地语文学的发展指明了一个新的方向”，[①]反对者则认为它仅仅刻画了一个个人的内心斗争，但是却没有充分地反映出社会现实生活。[②]但无论是赞同还是反对，文学评论界已经形成共识的是，《谢克尔传》的出版使得印地语长篇小说的发展产生了新的变化。而如果我们将这部作品的出版与20世纪世界文学的发展方向以及20世纪三四十年代印度文学中出现的新的文学思潮结合起来看的话，我们应当对这部作品在印地语文学中的影响和地位给予相应的肯定。《谢克尔传》或许不是一部完美的作品，但是它顺应了20世纪世界文学的发展趋势，是对印地语文学传统的丰富和发展，对印地语文学的发展也起到了一定的促进作用。《谢克尔传》的出版不仅奠定了阿格叶耶在印度现代文学中的地位，还因作家刻意追求的独特艺术风格以及由此体现出的探索和创新精神成为一部令人难忘的作品。

三、关于译文

《谢克尔传》的语言具有多语种的特点。除印地语之外，作品中还使用了英语、梵语、孟加拉语、旁遮普语等语言，这些印地语之

① 戈巴尔·罗易：《阿格叶耶和他的长篇小说》，印度迈克米兰有限公司，1975年，第189页。

② 参见普尔帕格尔·马杰韦：《阿格叶耶》，腊基巴尔父子出版社，1991年，第55页。

外的语言主要出现在人物之间的对话以及征引的诗歌或典故中。这无疑是作家有意的安排。多语言的使用与主人公谢克尔的生活经历有关，因为在二十多年的时间里，他的足迹几乎踏遍了印度次大陆的东西南北。诚然，多语言的使用也与作家阿格叶耶的个人兴趣及其语言天赋和才能有着密不可分的关系，从少年时期起，阿格叶耶便在父亲的安排下，系统地学习并掌握了梵语、英语、波斯语和孟加拉语等语言。

此外，印地语之外的其他文学传统也在这部作品中有所体现，如英国维多利亚时代著名诗人的诗作，印度古代宗教经典以及古典梵语诗歌、戏剧，泰戈尔创作的孟加拉语诗歌和歌曲等。小说中对英语的使用一般有两种情况，一种是直接引用英文原作，另一种是用印地语天城体对英语进行转写，前者多出现在引用英语诗歌的时候，后者往往出现在一些叙述和对话中。而在引用梵语、孟加拉语以及旁遮普语等印度本土语言的诗歌和典故时，作家并没有将其翻译为印地语，而是直接用印地语天城体对这些语言进行转写，也就是说，这些语料在作品中被书写成印地语，但语料本身使用的仍是其原初语言。

针对作品以上所述的两个特点，译者在翻译时采取了不同的处理方式。如果原作中直接使用了英语，译文中则保留英文原文，在注释中进行对应的汉译；如果原作中用印地语天城体转写了其他语言，包括英语、梵语、孟加拉语等，译文中都直接对此进行了翻译，但这些地方的译文用楷体予以标注，以示区别。

原著在引用其他诗作时，可能由于作家记忆有误，个别地方的词汇和句子与原作有一些出入。译文中对这些文字未加修改，以示对原著的尊重，与原作有出入的地方在注释中进行了说明。

本译文依据的是印度国莲书局（Rajkamala Prakashan Private Limited）2015年出版的平装版两卷本《谢克尔传》。但令人遗憾的是，这个版本的多处地方存在印刷和装订方面的错误，对该版本中这些显而易见的错误，译者在译文中根据该作品的其他版本和资料直接进行了纠正，此类修改未在注释中进行标注和说明。

一版序言

一

痛苦中隐藏着一种使人富于洞见的力量，一个身处痛苦中的人或许会成为一个洞察者。

《谢克尔传》是我十年努力耕耘的成果，十年的时间并不算短，然而“传记”至今仍未完成。它是将我在一个极度痛苦的夜晚所看到的vision[①]诉诸文字的一种尝试和努力。

您可能认为这是吹嘘。但我的意思并不是说，这样大部头的作品是在一个晚上创作出来的。不，请您一个字一个字地再仔细读一遍——《谢克尔传》是将我在一个极度痛苦的夜晚所看到的vision诉诸文字的一种尝试和努力。

您很可能想知道那是怎样一个夜晚，但是在此描写个人隐私既不可能，而且对您也没有任何意义。对您而言，那晚我看到的vision才是值得描述并且意义重大的。关于我在那个夜晚的经历，我只能

① 英文，意为“景象、幻象、画面”。

告诉您——警察像强盗一样半夜闯进来，把我关进监狱。时隔不久，警署的高级官员对我进行了审讯，我们之间起了争执，之后我遭到了一定程度的刑讯拷打。当时，我感到生命即将走向终结。此前我从未想过自己会被处以绞刑，现在也不会这么想，但当时的处境和心态让我觉得绞刑并非不可能，而且我当时坚信，这个命运就在前面等着我。我在前文中说过，巨大的痛苦可以将人变为一个洞察者，在此我想补充的是，身处绝望之中，人往往会超然于物外，从而成为一个洞察者。我的意识仿佛跳脱于情绪之外，化为一个诘问出现在我的面前——如果这就是我生命的终点，那么对于个人而言，对于社会而言，对于人类而言，人生的价值何在？有何意义？实现了什么？面对超然而冷漠的诘问，在痛苦所具有的充满穿透力的目光的审视下，我的人生之门开始慢慢开启。我的人生不再以一种个人化的、孤立的形式存在，而是成为了一个事件，成为了社会的一部分。人生的因果链条上的种种线索渐渐被解开，我开始领会其中的玄机。

拂晓时分，一切都发生了变化。我已领悟到许多关于人生意义的线索，但是整个身体轻飘飘的，几近虚脱。尽管疲惫至极，但内心又无比平静。我就这样一直睡了两三天。

这就是我能描述给您的关于那个夜晚的一切。之后的整整一个月时间风平浪静。一个月之后，我从拉合尔堡[①]被转往了阿姆利则监狱。在那里我得到了纸笔，于是我花了四五天时间，将我在那晚领悟到的关于生命的意义和线索记录下来。这两三百页用铅笔写成的

---

① 拉合尔堡位于今巴基斯坦境内的拉合尔市，据说始建于1201年，莫卧儿王朝的阿克巴大帝以及后来的几位皇帝陆续对此进行了扩建。1981年拉合尔堡被联合国教科文组织列入世界文化和自然遗产名录。英国殖民时期，拉合尔堡曾作为拉合尔监狱的一部分用作关押政治犯。

文稿就是《谢克尔传》的基础。此后的九年多时间里，我一直试图为这灵魂瞬间折射出的光芒创造一个载体。强烈的感受（intensity）来自于生活，仅凭想象无法得来，但借助于想象力则可以把控它，使之变得具体而且鲜活。当然，所有的努力都是为了创造这个载体。

如果您对革命者的生活有所了解，那您一定知道他们是一些不知疲倦、勤勉工作的人，在他们所有成就的背后，潜藏着一种强烈的宿命感。归根结底，革命者都是某种宿命论者。但是这种宿命论并非那种使人消极无为的命定论，它反而会激励人们更加坚韧克己地工作。这种宿命论比“薄伽梵歌”[①]中所说的业瑜伽[②]更进了一步，因为它并非只将践行者视为纯粹的工具。如果可以这样说——革命者的宿命论不是接受既定的命运，而是坚定地（纵使有些盲目地）相信生活中存在着某种合乎科学规律的因果关系——那么也许可能更接近于真相。我认为，当今很多科学家也是这种宿命论者。

身为一个革命者，《谢克尔传》中的主人公在自己的人生中努力探索和认识命运发展的线索，因为认识了这一切，也就理解了生活，完满了人生。另一种观点认为，神的所有安排都是完美的，也就是说，每一件事都是对其自身的完满和实现。这当然不失为一种人生之道。但是，如果有人不能接受这种逻辑，那么对于他们而言，前一种观点可能是另一种包容生活的方法。因此您会发现，在本书的第一部中，谢克尔也在仔细审视自己童年时期的一件件小事。对童年进行研究自有其意义，而且国外的许多艺术家们也对童年进行了研究和描写。但在《谢克尔传》中，这种对童年的关注本

① 薄伽梵歌（Bhagavadagita）是史诗《摩诃婆罗多》中重要的哲理性插话，同时也是印度教最负盛名的经典，主要内容是黑天在俱卢之野的大战前对阿周那的教诲。

② 业瑜伽（Kamayoga）是《薄伽梵歌》中提到的四种瑜伽之一。业瑜伽反对消极无为，鼓励遵循“达摩”（正法）积极行动。又译为“行为瑜伽”或“有为瑜伽”。

身并不是目的，仅仅是探寻人生线索的手段。每个人的生活中都会发生一些事情，但是我们不可能时时拥有洞察它的力量，只有在某个事件的打击下，生命的光芒被忽然激发出来的时候，或是在痛苦的强烈刺激下，人变得具有敏锐的洞察力时，我们才能获得这种力量……关于我的作品，我没有权利再继续说三道四，但是出于“谢克尔”和我之间的联系，我感到这部作品中既表现了他的伟大，也刻画了他的渺小。伟大是因为他的求知和探索中充满专注和虔诚，渺小是因为虽然他的求知欲非常强烈，但在很多方面，他并未成为一个真正的探寻者，而是沦为一个诡辩家，而他论辩中的逻辑（rationalisation）令人感到可怜和可悲……①

简而言之，这就是《谢克尔传》最核心的故事。您也许会说，这根本不是什么vision，这是一种逻辑论证、一种哲学。但是我认为，哲学最终也是一种所见，是vision。为了佐证我的观点，我要举的例子是——“哲学”一词在印地语中正是“所见”之意。

二

这部《谢克尔传》是否是自传？一定会有人提出这个问题，而且即使没有提出这样的疑问，读者们也会带着这样的成见阅读作品。在印地语文学中，每个诗人都会以自己的情人作为描写对象，抒写离愁的情诗往往被证明是某个诗人在妻子亡故后的悼怀之作。在这样一种状况下，奢望读者不要把《谢克尔传》仅仅视为一部普通的

① 在进行了上述表达之后，应该没有必要再说下面一番话了——尽管谢克尔的人生哲学基本上也是其作者的人生哲学，但是谢克尔经常使用的逻辑理论或谬误是谢克尔的，而非作家本人的。尽管所有人都会犯一些可怜的逻辑性错误，但是如果认为一部小说中的人物身上的缺点就是其作者身上的缺点，那就大错特错了。我之所以在此不得不进行这样一番表述，是因为我凭经验知道，印地语的读者常常犯这样的错误。——原注。

自传，奢望读者了解《谢克尔传》是作品中一个人物的口述传记而非作家的自传，可能是徒劳的。我记得，三年前当我的一首名为《鸾胶》[①]的诗作发表时，有好几个读者给我写信表达慰问之意，其中一个读者甚至写道："我对您抱以深切的同情，因为我自己也身处同样的境遇，所以非常理解您。"甚至连刊物的编辑（有些调侃地）也问我："您还一次婚也没结过，怎么和再婚的妻子吵架了？"这样的读者如果得知我本人未婚，但作品中写的却是再婚生活中的故事，一定会认为自己受到了欺骗。这样说非常令人遗憾，但现实却是——当今大多数印地语文学作品和文学批评都建立在一种错误的观念上，很多人认为对亲身经历（不是个人感受，因为感受不必亲历也可获得）的描写才是最真实的描述和最辉煌的成就。能够借助于想象力和敏锐的感受（sensibility）进入他人的故事，同时能够抛弃个人亲身经历形成的成见，是作家能力的一种体现，所获得的感受也是真实客观的，但只有为数不多的印地语作家能够理解或者认同这样的观点。相反，许多作家会说，这样的感受（我要再次重申：亲身经历并不等于自我感受，但如果我们具备对此开敞心扉的能力，那么经历才会成为我们的个人感受。）是来自于他人的，是二手的，也就是说是次要的和不真实的。对于这样的人而言，T.S.艾略特[②]的下述观点毫无意义，而这番表述本来正是对于这个问题的唯一解答——There is always a separation between the man who suffers and the artist who creates，and the greater the artist the greater the separation.[③]

但是这已经有些离题太远了。我必须承认，如果能够按照艾略

①《鸾胶》（dvitiya）是作家于1937年创作的一首诗，后收入诗集《终结》。

② T.S.艾略特（Thomas Stearns Eliot，1888~1965）出生于美国，后加入英国国籍，著名现代派诗人、剧作家和文学批评家。

③ 英文，大意为：在亲历者和从事创作的艺术家之间永远存在一种距离，艺术家越伟大，这种差距就越明显。

特的观点进行创作，我或许能够成为一个伟大的艺术家。尽管《谢克尔传》中的每个角色都具有多面性（composite character），但我个人的感受和痛苦的确渗透在《谢克尔传》这部作品中。有人说，所有故事文学都带有自传的性质，即使不是对自己生活的描绘也是自己生活的一种映射（projection），是可能会发生在自己身上的故事。但这种说法并不能使我感到轻松。《谢克尔传》中有许多我的影子，我无法践行艾略特的理念（尽管我承认它非常伟大）。《谢克尔传》无疑忠实地记录了一个人的个人际遇（a record of personal suffering），但它同时也反映了一个人与时代的抗争。它并非一个仅仅属于个人的故事，您无法简单说一句"这是某个人的私事"，就把其中的诉求和呼声轻易抛在脑后。我坚持认为，在这部作品中发声的是我身处的社会和时代，这部作品是我和谢克尔所生活的时代的象征。尽管如此，我也知道如果这部小说的创作是在另一种条件和环境下，或是以另一种方式进行（抑或出自于另一位更有才华的作家之手），那就既无写这篇序言的必要，也不存在任何令读者们无视其他，认定"《谢克尔传》不仅是故事情节，甚至连故事情节发生的地点都与作者的生活轨迹完全吻合"的可能性了（尽管作此论断的人可能必须对我有特别的了解）。

关于最后所说的这种相似性我要做一下解释。出于真实刻画儿童内心世界的目的，我根据自己的生活经历，为《谢克尔传》的开篇部分选取了故事发生的地点。然而随着谢克尔的成长，他的生活和精神世界与我自己的生活和精神世界逐渐脱离开来，乃至于连我自己都感觉到，我是一个独立个体成长的见证者和记录者，我并未对他的生活进行任何干涉和控制。对于一个文学人物的创作者而言，这样的表达是否合适？文学人物能否能够作为这样独立的个体而存在？文学人物并非由作家随意摆布的傀儡，反之却能够掌控作家，这样的可能性是否存在？对这些深奥的问题感兴趣的人可以求证于皮兰德娄[1]。

三

关于《谢克尔传》的创作缘起，以及读者应该如何清醒地看待这部作品，这些对读者的期待和寄语我已经讲完了。但是除此之外，或许还有一些情况需要说明，因为即将和序言一起呈现于读者面前的只是《谢克尔传》的第一部，另外两部尚未出版。

《谢克尔传》共分为三部。尽管三部中贯穿着同一主题，但是如果各自独立成书，也基本上都是完整的作品。可以说，《谢克尔传》实际上是系列三部曲。如果不把它们视为三部曲，每一部其实也可以独立出版，这样也就没有进行特别说明的必要了。假如有人读完第一部之后不想继续再读第二部，他不必觉得自己为一部残缺的作品浪费了时间，将第一部视为一部完整的作品，在这部作品的基础上形成自己的阅读体验，我不会抱怨这种做法有任何不公之处。

但是，如果有读者在读第一部的时候希望了解他们为什么要读其余部分，或者应该带着怎样的预期阅读其余部分，针对这样的读者，我觉得在此提出一些请求不应算是非分之举。因此，我想告诉这些读者——从本意，或者毫无愧言地说，从作品想要传达的内涵而言，《谢克尔传》三部曲中存在着一种与众不同的特质。如同织毯上粗硬的素色经线织缚着五颜六色的纬线一样，在《谢克尔传》三部曲色彩斑斓的故事中也贯穿着一条线，它正是我所期望和试图表

① 路伊吉・皮兰德娄（Luigi Pirandello，1867~1936），意大利著名的小说家、诗人和戏剧家，1934年获诺贝尔文学奖。

达的东西，这条线贯穿始终、无法割裂，它是我对生活的批判和我的生活哲学。在创作《谢克尔传》时，在对故事情节的创作中我费尽心力，因此无论怎样，虽然不能对读者提什么要求，但我只想说——如果您希望成为一名评判者，那么请先慷慨地付出时间，读完整部作品吧！

在将谢克尔这个人物呈现于您面前之后，我即将抽身而去，请您自己去熟悉和了解他吧。谢克尔不是什么伟大的人，也不是完美的人。但是他一直试图在人道精神的光芒下诚实地认识自己。他可能也不算是一个好的同伴，但是我相信，与他同行，最终您不会冷酷地对待他。而且在当今这个时代，我或者您都具有多面性，也许您会发现，您内心深处的某个地方也有一个谢克尔，他并不伟大，也不优秀，但是清醒、自由而且诚实，非常诚实！

———阿格叶耶

再版序言

这是本书初版之后的再版，但是对一些地方进行了一些修正，同时也为引用的英语格言和诗歌增加了译文。初版中并未对此进行翻译，因为当时的专家们认为，用散文体翻译精美的诗句会破坏诗歌本身的光彩。但是印地语的读者（包括评论家）坚持要求，无论翻译是否能够体现原作的灵魂，作品仍然需要一个相对完整的形式。对于通晓这两种语言的人而言，若他们觉得增加的译文不仅毫无意义，而且破坏了原文的精彩，那么我想请他们原谅，因为至少译文是用印地语天城体写成的，而且能够阅读英文原文的读者，他们既然能够触摸原作的灵魂，就不要对外在装饰过于求全责备了吧。

———阿格叶耶

目　录

第二部　斗　争

第一部 成长

序　曲

绞刑架!

这个世界上的所有力量，以及我们的进步、我们的科学、我们的文明所创造的所有才能和手段，在创造一个生命方面束手无策，然而在夺去这个生命，在毁灭他时，只需要一只冷酷无情的绞刑架!

为什么会有绞刑架的存在?为了惩处罪犯。但是，难道他们因此就会改过自新?难道他们的罪孽因此便能得以消除?难道他们亲手划下的那条无法抹去的线会和他们一起消失吗?绞刑架是为了教育其他人。但是为了教导人们去尊重生命，却向他们展示对生命最冷酷无情的蔑视，这是什么样的教育?况且，又有谁曾经从中学到了什么?对绞刑架的想象令我沉迷不已，它就像毒蛇的眼睛一般冷若冰霜，但又能施展令人无法抗拒的催眠法术……这种催眠、这个邀约，使这个复仇的工具变得富于诗意，给予那些祭献于它的不幸的人们——或许是极度幸运的人们——一种人生的实现，完成他们人生过早的终结……

绞刑架！

青春的浪潮奔涌，卷走无垠的海水，使大海干涸。黎明时分的夜空仿若女人散乱交缠、黑云层叠的发辫。秋日晴朗的天空上漂浮着一大片黑色的雨云！在这种对立中，在这种突如其来的割裂中，在隐藏于其中的可怖诗意中，一切已实现了自身的完满。

什么样的完满？对于什么的完满？我的死亡将使什么得以完满？我的生命又曾经完满过什么？

帷幕升起然后落下。背景搭好然后再次变换。帷幕的每一次升降，背景的每一次变换，尽管它们消失隐匿于自己的终点，但却在戏剧的激流中注入了一滴水珠。这滴水本身并不特别，但是没有它，浪潮将不再奔流不息；没有它，浪潮本身也不复存在。

我在回顾我的人生，重新历经一次过往的生活。过去我总是注视前方，而当我到达生命旅途的最后一站时，我开始向后回望，望见我从何处启程，在什么地方迷了路，又是如何获得了奇妙的感悟体验，最终来到了这里。此时我才发现，在迷失方向的时候，我也获得了一种激励，赢得最终胜利的种子就蕴藏于其中；在我得到的丰富感悟中，也包含了一种对特殊滋味的品尝，是它指点了我人生的方向。生命旅途中的高山、溪谷、河渠、荆棘、风暴，所有这一切对我而言，而且仅仅对我而言，是相同的。其目的就是在某个特殊的时期、特殊的环境、特殊的地方，以特殊的方式和手段给我的生命一个特殊的终结，由此使其获得自身的解脱、成功和完满……如今我的人生尚未完成，但我没有任何缺憾；我不完整，但并没有留下任何需要添补才能令其完整的空间。

除了这次回望本身。或许这就是我在人生旅程中的最后一顿晚餐，因为它，而且只因为它，我得到了莫大的满足……

首先出现在我面前的是你，谢西！

之所以会这样，并非因为你是最早走入我生活中的人，或是因为你是我记忆中最鲜活的部分，而是因为我完全因你而存在。宝剑锋从磨砺出，你是砥石，我的生命在你不断的磨砺下才保持锋锐。在你的磨砺之下，我才能够去除锈渍、显露锋芒，我才能够站在世界面前不感到羞愧——因为我不知道有任何需要感到羞愧的理由。

你不在了。在我成为谢克尔的过程中你却粉身碎骨，也许你就是在谢克尔的手中碎裂的。我不断在心中重复默念“谢西没了，谢西已经死了，谢西没了”，即使这样，我仍然无法明白到底发生了什么，我无法估量我所遭受的创伤有多深，我根本感受不到这个。

为什么？为什么？锋利的宝剑如何能够理解，当它自己终于不再粗陋易折时，砥石却碎裂了……如今我还活着。如今我仍血脉贲张。如今我还“在”。

但是，我为什么要说你已经不在了？只要利剑未折，那么磨砺了宝剑的砥石就不会碎裂。我就要死了，将吊死在绞刑架上，然而此刻我仍然活着。

我请求你允许我怀念你。在有你存在的地方用“怀念”这个词，似乎是对你的亵渎，然而我还是要请求你给我这个权利。请让我说服自己相信你已经死了，你已化为虚无，为此请允许我回忆属于你的“一些东西”——你的那些痕迹踪影，我曾以此为真……

不，不是那个瞬间，不是那个我恐惧地问“谢西，怎么了？”，而你用嘶哑无力的声音说“幸福，谢克尔，幸福……”的瞬间。我无法让那个瞬间在我面前停留得更久一点。

我记得，我们曾经自然而然地交往。我们之间有爱恋、有吸引，然而这种爱恋并不是那种藉由困境催生而出的爱恋，这种吸引也不是那种建立在痛苦感受之上的吸引……

我出狱后第一次和你见面，见到你之后，我的内心受到了沉重的打击。当时我说："出狱之后我失去了太多东西。以前我在心里一直把你我视为一体，现在却感到我需要重新认识你。"当时你哭了……

那时你突然说道："不去看看我的家吗？"因为你已经结婚了，你有自己的家了……

我见到了你的家，也见到了他，有了他，那个家才成了你的家。我感觉到，你生活得安逸而满足，让你的生活按部就班正常前行的轨道已经铺设好，可轨道的四周却一片寂寥、空无一人。由此更加坚定了我的疑虑，我需要再一次重新认识你——你已经不是我熟悉的那个人了……

我说："谢西，唱个歌吧！"

"现在我不唱歌了。"

"为什么？难道现在你就已经老迈不堪了吗？"

你笑了起来。凭借那笑声，我一下子便找回了那个瞬间，那个不时出现在我生活里的瞬间。我用清晰明锐的目光看到——阴云密布的天空，光线幽暗的黄昏，夜风凝滞，没有雷鸣电闪，一只孤飞的小鸟飞着飞着突然折翅向下坠落，一边下落，一边不断挣扎扑腾着想再次飞回天空……

我一下就认出了你……我在你家里再也坐不下去了，于是起身告辞。

你送我到门口。

"你已经看见我家了。"

"是的，看见了。看得很仔细。"说完我迅速迈步离开，而你却好像被围困在那个属于你自己的家里，一直站着没动。

建成于班达威尔[1]时期的房子已成残垣断壁，旁边还有几幢新一些但其实也很古旧的房子。谢克尔就坐在这样的一幢房子里。他所在的所谓"房间"，其实是建在仓房一角的一扇老式窗户的窗阁，窗阁宽大但却形状怪异，过于久远的历史把它的颜色变得暗沉，然而雕刻的花纹依然清晰可辨。谢克尔坐在窗阁上，手扶住两边，头却侧向右边向窗外探去。

房间里的墙壁上和窗阁上留有许多弹孔，墙上也修了两三个能从屋内向外射击的洞孔。这些弹痕和射击口记录着这幢房子的一段历史，然而现在却没有人去研究它。谢克尔坐在窗阁上，对这些他并不留意，他眼前的景象和这一切毫无关联。

残破的院墙围绕着一方小小的院落。院子的一角种着一棵矮小的枣树，树荫下是一口破烂废弃的老井。水井旁边堆着一堆式样老旧的瓦片，一些枯萎的菩提树叶从院子右侧飘进院中。墙外的一棵菩提树下拴着一头奶牛。不远处可以看见一个小神庙的屋顶和金合欢树枝顶的嫩叶。所有这一切都浸没于正午的静寂之中。

他坐在那里凝望着这一切。谢西的父亲因为心脏病病倒了，恐慌充斥在整幢房子里，大家似乎都在等待不幸随时降临。巨大的黑影笼罩着整幢房子，家中每一个房间里虽然一片宁静，但又好像又有什么东西一直在彼此窃窃私语。

他来到这里坐着，是为了避开那怪异的令人不寒而栗的沉寂。

---

① 对班达·辛格·巴哈杜尔（Banda Singh Bahadur，1670~1716）的尊称，他是锡克教第十任祖师哥宾德·辛格时期锡克人的军事领袖，曾带领锡克军队为抵抗莫卧儿帝国而战，1716年战败被俘后被杀害。

他望着院子里的一景一物，竭力让自己忘掉家里空气中弥漫的味道。因为他爱这家里的每一个人，但却受不了这种充满哀愁的寂静。

谢西，他的妹妹，是这个家里的女神。因为谢西，他才会愿意舍弃大学里那种活泼自由的气氛来到这里，即使身处于这种阴郁的氛围中，他也感觉能得到某种慰藉。

谢西不是他的亲妹妹。但如果说他感到他们之间的关系与亲兄妹有什么不同的话，那么那种感觉并不是疏远，而是更加亲密，是一种毫无芥蒂的朋友般的情感。这种感觉如同秋日的阳光一般，不仅驱走了笼罩着整个家的阴霾，也驱走了他自己内心深处的黑暗。

她不是亲妹妹，因此谢克尔从未“想念”过她，从未“看见”过她，他没有这样的权利。他对她只有膜拜。他常常坐着坐着就做起梦来，梦境中的谢西并不像一个画中的人物，她翩然而至，似一束光照亮整个画幅，不必刻意去想，就能感觉到她的存在。

这种感觉有时会表现为一种针刺芒扎般的颤栗。谢西在唱歌。她的声音里没有华丽的装饰，没有精致完美的技巧和令人目眩神迷的假音，但是在她的歌声里却有一种令人震颤的光芒在闪耀，有秋季里燃起的篝火中那种令人愉悦的温暖；在她的歌声里，有着小提琴琴音一般的绵密激昂，也有着黎明时分奏响于悠远山峦中的维纳琴[①]乐声中的哀婉；她的歌声里有着在雨季幽深的夜晚聆听到的笛声中那种扣人心弦的不懈诉说，同时也有着少年酣畅淋漓、近乎嘶哑的高声呐喊。

她在歌唱。唱的是什么？这是一首谢克尔听过很多次，而且听很多人唱过的歌曲，他甚至多次听到上千人一起合唱这首歌，但是他从未感受到这样一种意境和歌声中令人沸腾向上的炽热。

---

① 印度传统的弹拨乐器。

那歌声在我的心里唤醒了什么？爱情？忧伤？还是好胜心？抑或三者兼而有之？无论被唤醒的是什么，那歌声都犹如魔法般笼罩着我，向我展示了一个有关勇气和战场的令人沉醉的梦境。我沉溺于那梦境之中，开始向自己讲述一个有关自我的力量、奉献以及浴火涅槃的故事，而那故事的缘起、内在的灵感则是谢西。由此，一种最为圣洁的感受在我心里油然而生，我愿为捍卫它而奋战。此外，还有一种令我沉迷的神秘情感悄然苏醒。

谢西人格中的这种感召，这种“呼唤”，唤醒的只是我心中的一隅之地，这里充满叛逆、激情四溢。而我内心世界的其他地方却是被谢西的笑声唤醒的，这里可以映射出创造之美，它是我大脑中的核心和灵魂。我之所以成为诗人，是因为拥有这样一方心灵空间。她的笑声中有一种使人惊诧、但同时又令人失语的东西。那笑声甚至超越了诗，令人闻之默默无语，在想象中阅尽河川瀑布、月升海上、银汉迢迢的盛景，而后又默默回转心绪，静静聆听她的笑声。

阴云密布的天空。光线幽暗的黄昏。夜风凝滞。也不见电闪雷鸣的景象。而今天那只鸟儿也不见了踪迹，那只飞着飞着突然折翅向下坠落，但不断挣扎，扑扇着翅膀想飞回天空的鸟儿……

在这逼仄的炼狱里，一个女修士的声音令我看见了一片圣洁的净修林，令我的幻觉未减分毫，令我忘却了这里并不适于幻想，它用一种神圣的口吻同情地说：“雌鸳鸯啊！请告诉你的伴侣，夜晚已经来临！”①

啊，夜晚！

① 梵语，诗句摘引自迦梨陀娑的古典梵语戏剧《沙恭达罗》第三幕，季羡林译为：母鹅啊！告诉你的丈夫，夜已经到了。

不知道我们是从哪个遥远的国度一路旅行来到了这里！我们的船屋离斯利那加城[1]还有一英里，但是这次旅行却好像已经历经了好几个世纪，仿佛它是从一个不知尽头的时间启程，又将继续驶向一个不知尽头的时间。这次旅行似乎受到了那罗陀仙人[2]的诅咒，可能永远也不会停止。

船经过杰赫勒姆河[3]，现在驶入了芒斯博勒湖[4]湖区。渡过了杰赫勒姆河肮脏的水域，悬铃木浓密的树荫也被远远抛在后面。此刻湖水清澈如镜，倒映着晴朗的天空。湖里长长的水草在阳光的映照下闪耀着不同的色彩——时而金色，时而红色，时而又呈现出一种熠熠闪光的翠绿。有时一缕阳光会穿过茂密杂乱的水草照射到湖底，湖底的石头映出道道粼光。

船行驶的速度并不快。它在狭窄的水面上飘游，仿佛驱船前行的动力已经耗尽，它只能在这种无精打采的漂流中前行，但是又停不下来。船头处突起的弦尖仿佛从酣睡中醒来，看见阳光织成的金色大网欢跃于自己面前，于是懒洋洋地伸出手想要捉住它。

船的前部坐着两个人。少年赤着上身，只穿着一条灯笼裤，栗色的头发浓密蓬乱，手中拿着一只前面装了钩子的长长的竹篙。这个少年在湖里采摘白色的莲花，摘下来的莲花在他前面已经堆成了一堆，但是他还不满意。他摘的莲花都是半开的花苞，那些已经完全盛开的莲花，不知为什么，他并不觉得美。

---

① 斯利那加（Srinagar）位于印度河支流杰赫勒姆河畔，是印控查谟和克什米尔邦的夏季首府。

② 那罗陀仙人（Narad）是印度神话中著名的仙人之一，常常往返于天地之间，是神与人之间的使者。

③ 杰赫勒姆河(Jhelum River)长约 813 公里，流经印度和巴基斯坦，是旁遮普地区的五条河流中最西边的一条，也是最长的一条。

④ 芒斯博勒湖(Manasbal Lake)位于斯利那加城的北边，是克什米尔地区最深的一个湖泊，以湖水清澈、荷花茂盛而著称。

离他稍远一点的地方坐着一个姑娘，但是她的心却好像飞到了千里之外。她的身边放着许多英国画家手绘的克什米尔风景画，怀里捧着一本书——迦梨陀娑的《罗怙世系》[1]。但是她既没有看画册，也没有读书。她茫然地望着少年，嘴里喃喃自语，心里不知在想些什么。

少年大约八九岁，姑娘大概十二三岁。那个少年就是我，那个姑娘是我的姐姐。

船里还有许多人，但是并没有别人来享受这温暖的正午阳光。他们俩单独在一起，躲开了其他人。大船随着他们的白日梦缓缓向前漂游。

少年摘着摘着花感觉到累了，此处的莲花已所剩无几，只在远处还能看到几朵。他们此时已经进入湖区深处。少年切开莲花长长的花茎编着花环。花茎一分两半之后便可以编成花环，每一个花环下面都垂落着一朵莲花。他不停编着，每编好一个，就蹑手蹑脚地走到姐姐身边，小心翼翼地挂在她的颈上。她一动不动地坐着，每一次都回以一个梦幻般的微笑，然后便又沉浸于自己的世界之中。弟弟已经在她身上覆满了莲花，但他并不满足，而她也并不去阻止他。

摘下的花也快用光了，只剩下几朵，都是掉落了花瓣的。少年认为这些花不能用来编花环，但是与此同时，他仍觉得花环不够多，还可以再挂一些……于是他略显羞涩，像做了错事一样走到姐姐身边说："剩下的花都不够好。"

姐姐看到他失落的样子，不禁笑了，说道："够多了，难道你要

①《罗怙世系》是印度古典梵语诗人和戏剧家迦梨陀娑创作的长篇叙事诗，讲述了罗摩家族主要帝王的事迹。

把其他花压坏吗？”

说完，她又回到了那种怅然若失的状态。少年在她身边坐下，满心崇拜地听她喃喃自语，仿佛在接受女神对他的赐福。

姐姐的呢喃如今我仍未忘记。当时并不懂得其中的含义，如今懂了。但那些日子我做过的梦，还有心中被唤起的情感，至今我仍然无法领会其中的含义，因为它们是超越于含义之上的。

> 如果这花环能毁人性命，
> 放在我胸前，为何我不死？[①]

听着姐姐的唱诵，少年的心里突然泛起一种莫名的感受。这种感受并非突然形成，许多天以来，这种感受在他的内心慢慢发酵，就在刚才，忽然完整地显露出来。今天，就在他把花环戴到姐姐脖颈上以及聆听姐姐诵唱时，这种感受浮现在他的心里。少年轻柔地抚着姐姐的面颊说：“你真好看！”

在他的词汇表里，用来表达美与丑、好与坏、真与假这些涵义的词汇非常贫乏。虽然他只是一个懵懂的少年，但却清楚地知道“真即善与美”[②]的真谛。因此，为了表达内心中那种无法言明的感受，他能说出来的只是：“你真好看！”

而姐姐也很了解他。她又笑了，一丝羞涩让她显得愈加美丽。她转过脸，向湖面望去。

难道她在寻找湖中看不见的倒影？我不知道，或许她也不知道。

---

① 梵语，这句诗出自迦梨陀娑的古典梵语叙事诗《罗怙世系》第八章第四十六颂，描写英杜摩蒂不幸被那罗陀大仙琵琶上的花环击中胸口，倒地身亡。罗摩的祖父阿迦王见妻遇难，悲痛欲绝。这里采用的是黄宝生的译文。

② 梵语，传说是大神湿婆亲自撰写在中世纪虔诚诗人杜勒西达斯撰写的《罗摩功行之湖》封页上的一句话。

而此刻她有了一种莫名的变化。我已经向她倾吐了自己所有的秘密，但是难道她刚刚才知道她拥有一个独属于她而且可以珍藏秘密的宝库——她的心吗？

就如同一串项链断了，然后再把那散落的珍珠打乱顺序重新串在一起，我的记忆也同样顺序颠倒、毫无条理。伴随着这个场景，我又看到了另一个场景，人还是那些人，场景中的元素也还是那些，但是所唤起的内心感受却截然不同。从场景的角度而言，这幅场景与前一个场景紧密相连；但从对我生活的影响而言，我感到它们之间毫无关系。如果他们之间有什么关联的话，那也只能说，这两幅场景是两种完全不同的感受同时并行发展的体现吧……

还是那片湖、那艘船、那一天。已是傍晚，所有人都进到船舱里面去了。我独自坐在船屋的屋顶上。夕阳浓重斑斓的光芒洒在湖面上，在夕阳的映照下，湖水仿若大自然清澈的双眼，睡意沉沉、目光迷离，四周长长的水草如睫毛一般穿插在湖面和天际相交的地平线上。我沉迷地望着水草黑色的剪影。水草黑魆魆的，毫无风韵可言，但环绕在其怀中的景色是多么美丽啊！

不止如此。我是怀着某种期待坐在这里的。在湖的东边，睫毛般的水草显得更加浓密黝黑，因为东边的天空上镀着一层细腻光滑的白色光影。我竭力想象着日出后每一种不同的景物会有怎样的变化，会呈现出怎样的轮廓。我不清楚现实的景象会比我的想象还要美丽多少……

下面，船舱里，有人在唱歌。我侧耳倾听——是两个声音在一起合唱。一个是姐姐的声音，一个是姨妈的。我已记不清她们唱的歌词了，但曲调至今仍在我的耳畔回响……

我想象着——那两个声音就如两个疾速游动的泳者，乘着湖中不露痕迹的清波微澜，向湖泊和天空交界的地平线游去，向月亮升起的地方游去，去和月光约会，因为月光是她们的姐妹，会为她们戴上用睡莲编成的花环……

啊！月光的清辉洒向这里。湖泊周围睫毛般的黑色水草现在变成了描画在地平线上的眼线，圆月跃升于地平线上，仿佛一只大大的凝滞的眼睛……

我的心中泛起一种奇妙的感受。月亮是一个少女，大地之上黑夜的暗影是蒙在她脸上的面纱。但是月亮之美令面纱也无从遮掩，所以她索性摘下面纱丢弃在一边，无遮无掩地升起于地平线上。她折射出的魅影甚至将丢弃一旁的面纱都幻化得美不可言！

这种感觉当时是否就是这样出现在我的心里，我无法肯定。但是在我记忆中的画面里，那个少年的确怀着这样的感受站在那里。显然，即使当时他的脑海里并没有涌动着这般感受，那么也一定埋下了它的种子，那天他一定隐隐地认识到美是多么袒露直白、无须遮掩，而毫无遮掩的赤裸和袒露又是多么美……

“谢克尔，现在下来吗？”一个声音刺破了少年的梦境，这也是姐姐的声音。是否就是从那时起，每当我看到某种奇美的景色，忘我陶醉于其中的时候，就会有一个尖利的声音唤道——谢克尔，现在下来吧！

Dead，long dead；

Long dead！

And my heart is a handful of dust，

And the wheels go over my head，

And my bones are shaken with pain，

For into a shallow grave they are thrust,

Only a yard beneath the street,

And the hoofs of the horses beat, beat,[①]

名为“迦楼罗之巢”[②]的那栋房子影影绰绰地矗立在一片桉树林中。夏尔达就住在这栋房子里。那一天，谢克尔的心中充满无法抑制的情感，再也无法忍受夏尔达挥之不去的身影，在她身上堆满了鲜花，然后抛下她独自离开。时隔了好几日，直到今天谢克尔才又朝着这栋房子跑来，对往事的回忆在他的心里飞奔……第一波青春的潮水汹涌而至，在他心里恣肆漫溢。

那个夏尔达，她总会逗得他哈哈大笑。那个夏尔达，她的维纳琴声总能让他的心神随之飘荡，虽然总是激怒他，但最终却成了他的朋友。她是他的一切；她不属于其他人；正是为了她，今天他才会如此冲动……这一切都使他觉得再也无法忍受下去了……

走到房子旁边，他停住了脚步。难道他希望看到夏尔达就站在门口，因为看到他出现在眼前而兴奋不已？但是现实并非如此——门口并没有她的身影。房门关着。他曾经常常从远处眺望着“迦楼罗之巢”的烟囱里升起的袅袅青烟，一日一日挨过漫长的时光，但是今天烟囱里并没有冒烟。

谢克尔有些慌乱地走到房子门口。门上挂着锁。透过窗户向里面望去，屋里空空荡荡……

短短的一瞬间，他并不明白眼前到底是怎么回事。但他渐渐开

---

① 英文，诗句摘引自英国维多利亚时代桂冠诗人阿尔弗雷德·丁尼生（Alfred Tennyson，1809~1892）的长篇独白诗剧《莫德》（*Maud*）。诗歌大意为：死了，死去很久了；死去很久了！我的心化为一抔尘土，车轮碾过我的头颅，我的骨头痛得颤栗。因为它们被塞进了一个，距离街道仅仅几尺的浅浅坟墓。嗒嗒马蹄声过，……

② 迦楼罗（Garuda）是古印度神话传说中的一种神鸟，是毗湿奴大神的坐骑，又被称为大鹏金翅鸟。

始清醒过来。

The hoofs of the horses beat，beat，

The hoofs of the horses beat……[1]

他踉跄着坐到门前的楼梯上。

当他起身离开的时候，心中一片空白。这之后，他甚至没有时间为此受伤，或者去领悟这次打击对他意味着什么。

就像有壳的动物在饥饿或者寻找配偶时会爬出硬壳，心愿达成后又会重新钻进壳里，谢克尔也是这样。当对现状不满、倍感失落时，他决意离家外出闯荡。但不幸的是，几乎每走一步都会受到打击。他也想掉头回家，但内心的渴望又挡住了他回家的脚步。面对各种打击和伤害，他赤手空拳、毫无防备，生活已将他从家这个安全的港湾远远带离……

他安静地坐在屋里吃饭，边吃边思考着什么。妈妈坐在隔壁的厨房里，父亲正在和她交谈。大哥自己一个人悄悄离开了正在就读的大学，直到收到一封关于他的电报，家里才知道他现在人在加尔各答，正打算在警局谋一份差事。爸爸妈妈聊的正是这件事，谢克尔也心不在焉地听着他们的谈话。

哥哥在加尔各答虽然提供了大学的信息，但却伪造了父母的姓名。经过调查之后，学校给父亲拍了这封电报。

对父亲来说，最大的打击是儿子竟然伪造了自己父亲的名字。父亲不断抱怨着这一点。

妈妈说："我总是说，到底谁会相信这样的孩子？"

① 英文，诗句摘引自阿尔弗雷德·丁尼生的长篇独白诗剧《莫德》（*Maud*）。大意为：嗒嗒马蹄声过，嗒嗒马蹄声过……

父亲说："是啊。"

妈妈又说："说真的——"她忽然放低了声音，"说真的，我其实连他也不相信。"

他？

谢克尔没有看见父母对话的场景，虽然隔墙而坐，但他想象得出整个画面，他甚至看到了母亲那种焦躁但又十分肯定的表情，还有朝谢克尔方向比划的手指——"他！"

谢克尔放下手里的烙饼站了起来，一走出房间，他忽然感到浑身无力，眼前一片漆黑。

他像石头一样一直呆坐到傍晚，水米未进。妈妈一次次过来责骂他，然后又没完没了地咒骂着自己，最后哭哭啼啼地走了。爸爸过来把他斥责了一通之后也走了。夜已深，全家人都睡了，四周一片沉寂。谢克尔关上了房门，插上门栓，然后吹熄了油灯坐在床上，心中难过不已。

夜半时分，他拿出自己的日记本，试图在日记里发泄心中的愤怒。

"做一条狗、一只老鼠、一只臭虫也胜过做一个不被别人信任的人……"

他站起来，面朝墙壁用英语喊道："我恨她，我恨她！"[①]他穿上衣服，从窗户跳到了外面，然后头也不回地扬长而去。

快走到离家几里外的一个公园时，他发了一个毒誓——再也不听妈妈的话；再也不和她亲近；再也不做任何会使妈妈对他产生信任的事情，哪怕只是一点点信任。

---

① 原文中使用印地语天城体对英语或其他语言进行转写的地方在译文中使用楷体进行标注，下同。

这誓言并非停留在口头，而是写在一张纸上。但内心的想法忽然又有了些新的变化，于是他把写着誓言的纸撕成碎片，扔在泥泞的地上，然后又用脚使劲踩了踩，直到纸屑被碾进泥浆后不见了踪影。

“我是值得信任的人！一直都是这样的人！是她缺乏信任别人的能力，我为何要认输？”

黎明时分，他回到了家里。

我又想起了一个与此没有关联的场景。这场景特别生动鲜活，我几乎觉得这幅画面就呈现在我的面前，但却想不起它发生的准确时间。根据记忆中我的模样推断，它和前者应该是同一年发生的事情，但记忆却无法为证实这一推断提供任何帮助。

我到银行兑换了支票，取回了父亲一个月的薪水。父亲去上班了，我把钱从口袋里掏出来准备交给妈妈。这一大把钱里有不同面值的纸钞，还有很多硬币，所以看见妈妈伸出手准备接钱时，我对她说：“妈，用你的裙角兜一下吧，钱太多了。”

妈妈慢慢撩起裙摆，可是却笑着说：“等你能挣钱的时候，我再撩起裙子接钱吧，现在哪用这么干？”

我正要把钱放在她的裙摆里，听到这话却停了下来。我用惊异的眼神望着妈妈，她一定不明白这眼神里的含义，或许连我自己也不明白。之后，我没有理睬她撩起来的裙摆，而是把一只三腿凳拉过来，然后把钱放在了上面：“数数吧！”说完扬长而去。

每当我想到促成我走到今天的各种原因之中，可能也包括这种对不受信任的强烈反应。但不知为什么，我并不愿意把促成如此巨大变化、产生了如此深远影响的功劳记在妈妈身上；不知为什么，我并不愿意领受她的这份恩惠，也不愿因为她鬼使神差般施加的这种影响对她有任何感激。

那一天之后，无论我的状态是清醒的还是混沌的，无论我是在勇敢地斗争还是在怯懦地逃避，每当这种偶然得知不被别人信任的可怕画面出现时，我的眼前却又空荡荡，什么都不存在。我记得，被捕之后，当我第一次想到家人的时候，想到的却是妈妈听说这个消息后，她的第一反应可能是一种胜利的快感——“我早就知道，我从来就没信任过他！”她可能会难过，会哭泣，会愤怒，但是她心里的第一个念头，尽管这念头或许只是一闪而过，尽管这念头也同时会令她感到沮丧，但她心里的第一个念头一定会是——“本来早就应该预料到他会这样……”不知为什么，这种想法给了我很大安慰，使我的心情立刻平静下来，使我能够对警察的暴行漠然视之。

宽恕是心灵的达摩①，但是我却做不到。这个事件影响了我之后的人生，但我并不为此而感到愤怒，至少现在不。我知道，即使没有这件事，我也会朝这个方向前行的，仍会成为现在的这个我。我的内心从出生时起就潜藏着一种力量，或者说是一颗力量的种子，这种力量不仅激励着我不可阻挡地朝这个方向奔去，而且还将一直激励下去，无论妈妈是否对我说过什么。这种认识一方面使我对她并无任何怨愤，但同时也使我对她没有丝毫感激……

我相信叛逆者不是后天培养而成的，而是与生俱来的。叛逆意识是一种与环境抗争的能力，并非人生经历和不利环境所造就；它

---

①“达摩”（dharma）一词来自梵文，又译为“正法”。“达摩”是印度传统文化中最基本的概念，有许多含义。从广义上说，它指事物存在的法则、事物内在的必然性和规律性；从宗教和伦理学的角度说，它指人们应当遵循的行为准则和道德规范以及应当履行的社会义务。古代印度教伦理哲学对不同的人规定了不同的达摩，要求每个人都必须严格按照自己的达摩行事。

不是后天附着于灵魂之上的衍生物，而是它最密不可分的一部分。我并不相信存在什么宿命，因为我们所有的无奈和被动并非源自外部因素，而是源于自身。如果这些是外在因素造成的，源于他人，那么我们可以称之为宿命；但它源于内部，源自于我们自身，尽管在它发展的过程中的确存在外部因素的影响。因此我们可以把它称之为“个人命运”（personal destiny）。

我的意思并不是说卡尔·马克思生来如此，或是雪莱从这个世界上没有学到任何东西，我也并不认为托洛茨基对世界的改造大于世界对他的塑造。在成长的过程中，虽然接受了广泛传播的思想，但仍然保持叛逆者的本色，这是叛逆者的特点之一，因为他超越了这个时代最优秀的人。因此，尽管爱因斯坦出生并成长于反动保守的德国，但他却是一个叛逆者；而成长于俄国革命怀抱中的斯大林则算不上叛逆者，因为他只能算拾人牙慧，尽管俄国革命是世界上最为声势浩大、最为热烈激荡的革命，并且开创了一个新的时代……

如果事实的确如此，那么传播叛逆思想是否是徒劳之举？答案是否定的。如果希望通过传播叛逆思想造就新的叛逆者，或者培养革命能力，那么最终一定会一无所获；但如果目标是凝聚早已萌发的革命意志（will to revolution），为其指明前进的道路，那么一定能有所收获。

而且，叛逆者也是天生的领袖。既然他的追随者们也都是具有叛逆思想的人，那为什么他能成为领袖？我是一名木匠，用斧凿制作家具，那么斧子和凿子是否必须像我一样具有主动性，像我一样有创造的潜能呢？

许多人宣称并且自认为，某个事件在其心中引发的特殊反应促使其变为一名革命者，比如提拉克[①]的葬礼、实施戒严时的场景或杰丁·达斯[②]的绝食斗争。这种人我见过不少。他们在说谎。或许他们没有进行深刻的自我探索，没有发现自己真实的革命意愿其实就潜藏于外部因素之下；或许他们根本没有革命的意愿，根本不是什么叛逆者，他们只是革命的傀儡，徒有革命的外表和冲动，但心中缺乏蓬勃燃烧的动力，而只有这种动力才能赋予他坚定的意志和精神。在非常时期，他们的真面目将会昭然若揭，他们内心深处的苍白和空虚会展露无遗，虽然他们吹嘘自己具有人狮[③]般的勇武和威力，可到了那时，原本深藏在他们内心深处的怯懦的绵羊便会露出脑袋，咩咩求饶。

如今，领袖们一次次宣称，我们的反抗仅仅针对经济领域。我们家里无米下锅，我们得不到工钱，我们在挨饿，所以我们要进行反抗。我认为他们的这种说法太卑劣了，简直是对自己最大的羞辱。

在神权政治时代，为了贬损反抗的意义，我们那些伪善的领袖们总是说，人民的反抗针对的不是宗教而是社会，我们应当拥有改造社会的权利。到了由所谓“社会”掌握权力的时代，他们这些骗子又恐于面对四面楚歌的困局，改口说我们要求的是重建政治体制。等到“政治”势力占据了上风，他们又说我们并非对政治不满，我们所反对的只不过是经济危机罢了。卑鄙！卑鄙！卑鄙！我要说——喂！叛逆者们！来吧！先来彻底打破这种装模作样的自以为是！我们必须知道、必须懂得并且要昭告天下的是，我们所反对的并非这

---

① 全名巴尔·甘加达尔·提拉克（Bal Gangadhar Tilak，1856~1920），印度资产阶级民族运动领导人、国大党激进派领袖。提拉克主张通过包括武装暴力革命在内的一切斗争形式实现印度独立。

② 即杰丁德尔纳特·达斯（Jatindranath Das，1904~1929），生于加尔各答，参加甘地领导的非暴力不合作运动及地下革命团体。1929年第二次被捕后进行绝食斗争，后死于拉合尔监狱。

③ 人狮在印度教神话传说中是印度教大神毗湿奴的化身之一。

一个或那一个乱世，我们反抗的是现状，反对的是一成不变，我们想改变一切，我们的反抗针对的是宗教、社会、政治和经济制度，最终我们要做我们自己的叛逆者！

塑像可以被制造，而黏土却不可以。同一块黏土制成的塑像，既可以很精美也可以很粗拙。但如果没有黏土，无论进行怎样的宣传和教育，无论做出多么充满光彩的奉献，都不能制成塑像。

如同黏土离不开艺术家双手的雕琢，叛逆的心灵也需要一种对叛逆的塑造。如果想打造一个彻头彻尾的叛逆者，如果想造就一个伟人，那么内心的力量、最大程度的自我克制以及不知疲惫的努力耕耘则是不可或缺的，就如同用黏土塑造一个艺术品所需要的那样。

但是即使接受了所有的教育，具备了所有后天可以培养的能力，如果不具备那种内心的力量，仍然不可能成为一个真正的革命者。就如同尽管拥有了一切外在的装饰，但只有灵感（inspiraton）才能使一幅画成为一件真正的艺术品……

因此我相信，要造就一个列奥纳多·达芬奇或者罗宾德拉纳特·泰戈尔这样的天才，即使付出一千年的努力也不算多；同样，想要造就一个完美并且理想的叛逆者，可能不仅要花整整一个世纪的时间，还要借助人类所有的文化成果才能获得成功。

正如对于艺术家而言，除了对艺术的内在感受力之外，最重要的是对艺术充满一种神圣的敬意。对于一个革命者而言，除了内心深处必须具有一种革命的力量，最重要的是对革命和叛逆精神怀有崇敬之情。由此，他才能从中获得一种忘我工作的力量，既能将主观能动性（subjectivity）倾注于其中，又能心无旁骛地进行客观(objective)分析；由此，他才能从心所欲，即使面对死亡也会满怀自我奉献之心，他才能做到认识自我，然后于凡尘俗世中忘却自我。

而且由此，并且只由此，虽“大逆不道”，却又一尘不染；虽“罪孽深重”，却又一身清白。

对于革命者而言，在这些不会玷污他们的“罪孽”中，憎恨是必不可少的一条。

在革命者的成长过程中，博爱的能力必不可少。与此同时，他们身上还有另外一种非常重要、不可或缺的能力，那就是恨的能力。这种恨的能力永不枯竭，如同熊熊燃烧的烈火，极具杀伤力，但同时又充满冷静和公正。换句话说，我们可以清醒地感知到它的存在，但它的烈焰又不会把我们焚为灰烬，或者使我们失去理智。

虚无主义者能够理解这句话的含义。在他们自己澎湃如火、毁灭一切的热情中，恨被赋予了重要意义。他们像痛饮烈酒一般啜饮着憎恨，在仇恨中忘记自我，将仇恨视作一种蓬勃燃烧的理想。这当然是他们的错误，这是他们心中的热情在不顾一切地恣意奔涌。这浪潮随波而来，拍击着远处的海岸，而后渐渐化为喧嚣的泡沫，最终退回原处。尽管如此，他们能够理解这种强烈而又充满理性的仇恨意义何在，这种仇恨所具有的鼓舞和激励的力量，也被他们充分利用，使他们受益良多。

但世界对此不会理解。普通人的道德观认为它理应受到谴责，对他们而言，仇恨是一种令人堕落的倾向，除了毁灭人性外别无所用。他们不知道，如果正确并且理性地利用仇恨，这种情感中将蕴含着怎样的力量。那是一种划时代的力量！

我想象着有一天，这种强烈但又冷静和理智的仇恨能够在我们国家乃至全世界的所谓革命者中被唤醒。他们不会畏惧它的存在，而是利用它，接受它赋予的灵感，从而在世界上刻下自己的印记，开创一个新的时代，然后播下种子，等待能够再次改变时代的新的叛逆者出现……

因为叛逆永不终止，因为叛逆是一种常态，因为在它使用的工具和手段中，除了爱以外，这种理性的恨是最具威力、最有效的武器。

除了痛苦——除了那种最刻骨铭心的痛苦。因为痛苦不仅是一件利器，同时也是一件非常神圣的武器。

但是，我为什么要写到痛苦呢？

要描述一所房屋的位置，尤其是一片风景中房屋所在的位置，必须要认真观察它。仅仅在房屋外面近距离观察是不够的，还要退到距它很远的地方……那我要走到哪里去审视痛苦呢？要从哪里对它进行测量和检查，然后再评价它的价值和意义呢？

我感觉自己的心裂成了两半。有时，我甚至感觉到它或许裂成了许多碎片，但可以肯定的是至少碎成了两半。在我自己看来，造成我心中这条无法弥合的裂缝的原因，是一幅想象中的画面，那是我的心透过厨房的墙壁看到的，画面中妈妈正在说："我连他也不相信。"

造成这道裂缝的原因是什么，有没有什么解决办法，可能要交给心理专家们进行判断。我只知道它一定是存在的，因为我自己时常能够感觉到，内心中的这两个部分在激烈交战，它们在为谁能控制我的意识而战……而且，时而这一方占了上风，时而那一方又占了上风，引发的后果便是，我的行动会自相矛盾、前后不一。对我的了解只浮于表面的人不会发现这一点，因为这种矛盾和不一致已经深深融入了我的性格之中。有时还会出现势均力敌、不分轩轾的情况，那时它们会分别控制我心灵中的不同区域。如果手被一方控制，那么脸就会被另一方控制；如果意识被一方控制，那么肢体就归另一方支配。我就像是一部机器，各种零部件已经失控，但是机器却并没有停止运转！

我没有发疯！尽管我时常在想，那根拦住我、使我不至于堕入疯狂深渊的绳子是多么纤细！

也许这根纤细的绳子就如同仇恨与爱慕，或者残暴与痛楚、迷恋与厌弃之间的距离那样细若游丝。

因为两者是无法分开的。爱有多疯狂，恨就有多强烈；暴戾不仅会令他人痛楚，也会饮鸩自伤；身处热恋之中的情人不仅忘却了自己，也忘记了他的爱人。

爱恋是一种多么温柔细腻、泽被四方的感情啊！在爱情中不存在自我。情人从不需“想起”爱的对象，因为他从未忘记她。他对她是那么熟悉，以至于他从不会想到——我要看一看她，为此我要处心积虑做一番特殊的筹划。这就如同当我们欣赏明媚阳光下的美景时，我们不会注意到光的存在；只有目睹黑魆幽暗的景象时，我们才不禁会对明亮的地方产生好奇……

有人送花给我。

如果说阳光和阴影彼此互补，从而完整无缺，那么为什么看到这些花之后，我并没有产生这样的感觉？为什么在这间不过五步长三步宽，被铁栅栏紧紧包围的黑暗牢狱里，在看到了这些花之后，我并未感觉到完整？在盛放的白色花瓣之间，黄色的花蕊犹如圆睁的双眸，为什么看到这一切，我感到的是未竟的遗憾，是彻头彻尾的空虚？！为什么激荡在我心里的是一种强烈的叛逆，是一种摧毁一切的暴戾……

> 将它摧毁，
> 不停地进攻！
> 哦，群鸟唱着动人的歌儿，
> 阳光照亮了幽深的山洞。①

给我送花的人是否知道她给我送来的是什么？难道要置我于烈火中灼烤吗？但是为此我依然对她心怀感激。

她是我的学生，但我不是她的古鲁。②我的确给她上过课，可她从没把我当作古鲁，对她而言，我像是一个大哥哥——那种可以爱，可以崇拜，可以在他身上编织梦想的大哥哥。

我也是那个冷漠地将她抛弃的人！

我教她功课，教得很用心。但她什么也学不会！我常常问她："上一课记住了吗？"她低头傻笑，一言不发。一遍遍追问无果后，我训斥她说："要是这样的话，课没法进行下去了。"然后让她复习已经学过的功课。

她根本没在读书。尽管若有所思地盯着面前的书本，眼睛里噙着大大的泪珠，但她其实什么也没看进去。

我用怜爱（但只是一点点而已）的语气说："好吧，今天我就接着往下教。明天你要记住这两节课的内容！"她继续开始上课。但第二天依旧如故。

有一天我非常生气，望着她泣涕涟涟的样子，怒气冲冲地说：

---

① 孟加拉语，摘引自泰戈尔诗集《晨歌集》中《清泉从梦中苏醒》一诗，这里采用的是白开元的译文。原著中将孟加拉语诗歌直接用印地语进行了转写。

② 印度文化传统中对老师的尊称。

“既不会读也不会写，说你几句就哭。算了吧，明天起我不来了。”

我站了起来。这时她可怜巴巴地说：“我哪有时间学习？妈妈整天让我没完没了地干活。”

老师怎么会相信她的话！她的妈妈正好来了。我问她妈妈：“她有多少时间用来学习？”

“她整天拿着书坐着不动，我担心她的功课，所以没说什么。怎么？她是不是没好好学习？”

本来应该说实话，但是我却说：“没有，学倒是学了，但如果能再多花点时间就好了。”

妈妈走后，我再次问她：“怎么回事？”她能说什么？书放在面前，做起白日梦来哪还有够！

我用更加严厉的口气说：“现在怎么办？”

“我用功学习行吗？”于是我又接着给她上课。

直到有一天，我没去上课。第二天没去，第三天也没去。第四天，我给她父亲写了封信，说我不能再继续教她读书了。她的父亲第二天给我送来一张支票。

故事本来已经结束了。但是第二天她家的仆人——一个小男孩跑来找我说：“姐姐问，您不来上课了吗？”

我呵斥道：“哪个姐姐？”

“小姐姐！她派我来的。”

我又问：“是茜拉吗？”

“是。”

她也许不知道课为什么停下来不上了。我对他说：“你去告诉她，我不能去上课了。她父亲把课停了。”

小男孩离开了。我以前从没想过，我是多么怯懦地说了谎话。

我一直认为是我赢了。

在那所谓的胜利中其实隐藏着我的失败。如果我对她说了真话，告诉她我辞职不干了，那么或许她会认为自己受到了不公正的对待，并且由此能够得到一点安慰。我其实也并非因为她才放弃了这个工作。从那时起，她充满哀怨的身影一直伴随着我，哭着说："骗子！骗子！"

我远远躲开了她。我一直在躲闪逃避。今天望着这些花，我想我该逃到哪里才能躲开这些即将凋谢的花呢？

但是我为什么要跑？

茜拉，我没有骗你。我其实直到现在一直在欺骗自己。我的谎言并没有让你迷失，是我在谎言中迷失了方向。但是今天我意识到了自己的错误。此刻我是那个曾经让你伤心的兄长，此刻他满怀感激地接受你对他的敬意，他抛下自尊想告诉你的是——他说谎不是为了逃避你，而是在逃避自己。这是他的补偿，你此时无法得到，或许永远也无法得到，但是今天他已做出了补偿。

当花朵依然鲜嫩时，看不出来这束花是怎么绑上去的。我把它绑在牢房的栏杆上，但是系缚花朵的缎带没有露出丝毫痕迹。这些绑在黑色铁栏上的洁白柔美的花朵，用一种极其甜美的方式唤起了一个极不甜美的回忆……

如今缎带露了出来。绳圈并未松解，但花朵已经枯萎；芳踪依旧，但已渐渐凋零。它唤起了什么回忆？不知这到底是谁的回忆？！它在说，欲望终会消逝枯萎，而爱的传续则会让生命永恒……或许恰恰相反！它在说，当爱情枯萎时，欲望举着爱的尸骸四处游荡，想把自己掩盖于谎言当中……它在说，它在唤起回忆，它在暗示着某个方向……

那处河岸位于享有“迷人河岸”美誉的拉维河[1]旁，用什么词来形容它都可以，但它着实称不上迷人。岸边长着低矮的灌木和密密匝匝的枯树丛。灼热而静寂的夜晚如同一声长长的叹息。透过枯枝残叶的遮掩，依稀可见寥寥几颗星星散落于天际，地上烟尘弥漫，犹如满是尘埃的枯枝落叶干涩的叹息。而面前……

一具残骸倒在地上。他的两只手和一只脚断了，腹部裂开，肠子露在外面。双眼圆睁着，目光透过头上密密的枝丫，不知凝视着天上的哪一颗星星，嘴角上挂着一抹满是痛楚的微笑……

他已经死去很久了。伴随着巨大的爆炸声，这个人像折断的树干一样倒下，当时他身旁还有一两个目击者。但是当他死去时，却没人陪着他一起面对这命运的困局。目击者去找人帮忙了，把他一个人留在那里。尽管原本短暂驻留的生命依然期待着奇迹的降临，但临近黑夜，他再也撑不下去了……他终于飘然而去，去寻找神灵——生命最后的守护者……

帮忙的人终于被找来了。当大家来到那里准备把他抬走的时候，他已经死去了。他孑然而去，留下一抹有些扭曲的微笑，这微笑是对他自己的苦难和伤痛、希冀和奋斗的一种追忆。

四五个人站在他的遗体旁。他们没有哭泣，也没有流下一滴眼泪。他们长久以来的信心和希望已付之东流，因为他们的事业已化为爆炸时的一缕青烟随风而去。当最后的守护者弃他而去，当内心的隐痛成为他唯一的护卫，徒劳地守护着绝望的灰烬，他已慢慢穿过密林中交织成网的枝丫离去，在深深的孤独中留下了一抹无声但却充满焦灼的笑容，这笑容如此意味深长……

---

① 拉维河（Ravi）是印度河中游的一条主要支流，发源于印度的喜马偕尔邦。

他睁着双眼躺在坑洼不平的地上，茫然空洞的眼神到底看到了什么？我们如何才能知道……

四五个人站在他的身边。他们站列成队，低着头，神情肃穆。大家怀着敬意一起举手向他行礼，这个姿势持续了很久很久……

大家都沉默不语。在他们内心深处，无声地奏响了作为仪式终结之曲的派勒维拉格[①]。

这就是为那位有着诗人一般灵魂的战士举行的葬仪，这就是那位叛逆者最后一次激烈的抗争。

刚才的场景渐渐隐去。一望无际的白色天空上只有那具倒在血泊中的尸骸……

站在他两侧的是两个人——一个女人和一个男人。他们彼此凝视着，眼睛并没有望向地上的尸骸。他们的内心并不觉得自己正在破坏一个圣洁的葬仪。他们相互靠近，伸出手臂搂住对方，跨过躺在地上的尸骸，迫不及待地紧紧相拥在一起！而后……

幻觉！我看到的是挂在栏杆上的一束已经干枯的水仙花，还有一截捆绑花束的缎带。

对于人类而言，谎言、虚伪和欺骗是再自然不过的事情了，因为神按照自己的样子复制了人类，而在我看来，神才是最大的谎言、虚伪和欺骗……

否则，我所看到的画面是什么原因造成的？人怎能如此卑鄙？在如此辉煌荣耀的自我牺牲面前，人怎能有这种下作的行为？

当我想到那次爆炸以及他的牺牲是如何发生的，当我想到当时这位英雄正竭尽全力，用自己即将熄灭的生命之火尽可能延续即将

---

① 派勒维（Bhairavi）是印度古典音乐的一种拉格（曲调），可以作为一种祈祷曲在仪式的结尾时使用。

枯萎凋谢的梦想，而就在那时，他的身边正在上演一出阴谋大戏，借着卑劣人心的遮掩，赤裸裸的欲望正无所顾忌地疯狂起舞。想到这里，我突然对自己以及自己的所作所为失去了信心，难道这一切背后的缘由也如此不堪？！

我认为，尽管我们既有的理论承认人类的一切灵感和冲动都由某种物质需求所导致，但是我们也坚信，人类身上存在着某种积极向上的力量，存在着某种本能的冲动和灵感。解决这两种相互对立的基本因素是我们面临的最大难题。如果解决了这个问题，其他问题也就毫无意义了。但是这个问题是如此重大、深刻而广泛，乃至于我们每前行一步都会遇到它，我们整个一生都在解决这个问题，但它依然悬而未决。

Alas for all the loves that youth lets fall

Like the beads of a told rosary①

但是在回忆这些散落的爱情之珠时，不知为什么我并不感到痛苦，不知为什么并没有失败和受骗的感觉。在我心中产生的是一种强烈的叛逆感，这并非因为我失去了什么，或者承受了多少痛苦，而是因为我给别人增加了多少痛苦，给多少纯洁的心灵刻上了深深的伤痕……

难道这就是我今生的结局？难道这就是我今生的圆满？一切都是谎言——万物皆空，万物皆空，万物皆空！甚至比空无还要少，是累累的负债，而我却一直把它当作自己的资本。

但此刻我在做什么？难道是在对如此巨大的伤痛展示一丝怜悯，好让它的痛楚不再蔓延吗？对深重的创痛而言，施害者冷漠轻视的

---

① 英文，摘引自英国诗人、画家丹蒂·加百利·罗塞蒂（Dante Gabriel Rossetti，1828~1882）的诗歌《青春的骄傲》（Pride of Youth）。大意为：爱情从青春的手中掉落，一如诵经的念珠。

目光是唯一的善行，怜悯只能将伤口再次撕裂……

我是谁？我在迷恋什么？为了人生的结局，我使尽了浑身解数，如此煞费心机地筹谋，可人生的真谛又是什么？难道是飘浮在风中的微尘？难道仅此而已吗？

不可能是这样！尽管我的生命微不足道，但我所有的梦想不可能如此渺小！我个人无足轻重，我的事业无足轻重，我的存在也无足轻重，但是我这种反叛抗争的努力将归于何处？！我坚持不懈地奋斗着，怀揣理想而来，想为这个世界（或者说是我理解中的世界）上的万物带来深刻的变化和某种根本性的变革，难道这一切努力将被扼杀在一条绞索之上？我将不复存在，我的一切印迹也将不复存在，但是难道这力量也将被摧毁？难道生命光芒的闪耀也将无影无踪？

科学说，无所谓现在，也无所谓将来。过去发生的仍将一直存在下去，直至未来的终点；未来将要出现的，其实早已开始于过去。因为过去和未来并不重要，因为时间并不重要，它和长度、宽度以及高度一样，只是运动的一个维度、一个类别而已。即使死了，我仍将活着；即使活着，其实我已经死去……

我不该迷恋生命。但我该在哪里寄托这种迷恋呢？只有当生命有所圆满时，才会对生命产生迷恋。而我想的却是——死亡就是生命的圆满！

但难道真的是这样吗？科学又说，生命只有一次，人类生命的任何部分都无法永恒。伴随死亡，生命中的一切都将终止，没有什么能够得以重生……

那么力量呢？力量也能被摧毁吗？不，力量不会被摧毁，它只是变换了形式而已。力量并不属于个人（impersonal），它和物质一般无二，它们是某种东西的两种表现形式而已。那么，难道今天我所拥有的这种叛逆的力量，明天就会成为束缚他人的铁索？被铁索束缚的可能是另一个叛逆者，他也和我一样希望改变未来，而他自己终究也会变成束缚自我未来的锁链！

唉！人类的大脑多么渺小！唉！宇宙是多么巨大浩瀚的存在！

但是难道在这些想法之中没有任何令人慰藉的东西？难道其中没有包含我们所有的进步和所有发展的要素？没有包含人生的实现和成功？在这永无休止的死亡、永无休止的重生、永不停止的变化中蕴含着这样一个道理：没有两个完全相同的瞬间。每一个最微小的瞬间中既包含着这一瞬间的死亡，也包含着下一瞬间的出现……我即将死去，因为我的生命仅仅是死亡的序曲，但其中又潜藏着千百万未来的生命！

我是在我诞生之前已经逝去的无数时代的精髓。一颗无生命的彗星创造了这个地球。地球上出现了最初的生命，并且由此产生了许多不同种类的植物以及卵生、寄生和胎生生物，它们的遗迹全都印刻在我身上。经过几千万年的不断演化，人类的最高理想也体现在我身上。由此可见，所谓的我，并不属于自己，也并不是什么新的生命，我是一部古老经典经过修订、增补和注疏后的新版本，而它的原著者已不可知。

而我又是新的，是独一无二的。我生命中的任何一个瞬间此前都未曾出现过。我是完全崭新的物质，我是一个将在未来实现的新誓言，我是将应用于未来的智慧。

瞬间有着永恒性，但是瞬间本身又是脆弱的。我也同样如此。这一刻，我要讲出我身上所有的新，因为它们是属于未来的东西，此刻不说便无法留住时间的脚步，甚至无暇去思考瞬间能存在多久？

我要把藏在心里的故事讲出来！我要把内心的隐痛倾吐出来，让内在的热情得以宣泄，让潜藏的感受肆意挥发！我要把攒聚于自己心灵深处的感悟，把隐含于心中的激情分享出来！

我就要走了。我感到累了，我要睡了。但是在此之前，我要说出自己唯一的秘密。它是人类历史留给我的遗言，它是我留给人类历史的遗言；它是关于我的反抗精神以及will to revolution[①]的故事……

沉寂之中，饱含着怎样无尽的回忆！

> 哦，诗人，世界的腰带的金铃
> 叮叮当当，使你异常激动，
> 双足无从目睹，
> 莫名的迈步不可拦阻。
> 从你的脉管里我听见轻柔的足音，
> 你的胸脯琤琤琮琮。
> 无人知晓
> 你的血液中海浪在舞蹈，
> 森林激动得战栗；
> 我不禁记起轶事——
> 我穿过一个个时代，
> 变幻着形态，
> 悄悄地从
> 一个生命走进另一个生命。
> 白天，黑夜，
> 两手采撷的一切

① 英文，意为：革命的意愿。

全化为赠礼，
化为歌曲。[①]

我要把秘密倾吐出来！

每当我想起自己的人生故事，衡量评判着其中的每一件小事，思考它们在一个叛逆者生命中的意义，我对它的崇敬之情就会与日俱增。这样的人生中存在一些东西，那是一种热忱、一种直射云端的光芒，即使算不上是一种叛逆的力量，也一定潜藏着对叛逆力量的膜拜和皈依！

我想起了很久以前发生过的一件事情，距今大约十多年了。我当时大约十四岁，也或许是十五岁。当时，叛逆的情绪像火焰般在我心里灼烧，因为在外面找不到宣泄的地方，于是目标又回到了自己家里。家成了我反叛的对象，但因为自己身无分文，于是只能咬牙克制着自己。

有一天，忘记因为什么原因，我还是离家出走了。我如何做出了这个决定，以及什么事件触发了我的决心，我已经回想不起来了，但是至今我仍然记得离家出走时的情绪。我的心里燃烧着熊熊烈火，炽热的火焰仿佛要冲开外面的一切阻挡喷薄而出。我的自尊心受到了伤害，心想："难道偌大的世界就没有我的容身之处？"我转身朝家的方向狠狠地望了一眼，像要将它化为灰烬。

我就这样任性地、同时也满怀希望地离开了家。我有什么财产？只有一小包饼干和一个面包，除了身上穿的衣服之外，还带了一件旧外套，饼干和面包就揣在这件外套的口袋里。

离开家之后，我爬上了一座小山，站在山顶上思考着该往哪里

① 孟加拉语，从第二句开始的诗句摘引自泰戈尔诗集《鸿雁集》中《活河》一诗，这里采用的是白开元的译文。原著中将孟加拉语诗歌直接用印地语进行了转写。

去。“去往何处”的迷茫感此时还没有产生，因为当时我压根没想过我会无处容身，我觉得自己不是被迫向某处而去，只是在许多可行的方向中，需要自由选择一个想去的地方而已……

我的双脚向一个方向迈开了步伐，我按照它们的引导向前走去。最初七八英里的路，我自己也不清楚是在朝哪里走，我的心思根本没在这上面，直到那时，我依然怒气未消，频频朝身后家的方向回望。但是走了十来英里之后，家终于远离了我的注意力，这时我才注意到脚下的路。朝前方眺望过后我才知道，它正引着我朝一条瀑布走去，这条瀑布我曾经在地图上和想象中多次看到过。

我带着一辈子再也不回家的决心离开了家，但我从来没有想过一辈子要靠这包饼干和一个面包活着。烈日灼人，我感到饥肠辘辘……

我在路上发现了一潭山泉，于是脱下衣服搁在一边，跳进了水中。当身体感到凉爽些了，我便低头用饼干沾着泉水大快朵颐起来。就这样，我的一半财产当时便耗尽了，之后我展开想象憧憬起来，我仿佛看到了一个时代的到来，任何人都不必再忍受任何形式的压迫，无论这压迫来自家庭还是外界……

我从水里爬出来，穿上衣服，把面包放在脑袋旁边，躺下来打算小憩一会儿。

睡醒时天已擦黑了。我有些慌乱地站起身来，快步向前走去，好像要赶往什么地方去似的。

走着走着，天已经完全黑了，天上繁星点点。我发现自己正穿过一个咖啡种植园，可之前就在道路前方的瀑布此刻却不见了踪影。

我又继续走了足足一英里的路，但仍然没走出种植园。走到一潭小小的泉水旁边后，我觉得应该在这里露营，同时我还想起自己身上还揣着一块面包。

全部财产都被挥霍一空。之后，我把外套铺在地上，枕着一棵咖啡树凸出的树根当枕头，在蟋蟀的鸣声中酣然入眠。

不知是蟋蟀先停止了鸣叫，还是我先沉入了梦乡。半夜我忽然醒了。我冻得瑟瑟发抖，于是拿起外套裹在身上试图再睡。此时，蟋蟀悄不作声，我听到远处什么地方传来海潮般凝重的声响，那是瀑布的轰鸣声。

衣服穿在身上更觉寒冷，于是我把外套一半铺在地上，一半盖在身上，翻来覆去地折腾了一整夜，好不容易熬到了天亮。

当远处的瀑布映入眼帘，我在路边坐了下来，久久凝望着它。我想生活本该如此，纯净、明澈、悦耳、自由，永远激情四射、充满活力、不受家庭束缚，永远叛逆不羁……我慢慢站起身，向瀑布走去。

整整一天，我不知喝了多少次瀑布下方泛着泡沫的泉水，水并不能填饱肚子，但饥饿时却只能喝水。

当天晚上我是在瀑布脚下度过的。我找了一块光滑平整的岩石躺了下来，白天石头被太阳晒得热乎乎的，可到了晚上我才发现受骗了，不知什么时候，它早已变得寒意逼人。于是我又拿出了那件旧外套，又扯又拽总想把它抻得大一些，就这样一直折腾到了天亮。天亮之后我并没有起身，一直蜷缩着身子躺在石头上，直到太阳升起，阳光在我冻僵的身体里注入融融暖意……

直到那一刻，我的怒气才烟消云散，内心的风暴才得以平息。我若有所思地望着瀑布，在它的生命中感到了一种虚空。我觉得，在它莫测的变化中有一种玄奥的共鸣，在它无忧无虑的自由状态中隐含着一种依赖、一种饥渴……我一次次地喝着泉水，想忘记自己的存在。

到了中午，连这种天马行空般的胡思乱想也烟消云散了。在我心中泛起的是一种沮丧愤懑的情绪，它与曾经激发我离家出走的那种激烈情绪非常相似。但是今天它却使我有了回家的冲动。

这种感觉中有我无法掩藏的愤懑和失落，饥饿让它们无处遁形。我站起来，朝家的方向走去。随意在路上找了个地方挨过了当天夜晚，第二天一早回到了家里。到家时，我已忘记了那种愤懑和失落的感觉，相反却对生活产生了一种新的敬意，这种敬意孕育于痛苦的境遇和个人的感受之中，并在其中茁茂生长。

没人想到那条瀑布。除此之外，家人为了找我寻遍了所有地方。父亲对我什么也没说，甚至没有问我去了哪里，默默接受了我的归来。他的身上有一种宽厚和包容，不仅能接受自己的失败，也能容忍别人的失败。这是我很久之后才认识到的……

我要怀着和那日同样的敬意讲述我自己的故事。这种敬意之中既有安详平静的感受，也带有痛苦铸就的神圣感，或许还有些微失败的煎熬……因为尽管我的人生已经获得了某种程度的完满，但那并不是满足。如同一个人获得食物之后，尽管肚子填饱了，但欲望并没有随之消除。我要讲述的就是这样一个关于完满和未竟之业的故事。

哦，光芒！哦，火焰！请让那敬意，让那神圣和煎熬永恒不变吧！这样我便能够为这条镌刻于我人生之门上的启示倾注自己全部的生命力，它是我从人生旅途中阴郁黑暗的过去带来的，我将把它留给光明的未来……

有时这样一个念头也会跃入我的脑海之中——除了一个可怕的

诅咒（因为我的人生就如同一个诅咒）之外，临死前我还能留下什么启示？

Cursed be the social wants that sin against

The strength of youth！

Cursed be the social lies that wrap us

From the living truth！①

该怎么写呢？

是在自己的故事中投入个人的全部热情，从主观的视角进行分析，发起一场充满痛楚和激情的挑战？还是让自己从自我中抽离，从一个外在的客观的视角，检视自己的业行及其动因，开示一段澹然超脱的智慧感悟？还是把自己的人生理解为某种自然力量馈赠的遗产，像一个负债者一样，在偿还时清算债务，为自己的每一个过错做出澄清，呈交一份详尽的忏悔书？

我该把我的自我理解为“我”“他”抑或“你”？

我怀有一种责任意识，我的身上肩负着一种责任。正因如此，我理应将自己当作“你”进行评判，如同一名罪犯站在法官面前，供述自己的罪行，然后聆听法官亲口宣布准确公正的判决。或者，为了表达对自己的纪念，为了留下展现自我个性和自身力量的印迹，我可以用“我”来称呼自己，讲述自己的故事。

但这两种方式都不是我想要的。我承担了属于自己的责任，因此如果我是“你”的话，那么只能是在面对自己的时候。而且我也根本不想留下任何自我的印迹。我是宇宙运动的一种形式。我身处

① 英文，摘引自英国维多利亚时代桂冠诗人阿尔弗雷德·丁尼生（Alfred Tennyson，1809~1892）发表于1842年的诗歌《洛克斯利田庄》(Locksley hall)，诗句大意为：诅咒社会中的匮乏吧，它的罪孽是破坏年轻人的力量！诅咒社会上的谎言吧，它用活生生的真实将我们扭曲！

于宇宙的运动之中，我只是它的一个部分而已。我自身就是某种印迹！

我带来了一个启示，但它并不属于我自己，而是我从沧海桑田的世代演进中得来的。在某种外在动因的促使下，我要讲出这个启示。这种动因虽然在我之外，与我有着本质不同，但我所有的行止作为都是它促成的结果。我希望能将之视为与我自身人格截然不同的一种力量、一种财富，我希望能指明它的未来。

因此，对于潜藏在我这个故事中的启示，我要称其为“他”。他的名字是“谢克尔”。他此刻正等待着死亡的降临，他的自我在等待中得以表达，而我要阅读他真实的人生经历，得出结论，并用文字记录下来。

我要走了。到哪里去？去他要去的地方，一个我们俩都很陌生的地方。因为我们密不可分、合而为一，我们正共同等待着死亡的到来……

怀着一种炽如烈火、将一切化为灰烬的信念，我要把一切都讲出来。尽管在展现他如火的激情时，会摧毁他生命中的柔软；尽管在与虚无的对峙中，他会失去自己，无所归依！

一切终将消亡！

荆丛已被严酷的风暴摧折，

谁会听刺棘中花苞的诉说？

自我已在永世长眠中沉寂，

谁能揭开深藏于心的秘密？

谁终将消亡？！

第一章　黎明与神灵

生命中最玄奥的事件往往发生在某个无法预料的瞬间。

深重的苦难出现时总是神秘莫测，尽管能够清晰地感觉到它，然而它的幼芽在何时何地，又是如何破土萌发的，却无从知晓，因为我们当时对此毫无防备……

他的出生也同样出人意料。他生在一顶帐篷里，帐篷搭在村外一片荒野上的残破遗址旁。当时他的父亲并不在帐篷里，他的母亲也失去了知觉。

保姆当时在场。尽管每起事件的发生、每个灾难的出现都会有目击者，尽管一定有人了解每次高潮背后的秘密，可如果我们对这个人并不熟悉，如果我们不能直接感知他获得的信息和感受，那么我们就会说，这个人根本不存在……

这个新生的婴儿对自己的出生有无感受，没有人知道。连他当时是否存在意识，也没人能做出判断，因为没有任何对分娩时的可靠描述。道听途说的消息称，时近黄昏，小鸟啁啾着钻进巢中，沉思入定般陷入冥想，渐渐安静下来。看管遗址的警卫也哼着走调的小曲，开始四处巡查……

但正如一旦明显感觉到疼痛，接下来就是对症治疗。因此当他的母亲苏醒过来，用虚弱的声音轻呼了一声“唉”，四周便开始一片忙乱……这个初生的婴儿被清洗干净，因为只有这样，他的身体才符合婆罗门种姓的身份。帐篷里的四五个人奔忙着，一会儿从这儿跑到那儿，一会儿又从那儿跑到这儿，有些不知所措……

这时他的父亲也回来了。对婴儿爱抚了一番后，父亲紧绷的身体终于放松了一些，之前他愁容满面，祈望着能够逢凶化吉，现在终于云开雾散。父亲静默无语，幸福满足地站在一旁。这时潘迪特[①]和祭司也来了，同来的还有一个和尚。所有人都想在自己的世界里为这个初生的婴儿指定一个位置，所有人都想左右这个新生儿的命运，想让他在自己所在的体系中成为链条上的一环……

他出生的地方所在的废墟是一处佛教寺院的遗址，当天那里恰巧出土了装有佛陀舍利的宝匣，为了瞻仰这一圣物，和尚作为客人来拜访他的父亲。和尚得知孩子恰好出生在这一天，于是对父亲说，这个孩子是佛陀的化身，应该为他举行佛教的诵经仪式。

父亲说：“好的！”

可在场的印度教祭司却说：“这个男孩出生在一个婆罗门家庭，为他举行的诞生礼应该符合家族的身份。在佛陀的影响下，他一定会成为一个“非暴力”原则的信奉者，他一定会为婆罗门种姓增光添彩。”

妈妈说：“说得对！”

---

① 潘迪特（Pandit）：在印度教中通常指通晓梵语，熟知印度教经典的婆罗门学者或者大师。

父亲想了想说："应该给他起名叫'布特戴沃'[1]。"

妈妈在心中暗自琢磨——"我要叫他'小铛铛'"，随即说道："我替他起誓，他一定要终身食素。"

父亲暗下决心——"我要把他培养成一名工程师，这样他就能建设一座座崭新的城市。"

妈妈在心里盘算着——"我的小铛铛会成为一名律师，保护受人欺凌的弱者。"

于是在懂事之前，这个孩子的人生已被陈规旧念捆绑。许多的观念，其实同时又是坚不可摧的桎梏，已如阴云般笼罩着他的人生。他已被出卖了。

据说桎梏是人类自己为自己打造的。但如果人的双脚从呱呱落地的那一刻就被桎梏束缚，需要耗费许多人的生命才能将它打破，那么谁又该为此承担责任呢？

去问潘迪特们吧，去问和尚僧侣们吧，因为他们在心里偷偷打造了怎样的枷锁，没人能知道！

一个声音问道："你是如何了解这一切的？"

我们或许从未关注过婴儿何时开始产生完整的人的意识，当然也不会注意到，在一个婴儿的人类意识层面之下还存在着某种知觉，这种知觉只是单纯的记录而已，既不懂得模仿复制，也不会有任何这方面的欲望。可这种知觉到底始于何时呢？

也许在婴儿还是一个尚未成形的细胞时，他就已经被刻上了一个永不磨灭的印记，这个印记并非是当时诞育他的力量留下的，而

① 布特戴沃（Budhadeva）为音译，"布特"意为"有知识的，有智慧的"，在佛教中指佛陀；"戴沃"意为"神"。"布特戴沃"在佛教中意为佛陀。

是无数在他出生前发生的事件以及无数未来将会发生的变化留下的……这个印记刻在他的身上，而且一直与他如影随形，从不显现，也不被我们的意识所察觉，直至遭到某种突如其来的打击，或者受到某种无法释怀的重创，这个印记才会显现，并且如潮水一般蔓延至我们的生活之中……

也许所有关于出生时刻的记忆和感受，本身并非对他自己大脑记忆的复制。但他无法说出自己是从哪里，又是怎样得到这些记忆的，他甚至弄不清是否真的有过这种记忆。因为也许这是在无数不同场合听到过的毫无关联的话语，看到过的碎片式的姿势和表情，以及支离破碎的并未言明的想法，经过某种内在力量的辨析，最终凝聚而成的感受。

但是也存在一些记忆，它们并非通过上述途径得来，因为从未有人说过这些话，他自己也从未产生过这些念头。但这些事情是如何进入了他的内心，这些画面又是如何在他的记忆中显现的呢？

他自己也时常思考这个问题，但并没有找到合理的答案。所有这些画面到底是听到过的话语造成的结果？还是真的出自自己的记忆？抑或是他在反复思考的过程中，借助于自我催眠的力量，使自己相信自己曾亲眼看见过这些场景，得到过这种感受呢？

这个问题至今仍是个疑问，今后也仍将是未解之谜。但是那些画面、那些场景，对他而言是真实的，是他至今仍然可以感受到的……

柔软温暖的小手，充满爱意的眼睛深邃如海，黝黑的瞳孔宛如墨晶般的星辰，挺拔的乳房，鼻尖上一抹光晕，柔和而又温暖……伴随着一次长长的叹息，他也随之慢慢起伏，如同漂浮在海上的物件一样浮起然后又落下……这些画面是什么？传说？回忆？还是一些并无任何真实性可言的感受，而始作俑者是他的自恋？

这样的回忆或者似是而非的回忆有很多。但很奇特的是，人生中最初的几件小事至今仍清晰地留在他的记忆里，它们共同说明了人生中的三个重要动因，这三个因素掌控着每一个人的生活，那就是——自负、恐惧和性……

为什么会这样？这三种力量散发出的光芒是如此夺目，以及它们会在人生最初的记忆中出现，都说明了它们是多么重要。它们是人类与生俱来的本能，并非环境和行为等后天因素所导致。

在这些回忆中，哪一件事发生在先，哪一件事发生在后，很难做出判断，因为它们大约发生在同一时期。因此正确的做法是——将它们作为同一记忆的两个不同层面一起进行展示，因为它们共同说明了某些东西……

为他举行的命名仪式已经结束。他用大大的眼睛看到了祭火，用纯真的耳朵听见了窃窃耳语般念诵的咒语。当时他大概只有三岁，可他身上那种毫不掩饰的胜利者的倨傲，却是拿破仑当年长胜不败时都不曾有过的。

他开始意识到自己肩负着责任，并且对这件事态度非常严肃认真。因此他需要得到长辈的尊重和信任，他需要让长辈相信他其实已经是个大人了。家里有时也会给他分派一些任务，他总是骄傲地欣然领命。这一天，他被打发出门执行一个任务——他的哥哥生病了，因此家人吩咐他去请医生。因此他离开了家，踏上了通往医生家的道路。

但是他的责任感仅限于被托付某项重要任务，但在完成任务方面，他并不认为自己必须做什么。有很多次，尽管得到任务令他欣喜若狂，可他最终却忘记了完成任务，就像今天这样。走了长长一段路之后，此刻的他已不再是一个忠于职守的信使，而是又变成了一个孩子。心中蠢蠢欲动的兴奋向他发出了游戏的邀请，没有一个自负的孩子（又有哪个孩子不自负呢？）能够无视这份邀约……

路边圆圆的红色邮筒引起了孩子的注意。他费力地爬到了上面，好像骑在马背上一样，一只手抓着邮筒顶端的尖角，像是拽着缰绳，另一只手敲着“马”的“脖子”，模仿曾经见到过的父亲骑马时的姿势……

他是皇帝。他骑着自己的骏马，向世界发出挑战。每当有路人经过他身边，他就冲他们做鬼脸并且大喊大叫，想说什么就说什么。在自己的心里，他是个皇帝。可在路人心中，他只不过是个没教养的孩子，所以没人搭理他，也没人生他的气，只是朝他望望，而后径直走开。

他仅仅比这个世界高出一个邮筒的高度。可他却坐在自己的宝座上，俯视着整个世界，嘲笑着世界的渺小。

这时一个邮递员——渺小的世界上一个渺小的邮递员——走过来粉碎了他的美梦。他吩咐他从上面下来，见他没有马上照办，推了推他，然后又重复了一遍命令。这个尊严被冒犯的儿皇帝对此也进行了报复，跳下邮筒的时候，他踩到了邮递员的脚趾，然后用力一碾，撒腿就跑，一溜烟跑回了家里。喘息稍定，他便告诉自己说，这一次他是赢家。

这时父亲的耳光提醒了他，他只不过是一个乳臭未干的黄毛小儿。派他去请医生，可他既没请来医生，甚至没去医生家就回来了，而且花了足足一个小时的时间。

另一段回忆。他独自在博物馆里闲逛，走进了一个陈列着野生动物和凶猛动物标本的展室。他突然看到一只可怕的老虎出现在面前。老虎吐着长舌，露出尖利的獠牙，瞪着红红的眼睛，举起一只爪子似要向他猛扑过来……他大叫起来，吓得惊慌失措，夺路而逃。

这只老虎其实不过是在虎皮里填满草做成的一个标本，但是这个孩子并不知情。他拼命跑着，感觉老虎在身后紧追，瞬间就会把他捉住。他甚至没有回头看，因为他不想再看见老虎的牙齿、舌头和眼睛。

当时他独自一人，没有人能帮他驱散这种恐惧。他好不容易逃出了博物馆，在马路上继续奔跑着。这时一名门卫认出了他，抓住他，把他抱在怀里。他发现自己逃不了了，于是大声尖叫起来，觉得老虎已经扑了过来。

可老虎并没有扑过来，过了很久，依然没有扑过来。孩子这才战战兢兢地四下望去，并没有发现老虎的踪迹，于是他长舒了一口气。

这种恐惧当时被压制下来，但它却蛰伏在孩子的心里。自那天以后，他开始噩梦不断，晚上总是大声尖叫着醒来。如果醒来时看见房间里黑着灯，他就觉得黑暗中危机四伏，屋里藏着不止一只，而是无数只老虎，它们一只比一只凶恶……从那天起，他的房间里开始整晚点着灯，但是没人知道他到底怎么了，为什么他会做可怕的噩梦，为什么他会越来越瘦弱，越来越烦躁易怒……

这种恐惧是自己消失的。有一次，一只同样的老虎标本被拿来摆在家里。他好不容易也模仿着哥哥们的做法，走到老虎旁边，然后骑在了它的背上。他发现老虎并不是活的，于是鼓起勇气，把手放进了老虎嘴里。这时恐惧突然烟消云散。孩子拿刀划开了虎皮，看见填塞在虎皮里的稻草散落一地，他哈哈大笑起来……

这件事还产生了一个极为深远的影响。孩子开始意识到，恐惧源于畏惧。世界上所有可怕的东西，都只不过是填满糠草、没有生命的皮囊，畏惧他们是愚蠢的行为。

直到今天，他仍旧这样认为。直到现在他仍然相信，任何时候看到可怕的东西都不要恐惧，划开它的外皮，掏出里面填充的糠草撒在地上，然后哈哈大笑。他越来越粗鲁，人们说他变得暴虐残忍，但他自己知道这意味着什么……

因为他划破了老虎的外皮，所以受到了惩罚。后来他多次因为意图祛除这种虚妄的恐惧而遭到惩罚，这是因为如果没有了恐惧，社会便无法长久存在下去。至今依然如此。如今他被捕入狱，等待接受最终的惩罚，他所谓的罪行其实是揭穿了一个巨大恐惧内部的空洞。而且由于他摧毁的是世界上最大的恐惧——对统治者的恐惧，因此他的罪行需要接受最严厉的惩罚……

但他笑了，因为他赢得了胜利……

第三段回忆……

那样丑陋，那样令人作呕。我已记不起准确的场景和具体原因，只记得当时的心理状态，我正是带着那种感受呆呆站在那里……

我——那个孩子——亲眼看见了一个场景，记不清那到底是怎样的场景，只记得其中一些乖戾、荒诞、令人作呕的画面。目睹这些画面之后，翻覆在他心中的感受可以用同样的词汇来形容。

这是无法描述的。只有那些曾经在欲壑的边缘悬崖勒马的人，才能够理解这种感觉。他们之所以能够回头，并非迫于外界的阻力或规则，抑或出于无奈或者恐惧，而是因为内心中有一种与生俱来的负罪感……

而且他们也是唯一能够把握自己人生的人。循规蹈矩的生活很轻松，世人也欣赏那些墨守成规的人。但生活并不意味着一定要追求简单轻松或者被他人肯定！人生远不止于此，它并不被陈规陋俗所束缚，并且有着比功名利禄更加高远的目标。

那些并不循规蹈矩，但却了解规则最本质的推动力是什么，并据此建立自己规则的人，人生是属于他们的……

爱使一个人成为人！

恐惧使其融入社会！

自豪感使其成为民族的一分子！

这个世界将教育视为自己最大的责任，但是这种教育是它自己心目中的教育，并非受教育者心目中的教育。因为在这个世界上，所谓的“理想人物”并不是人，而是一个“模型”。这个世界想在第一时间锤炼每一个人，践踏他的个性，将其熔铸于模型之中，不让人保留本真的面貌，而要将他变成一个模型的复制品。

这样的教育又是如何进行的呢？穷人们从童年时起就接受熔炼锤打，不仅仅在家庭中，也不仅仅在家庭之外，而是时时处处。他们首当其冲成为这种教育针对的对象，整个世界于他们而言，就是一所用枯燥乏味和冷酷无情的方式教育他们的学校。而对于有钱人来说，他们不会立刻受到这种教育，他们的教育始于家庭或者学校，他们从这个世界获得教育的时间会有所推迟，直到条件具备时才会开始。

打造铁质的手镯只需将铁在炉中熔化，而后在模具中一次铸造成型。但如果打造的是金手镯，则首先要将金子烧熔变软，而后将它打成长条的形状，再将其首尾相连制成圆环，然后精雕细琢，最后还要打磨抛光，直到成品完成。这就是穷孩子和富孩子所接受的不同教育。

我该称其为幸运还是不幸呢？他出生于一个富有的家庭，所接受的教育始于一所修道院学校，这当然是一所符合他身份的学校。

这是一所欧式修道院学校，四面高墙环绕着一方庭院，围墙上爬满藤蔓，庭院里有一群男孩和女孩。

一个修女站在这群孩子旁边，她是这群孩子的老师。她面容慈蔼，头发花白，眼神中透露出一种风趣和诙谐。她有点口吃，特别是当她尝试说印地语的时候，口吃会更加明显。

这群孩子站在院子当间，严肃认真地做着游戏。一个男孩站在大家中间，手里拿着一把木制的锤子和一个木制的砧子，其他孩子围着他。中间的这个男孩扮演的是一个铁匠，每次当他用木锤敲打砧子，其他孩子就一起喊道："敲啊敲！敲啊敲！铁锤打好了！"孩子们边喊边转着圈。

修女很高兴，因为孩子们都很投入地在做游戏。或许因为她在场的缘故，他们的表情的确有些严肃，如果她不在场，孩子们可能会更自在些，也会更开心些。想到这里，她悄悄离开了院子。

虽然她是悄悄离开的，但并没有逃过孩子们的眼睛。她一走，所有孩子便知道他们自由了，对这份自由的享受也即刻展开，因为不到一分钟，两个男孩便起了争执厮打在一起，其他孩子也纷纷参战以示支持。混战持续了大约十分钟，而后突然安静下来，因为大门突然打开，修女走了过来。此时她的脸上已经没有了之前的慈蔼，眼神中的风趣诙谐也不见了。

这所修道院学校从来不体罚学生。

那天下午大约四点钟，谢克尔走在回家的路上。他边走边思考着什么，因而走得很慢。在他外套的口袋里装着一张用打字机打出来的卡片。他不认字，但却能猜出上面的内容，因为嬷嬷告诉他一定要把卡片交给父亲，然后把父亲的回复带回来。嬷嬷还说："你太调皮了。"

他之所以这么心事重重，是因为他在下一个决心。他确如嬷嬷所说的那么"调皮"，但这并不是他该回家挨打的理由。他的公正感告诉他——我的确打了别人，可是自己也挨了打，那为什么回家还要再受一次惩罚呢？

他终于下定了决心。他掏出卡片撕得粉碎，然后扔在地上。回到家之后他对父亲说："我要去上男校，我已经长大了，不想在修道院里和女孩一起上学。"父亲笑着说："好啊。"他一遍遍回忆着修女那双风趣诙谐的眼睛，或许它们正翘首企盼，等着他以及父亲对卡片的回复。对他而言，这种回忆是多么令人愉悦啊！他大叫道："让她等着吧！我要去别的学校上学了。"

但当时他并没有马上去上学。

前面说过，金子是被慢慢软化的，并非瞬时铸造而成。当谢克尔放弃了修道院的学校之后，家里开始考虑对他的学业另作安排，在确定学校之前，他暂时获得了自由。

当这个孩子被动受教的时候，他表现得非常逆反；可当反抗者被松了绑，与生俱来的好奇心反而变成了前进的推动力。正因为没有人强迫他站在那里听课，所以当哥哥坐下来听老师讲课的时候，他也主动走过来站在桌旁。他的年龄还太小，身高够不到桌子，于是他踮着脚尖，用手扒着桌沿儿，下巴抵在桌子上专心听讲。哥哥和老师都被他逗笑了，但没人说他什么，甚至也没人过多关注他。

这种状况持续了很多天。一天父亲来看孩子们上课。看到孩子们在学《八章书》[1]，父亲说："背诵一下今天的功课，看看记住了没有？"兄长们最初背得还不错，但背到中间就忘了，于是战战兢兢地一言不发。父亲慈蔼地笑着说："学吧！学吧！一定要认真学习！"说完打算离开。就在这时，他用略微有些嘶哑的声音说："我能背诵一下吗？"因为紧张，他的声音有些颤抖。

大家全都笑了。但父亲望着他，用脸上的笑容表示了应许。

没过多久，所有人的脸上都露出了惊讶的表情。因为这个小家伙不仅背诵了当天的功课，还把昨天以及昨天之前，甚至好几天前学过的课文全都背诵了一遍，而且一个磕巴儿都没打。

似乎是为了对他表示奖励，父亲高兴地说："明天起你也上学。我给你单独请个老师。"

唉，这算是什么奖励！

是的，第二天他的新老师就来了，尽管来了，可并没有待多久。三四天后，老师来上课时发现，他的学生正抓着一把椅子的椅背，把自己的脑袋向上撞，一下接着一下。老师问："你这是在干什么？"

"我在让自己变得更结实。"说完他便又接着忙自己的事情去了。

老师并不知道，这个孩子曾经在某个地方听别人说过"他很结实"这样的话，他听出这句话里的赞许之意，于是下决心自己也要练得硬硬实实的。老师笑着说："我倒要看看你有多结实！你来撞我试试看？"

是在挑战吗？孩子说："好啊！"

孩子重重撞了老师一下。当他后仰着头准备撞第二下的时候，老师脸上的笑容消失了，他用手捂住了额头，似乎是在撑着自己不

---

①《八章书》(Ashtadhyayi)，又称《波你尼经》，是公元4世纪前后的印度语法学家波你尼撰写的梵语语法著作，全书分为八章，故又称《八章书》。

要倒下，然后起身离开了上课的房间。

之后，这个老师再也没来过，因为老师怎么可能不知道只有在学生面前树立威严才能传道授业的道理呢？

几天之后又来了一位新老师。新老师是勒克瑙人，他身上的每个地方似乎都写着他来自勒克瑙。老师嘴里嚼着槟榔上课，孩子听写时，他不停地往地上吐口水，这个动作使孩子没法集中注意力。

他不管不顾地说："老师，您是在上课还是在吐口水？"

老师向父亲告了一状。父亲训斥孩子说："你是不是又捣蛋了？你到底上不上学？"

孩子依然用顶撞的口吻说："怎么学？想学也得有人来教啊！老师没完没了地吐口水。"

父亲明白孩子的话是有道理的，可他不习惯从孩子口中听到这样的回答。他气恼地说："别那么多废话！去上课吧！如果我再听到老师告你的状——"

男孩走开了。他发现，这个世界上并没有正义。但他并不准备屈服于不公。他低着头回到上课的房间，一进门看到老师，他立刻用粗鲁的语调挑衅道："唾沫老师！"

老师吃惊地说："你说什么？"

"唾沫老师！唾沫老师！"男孩一遍遍重复着，如同用锤子敲击着什么东西。

这就是当天上课的情况，至少当着老师的面就是这样的。老师走了以后，他被关在房间里，没有让他吃饭，而且还被警告说必须发誓再也不这么做了。

可孩子并没有屈服，后来他疲惫地睡着了。僵持的局面一直延续到了第二天。第二天没有上课，他也没有机会当着老师的面再像昨天那样大喊：“唾沫老师！唾沫老师！唾沫——！”

他被从房间里带了出来，开始了另一种方式的教育。只不过再也没有给他请过新老师。

教育的第一个篇章就这样结束了。

之后姐姐开始教他念书。不过她的方法很不一样。

男孩这才发现，教育也可以令人喜闻乐见，教育者也可以是值得仰慕的人。他开始崇拜自己的姐姐，开始认真读书，但没人知道其中的原因。

但是这都是后话了，以后遇到合适的机会，再来讲述这个故事吧。

他的内心就是如此。他并不缺少天赋的智慧，但这个世界上没有任何力量能够操控它的发展。这智慧归属于他，由他支配，他可以随心所欲调遣使用。而且他知道，如果是从自己天赋的智慧中得到了灵感，他便一切顺利；可如果前进的动力是被别人激发出来的，他就走得磕磕绊绊……

如果连这种智慧也能被束缚，那还有什么是不可能的？可是，或许智慧的确会被束缚！

这就是他学到的东西。学到了什么？恰恰是对教育的蔑视和反抗！

但是在那些日子里，他也的确学到了很多东西。他全神贯注地学习，知识的印迹深深烙刻在他内心的每一条血脉上，无法抹去。这些知识已经与他人生的脉络相互融合在一起，熠熠生辉，如同镶嵌在岩石基座上闪闪发光的金属线条。

这种教育是自然获得的。它的秘密又是什么呢？

谢克尔站在家中的走廊里。家里其他人都在忙着自己的事情，哥哥们正在专心地学习，父亲在处理公务，妈妈怀里抱着弟弟在烙饼。

他独自一人体味着孤独的感觉。而且他还感觉到——我之所以是孤独的，因为我不是那种人们常说的好孩子。我不上学，谁的话也不听，我粗鲁无礼、争强好胜、调皮捣蛋。不然这个时候我应该在父亲身边嬉笑玩耍，或是在母亲身边吃着甜点，或者和哥哥们一起看漫画书，而不是被所有人遗忘，孤零零地一个人站在这里……

没过一会儿，父亲的一个朋友上门来拜访。客人问他："你父亲呢？"但是并没有从他那里得到任何回应，甚至没有引起他的注意。客人心想，怎么会有这种孩子，见到陌生人竟然一点也不觉得好奇。客人一边这样想着一边走进屋里。一个多小时过去了，男孩依然站在那里一动未动，暗暗思忖着自己心里那些小小的感触。

这时父亲的那个朋友从屋里出来，看到他还站在那里，转身回去叫来了父亲。孩子并不知道，他们盯着他看了好几分钟，心中暗自称奇，小孩本来应该都是活泼好动的，他怎么能够这样纹丝不动地站着？而且这个孩子比一般孩子更难管教，他怎么会这么安静？

他忽然惊讶地听见父亲说："谢克尔，你在想什么呢？"他拘谨地答道："什么也没想。"

但或许因为看到了他呆若木鸡的样子，父亲感到有些担忧，也或许是出于怜悯，父亲并没有生气，而是一直向他追问不休。

他不能避而不答，于他而言这也是一件从未经历过的事情。他说："我在想，如果没有恶，也就无所谓善。"

大人们一时间反应不过来，于是问道："什么意思？"

"人们看到了恶，才会知道什么是善。如果没有恶的存在，怎么会知道善是什么？”

两人瞬间惊呆了，面面相觑。父亲或许意识到，关注这么深奥的问题对孩子可能并非一件好事，于是对他说：“去吧，进屋去玩吧，长大了再想这些问题。”这句话并不是斥责，相反，父亲的语气中带着几分赞许。

但是孩子却想：“如果这些事应该长大以后再想，那么今天我既然已经想到了，为何却没有长大……”

这件事发生之后，父亲开始非常留意这个问题。每次发现他独自一人，或是看到他沉浸于思绪之中，父亲就会安排他去参加游戏，或者把他的注意力吸引到别的事情上。孩子发现，尽管他认为自己至今仍然是孤独的，但能够独处的机会却很少，而且父亲这种让人很不习惯的警觉令独处显得更加特别。

两三天之后，再次发生了同样的事情。他又那样站着一动不动，眼睛盯着前面的房子，心里想的却是另一个问题，这个问题是当天早晨出现在他脑海中的，当时他正在学习如何做祈祷。他盯着前面的房子想：“神为什么会创造这一切？这些又是如何被创造出来的呢？”

这时父亲走过来问道：“你又在想什么呢？”母亲跟在父亲身后，他们都在等待他的回答。

他郑重其事地说：“这些房子是谁造的？”

母亲笑了，说道：“人呗，还能是谁？”她也许在想：“这孩子整天神魂颠倒的，不过还是应该哄哄他。”

“那么，难道不是神造的吗？”孩子的话用的是疑问语气，但是其中却有一种确定无疑的肯定，像是在对自己之前的问题进行回答。

父亲和母亲彼此对视了一眼，眼神中有些慌乱，男孩也注意到了他们的神情。父亲说："过来，我来告诉你。是神创造了这一切。"

孩子尽管顺服地接受了父亲的说法，但他一直在想："如果这个问题的答案就是这么简单和肯定，他们的眼神为什么那么慌乱？"

为了哄他开心，也为了让他有事可忙，家里买了几只鸟——一对火烈鸟，一对鹧鸪，还有一只鹦鹉。养鸟的任务交给了孩子们，火烈鸟是大哥的，鹧鸪归二哥管，鹦鹉则交由他负责。

他开始非常用心地训练鹦鹉，分派给他的任务是教鹦鹉说"悉多罗摩"[①]。父亲和母亲有时会走到鹦鹉旁边，对鹦鹉说："说'悉多罗摩'！"他当着父母的面也会这样。但是只要发现身边没别人，他就站在鹦鹉面前笑，一遍一遍发出阵阵虚假的笑声，因为他希望鹦鹉也能学会笑。

但是鹦鹉既没有学会说"悉多罗摩"，也没有学会笑。一天，父亲把鹦鹉从笼子里放了出来，用手抓着鹦鹉，喂它吃胡椒。孩子问："干吗这样？"父亲说鹦鹉吃了胡椒之后就能学会说话。

孩子说："给我，我来喂它。"父亲把鹦鹉交给了他。

在他手里，鹦鹉也没吃胡椒，而且挣扎着想从他手里挣脱翅膀。

孩子失去了耐心，开始拿着胡椒硬往鹦鹉嘴里塞。

鹦鹉咬住了他的手指，而且一直不撒口。

男孩松开了鹦鹉，狠狠甩着手，把手指从鹦鹉口中挣脱出来。

孩子一直看着自己被咬伤的手指，而鹦鹉则飞到前面的一棵菩提树上落了下来。

孩子的注意力又回到了鹦鹉身上，他的眼睛开始四处寻找鹦鹉的踪迹。没过一会儿他就发现了鹦鹉，着了魔似的远远望着它。

---

① 罗摩和悉多是印度古代史诗《罗摩衍那》的主人公，在印度教神话中是大神毗湿奴和其配偶的化身。"悉多罗摩"是一种问候语和祝福语，意为"大神保佑"。印度人见面时常常用"罗摩罗摩"表示问候，对方以"悉多罗摩"作为回应。

孩子对鹦鹉的怒气已经烟消云散了，他向鹦鹉伸出手大声唤道：“甜嘴鹦鹉！”可鹦鹉并没有搭理他。

孩子看见，鹦鹉战战兢兢地从菩提树的一根树枝慢慢飞到另一根树枝上，然后又从第二根树枝飞到第三根树枝上落下。它之所以惊惶地扑闪着翅膀，似乎是为了避免在笼子的围栏上撞伤。当它发现扑扇翅膀时并没有撞在笼子上，便索性从树上飞起，落到离家稍远的一根电线杆上，然后又从这根电线杆飞到了另一根电线杆上。孩子知道，鹦鹉已经确信自己不再被鸟笼围困，它自由了，已经逃出了樊笼。而后它兴奋骄傲地展翅飞起，一直飞出了他的视线之外……

孩子长长舒了一口气，用严肃的口吻对父亲说：“鹦鹉飞走了。”

父亲感觉到了他语气中的郑重，于是说：“那有什么关系，再给你买一只好了。”

但是他却说：“我不再养鹦鹉了。”

父亲笑着说：“是因为手指被它咬伤了吗？鸟的品种有很多，可以再养一只。你和我一起去挑。”

“不，我再也不想养鸟了。”

孩子有时会想，应该放跑那几只火烈鸟和鹧鸪。但是这些鸟并没有被关在笼子里，本来可以飞走，但它们自己愿意留在这里，或许是这个想法阻止了他放鸟的计划。

一次他的二哥病了，病得很厉害。连日来他一直高烧不退，开始说胡话，总是说：“我的鹧鸪！把我的鹧鸪拿来！我的鹧鸪到哪里去了？”家人把鹧鸪带来放到他身边，他用手摸着鹧鸪，渐渐安静下来，慢慢睡着了……

二哥的身体更加衰弱了。一天，他高烧不退，甚至不再说胡话，只是躺在床上，似乎处于一种半昏迷的状态，双眼失神地望着天花板，也不再吵着要他的鹧鸪鸟了。

但是鹧鸪却自己飞过来了。当时他的父亲和母亲正忧心忡忡地站在二哥身边，忽然发现一只鹧鸪飞来落在床头，另一只鹧鸪围着床慢慢地兜着圈子。它们仿佛也感受到了屋内某种前所未有的紧张氛围，而且似乎因为自己不再被需要而伤感……

那只围着病人的床打转的鹧鸪走得越来越慢，脚步似乎有些蹒跚；而它的配偶——那只落在病人床头的雌鹧鸪——忧虑地望着它，但却依然站在床上一动不动。

雄鹧鸪走累了，落在病人的床脚处。它低垂着脖子，好像困倦了似的，身体也慢慢松弛下来。

没过多久，大家发现雄鹧鸪向一侧倒去，身体渐渐僵直。

过了一会儿，病人从昏迷中苏醒，又开始谵语，不停问道：“我的鹧鸪呢？”

几天之后病人痊愈了。不知为什么，之前他好像只偏爱其中的一只鹧鸪，对另一只根本不太留意，可这次当他从床上起来时却立刻问道：“另一只鹧鸪鸟去哪儿了？”

没人敢告诉他真相。过了几天，家里把那只雌鹧鸪悄悄送给了别人。

他不时会想起这两只鸟，随口问道：“我的鹧鸪鸟呢？”他也为此感到伤心难过，但渐渐他还是忘了它们，而且最终也了解到事情的真相。

谢克尔并没有解决问题的好办法，所以对此也没有提过什么建议。他只知道自己从中学到了一些东西，而且是怀着深刻的认同感学到的。到底学到了些什么，他也说不出来。或许是信任，或许是忠诚，或许——不知道……

火烈鸟后来怎么样了，他记不得了。也许送给了别人，因为它们会让人想起那对鹧鸪。

这些鸟从谢克尔的生活中消失了。此后家里再没买过鸟。可是难道它们也从谢克尔的心中消失了？

谢克尔发现，在他的世界之外还存在着一个世界，这是鸟儿的世界，这里充满自由。在这个世界里，有信任，有爱，有不受束缚进行思考和嬉戏的自由，这个世界的唯一信条是“成为本来的你”。对他来说，这个世界是一个天堂，是一个令他渴盼的梦想，是一扇可以使他摆脱所有烦恼、通往自由的大门，是他孤独中的支撑和依靠。

难道他所有的信念都是虚假的？他的心灵在这个世界里想要逃避的所有困苦、所有折磨、所有虚妄，难道在另一个世界也同样存在？难道那些在这个世界只能是梦想的东西，在另一个世界里不仅不是梦想，甚至根本不存在？他需要一种支撑，这种支撑只能在这个想象的世界里获得，因此这种想象是真实可信的，因此这个世界是真实存在的，而且将永远存在下去……

一天，他在黄昏时来到了一个花园。当时花园里似乎到处都是小鸟，它们用叽喳啁啾的鸣唱享受着生命的欢悦——这喜悦是多么甜蜜！孩子问：“这是森林吗？”因为他曾经听说过，鸟的家在森林里。可他得到的回答却是：“不，这是花园。”

“那森林什么样？”

“森林也是这样的，就像一个很大很大的花园。但是花园里的树和花是精心栽培的，而森林不是这样，森林是自然生长的。”孩子想，那该是一个多么自由的地方啊！一切都自由自在，连小苗也可以自由自在地生长、开花和结果。这时，他想象中的天堂有了一个具体的形象，同时也有了一个名字——森林。

直到今天，森林对他来说仍与城市大相径庭，今后仍将如此……尽管如今他最初的梦想已从巅峰上滑落，森林现在不再是天堂的代名词，但是仍有很多理由支撑着他对森林的热爱，如今虽然身陷囹圄，但他依然向往着森林……

就像那只鹦鹉一样，他也怕碰到笼子会受伤，因而不敢扇动翅膀，因为他凭经验知道这样做会伤着自己。但是难道他的灵魂也被束缚起来了？难道灵魂也会受伤？难道连灵魂也不敢扇动自己的翅膀？

他的灵魂在自己的森林中游走，那里是他的天堂，那里没有束缚……

但这一切只是他所受到的教育——自我习得的教育——中的一个方面而已，他在更为广阔的领域接受了不同的教育。也可以说，正是深藏于表面之下、并不显现的这部分教育使他的个性具有稳定性，这是他所受教育的根本；而他所受的另一部分教育则造就了他的性格，这个部分显而易见地发挥着自己的作用。前一种教育赋予其始终如一的个性，而后一种教育则使他进步；前者使其深沉稳重，而后者则预示了他的发展方向……

他的小伙伴中有个小女孩，没人知道她真正的名字，大家都叫她普朗。她是隔壁一个寡妇的女儿。他的所有游戏都有普朗参与，于是玩着玩着，两个孩子也开始互相到对方家里串门和游戏，这完全出于孩子们天真烂漫、无拘无束的天性。但是有一天家里吩咐他说，如果去邻居家，在那儿什么吃的喝的都别碰，什么东西也别拿，因为她们是低种姓。他问（此时只是出于好奇，因此用的并不是桀骜不驯的语气）："是不是别人也不和她们一起吃饭？"得到的回答是："高种姓的人不和她们一起吃。""那为什么可以和她们一起玩？可以和她们说话？"没人回答他。他再次追问，得到的回答是："别没事找事了！让你怎么做，你就怎么做，别找那么多借口！"

孩子走开了。从那天起，游戏时他开始有些落落寡欢，特别是当普朗也在场的时候。这倒并不是因为他特别驯服听话，只是因为他希望自己能先想出解决的办法，能为以后做个决定。因此即使是在做游戏（尤其是在做游戏的时候，因为这时他才需要具体面对这个问题），他也依然没完没了地琢磨这件事……

四五千年以来，人们一直未能寻求到解决这个问题的方法。可在孩子的自信面前，四五千年的时间又算得了什么？他并不懂得时代的发展，对他而言只存在两种情况：光明或是黑暗，清醒或是昏昧。因此对他来说，并不存在什么时代的发展和变迁，对他来说，只有光明与黑暗之间的较量……

之前全家人一直都在屋里睡觉，但是天气逐渐热起来了，于是大家开始在楼顶的露台上睡觉。他家的露台紧挨着隔壁寡妇家的露台，中间的隔墙也并不太高，所以这边讲话的声音另一边也听得到。睡觉时孩子不时听见隔壁传来普朗哈哈大笑的声音，于是那个问题再次浮现在他面前。有时听到普朗的妈妈召唤普朗的声音："普朗，来吃饭了！"浮现在他脑海里的画面是——她们无比凄凉地坐在家里吃饭，因为没人愿意和她们一起吃。他觉得，她们之所以吃饭也要偷偷摸摸，像做贼似的，是因为她们没有在别人面前大大方方吃饭的权利。他想："她们怎么能吃得下去？"

他常常听到吃完饭后普朗母女俩在一起玩笑嬉戏。作为游戏的一部分，妈妈常常问女儿这样一个问题：“普朗，我们是谁？”普朗或者以笑声作答，或者回答说：“不知道！”这时妈妈就会教她说：“你就说，我们是××[①]。”

孩子有一天问妈妈：“什么是××？”妈妈告诉他，这是一种低等种姓，她还用手朝寡妇家的方向指了指说：“她们就是。”从那天起，孩子常常在想：“如果是低等种姓，她们为什么不藏着掖着？为什么普朗的妈妈要一遍遍提醒女儿？而且为什么那个妈妈的语气里充满自豪？”

这个问题一直盘桓在孩子心里。虽然远远坐在一旁，但他开始对那个寡妇心生崇拜，因为她竟能以此为荣。普朗对他而言，也好像变成了一个被蹂躏践踏的女神。不过他没有再踏入她家一步。晚上常常听到普朗的笑声，他总是在想：“我也想加入她们的游戏。”可是白天的时候，他却每每在她家门外止步不前，悻悻而归。他也不知道为什么会这样。

如今他理解了那种感受。那种可怕的痛苦是怎样一种感觉，他现在能够体会到一些了。在饱尝这种痛苦之后，作为寡妇的母亲将自尊视为一种自我保护的武器，将它注入自己的生命里。他也能够想象得出，在教导普朗学会自尊的时候，那位母亲的内心其实是多么蔑视她们所受到的屈辱。他现在知道这样做并不能解决这个问题，这种自尊也并非无懈可击，但即便如此，他依然同情怜悯她们的无奈处境。现在他理解了犹太人是如何应对这个问题的。他们虽然是世界上最受凌辱和压迫的民族，但却从凌辱和压迫中汲取到自己生命的力量，他们愤然地被迫伏下身躯，但却永远不会被摧毁……今天，他采撷了那棵智慧之树结出的果实，但有毒的种子其实早已播

① 原著中作者隐去了该种姓的具体名称。

下，就在那一天……

我想起了很久之后——大约是二十年后——发生的一件事情。当时我正在四处逃亡。一天，在三月[①]酷烈的阳光下，我和另一个人走了足足二十英里的路。我们口渴极了，但是到处都找不到水。我们俩闷头走在路上，谁也没有说话。

忽然我们看见前面走过来一个人。我问那人："兄弟，这附近什么地方有水？"

"附近没水。那边有条河，那里有水。"

"有多远？"

"差不多两三英里吧。"

我忽然想到了一个主意，我问他："你在哪儿住？"

他朝一个地方指了指，说道："我家就在那附近，就在那片灌木从的后面。"

"那么，你家有水吗？"

"先生，没水。"

"嗯？家里没有水吗？那你们怎么办？"

他沉默着没有说话。

我又说："走吧，给我们点水喝，行吗？我们实在太渴了。"

他依然保持着沉默。

我说："你不来也没关系，我们去家里要点水喝。家里有人吗？"

他仍然没有说话，但是片刻之后忽然说道："巴布吉[②]，您是什么

---

① 这里指印历三月，相当于公历五月至六月，是印度最热的季节。

② 印地语中巴布（Babu）一般用于称呼长辈或者有身份的人，此处意为"老爷"或者"先生"。"吉"（Ji）通常放在名字或某种称谓的后面表达尊敬之意，意为"先生"。"巴布吉"是一种尊称，相当于"老爷"或者"先生"。

种姓？”

“我们可不信什么种姓，但是如果你有什么顾虑的话，我们是婆罗门，不会弄脏你的杯子。”

“不，不是这样的，”说完这句话，他沉默了一会儿，然后接着说道：“您到前面去要水喝吧。”

我们刚刚燃起的希望又化为了泡影。我说：“你究竟为什么不肯给我们水喝？”

他有些勉强地答道：“巴布吉，我们是低等种姓。”

我立刻大笑起来，“就因为这个吗？我们不信什么种姓，你和我们都是一样的人。”

“不，巴布吉，这是不可能的。”

“好吧，既然你不肯给我们水喝，那我们自己找水喝。你告诉我们路怎么走？”

“这可不行，巴布吉！”

我的同伴有些生气，也许是因为实在太渴了。他说：“怎么会有这种人！整天和粪便垃圾打交道，这会儿却执意不肯给我们水喝！”

我正要阻止他，那个人突然挺直了腰杆说：“巴布吉，您怎么想我们都可以，但请不要侮辱我们的工作。我们赚的钱是靠辛苦工作换来的……”

我想，令人悲哀的驯顺与不卑不亢的自尊竟然共存于一人之身！这可真是奇妙至极。

最终我们还是没喝到水，只能继续向前赶路。

但如果处处都是这种情况，也不失为一种新的局面。可我知道情况并非如此。很多地方并不存在这样的蔑视和自尊，那里只有驯服和彻头彻尾的奴性。在那里，父母教孩子认识世界并不是为了让他们学会蔑视，而是为了让他们接受不公的现实；他们教孩子屈服，但没有让他们怀揣自尊，而是让他们充满奴性。这些人的灵魂被紧紧束缚起来，连他们自己也不知道，他们被绑在一条怎样的锁链上，而且无意间充当了让这条锁链更加坚不可摧的帮凶……

尽管这种充满自尊的蔑视并不是解决这个问题的良方，但无疑它也是一种解决之道，而且这种方法既可靠，也很自然……

另外一堂课。

尽管好长时间以来，家里一直想找一个厨子，但一直没有找到。

一天，一个人登门询问这里需不需要厨师。问过他的情况之后，家里留下了这个人。

为了瞧一瞧那儿的新规矩，谢克尔和他的兄弟们全都跑到厨房里去了。他们发现，厨房和炉子都被清洗过了，厨子坐在炉子旁边，在离自己一腕尺[①]的地方用石灰画了一条线。但凡是要拿到这条线里面来的餐具器皿，都要重新洗过。厨子自己越过白线出去再回来，进来的时候也要重新洗脚，而是用单脚跳进线里面，以免使白线里面的区域沾上外面的污秽。没过一会儿，厨子便对孩子们嚷嚷道："别到这里来！别到这里来！"

孩子们观摩完毕就离开了。到了外面，他们也画了一条线，也同样用一只脚在线上蹦来蹦去，模仿之前看到过的厨子的动作，然后大笑起来。

唉！吃饭的时间到了，但却遇到了一个难题。如果厨子端菜出来的话，那他就得一分钟洗十次脚，可是洗一次脚至少要花上一分钟时间，那么谁来擀饼，谁来给饼上抹酥油，谁来侍候大家吃饭

① 印度旧有的一种长度单位，指从肘部到中指尖的长度，大约18至22英寸。

呢？所以最终决定厨子不越过白线，让哥哥端菜并且侍候大家吃饭。但是餐具端出来一次，就再也不能端回去了！五六个餐盘就这样“报废”了。这时孩子有了一个调皮的想法，他把自己手里的餐具放到了石灰线的内侧。

“哎呀！哎呀！你这是在干什么？所有吃的都被弄脏了！”厨子跳着脚说道。孩子却笑了。

厨子抱怨了半天。重新做出的决定是——伺候大家吃完饭以后，厨子再单独给他自己煮饭吃。

大家吃完之后，厨子先是打扫了厨房，然后自己又洗涮了一番，之后开始为自己做饭。

孩子又去了厨房。他拿起一个盘子放到了石灰线外，然后把盘子一边向里推一边说：“厨师先生，请往盘子里放些佐料。”

厨子又去告了一状。大人问孩子是怎么回事，他说：“我没把盘子放到厨房里，我把它放到了外面，然后往里推了推，厨房怎么会被弄脏？”

厨子打算再重新做一次饭。可这时已经两点了。妈妈吩咐说，三点必须煮好茶，还要准备茶点什么的。

厨子长长叹了一口气。

傍晚的时候，厨子先给自己做了饭，吃完之后对父亲说：“巴布萨赫布[①]，这工作我做不来。”说完就离开了。

大家也都长长舒了一口气。厨子终于走了。

铁器，也包括金器，都不是经过一次敲打就能成型的。它们要

① “萨赫布”意为“先生”，殖民时期通常是对欧洲男性的称呼，也指具有欧化生活方式的人。“巴布萨赫布”也是一种敬称，与“巴布吉”同义。

经过很多次锤炼，一次又一次，一次又一次……

教育也是如此。一两次磨砺不足以成器，必须要经历无数次锤炼。但这些锤炼之间其实没有什么区别，它们只不过是对同一种敲打动作的重复而已。

只不过有时金属的形状是弯曲的，这就需要捶打它的各个不同侧面。所有的塑造培养，所有的教育，只是不断重复两三种方式的锤炼锻打罢了。看过了这几种锤炼锻打的手法，便可以推测出整个过程。

还有第三堂课……

戈默蒂河[1]的汛期到了，洪水泛滥。

谢克尔和父亲一起出门散步。说是散步，其实是坐在一艘小船上，用竹篙划着小船四处闲逛。因为连街道上也积了几腕尺深的洪水，路已经断了，要说有路的话，那也只是对船而言。

船经过原来的大街。大街上依然喧闹繁华，就像把一个缩微版的威尼斯搬到了印度。划着船做买卖的人兜售各色的食品和瓜果蔬菜，还有人沿街叫卖书刊报纸以及洪灾的照片，甚至还有玩具出售……卖货的小船停在住宅门口就像停靠在码头，做生意的人吆喝着商品的名字和价格招揽生意……

但这是大街上的情形。此时他们穿过大街，朝城里的贫民区划去，当然只是想看看而已。这里的地势比城区的其他地方低洼（本该如此），因此水积得更深，船划起来很轻快。很轻快！这种轻快！这里的街巷一片沉寂，到处臭气熏天，多数房屋笼罩着一种哀恸的气氛。如果说有什么打破了这片死寂，那就是一个孩子的哭声……他问自己的父亲："那些卖东西的人为什么不到这里来？"

---

① 戈默蒂河（Gomti）是恒河的支流，位于印度北方邦境内。

“来这儿干什么？在这儿什么也卖不掉。”

“为什么？”

“这些人都是穷人，他们买不起。”

男孩充满同情地想到那些可怜的孩子，他们的父母是“穷人”，给他们买不起玩具，也买不起水果。

孩子问：“他们的孩子在哪里玩呢？”

“他们不玩。”

“为什么？”

“……”

难道回答说他们根本没力气做游戏？这些人从不玩耍，他们自己就是别人的玩物，社会制度将他们玩弄于股掌之间。

将这些称为记忆，似乎有些扩大了“记忆”这个词的含义。因为当我回望过去的时候，它们并没有如同一幅幅画面般出现在我面前，我不仅不能完整地回忆起所有的画面，甚至回忆不起当时的真实情况。我能回忆起来的，唯有当时我所体会到的感受，以及作为事件参与者的那种特殊心理状态。我所描绘的场景，仅仅是基于我的内心感受想象出来的一些图景画面而已。如果这些算是记忆，那么它们是我心中不受任何束缚的记忆，而不是那种通过眼睛留下印迹的记忆。

但是，我从中学到了什么？那不是一幅幅有序连接的画面，而是一段段连缀起来的感受。这些感受逐渐成熟，变得更加广博而深刻，那些画面藉此而生。某种程度上来说，那些画面只是安葬个人感受的坟墓，而人生则是安放这些墓茔的旷野……

坚定和力量。

在他所受到的教育中，这两者从何而来，清晰可见。但是他发现，在他身上还有一种特质，那是一种动力、一种激情、一种强大的吸引力，它到底来自于哪里？

他觉得，它是有意义的。尽管它在汹涌澎湃的浪潮中只不过是一个泡沫而已，瞬间便会破碎，但尽管如此，在它身上依然有一些自由奔放、变化万千、催人奋进、朝气蓬勃、永不磨灭的东西。它到底是什么？

奇特的是，那些为生活之路指明了方向，激励人生朝某一个方向前进，从而决定了未来之路的事件和思想，本身却是非常混乱和模糊的。促发它们的灵感和决定它们的力量到底是什么，无人知晓。

同理，到底是什么在指引我人生的步伐，不断考验它，使它朝着成为一个这样的谢克尔——既无法捕捉他，也无法想象他，他仿佛一直藏在高高的云端——不断前进？当我思考永远催人向上的这股力量到底源自何处时，得到的答案总是模糊不清的。

显现出来的，只是许多互不关联的画面……

过去发生的很多事情使谢克尔感到有些动摇，一些原本坚定的信仰和信念仿佛在逐渐坍塌。他似乎对周围的一切都感到幻灭，无法让自己专注于任何东西，因为他担心那是他无法掌握的幻象。因此他形单影只，常常一个人在外面散步。

他记忆里的那个时期的所有画面中最主要的特点是宁静安详的氛围。可能在那些日子里，他正疯狂地寻找这种宁静和安详，所以无论在何处感受到宁静，即或只是片刻的宁静，那一场景也会印刻在他的记忆中。因此，关于那时的回忆是幸福美好的……

戈默蒂河畔。时值黄昏。谢克尔独自一人缓缓地在河边散步，不时抬头凝望着岸边的树丛。一些树上长着黄色的寄生藤，茂密的藤蔓丝丝连连，连缀成网。看着大片的寄生藤，他禁不住想：“它们有什么权力不长在泥土中，不根植于土壤，却攀援于高处，借助于别的植物从泥土中获得滋养？”但是他的思绪并没有在这个问题上停留多久，很快便转移到夕阳辉映下粼粼的波光上去了。伫望良久，他感到夕阳的余晖中有什么东西在呼唤着他，牵引着他，令他感到幸福，然而他却无法为它找到一个恰当的称呼，当时他的心里还没有“美”这个词汇……

谢克尔独自坐在勒克瑙家中的阁楼里。

一匹骏马从他眼前疾驰而过。飞奔的步伐毫不费力，一点儿也不拖泥带水，似乎没有受到任何意识的操控，浑然天成，潇洒俊秀，如同美妙的音乐一般，带着特有的节奏和韵律。

谢克尔突然站了起来。这是他生命中一种全新的感受，它像闪电一样在他心里划过。

Rhythm[①]……节奏……

他重又坐了下来。像天空一样宁静，像山中的湖泊一样清澈。

也许就是从那时候起，他开始在生活中到处寻找那个东西。或许他已经找到，因为很多年之后，当他身处自己人生中最黑暗的日子，来自四面八方的反对令他感到痛苦万分时，忽然有一束光刺破了黑暗，所有矛盾和混乱某种程度上得到了化解，似乎它们同属于一个伟大的存在，是这个至高存在的不同部分而已……

一天，谢克尔的父亲带他去了博物馆，把他领进了一间摆放着各种塑像的陈列室，然后就去忙自己的工作去了。

谢克尔有些局促不安地打量着四周。他周围全是塑像。既有完整无缺的，也有一些残破不全；有些只剩下脑袋，有些是没了头颅

---

① 英文，意为“节奏”。

的残躯；一些塑像黝黑如炭，另一些则洁白无瑕；有些用岩石雕刻而成，有些则是泥塑的；有些是闪闪发亮的金属塑像，另一些却锈迹斑斑、面目模糊。

谢克尔的视线停留在一尊塑像上面。

或者可以说，是停留在塑像的双足上，因为塑像很高，谢克尔的视线和他的双足刚好齐平。

谢克尔慢慢将目光上移，直到看见了屋顶。塑像的头就顶在屋顶上。

谢克尔再一次把那尊塑像从头到脚打量了一遍。他看到塑像的脚下放着一个小木牌，上面用很大的字体写着“大雄尊者”。[①]

谢克尔突然心生感触，暗自喟叹道：“塑像赤条条一丝不挂。”

那的确是一尊赤身裸体的塑像。谢克尔无法理解，在刻画和塑造这样一具高大伟岸的巨型裸像时，雕塑家的手怎么可能不颤抖？他的想象力怎么可能不感到羞涩？无论是赤裸裸的真相，还是同现实一样真实的裸体，在他的世界里都不存在，也不被允许出现。对他而言，裸露是虚假的、丑陋的，是有碍观瞻、令人厌憎的。但或许正因如此，当他凝视这尊塑像的时候，目光才会如此坚定执着。他一直凝视着塑像，久久没有移开自己的视线。

他的内心似乎已经接受了这尊裸体的塑像。在他看来，这尊裸像巧夺天工、神采奕奕，令人回味无穷。

他慢慢走出展室。一股恬淡、甘冽的清香仿佛在他的心里轻轻弥散开来。

① 耆那教相传有二十四位祖师，目前有历史记载的是二十三祖巴湿伐那陀和二十四祖筏驮摩那。耆那教徒称第二十四祖筏驮摩那为大雄，耆那教的大雄塑像通常是裸体的。

几天之后，他随父亲去了鹿野苑[①]，住在佛寺里。他逮了个机会悄悄溜了出来，途经一个大池塘，朝鹿野苑博物馆的方向而去。池塘里有一些人在采菱角，一些赤着上身的男孩正在岸上和池塘旁的泥沼里嬉闹。他甚至没有抬头看他们一眼。曾几何时令他流连忘返的场景，如今对他来说索然乏味，因为他要赶到博物馆去。

鹿野苑博物馆游客稀少。谢克尔赶到那里的时候，正赶上闭馆的时间就要到了。

谢克尔发现大门旁边没有门卫，于是悄悄从大门下面溜了进去。

博物馆的右侧陈列着各种塑像。谢克尔边走边看了好一阵子，然后在一尊度母[②]像宽宽的底座上坐了下来。

他忽然感觉到，那里弥漫着一种令他颇感陌生的寂静。四周悄无声息，他侧耳细听，希望听到哪里传来一丝声响，但是并没有听到。四周是一片密不透风的沉寂。

他倏然起身向外走去。

门已经锁上了，博物馆里只剩下他一个人。他慢慢走了回来，依然坐在刚才的地方。

当我们需要陪伴，需要声音的时候，寂静会令我们感到不快，我们能听到它，感觉它像是在和我们说话，它所用的语言很奇特，古代某个精通读心术的文学家曾用“簌簌作响”来形容。可谢克尔并没有感觉到那里的静寂在“簌簌作响”，并没感觉寂静会将他吞噬。“我整夜都要被关在这里了，吃不上饭，也没法睡觉，父亲会到处找我”，诸如此类的担忧并没有在他心里出现。他的心中只有一种认同的喜悦感，他忘记了自己的存在，只感到神圣、美好、欢喜，

---

① 鹿野苑（Sarnath）位于今印度北方邦贝拿勒斯以北约十公里处，是释迦牟尼成佛后初转法轮的地方，原始佛教最初的僧团也在此成立。鹿野苑是佛教在印度的圣地之一。

② 度母（Tara），佛教女神，汉译佛经中也译为“多罗菩萨”。

他的心里既兴奋又平静。他就一直这样坐在那里，一直坐着，一直坐着……

现在他时而也会回想起当时的那个瞬间，回忆时似乎会感到一丝恐慌，因为那种寂静太过邃远。可当时他并没有感到有什么怪异，令他当时觉得怪异的，反倒是打破了那片沉寂的开门声。门打开的一瞬间，传来了一个声音，他无法相信这声音竟会传得那么远。使他感到怪异的，是呼唤他名字的喊声——“谢克尔！”

他惊愕地站起来，迅速从度母像旁走开。他无法忍受人们会了解到他刚才在哪里，在什么地方待了这么长时间，一直在做些什么。他觉得，如果人们知道刚才他坐的地方是那么特别，他会羞愧得没脸见人……

佛陀禅坐悟道的地方，在佛陀的眼中是圣洁的，但在世人的眼中可能却是隐秘的……

人们盘问他是怎么进到博物馆里去的，到底做了些什么，还有这是为什么，那是为什么，什么时间等等一连串问题。问题喋喋不休，得到的答案却没有任何价值。不管这些问题是多么关键，可得到的答案都是一模一样的。

谢克尔羞惭的沉默就是他对所有问题的回答。

当他对自己说，他的沉默中蕴含着天下宁安和宇宙精神的一部分，他是在说谎吗？他是在欺骗自己吗？

他的四周充满痛苦、贫困、灾祸、疾病和死亡。无论在国内还是国外，各种宗教的代理人都在穷尽自己的想象力，臆造地狱中最残酷、最可怕的折磨，但其实这些折磨就存在于这个世界，就存在于他生活的这个世界。但他拒绝接受这个事实，他不断抗争，苦苦挣扎。之所以如此，难道不是因为他的灵魂能够看到和感受到一个没有苦难的地方？难道不是因为他的灵魂已经洞悉了来世的宁静，因而即使身堕地狱，也一心追求天下宁安的美好吗？

欺骗？一个骗局怎么能够激励所有的生命和群体？难道欺骗中也蕴含着力量？人们可以因欺骗而死，但是难道还可以因欺骗而生？

人们说，叛逆者的思想狭隘、头脑混沌、心灵扭曲；人们还说，叛逆者的梦想空洞虚妄，他们的理想根本无法实现。这些说法或许是对的。但是，叛逆者能够用平等的目光看待那些卑微无助的人们，他的心灵能够将坠入深渊的失败者托举起来，他的头脑和智慧能够管理好整个国家，他会真诚而坚定地为了自己的梦想而战斗，他的梦想将会成为现实。

难道这也是欺骗？

我看到了自己还是一个五岁孩子时的模样。他只穿了一条蓝色的灯笼裤，光着脚跑在草地上。孩子的肩膀上扛着很多荷花，一些已经完全盛开，一些刚刚绽开花蕾，还有一些依然含苞待放。路的两旁是悬铃木茂密的树荫，葱郁的枝叶和悬铃木盛放的花朵遮天蔽日，覆盖了整条道路。有时在阴暗的角落，叶上带刺的荨麻草偶尔会粘在身上，但是孩子并不怕，因为他知道怎么对付它。

这幅场景在我眼前如此清晰，尽管我记不清它藏在我生命旅程中的哪个角落，因此无法把它放置于准确的位置。这肯定是我们生活在克什米尔时的画面，但是我不明白，它为什么以如此浓重的笔触涂抹在我记忆的画布上？很特别的是，我常常无端想起它，而且最后总是无果而终。

谢克尔的父亲突然被调职。几天之内，他变卖了家中带不走的物品，告别了朋友，携家眷赴新地就任。他们在杰赫勒姆河边买了一栋别墅住了下来。当时正值一战期间，虽然物价昂贵，但房子倒是很便宜。

谢克尔当时大约六岁。这时，他做出了一个决定——现在该是写本书立身扬名的时候了。

他知道父亲在写书。一天他问父亲，为什么一页一页写个没完没了，父亲告诉他，自己正在写一本书。父亲还说，书中还会放上一幅画，这幅画也会被送到出版社，放进印刷机里去印刷，然后一本书就变成了成百上千本书，而且每本书里都有这幅画。对于他来说，这是一件妙不可言的事情，于是他决定自己也要写一本里面全是画的书。

但是画从哪里来呢？他不想求父亲帮忙，因为担心父亲会因为嫉妒而阻拦他。想来想去，他有了一个主意——花！他到处去采花，然后放在书页里压干。他还向花匠打听到了这些花叫什么名字。就这样，写书的材料已经准备就绪，他决定开始写书了。

纸是写书遇到的第一个难题。一天父亲上班去了，他偷拿了父亲的钥匙，打开了书桌的抽屉，从里面拿出了父亲最好的信纸。这种纸比一般的卡片还要厚实，非常光滑而且富有光泽，信纸的一角还印着政府的红色狮形徽标。这是因为谢克尔发现，所有书籍里的插图都是用厚实光滑的纸印成的。

谢克尔一共拿了二十多张纸，他让姐姐把这些纸装订在一起。在他的每一个秘密计划中，姐姐都是他的秘书兼同伙，不过这次她拿走了五张纸作为装订的工钱。现在谢克尔为自己大作的封面发起愁来，他终于想出了一个解决的办法，不过这办法十分大胆。他努力控制着自己急促的心跳，从书柜中拿出一本金色皮质封面的圣经，用力将封皮从书上撕了下来，然后把书藏在厨房后面的垃圾堆里，再把自己的纸夹在封皮里面。所有动作一气呵成。

傍晚时大家都回来了。发现他独自一人在家，姐姐首先向他发问："你今天干什么了？"灵魂深处的负疚感使他不得不坦白了所有罪行，他不敢有所隐瞒。为了让姐姐保守秘密，谢克尔不得不把第二天自己的那份甜点贡献出来，不过作为交换，他让姐姐把纸订在封皮里面。

第二天，姐弟二人就坐下来开始写书。谢克尔把不同种类的干花贴在每一页纸上，姐姐拿出了自己的植物学课本，谢克尔看完之后，开始学着书上的方式对花朵进行描述。首先描述花的颜色和形状，然后是用途，再之后——可是这个"habitat"[①]是什么东西？

姐姐说："我也不知道。学校里还没有教。"

谢克尔跑去问父亲："'habitat'指什么？"

"'habitat'的意思是说某种东西生长的地方，或是指能够找到某种东西的地方。干吗问这个？"

"没什么，姐姐让问的。"说完，谢克尔局促不安地撒腿就跑。身后传来父亲的声音："她自己怎么不来问？"

大约经过了一个月的努力，谢克尔终于完成了这本书。姐姐验视通过之后，谢克尔决定，他也要把书送到出版社里去，让它变成几百本书。因此，一天趁着父亲特别高兴，他走过去把书放在父亲手里，然后立刻羞涩地跑开了。他只看见父亲皱起眉头，翻开了书。

几分钟之后，好奇心还是战胜了羞涩和恐惧。听到父亲和母亲哈哈大笑的声音，他又返了回去，想看看是什么情况。一看见他，父亲的笑声更加响亮，拦腰把他抱起来说："我多少年都没有这么笑

① 英文，意为"栖息地""产地"。

过了，你的书太不寻常了！”

谢克尔有点惶恐，因为他不能准确地判断出这算不算是夸奖。在他看来，自己当然值得夸赞。因为这本书是用大大的漂亮的字体写成的，里面的画多漂亮呀，还用红笔标上了画的名字……怎么可能有比这本书里对“灯笼海棠”和“鸢尾花”更棒的描述呢？

Fushia，Vylet flower with fore red small leaves very pretty Kashmiri girls put it in their hair nurse Zinnia puts it in her ears to dance in the kitchen.Habitat，Shalimar Gardens and Chashma Shahi. ①

Iris，very beautiful some are blue some red and some white，there is a yellow stick inside the flower.

Habitat，Mr. Chatterjis house near Gupkar the best were in our house but flood took them away. ②

但是不知为什么，除了觉得好笑，没有人欣赏这本书。谢克尔心情沮丧，并且对父亲这句充满慈爱的话感到尤为愤怒——“不要紧，儿子，下回写本好书，不过别再破坏我的书了！”

他对文学创作的第一次尝试就这样草草结束了，或者可以说，即将结束，因为真正的结束是在两年之后，这本处女作在垃圾箱里被白蚁和别的虫子啃噬一光。

创作一部文学作品如同在呼唤起死回生的奇迹发生。但创作完成后文学家能得到什么呢？他并不能得到创作的愉悦感。因为工作

---

① 英文，大意为：“灯笼海棠，长着红色小叶子的紫色花朵非常漂亮，克什米尔的姑娘们把它戴在头上，保姆兹尼娅把它插在耳朵里，在厨房跳舞。产地：夏利马尔花园和皇家浴泉花园。”因为出自孩童之手，所以这两句话里有许多拼写错误和标点错误，比如“fushia”应为“fuchsia”，“vylet”应为“violet”。皇家浴泉花园（Chashmas Shahi）是莫卧儿王朝沙贾汗时期修建的一个花园，围绕一眼泉水修建而成，位于克什米尔斯利那加市的达尔湖附近。

② 英文，大意为：“鸢尾花，非常漂亮，一些是蓝色的，一些是红色的，一些是白色的，花中有黄色的茎秆。产地：古布卡尔路附近的查特吉先生家。最好的鸢尾花原来长在我家，但是洪水把它们冲没了。”这句话也有语病和标点错误。

一俟完成，他就发现——唉！这并不是我想要创造的东西。作家就像奔波不停的那罗陀大仙，不会在任何地方驻足，他四处挑唆鼓动，煽风点火，一刻也不消停，在任何地方也不会停下脚步。或许正因如此，造物主才会在道路的起点拦阻他说："不要踏上这条路，它不是为你的双脚准备的。"但他意志坚决地向前走去。造物主说："好吧，你可明白要为自己负责？"说完取出名簿，从受自己抚育和保护的孩子中将他的名字无情地划去。

差不多半年之后，谢克尔进行了第二次尝试。不过这一次他尝试的是诗。

那是一个春天，当时谢克尔住在查谟。[①]克什米尔谷地的道路还没有完全开冻。阳光暖洋洋的，谢克尔光着脑袋、赤着脚四处蹓跶，过了一会儿，觉得脚底板烫得受不了的时候，他才会回到马上就要开始上课的房间。他想把所有能利用的时间都用来玩。一天，当他正逍遥自在地在外面蹓跶时，哥哥过来告诉他老师到了。

老师是一位叫约翰·盖斯的美国人，谢克尔一直称他为盖斯先生。今天他有些迁怒于盖斯先生，因为他打扰到了自己。

回教室的路上，他想出了一个恶作剧。换句话说，他找到了创作诗歌的灵感。

自从谢克尔写的书遭到蔑视，他心里就对羞辱和嘲笑非常不满，他决定什么时候一定要创作一首伟大的诗歌，重新赢回自己失去的尊严。今天他忽然感到机会来了，他发现自己是个诗人。

谢克尔来到老师面前，像只学舌的鹦鹉一样恭敬地说："早上好，盖斯先生。"

老师回答了一句"早上好"后坐了下来。刺眼的阳光照得谢克

---

① 城市名，位于克什米尔南部，现在是印度克什米尔邦的冬季首府。

尔眼前黑蒙蒙一片，他慢慢摸索着坐在凳子上，刚一坐下就说：“老师，我为您写了首诗。”

老师笑着说：“是吗？念来听听！”

谢克尔立刻像吟唱般念诵道：

My teacher’s name is Mister Gass,

If G is gone then he is an ass.①

大约半个小时之后，谢克尔坐在离家足有一英里远的茅尔西利花园里，摸着自己发红的脸颊，为这个缺乏正义的世界而恸哭。他被父亲责打了一顿，所以跑到这里来。父亲打完他之后就回去了，他一个人坐在这里思绪万千。

充满无奈的愤怒稍有平息，他才意识到自己身在何处。他摘了几朵花，一边嗅着一边再次陷入沉思。

尽管身为兄弟姐妹，也可能很长时间彼此并不熟悉，甚至可能终其一生形同陌路。大约六岁的时候，谢克尔才真正将自己的姐姐视为姐姐。也是在那时，一个孩童时期的小伙伴使他懂得了何谓姐妹之情。这个小伙伴就是谢西。

第一次见到谢西时，谢克尔大约四岁，谢西的年龄大概是三岁多。谢西的妈妈维迪雅沃蒂是谢克尔母亲的妹妹，因为这层关系，她带着女儿来看望他们，并在家里小住了两天。

她们到家的时候，谢克尔正在睡觉。早上起床的时候，他发现一个小女孩正坐在离自己的床不远的另一张床上，用好奇的眼神望着他。这时他的妈妈走过来说：“谢克尔，这是你妹妹。”

---

① 英文，大意为：我的老师名叫盖斯，如果去掉了字母G，那他就是一头驴。Gass去掉字母G之后为ass，ass意为“驴”。

谢克尔可不这么想，不过他什么也没说。这怎么可能呢？难道有人说“这是你妹妹”，然后她就变成了妹妹？如果有这个人存在，那她只能是萨尔丝沃蒂，只有萨尔丝沃蒂才是谢克尔的姐妹。打他记事起，萨尔丝沃蒂就住在家里，和他一起玩耍，一同被爸爸责骂，生气的时候还会过来打他一顿。

而她？谢克尔努力想象着谢西揍他的画面，于是立刻在心里不屑地“哼”了一声。

他觉得，无论别人怎么说，谢西就是谢西，不是他的妹妹。

过了一会儿，谢克尔的妈妈说：“来吧，你们俩洗澡去吧！”然后把他们领进了浴室。

谢克尔洗澡的方式是把浴室里排水的水槽用布塞住，在水快要漫出来的时候，再往水里一跳。今天他依旧如法炮制。谢西站在一个角落里望着他，可谢克尔根本没有注意到她。

水已经放满了，谢克尔开始洗澡。谢西依然还站在角落里。

这时谢克尔的妈妈又走了进来，把一个小黄铜水罐递给谢西说：“拿着，你就用这个舀水洗澡吧。”说完就走了。

谢西用小手抓着水罐，走到水龙头旁边接水，谢克尔却走过来气恼地说：“这个水罐是我的！”

谢西瞪大眼睛望着他，没有说话，也没有离开，继续用水罐接水。

谢克尔又向前走了一步，大声说：“这是我的，给我！”

谢西向后退了退，说：“不，我要洗澡。”

“给我！”谢克尔向她冲了过去，从她手中抢走了水罐，然后朝她的额头砸了一下。谢西大叫了一声：“妈妈！”然后哇哇大哭起来。

谢西的妈妈走过来一看，立刻便猜到了事情的原委，她对谢克尔说："你打她了吧？"

看到谢西的额头出血了，谢克尔立刻把水罐放在地上，战战兢兢地站在一旁。

谢克尔的妈妈也跑了过来，手里拿着一根棍子问谢西："是他打的你，对不对？"

不知是看到了谢克尔的表情，还是看到了那根棍子，或是出于其他什么原因，谢西指了指水罐说："我撞到水罐上了。"

"怎么撞上去的？是不是谢克尔打的？"

"是我自己碰的。"说完谢西又哭了起来。

谢克尔的妈妈朝谢克尔挥了挥棍子，瞪了他一眼走开了，维迪雅沃蒂也看了谢西一眼，而后轻轻替她擦拭着额头。

谢克尔没再继续洗澡。他悄悄穿好衣服，稍稍站了片刻，朝谢西望了一眼，拿起水罐走了出去。

这之后，他并没有同谢西讲话。但坐下来吃饭的时候，他悄悄往自己的水罐里倒满水，把它放在谢西的盘子边，然后才开始吃饭。

谢西看也没看他一眼，直接端起水罐喝了几口水，这让谢克尔感觉到，他得到了一件比世界上所有的水罐都要珍贵的东西。

当天傍晚谢西就离开了。之后的十年里，谢克尔再也没有见过她。

谢克尔的姐姐名叫萨尔丝沃蒂，她比谢克尔大五岁。谢克尔还有两个哥哥——依谢沃尔得德和布尔普得德，他们也比萨尔丝沃蒂年龄小。谢克尔出生时，给他取的名字是布特戴沃，但是维迪雅沃蒂一见他，不知道心里是怎么想的，对他的妈妈说："姐姐，给他起名叫金德尔谢克尔吧。"尽管所有人都反对，可她一直称呼他谢克尔，因为她的执着与坚持，大家也都渐渐开始用这个名字称呼他。

萨尔丝沃蒂倒是和谢克尔一起玩，可在他们游戏时，萨尔丝沃蒂的手和谢克尔的脸触碰在一起的时间，远远多过他俩彼此陪伴的时间。从父亲吩咐萨尔丝沃蒂教谢克尔读书开始，谢克尔就明白了，原来“姐姐”是对这样一种生物的称谓——她会在游戏时和你争吵；尽管是她的错，可她还是会打你，找你的麻烦；字母刚教完，直接就开始教复合辅音（尽管当时谢克尔并不懂得“复合辅音”这个术语）；如果你不学习，她就去向父亲告状；如果有什么事情你表示了反对，她就会从妈妈那儿请来懿旨说，因为她年长，所以谢克尔应该听她的话。全家搬到克什米尔以后，谢克尔从这样一件事情中找到了无限乐趣——他经常在雨天的晚上悄悄打开窗户，这样一来，睡在窗子旁边的萨尔丝沃蒂就会被淋湿。（谢克尔曾经坚持要睡在窗户旁边，因为从那儿可以看见月亮。可妈妈下令说，他不可以在那儿睡，因为他还小，会着凉的。）但也正是在克什米尔，正是在那些阴雨绵绵的日子里，在他的心里，萨尔丝沃蒂有一天突然从“萨尔丝沃蒂”变成了“姐姐”，又从“姐姐”变成了“萨尔丝”，尽管最后这个亲昵的称呼他从没叫出口，只是把它一直珍藏在心里。

八天来，雨一直下个不停。杰赫勒姆河原本泠泠淙淙的水声越来越大，如今已变成昼夜不停的轰鸣。谢克尔的父亲派人将家中所有贵重物品全部搬到楼上，全家人也都住到了楼上。父亲常常坐在窗子旁边，忧心忡忡地望着外面。他的嘴里叼着雪茄，偶尔忽然回过神来，就会狠狠吸上几口，可很快便又满面愁容。

别墅位于河边一处花园的正中央，四周被十英尺高的土墙环绕。为了便于进出院落，四道墙的两侧都修了台阶，台阶位于院墙的中部。围墙呈梯形，下部宽十几英尺，上部非常狭窄。墙外洪水的水位已涨到与地面齐平的位置，而且开始继续向四周漫溢，渐渐超过围墙内的地面。河水淹没了院子里的花，甚至洪水愤怒疯狂的嘶吼也已清晰可闻。

大家都躲在房间里，似乎在紧张地等待着什么。谢克尔目不转睛地望着父亲，猜想他为什么一直紧盯着那道临河的围墙，目光中满是忧虑。他想不明白。他也不理解，妈妈为什么泪光盈盈地一会儿看看他，一会儿看看他的哥哥，一会儿又望着萨尔丝沃蒂。尽管他一无所知，但一触即发的紧张气氛似乎也一并将他吞噬。他望着大家，心中有一种难以描述的无形的焦虑。

他忽然发现姐姐的神情有些异样，她的表情将她此刻的心理活动暴露无遗。他慢慢溜到姐姐身边，压低了嗓子问："怎么了？"萨尔丝沃蒂用手势示意他跟过来，然后蹑手蹑脚地朝楼梯走去。两人悄悄下了楼，没人发现他们。

一到楼下谢克尔就问："什么事情？"

萨尔丝沃蒂尖声说道："老鼠洞。"

"老鼠洞怎么了？我不明白。"

"你真是个傻瓜！外面在涨水，现在洪水马上就要通过墙上的那些小窟窿流进院子里了。怎么办？我们应该把窟窿堵上。"

谢克尔明白了。两人来到近处的围墙旁，开始用泥巴封堵墙上的小洞。两人合力拔起他们心爱的鸢尾花，把花塞进洞里，再用泥巴堵住洞口。谢克尔抬起头看了萨尔丝沃蒂一眼，当时她正拿着一株鸢尾花，似乎有些犹豫不决。片刻之后，她从茎杆上摘下上面唯一的一朵盛开的鸢尾花，把美丽的花朵插在自己的发辫上，然后把剩下的茎叶塞进洞里。谢克尔觉得这件事有些奇特，这个古怪的小丫头竟然会和他想的一模一样。但是没过一会儿，他就忘了这件事，继续忙碌起来。他和萨尔丝沃蒂心里都明白，他们只能干到家里发现他们不在时为止。他们还预感到，马上就会发生什么事情（尽管不知道是什么），父亲不会允许他们继续待在外面，所以他们加快了速度，这倒不是因为他们对即将来临的灾难有什么恐惧，而是害怕被叫回家里去。

他俩的腰开始隐隐作痛，可还有很多工作没有做完。一个窟窿还没有封住，另一个就又裂开了，而且还在不断扩大，水像喷泉一样向里灌。谢克尔从水流的高度推测，外面的水已经比院子里的地面高出四英尺了。此时他并没有想过，如果洪水涨到和围墙一样高，会发生什么事情……

正在这时，父亲的喊声盖过了洪水的轰鸣，传入他们的耳中。父亲的喊声令人感到非常陌生，这种声音他们此前从未听到过。他们停下手里的工作，两人面面相觑，一时间难以决定应该回家去，还是该接着做自己的事情（他们并不了解自己面临的危险，但觉得自己正在做的事情关乎尊严）。还没等他们拿定主意，什么东西“咕咚”一声好像掉进了水里。他们看到，几株鸢尾花被连根拔起，从墙上裂开的一道缝隙中，浑浊的河水迫不及待地涌了进来，发出巨大的轰鸣……

他们立刻做出了决定。两人一起向家里跑去。还没跑到门口，洪水巨大的轰鸣声已变得十分刺耳，他们发现，水已经没过了膝盖。

终于跑到了门口！父亲就站在那里。只匆匆瞟了一眼父亲的脸，他们就跑进了屋里。当时父亲脸上的表情是他们以前从未见到过的，这种表情此后再也没有出现过。

没过多久，大家全部聚到了楼上。洪水几分钟之内就淹没了房子的底层。河水的水位已比平时高出了五十英尺……

当时的场景就是这样。但是，谢克尔后来开始一遍遍回想当时的一个瞬间——听到父亲的喊声时，他和萨尔丝沃蒂对视的那个瞬间；围墙坍塌时的那一瞬间；怀着某种无声的默契，两人一起朝家奔跑时的那一瞬间。它们其实是同一个瞬间，是时间的流逝中一个不可分割的部分，是情感的同一次涌动，是内心的同一次震颤。他觉得萨尔丝沃蒂对他说了些什么，给他讲了些什么，让他学到了些什么。可到底是什么呢？

他只记得这些。什么时候她不再是萨尔丝沃蒂，变成了姐姐；什么时候他开始称她为“萨尔丝”，并在心里反复甜蜜地喊着这个名字，谢克尔已经不记得了。

水波不兴的平静湖面上，有一艘船屋在缓缓行驶。湖水平静如镜，船屋像是停驻在湖中，一点也感觉不到它在移动。谢克尔和哥哥们前往“梦幻岛”游玩。

到了小岛，谢克尔的哥哥们提议游泳，提议当即获得通过，因为谢克尔压根没有投票的权利。兄弟三人脱下衣服，钻进了水里。

依谢沃尔和布尔普在湖里游了起来。谢克尔不会游泳，只能痴迷地望着两位哥哥。他们挥动着手臂击打水面的姿势多么潇洒！他们竟然像离弦的箭一样展翅翱翔，这对谢克尔来说是一种多么令人难以抗拒的诱惑！谢克尔陶醉于其中，甚至无法控制自己的动作，内心的痴迷到达了顶点，原本是在心里模仿，此时却演化成了一个下意识的动作——他也向前一扑，划动着手臂，模仿之前看哥哥们做过的动作……

但他瞬间就沉了下去。他努力挣扎着扑腾出水面，但还没来得及换一口气，就又沉了下去。直到此时，他的手臂还在不停地划动，似乎依然痴迷地进行着模仿……

他梦见了一个幽蓝色的美丽幻境。之后他感到自己口渴极了，并且开始感到窒息，随后便是一片空白……

苏醒过来时，他俯卧在地上，哥哥们正拍着他的后背。是一旁的船夫把他从水里拽上来的。

回到家之后，一个鼻孔出气的哥哥们按照自己的方式讲述了整个过程。父亲训斥他道："怎么会有这样愚蠢的想法？不会游泳还要逞强！如果听哥哥的话，怎么会这样？"

因为故事是哥哥讲的，所以"哥哥的话"也是哥哥说的，但是谢克尔并没有辩解。他一直默默地望着父亲。父亲又说："看什么看？不觉得害臊吗？淹死就高兴了！"

谢克尔并不觉得自己该为没被淹死而羞愧，他也并不觉得被淹死是一件多么可怕的事情。

对死亡的恐惧实际上是大人们的事情。

但是几天后兄弟三人和邻居的几个小孩一起玩耍时，谢克尔发现，大家听说他获救的事情后都很受触动。他为此感觉有些自豪。因为在这群孩子中他的年龄最小，所以平时总抬不起头来，如今终于有机会对他们抖抖威风，他当然不会放过。他说："嗨！这件事有什么了不起的，哪天我还要这么干一回。掉进水里以后我倒要看一看，我究竟会不会死掉。哪天我一定要这么死一回。"

孩子们立刻用充满恐惧的眼神朝他望去，然后纷纷悄悄地走开了。

父亲的话没能起到的作用，这件事倒是办到了。谢克尔开始严肃地思考一个问题——难道死亡真的是令人恐惧的事情？

这种想法变成了某种不可名状的阴影，笼罩在谢克尔身上。有一天他问妈妈："妈，你什么时候死？"

当时妈妈正从楼梯上往下走，手里拿着一个瓶子。听到他的问话，瓶子从她手中滑落，妈妈用非常惊诧的口吻说："你说什么？"

听到瓶子坠地的声音，父亲也走了过来，听说了事情的原委后，他似乎也有些错愕。父亲掴了谢克尔几记耳光，然后带着妈妈进了二楼的房间。

过了一会儿，谢克尔透过窗户偷偷看到，他们两人默默坐在屋里，脸上的表情很严肃，两人谁也没有看谁，呆滞的目光不知盯着什么地方……

他用更加郑重、更加疑惑的语气再一次发出了诘问："死亡真的这么可怕吗？"

一天，谢克尔和父亲一起去了集市。他看见小贩用来包裹货物的纸上全都印着图片，而且纸上的图片五颜六色，蓝色、绿色、棕色，各种颜色应有尽有。图片里有士兵、有船、有飞机、有大炮、有浓浓的硝烟，可以说乌七八糟、琳琅满目。那段时间他恰好对乱糟糟的东西特别感兴趣，于是抓着父亲的衣角说："您给我买这个吧！"

"买什么？"

"这些纸。"

父亲笑着说："好吧！"然后对店主说："兄弟，把这种旧报纸给他一些吧。"

谢克尔补充道："要好的。破破烂烂的我们可不买。"他发现店主对他的话并没有特别在意，于是自己上前挑了八九张。

回到家之后，他把姐姐哥哥聚在一起，把报纸一张张摊在地上欣赏，同时也仔细读着图片下面的文字说明。

“我们在××地获得了胜利，歼敌无数。我们继续向前进发。”

“我们的飞机正在向××射击。”

……

谢克尔问：“‘我们’是谁？”

依谢沃尔得德说：“英国人。他们正在和德国人打仗。”

这时谢克尔发现了一张图片，图片上的锡克士兵正在给步枪上刺刀，图片旁边写着：“我们在××地给枪上刺刀。敌军死亡××人，我方也有一些伤亡。”

谢克尔说：“他们为什么不是英国人？”

哥哥告诉他，锡克士兵也是为英国人作战的。英国人统治着印度，所以印度士兵被派去为他们作战。而且父亲说，已经有几十万印度士兵阵亡。

谢克尔问萨尔丝沃蒂：“死是怎么一回事？”

“死就是死嘛，还能是什么？”

“死了以后会怎样？”

“你可真是个疯子！死了就没命了，不能走也不能说话，然后被送去火葬。”

“淹死也是这样吗？”

“是啊。”

“为什么会死？”

“呼吸停止了，然后生命就消失了。”

谢克尔想了想这句话，然后突然问道：“生命是什么？”

“生命就是存在呗！”

他执意追问道：“存在是什么呢？”

“我不知道，你去问父亲吧！”

过了一会儿，谢克尔又问：“生命从哪里来？“

“从天神那里来。“

“到哪里去了呢？”

“回到神的身边去了。”

“生命是神带来的吗？”

“对。”

谢克尔用狐疑的语气说：“哦。”

过了一会儿，他又问：“所有这些生命都会回到神的身边？”

“对。”

“德国人也一样？”

“对。”

“一切都是神创造的吗？”

“对。”

“那么战争也是神创造的吗？”

“对。”

“那么——”说到这里，谢克尔忽然停止了追问。他想起曾经在报纸上看到过，德国人非常残忍，他们殴打囚犯，活活让他们饿死，鞭笞妇女，拽着她们沿街游行，简直无恶不作。难道这一切也是神创造的吗？

谢克尔和哥哥们坐着马车出游。他看见前面有一辆破烂的马车，拉车的是一匹气息奄奄的瘦马。车上载满了货物，那匹马根本拉不动，但是车夫不断用鞭子抽打马身，嘴里不停地斥骂着。

谢克尔心中暗想：“我们的马车多体面呀！”

车夫收起鞭子拿出了棍子，啪啪地不停击打着马背。马奋力地抬起头向前挣扎了一下，但很快又垂下了头，车夫不停抽打着，马浑身不停地抖动，但无论如何也无法向前迈动步伐。

马又用力地挣扎了一下。谢克尔眼看着它的膝盖颤颤巍巍，最终还是倒了下去，倒下后就再也没能起来。

车夫说这种事很常见。马吃不到饲料，老是挨饿，身体就变得越来越虚弱。牵它们出去干活的时候，就给它们喂些大麻和红糖。他指着驾车的马自豪地说："我也曾经让它这样一口气跑了四十英里的路，而且还拉着车！"

依谢沃尔得德问："马这样不会死吗？"

"这样怎么会死？这样会让它更有劲。那匹马饿着肚子，所以死了。"

马车继续向前驶去。

回程的时候又经过了那个地方。谢克尔问："那些饿死的人也是这么死的吗？"

没人回答他。

谢克尔养成了一个很危险的习惯，独自一人坐着的时候，他总是胡思乱想。而且他发现，一些似乎并非他亲眼所见的事情，竟然也会出现在他的回忆里。他记得——

一天，父亲提前从办公室回了家，一进家门看见谢克尔的妈妈正坐在阳台上晒太阳，他干巴巴地说了句："开始了。"然后便进了屋。妈妈也站起来走了。谢克尔不知道该向谁索要这个令他困扰不已的问题的答案——什么开始了？

他记得——

一天，妈妈收到一封信。妈妈读了信后默不作声地坐着，眼中噙满了泪水。父亲不安地问："出什么事了？"妈妈把信交给了他。父亲读过信后先是沉默不语，接着好像忽然想到了什么似的，从信的中间大声朗读起来："拉姆金德尔已经参军入伍，就要到军队去了。"谢克尔听得一头雾水、不明所以。

一年之后，他才知道参军入伍是怎么回事。这时他忽然联想到了拉姆金德尔舅舅，于是问妈妈："妈，舅舅什么时候回来？"

妈妈痛苦地瞟了他一眼，没有作答。

那段时间，舅舅正躺在法国的一所医院里，双目失明，一只胳膊被截肢，昏迷不醒。

一天谢克尔从外面回来，看见妈妈正在轻声啜泣，他立刻转身离开了家。一个小时之后，当他再一次回到家里时，妈妈依然在哭。她边哭边做着家务，眼泪不时夺眶而出，她用一只手不停擦拭着泪水。

谢克尔有些不安地远远站着，喊了一声："妈妈——"

妈妈看了他一眼，擦了擦眼泪，然后转过脸说："儿子，你舅舅再也不会回来了。"

谢克尔不敢问为什么。

直到有一天父亲回家时带来消息说，战争结束了，我们赢了，签署了停战协议，现在一切正常了。这时谢克尔问的第一个问题是——"舅舅会回来吗？"这正是他之前不敢问的那个问题。

谢克尔听说旁遮普发生了骚乱，双方激烈交火，很多人被打死，军队很快就要进驻，许多车站被纵火焚烧，火车线路也被迫中断……他把这些事情综合起来进行了一番分析，然后走到父亲身边说："旁遮普也要打仗了。"

父亲说："别胡说八道了。现在还是让我们先从一战中喘口气吧。”

“可是一战早就结束了。”

“可是战争的后续影响依然在蔓延。现在的物价这么高，而且——”

谢克尔莽撞地插话说：“那又怎样？如果大神愿意，还会再来一场战争的。”

父亲瞪了他一眼，说：“滚蛋！”

父亲发现谢克尔开始没完没了地问问题，在家里上课并没有帮他改掉这个习惯，毕竟是萨尔丝沃蒂在教他，能有多大权威？于是他把谢克尔叫过来说：“谢克尔，你应该去学校上学。明天仆人带你去学校报名。”

他在学校里功课怎么样，这都是后话。上学后遇见的第一件大事是谢克尔接到通知说几天后总督要来视察，为了欢迎总督的到来，男生们要进行操练。

谢克尔的制服已经做好了，而且他还仔细考虑了操练的事情，结论是他要一辈子待在学校里。萨尔丝沃蒂教了他那么久，简直有几个世纪那么长，可是从没来过什么总督，也没有制服可穿。

总督是坐船来的。谢克尔学校的两条船在前方开道，驾船的是学校的男生，他们身穿镶着红色条纹的白色制服，看上去非常帅气。

谢克尔站在岸边，他所站的地方是总督准备下船的码头，他此时的身份是一名护卫。船现在离得还很远，无论怎样翘首以待也看不到总督的影子。因此，谢克尔打量着聚集在两侧河岸上的克什米尔人。

河岸两侧挤满了身着长衫、裹着围巾的克什米尔人，人群中也混杂着一些身穿白色长衫，缠着白色包头[①]的人。不少地方还聚集着一群群女人，她们头上戴着形似包头的红帽子。

河岸两侧忽然发出雷鸣般的声响，轰响声很有节奏。谢克尔感到有些惊恐，他看见聚在两岸的民众，不管是男人还是女人（除了那些缠着白色包头的潘迪特之外），都随着节奏拍打着前胸，好像吭哧吭哧在说着什么。他好不容易才听明白。

“啊，真主！啊，真主！”

总督的船逐渐靠近岸边。谢克尔竭尽全力想分辨出谁是总督。但四周的空气中似乎弥漫着那种可怕的声音，那声音无形地压迫着他，他根本看不见总督在哪里，眼前只有无数张面孔以及挥动手臂发出的看得见的呼嚎。

回家后谢克尔问父亲：“那些人为什么喊叫？”

父亲告诉他，战争使得物价飞涨，那些人快要饿死了。总督是国王的代表，什么事情都能办到，所以那些人求他给口饭吃。

“总督怎么说？”

“总督不可能听到每个人说的话。”

“现在战争已经结束了，为什么东西还那么贵？”

“……”

“是不是德国人使物价上涨的？”

“不是。”

“总督为什么不能让东西便宜一些？”

“总督如何能办到？”

谢克尔不喜欢别人用提问的方式来回答自己提出的问题，但可怜的小家伙又没法做主。他又问道：“神可以办到吗？”

---

① 长衫和围巾是克什米尔地区穆斯林的传统服饰，白色包头则是印度教徒的服饰。

“是的，神什么都可以办到。”

“物价上涨也是他干的吗？”

“是的。现在快滚蛋吧！还不去学习？”

已经到了嘴边的问题只能和谢克尔一起滚蛋了。他原本想问——“为什么？”

战争走了，可它的密友却来了。周围的人纷纷病倒在床上。这一天终于未能幸免——谢克尔也病倒了，他的床紧挨着母亲、父亲和哥哥们的床。全家只有萨尔丝沃蒂侥幸逃脱。

萨尔丝沃蒂被告知，应该尽可能与所有人保持距离。给大家喂完药以后，她偶尔会在谢克尔的床上坐一会儿，可马上就会听到这样的劝告——“走吧！别坐在这儿！不然你也会被传染的。”谢克尔心里对这个安排暗自不满，他常想：“生病了又能怎样？不就是躺在我旁边嘛。”有时他也对这场使他卧床不起的战争愤懑不已。母亲有时说：“儿子，别害怕，神会让一切好起来的。”听到这句话，他真想大发雷霆，真想大声叱骂一番，他想问：“战争好起来了吗？饥饿好起来了吗？舅舅没有回来，难道他也好起来了？那匹死去的马好起来了吗？那么多人病倒了，这也算是好起来了吗？死了的人好起来了吗？”所有一切都是神的安排，对此他并不反对。但是说神会让一切都变好的，用这个谎言来欺骗他，他无论如何也无法忍受……

大家都渐渐康复了，父亲也开始上班，只有谢克尔还一直躺在床上。不过这并未令他感到特别痛苦，因为单独给他安排了一个房间。萨尔丝沃蒂并不顾忌，经常过来看他。

一天，萨尔丝沃蒂坐在谢克尔的床头说：“今天我的头特别难受。”

谢克尔说："你可能也生病了。"

"不，我现在不会病倒的。你先好起来，那样的话，我即使病倒了也没关系。"

"我的病是不会好的。"不知是怎么想的，或许是为了获取同情，谢克尔说："我就要死了。"

"去你的吧！疯子！别总说这种话！"

谢克尔发现，萨尔丝沃蒂说的其实就是大家常说的话，但是这些话如果出自萨尔丝沃蒂之口，就不会令人感到疑惑，不会使人感到恐惧。他喜欢听她说话，他觉得可以问萨尔丝沃蒂一些不能问其他人的问题。他说："你怕死吗？"

"不怕。"

"死很可怕吗？"

"不可怕。"

"那为什么大家都怕死呢？"

"人们之所以害怕，不是因为死是一件坏事。人们怕死，是因为他们觉得活着很美好。"

如此坦诚、如此真实的话为什么没人对他说过？

过了一会儿，谢克尔朝萨尔丝沃蒂伸出手去说："我不会死的。"

萨尔丝沃蒂抓起他的手放在他的胸口上，然后轻轻拍了一下他的脸，起身走了出去。

傍晚，萨尔丝沃蒂也搬进了这个房间，躺在另一张床上。

父亲说："现在所有人都康复了，咱们应该去散散心，可以外出旅行一次。咱们去参拜柯伊尔·婆瓦尼神庙吧。”①

第二天，一艘船屋载着所有人，从阿米拉·哥德勒桥下起航了。

生活的日常安排有了一些变化。每天傍晚吃完饭、喝完茶之后，有时在船屋的客厅里，有时在船屋的舱顶上，全家人常常聚在一起，有时听男孩子们讲故事，但更多时候是由父亲或者母亲来讲故事。他们讲的是那些在印度常常讲给孩子们听的故事——天神的传说、往世书②中的神话以及那些附加着道德教诲的故事，其中一些小故事表现了天神的英明神勇，还有一些是论述诚实的重要性的冗长说教，有关于吝啬鬼的奇葩笑话，也有对早晨偷了果酱却拒不承认的孩子（无论他是否真的存在）滔滔不绝的斥责……故事有时也蛮有趣的，可是一旦开始论证故事的“道德意义”，谢克尔就感到厌烦至极。在心里他给这种每日例会起了一个名字——“妈妈的说教”。

谢克尔边听故事边想：“假如神灵真的存在，他为什么不向我显灵？”有时他的心里也会对自己产生怀疑——“或许是我太无能太愚钝，所以才感觉不到神的存在。”有时他稚嫩的心灵鼓足勇气发出诘问——“莫非神并不存在？”

他一直压抑着内心的怀疑，如履薄冰，生怕一不小心把内心的秘密透露给别人，哪怕是只言片语。这种无形的压力几乎将他吞噬，尚未发育成熟的大脑根本无力承受这一重负。他知道，这个压抑在心里的怀疑很快就会破茧而出，只是不知道会以怎样的形式……但是从表面来看，他很平静，并且，也是幸福的……

---

① 柯伊尔·婆瓦尼神庙（Kheer Bhawani）位于斯利那加附近，是一座供奉婆瓦尼女神的著名神庙。婆瓦尼（Bhawani）是湿婆大神的配偶波哩婆提女神的化身，在克什米尔地区广受崇拜。柯伊尔（Kheer）是印度人常吃的一种甜品，用牛奶和大米制成。人们拜谒女神的时候，常用这种奶粥或是牛奶敬献女神，神庙因此得名。

② 往世书（Puran）是印度古代以往世书命名的一批印度神话传说作品的总称，通常有18部大往世书和18部小往世书之说。多数往世书成书年代在7世纪至12世纪之间。

湖心，夜。

沐着玉轮清辉，谢克尔疲惫地坐在船屋的舱顶上。今天整整一个白天，他都做了些什么呀？！他并不懂得如何欣赏美，可是当美出现在他眼前，不知为何，他变得心神荡漾、充满灵感，像幽灵一样沉浸在自己的世界里。亲眼目睹了美，并未令他沉湎于其中不能自拔，但他所做的每一件事似乎都焕发出生命的能量……

今天，他采摘了无数荷花，把它们编成花环戴在姐姐身上，把她变成了一个他想膜拜的女神。傍晚时分，他向金红色的夕阳做了告别，还目睹了月亮从湖中升起，更重要的是，今天他听到了萨尔丝沃蒂忘情的呢喃吟唱……歌词是什么，他并不记得。歌词并不重要，其中的感情也并不重要，那种专注，还有歌曲里无形的韵味才是一切……

湖心，夜。沐着月亮的清辉，谢克尔疲惫地坐在船屋的舱顶上。

船舱下面传来姐姐的呼唤声："谢克尔，下来吧。"可他没有下去，他不想下去。而且他知道不必为此担心，姐姐会主动上来找他。

她来了。姐姐上来后向四周望了望，然后自己也默默坐了下来。

我们用没有生命的钟表测量时间，这是多么愚蠢的行为！刹那间有多少时代飞逝而去，一个瞬间又历经了多少个时代？这种用感觉去测量时间的能力，钟表怎么会有？

两个人默默无语。寂然不动。生命静止了，静止中又在飞速奔跑，既未向前，也未向后，而是朝着一个没有名字、无法测量的方向奔去……

夜晚如此美丽。除此之外，谢克尔心无旁骛。这种难以描摹的美妙，这个无可比拟的夜晚，都证明神是不存在的，因为哪个制造了饥馑和战争的神灵能够创造出这样的美景？如果这种美丽并非拜神灵所赐，那为什么世界的其余部分会是他的作品？

萨尔丝沃蒂或许也在这样想。或许她也向夜晚提出了那个没有答案的问题——“神，你真的存在吗？”

白昼轰然而至。

说它轰然而至，是因为谢克尔醒来后感觉到，晨光伸出利爪，从每一处深谷和密林中将那份美丽连根攫起，弃于一旁。而这正是昨夜弥漫于四处、生机勃勃、占据了他的全部灵魂、使他无暇他顾的那份美丽……湖泊早被抛在身后，船屋停在柯伊尔·婆瓦尼神庙附近一个肮脏的水渠中，前后等待停靠的船排成了一条长龙，冒出阵阵黑烟。

谢克尔和他的哥哥们换上了干净的白衫。大家朝神庙走去。父亲手里拿着印度枳[①]的叶子和一些新摘的荷花，妈妈手里拿着檀香粉和其他一些敬神的贡品。谢克尔走在最前面。

谢克尔站在不远处好奇地望着神庙。其他人则聚在一起，沿顺时针方向围着神庙一圈圈绕行[②]。父亲发现谢克尔独自站在一旁，示意他加入大家的队伍，可他兀自站在原地。父亲没有再招呼他过来，不过谢克尔知道，事情并没有结束。

一回到船上父亲就厉声问道：“谢克尔，你为什么不听我的话？”

谢克尔沉默了片刻，深吸了一口气。这之后连他自己也不知道发生了什么，自己到底说了些什么。但是积郁已久的力量似乎找到了出口，一下子倾泻而出——

“我不信神！我也不相信祈祷！婆瓦尼神是假的！神是假的！神

① 印度枳又称木苹果，在南印度又被称为湿婆果，这种树的叶子常用作敬奉湿婆神的祭品。

② 按顺时针方向围绕神像或圣地巡行是印度教的一种朝拜方式。

根本不存在！”

无神论者的狂言妄语！

因为说了这句话，当着所有人的面，谢克尔被藤条狠狠抽打了一顿。但是有勇气说出这句话是多么令人骄傲！果敢地做出决定时内心是多么冷静！还有那种充满尊严的激情！为了捍卫信念遭受责打时洋溢于心中的快乐！以及哥哥悄悄告诉他他们也不信神时，那种前所未有的胜利感！

到底有没有神？尽管我们穷尽“无相”“无形”“无量”这类词汇来描述我们所理解的神，但关于神，我们唯一能凭借的也只有自己头脑中的想象。从某种意义来说，我们可以说他是存在的，可这样一个神存在与否又有什么意义呢？即使神确实存在，那么它也无非是那个我们无法断言其存在与否的神，它甚至超出了我们的信念所能涵盖的范围……

这种说法的另一种表达方式是——神是我们可以肯定地说“它并不存在”的那个东西。

神又耍了一记花招。

假如谢克尔没有把神视作旗鼓相当的对手，而是觉得它有什么过人之处的话，这种词汇用在神的身上就显得太过粗鲁。但只要神还未对谢克尔或人类显露它的神威，他怎么可能承认，除了对他耍耍花招外，神还能有其他作为？

所以，神又耍了一记花招——为了向谢克尔证明自己的威力。

一天傍晚，谢克尔忽然感觉到家中的气氛发生了一些变化，似乎被某种沉重的压力所笼罩。他还感觉到，尽管一切照旧，并没有什么新情况出现，可是家里却显得异常喧闹。

谢克尔去问保姆兹尼娅："今天发生什么事情了？"

"哪儿？"

谢克尔脱口而出："家里。"

兹尼娅笑了起来，然后说："明天你就知道了。大神保佑。"

除此之外她再也不肯多说什么。谢克尔甚至威胁她，他要去告诉妈妈兹尼娅常常溜进厨房，而且还在厨子面前跳舞，可她只是满不在乎地说了句"去你的吧"，然后便扬长而去。

绞尽脑汁想来想去，谢克尔终于睡着了。可是第二天早晨一起床，他又想起了这件事，于是向妈妈的房间跑去。妈妈这几天一直卧病在床。看见父亲站在房间门口，他不敢过去，直到父亲离开，这才走上前去。这时兹尼娅正好从房中走了出来，怀里像是抱着一个包袱。兹尼娅说："谢克尔，来看看你的新弟弟。"

此时襁褓里那个被称为"新弟弟"的小东西，像是使出了幼小身体里的所有力气，忽然放声大哭起来。

谢克尔被这个突发事件惊得愣了半天，然后小心翼翼地摸了一下兹尼娅怀中的襁褓说："让我看看！"

兹尼娅让他看了看襁褓中的婴儿。看过之后，谢克尔有些失望地说："就这个样子啊！"婴儿的小手还紧握着拳头无法伸直，眼睛也没有睁开。虽然谢克尔不再感到惊讶，可一连串问题接踵而至。

他是怎么来的？

他从哪儿来？

什么时候来的？

谁把他带来的？

勒维也是这样来的吗？所有人都是这样来的吗？

兹尼娅回答了他的这一连串问题，谢克尔也认可了问题的答案。但是当谢克尔问道：“小孩儿为什么到这个世界来？”得到的回答却是：“神想要什么，就会发生什么。”听到这个回答，谢克尔便明白这些答案从头至尾全是谎言。他愤怒地瞪了兹尼娅一眼，然后便走了出去。

母亲、父亲、姐姐，包括家里的仆人们，没人会告诉他真相。他听不懂鸟兽的语言。如果他是一只鸟，或许他便能了解这个秘密了，因为小鸟从不说谎，而且小鸟也没有神灵。

但它到底是谁的神灵呢？谢克尔桀骜不驯地说：“神根本不存在！不存在！不存在！”

谢克尔人生的走向被他自己提出的问题、被他自己说出来的话彻底改变了。

他发现，或者说他认为，没人拥有“神”。或者说，没有谁会成为别人的主宰、导师和命运的裁定者。没有人可以永远作为依靠，没有人在所有方面都完美而且可靠。假如存在这样的“神”，那就是人类自身的智慧，人类赖其前行，赖其生存。谢克尔认为一定存在这样的地方，在那里智慧会回答所有的提问，但它的答案非常诚实，对自己不知道的事情，它宁愿保持沉默，也不会给予错误的回答。

由此带来的影响，至少在人们看来，对他来说是负面的。他的胆子越来越大，越发桀骜、孤僻和执拗。大家也用过很多办法对他进行矫治，可最终产生的结果却恰恰相反。

他照常去上学，可如今在学校他却变成了另一副模样。由于性格沉稳，他一直担任班长，可现在他总是伺机搞一些恶作剧。因为非常聪明，即使不用功，他的学习成绩也不落人后，所以他更加有恃无恐，随时琢磨着各种整人的小把戏。

上课铃声已经响起，男生们都回到了教室。谢克尔把花名册、粉笔、板擦搁在桌上。但老师迟迟未到。

老师不在的时候，身为班长，谢克尔的职责是维持好班里的秩序。谢克尔的办法是让大家一起合唱一首克什米尔语的民间俚曲。他自己带头先唱了起来，其他学生还顾忌什么？教室里瞬时歌声大作。不过没唱两个小节，老师就来了。教室里忽然鸦雀无声，老师用粗哑的嗓音问："班长呢？"

班长走到了教室前面。

"这是怎么回事？"

"没什么。我们以为您今天会迟到，所以……"

"是谁挑的头？"

所有人都沉默不语。在这种场合，男孩之间自然形成了一种无声的默契。

老师用更加嘶哑的声音问道："是谁挑的头？"

教室里最初仍鸦雀无声，可很快一个其貌不扬的穆斯林男孩——班里没人喜欢他——走上前去说："是班长让大家唱的。我没唱。"

谢克尔和他的两位好友，三个人站成一排，被罚做"公鸡站"——也就是一种把手从腿下伸过来抓着自己耳朵的站姿。老师站在谢克尔正前方说："再抬高一点，再高一点！"

谢克尔被撤去了班长一职，那个穆斯林男孩接替了他的职位。他并不在乎这件事情，但他不能忍受在全班面前蒙受这种羞辱。难道让全班耻笑他吗？绝不！熊熊燃烧的怒火让他想到了报复的办法。他一边按照老师"再抬高一点"的命令竭力向上抬，一边故意失去平衡，就势翻了一个跟头倒在地上，长靴正好重重踢在老师的肚子上，老师"嗷"地大叫了一声撞在黑板上，全班哄堂大笑。

事发如此突然，老师一瞬间目瞪口呆，直到看见谢克尔站起来恶狠狠地瞪着他，这才回过神来，咬着牙说："等着瞧吧！"

但是他的威胁落了空。谢克尔轻蔑的语气像是在对一只虫子说话——"你是个大傻瓜！"说完，谢克尔箭一般地冲出了教室。身后的教室里传来一阵哄笑声，他知道自己赢了。

从那天起谢克尔就不去上学了。因为欠缺学校教育，他的性格和举止中有很多不足之处，但他却获得了一种在学校里得不到的力量——一种独处的能力。学校里制造的是"模型"，而他是——人。

即使置身尘外，也不可能令身外的世界消失。在谢克尔的生活中，人的位置被动物、小鸟、昆虫、蛇、花朵以及树叶、青草、泥土和石头所取代。人类社会的神祇从神坛上跌落，取而代之的是主管万物的自然女神。

现在又由萨尔丝沃蒂重掌教鞭，同时还请了一位毛拉①给他授课。但是谢克尔的一天从毛拉离开后才真正开始，并且随着他的到来而结束……毛拉犹如噩梦般充斥在他的生活中。其余的日子里，谢克尔四处游荡。双脚带他去哪里，他就跟着去哪里；什么出现在眼前，就随意欣赏什么。有时逗弄一下蛇，有时纹丝不动地傍蛇而坐，期望蛇能从自己身上爬过去，这样就能知道蛇是如何向前爬行的了。（他听说蛇是借助于腹部的皮肤使自己向前移动的，他想亲自感受一下。）有的时候捉捉蝴蝶，观察一下它的颜色，然后再将它放飞。有时他会仔细聆听野鸽子的叫声，然后进行模仿，花几个小时

① 伊斯兰教的学者或老师。

的时间观察那些野鸽子的反应——每次听到他模仿的叫声后，这些野鸽子先是默不作声，然后一次又一次愤怒地变换成不同的啼鸣声。有时他爬到树上观察鸟巢的构造，看见鸟巢里不同形状的鸟蛋之后，他天天期待这些蛋能尽早裂开，因为看到出壳的小鸟，就能知道不同种类的鸟下的蛋是什么样子了。春天时，他欣赏着公鹞鹰在天际展翅翱翔的姿态，听到母鹞鹰不断发出呼唤的叫声，可足足等了好几个小时之后，公鹞鹰才盘旋着落下。一次，他足足听了几个小时猫头鹰的叫声，一直琢磨它叫的时候是用嘴还是用鼻子。平生第一次听见杜鹃“哔呜叽叽”的叫声时，不知为什么，他心里立刻认定杜鹃是蓝色的，而它胸前的羽毛则是红色的。几天之后他发现了一只这样的鸟，于是激动不安地等待它发出叫声。鸟飞到哪里，他就跟到哪里。他的期待终于实现了。日落时分，这只鸟落在一棵无花果树上，张嘴发出了“叽呜叽呜”的刺耳叫声。谢克尔的心跳顿时加速。几天之后他才知道，那并不是杜鹃，而是一只蓝孔雀……

一天他在森林里走着走着迷了路。他并不感到恐惧，也没有四处乱跑。（只有那些曾经在森林中迷过路的人，才会理解迷路时不感到恐惧是多么了不起的事！）尽管孤身一人，可他并不想寻求他人的帮助，这恰恰证明了他是多么惯于独处。他把齐胸高的野草压成草垫，然后坐在草垫上望着天上的云彩。偶尔有野蜂嗡嗡作响地飞到他身旁，他仔细地观察着，把它的样子深深刻在自己心里：蓝绿色的腹部闪着金属般的光泽，土红色的脑袋，黑色的蜂须。

这片森林属于国有，因此这里禁止狩猎。谢克尔正坐在草垫上，一只鹿走了过来。它有些犹疑地呆呆站了一会儿，然后蹦跃着跑开了，瞬间就不见了踪影。它的身姿多么优美！它的奔跑多么富于律动！谢克尔曾经多次在图片里见到过鹿，也读到过对它的描述，可这却是一只真的鹿啊！

谢克尔兴奋地站了起来。这时，一只形容丑陋的动物忽然从身旁的草丛里蹦了出来，然后呼哧呼哧地跑开了，谢克尔没搞清它是马还是牛，它既和这两种动物很相像，但是又有所不同。

谢克尔一边胡思乱想，一边随便朝着一个方向走去。此刻他并不担心回家的事情，现在才不过下午两三点而已。

走着走着，他走出了刚才的那片草甸，来到了一片开阔地。他看见，一个小女孩拿着捉蝴蝶的网子跑来跑去，头发飘散在脸上，似乎忘记了世界的存在。谢克尔停下脚步望着她，不知这样痴痴地望了多久。女孩忽然吃惊地转过身来看着他，眼神酷似那只逃走的小鹿，手里拿着捕蝴蝶的网子。

谢克尔走到她身边，柔声问道："你是谁？"

"我就是我呗。"

谢克尔不知道该怎么接她的话，于是换了个话题说："我是到这里来玩的。"

女孩没有说话，伸网去捉身边飞过的一只蝴蝶，可蝴蝶还是飞走了。谢克尔笑着说："这样不对。把网子给我，我教你。"

女孩说："不用，我自己能捉到。"话音未落，谢克尔一把抢过了网，猛地一扑捉住了蝴蝶。

女孩子懊恼地看了他一眼，接过了蝴蝶，什么也没说。

谢克尔说："我再捉给你几只吧？"

"不，已经够多了。我累了。"

她朝一个方向走去。谢克尔问："你去哪里？"

"回家。"

"你家在哪儿？"

她抬了抬下巴说："那边。"到底在哪儿，谢克尔还是没弄清楚。他跟着她向前走去。

"你去哪里？"

"去你家。"

"为什么？"女孩一边说着一边径直朝前走去。谢克尔也一直跟在她的身后。

"还有多远？"

"不太远了。你没看见吗？"

"没有。"

"你从哪儿来？"

谢克尔略有迟疑地说："我迷路了。"

她哈哈大笑，"原来是这样！"

两人来到了女孩家。谢克尔问："把蝴蝶放在哪儿？"

"不知道。要不放到小筐里吧。"

"不，我告诉你放到哪儿。"谢克尔带她来到储藏室的门口。每一道门上都有两个门扇，一扇是木门，木门外面还有一道网格状的门扇，两扇门中间有很大的空隙。谢克尔说："把蝴蝶关在中间吧。"

小姑娘崇拜地说："这个办法我可没想到。"

谢克尔似乎并没有注意到她话里的崇拜之意，说道："在里面再放上几片树叶，这样蝴蝶就不会死了。"

谢克尔问："路在哪里？"

"朝那边直行，走不了多远有一个湖，从那儿向右转，然后就到学校了。到了学校，你就知道路了吧？"

"知道。"谢克尔转身向前走去。

小姑娘或许希望他再说些什么，一直目送着他，然后冲他喊道：

“你还会再来吗？”

谢克尔头也不回地问：“你叫什么名字？”

“布尔迪帕——布尔迪帕·拉尔小姐。”

“好吧。”

谢克尔故意说得有些含混，这句“好吧”不知是指她的名字，还是说自己还会再来。

她对他很友好，只不过性格有些古怪。两人常去林子里的草甸。谢克尔随处一躺，而布尔迪帕则时而追追蝴蝶，时而采采花，时而摘下一大把竹花，然后一朵一朵吮吸里面的花蜜。有时站在那里发出阵阵笑声，笑着笑着，见谢克尔待在原地没动，布尔迪帕就又安静下来，继续玩自己的游戏。有时她也和谢克尔交谈几句，这通常是在她使出浑身解数也捉不到一只蝴蝶，或者是在她够不到哪朵花的时候。遇到这种时候她就向谢克尔求助，谢克尔站起来完成任务后再回到原地躺下。有时布尔迪帕给他剩下几朵比较大的竹花，走到他身边问：“吸不吸花蜜？”谢克尔接过递给他的花，但他不是吮吸花蜜，而是把整朵花都吃了。布尔迪帕笑得前仰后合地说：“哎呀，你连怎么吸花蜜都不知道。”这样的游戏尽管重复了很多次，但总也玩不腻，每次布尔迪帕仍会笑得东倒西歪。

谢克尔尽管与布尔迪帕一起嬉戏玩耍，服从她的每一个命令，认真满足她的每一个要求，却并没有和她建立起亲密无间的关系。尽管成为了布尔迪帕的朋友，可他并未卸去自己身上的盔甲，直到现在他依然是一个孤单寂寞的人。无论是哪种方式的排斥和疏远，孩子们对此的反应通常都很激烈。除了布尔迪帕，任何女孩对此都会立刻有所察觉，并且非常介怀。但是布尔迪帕沉醉在她自己的世界里，就像一只沐着阳光的蝴蝶，在谢克尔身边翩跹起舞，对此没有丝毫觉察。从内心而言，布尔迪帕是一个非常自私的人，他们的友谊之所以能够维持，只是因为谢克尔从未向她提出过任何要求，对她的任何表现，他都觉得很满意。这并非因为谢克尔是个慷慨大度的人，而是因为他并不觉得他们之间已经亲密到可以向她要求什么的程度。

一天布尔迪帕问："你父亲的名字是叫诃利得德吗？

谢克尔诧异地说："是啊。怎么了？"

"我父亲认识他。今天你到我家里来吧。"

谢克尔几乎每天都去她家，可今天的邀约听起来有些特别，谢克尔说："可我每天都去呀。"

"去你的！不是那种拜访。今天是去见我爸爸，你要在我家吃饭。"

过了一会儿谢克尔说："为什么？"

"什么为什么？我爸爸认识你父亲，那我们就没有必要这样见面了。爸爸同意后你就可以常到我家来了。"

谢克尔思考了片刻，他意识到自己并没有生活在父亲们所在的世界里。他还感觉到，如果父亲们也不进入他的世界，那也没什么关系。布尔迪帕自得其乐玩她自己的，而他也能以此为幌子享受一个人的独处，一切都恰到好处。可是如果这种状况发生了改变，也许……

谢克尔又说了一句："为什么？"

这句"为什么"因何而起，布尔迪帕一时间没有反应过来，她像个傲慢的女王一样说道："你问为什么？因为是我要求的呗。"接着又任性地说："你不听我的话！"

谢克尔说："好吧。"

拉尔先生指着自己身旁的椅子说："谢克尔，坐吧！"

谢克尔坐了下来。布尔迪帕坐在他对面，紧挨着布尔迪帕的是她的姐姐。中间的餐桌上摆放着刀叉、盘碟等餐具。

拉尔先生是从英国留学回来的医生。他不仅自己回来了，同时也把一部分属于英国的东西带回了印度，而且把它们播种在印度的肥沃土壤中，在其荫翳下过着怡然自得的生活。此时大家即将享用的是"晚餐"[①]。

谢克尔不会用刀叉吃饭。自从在桌边坐下，他就一直为这事感到为难，可他不想说出来。正犹豫不决时晚餐开始了。"汤"端上来之后大家开始用餐，之后又上了第二道菜。

谢克尔先是模仿其他人的动作拿起了刀叉，可他发现自己不会用左手拿叉子，于是他把刀叉交换了一下位置，可是用左手他根本切不开食物。尽管如此，他还是吃力地用叉子叉起一口菜，朝口中送去。可是只有空叉子伸到了嘴边，菜却掉在了桌上。

布尔迪帕哈哈大笑，"哎呀，你不会吃饭吗？"

姐姐说："嘘！"

谢克尔放下了刀叉。拉尔先生注意到了他的动作，却装作没有看见，免得他更加难堪。

蔬菜端上来了。拉尔先生的荤菜也端上来了。之后上的是沙拉。然后又上了冰淇淋。

谢克尔自己什么也没吃，一直坐在桌旁看着大家。所有的菜都上齐后，他才发现放在面前的冰淇淋已经融化了。大家都在用小勺舀着吃，尽管他知道怎么用勺子，但还是端起杯子一饮而尽。

---

① 此处原文特意使用了dinner一词，意在强调拉尔先生的西化生活方式。原文使用印地语天城体对英文进行了转写，译文中用楷体进行标注。下文中"汤"一词的用法与此相同。

布尔迪帕说:“快看，爸爸，快看，他是怎么吃饭的。”

吸吮花蜜的时候，谢克尔把花也一起吃进肚里，那时布尔迪帕也在哈哈大笑。尽管当时谢克尔自己并没有笑，但其实也很开心。可现在……

谢克尔站了起来，把餐巾扔在桌上，目不斜视，快步向外走去。

第二天谢克尔开始在河边闲逛。这个世界上根本没有森林，而布尔迪帕——她已经死了。

河的中间有一个小岛，上面建有一座供奉女神的神庙。谢克尔开始在那里打发时间。

他常坐在神庙外面，看着来来往往的朝奉者。看到他们虔诚的表情，过去的那个问题又再次出现在他心中，挥之不去。他自己并不信神，然而神庙的氛围似乎深深吸引着他，所以他经常到庙里来。

河里有蛇。谢克尔一般都从桥上过河。但是信徒们却总是蹚着河水过来。

一天，谢克尔亲眼看到一个人被蛇咬伤。那个人踮着脚走上岸，大声喊道:“女神母亲万岁！”然后朝庙里走去。拜完神，走出神庙之后，他才开始处理自己的伤口。

一个小时之后，就在谢克尔的面前，他又一次喊了一声:“女神母亲万岁！”然后再也没有说话。几分钟之后，有人过来抬走了他。

谢克尔对神的怀疑，以及他质疑一切的坚定信仰，一并发生了动摇。在回家的路上，他一遍遍追问:“神，难道你真的存在吗？”

斯利那加皇家浴泉花园的山上有一个宫殿的遗址。据说这个宫殿是泽布尼萨公主[①]修建的，她曾幽居在此写诗。不管这个宫殿是何人所建，选址于此的一定是一个诗人……

那里也有蛇出没。谢克尔第一次去的时候，听说了许多关于这个宫殿的传说——什么那里住着幽灵啊；什么宫殿里的屋子上面没有屋顶，因此晚上会有鬼怪出现；什么那里有仙女在跳舞啊……

这所宫殿的名字叫做仙女宫。

谢克尔从遗址返回的时候已经暗下决心，一定要单独再去一次仙女宫。没过几天他便找到了机会。

谢克尔到达那里时已是下午两三点钟。宫殿里的屋子上面确实没有屋顶，他爬上了墙垣，俯视着眼前的达尔湖。

他久久凝视着达尔湖。但他看到的远不止眼前的这片湖水。他仿佛渐渐被催眠，陷入一种迷幻的状态中。他感到，在他的身旁——不，不是在他的身旁，是在他的内心深处，在他身体的每个地方，出现了某种奇异的感觉。他无法用语言去描述这种感觉，但它非常曼妙，非常美好，非常广袤，非常圣洁……它是那样圣洁，谢克尔觉得自己根本不配触摸它，因为他肮脏污秽，浑身覆满罪孽和污垢。在这种幻觉中，他将自己的衣服一件件全部脱下，扔在地下，阖目而立，全身赤裸，面对着无垠的天空，那种圣洁感充斥在他的身体里，它的每一次轻触，都使他汗毛耸立、难以自持……

过了许久，他忽然诧异地睁开眼睛，迅速穿好衣服，头也不回地径直朝家的方向奔去……

它是什么？神？自然？美？魔鬼撒旦？还是压抑的欲望？

他不知道。但是，此后他再未感受过那种被触动、被净化的

① 泽布尼萨公主（Shahzadi Zeb-un-Nisa）是莫卧儿皇帝奥朗则布的长女，生于1638年，因酷爱诗歌创作以及与平民诗人相爱，被奥朗则布终身囚禁。泽布尼萨于1702年病逝，留下了5000余首诗歌。

感觉……

他没再去过那里。悟道后的佛陀或许也不会再回到菩提树下打坐。

雪下得很大，而且一直下个不停。汽车驶过冰雪覆盖的街道，谢克尔的父亲带着全家坐在车里。不时有一些雪花飘进车厢，有人为此苦恼，其他人则哈哈大笑。

大家有些晕车。谢克尔的兄弟们把头探出窗外呕吐，车厢里的气味很难闻。谢克尔坐在前排，所以没有感到特别难受。他一直望着纷纷扬扬的雪花……

谢克尔的父亲又被调任到其他地方。所以之前他们才会在斯利那加住了那么久，否则早就去查谟了。如今他们正驱车前往比哈尔①……

在道路的拐弯处，父亲忽然说："瞧！我们就是打那儿来的。"

谢克尔向上望去。眼前是一条坡道，他们曾经沿这条坡路驶下，来到了斯利那加。路的后面仿佛是一幅巨大的白幕，白色帘幕的背后不知到底藏着些什么……

谢克尔回想起，出发前几天他瞒着大家堆了一个雪人，而且把它抬进了自己房间。放好雪人后他就去睡觉了。第二天起床之后，他发现雪人不见了，地板上湿漉漉的。他焦急地问道："妈妈，谁拿走了我的雪人？姐姐，谁拿走了我的雪人？哥哥，谁拿走了我的雪人？"没人告诉他雪人去哪里了，大家都说没看见。他想不明白，它究竟去哪儿了……

望着白色的雪幕，那个问题再一次从他的心里冒了出来——"神存在吗？"

---

① 即比哈尔邦（Bihar）。

第二章　种子与幼芽

谢克尔的生活很冷清。因此但凡发生了什么，他似乎都要把它的滋味榨到一滴不剩。有什么可笑的事情发生，他笑得比谁都夸张；出去散步的时候，他就像疯狗一样狂奔；与谁发生了争吵，甚至连吵架的原因都忘记了，他依然怒火难消……他的生活中有一种其实并不真实的匆促感，这使他产生了一种变化不断的幻觉，其实他在原地纹丝未动。

谢克尔站在被遗址废墟环绕的山丘上，狗趴在他的脚下。山丘四周是大片的木豆田。有时一阵风儿吹过，木豆苗随风起伏摇摆，就像许多穿着绿色军装的士兵，站岗时不小心一起打了个盹儿，清醒过来后继续认真执勤。

狗的名字叫做帖木儿。谢克尔并不特别喜欢它，可它总跟在他的身后，不知为什么，它把谢克尔当成了自己的主人。

谢克尔站着，狗可能在远处看见了什么，径直跑下山丘，朝木豆田跑去。谢克尔也跟着它跑了过去。他的心里并没有什么特别的冲动，但似乎受到了某种外力的推动。

谢克尔用手拨开木豆苗，开出了一条路。眼前的场景让他明白了帖木儿狂奔下来的原因——很多鹌鹑正在四处逃散，帖木儿时而追赶这一只，时而追赶另一只，可一只也没捉到。

帖木儿东奔西跑，谢克尔也跟着它到处乱窜。田里的木豆苗越来越密不透风。谢克尔耸起肩膀，低着头，用手将木豆苗推开，像一头发疯的公牛一样向前跑去，然而他的速度已无法和帖木儿齐头并进。他的衬衫已被撕出一道道口子，胳膊和腿也划伤了，脸上是道道血痕，可还是连一只鹌鹑也没有捉到。但是比狗还要莽撞的谢克尔赤着脚继续向前跑去，地上留下了两行浸着鲜血的红色足印，可依然连一只鹌鹑也没有抓到。

帖木儿筋疲力尽地放弃了这个游戏，它认输了。谢克尔也被迫停了下来。

遗址上高悬的太阳渐渐西沉，给四周镀上了一层金辉。疲惫不堪的谢克尔浑身血迹斑斑，耷拉着脑袋走在回家的路上。总是冲在前面的帖木儿，此时却垂头丧气地跟在他身后。

虽然一只鹌鹑也没有捉到，但是游戏结束了，这一天也打发过去了。

依然还是那片木豆田，依然还是谢克尔走在前面，他的狗帖木儿跟在后面。如今，帖木儿是谢克尔的兄弟、古鲁、伙伴和仆从。谢克尔的妈妈带着萨尔丝沃蒂去乡下看望自己的父亲去了，这样一来，可没人管着谢克尔了。

谢克尔漫无目的地四处闲逛。不过，在这漫无目的的游逛中也含有一份期待。谢克尔在等戈内希。

戈内希是多姆种姓[1]，蒙谢克尔父亲关照，在考古工地上做苦力。闲暇时他也制作爆竹烟花。因为这个缘故，他和谢克尔成了朋友，因为他常把谢克尔带在身边，当着他的面准备制作烟花的各种材料——做火药、填塞火药、卷爆竹。他还常常告诫谢克尔说，应该分别碾碎芒硝、硫磺和炭；在混合这些东西的时候，应该使用木制的器具，这样才不会引燃它们；而且在卷一种名为“麝鼠”的烟花时，应该把纸在芒硝和醋酸混成的溶液里浸湿后再晾干……有时应谢克尔的要求，他会让谢克尔动手碾碎火药，不时也会送给他一些爆竹。他们的友谊与日俱增，谢克尔常常央求父亲给戈内希放假，这样就可以带他一起散步了。

今天之所以期盼着能尽早见到戈内希，是因为谢克尔派他去捉一只巨蜥来。戈内希告诉过他，巨蜥什么墙都能爬上去，而且还会紧紧吸在墙壁上。即使有人捉住尾巴，想要把它提溜起来，它也绝不会松开。古时候人们在它的尾巴上系上绳子，借助这种手段翻越城堡的高墙。听说了这些故事后，谢克尔自然想亲眼看看巨蜥的模样。戈内希告诉他，没办法活捉巨蜥，因为它身上的刺有毒，所以谢克尔命令戈内希杀死巨蜥后带回来。

谢克尔穿过了木豆田，看见戈内希正迎面走来。戈内希身材瘦削，皮肤黝黑，一只手里拿着棍子，另一只手抓着尾巴倒提着一只动物，这只已经死去的家伙长得酷似一只变色龙。戈内希走过来说：“宝宝，拿去，这就是巨蜥。”

谢克尔看了看它，似乎有些失望。这竟然就是巨蜥！他说：“把它的皮剥下来吧，我要留着它的皮。”

---

① 多姆种姓（Dom）是北印度的一个不可接触者种姓，以前主要从事焚烧尸体或者搬运死牲畜的工作。

戈内希笑着告诉他，巨蜥的皮很薄，不能剥。可谢克尔却听不进去。豹子的皮都能剥下来，自己的座位上面就一直铺着一张豹子皮，巨蜥的皮有什么了不起！他说："就按我说的，把皮剥下来！"

戈内希意识到只能服从，于是拿出一把匕首，划开了巨蜥的肚子。谢克尔牵着狗站在一旁。

不到半个小时，巨蜥的皮就被剥了下来。谢克尔说："把它拿到太阳下面晒干，晒干后再把它洗干净。"

戈内希什么也没说，微笑着把剥下的巨蜥皮铺开晾晒。

谢克尔三天后看到的场景根本无需多言。戈内希笑着问："宝宝，你来看看，巨蜥的皮是不是干了？"谢克尔做出一副吃惊的样子说："什么皮？哪个巨蜥？"聪明的戈内希脸上带着微笑没再说什么。

谢克尔记住了，尽管所有的动物都有皮，但豹子是豹子，巨蜥是巨蜥。

谢克尔家旁边是一片杧果园。这里种的杧果是国产品种，品质并不好，只有一棵杧果树是嫁接过的。

那些日子正是杧果快要成熟的时节。谢克尔每天都去果园，垂涎欲滴地看着杧果树，想象着哪一天杧果不是长在树上，而是拿在他的手里……

一天，他发现一棵树上的杧果似乎已经成熟，于是对花匠说："给我把那些杧果摘下来！"

但是花匠并没有对这个完全正当的要求表现出丝毫同情，他说："宝宝，明天我再把那些杧果摘下来，然后装在小篮子里送给老爷。"

"送给老爷！"从那么想要杧果的谢克尔手里夺走杧果，把它们送到对杧果毫不关心的父亲那里去，这种做法使谢克尔感到了极度的不公。他说："你到底摘不摘？"

"不能摘，宝宝。"

谢克尔开始自己向树上爬去。花匠笑着远远站在一旁，因为他知道这么大的孩子根本爬不了多高。

但是谢克尔的手脚中充满了愤怒的力量。他爬到了树上，悠然自得地坐在一根树枝上，挑选已经熟透的杧果大快朵颐起来。

花匠脸上的笑容变成了忧心忡忡的神色。看到他这副神情，谢克尔决定把所有的杧果都吃光，更不用说那些已经熟透的了。

但是他的肚子却不配合。后来，不管是生的、半生的还是熟透的杧果，谢克尔都不管不顾地摘下来，用嘴啃一啃之后扔得满地都是。每往下扔一个，就大声对花匠喊道："接着这个！再接着这个！再接着这个！"

花匠再也忍不下去了，他也开始往树上爬，想抓住谢克尔。看到他爬了上来，谢克尔说："来啊，来啊，你可一定得过来啊。"然后爬到了更高处，骑在一根树杈的顶端，似乎再稍加一点重量，树枝便会立刻折断。花匠唤道："下来吧，不然你会摔下来的！"

"就不下来，你过来啊，抓我呀，我倒要看看！"谢克尔继续向前爬去。

花匠吓坏了，说道："宝宝，下来吧，看在神的面子上，下来吧。"

"你先下去，不然我还要往上爬。"

花匠下了树，然后走开了。谢克尔慢慢朝树下爬去，双脚还没着地，就看见父亲和花匠一起走了过来。

谢克尔像个哲学家一样处变不惊。他看了一眼被自己扔在地上的杧果，然后站起身来，为即将到来的风暴做好了充分的准备，心里暗自计算着一道数学题——一个耳光能折抵几个杧果，或者说一个杧果相当于几个耳光。到底会不会挨打，这种可能性根本不在他考虑的范围之内。

但是耳光并没有落在他的脸上。父亲听完整个故事后笑了起来。他对谢克尔说："你吃就吃吧，为什么到处乱扔呢？"然后又对花匠说："你干吗要对他说，你要把杧果装在篮子里送给我，所以他不能吃呢？"

谢克尔本来以为会挨顿揍，最终得到的却是父亲的笑容，这在谢克尔的生活中几乎是绝无仅有的一次。一般来说，这类故事的结局往往正相反。但无论怎样，谢克尔在心中依然对父亲充满无限的爱。

谢克尔的父亲新买了一幢房子，新房子坐落在巴特那城[①]的恒河岸边。现在谢克尔的主要工作是从自家的果园里伐几棵香蕉树，然后躺在树干扎成的筏子上面，在恒河上漂流（应该称之为漂流，因为他还不会游泳）。他许多次从树干上滑落，掉入水中，不过总有人看到后把他拽上来。尽管父亲对他下了很多次禁令，可他依然没改。在这么宽阔的河面上，不用划动手脚就能随波逐流，这种想法对他来说充满了诱惑，令他感觉到自己具有非凡的能力。谢克尔根本无力抗拒这样的魔力。

他将三根香蕉树的树干绑在一起，做成了一条小船。他把小船拖到恒河中，直挺挺地躺在上面，用手在河水里划动小船，然后收拢双手，一动不动地躺在上面，时而望着这里，时而又朝那里望去。他感觉两侧的河岸正以缓慢的速度逆着水流移动。朝这个方向望了

① 巴特那（Patna）现为印度比哈尔邦的首府，古称"华氏城"，位于恒河南岸。

很久，谢克尔又把目光投向天空。雨已经停了，一团团云朵四处飘荡，有时两朵云团相互靠近，融为一体，有时眼看着它们消散在蔚蓝的天际。哦！融化于无垠的蓝天消逝不见，该是一种多么美妙的感受……谢克尔怅然若失地想——就让我这样死去吧，让我死在一个没有羁绊的地方……

羁绊——他感觉，他的生活中除了羁绊之外别无他物。今天他终于得到了一个可以逃离所有束缚的机会，今天他要在这三根香蕉树干的帮助下，去一个遥远的地方。那是恒河最终的归宿，是她与大海交汇的地方。在那里，有落日栖居的金色小岛，那里住着一个公主，身披蓝天白云织成的锦衣霓裳……谢克尔要走到她的身边对她说："我是谢克尔，我从那个充满羁绊的国度而来。"她会让他坐在自己身边，并对他说："在这里你可以无拘无束地自由生活，你可以住在那个用金合欢花筑建的宫殿里，你想做什么就做什么……"

但是也许公主根本不会见他。她干吗要见一个来自牵绊之地的普通男孩？

可那里还会有其他人，也会有其他姑娘。在那个没有羁绊的金色小岛上，怎么可能只有一个公主？

谢克尔闭上了眼睛。

可他忽然意识到，哎呀，那个地方太远了，要好几天时间才能到达，可恒河流得这么缓慢……

但他很快又从忧虑中跳脱出来。无垠的天空、自由的氛围，使不受任何束缚的壮阔也充盈于他的生命中，他自己也变得无所羁绊，变得阔达而自由，现实早已被他抛在了身后……

他的心里涌出一行诗句：

O mother Ganges，vast and slow！[1]

他努力拼凑着诗句，慢慢完成了这首诗作……

直到诗歌完成的那一刻，谢克尔才突然感觉到，自己的后背已被冻僵，两只手也被泡得发白，不听使唤。他知道，他已经漂到离家很远的地方。

恐惧只存在于现实世界，在那个落日栖居的金色小岛上没有恐惧。谢克尔有些不情愿地慢慢朝岸边划去。靠岸后，他好不容易找到了一块干燥的地面，在上面躺了下来，尽情享受着温暖的阳光。

当他从睡梦中苏醒时太阳已经落山。他站起身来，满身疲惫地朝家里走去。走到离家不远的地方时，月亮已经升起。家中寂静无声，但亮着灯光。他悄悄溜进房子里，刚一进门就看见父亲和母亲站在露台上，凝目向外眺望，仿佛突然间苍老了很多，脸上爬满皱纹……看见谢克尔，他们凝重的神色才稍稍放松了一些，妈妈眼里涌出泪水，而父亲立刻回身上了楼。

谢克尔跟在他们身后走进屋内，却发现家里其他人都不在。第二天他才知道，为了找他，大家提着灯笼沿着河岸走了很远。好不容易打听到消息说，他独自一人坐着香蕉树制成的小船在河上漂流，家人惊恐万分。听说了这些消息以后，谢克尔把自己的事忘了大半，甚至无论如何也想不起创作于恒河怀抱中的那首诗歌，只有第一句诗依然留在心里，犹如纪念这次漂流的一件遗物：

O mother Ganges，vast and slow！

怎样才能到达那个落日栖居的金色小岛？它那么遥远，到达那里需要很多天时间。而且即便只是一天，过不了几个小时，后背就

① 英文，意为：啊，恒河母亲，你宽广而舒缓！

会僵直，手也会发麻。怎样才能见到那个会安排他住进金合欢花宫殿，并且让他坐在自己身边的公主？

谢克尔知道，这一切永远不会发生。但是他又知道，它必须发生，为了填补他生活中的空虚，必须要有意想不到的事情发生。他不禁常常幻想，能让那个小岛离他更近一些的奇迹为何一直没有出现？闲逛的时候，那么多车从他身旁驶过，那个公主为什么没有坐在其中的某辆车上，望着他说："谢克尔，去我的小岛吧，那里没有束缚。"即使没有公主出现，可当他在广场上散步时，有那么多姑娘在那里玩耍，为什么没有某个藏身于其中的海岛姑娘走过来召唤他说："来吧，你会加入我们无拘无束的游戏吗？"即令这一切全都无法实现，倒也没什么关系。可当他摔倒在路上，为什么没有某个来自这个世界的女孩走到他身边，充满关爱地对他说："来吧，谢克尔，我做不了其他事情，但我能够给你单调乏味的生活带来一些新鲜的东西。"哪怕仅仅是问他一句："伤得重不重？"

他悄悄拿出一张漂亮的纸，在纸的四边画上了色彩缤纷的花和叶子，在中间的空白处写了一封信。写给谁？连他自己也不知道。但是他把自己内心的全部渴求倾注于信纸上，信中还充满了对于迎接那个未知者的急迫心情……他写道："哦，我想象中的那个人！哦，陌生人！我甚至在心里也想象不出你的容颜。你能读到这封信吗？你能读懂它吗？我是谢克尔，我很孤独。不知从何时起，我一直在寻找你。我期盼着你，等待着你，我为你而生。你身处天国，但是天国也和我一样需要你吗？哦，陌生人！哦，无法想象的人！"

然后他把信装进了一个信封，在信封的一角写上自己的完整地址，然后把信封绑在一根木头上，这样它随恒河漂流时便不会沉入水中。很多天时间他都是在期待中度过的。他希望无论是谁，有人能读到他的信，然后给他回信。即使回信并非来自某个天国的姑娘，至少也该是某个陌生人的来信！可是很多天过去了，并没有任何回音。他又写了第二封信，又绑在一块木板上放进恒河。同时，他依旧幻想着第一封信也没有沉入河里。

然而，并没有收到任何回信，可他的信心一点没有减少……

有时会有蝴蝶飞进屋内。它先是一次次在门或者窗户上的玻璃上面乱撞，因为透光的玻璃让它误以为那里是逃生的去路。它撞了又撞，一次接着一次，失败之后，在屋里盘旋几圈，然后又回到原地，徒劳地扑扇着翅膀，脑袋不断撞击着玻璃。尽管一次次向下掉落，但是它从不气馁……

这也是谢克尔的处境。为了寻找自由，他先是与那些具体可见的东西缠斗不休；遇到挫折之后，他沉浸于一个想象的世界；对想象的世界感到失望之后，他又重新回到现实之中，重归具象的物质世界。

谢克尔的父亲病倒了，症状是间歇性高烧，依谢沃尔得德经常打电话请医生来看病。谢克尔由此知道了一些与电话有关的知识。他觉得，在其他地方得不到的东西，通过电话或许可以得到，因为电话里藏着新奇未知的秘密。

因为父亲卧病在床，所以下班的时候，门卫把所有门关好后把钥匙交给谢克尔，由他送给父亲。这把钥匙不仅是办公室的钥匙，也是开启谢克尔秘密世界的钥匙。

大约五点钟，办公室已经下班了，钥匙就在谢克尔手中，门卫也离开了。

谢克尔打开办公室的大门，径直走进父亲的办公室，拿起电话的听筒。

当时还没有自动电话交换机。电话里传来总机的声音——“请问号码是多少？”

谢克尔报出了一家药店的号码。

“请问有何吩咐？”

“你们有体温计吗？多少钱？”

“……”

“请告诉我每种不同体温计的价格。”

“……”

“好的，医用手套的价格呢？”

“……”

“您有货品目录吗？”

“有！寄给您可以吗？”

“好的！”

“寄往什么地址呢？”

谢克尔之前既没有预料到也没有担心过会遇到这个问题。别人告诉他，只要拨打电话的人自己不说出号码，接电话的人是不会知道对方号码的。基于这一点，他才有勇气拨打电话。听到这个问题之后，他忽然惊慌失措，不知道该怎么回答，于是说：“寄到办公室。”然后迅速挂上电话，转身跑了出去。

第二次。

拿到钥匙后，谢克尔又打开了办公室的门，走到电话旁坐了下来。这一次他拨打的是消防站的电话。哥哥曾经对他说过，打完电话后消防车五分钟之内就会赶到。他想看看这是不是真的。

他对着电话大声喊道："Fire！ Come at once！"[①]

一个低沉的声音问："哪里？"

谢克尔忽然意识到自己行为的后果，登时退缩了。他把电话听筒放在桌子上，迅速关上办公室的大门，然后给父亲送还了钥匙。

第二天总机报告说，有人在这里乱拨电话。父亲向大家进行了调查，但是除了沉默之外一无所获，事情只能不了了之。从那天起，门卫开始亲自把钥匙送交给父亲。

谢克尔对放风筝着了迷。

他并不会放风筝。但对他来说，这并不是障碍，反而令他兴趣大增。同时，放风筝还有第二个乐趣，那就是谢克尔的父亲禁止他放。谢克尔的父亲说，这是一项危险的游戏，很多孩子就是在放风筝时不小心从楼上掉下来摔伤的。

谢克尔放风筝的方式是这样的——他把某个人叫到家中的院子里，让他把风筝放起来，等风筝飞得足够高了，他就亲自接过风筝的轮轴，扽着线，望着飞舞的风筝，确认它确实飞起来了（这就意味着——是他把风筝放起来的）。

家里吩咐他待在父亲身边，按时给父亲喂药。这倒并非因为他擅长做这件事情，只是因为父亲想把他留在自己身边。但是一放起风筝来，他就把这件事忘得一干二净。

父亲的听差过来阻止他。

"谢克尔巴布，上楼去吧，老爷叫你。"

"等一等，我再放一小会儿。"说完没多久，谢克尔就把这事丢到九霄云外去了。

---

① 英文，意为：着火了！快来啊！

“走吧，谢克尔巴布！”过了一分钟听差又说。

“等等嘛，我都说过了！”

听差一遍遍催促他。

“去吧！你去告诉父亲，我收了风筝后马上就回去。”

听差走了，没一会儿又回来了。

“谢克尔巴布，老爷下命令说，如果你还不回来的话就把你抓回来。走吧！”

听差又叫来了一名仆人，他先把风筝线扯断，把线交到仆人手里，吩咐他把风筝收回来，然后抱起谢克尔就走。谢克尔的两条腿是自由的，他用力踢蹬着，然而只是在空中瞎扑腾。于是他使出了浑身力气，把胳膊从听差怀里挣脱出来，然后一拳打在了听差的鼻子上。听差立马把他扔在地上，像被马蜂蜇了一样，大叫着向楼上跑去，因为他的鼻子被打出了血。

只上了一半楼梯，谢克尔便倚着楼梯的扶手站住不动了。想到这起突发事件的后果，他忽而怔忡不安起来。父亲病得很重，连床都起不来，可他发起火来……

正在这时，谢克尔忽然看到父亲沿着楼梯向下走来。他的手里拿着拐杖，手颤巍巍的，肘部倚扶着墙壁，小心翼翼地向前迈步，看上去十分虚弱。父亲目不斜视，目光直盯在谢克尔身上。萨尔丝沃蒂站在父亲身后的楼梯上，脸上的表情令人琢磨不透，沉静的双眼瞪得溜圆，直视着谢克尔的眼睛，似乎想通过这种方式告诉他一些此刻无法启口的话。谢克尔知道他应该站在原地，不要晃动，不要抬头，不要反抗，不要试图保护自己。

他一直一动不动地站在原地。拐杖举起了六次，落下了六次，谢克尔感到了六次剧烈的疼痛，但他一动没动。挥动的拐杖停住了，父亲用犀利的眼神盯着谢克尔的脸。听差还傻站在一旁，他并不清楚整件事的真正原委，但不知道为什么，却感觉有些羞愧。

谢克尔不敢上楼。过了一会儿萨尔丝沃蒂过来说：“谢克尔，告诉听差去请医生！”谢克尔不敢问到底出什么事情了。

两个小时之后，父亲叫谢克尔上楼，这么做的目的是要与他和解。父亲从不宽恕别人，在他看来，只有少不更事的孩子才需要宽恕。但正如父亲发怒时，从不把小孩当成小孩来看，怒火平息后，他也依然如此……他是多么真诚坦率，不会让人感觉到接受了他的施舍。他的包容是多么豁达和宽厚！因此即使挨了打，谢克尔也依然崇拜他。同理，他从未崇拜过妈妈，虽然妈妈从不打他，可是妈妈施舍的“宽恕”却反而让他饱受折磨……

谢克尔获准去看话剧。

村子里有个剧团，每年演出两次——分别在霍利节[①]和十胜节[②]的时候。谢克尔的父亲德高望重，是这一带最有名望的人，因此自然要先得到他的祝福和认可，然后才能开始演出。父亲并没有亲临现场，可因为演出的剧目是《信守不渝的国王》[③]，所以他破例允准家里的男孩子们去看剧。

苇草做的围屏隔出了一个剧场，谢克尔和哥哥们坐在剧场的最前排。当幕布升起，表现天国场景的二十英尺长、十英尺宽的舞台出现在眼前，谢克尔感到，天国一定就在他的金色小岛附近的某个

---

① 霍利节（Holi）又称洒红节，在印历十二月（公历三月份）的望日举行。人们在这一天唱歌跳舞，并且互相抛洒彩色的粉末或者水。

② 根据罗摩的传说，十胜节（Dashahara）这一天是罗摩战胜了十首王罗波那的日子，印度教徒在这一天举行各种仪式庆祝罗摩的胜利。

③《信守不渝的国王》是印地语著名戏剧家帕勒登杜（Bharatendu，1850~1885）创作的一部多幕剧，根据印度古代神话故事改编，描写了一个乐善好施、信守诺言的国王赫里谢金德尔的事迹。

地方……

剧情一幕一幕向前推进，它把谢克尔的洞察力和判断力一并调动起来。他躬身而坐，完全沉浸于剧情之中。在比观众席稍高一些的舞台上，对生活的表演比生活本身还要真实。出现在他眼前的是一场异常激烈的斗争，是一次真正的反抗，以及母亲为自己即将死去的儿子发出的恸哭哀嚎……不久于世的楼希德[①]走到自己同伴身边说：

“请向母亲讲述我的境遇——

毒蛇将我咬伤，唉！暴虐，骇人的暴虐！”

听到这句台词时，他既没有表现出不屑也不觉得可笑，他的喉咙哽咽了，泪水潸然而下。他默默流着眼泪，不想让别人发现他的脆弱……

演出结束了，大家一起回家。但是，和哥哥们并肩同行让谢克尔觉得难以忍受。他踽踽独行，对周围的一切视若无睹，心中感慨万千，但同时又有一种没有得到满足的空虚感……

在那个昏暗蒙昧的时期，一些场景如萤火虫般闪耀着点点光芒，但一切犹如戏剧中的场景，出现而后又消失了，无法恒久长存。除了那种并不满足的空虚感。它不仅出现了，而且日益强烈，尽管不断被压制，但依旧不断蔓延……

蝴蝶又开始屋内盘旋……但是那扇通向自由的窗户在哪里？那条通往解脱的道路在哪里？

不合作运动的声浪开始逐渐高涨，这股浪潮席卷了整个国家。谢克尔也努力追随着这股浪潮。当随波逐流已不能使他感到满足时，

---

① 剧中国王赫里谢金德尔的儿子。

他开始劈波斩浪，成为其中的弄潮儿……

他脱下进口布料做的衣服，开始只穿国产的土布粗衣，尽管自己只有为数不多的几件。他不再外出散步和聚会，因为他没有那么多适宜外出穿着的土布衣服。中午的时候，他经常站在楼上的一扇窗户旁边向外远眺。有时他能听到远处很多人在异口同声地呼喊：

“甘地威风凛凛！敌人颜面扫地！”

他登时兴奋起来，也冲着窗外喊道：

“甘地威风凛凛！敌人颜面扫地！”

他无法再有进一步的行动，因为家里不允许。不被允许尽管是一种束缚，但又常常会激励他去寻找另外的出路。

除了妈妈以外，家里人都出门去了。妈妈待在楼上的房间里。谢克尔把家中的所有房间全都搜寻了一遍，他把搜到的所有进口面料的衣服堆在楼下的一片空地上，然后拿来了油灯，把里面的煤油（油桶在仆人的房间里，他不敢去）泼在衣服上，点着了火。

瞬间火光冲天，谢克尔的兴奋之情也在熊熊燃烧。他围着火堆手舞足蹈，扯着嗓子大声喊道：

“甘地威风凛凛！敌人颜面扫地！”

没过多久妈妈就赶来了。不一会儿，谢克尔两个脸蛋也变成了进口货——像着了火一样发烫……

但是成堆的衣服已经付之一炬，化为灰烬。

谢克尔的心中对外国人产生了强烈的仇恨。他发现，外国人的操控已经渗透在印度人的每根血管里，不仅如此，他们还将恐惧深深植入印度人的心中。他回想起许多往事，也想到一些新近发生的事情，他渐渐发现了一些现象，并且从中悟出了一些道理——父亲总是让他在家里和兄弟们用英语交谈；他从幼年时就会说英语，但是却刚刚开始学习印地语；他的第一个保姆是个基督徒，说英语；他的第一个老师是个美国牧师，他们曾经朝夕相处，这个美国人即使没教他别的知识，可至少整天在教他英语。谢克尔意识到，如果母语指最早学会的语言，那么英语就是他的母语，那么外国人则成了他的母亲……他的自尊心受到了沉重的打击——我如此憎恶外国人，可竟然迫不得已要称之为母亲！从那天起，他开始非常专注地学习印地语，说话时尽量避免使用英语词汇，尽量改正自己生活习惯中那些西化的方式……

为了证明自己的印地语能力，同时也是为了表达自己对甘地的敬仰，他开始动笔创作一部展现民族精神的戏剧，因为他实在找不到其他的表达方式。平生看过的唯一一部戏剧给他留下的记忆仍很鲜活，因此撰写剧本时，他并没有遇到什么特别的难题。序幕基本上原封不动地照搬了帕勒登杜的剧本，只在个别地方进行了一些小小的改动。序幕之后，剧情正式展开——这是一个关于独立和民主的印度的伟大梦想，甘地是国家的总统，实现这一目标的手段是坚持不懈地纺纱织布，抵制外国商品和外国人，而且随时准备伸出自己的另一侧脸。[①]《信守不渝的国王》中刻画的天国没有在剧本的开篇出现，而是出现在剧本的结尾。谢克尔从那个夕阳栖居的金色小岛中撷取灵感，凭借自己的智慧描绘了一个完美的世界。这个剧本的最后一个场景是一个独立自由的印度，是一个终于实现的梦想……

剧本终于完成了。谢克尔用漂亮的国产墨水重新誊写了剧本，把它珍藏在自己的藏书下面。他依然记得处女作的遭遇，所以这个

① 即所谓“别人打你的左脸，把你的右脸也伸过去”，这里指甘地提倡的非暴力思想。

剧本、这颗无价的宝石他不会给任何人看，连萨尔丝沃蒂也不行！每时每刻，无论他去往哪里，心中都回响着一个声音——我是谢克尔！我是创作了一部伟大剧本的作家金德尔谢克尔！而且，我独自完成了创作，没有借助于任何人的帮助，完全凭自己的双手完成了这个剧本，刻画了一个独立自由的印度！

谢克尔的父亲外出进行为期一天的考察，这次出差也带上了谢克尔。到达邦基普尔[①]车站，放下行李后，父亲和儿子在候车室外面蹓跶，谢克尔在前，父亲跟在后面。

一个男孩从旁边经过，他冲着谢克尔用英语说："你叫什么名字？"

谢克尔上下打量着他。那个男孩穿着一件挺高档的外套，头上戴着一顶英式帽子，语气中透着傲慢，或许是想展示一下自己的英语水平。

谢克尔觉得他的提问并不友善，而且带有某种挑衅的意味，因此没有作答。他之所以不回答，还有一部分原因是父亲紧跟在他身后，当着父亲的面和人交谈总让他感到拘束。

那个男孩或许认为自己的能力无人能够匹敌，他觉得身旁的谢克尔也许根本不懂英语，所以更加神气地说："My name is x，Do you go to school？"[②]

假如父亲不在，那么即使不回答那个男孩提出的问题，谢克尔也一定会用印地语回敬几句。谢克尔心中暗自怀疑，那个男孩或许只是在背诵某篇课文，其实并不太懂英语。但他只是用厌恶的眼神

① 邦基普尔（Bankipore）现隶属于比哈尔邦巴特那市。
② 英文，意为：我叫 x x，你上学了吗？

望着那个男孩，嘴里一言不发。

父亲生气地说：“为什么不回答？！”父亲之所以这么问，或许只是想让那个男孩知道儿子懂英语。

谢克尔更加气愤，可他依然一言不发。那个男孩笑了笑，然后继续向前走去。父亲说：“你过来。”谢克尔跟在父亲身后回到了候车室。一进候车室，父亲就揪着他的耳朵问：“你为什么不回答？哑巴了吗？”

正在这时火车进站了。谢克尔获得了拯救，既不必开口作答，也不必再为粗鲁无礼地不作回应而感到尴尬。

第二天回家后父亲对妈妈说：“咱们家的儿子全都是傻瓜，在别人面前连话都不敢说。”

谢克尔听到了这句评价。

不，根本不存在没有羁绊、无拘无束、充满自由的地方！智慧中找不到，愚昧里也没有；独自一人时没有，成群结伴时也没有；诗歌中没有，戏剧里也没有；勤劳工作时没有，游手好闲时也没有；憎恨中没有，爱情里也没有；甚至在那种豁达、包容但又专制的父爱中也没有自由天地的存在……

谢克尔的父亲身材高大，肤色白皙，身材健硕，精力旺盛。他长着一双犀利的眼睛，鼻梁高挺，紧抿的厚嘴唇将他身上那种骄傲自负、暴烈易怒的雅利安人特征表露无疑。作为一个贪婪、惯于劫掠的野蛮部族，雅利安人在史前的某个时代进入印度，在这里建立统治并且定居下来。父亲当然是个宽宏大度的人，但是吃了几次亏之后，他变得十分多疑。而且如果一个人在受到伤害后变得多疑，那就意味着世界上再没有任何事情值得信任。因此尽管自己是个诚实的人，但他认为世界上全都是骗子和小偷，似乎他总在对自己说：“瞧，因为太过诚实，所以你才会吃亏。这是一个缺乏诚信的世界，在这个世界上不要信任任何人！”因此尽管他并不是一个心中怀有恶意的人，但他依然对人性之恶深信不疑。长大成年之后，谢克尔经常对他说：“您瞧，人的天性是值得信任的。既然人性是值得信任的，而且人会有自己的立场，也会产生偏见。那我们为什么不能把世界想得美好一些呢？世上根本不存在完全合理的事情，但从这个角度去想至少可以让我们活得愉快一些，轻松一些，而不必总是躺在床上无病呻吟。”但是父亲回答说：“你还是个孩子呢，你懂什么？你曾经花了八个安纳买回来一只哨子，可它其实只值十个拜沙[①]！”谢克尔说：“您可以觉得我干了件傻事，但是我一直都很开心，直到现在回想起那个哨子时我依然很高兴。而您虽然没有损失八个安纳，可直到今天您对这件事情仍然念念不忘，这难道不恰恰是因为您无法信任任何人吗？”“你是个纯粹的理想主义者，总有一天会吃亏的！”父亲用这句话转换了话题。

父亲是有着雅利安血统的人，所以他尊崇力量和能力。也许正因如此，他喜欢被称作“萨赫布”[②]。尽管与此同时，他总是缠着印度式的头巾，内心的自负使他对西式礼帽敬而远之。谢克尔常常回想起一件事，父亲有一次动手打了一个做粗活的苦力，只是因为这个苦力没有称呼他“萨赫布”而是称他“巴布”。同样还是他的父亲，有一次拒绝和某位官员见面，原因在于那个官员在请柬中流露出这样一种态度——“你可以来拜会我，不过是否见你得看我的心情

① 按印度的旧币制，1卢比等于16安纳，1安纳等于4拜沙。新币制实行后取消了安纳，现在1卢比等于100拜沙。

② 萨赫布（sahab）意为“先生”，殖民时期通常是对男性欧洲人的称呼，也指具有欧化生活方式的人。

如何。”

这种对能力的崇拜还有另外一种表现形式——父亲特别享受威权在手的感觉。出于这种心理，孩子们游戏时，他常常进行干涉。他的本意倒并非希望孩子们不要玩耍或者不要学习，抑或不要做这个，不要做那个。他希望他们之所以在嬉戏玩耍，是因为他要求他们这么做；他们之所以在读书学习，也是因为他要求他们这么做。所谓“自然而然”是指某件事自然出现，或者做这件事的人顺其自然地做了这件事。而在父亲的周围，根本没有这种所谓的“自然而然”存在的空间。于是只要他一走过来，孩子们便立刻噤若寒蝉，游戏也不敢玩了，书也从面前推开了，脚也缩起来了，椅子或坐垫也被挪走了……没人知道他何时会针对什么事情下达禁令。这和一件事是好是坏、合不合理毫不相干，事情只分两种，一种是父亲允许的，另一种是他不允许的，仅此而已。在这个原则面前，不存在什么依据，也没有什么道理可言。

“这些是我的孩子，他们只属于我，我永远享有支配他们的权力”——这种感觉一直存在于父亲身上。正是出于这样的感受，给孩子们起名时，他才使用了某种来自异国的方式，在孩子的名字中加进了父名。如果谢克尔要写出自己的全名，那就得写“金德尔谢克尔·诃利得德·潘迪特”，或者“C.H.Pandit”。一次，谢克尔在自己的一本书上很自然地写上了自己的名字——“金德尔谢克尔·潘迪特”，他后来发现，父亲在名字中间用红笔画了一个标示错误的符号，而且在名字上面加上了“诃利得德”。通过这件事，谢克尔洞悉了父亲的内心。谢克尔曾经一时冲动，在自己亲手撰写的诗集上写上了一句话——“Shekhar，son of nature”[①]。可一天谢克尔忽然发现，

① 英文，意为：谢克尔，自然之子。

这句话中的“自然”一词被改成了“潘迪特·诃利得德”。发现的那一天，他觉得原本属于自己的一个神圣的瞬间被父亲彻底毁掉了，他无法忍受这种粗暴的行为，于是把那本诗集撕成了碎片。

不知是因为希望借助孩子来实现自己的尊严，还是出于对孩子成长过程的无私关注，有时当父亲十分欣赏某个孩子所做的某件事情时，他就会特别开心，对这个孩子大加恩赏，当着大家的面，对他不吝溢美之词。正如在他生气时，他也会将完全相反的情绪表现得无以复加。

可与所有性格易怒的人一样，他终归还是一个宽容大度的人。恨意从来不会在他心中停留太长时间。把孩子们痛揍一顿，可两分钟之后他就会说：“不管怎么样，我的孩子还是比其他孩子强一千倍。”

这也是谢克尔的父亲和母亲多次争执的话题。谢克尔的妈妈坚信，她的孩子比不上世界上其他任何孩子。假如孩子们做了什么应该被批评的事情，她每次都说：“如果是别的孩子，就会这么做。”这个所谓的“这么”，有时是指开心地玩耍嬉戏，有时是指安安静静地坐着，有时是指不缠磨大人，有时是指早晨起来自己洗漱完毕后做自己的事情，有时是指不要事事只顾表现自己，是谁的事情就让谁去完成……父亲经常反驳她说：“你总是说这种话。”这时母亲就会更加气恼，“哦，连你也会批评我了。你把他们都惯坏了。你要是对这些孩子有点了解的话，我还能摊上这种倒霉事吗？看看别人家的孩子。”这之后，她会把邻居家的所有孩子数个遍。可怜的三兄弟和萨尔丝沃蒂发现，这个世界上已经没有任何他们配得上的优点了，因为所有的优点都已经被别人家的孩子抢走了……

谢克尔的妈妈中等身材，体型丰腴，生性有些懒散。额头低窄，一双微凸的眼睛离鼻子很近。鼻子小巧，鼻梁挺直，嘴唇的轮廓很美，不过嘴却有点大，好像一咧就到了耳朵边似的，下巴又窄又短。她的整张面孔透出一种活泼、能说会道的精明感，但因为缺少了稳重和大气，算不上漂亮。举手投足间显得缺乏个性、呆板土气……

妈妈文化程度不高，心中对教育也并无太多敬意。一般来说，女性都很勤劳务实。在谢克尔的妈妈看来，手比头脑更值得尊重。如果有人能在三秒钟内说出八百七十一卢比十三安纳等于多少德莫利[①]，对她来说算不上什么本事；可如果什么人可以花不到四个半安纳让一家三口饱餐一顿，然后还能节省下两个拜沙，那才是令人崇拜的事情……

母亲和父亲之间产生冲突的根源之一也在于此。妈妈希望男孩子们精明干练、聪明伶俐，而父亲觉得这种做法有些猥琐。妈妈喜欢孩子们擅长交际、消息灵通，谁挣了多少钱，谁家里做了什么饭，谁的嫂子的姑表兄弟是做什么工作的，最好全都打听得一清二楚。父亲说的却是："你们谁家也别去，不要和别人聊天，这些和你们有什么关系？"而妈妈则不时把某个孩子悄悄派到邻居家"办件事"或者"问句话"。有时被父亲知道了，他就会仔细查问干吗要去那儿？做了什么？谁同意了？为什么不让仆人去？

母亲不是个宽容的人。与此同时，她也并不易怒。没人见过她大发雷霆，但是她也从不忘记别人的任何过错。她的性格中缺乏足够的气度，因此她既不会勃然大怒，可与此同时，她的同情心也很有限。父亲尽管会因为某人的过错大为光火，但是气消后便会和他"和解"；而即便是自己错了，母亲也不会流露丝毫歉意，而且对被她训斥过的人，心中一直怀有怨气。

① 德莫利（damri）是印度旧币制中的一个单位，相当于1/8拜沙。

对于母亲而言，形式非常重要。孩子们曾经学习祈祷的仪礼和祷词，可父亲渐渐发现，这个年龄段的孩子根本不可能专注于此，后来他不再继续强迫他们学这些。他很生气地说：“如果不能专心致志，能有什么收效？不如不做。”孩子们听了这话之后不再参加祝祷仪式，对此他并未再多说什么。但是妈妈却强迫孩子们必须依规行事，一定要完成祝祷的程序。

父亲冲动易怒；但妈妈则因为缺少冲动的情绪，所以也一并缺失了对人应有的同情。父亲勃然大怒的时候，谢克尔知道，他们依然亲密无间；即便妈妈一言未发，可谢克尔却感觉像被架在火上慢慢炙烤。

这两种截然不同的性格相互交融、彼此斗争，共同孕育了六个子女：萨尔丝沃蒂、依谢沃尔得德、布尔普得德、谢克尔、勒维得德和金德尔。这几个孩子既是冲突的结晶，也是冲突不断演进的角斗场。

生活是多样性的别称。即使一个人的生活再单调乏味，也仍然会发生很多可以作为长篇小说素材的故事。如果每个人都去写自传，这个世界将不会缺少精彩的名著。

可是，那要等到每个人都懂得如何写作后才能实现。

我们在大学里学到过这样的观点——现今之所以有这么多短篇小说作品，是因为短篇小说的素材唾手可得。至今我仍然记得那个身材瘦小的英语教授，他带着一副粗粗的玳瑁框眼镜，镜片后面的眼睛像青蛙一样瞪得溜圆，说话的时候用得更多的是鼻子而不是嘴巴。他曾经说过：“你们每一个人的生活中可能至少发生过一件重要的事情，这件事情独一无二、与众不同。所以你们每个人至少可以创作出一篇优秀的短篇小说。想要创作一部优秀的长篇小说，必须拥有足够丰富、独特和惊人的生活素材，这样的人简直凤毛麟角……”

但是我知道，但凡我能回忆起来的人生故事，它们是属于我的，不经任何雕饰，自身已然是一部完整的短篇小说，而我的整个生命则是一部精彩的长篇小说。或许我之所以有这样的感觉，是因为我沉迷于自我的人生之中，这种迷恋使其变得卓尔不凡。但是我同时也发现，这个如此独特、如此孤独的人生并非只属于我，其他人并非对此漠不关心。我个人的生命是人类生命的一部分，人类能够理解它，并且可以管中窥豹，认识人类自身的命运。在我的生命中，也有“人”与“模型”这两种不同人生的交汇和融合，没有这种融汇，也就没有艺术的存在，没有这种融汇，最终也不会有长篇小说的存在。

即使得到了这样的素材，很可能我也无法创作出一部长篇小说。但是我的目标何时是为了创作一部长篇小说？我只是想将一个重负从身上卸下，我不想把自己的生命交付于他人，我想自己拥有它。因为现在我必须把它交出去，一旦交托，便再也不能收回。它会被全部摧毁，荡然无存……此刻他不是谢克尔，他是我——那个渴望成为艺术家的人，那个祈望拥有诗人美誉的人。谢克尔已经画上了句号，如今只剩下我——那个即将走向绞刑架的人。即使我将之称为“我”，但其实我并不明白，我到底是谁。

人们常常忘记，他们自己的人生是怎样度过的。社会之所以能为自己的利益制定规则，恰恰是利用了这个可乘之机。“合格的父母应该教育孩子像成人一样生活”，这种观念对青春的戕害或许并不亚于某条法律、习俗或规则。在教导自己的子女像成年人一样待人接物的时候，人们忘记了自己的人生是怎样度过的。他们曾经也是孩子，他们自己也曾是天真无邪的顽童。如果说孩子们有什么过错的话，那就是他们纤尘不染、清澈无暇，这种单纯会使父母为自己的虚伪感到无地自容。如果父母能一直保存自己的童年记忆，他们的孩子以及他们自己该是多么幸福！

父母常常认为，童年之所以幸福，是因为孩子没有责任感。在这种想法的作用下，他们亲手制造了对童年的不公。正因为有这种想法，他们常常祈祷——“但愿童年能够重来！”可如果他们的愿望有一天可以实现，他们将会学到很有教益的一课。

有时难免会产生疑问，他们究竟是如何看待孩子的？一方面他们说孩子最顽劣，而另一方面，他们对待孩子的态度似乎他们不过是一堆泥巴而已。只要对孩子有些许了解，想想自己在孩子面前的言行举止，他们应该感到羞愧难当！“哎呀，当着他的面说说有什么关系？他只是个孩子嘛！”“哎呀，他知道什么，不过是个孩子而已。”有谁没有听到过这种话？所谓“没有责任感”的孩子身上那种真诚的责任感是多么强烈，他们怎会理解！孩子们稚嫩、尚未成熟的大脑正因脆弱才更加可怕。我们在坚硬的柏油或者水泥路上行走，路面上不会留下我们的脚印；但是如果在潮湿的泥地、土路或者沙地上行走，那么脚就会陷得很深。水在硬实的路面上可以自然流走，但是如果双脚陷在泥地里就会踩出坑来，而坑里则是淤泥烂浆……

有时我在想，应该把这些手稿寄给我的父亲！看到儿子的内心如此喜悦，他会有怎样的感受？他曾无数次误解儿子，无数次使他遍体鳞伤，无数次把他从自己身边远远推开，对于这些往事，现在他会怎样看？而我身为儿子，根本不理解父亲，由此既给父亲带来了伤害，也令自己痛苦不堪，对于这些往事他又会怎么看？

而妈妈……妈妈只把他视为一个包袱，并且还是一个浑身带刺的包袱……

他们不会看到这一切真是太好了。如今我已远离尘世，我有何资格剥夺别人的幸福？千万年以来，人类一直对两件事情孜孜以求——或者获得幸福，或者摆脱追求幸福的欲望。但是在这两点上，人类都遭遇了失败……

谢克尔崇拜自己的父亲。

通常人们都在讨论母亲对后代的影响。很多人相信，所有非凡的人物都受到过自己母亲的影响。但是就我的理解而言，母亲对儿子的影响与父亲对女儿的影响一样，都是负面的。这种影响会使人的性格趋于平稳，虽然可以防止人走向堕落，但同时也不利于人的提升。应该说，与母亲关系密切的儿子和与父亲关系密切的女儿基本上会朝平庸发展，而与父亲关系密切的儿子和与母亲关系密切的女儿则有可能成为不同寻常的人。前者包括质朴单纯、性格内向的人以及平凡普通的妇女，他们没有什么特别的缺点，过着普通的生活，享受着寻常的喜怒哀乐，他们出生，成长，然后死去；而在后者中，既有才华横溢的作家和诗人、改变国家和世界命运的变革者和革命者，也有强盗、赌徒以及最为丑恶的魔鬼……无论是好人还是坏人，对他们而言，平凡并不存在，他们不能被别人点燃，他们自己会爆炸……

谁是好人和坏人的裁定者？谢克尔不是一个平凡的人。

他崇拜自己的父亲。

渐渐父亲也发现，甘地主义已经深深植根于谢克尔的内心。一天他把谢克尔叫过来问："你为什么要时刻喊着甘地的名字呢？"

"我信仰甘地！我会沿着他指明的道路前进。"

父亲笑着说："你一定会走上光明之路的！可你是否真正理解了甘地的教导呢？如果有人打你的脸，你会怎么做？"

谢克尔毫不犹豫地说："伸出我的另一侧脸。"

从自负的谢克尔嘴里听到这样的答案，父亲的神情变得严肃起来。他说："去吧，玩你的游戏去吧！这些事情现在和你有什么关系？长大后再做这些事情也不迟，现在还是玩你的游戏去吧！"

谢克尔已经多次听见父亲开的这个处方了，而且他知道，这背后始终隐藏着某种纠结或无奈。但是他也知道，再继续说下去也没什么意思。

一天，父亲的一个朋友上门来拜访。这人是个律师，穿着相当考究，看上去就像一只肥硕的山鼠。他还自诩为印度艺术的鉴赏家。和他一起来的，还有他的儿子和穿着长裙的女儿。

大家相互介绍时，律师的两个孩子用英语问候说："晚上好"。听到这句英文，谢克尔瞬时感觉像被蜇了一下似的，但他什么也没说，带着他们一起去院子里看自己养的兔子。律师先生则和父亲一起离开了。

不过这只是一次短暂的拜访。谢克尔和兄妹俩跟兔子玩了没几分钟，父亲和律师就从楼上走了下来。甘地主义的信奉者谢克尔把大家送到门口。

到了门口，他用纯粹的印度式礼节双手合十，微微颔首，用印地语说："再见！"

男孩带着一抹笑意用英语说："晚安，亲爱的！"

谢克尔立刻把甘地主义忘得一干二净。男孩笑容中的自以为是让他觉得无法忍受，而且还有最后那句“亲爱的”。他，这个无名鼠辈敢叫我亲爱的？！谢克尔用英语大声吼道：“You dirty snob！ You sneak！”[①]诸如此类大骂了一通，而且还扇了那个孩子一记耳光。

那个男孩吓得像小狗一样哀嚎起来。

没一会儿，谢克尔也挨了顿打，而且被打得很重。但他一直在心里说：“我不是狗崽子，我不会哼哼唧唧。”强忍疼痛接受了责罚。

从父亲听到谢克尔说伸出另一侧脸的那一天起，但凡有客人来家里，父亲就让谢克尔进行表演。父亲把他叫到朋友们面前，问他：“如果有人扇了你一耳光，你会怎么做？”听完谢克尔的回答，大家都被逗笑了，这时父亲才允许他离开。父亲之所以这么做，一方面的确是想向大家展示一下，另外通过让他一遍遍重复这句话，父亲可能也希望他能少一些执拗，多一些顺从。谢克尔最初很讨厌这种表演，但是渐渐对此开始抱以一种哲学家般的超然态度。他走过来，回答问题，然后目不斜视地转身就走。因为他知道，下面就不需要我了，我身上的本事以及人们要看的绝技已经展示完毕了……

一天律师先生又来了。这次他是自己来的。他没“看见”谢克尔，谢克尔也没“看见”他，自己上楼去了。

但是没过多久，谢克尔就被叫了下来。他走过来，站在父亲身边，并没有看律师先生一眼。

父亲问：“谢克尔，如果有人扇了你一耳光，你会怎么做？”

谢克尔看见律师先生的眼睛正盯着自己，好像在说：“哼！我知道你会怎么回答，不过你就这么说吧。”

不，他不会在这个山鼠面前表演。他是个小动物，他是来表演的，可在这个人的面前表演……不要！父亲，不，不要强迫我！

---

① 英文，意为：你这个势利鬼！你这个小人！

父亲又重复了一遍那个问题，然后用缓慢的语速（即使缓慢的语速也无法掩饰他的愤怒）特意冲着谢克尔说："说话啊，蠢驴！"

谢克尔望着山鼠说："我要扇他左右两侧的脸。"

他的语气中杀气腾腾，目光里满是愤怒，好像这两记耳光已经落在了律师先生肥腻的脸上。但是话音刚落，他深深吸了一口气，其中隐藏着多少绝望、多少沮丧，又有谁会理解？

谢克尔走下楼去。他的步伐本应和他刚才做出的回应一样狂傲不羁，但他下楼时却步履蹒跚，仿佛经年累月的疲惫已使他濒于崩溃……

回到自己房间，谢克尔拿出柜子里的书扔在地上，然后取出原来压在书下的剧本。应该如何处理这个剧本，他思忖了片刻。看到一只牛站在门外，他走到牛的旁边，把剧本递给它。牛用嘴叼住剧本，猛地从谢克尔手中把它抢了过去，用一双单纯无知的大眼睛望着谢克尔，大快朵颐地吃掉了整部剧本。

谢克尔坐在房间里，望着面前的墙壁痛哭起来。没有眼泪，没有声音，但全身的骨头似乎都在剧烈地颤抖……

天色渐暗，谢克尔仍旧坐在那里，颤抖的身体此时已经平静下来。他没掉一滴眼泪。他不知道，自己依然活着还是已经死去。

沮丧和绝望是如此强烈，以至于他已不再感到绝望，他已经没有了感知的能力。

萨尔丝沃蒂拿着蜡烛走进屋里。看见谢克尔呆呆坐着，她把蜡烛放在屋外，然后走到谢克尔身边，用充满怜爱的口吻唤道："谢克尔？"

谢克尔没有听见。

萨尔丝沃蒂轻轻把手放在谢克尔肩上说："谢克尔？"

谢克尔还是没有听见。

萨尔丝沃蒂用一根手指慢慢抬起他的下颌说："谢克尔，你怎么不说话？"

如果怒气未消，谢克尔一定会推开她的手，可他并没有这么做。他没有抬头，只是失神地望着萨尔丝沃蒂。

但他并没有看见萨尔丝沃蒂。

萨尔丝沃蒂有些迟疑地再次轻声唤道："谢克尔。"然后退了几步，坐在房间的一个角落里一动不动。

两人各坐在房间的一个角落里，就这样坐了很久。

楼上传来喊声，"萨尔丝沃蒂！"

她没有动。喊声再度响起，她还是没有动。喊声第三次响起，而且还加上了一句——"死到哪里去了？"

谢克尔说："姐姐？"

她没有说话。

谢克尔又说："姐姐？"

然后站起来走到她身边说："姐姐？"

"姐姐，你怎么不说话？"

"是不是生气了？"

"如果你还不讲话，那——我也——不说话了，你说话呀，姐姐！"

萨尔丝沃蒂站起来，然后上楼去了。

过了一会儿，谢克尔也起来洗了洗脸，然后去吃晚饭。

在这件小事中，什么东西在谢克尔的心中崩塌了？在另一件小事中，又是什么拯救了他？这一切谁能说得清楚？

但是甘地先生离开了，甘地主义也随之而去，一同离去的还有谢克尔的神——他的父亲。但其实他从来都不是他的神。

我望着牢房外光秃秃的墙壁。罗塞蒂[①]的几句诗回荡在我的心里：

who shall dare to search through what sad maze
Henceforth their incommunicable ways
Follow the desultory feet of Death…[②]

死亡。一个使人终获安宁的事件。一道没有答案的谜题。

那些感到痛苦、在痛楚中饱受煎熬的人们，他们总是企盼着死亡的降临。但其实对他们而言，死亡是一件极其可怕的事情，一想到死亡，他们就觉得心惊胆颤。但是我觉得，死亡就是一场手术，就像——拔牙。坐在椅子上，医生用力一拔，一阵锐痛袭来，随之获得平静，得到解脱。死亡亦是如此。

但如果拔掉的是一颗健康的臼齿，就会出血，会红肿发炎。过早夺去一个人的生命也会有同样的后果。

对死亡的了解和对生命的渴望或许是同一种东西。很多次听人说过，只有懂得死亡的人才懂得什么是活着。尽管没有听人说过，最热爱生命的人是了解死亡的人，但这也是永恒的真理。人们以为热爱生命的人畏惧死亡。大错特错！畏惧死亡的人无法热爱生命，因为他们在生命中得不到片刻安宁。是否能够了无遗憾地任凭生命被褫夺，才是验证是否热爱生命的试金石。因为博大的爱沉默不语，那些把爱时时挂在嘴边的人，他们的爱空洞无物……

---

① 但丁·加百利·罗塞蒂（Dante Gabriel Rossetti，1828~1882），英国前拉斐尔派画家、诗人。

② 英文，摘引自罗塞蒂的著名诗集《生命殿堂》（*The house of life*）中的第65首诗《已知徒然》（*Known in vain*）。大意为：谁敢在那悲伤的迷宫中寻找出路，用不可言说的方式，追随着死神漫不经心的步伐。

The desultory feet of Death...[1]

死亡四处游荡，它颓丧的双脚踏上一道道门槛，青春凋零，生命消逝，痛苦漫无边际……一个寂然的瞬间悄然到来，黑色翅膀飞舞的声音清晰地传入耳中，可若想看到这黑色的羽翼，就必须沉沉地睡去……一切昏沉欲睡，陷入酣眠，每一个人，每一件物品。只有尚未得到满足的欲望，只有对某个终极目标的疯狂追求以及自由带来的巨大诱惑，不受它掌控。死亡的翅膀轻抚掠过，黑色翼翅的暗影却并没有将其吞没，它们依然发出微微光芒……

无边的暗夜驻留在死亡的黑色翅膀下面，然而一道耀目的光摆脱了黑暗的裹挟……

但是我不想死。我对四面的墙壁说，我对牢狱的铁栅说，我对轻抚而过的风说，我对置若罔闻的无情和冷漠说——我不想死！我热爱生命，我不想死！

我被这个充满仇恨的世界所践踏，爱对我来说已变得陌生。但是当我借助于幻想的明眸，看见寒季[2]清冷黯淡的月光下，从成熟的麦地中传来一个声音，他在呼唤自己的情人。这时在我心里，一个沉睡的声音也苏醒过来，它对我说：“你也曾经拥有过爱情！”

我被痛苦包围着，快乐对我来说已变得陌生。但是借助于幻想的双眸，我在黑暗的天穹上看到两个身体紧紧交缠在一起。当我看到这个画面时，我的心底仿佛也有一个无声的声音忽然惊醒，自言自语地说：“你曾经感受过什么是快乐！”

① 英文，意为：死神漫不经心的脚步。
② 印度传统上把季节划分为春、夏、雨、秋、冬、寒六季。

黎明……

一抹来自天际的晨曦投射在东方，幽暗渐渐隐去。清凉的晨风、似乎在向微笑的露珠表达敬意的茉莉花蕾、疯狂嗡鸣的蜜蜂、穿过山林飞向村庄的群鸟——我在想象中看到了这一切。囹圄光秃的墙壁上映着一小片绯红的朝霞，它们就出现在这片朝霞里……

黑夜已经过去。不仅如此，还能看到一小片绯红的朝霞。这一切对我来说已经足够。足够我在此之上构筑自己的美梦……

茉莉花蕾……沁人的芬芳……但那种柠檬花苞般的馨香在哪里？那是一种令我难以忘怀的香气，它弥漫在我的身体里！

柠檬的味道酸涩，但气味芬芳。爱情也是如此。它绚烂美丽，但触之坚硬……

但是，生命和爱情与我有什么关系？死亡的残酷现实将决定我命运的结局。

对神和自己的生活说“不”之后，面对周围的一切，谢克尔仿佛已赤身裸体、毫无遮掩。他似乎爬出了保护自己的甲壳，对每一种伤害、每一次冲撞、每一个打击而言，他都是唾手可得的猎物。他似乎变成了这个世界的旁观者，甚至连旁观者也算不上，只是一台刻印记录的机器罢了。他自己也已筋疲力尽，身上没有任何遮挡和保护，仿佛已失去了所有感觉，甚至也失去了生命。他似乎变成了一只硕大的眼睛，观察一切，接纳一切，但又不为所动。

事实上，他完全变成了某个诗人所描述的那样：

I am like a reed through which thy spirit breathes：it cometh and it goeth…

我就像一根芦苇，透过它，你的灵魂在轻轻呼吸——它飘然而来，又翩然而去……

但是在他大脑深处的某个角落里，有一间分拣室。每一幅场景、每一件物品都要在这里接受选拣，贴上名称和标签后，被妥善地保存起来……

灵魂的呼吸飘然而来，又翩然而去。而新的种子正在处女地上生根发芽……

谢克尔变成了一个标准的好孩子，如果妈妈有表扬别人的习惯，谢克尔一定能得到她的夸赞。他从不多说话；从不提问题；菜不够吃了，也从不要求再添；天冷的时候，用冷水洗澡也毫无怨言；按时上学，甚至上课的时间稍微耽搁一会儿，他就赶紧提醒萨尔丝沃蒂说："姐姐，上课时间到了。"他每天两次按时祈祷。简而言之，他的生活状态使妈妈感觉到，在她的五个子女中，谢克尔是唯一不需要她费心照顾的孩子。

谢克尔似乎想从生活的黑板上把自己抹去，就像擦去一个写错的字。

但是，他想知道但又强忍不问的事情太多太多！有时问题已经到了嘴边，他咬紧牙齿，如果还是控制不住，他就使劲咬嘴唇，甚至咬出血来，因为这样就可以不提问了。父亲发现他经常咬嘴唇，于是让他改掉这个毛病，尽管说了很多次，可对他没有起任何作用。父亲气愤地说："好，那我来帮你改改吧！"他揪着谢克尔的嘴唇使劲拧。谢克尔心里似乎一点也不觉得疼。但是这件事发生后，他看父亲的眼神中充满了冷漠，似乎他是个陌生人……

第一件他想知道的事情是妈妈为什么有时会躲着大家？她不进厨房，而且用单独的餐具吃饭，如果有谁靠近她——还不是随便什么人，一般来说是谢克尔的弟弟们——妈妈就说："别到我这儿来，自己去玩吧！”这究竟是为什么？不知谁对谢克尔说妈妈病了，可谢克尔并没有发现她有生病的症状。而且两三天之后的一天早上，谢克尔起床后看见，妈妈洗漱完便去了厨房，而且还做了家务。如果前一天晚上还在生病，那第二天早上是怎么回事？

第二件事。谢克尔记得，已经很久没发生过这种事情了。可这一次妈妈好像真的生病了。她的脸色蜡黄，而且不怎么做家务，总是显得无精打采、愁眉不展。

第三件事。一天他很随意地问萨尔丝沃蒂：“妈妈是不是生病了？”可萨尔丝沃蒂瞪了他一眼，什么也没说就走了。

他没有再问，这和他有什么关系？但是他想知道。为什么……

还有许多事情他也想知道。妈妈的房间里有一个柜子，柜子上了锁。谢克尔看到妈妈常常打开柜子，把自己的首饰啊什么的放在下层的抽屉里，还不时往柜子里放饼干桶、玫瑰糖①、装杰温普拉什②的罐子以及其他一些不让家里的男孩们碰的东西。但是抽屉上面两层装满了书。这些到底是什么书？既然家里到处是书，甚至连卷帙浩繁、价值不菲的百科全书都可以随意翻看，这些书为什么要如此小心翼翼地藏在柜子里？如果这些是好书，为什么不让人看？如果是坏书，为什么还要留着？

谢克尔是从哪里来到这个世界的？是怎么来的？他想起金德尔出生后，自己曾经问妈妈：“妈，他是从哪里来的？”妈妈告诉他：“保姆带来的。”但是当他问保姆为什么带来个这么小的孩子，为什么不带个大点儿的孩子来，保姆却回答说：“不是我带来的，是之前那个医生装在自己的包里带来的。他的包不够大，只能放下这么小

---

① 用玫瑰叶子和糖制成，可作泻药，同时兼具其他药效。

② 杰温普拉什（cyavanprash）是一种用蜂蜜、奶油以及多种草本植物做成的补药，配方源自印度古代医学典籍《阿育吠陀》。

的孩子。”这时谢克尔对她们两人的话全都产生了怀疑，但他什么也没说。很久之后，当他平生第一次看见小鸟从蛋里破壳而出，他便确定妈妈对他撒了谎。为了考验妈妈，他去问妈妈：“妈妈，医生也去看望小鸟吗？”

妈妈没有明白他的意思，回答说：“不去呀。怎么了？”

“那小鸟的孩子是从哪里来的呢？”

“是鸟蛋里孵出来的。”

妈妈至此说的倒都是真话！谢克尔抱着更大的希望接着问道：“那么鸟蛋是从哪里来的呢？”

“是神送来的。”

又是那堵高墙——求知路上最大的障碍——神！他问姐姐：“神是用什么方式把鸟蛋送到这里来的？”

“可能是和雨一起下来的。”

但是几天之后，谢克尔就知道这种猜测也是错误的。所有地方下的雨都是一样的，可为什么不同的鸟巢里的蛋却各不相同？而且前一天他看见鸟巢里空空如也，第二天就忽然有了鸟蛋，可是当天晚上并没有下雨啊。

谢克尔明白，所有人都在对他说谎。而他想知道真相……

家里单独腾出了一个房间，屋子被打扫得干干净净，还用牛粪水刷了墙，窗户也被关得严严实实。之后妈妈就住了进去。只有一个保姆和她一起住在这个房间里，其他所有人都被禁止出入。谢克尔回想起上次金德尔出生时的事情，根据这些迹象判断，他知道保姆或者医生，也或许是其他某种力量将再次垂顾他的家庭，于是他开始等待医生的到来。

夜里谢克尔突然醒了。他不明白自己为什么会醒过来，但却感觉到一定发生了什么，他感觉到周围弥漫着一种紧张的空气。

他起身朝四周打量了一下，发现旁边的床空着，萨尔丝沃蒂没在床上。他下了床，去了父亲的房间。

父亲也不在屋里。楼下透出灯光。

不知为何，谢克尔没有勇气下楼去看到底发生了什么。这事如果发生在以前，他一定会下楼去看看的，可是现在却没有了这份勇气。此时他希望自己能够隐身，他不想露面，如果有人问他来干什么，别说回答了，他甚至连听见这个问题的勇气都没有。他对自己已经失去了信心。

但是好奇心依然还在。他像一根绷紧的弦似的直挺挺地站在原地。

忽然传来了一声非常尖利刺耳的嘶喊，声音虽然听起来很虚弱，但其中似乎夹杂着一些愤怒的情绪。

谢克尔知道，这又是那种未知的力量在作祟，它不仅欺骗了谢克尔，而且至今仍没有回答他提出的那个问题。

楼梯上穿来了萨尔丝沃蒂的脚步声。虽然并不惧怕萨尔丝沃蒂，但谢克尔心里还是扑通乱跳。他跑回屋，躺在了床上。

萨尔丝沃蒂走进屋。她坐在床上，双脚并拢，两只胳膊抱着腿，下巴顶在膝盖上。

谢克尔再也忍不住了，他说："怎么了？"似乎刚刚睡醒的样子。

萨尔丝沃蒂先是吓了一跳，然后对他说："谢克尔，你又有了一个小妹妹。"

妹妹？又有姐妹了？谢克尔问："她长得像你吗？"

"傻瓜！她现在还太小，长得像只小——麻雀，等她长大了——”

谢克尔用非常郑重的语气说：“萨尔丝沃蒂！”

萨尔丝沃蒂吃惊地说：“怎么了？”谢克尔从未直接称呼过她的名字。

“无论我问什么，你都会回答我吗？千万别说谎，哪怕什么也不说都行。”

萨尔丝沃蒂略有迟疑地说：“你想问什么？”

谢克尔艰难地挤出几个字：“孩子是打哪儿来的？”

萨尔丝沃蒂并没有马上作答。

等待答案的过程中，谢克尔心中的千言万语忽然像潮水一般激涌而出。他说：“保姆带来的，医生带来的，神送来的，这些说辞我都听够了。别再说这些了！我知道这些全都是谎言。你说，孩子如果是这样出生的，干吗要这么偷偷摸摸？而且为什么不把孩子送到我们这儿来？还有——既然妈妈说她不想再要孩子了，为什么孩子还会去她那里？她为什么不把她还回去？神为什么要把孩子送来？我祈求能有个妹妹，为什么来的却是弟弟？我亲眼所见，小鸟的孩子是从鸟蛋里出来的，妈妈把鸟蛋弄破后从里面取出了小鸟。可鸟蛋是从哪里来的？现在又来了个妹妹，她为什么半夜来，而不是在白天？我们为什么不能到那里去？为什么大家都在说谎？你告诉我吧！你一定知道。”说到这里，他似乎有些害羞似地忽然沉默了，他大概从来没有一口气说这么长的一段话。

萨尔丝沃蒂闪烁其词地说：“怎么？难道不是神送来的吗？”

“姐姐，别撒谎了！”

萨尔丝沃蒂支支吾吾地回答道：“是从妈妈身体里出来的。”

谢克尔腾地一下从床上坐了起来。

“从什么地方？怎么来的？”

“我不知道！”说完，萨尔丝沃蒂用被子蒙住头，扑通一下躺在床上。谢克尔大声叫她的名字，还起身去摇晃她，但她就是不说话。

谢克尔躺在床上，望着天花板。他似乎动用了某种超自然的力量，将自己挂在了房顶上，然后对悬在天花板上的那个他说：“谢克尔，你自己想想，别问任何人，你自己想想。你说，你是从哪儿来的？你是怎么来的？”

天亮了。谢克尔依然对悬在天花板上的那个人不停追问，那是他用自己的眼睛复制出来的另一个自己。

“孩子是从妈妈的身体里出来的。”

萨尔丝沃蒂没有说谎，否则她不会这么忸怩。经过了这么多痛苦、折磨和煎熬之后，谢克尔终于得到了一句真话。有这句话就够了，因为它不会再变。

“孩子是从妈妈的身体里出来的。”

但是，然后呢？

再往前又是那堵高墙，神、社会、家庭、父母以及传统是这堵高墙上的一块块墙砖，而把这些墙砖粘合起来的水泥则是恐惧……

每当有女人从这堵高墙前面经过，谢克尔望着她们，不禁在想——她们的身体里可能也藏着孩子。可是，藏在哪儿了呢？

谢克尔开始偷东西。

在此之前，偷偷摸摸干坏事对谢克尔来说是不可能的事情。独自一人的时候，令其克己慎行的力量更多源自他的灵魂。可是现在——表面上看，他文质彬彬、很有教养，而且心地善良，父母常说：“我们的儿子简直像个乖巧的女儿！”但其实他的内心已经开始堕落。

他已经开始承担一些分内的工作了。以前即使得到的只是一件微不足道的小任务，他也会十分开心，甚至由于太过投入，常把事情搞砸。可现在每次得到这种机会时，他总在盘算着怎么才能偷偷趁机做点坏事。

但凡他拿着箱子上的钥匙，就会趁机从箱子里偷拿一点钱。这么做并非因为他需要钱，仅仅是因为钥匙就在他身上，可以用它来干点坏事。晚上吩咐他去给依谢沃尔和布尔普的老师送牛奶（他们俩那几天在准备考试），半路上他会偷喝几口牛奶。这么做并非因为他在家喝不到牛奶，而是因为他可以在无人察觉的情况下干些坏事。有时他甚至特意去储藏室，把少许黄油洒在某个箱子后面，然后再溜出来。每次做这种事情时，他总在心里偷偷念叨："你们别把我当好人，我现在也是个坏蛋，把我当好人的人，简直是傻瓜。"似乎这样就能维护他的尊严似的。

这些坏事都是他偷偷干的，可家里对他的评价却越来越高。虽然家人越来越认可他，但谢克尔堕落得也越来越深。

家人派他去取一些巴旦木，所以把锁着书的那个柜子的钥匙交给了他。他打开柜子，从里面抽出两三本书塞在柜子下面，拿了些巴旦木，然后把钥匙还了回去。

后来他又找了个机会把书偷偷取走，背着人自己悄悄翻看起来。

读了这些用勒克瑙风格的字体印在粗糙的玫红色或黄色纸张上的故事之后，谢克尔心想，这些书里面有什么东西需要这样珍藏？

《女花匠的女儿》《两妻一夫》《巴格达的老妇人》《三个半情人》《七滴半血》《美貌的强盗》《僵尸鬼故事二十五则》《鹦鹉和八哥的故事》《宝座故事三十二则》《魔戒》《埃及魔法》。

就这样每次偷看两三本，谢克尔终于读完了所有藏在柜子里的书。这些书是那样拙劣、粗俗和荒谬，简直令人作呕。谢克尔觉得这些书很恶心，他几乎读不下去。然而，只是因为这些是禁书，读这些书意味着谢克尔在干坏事，所以他才咬牙坚持读完了所有的书。他在心里对妈妈大声说道："你不是认为我很善良、很单纯吗？我是个混蛋，我变成坏家伙了。我把你藏起来的书全都看完了。"他开心极了。

谢克尔成了一个爱告密的人。

有时候哪个兄弟犯了点小错误，谢克尔就跑去告诉妈妈说："妈妈，妈妈，某某做这件事了，去看看吧！"他还常常无端去告别人的状，看到别人被父母训斥或责打，他在心里说："这样就对了！好啊，就应该挨打！我是个坏人，可大家都认可我，尊敬我。你干吗要做个好人？"

哥哥和弟弟们用怀疑或者不信任的目光盯着他，可他却感觉到——"嗯，我也算是个有些分量的人了……"

谢克尔的堕落又向前发展了一步。

他开始写庸俗无聊的打油诗。这些诗倒算不上低俗——谢克尔现在还不了解什么是低俗——只是庸俗无聊而已。他不能当着任何人的面公开朗读这些诗，只有独自一人的时候，他才会大声朗读，而且有时还会冲着空气破口大骂。他并不懂其中一些脏话的含义，但是他曾经听到过这些词，而且知道说这些词是一件不好的事情。

成为一个好人或是坏人，对谢克尔来说变得没有任何意义。对他来说，重要的是他是一个有分量的人，而且他必须能切身感受到这一点。这种信念的支撑对他来说是不可或缺的。

金德尔扔石头时不小心砸碎了屋外的花盆，他傻乎乎地跑到妈妈身边气喘吁吁地说：“妈，妈，我没打碎花盆。”

妈妈问：“什么花盆？”

“我没有打碎花盆！”

这时谢克尔也赶了过来。“妈妈，爸爸让办公室买的那些花盆，就是放在屋外、里面种着蓝色花的花盆，被金德尔用石头打碎了。”

金德尔说：“妈妈，我已经说过了，我没打碎。”好像他的话在先，所以可信度就更高一样。

谢克尔转过身向外走去，意思是我已经完成了我的职责，这事和我没关系了。

妈妈问金德尔：“你在说谎吧？我要去看看你到底打碎了哪个花盆。”说完，抓着金德尔的手把他拽到了屋子外面。

金德尔被狠狠揍了一通。妈妈不知道用了多少话吓唬他，逼他承认花盆是他打碎的，可他就是不说。妈妈不能忍受别人这样违抗她的命令，她的想法是：即使花盆不是他打碎的，他也应该承认，因为我已经认定就是他干的……

谢克尔坐在相隔不远的地方，面前摊着书，观察着那边的情况。令他吃惊的是妈妈。虽然她的脸上并没有怒容，语气也并不严厉，可她打起孩子来却毫不留情。因为对她来说，她让孩子说什么孩子就必须说什么是一件关乎脸面的事情。

父母一怒之下责打孩子，并不会对他们的灵魂造成伤害。但如果看起来并不愤怒，但下手时却心狠手辣，这种责罚则会在孩子的心灵上留下一道永远无法愈合的伤痕。当时谢克尔并不懂得这个道理，妈妈也一样，可这并不影响这个理论的真实性。

妈妈喊道：“萨尔丝沃蒂！拿钳子夹一块炭来。”

萨尔丝沃蒂送来一块热炭。

妈妈用手抓着钳子说："说实话，不然我就把炭放到你嘴上。"

"我说的是实话啊。"

谢克尔心想，难道妈妈真会把炭放在金德尔嘴上？他并不相信，可那张既平静又冷酷的面孔……

"快说——是我把花盆打烂的。"

"不是我。"

妈妈用一只手摁着金德尔的下巴，掰开了他的嘴，然后把火炭放在离他很近的地方，"说！"

萨尔丝沃蒂站在一旁，可她并没有朝那里看。火炭就在金德尔的脸旁，他能感觉到热炭的温度，于是他拼命晃动脑袋，就像癫痫发作时抽搐的样子。他的下巴被妈妈狠狠摁着，嘴也被掰开，似乎随时等待着火炭被放进来……

信以为真是孩子们的天性，而区分表象和真相则是成人才拥有的权利。谢克尔瞬间就信以为真了。

"说！"

谢克尔跳了起来，一只手推开妈妈，另一只手一掌把热炭远远打落在地。他声嘶力竭地对金德尔说："还不快走？！"

他心中暗想："金德尔真是好样的！谢克尔，你没脸见人了吧？"

也许妈妈感觉到了什么，她一句话也没说，也没对谢克尔说什么，转身进屋去了。这件事也就这样不了了之了。

半个小时之后。

谢克尔想让自己的注意力专注在学习上。他用手拿着笔，在本子上画了一条线，看了看，打算再画一条。可刚才的一些对话却不时在他心中回响，眼前也浮现着许多张开的嘴巴，时而是金德尔的嘴，时而是谢克尔的嘴，时而是妈妈的嘴，嘴的旁边就是烧红的热炭……谢克尔想：“这是金德尔的嘴”，可那张嘴立刻就变成了妈妈的；他想：“是妈妈”，嘴又立刻变成了谢克尔的。萨尔丝沃蒂站在一旁，扭着脸，尽量不朝那里看……“说不说？”“金德尔真是好样的！”“没脸见人！”“我说的是真话。”一些芜杂的声音反反复复在他耳边回响……

谢克尔心不在焉地在本子上写写画画。

金德尔走过来说：“把笔给我。”

谢克尔似乎忽然醒过神来，答道：“我在写字。”

“你给不给我？我也要写字。”

“你再去拿一只笔吧。”

“不！我就要这一只。给我！”

“那就过一会儿再给你，先让我写完。”

金德尔跑去向萨尔丝沃蒂告状：“姐姐，哥哥不给我笔。”

萨尔丝沃蒂正在看书。她的视线并没有从书上移开，只是说：“谢克尔，把笔给他！”

金德尔又过来说：“给我。”

谢克尔有些生气地说：“我都说过了，先让我写完。”

金德尔站在那儿大声叫道：“姐姐，你看！他不给我笔。”

萨尔丝沃蒂依旧轻描淡写地说道：“把笔给他，谢克尔！别再烦我了！”

谢克尔说：“我已经说过了，用完后马上就给他，可他不听。你还怪我！”

萨尔丝沃蒂依然在专注地看书。因为没人听他的话，所以金德尔跑去向妈妈告状。

不知从哪间屋子里传来妈妈的声音："谢克尔，给他笔！"

谢克尔说："妈，我已经告诉过他了——"

妈妈冲了过来，"什么？"

"我已经告诉过他了——"

"我不知道你说过什么。你先把笔给他！"

"我——"

妈妈在他脸上扇了一耳光，声色俱厉地说："给不给他？"

"妈妈——"

妈妈一字一顿地说："我说了，先把笔给他，然后我再听你说。"

这时谢克尔也一字一顿地回答说："我不给。"

妈妈啪啪又给了他几记耳光，厉声说道："刚才你还跑过来护着他，现在——"

谢克尔自以为这件事绝对是自己占理，可是谁会听他的？

"那支笔在哪儿？"

金德尔立刻说："在哥哥手里攥着。"

妈妈想把他的手掰开，可怎么也掰不开。于是她把谢克尔的手放在桌子上，先是用拳头，然后又用写字板的边框使劲砸，可还是没砸开。

然而手上的剧痛以及对自己无奈处境的愤怒，使谢克尔再也无法继续忍耐下去。

他说："我就不给！我已经说过了，我不会给他的，哪怕你打死我！"

妈妈突然松开了他的手，吃惊地望着他。他的语气以及"死"这个词汇里似乎有什么令她感到愧疚的东西。她抓着金德尔的胳膊边走边说："来，我给你拿一支新笔。"

谢克尔站起来向外走去。整整一天，他像一条没有主人的野狗一样在街上徘徊游荡。傍晚，他疲惫不堪地回到了家中。父亲一见他就说："喂，怎么了？你特别喜欢玩命是吗？"

谢克尔失魂落魄地答道："对，是这样。"说完继续向前走去。父亲在身后呆呆望着他。

谢克尔没有吃饭。也没有人来叫他吃饭。到了晚上，等到大家都睡着了，他才疲惫地躺在床上，用自己的目光使劲撕扯着笼罩在眼前的黑幕……

从床头的方向传来一声有些迟疑的呼唤，"谢克尔？"萨尔丝沃蒂走到他的床边坐了下来。

谢克尔把脑袋扎进她怀里。

直到这时，他的眼泪才夺眶而出。

萨尔丝沃蒂捧起他的头慢慢放在枕头上。他睡着了。

夜里，谢克尔做了一个梦。

一片广袤无垠的沙漠。正午的阳光灼热似火。

谢克尔正骑着骆驼横穿这片沙漠，一刻不停地向前疾奔……从一大清早，或许从昨天夜里开始，他就一直在不停向前飞奔。

有某种东西尾随在他的身后。谢克尔并不知道它到底是什么，但是他知道有东西在身后追赶他，可当他回头去看的时候，却只看见骆驼蹄子扬起的漫天沙尘。

时间已经到了下午两三点钟。骄阳的威力丝毫未减，反而更加灼人。谢克尔还在向前飞奔，尾随在他身后的"那个东西"也紧追不舍。

前面忽然出现了一个苹果园，果园四周是高高的土墙，围墙上到处是小洞，不少地方还长着一丛丛酷似鸢尾花的野花。谢克尔下了骆驼，越过围墙进入果园。

果园里的果树上繁花满枝。落英飘摇，满地铺满了花瓣，洁白一片……

谢克尔疲惫地深吸了一口气，躺在果树下面落花铺就的花毯上，沉沉睡去……

黄昏时分。夕阳的余晖将整个天空染得殷红一片。斜阳倾洒而下，大地表面也仿佛被涂抹上了一层胭红，盛放在苹果树上的花似乎变成了野玫瑰，白色的花朵被染成漂亮的玫红色……

谢克尔坐了起来。危险和恐惧再次向他袭来。他知道“那个东西”已经包围了果园，随时伺机闯入，骆驼蹄子扬起的尘沙弥漫四野、遮天蔽日……

谢克尔起身朝一个方向跑去，跑出了苹果园。

蜿蜒向上的山路铺满碎石。谢克尔不停向上攀爬。“那个东西”已被他甩在身后，可谢克尔还要继续朝前方一个非常遥远的地方进发……他似乎是去寻找什么，可他并不知道自己寻找的到底是什么……

时至深夜，谢克尔还在继续向前走着。他感觉口渴，但四周并没有看到水源。正在这时，远处什么地方传来汩汩流淌的泉水声。

谢克尔站在一块岩石上向前望去，一时间怔住了。

在他的面前，一股湍急的山泉倾泻而下，泉水明亮、清澈、澄净……

谢克尔屈膝跪下，双手撑在地上，将身体探向前方，俯身去喝水，仿佛是一只在河边饮水的动物。但是水面太低了，他怎么也够不到。

萨尔丝沃蒂的手放在他的手上，她也用同样的姿势跪在他的身旁，尽管此前那里并没有出现她的身影。两人用饥渴的眼神盯着眼前的泉水……

谢克尔看见，泉水中央有一朵盛放的花株孑然而立，并未随着湍急的水流摇来荡去。硕大的花朵长在一根细长的花茎上，整朵花似乎只有一片紧紧连在一起的白色花瓣，花瓣中间是一根金色的花蕊，花蕊的颜色比烧熔的金子还要璀璨艳丽。

看着看着，一种无比美妙的静谧感向他袭来。他知道，这就是他来寻找的东西。他一路疾奔不停，正是为了找到它……这种身处静谧之中的感觉如此美好，谢克尔感到浑身颤栗，他克制住内心的兴奋，抓住了萨尔丝沃蒂的手……

他突然惊醒。刚才的梦境是如此鲜活、如此真实，以至于在惊醒的一瞬间，谢克尔伸手想去抓住萨尔丝沃蒂的手，但却抓了个空。

他坐在床上，朝四处看了看，然后起身走到萨尔丝沃蒂的床边。她还在酣睡。谢克尔想看看她的脸，但却怎么也看不见。他回到自己床上，心满意足地深吸了一口气，在床上躺了下来，很快便沉沉睡去，一夜无梦。

第三章　自然与男人

只有谢克尔，只有萨尔丝沃蒂，其他人都不存在。我们所说的那个世界已经消失不见。

现在拥有的已经足够多了。包括那种无法描摹的氛围——如果萨尔丝沃蒂身边没有旁人，谢克尔就会对她滔滔不绝地说个不停，每当这时，那种无法描摹的氛围自然而然地就出现了。还有那种快乐——不必得到回应，只要知道萨尔丝沃蒂听到了他说的话，他就已经很快乐。还有那种奇特的现象——尽管萨尔丝沃蒂有许多话只能搁在心里，不能告诉谢克尔，可与此同时，她也可以对谢克尔倾诉很多不能对别人说的话。还有那种愤怒——谢克尔想和萨尔丝沃蒂说几句话，却发现她不是在厨房里忙家务，就是在给小妹妹——她的名字叫格穆拉——洗尿布，或者坐在妈妈身边刺绣，每当这时，他便怒火中烧……

还有妈妈……

谢克尔感到，受人爱戴、可亲可敬、善解人意、富有同情心，将这些特质集于一身的人就是萨尔丝沃蒂；而难以亲近、拒人千里、不近人情、冷若冰霜，这些性格构成了一种极大的人格障碍，其代表形象就是他的妈妈。但凡某件事情不顺利，深究原因后谢克尔发现，其根源一定和妈妈有关……是她让萨尔丝沃蒂在厨房里干活，是她让萨尔丝沃蒂去给格穆拉洗尿布，是她吩咐萨尔丝沃蒂去刺绣。谢克尔不理解，为什么“女孩子必须学会所有家务，否则就得不到尊重……”每当萨尔丝沃蒂和谢克尔待在一起，妈妈就会把萨尔丝沃蒂叫走，谢克尔对此心知肚明，因为妈妈很不耐烦地多次对谢克尔说过这句话——“干吗总是赖在萨尔丝沃蒂身边？去找哥哥弟弟们去！”

父亲对此也有怨言：“他还算是男人吗？他应该变成一个女孩，应该去穿裙子。”

哥哥们也嘲笑他说：“是不是姐姐的小尾巴？就是姐姐的小尾巴！”

但是萨尔丝沃蒂从来没说过他什么。当兄弟们嘲笑他时，她只是笑笑而已。她有时也对谢克尔说：“瞧，大家都笑话你。”听到姐姐这么说，谢克尔吓得差点没命——姐姐可千万不要也拿他开玩笑，嘲笑他，她的话可千万别是在向他暗示什么，否则的话……

是的，谢克尔对萨尔丝沃蒂有无限的感激……

谢克尔是个无神论者，但同时又是一个偶像崇拜者，而萨尔丝沃蒂就是他崇拜的那个偶像。

当崇拜达到了极致的程度，被崇拜者便具有了与崇拜者同样的人格。而且对于崇拜者而言，他的崇拜对象不再仅仅是自己内心感受的一个投影，“它”莫名地出现在他眼前，而且即便就在面前，不知为何却又触摸不到，如同他自己在镜中的影子。但与此同时，这个影子又无处不在，而且无法阻止它的出现。

对他来说，萨尔丝沃蒂亦是如此。谢克尔从不觉得她是和自己不同的另一个人，或者她的感觉和自己有什么不同。他觉得饿了，就会说：“姐姐，你吃饭吗？”他去睡觉时会说：“姐姐，你困了吧？”

但从萨尔丝沃蒂的角度来说，并不存在这种所谓的和谐一致，也没有这么多的亲密无间。最近不知为什么，她总是忧心忡忡，心里不知在想什么。谢克尔问来问去，甚至为此有些恼羞成怒。可是和自己的神赌气又能坚持多久呢？他后来想：“姐姐要是不比我大，而是比我小一两岁，说起来我比她大，但其实我们又是同龄人，那该有多好。”因为此时，他已经以一种非常深刻、隐秘、无法言说的方式站在了一个巨大真相的门槛上！只有为了某个深爱着自己、与他年龄接近的女人，一个男人才会成为真正的男人，因为这个女人对他充满信心，而为了配得上这份信心，他会拼命奋斗……妈妈还是妈妈，她依然占据重要的位置，但是真正成就一个男人的则是他的姐妹或是与姐妹类似但又超越于姐妹的其他女性。妈妈生了他、养了他，父亲给予了他智慧，但是忍耐并承受自我的能力，从父母那里是得不到的……

有时谢克尔想对姐姐说：“姐姐，我并不特别需要一个偶像，我需要的是崇拜者。我不需要一个只能仰视的人，我需要的是能够仰视我的人。我并非不需要理想的楷模，可是我想把自己变成理想的楷模。我需要的是崇拜理想的人，因为我不能创造这个崇拜者。于我而言，造神是我力所能及的事情，但是创造一个像膜拜神一样膜拜我的信徒，我却无能为力……”

对于有神论者而言，神何处不在？对其而言，怎么可能想象那种没有神灵存在的生活？可即便是神灵居住的天国神殿，门前也会有浮云飘来荡去……

谢克尔的父亲在外出差。一天，谢克尔在帮他修改信件邮寄地址时，发现了一张卡片。读完这张卡片后，他整个人都惊呆了。

上面说的是萨尔丝沃蒂的婚事。

“结婚之后，勒玛就去了丈夫家。”不知什么时候曾在一本书里读过这句话，现在这句话总在谢克尔面前晃来晃去。他觉得这句话里有一个残酷的结局——结婚之后去了自己丈夫家。虽然只是轻描淡写的两个字——“去了”，但生活就此结束。每个人都必须这样理解，而且那本书里也是这样写的，似乎这是再寻常不过的事情。去就去了，还能怎样？

谢克尔把信摔在桌上，转身离开了家。那段时间，谢克尔的父亲调任到南方工作，他们现在住在西高止山[①]的山区。谢克尔常去山里闲逛。

“结婚之后，勒玛就去了丈夫家。”谢克尔在心中一遍遍重复着这句话，他想：“这句话和我有什么关系？”

他朝一棵树望去。这棵树仿佛在说：“结婚之后，勒玛就去了丈夫家。”

谢克尔又朝第二棵树望去。它好像也在微笑着重复这句话。

就这样，第三棵树，第四棵树……它们说话的语气越来越直白鲁莽……

这时，一棵树有些犹豫不决地轻声说道：“勒玛？你没弄错吗？”

① 西高止山脉（Western Ghats）是印度南部的一座山脉，位于德干高原的西部，呈南北走向，长约1600公里，平均海拔为900米。

这时，所有的树一起说道："萨尔丝沃蒂去了丈夫家。"

萨尔丝沃蒂！萨尔丝沃蒂！

谢克尔像一只被追捕的小鹿，四处寻找着能够庇护它的地方。时间已是傍晚，但是尾随而至的猎人并没有放弃追赶，依旧尾随在他身后。

天已擦黑，猎物这才感觉到，远处出现了一个或许可以躲藏的地方。虽然并不确定，但或许可以……他朝自己家的方向跑去。

但是到家之后，谢克尔却无法开口问那个问题，而且他也不打算问任何人。原本想问问萨尔丝沃蒂，但又没有勇气。他郁郁寡欢地一直沉默着。原本他每天都要在晚上点评一下自己一整天所做的事情，这本来是他每天例行的一项程序，可今天谢克尔却没有说话。萨尔丝沃蒂也一言未发。

临睡前不久，萨尔丝沃蒂找了个没人的空当，急不可耐地问："谢克尔，你怎么了？"

"……"

"我知道你有心事，能告诉我吗？"

就像冬天在河里洗澡，谢克尔不禁打了个激灵，冷不丁忽然说："你干吗不嫁个本地人？"

萨尔丝沃蒂的脸一下子红了，而后脸色一沉，在谢克尔的脸颊上轻轻打了一巴掌，然后咯咯笑了起来。

猎人不知道，猎物已经找到了庇护所还是被拒之门外……

萨尔丝沃蒂的夫婿远在两千公里之外。

全家人一起来到了拉合尔。就在大家手忙脚乱筹办婚礼的时候，谢克尔病倒了。他躺在床上，各种消息不断传到他的耳朵里——做了什么样的甜品，来了什么样的迎亲队，新郎什么样（结婚之后，勒玛就去了丈夫家——不，不是勒玛，是萨尔丝沃蒂，萨尔丝沃蒂！），迎亲队遭到了怎样的戏弄，炸丸子是怎么不够吃了，整个流程的安排是如何机智妥当，新郎是如何缠着华丽体面的头巾、穿着崭新的隆吉[①]来迎亲的（他听到的用词有些区别，比如说“就像骆驼头上长了角……”）。诸如此类的消息还有很多。但是，他从来没有听别人说起萨尔丝沃蒂在哪儿，她怎么样了，她在想些什么，做些什么……

行绕火礼[②]的当夜，谢克尔说：“我也要去。”

当时他正发着三十九摄氏度的高烧。大家都劝他别去，可他不听。“这是我姐姐的婚礼，难道我不去看看？”他这样回答道。这句话背后隐含着怎样的深意，其他人无法领会，但他们还是被迫做出了妥协。家人给他披上毯子，让他坐在喜棚一角的一把椅子上。他好像在用一双生了目翳的眼睛观看着面前这出无聊的表演。

谢克尔的叔叔扛着一个裹缠着红纱的包袱走了过来，红纱上绣满了繁缛的花饰。叔叔把它放在祭台旁的一个座位上后便离开了。红色的包袱紧挨着新郎（结婚之后，勒玛就去了丈夫家——不是勒玛，是萨尔丝沃蒂！），谢克尔由此推测出，裹在红纱里面的一定就是萨尔丝沃蒂。过了一会儿，这个包袱紧跟在新郎身后开始围着祭火绕圈，尽管裹在她身上的红纱一层也没见少……

站在谢克尔身后的一个蒙着面纱的女人用欢快的语调说：“终于嫁人了。”

谢克尔转身看到，那个女人的脸上露出一副喜形于色的表情。

---

① 隆吉（Lungi），印度男性穿的一种围裤，通常用一整块布围在腰间。
② 印度教婚礼的一种仪式，新郎和新娘围着点燃的圣火绕行数圈。

谢克尔的心里有一个声音斩钉截铁地说:“结婚之后，勒玛就去了丈夫家——不是勒玛，是萨尔丝沃蒂！明白吗？是萨尔丝沃蒂……”

他说:“好了，我已经看完了。现在我想回屋去。”

家人带他离开了婚礼现场。

萨尔丝沃蒂过来陪了他一小会儿，当时身边并没有别人。谢克尔真想赌气不和她说话。对萨尔丝沃蒂赌气？虽然没涂姜黄粉，可此时萨尔丝沃蒂却面色蜡黄。怎么忍心对她赌气呢？

谢克尔不知该说些什么。他似乎别有深意地说:“姐姐，你已经算是结了婚的人吧？”

萨尔丝沃蒂伤感地看了他一眼，然后问道:“身体怎么样了？”

谢克尔转过头，哽咽着说:“萨尔丝……”

萨尔丝沃蒂把手放在他的额上，慢慢向下捋，帮他合上了眼睛。尽管谢克尔把脸转了过去而且闭上了眼睛，但是萨尔丝沃蒂的手还是摸到了他的眼泪。

谢克尔似乎想用紧闭的双眼抓住她的手，他说:“我没事。”过了一会儿又说:“你——很快就要走了——那时我将一无所有。”

萨尔丝沃蒂说:“你的手在哪儿？”

谢克尔用两只手紧紧抓住萨尔丝沃蒂的手，用力将它压在自己的眼睛上。

她慢慢从他手里抽出了自己的手，起身离开。

当天晚上谢克尔得了急性肺炎。

人们把这个称为结婚。而结婚的含义是快乐。①

---

① 印地语中“结婚”一词为Shadi，该词的词根Shad意为“快乐的”“幸福的”。

整整一个月之后，就在谢克尔终于能够下床的那一天，全家人回到了位于南方的家中。

全家人都回来了。可是结婚之后，勒玛就去了丈夫家——不是勒玛，是萨尔丝沃蒂……

又过了一个月，谢克尔的两个哥哥去上大学了。现在家里只剩下妈妈、爸爸、谢克尔、勒维、金德尔、格穆拉以及对结婚之后去了丈夫家的萨尔丝沃蒂的回忆。

当谢克尔的哥哥们还在家的时候，他们每隔三天就给萨尔丝沃蒂写一封信。他们也常常收到萨尔丝沃蒂的来信。谢克尔有时听他们读这些来信，有时自己偷偷看。可萨尔丝沃蒂从没给他写过信，而他同样连一封信也没写过。

但是两个哥哥上大学以后，谢克尔便失去了获取姐姐消息的渠道。他有时也寄希望于萨尔丝沃蒂会给他写信，可他心底里很清楚，正如他不给她写信，她也同样不会给他写信的；如果他写了信，那她一定会给他回信。

一天，他坐下来开始给萨尔丝沃蒂写信。

费了好大劲才终于选定了大小样式都合适的信纸。他在纸上写道："尊敬的姐姐——"

他平时已经习惯于在信的开头使用这样的敬语，但是看到写在信纸上的这两个字，他问自己——我这是在干什么？我在给谁写信？“尊敬的姐姐”是谁？

他把信纸撕成碎片，又拿出了一张纸。然后把笔蘸满墨水，思忖着该如何下笔，可依旧没想出合适的称谓。他拿着笔在纸上划来划去，过了一会儿，他发现墨水干了。他再一次把笔蘸满墨水，可过了一会儿，墨水又干了。

他又一次把笔蘸满墨水，不假思索地写道："萨尔丝——"

但是——但是——即使只在心里悄悄这么称呼她，都会使他感到颤栗。怎么能用这种直白的方式把它写在纸上，然后寄到她丈夫家呢？

谢克尔把这张信纸也撕得粉碎。此时他终于明白了，"结婚之后，勒玛就去了丈夫家"到底意味着什么。

他告诉妈妈："我没有信要寄，您就寄您自己的信吧。"

妈妈随口说："怎么了？给姐姐写封信有什么不可以的？"

谢克尔坐在房间的角落里哭了起来。

谢克尔不知道是怎么了，他以前从来不哭，现在却常常无缘无故地哭泣。有时正吃着饭就不吃了，站起来回到自己的房间后就大哭起来；有时边吃饭边抹眼泪；有时妈妈问了一句："谢克尔，今天怎么什么都没吃？"他就突然泪如泉涌；有时爸爸说："去！到邮箱里把信拿来。"他打开信箱后，就大哭起来，连他自己也不知道为什么要哭；有时父亲问："谢克尔，怎么了？想哥哥了吧？"他觉得："是啊，这就是我哭的原因，我想哥哥了。"妈妈问："你是想去看望萨尔丝沃蒂吧？"他便觉得自己之所以总是哭，就是因为想去看望萨尔丝沃蒂！有时勒维得德说："所有人都可以平白无故地揍我们一顿。"他立刻觉得自己之所以哭，是因为遭到了很不公正的对待……一天，他读到了诗人泰戈尔的一篇译成印地语的短篇小说，这篇名为《放假》的小说里这样写道：

"世界上再没有比十四岁男孩更令人讨厌的东西了。他既不漂亮，也派不上什么用场。对他既不能像对一个小孩儿那样溺爱，也不要特别期望得到他的友谊。如果他说话像小孩子一样含混不清，便会认为他乳臭未干；如果他说话像大人一样成熟老练，则会认为他老气横秋。总之，他张嘴说话本身就是一种轻狂。甚至连他根本没有顾及衣服的尺寸便忽然长得这么高，在人们眼中也是一件蠢事。孩提时代的天真可爱以及甜美动听的童音突然消失，也被人们暗自里认为是一种罪过。童年时期的很多错误都被认为是可以原谅的，但是这个年龄的男孩子必然会犯的任何一个错误都被认为不可饶恕。而他自己也总是感觉到，他在任何地方都不受欢迎，因此他总是为自己的存在而感到羞愧和抱歉。然而对于这个年龄的孩子来说，他们内心深处对于爱和尊重的需要其实是更加迫切的……”

读完这段话之后，他发现这就是他哭泣的原因。一天他听到有人说，大学生活非常快乐、非常自由。他意识到，哥哥们可能正在享受这种快乐，正在彻底释放着自己的天性。他因此又放声大哭起来。

但是在他还没能得出结论，知道自己为什么哭泣之前，有一种感受慢慢变得越来越强烈。他认为这个世界到处存在着不公，而这种不公对他来说尤甚。仿佛世界的车轮正以他为车轴，围绕着他旋转，一切不公之所以发生，只是因为有谢克尔的存在……与此同时，他也变得越来越急躁。他开始对这种不公充满愤怒和敌意……

并没有什么直接的诱因，有一天，他突然感觉到自己再也无法忍受下去了。他在心里说：“难道我要继续留在这里忍受不公吗？难道偌大的世界就没有我的容身之处？”他只拿了一件外套、一包饼干和一个面包就离家出走了。

到哪里去？他自己也不知道。他只知道自己并非想去什么地方，只是希望离开某个地方，想永远把它抛在身后……

走了一整天的路，他疲惫地睡着了。第二天他来到一个瀑布脚下，整整一天都在欣赏瀑布的美景。

但是美景没法拿来填饱肚子，而面包早已吃光了。

谢克尔一直在观察瀑布。最初对它充满敬意，感觉它充满了吸引力；后来慢慢发现了其中的单调乏味和一成不变，开始感觉到它并非那样富于魅力；再之后，谢克尔感到了一种沮丧和伤感……

他掉头往回返。在路边随便将就了一个晚上，第二天一早回到了家中。

虽然依旧无法接受家里的生活，但他心里却对家庭产生了一种之前未曾有过的尊重和好奇。

对他的逃离和归来，父亲默默予以接受，并没有问他去了哪里，为什么要离家出走。

对于谢克尔来说，心中的那种躁动不安开始令他难以忍受。他感到自己想要一些东西，但是到底想要什么，连他自己也不明白。为了弄清楚这个问题，他开始进行很多不同的尝试，同时在很多条道路上踯躅彷徨……

回头再看，在人一生的成长过程中，至少这一时期的成长方式就是这样。人想得到一些东西，但又不知道到底想要什么，于是在寻找答案的过程中，会同时在数条道路上踯躅彷徨……正如所有人在成长的过程中，都会在少年时代的某段时间长期停步不前，在自我纠缠中难以自拔，而他的青年时代，那个即将体现出他的创造力的时代，其实尚未到来。

如同藏在汹涌澎湃的海浪中的一个小贝壳，作为芸芸众生中一个小小的范本，谢克尔也在和自己纠缠不休，也期望能找到自己。

他感到自己的身体里产生了某种变化。他觉得，自己生病了；他觉得，他的身体里萌发出很多力量和激情；他觉得，他将开始人生的一个新篇章……他就像一只自我陶醉的疯狂的麝鹿、一只染上了鼠疫的老鼠或是一条追咬着自己尾巴的小狗，不停围着自己打转……

谢克尔深夜从床上爬起来，蹑手蹑脚地走到客厅，把留声机拿到自己房间里。他关上房门，一遍遍播放一张特别的唱片。这是一张小提琴演奏的唱片，演奏者是一个英国音乐家。他从来没有注意过这张唱片的名字，而且即使听过无数次，他仍然记不住它的旋律。唱片的开始部分是一段舒缓深情的演奏，之后琴声忽然变得尖利起来，仿佛撕心裂肺的狂吼。谢克尔感觉到，音乐中这种突如其来的嘶吼仿佛扯开了裹在他身上的一层网，使他如茧蛹里的一只蚕，或是一只蝴蝶一样，从外界的束缚中挣脱出来。他一遍遍播放着这张唱片，而且常常只播放那个短短的片段，他觉得自己百听不厌。谢克尔沉浸在音乐中难以自拔。他把油灯调得很暗，有时还会哭泣。他的幻想在自由驰骋——哦，音乐！你从哪里来？你在呼唤什么？你在激励我向哪里去？对身受束缚和牵绊的我，你许以怎样的解脱？许以怎样的自由？你能告诉我吗？

想到这里，他忽然关上了留声机，开始写起诗来……

但是音乐一停止，他就感觉到自己的身体恢复了知觉，它又被罩进那张网中。他并不明白自己的身体想要什么，但是他能感觉到，它索要的东西有些不合时宜，有些恣睢无忌，有些谲而不正。无论用什么方式，他希望自己能将这种焦躁的情绪克制下来，能够把它踩得粉碎，碾入尘土之中，再也难觅其踪，哪怕他的身体也随之覆灭……

他希望能转移自己的注意力。虽然并不知道该用什么办法实现这一目标，但因为对诗歌怀有兴趣，所以他希望能在诗歌中忘却自己。他开始不分昼夜地阅读各种诗歌。不仅有梵语诗人的作品，也有译自乌尔都语的诗歌，还包括课本上出现过的诗人——丁尼生、华兹华斯、雪莱、克里斯蒂娜·罗塞蒂[①]、司各特[②]，他把这些诗人的作品读了个遍。之后他开始读那些没有在课本里出现过、但曾经看到或者听说过的诗人的作品——济慈、拜伦、罗塞蒂[③]、斯温伯恩[④]，甚至还读了塔索[⑤]和但丁的诗歌。其中一些诗歌他能读懂，但多数是他读不懂的。但凡遇到读不懂的作品，仿佛是为了强迫和惩罚自己，他会更加专注地去读。

但是也有一些诗歌嵌在他心里，将他拉入一种悸动不安的情绪之中……比如丁尼生的《夏洛特女郎》《五月皇后》以及《俄诺涅之死》中的这几句诗：

Ah me, my mountain shepherd, that my arms
Were wound about thee, and my hot lips prest
Close, close to thine in that quick-falling dew
Of fruitful kisses, thick as autumn rains
Flash in the pools of whirling Simois！——[⑥]

读完这些诗后，他感到浑身僵直，双臂开始颤抖，头也阵阵眩晕。有一天，他在一本书中第一次读到其中摘引的罗塞蒂的两句诗：

Beneath the glowing throat the breasts half-globed

① 克里斯蒂娜·吉奥尔吉娜·罗塞蒂（Christina Georgina Rossett，1830~1894），英国诗人。

② 沃尔特·司各特（Walter Scott，1771~1832），英国著名诗人和历史小说家。

③ 但丁·加百利·罗塞蒂（Dante Gabriel Rossetti，1828~1882），英国画家和诗人。

④ 斯温伯恩(Algernon Charles Swinburne, 1837~1909)，英国维多利亚时代的重要诗人。

⑤ 塔索（Torquato Tasso，1544~1595），意大利文艺复兴时期的著名诗人。

⑥ 英文，大意为：是我，我的牧羊人，我曾紧紧抱你，我曾深深吻你，我的热唇，给你凝露香吻，恰如那绵绵不断的秋雨，密密洒落于西摩河的涡流。

Like folded lilies deep-set in stream[①]

那一天，他觉得自己身体里突然充满了一种无法阻挡的力量，这种力量令他感到身心激荡。他在屋里待不住了，来到了屋外，除了一把斧子外别无所获。于是他拿着斧头走到厨房后面，劈了很多木柴，然后又回屋重读了一遍诺顿夫人[②]的诗《我并不爱你》，这才感觉到些许平静。

还有一些诗虽然读后并不理解其中的含义，但他却从中获得了平静，不过这种平静之中常常充满了忧伤，而且短暂易逝。比如罗塞蒂的诗歌《圣洁的少女》以及这样的几句诗：

Like a vapour wan and mute
Like a flame，so let it pass，
One low sigh across her lute，
One dull breath against her glass，
And to my sad soul alas！ One salute，
Cold as when Death's foot shall pass.[③]

还有下面的这句诗。情郎感觉似乎触摸到离他远去的情人的发辫，但是忽而醒悟过来：

Nothing：the autumn fall of leaves.[④]

此外还有斯温伯恩的一些诗，读着读着他会突然大声朗读起来，因为斯温伯恩的诗里有一种令人欲罢不能的韵律……对了，还有迦

---

① 英文，摘引自但丁·加百利·罗塞蒂的诗歌《最后的告白》（A Last Confession），大意为：闪亮的脖颈下高耸的乳房，恰如溪流中半开半合的睡莲。

② 即英国女诗人Caroline Elizabeth Sarah Norton(1808~1876)。

③ 英文，摘引自罗塞蒂的诗歌《爱的夜祷》（Love's Nocturn），大意为：（我的爱）如雾气般衰败和沉默，如火焰般微弱易灭，在她的琴弦上轻声长叹，在她的玻璃杯边无奈叹息，向我悲伤的灵魂致礼，如死亡的足印一般冰冷。

④ 英文，这是摘引自罗塞蒂《圣洁的少女》（The Blessed Damozel）中的一句诗，大意为：不，只是秋天的落叶而已。

梨陀娑的《阿迦哭妻》[1]中的诗句，他至今仍然记得，萨尔丝沃蒂也曾经多次吟颂过这几行诗句：

如果这花环能毁人性命，放在我胸前，为何我不死？

忽然间，仿佛他的整个生命都在祈求死亡，他一遍遍重复着——“为何我不死？”

谢克尔随着自己内心的激流飘来荡去。但是偶尔也有一些瞬间，一切对他来说好像变得非常清晰、非常直接、非常熟悉，这些瞬间就如罗塞蒂在一首诗中所描述的那样，是“偶然的灵光一现”。在这样的瞬间，他会因为那种特别清晰的感觉而感到痛苦。一天，正读着罗塞蒂的诗歌，他突然合上了书，闭上眼睛喃喃吟诵：

Such a small lamp illumines on this high way.
So dimly，so few steps in front of my feet，
Yet shows me that her way is parted from my way；
Out of sight，beyond light，at what goal way we meet；[2]

这时，忽然间灵光一闪，有人在他心里用英语说：“Shekhar，You are in love！”[3]

他的整个身体陡然一紧，自语道：“是的，是的，我恋爱了。”

但是爱上了谁呢？

---

① 古典梵语诗人迦梨陀娑的长篇叙事诗《罗怙世系》中的片段，描写阿迦王因爱妻突然离世而哀恸不已。

② 英文，摘引自罗塞蒂的《凉亭之歌》（Song of the Bower），大意为：路上只有这一盏小小的油灯，微弱的光焰只能照亮区区几步的前路，可它却照见我与她已成陌路，视线和灯光之外，我们将重逢于何处！

③ 英文，大意为：谢克尔，你恋爱了！

几天之后，他又在什么地方读到这样一句诗：

A lad there is, and I am that poor groom:

That's fallen in love and known not with whom.[1]

读到这儿，他突然感到有些生气，他想："这种独一无二的感受为什么别人早就品尝过了？"

于是谢克尔在心里说："不，我没有恋爱。以后也不会。"

由于诗歌总是使他想起这个问题，所以他不得不放弃继续读诗，转而挑选了一些特别艰深晦涩的书来读。最先读的是尼采的《查拉斯图拉如是说》，然后从达尔文的进化论一直读到商羯罗、辩喜、罗摩克里希那[2]的传记，还有医书、顺势疗法、精神病学、生理学，甚至包括调息、瑜伽动作、食品科学方面的书籍。不管是什么书，也不管写得如何，他都拿来读。之所以要读这些书，是因为这些书并不吸引他，这样才能使他的心性得到磨炼。

而且，他开始把这些书里的理论全部应用到自己身上。

他对自己全天的作息时间有着非常严苛的要求。早晨五点起床；然后用冷水洗澡；（在当地即使夏季也没人能用冷水洗澡，即使谢克尔自己也很不习惯这种冷水浴。）用毛巾反复摩擦身体；五点半从窗户跳出去，到户外去散步；（开门会吵醒父亲，而谢克尔不想让任何人知道自己的行动。他担心如果被父亲知道了，父亲一定会干涉他的计划。冷水浴肯定会被叫停，而这正是谢克尔特别重视的步骤，之所以这么重视，恰恰是因为这是每天作息安排中他最不喜欢的一件事情。）不吃早餐，早上十点吃饭，如果十点过五分还没有吃上

---

① 英文，大意为：我就是那位不幸的情郎，堕入了情网，却不知情人是谁。

② 商羯罗（Shankara）：约生活于公元8世纪前后，是印度中世纪最伟大的哲学家和印度教改革家。辩喜（Vivekanand，1862~1902），印度近代著名哲学家、印度教改革家、社会活动家。罗摩克里希那（Ramakrishna，1836~1886）印度近代著名哲学家和印度教改革家。

饭，他就禁食不吃了，不管妈妈说什么。就这样，除了在规定的时间吃饭以外，他全天不再吃任何东西（喝水的时间也是规定好的）；不和任何人说话；不玩牌（不玩任何“无聊”的游戏）。也就是说，他不做任何规定之外的事情，而这种规定犹如英国人的统治，不会给人随心所欲自由选择的权利。如果说这些规定中存在任何可以调整的余地，那就是——不愿做的事情要做两遍。谢克尔一般要洗两遍澡，他的做法是：第一遍洗完之后，擦干身体穿上衣服，等身体暖和过来之后，脱下衣服再洗一遍澡。

有时饭做得稍晚了一会儿，他就不吃了。无论妈妈如何坚持，他也不听，因为在他看来，听话是一种“愚昧”的表现。这样一来，妈妈误认为谢克尔对她有什么不满，因此也绝食不吃了。有一次，她连续三天没有吃饭，可谢克尔还是不让步。尽管他也劝妈妈说——你吃饭吧，但其实令他颇为恼火的是——妈妈为什么要让我坏了自己定下的规矩。第三天，妈妈伤心地说：“好吧，你是死是活关我什么事，我可受不了你这一套了。”妈妈最终吃了饭。这件事之后，她不再对谢克尔的事情表现出任何关心，至少嘴上不会再说一个字。

一天，谢克尔听见妈妈对父亲说：“这个孩子快变成疯子了。带他去看看病吧，他的脑子有问题。”

谢克尔找出了《摩尔家庭医学》这本书，从头翻阅起来（当时他还不会看目录）。每当读到某个新的疾病名称和诊断方法，他就判断自己得了这种病。就这样，他在自己身上发现了几十种疾病的症状。后来当他读到精神疾病的章节，他发现自己还患有抑郁症。再之后读到介绍臆想症的部分，他看到这种病的症状表现为“罹患此症的病人经常阅读医书，而且怀疑自己患有书上介绍的各种疾病……”看到这儿，谢克尔说：“哎呀，这就是我得的病！”

他合上书，所有的病也随之烟消云散了，他哈哈大笑起来。

然而他体内那种微微悸动和迸裂的感觉并没有消失。如同在地底下很深的地方，在芽苗破土之前，在一个新生命萌芽的过程中，种子受到挤压绽裂开来。这就是他一直以来的感觉。

他开始用一种新的目光审视自己的父母。尽管他千方百计克制着自己，努力压制着自己的好奇心，但心中所有无解的问题却变本加厉地压迫着他，折磨着他，似乎从中获得了一种残忍的快感。他从仆人、父亲的听差或是偷偷从书中得到了一些并不完整的答案，由此却使他内心的忿怒变得更加激烈。

一天，谢克尔的父母之间发生了争吵。

他们吵过很多次架。时而电闪雷鸣，时而梨花带雨，有时两人冷战数日，有时妈妈拒绝吃饭，这都不算什么大事。那几天谢克尔会有意躲着他们俩，尽可能不与他们照面，除此之外，谢克尔对他们的争吵并不很担心。

但是那天，当他们两人的低声细语传到了他的耳朵里，谢克尔知道这次争吵与以往有些不同。无意间听到了几句之后，他开始留意听他们到底在说什么，可他不敢靠得太近，因此很多内容都听不清，只是当他们偶尔提高了嗓门的时候，才能听到几句。

妈妈说：“你打死我吧……”

父亲说：“你知点羞耻吧，别人……”

后来一定还说了些什么，可谢克尔没有听见。他蹑手蹑脚地走到门口，躲在门后偷偷向内窥视，可又害怕被发现，很快又转身离开。

父亲站在小圆桌的一侧，妈妈在圆桌的另一侧和父亲相向而立，纱丽的末端从她头上滑落下来，她敞露着胸口说：“那你打死我吧……”

父亲很快就去上班了。谢克尔听到房间里传来一种很奇怪的声音，也许是妈妈在捶胸顿足。砰砰在自己身上打了几下之后，她去了另一个房间。

谢克尔坐在窗前，一边望着窗外，一边在心里回想着这件事情。他忽然想起，这几天不知为什么，父母之间的关系一直有些紧张。他原本对此并不在意，但是今天他才意识到，这次争吵的导火索其实几天前就已经埋下了。

妈妈从窗前经过。谢克尔发现，她的步伐前所未有的坚定。妈妈步履飞快地走了，他重又陷入思绪之中。

傍晚父亲下班回家，没人到门口迎接他。父亲进屋后看见，仆人已经备好了茶，可是桌子旁边却一个人也没有。他去了卧室，卧室里没人。他又去了厨房，厨房里也没人。仆人探头探脑地悄悄站在外面。谢克尔不动声色，把一切都看在眼里。

父亲过来问他：“你妈妈呢？”

“不知道。”

“勒维得德！金德尔！到这儿来！”

“怎么了？”

“你妈妈在哪儿？”

“不知道，可能在房间里吧。”

“在你脑袋里吧？”父亲突然勃然大怒，他狠狠给了金德尔和勒维一人一记耳光，打得两人嚎啕大哭起来，然后走到谢克尔身边，重重在他胸口推了一把。谢克尔被推得趔趔趄趄，先是撞在远处的一把椅子上，然后摔倒在地。

“你们这些人难道全都死了？连妈妈在哪儿都不知道！”

当无奈的愤怒到达了极限，需要的其实是一种尊重。谢克尔没有丝毫想要报复的想法，他从地上爬起来望着父亲说：“您去上班后妈妈出去散步了。”

父亲一拳打在他的耳朵旁边，“之前你为什么不说？”

父亲的声音突然变得有些嘶哑，他说：“她走了……走了……”

这几句话像是把他牢牢地钉在了地上。他说：“她走了！为了这么件琐事吵架，然后就离家出走了……”父亲似乎想动一动，但却动弹不得，他像一只中箭受伤后站不起来的鹿，无奈地望着谢克尔说：“谢克尔，你妈妈走了……”

父亲的熊熊怒火忽然演化成了迅捷灵活的动作。他揪住谢克尔的头发，把他从地上薅了起来，一边向外推搡他，一边说：“你这个死家伙怎么还不去找她？”父亲用脚踹开门说：“她去哪里了？”说完跑了出去。谢克尔往一个方向跑去，父亲朝相反的方向寻找。仆人也明白了些什么，也朝一个方向开始了寻找。

离家两英里远的地方有一片树林，妈妈正在林子附近的一片空地上踱来踱去。

谢克尔远远看到了妈妈，同时他也看见，父亲正远远地从对面朝树林这边走过来。他转身离开了那里。他觉得，哪怕去死，也不能留下来看即将出现的场景。

天将擦黑时，爸爸妈妈回来了。父亲人还在屋外就忙着吩咐仆人说：“我们不吃饭了，夫人身体不舒服。”然后两人进了卧室，关上了房门。

第二天谢克尔发现，一切就像从没发生过一样，没有任何战争的痕迹，之前的阴霾也烟消云散了。谢克尔生平第一次看见，父亲喝了半杯茶之后对妈妈说：“今天的茶煮得真香。给你，把这杯茶喝了吧。”

谢克尔还察觉到一些事情。家里有个照顾格穆拉的年轻女佣，原本整天笑嘻嘻的，不知为何，忽然开始远远地躲着大家，好像害怕什么似的，尽管并没人说她什么。

一天中午，谢克尔正在屋外站着。

电报员送来一封电报。谢克尔替父亲做了签收，然后拿着电报跑进了屋。

父亲当时在卧室，卧室的门关着。谢克尔急匆匆地推开房门说：“爸爸！”

妈妈和爸爸一下子闪躲着分开。父亲瞪了他一眼，然后故作镇定地说：“怎么了？”可妈妈却羞涩地低着头，扭着脸站在一旁。

父亲又问了一遍：“怎么了？”

谢克尔赶紧跑过去把电报递给父亲。

父亲看完电报之后说：“萨尔丝沃蒂生了个女孩。”

妈妈吃惊地说：“嗯？现在就生了？”

父亲说：“谢克尔，你出去吧。”

谢克尔忐忑不安地走出去，关上了身后的房门，这样他就能躲在门后偷听里面的对话了。

妈妈说：“现在才满八个月。”

父亲也略显吃惊地说：“是啊，你瞧——”

谢克尔觉得爸爸朝门口走了过来，于是赶紧跑开了。

萨尔丝沃蒂生了个女孩。萨尔丝沃蒂的女儿。

结婚之后，勒玛就去了丈夫家。

谢克尔想，难道萨尔丝沃蒂身体里也藏着个女孩？那天萨尔丝沃蒂曾对他说："我不知道！"即使那天她的确不知道，可如果谢克尔今天问她，她一定知道答案。可她会说什么呢？胡思乱想的过程中，谢克尔忽然想起刚才他推门而入时的情景，什么使得他们两人那么紧张？妈妈为什么害羞呢？

他所看见的场景其实也没什么大不了的。父亲当时正用胳膊搂着妈妈在说些什么。仅此而已。而且谢克尔觉得，有时自己的胳膊似乎也跃跃欲试地想搂搂谁、压压谁，而且这种想象使他感到快乐，感到骄傲，他很为自己感到自豪。因此爸爸妈妈为何会表现出那种慌乱和羞涩的神态呢？为什么？为什么？胳膊不过就是胳膊罢了，搂了也就搂了，难道里面还藏着什么没被谢克尔发现的、使人觉得丢脸的东西吗？

这些问题还在他脑海里挥之不去时，收到了萨尔丝沃蒂的来信——女婴夭折了。

妈妈看过信后对爸爸说："她信上写了，孩子八个月就出生了。"然后用一种"早就知道是这样"的语气说："是啊，这样就对了！"

这个活了四天零六个小时的女婴夭折了，而妈妈说萨尔丝沃蒂在信里说孩子出生的时候只有八个月。这个新的秘密到底是什么呢？

谢克尔找了个机会问厨子："什么是八个月就出生的孩子？"

"就是刚怀了八个月就出生的孩子。"

"什么意思？什么八个月？"

"小孩不是要在妈妈肚子里待上九个月嘛。"

一头雾水的谢克尔问："小孩是怎么进到肚子里去的？"

厨子笑了，对谢克尔说："谢克尔巴布，这个你得问阿蒂。"他朝那个年轻的女仆指了指，说完笑得更起劲了。

谢克尔有些害羞，可他还是走到女仆身边。女仆不懂谢克尔说的印地语，因此谢克尔吃力地用她的母语说："孩子——怎样？"

阿蒂也笑了。她不懂谢克尔在问什么。阿蒂模仿着谢克尔的语调说："孩子——怎样？"然后摆了摆手，表示自己没听懂。

谢克尔挖空心思想让阿蒂听懂自己在问什么，正在这时，妈妈走过来问他："你在这儿干什么？"

谢克尔一下子变得局促起来，阿蒂也赶紧忙手里的活儿去了。妈妈用更加怀疑的语气问："你找阿蒂干什么？喂，阿蒂，他在说什么？"

阿蒂低着头说："我不知道。"

谢克尔赶紧走开了。

像舞动于夜幕上的一道闪电——夏尔达。

谢克尔父亲的别墅位于一座山丘的边缘，四周环绕着高大的刺槐和一丛丛灌木。他家正对面是一个山谷，山谷对面的山顶上长着一棵小树，在天空的映衬下，小树的树干和枝叶的形状就像是一个英文字母"S"。从海拔略低于峰顶的高度开始，整座山都被雪松、冷杉和桉树覆盖。在谢克尔明亮的双眸中，远处的这幅画面是唯一可餐的美味，他的眼睛对新鲜和变化无比渴求，因为它们已经看厌了四周的单调和乏味。谢克尔的父亲在这个地方算是外地人，他那套北印度的做派已完全淹没在南印度的风土人情和宗教习俗中，尽管受人尊敬，可也被大家有意无意地疏远。除了这种原因导致的孤立处境，谢克尔自己也处于一种可怕的孤独之中。在这种孤独感中，一并包含了世上的所有不公，包含了所有的坚忍与恐惧；勇敢与怯懦；傲慢、信任与怀疑；仁慈与愤怒；爱恋与怨憎……

谢克尔被太多的欲求折磨着，连他自己也对自己的欲求感到茫然，尽管满心疑问，但却寻找不到答案，他觉得自己被围困在冷漠和失望的铜墙铁壁之中。坐在自己房间里的窗前，望着像画在天幕上的那个字母“S”，他想：“难道造物主把我的名字写在了无垠的虚空中？难道这个诅咒会像达摩克里斯之剑一样永远悬在我的头顶上？”

一天妈妈突然想到，这个世界上除了他们之外还住着其他人，于是她决定要去拜访一下。

在这个人烟稀少的山区小镇里，每隔五英里左右才会遇到一户人家。谢克尔的邻居一家是马德拉斯人。谢克尔见过这家的大人，他们来家中拜访过一两次，在国外接受过教育的这家人很清楚，世界即使不是泛指整个地球，至少也要比自己家所在的范围大一些。因此为了“回报”邻居之前的拜访，妈妈打算去回访他们。妈妈要求谢克尔也同去，因为要去拜访的人家不会说印地语，而谢克尔的妈妈既不懂他们说的泰米尔语，也不懂英语。

谢克尔正对新鲜的事物无比渴望，他满心欢喜地和妈妈一起出发了。

他们来到了邻居家所在的地方。穿过一小片桉树林后，他们走进了邻居的院子里，简单向开门的仆人介绍了一下自己。他和妈妈看见，钉在房子外面的铭牌上写着这栋房子的名字——“迦楼罗之巢”。继续往里走，他们看见女主人坐在房前的草坪上，旁边是一个姑娘，和她们相隔不远的地方，还有一个小女孩正站在豌豆藤中间采花。听到脚步声，小姑娘吃惊地看了一眼来访的陌生人，迅速摘下插在散开的长发里的花，把它们偷偷藏了起来，然后朝屋里跑去。这时原本坐在草坪上的两个女人起身向前表示迎接。相互介绍的环节进行得还算顺利，因为彼此认识不需要太多语言交流，只需要面带笑容就可以做到了。

大家一起进了屋，在一个装饰华丽的房间里坐了下来。妈妈坐在一把椅子上，儿子站在她身边（尽管主人也示意请他坐在椅子上）。女主人坐在壁炉边的木凳上，而那个姑娘——她的女儿——则坐在地板上。

大家都沉默不语。女主人等着客人先开口；那个姑娘之所以沉默，是因为她觉得寒暄不是她的责任；妈妈则是因为不懂英语，只能干坐着，把希望寄托在儿子身上；儿子之所以沉默，是因为这个崭新世界里的新鲜事层出不穷，令他根本无暇说话。他时而望着自己的脚，觉得它们看起来丑陋不堪，于是一会儿想把右脚藏在左脚后面，一会儿又想把左脚藏在右脚后面；因为想到大家可能都在嘲笑他的蠢笨，所以他不停地咒骂自己；他时而望着自己的手，觉得它们显得那么粗大笨拙，他用一只手抓着另一只手，想把它藏起来或是干脆砍掉；他注意到自己身上穿的衣服，他觉得这个世界上可能没有第二个人会穿这么难看的衣服；他还留意到自己的站姿，他觉得自己就像一只马戏团里的长颈鹿……想到这儿，他腾地一下坐了下来。女主人看了他一眼，他想她一定认为这个乡巴佬连坐都不会坐！

唉！可怜的少年！可怜的青涩年华！

这样可不行。看到谈话进展得不顺利，女主人试图打破僵局。

“你读几年级了？”

他鼓起勇气回答说：“我在家上学。”他也没想到自己还能有这番勇气。

“你打算参加什么考试吗？”

他只答了几个字——“大学会考”，可他心里觉得，连这几个字也显得有点多余。

妈妈问他们在说什么，他向妈妈复述了谈话的内容，这时他才感觉到自己还活着。

另一个声音问道：“不上学也可以参加考试吗？”是那个姑娘在发问。

“可以。”

又有一个声音问道：“哎呀！那怎么可能呢？”

他惊讶地看到，刚才不见了踪影的那个在屋外采花的小女孩走进屋里。他瞪着大大的眼睛迅速瞥了她一眼，心想——千万可别和她的目光碰到一起！他又朝自己的脚望去——那双丑陋的脚！然后又看了看自己的手——那双粗大笨拙的手！

没人回答小女孩刚才的提问。女孩的妈妈说：“这是我的女儿夏尔达。”但还没等别人说什么，那个小女孩又重复了一遍自己的问题：“不上学怎么能参加考试呢？”

片刻的沉默之后，他意识到这个问题至今无人回应，这是一种很不礼貌的做法。想到这里他更加惴惴不安，可又感到根本无力应答。这时女孩说：“你在想什么呢？为什么不回答？”

这个女孩真不知害臊！我既然不回答，她干吗还问这么多？！想到这儿，他注意到女孩的外表也同样没羞没臊。湿漉漉的头发，刚才在外面的时候披散在肩上，现在用一根缎带系了起来，身上穿着一件白色的短衫和一条长及脚踝的白色纱裙。她正用好奇的眼神盯着他看，眼神中没有半点羞涩，这种眼神让他更觉慌乱，同时也使他感到愤怒。

在这个间隙，大家都沉默着没有说话。妈妈问谢克尔："她们在说什么？"

为了掩盖自己沉默不答的事实，他小声推诿道："没说什么。"

妈妈毕竟是妈妈，她猜到了是怎么回事。她问儿子："害羞用英语怎么说？"

"Shy"

脱口而出的一瞬间，他立刻明白了妈妈的用意。他暗暗咒骂着自己，而妈妈则笑着用手指了指他，用夹杂着英文的印地语说："他害羞了。"

大家都听懂了，纷纷笑了起来。但是，对他的侮辱并未结束，虽然他已跌倒在地，可还要继续被人践踏！夏尔达看着他笑着说："Good gracious such a big silly boy like you！"①

大地母亲啊，你为什么不裂开！他实在受不了这种屈辱了。大地母亲啊，你怎么能忍受下去呢？这个不知羞耻的女孩不知道还要胡说些什么！

他终于松了一口气——夏尔达的妈妈将她呵斥了一顿。当然应该如此。尽管她的确令人感到耳目一新，可同时又这么厚颜无耻！

夏尔达有些尴尬地站起来走了。

为了完成这次充满文明气息的拜访，双方还在艰难地攀谈着。

可故事并未就此结束。夏尔达又来了。这次她的左肩上像扛着根小扁担一样扛着一架维纳琴，进屋之后，坐在离谢克尔不远处的地板上。

---

① 英文，大意为：我的天！你可真是个大傻瓜！

妈妈对儿子说："去问问，是谁要弹维纳琴吗？我很喜欢听。"

儿子冲着夏尔达的母亲说："我妈妈问，是不是有人要弹维纳琴？她很喜欢听。"

"是的，是夏尔达。"

他沉默了。之后谈话会触及什么话题，他并未多做考虑，可他既不会向夏尔达提任何要求，也不会对她多说什么的……

夏尔达笑着拨动了维纳琴的琴弦。

他的自尊心说："她是为自己饶舌多嘴而感到羞愧了。"他的小心眼说："她是在讨好她的妈妈！"

这个故事发生在他的少年时代。否则他或许会明白，夏尔达弹琴并非出于这两个原因。真正的原因在于，女人的天性中存在着一种深奥难解的特质，很多东西表面上看起来似乎相互抵牾，但美与和谐却蕴藏于其中……

从维纳琴的弦音中绽裂而出的是什么深藏已久的秘密？

他内心的感受如同电影中的聚光灯，从广阔的视域向内收缩，逐渐聚焦在一个很小的影像上，随后光束继续缓缓回缩，最终隐没于黑暗之中。这幅影像就是夏尔达一缕半湿的秀发。这缕头发挣脱了束发的缎带，从她的肩头滑落下来，似乎想躲藏在她的耳朵下面。看着这缕秀发，他恍惚觉得自己正缓缓漂流在音乐的清波中，荡漾的水波像一抹轻柔的白烟，像一片撞上山峦落荒而逃的新云，他似乎从中嗅到了夏尔达身上散发出的一缕沁人心脾的芬芳，还有她发丝中潮湿、馥郁的馨香……

他觉得，那片白云似乎将他俩缠绕起来；他觉得，夏尔达的发香温柔地抚摸着他的全身，他的身体似乎正在被烈火灼烤……他啜饮着她发丝中天然的馨甜，从中嗅到了一股柠檬花苞的暗香，这使他的灵魂也随之烧灼起来……尽管像被烈火灼烤，但妙不可言的欢悦充溢在心里，他随白云一起翱翔天宇，从夏尔达的身边飘摇而过……穿越了整个世界，如今这朵白云正继续飞腾向前，跨过天际，越过永恒……

他感觉自己的呼吸沸腾似火，他觉得自己马上就要窒息。他一直盯着夏尔达那缕任性的长发。他从一个永恒穿越而过，到达了另一个永恒……

但是，再长的旅途也会有终点。他忽然停住脚步，停靠在某个地方。维纳琴也静默下来。夏尔达有些愠怒地看了他一眼，嘴角上挂着一丝讥讽的笑容，但在看到他的一瞬间，讥讽的笑容立刻消失了。两人的视线蓦然相遇。原本担心会引起别人的注意，所以他从不让自己的目光在任何方向多做停留，可此刻当着这么多人的面，他怔怔凝视着这个女孩。四目相交，他的目光不仅没有丝毫闪躲，反而一眨不眨地盯着对方。

尽管永恒可以在瞬间被撼动，但是这个瞬间注定无法持久。两人同时垂下眼帘，移开了视线。

此时恰好妈妈说："你就说，她弹得非常好。"

这句话他宁肯死也不会说。既不会对夏尔达说，也不会对任何人说……

妈妈再一次忍着怒气望了他一眼，但这会儿不是斥责他的时候，因此她又说："问问是谁教的？"

他向女主人提出了这个问题。

"是我教的。"

他根据妈妈的问话继续追问道："那您也会弹维纳琴？"

"会一点点。"

谢克尔遵嘱作答："改日也听您弹一曲。"而在心里他其实想的却是："今天可千万别弹了，今天听得够多了，再也听不进去了。"

这一次，谢克尔不经吩咐便主动说道："我也很想学音乐，但是没有机会学，没找到老师教。"这句话之所以不用妈妈嘱咐就脱口而出，是因为夏尔达站起来又到里屋去了。

拜访就要结束了。妈妈从椅子上站了起来。他希望能等到夏尔达回来，他相信夏尔达会回来的。但正如来时没有征求过他的意见一样，离开时也依然不会征求他的意见。

走到大门口时，他感觉到有一双调皮的眼睛在盯着他，他的后背似乎在隐隐发痒……回头一看，发现只是自己的幻觉，一个声音在他耳边响起——"Good gracious such a big silly boy like you！"

为了撇清自己回头的动作，他对妈妈说："妈妈，这栋房子竟然名叫迦楼罗的鸟巢？多奇怪的名字啊！"

"是很奇怪！"

无神论者一旦开始有了信仰，就连最声名显赫的潘迪特也无法和他相提并论。在他如波涛般滚滚而来、横扫一切的盲信和执念面前，无论是质疑的峡谷还是理智的高山，一切都被夷为平地，被滔滔洪水完全吞噬。

少年时代——对所有人都心怀憎恶和偏见的时代——的爱情亦是如此！

从紧挨着谢克尔家的那座山的山顶上，可以看见夏尔达家门前的桉树林，再往前望去，尽管看不见夏尔达家的房子，抑或是房子的任何一角，但是却可以看见从她家烟囱中袅袅升起的轻烟。

因此他总是坐在山顶上，一直眺望着那里，体味着这种前所未有的感觉……

直到此时，他仍然不明白自己是怎么了，自己到底想要什么。因为每当他想起那家人，想起那次做客的经历，出现在他面前的是女主人的脸，回想起的是对他的欢迎和招待。在他的记忆里根本没有夏尔达的踪迹！只有当四周一片沉寂，他才感觉什么地方似乎传来维纳琴的琴声，他在琴音的流波中起伏飘荡，忘却了一切，隐遁于壮阔的波澜中，而后又复归于虚空。有时他的内心能够感受到那种遁世离俗、极度空灵的感觉，尽管这种感觉只有短短的两三分钟，但这正是那些圣贤和隐士所渴望的，即使只有短短的一瞬。当这种感觉来临时，他感觉与世界融为一体，心中别无他物。然而白色缎带轻轻地一触，蓦然惊动了他，她对他说："such a big silly boy like you！"这时，这种融于世界的感觉忽然间便消失不见了。直到这种感觉彻底消失，他才意识到刚才竟然有过如此奇妙的感觉。

但即便如此，他也并没有把这种感情和夏尔达联系起来。联想到自己在小说中学到的知识，他有时也在琢磨，莫非我是在恋爱？可是这个问题的答案引出了另一个问题——我爱上了谁？是妈妈还是夏尔达？他无法作出回答，并且因此徒增了不少烦恼。

之后，他再次陷入那种虚空之中，在琴音的幻觉营造出的那个离尘的世界里再次醒来。

直到有一天，远远眺望烟囱中升起的袅袅轻烟已不再能令他满足。他怅然若失地向迦楼罗之巢走去，因为那里沉睡着他所有的情感。

穿过桉树林，他在一棵大树的树荫下坐了下来。时值金秋，树下满是红色、褐色和黄色的落叶，他坐在厚厚的落叶上面。从树下看得见那幢房子，房子前面有一扇很大的窗户，玻璃窗上挂着一幅绣花的窗帘。

窗帘后面的屋子里或许没有人。但是藏在窗帘后面的东西，其实是看不见的，无法证明想象的虚妄。因此他在自己的幻想中看到，那间屋子里坐着三个女人……

之后，他再一次沉醉在自己的诗句中，诗与维纳琴的乐音融为一体。哪个人在少年时代不是诗人呢？！

他的身体里仿佛有一道闪电划过。有人从桉树林的另一侧走了过来。

新的模样，新的装束，外表是新的，连光线都是新的，但是直觉如闪电般告诉他——是夏尔达！

羞怯令他感到缺乏底气——她可千万别在这时发现他！他先是躲在树后，然后撒腿就跑，屏住呼吸跑出很远，一直跑到自己家屋外才停了下来。

这时又传来一个声音——“such a big silly boy like you！”他慢慢走进自己家里。

这个不幸的少年直到此时依然没有意识到，他生命中突如其来的变化和新鲜感到底是什么，到底是怎样一种无穷的力量降临于他的生命中！

他最近有了一个新习惯。中午十二点多钟正是父亲去上班的时间，他这时会从家里悄悄溜出来，来到距离自己家旁边的山顶不算很远的一条路上，然后就坐在路边的青苔上静静等候。他滚烫的身体很享受青苔带来的柔滑的凉意，他期待着夏尔达什么时候会从这条路上经过。

夏尔达上学走的就是这条路。一点钟学校放学后，她独自一人沿这条路回家。大约两点钟时，她会路过这个他坐等她经过的地方。

这里距离学校大约两英里，离她家还有一英里多的路程。他时常在想，走这么远的路，夏尔达一定很累，尽管他自己来回绕行的路至少得有二十多英里。

夏尔达经过这里时从来不停。而他也并不说话，只是默默坐在一旁望着她匆匆而过的身影。从她无精打采地用胳膊夹着书包在第一个拐弯处出现，一直到她白色的衣裙、单薄的身体在一棵高大的刺槐后面彻底消失，再也听不到她的脚步声和四周的回声为止……

最初他只是远远地望着她，自己并不想被她发现。但是有一天等她的时候，他在路边打了个盹。这时夏尔达发现了他，蹑手蹑脚地走了过来，把书包放在他的后背上。他吓了一跳，立刻站了起来，最初有些发窘，后来忽然鼓足了勇气。他拿起书包，和她并肩向前走去，还用关切的口吻问她："背这么沉的书包不累吗？"他们就这样一直走到离夏尔达家不远的那片桉树林旁，两人一起停下了脚步。夏尔达接过了书包，顽皮的笑声打破了瞬间的沉默，她说了一句："The big silly boy is kind."[①]然后就跑开了。谢克尔呆望着自己的手，因为刚才夏尔达跑开时，这只手碰到了夏尔达的裙子……

那天过后，他们再也没有说过话，不过他们之间这种沉默的见面却成为了常态。当她从那个拐弯处出现，经过浓密树荫下的那片青苔时，会望着那里微笑，然后继续向前走去。她并不停步，而他也并不唤她。自从他的手碰到夏尔达裙子的那一天起，他们之间便形成了一种无声的默契——不给这样的事再次发生的机会。但或许连他们自己也没有意识到，他们似乎在彼此躲避着对方，像是要将某种忧惧悄悄隐藏起来似的。

谢克尔知道，她的学校从今天起要放一个长假。从今天开始的

---

① 英文，大意为：傻小子是个好人。

两个星期之内，他可能见不到夏尔达了。他想，见不到夏尔达的这两个星期该有多么漫长啊。他陷入这种思绪之中，忘记了诗歌，忘记了天马行空的想象，呆呆地坐在路边，心里空空荡荡。

今天，他的眼睛不再盯着那条小路。尽管依然有所期待，但或许是希望自己的眼睛对熟悉的风景能有片刻的遗忘，由于这种情绪在作祟，他将目光转移到了另一个方向。今天他一直望着自己的老朋友——对面山顶上那棵形似“S”的小树，一直在回想往事……

看见他失神落魄的样子，夏尔达走过来站在他身边，可他并没有察觉。直到她问：“Silly[1]，看什么呢？”他这才回过神来。

尽管回过神来，但他仍有些神思恍惚，答道：“我在看那棵树呢，就在对面的山上。”

“哦。为什么？”

“没什么，随便看看而已。我觉得它长得很漂亮。我常到那儿去。”说完他稍稍停顿了一下，“放长假的时候，我也会去那儿的。”

他们之间有一个无声的约定——绝不涉足那条崎岖难行的道路。此时他离这条路已经很近，而她却退却了，只淡淡地说了一句：“我们学校五号开学。”

“你打算做什么？”

“假期吗？学习吧。还有——”

“我最近在读诗。”

夏尔达狐疑地看了他一眼——莫非他又要往那条路上走？她说：“我喜欢丁尼生的诗。”

他本来想告诉她：“我正在读塔索诗集的译本。”可忽然想起了塔索的一首诗，于是羞赧地没再接话。

---

① 英文，意为：傻瓜。

她该走了。他说："Goodbye！"[1]说完，忽然又想起了塔索的诗，于是在心中默念——"One long goodbye？"[2]

至于她是否做出了回应，他并没有听到。

他在家中的藏书里翻来翻去，找到了一本丁尼生的诗集——《莫德及其他诗歌》。他实在想不起来塔索的诗集放在哪儿了。他拿着这本丁尼生的诗集，坐在那棵形似"S"的小树下面，心不在焉地读了起来。眼睛盯在书上，耳朵却期待着能听到一个声音。一个问题在他脑海中挥之不去——她会来吗？

他并没有说过让她来这里的话，而夏尔达也没有流露出任何要来的意愿。但抱着她也许会来的想法，三天来他一直在苦苦等待。因为他告诉过她，他会在这里打发时间，也就是说，他会在这儿等她。难道她连这个也听不明白？

尽管沉浸在无边的思绪之中，但是映入眼中的诗句依然深深嵌入心底。他吃惊地发现，自己一直在喃喃诵读几句诗，尽管他的理解力尚不足以解读它的内涵，但是某种本能的悟性却已参透了其中的真意：

Come into the garden，Maud，

For the black bat，Night has flown；

And the woodbine spices are wafted abroad，

And the musk of the roses blown；

Come into the garden，Maud.

I am here at the gate alone.[3]

---

① 英文，意为：再见。

② 英文，意为：会是一次长长的别离吗？

③ 英文，摘引自丁尼生独白诗剧《莫德》（Moud），诗句顺序与丁尼生的原作略有差别。大意为：到花园里来吧，莫德！因为黑色的蝙蝠和黑夜都已飞走，忍冬花香四面飘散，玫瑰的沁香也随风播扬。到花园里来吧，莫德！我独自在门前等你。

她步履匆匆地走了过来。但是看到他坐在树下，她停住了脚步，故作惊讶地说："哎呀，你怎么在这儿！"

他们散着步，这里走走，那里逛逛，聊着一些无关紧要的闲话，但其实两人都没听见对方在说什么。之所以乐在其中，只是因为他们俩在一起。

他们从这座山上走了下来，又登上了旁边一座山的山顶。不知为何，他忽然想到夏尔达的名字也以字母S开头。他转过身去，看见他的老朋友——那棵形似"S"的小树——露出了半个身影。他忽然没头没脑地说："S for Sharada！"[①]

"你说什么？"

"那座山上写着你的名字呢。"

"让我看看。在哪儿？"

"往那边看！看见了吗？写着一个S。"

"没有啊，没看见什么S啊。"

"在这儿看不清楚。等一下，我爬到树上去看看。"

其实他自己之前已经无数次看到过这棵树了，而且即使他爬到树上去，夏尔达也依然看不见。可他压根没理会这番道理。青春的自负令他只想到一件事情，那就是对他们俩来说，只要是他说的话，自然就具有无可争辩的权威性。

他攀着旁边的一棵雪松快速向上爬去。爬上这棵树并不是一件轻松的事情，他的身上被蹭得伤痕累累，可他并没有停下，甚至连这种想法都不曾有过。

爬上高高的树枝后，"S"形的小树一览无余地呈现在他眼前。仿佛是在欢呼自己的胜利，他大声说："那不就是嘛！"

① 英文，大意为：这个S是献给夏尔达的。

请笑纳这番美意吧，这将是对不辞辛劳的最好奖赏。可夏尔达却说：“我怎么能看得见？ Silly！”

不知道是怎么回事，或许是因为夏尔达的嗔怪，或许是意识到了自己的愚蠢，或许是树在捉弄他，也或许是他时运不济，他从树上下来的时候，扑通一下跌倒在地。可笑的是，松树的嫩枝和松针撒了他满头满身。

来不及觉得疼，他先抬起头看了看夏尔达，想知道有没有被她看见。可他看到的情形却是她正捧腹大笑。

他并没有留意到自己的脸擦破了，浑身是伤，左脚踝也扭伤了。他从地上爬了起来，像疯子一样飞速朝一侧跑去……

夏尔达忘了笑，问他：“你没受伤吧？”他没有回答。“过来！让我看看好吗？”他说：“我不过来。”

“不过来？”

“不过来！”说完，他继续向前跑。

“你不来找我了吗？”

“不来，再也不来了，永远也不来！”他依然不停步地向前跑着，但是速度比之前慢了许多。

她又笑了起来，笑得花枝乱颤，可终归还是在笑他！他又加快了奔跑的速度，尽管这时他开始感觉到身上的疼痛。

谢克尔整整四天没再去那棵树下。他的脚疼得厉害。但是今天他做出了一个决定——一定要去那儿一趟。他是攥着拳头、咬着牙做出这个决定的。

他借口散步从家离开，在宽大的外套里藏了一把小斧子。从家走出来的这一段路，他尽量避免走得一瘸一拐。走出家门之后，他定定地望着那棵树，然后跛着一条腿向前走去。

离开家之前，他做了一个很可怕的决定。他不知道该向谁发泄满腔怒火，但是自己那种复仇的本能做出了怎样的决定，他是一清二楚的……

他走到树旁。因为离得很近，所以树的“S”形并不是很清晰，树叶和枝条看上去互不相连。

他脱下外套，然后又脱下鞋子，一只手拿着斧子，爬到了树上。长长深吸了一口气之后，他咬牙切齿地开始实施自己的计划。他要破坏这棵树！他要砍断它的枝条！他要把他和夏尔达名字的相似之处彻底抹去……

砍下了很多枝条后，他从树上爬了下来。穿上衣服，藏起斧子，像个醉汉一样摇摇晃晃，头也不回地朝家的方向快步走去。

走到院门旁边，离房子还有一段距离的时候，他的冲动渐渐平息，仿佛已经把一个恶毒的诅咒从心里驱赶出去。他停下脚步望着山顶的方向，双眼似乎在尽力躲避着那棵树，可又仿佛在寻找着一个标记……

那个既属于他，也属于夏尔达，同时也代表了他俩合为一体的“S”，此时的形状已变成了一个不太规则的零，像一个倒置的空酒杯，立在山顶遥望着天空……

他伤心欲绝地抽泣着，泪如泉涌地说：“夏尔达，我是多么爱你！”

少年时代的一个瞬间既可以无限恒久，所谓的无限又可以如须臾般短暂。那天谢克尔下定决心，决定再也不见夏尔达了，可不过一周之后，他就又坐在老地方开始等她。

但是她没有来。一天、两天、三天、一周、三周……两个月过去了，她一直没有再来。

这期间发生了许多事情。首先是家里决定让谢克尔参加入学考试，为上大学做必要的准备。为此他要离开山区外出几天。但是比起学业和对未来的忧虑，他的生活中还有另外一些更重要的事情，这些事情与前者相比更加隐秘。

砍了那棵树之后，谢克尔的性情也发生了一些变化。他变得内敛而乖巧。邻居家大女儿的只言片语、维纳琴的琴声、夏尔达说过的话以及女主人的面孔，原来总是萦绕在他心里，挥之不去，可如今这种错乱和纠结已不复存在。他读懂了自己内心的混乱，直面并且接受了深藏于心的真相——他爱上了夏尔达！现在他再也不做那种纷乱错杂的噩梦了；曾经蔓延在他整个身体里的那种无法描述的躁动，如今也不再继续折磨他了；尽管那种难以描摹的焦躁感依然充斥在他的身体里，使他感到无形的压力，可它不再无缘无故不请自到了。现在谢克尔知道，这种焦躁的情绪与夏尔达以及他对她的思念有着密不可分的联系。而且现在他不再因为对自己单调乏味的生活感到厌倦，从而试图在神话传说的世界中忘却自己了，他不再读希腊神话中纳喀索斯与厄科①或者希洛与利安德尔②、达芙涅与阿波罗③、厄洛斯与普赛克④的故事，现在他连塔索和丁尼生的诗歌也不再

---

① 少年纳喀索斯（Narcissus）曾经拒绝了女神厄科（Echo）的求爱，后来受到复仇女神涅墨西斯（Nemesis）的惩罚——爱上了自己在水中的倒影，最终跃入水中而亡。据说纳喀索斯死后化身为一株水仙花。

② 传说美丽的女教士希洛（Hero）与对岸阿拜多斯城（Abydos）的一位少年利安德尔（Leander）相爱。希洛每晚在楼上挂一盏明灯，为利安德尔引路，使他能安全游过达达尼尔海峡，来和自己相会。在一个暴风雨之夜，希洛的明灯被风吹熄，利安德尔随即被海浪吞没。希洛也悲伤万分，投海而死。

③ 阿波罗（Apollo）爱上了河神的女儿达芙涅（Daphne）。爱神丘比特为了向阿波罗复仇，射出金箭使阿波罗疯狂地爱上了达芙涅；同时又向达芙涅射出了厌弃爱情的铅箭，使姑娘对阿波罗冷若冰霜。阿波罗追赶达芙涅向她求爱，达芙涅急忙向父亲呼救，河神将她变成了一棵月桂树。

④ 维纳斯嫉妒少女普赛克（Psyche）美丽的容貌，便派其子厄洛斯（Eros）去惩罚这个美女。不料厄洛斯爱上了普赛克。经历了重重困难和考验，厄洛斯和普赛克终于幸福地生活在一起。

读了。如今每当独处的时候，他就用留声机播放小提琴演奏的唱片；或在夜深人静的时候，一边听音乐家谢世纳的维纳琴演奏的唱片，一边在心中暗暗做着比较，比较的结果总是谢世纳的对手胜出。在家里得不到独处的空间时，他常常会去自己的那处圣地，在那儿读泰戈尔的诗。在这些神秘主义诗歌中，他体味到此前从未感受过的一种情韵。只需短短一行诗句，他过往的人生便如积年的尘垢一般，顿时从他身上被荡涤而去，他感觉自己正伫立在某个神灵面前，意念、言语、行为都变得圣洁起来……

I shall ever try to keep my body pure，knowing that thy living touch is upon my limbs…①

有时，有一种幸福感在他的血液里欢舞：

O the waves，the sky-devouring waves，glistening with light dancing with life，the waves of eddying joy…②

经历了漫长的等待，一个半月的时间过去了，可她的身影从未出现过。即使心中怀着无比强烈的渴望，谢克尔也只是在那里等待盼望，从未朝她家的方向迈出半步，也不曾出现在她上学必经的那条路上。

今天，这种等待的煎熬使谢克尔再也忍受不下去了。两三天之内他就要动身去参加考试，可他依然没有拿定主意，应该亲自去和她见个面，还是远远瞟她一眼。

她一定会来的。为什么不来呢？难道就因为谢克尔一气之下说了句我再也不来了，所以她才这样？

---

① 英文，摘引自泰戈尔的诗集《吉檀迦利》中的第四首诗，意为：我要保持我的躯体永远纯洁，因为我知道你的生命的摩抚，接触着我的四肢。这里采用的谢冰心的译文。

② 英文，摘引自泰戈尔的诗集《采果集》中的第七十一首诗，意为：哦，闪光的波浪，吞噬天空的波浪，与生命共舞，翻卷起欢乐，奔腾不息。这里采用的是白开元的译文。

可她为什么这么多天没有出现？

当时没人会告诉谢克尔，她其实在那件事发生后的第二天就来过这里，接下来的第三天和第四天也都曾到这里来过。她满心失望，哭了很长时间，拾了几片形似“S”的小树的落叶，最后还是走了，走的时候并没有考虑过何时再来这里。

谢克尔读着泰戈尔的诗。时而对着树，时而对着地上的落叶，时而对着天空，轻声诵读：

I shall ever try to keep my body pure，knowing that thy living touch is upon my limbs…

大树苍白的枝桠构成错杂的阴影，慵懒的阳光在红褐色和黄色的落叶上轻柔地滑动。高大的雪松作为背景衬托着这一切，为整幅画面注入了生命力，它浓郁的绿色如同托达人[①]没有唱词的乐声一般，将这一切谱成一曲旋律，注入他的思绪之中……

她来了。看上去有些形容憔悴、失魂落魄。刹那间，她的脸上忽然露出惊喜的神情，似乎对眼前的情景感到难以置信，但疑惑很快烟消云散，她的脸上只剩下嫣然的笑容。

她来到谢克尔身边坐下。两人都默默无语。谢克尔本想说点什么，但是用自己的母语尚且无法表达的情绪，通过外语怎么可能表达出来？沉默也只能勉强算是一种生硬的表达吧……

谢克尔为她朗读《吉檀迦利》。夏尔达怅然若失地静静聆听。

On the day the lotus bloomed，alas，my mind was straying and I knew it not……[②]

这时，夏尔达才开始含混不清、断断续续地告诉谢克尔，她是

---

① 托达人（Toda people）是印度南部尼尔吉里山区（Nilgiri）的游牧民族。

② 英文，摘引自泰戈尔诗集《吉檀迦利》中的第二十首诗，意为：莲花开放的那天，唉，我不自觉地在心魂飘荡。这里采用的是冰心的译文。

怎样连续三天来这里看他，又是怎样失望而归。谢克尔的心中充满了感激，可他却掩饰着激动的心情，故作严肃地一直坐在那里，一言不发。

但是一个正值花季的少年，这样正襟危坐、故作严肃又能坚持多久？两人站了起来，谢克尔手里拿着书，忽而朝这儿，忽而向那儿追着夏尔达跑，可怎么也抓不到这个灵巧的姑娘。跑着跑着，他们渐渐远离了两人熟悉的地方，来到了另一座山的脚下。山下是一处湖泊，山上的草甸里到处都是盛开的百合花，其中多数是纯白色的百合，但也有个别花的花瓣里夹杂着一道道红线，看起来就像毗湿奴大神手中的神盘①。

夏尔达气喘吁吁地躺在草地上。谢克尔站在她的身边。尽管奔跑了这么久，可他的身体并没有感到满足，蓄积在体内的兴奋并没有散发出去。谢克尔把书扔在草地上，利落地采着地上的百合花，手上捧满鲜花之后，他将这一大捧百合放在夏尔达面前，然后又继续采起花来。

谢克尔采了很多百合，把它们堆放在夏尔达的周围和身上。夏尔达躺在地上，目光所及全是盛开的百合。她笑着坐了起来，一只手撑着身体，另一只手埋在成堆的花朵中，脸上挂着笑容，若有所思地坐在草地上。

谢克尔先是坐在离她不远的地方，后来又索性躺在草地上。静默中，两个人各自回味着心中的秘密……

一阵醉意忽然袭来，弥散在他的身体里。他的呼吸变得急促起来，全身热得烫手，他感觉到胸腔里仿佛有熔化的铅液在流淌。他俯身趴在地上，用尽全身力气紧紧贴着草坪，交替着将自己的双颊

---

① 印度教大神毗湿奴的兵器。

和额头埋在清凉潮湿的草丛里，好让体内的燥热有所缓解……

这样还不够，不够，远远不够……他的热血需要更加强烈的感受……

他本想用自己全部的心力给大地一个更加坚实有力的拥抱，但是却忽然站了起来，他走到夏尔达身后，突然用两手蒙住了她的眼睛。她惊讶得说不出话来，谢克尔则更加用力地把手捂在她的眼睛上……

夏尔达的身体为什么会发烫？为什么会颤抖？

一种强烈的冲动使谢克尔俯下身去，把下颌抵在夏尔达头上，嗅闻着她粗长的发辫。而后又把鼻子埋在她的头发里，一下、两下、三下、四下、五下，深吸了几口气……

那是一种初春时节柠檬花苞一般清新的香气……那是一种清甜的香味，陈年佳酿般的醇香钻进谢克尔的鼻孔里，然后在他的大脑中慢慢弥散开来。谢克尔就像一个饮了太多烈酒的疯子，在双重的醉意中颠倒痴狂……

她的身体颤抖得更加剧烈。她越是颤抖，谢克尔的双手就越是用力。他似乎想用自己双手和下颌的重压平复她的颤抖，想把那颗小小的美丽头颅紧紧攥在自己手中……

她试图用一只手将谢克尔的手推开，但是哪能推得动？

这是什么声音？是颤抖还是啜泣？她大口喘着气，气息断断续续，夹杂在其中的“嘶嘶”声难道是在呜咽？

谢克尔忽然放开了她，一屁股坐在她身旁成堆的百合花上，目不转睛地凝视着她……

仿佛过去了几个世纪，那种抽噎声才渐渐消失。夏尔达用盈满泪水的大眼睛望着他，脸上挂着一抹忧郁的微笑，温柔地嗔责道：

“你把花都踩坏了。”

两人的眼睛相互对视了很久。夏尔达站了起来，谢克尔既没有对她的话做出回应，也没有从那堆百合花上站起身来。她缓缓转过身打算离开，谢克尔甚至连抬手拦她的力气都没有。她没有告别，而谢克尔根本无力追问她要去哪里……

第二天忽然收到通知说考试日期有了变化，谢克尔必须立刻动身。谢克尔心里很矛盾，一方面是对逃离家中压抑氛围的渴望，另一方面则是想起夏尔达时的激动。谢克尔将这两种情绪压抑在心里，第三天便动身前往拉合尔。

谢克尔敲了敲门，在漆黑的夜色里等人来开门。过了没一会儿，他看到有人举着一盏油灯从里面朝大门走来，然后是吱吱嘎嘎的开门声和锁门的铁链发出的叮当脆响。门开了。一个女孩手里拿着油灯退立在一侧。谢克尔一边仔细打量着她，一边迈步跨进院里。

刚往前走了一步，他就认出了面前的这个女孩。他停了下来，不过并未向后退，只是有些羞涩地叫了一声：“谢西！”

谢西拿着油灯的手和另一只手合掌行礼，对他说：“您好。”谢克尔瞬间想起了多年前的那场水罐之争，那是他们俩之前唯一的一次见面。他快步朝楼梯走去，而谢西还站在门口。

谢克尔向维迪雅沃蒂姨妈和她的丈夫戴沃纳特问了好。参观完自己的房间后，他打开行李，取出书本放在桌上，然后坐下来准备学习。

姨妈进屋说：“先休息一下吧，学习的时间还多着呢。”

谢克尔惭愧地说：“没剩下几天了。我还什么都没复习呢。”

姨妈走了。谢克尔翻开书想：“那天夏尔达到底怎么了？她为什么哭呢？”

这时楼下传来哈哈的笑声。谢克尔吓了一跳。他拿起书，强迫自己将注意力专注于书本上。

谢西笑得真开心……

夏尔达的笑声却完全不同。那天说起考试的事情时，她就曾经发出过那样的笑声。考试！功课……几何书……

谢西的年龄并不比我小多少，干吗要对我行礼？

她额头上被水罐砸破的地方留下伤疤了吗？

夏尔达此刻在做什么？夏尔达可能是在学习吧……

功课……几何书……考试……

谢西进屋对他说："帕依吉[1]，妈妈叫你吃饭。"

谢克尔心中暗想，如果谢西不称呼他为"帕依吉"，而是直接叫他谢克尔，又有什么关系？他比她本来也大不了多少。可他嘴上却说："您先请，我马上就来。"

谢西不知出于何意，忽然说："我的年龄并不比你大吧？"

谢西走了。谢克尔又将注意力转回到几何书上。

谢克尔白天要学习十五六个小时，只有当大脑累得近乎麻木、拒绝继续工作时，他才会去休息。可一躺在床上，脑子里便立刻充斥着各种乱七八糟的想法和画面，心中也有很多欲望在蠢蠢欲动。

隔壁住着一个姑娘。她有些痴傻，眼睛也有点斜，周围的男孩子一看到她，就会齐声大喊："苏米德丽[2]！独眼山鸡！"

听见他们这么喊，也或许是因为看到了那个姑娘的模样，谢克

---

① 帕依吉是对兄长的一种尊称，"帕依"意为"兄弟"，"吉"通常放在名字或某种称谓后面表达尊敬之意，意为"先生"。

② 下文中提到姑娘名叫"莎维德丽"，前后文字有矛盾，但原著的不同版本中都是如此，因此应该不是打印错误，只能理解为孩子们故意把姑娘的名字喊成"苏米德丽"。

尔突然忍俊不禁笑出声来。但是不知为什么，这个姑娘对其他人都不在意，唯独只要看见谢克尔在笑，伤心的泪水便夺眶而出。这种情况被谢克尔发现了一两次之后，他就再也不笑了。莎维德丽只要看见他在某个地方坐着，或者看到他在读书，就会走到他身边，默默站在一旁。如果有人经过，她就立刻跑开，否则会默默站上几个小时。谢克尔从未主动叫过她，她也从不讲话，只是呆呆地看谢克尔读书。

谢克尔渐渐习惯了她在身边，而且开始盼着她来。如果学习时她不在旁边，谢克尔就无法专心读书，他会一直盼着她来，而且不停猜测她为何直到现在还没有出现。

其间，他偶尔也会想到夏尔达。一想到夏尔达，他就开始咒骂自己——为什么我还会想着其他人？我爱的是夏尔达，而不是世界上的其他任何人，也不应该是其他人……想到这里，他就咬着牙，强迫自己心无旁骛地专心学习，因为这样一来，除了夏尔达之外，他的心里就装不下其他任何人了……

谢西每天来给他送两次饭。家里所有人都在餐厅里用餐，只有他在自己房间里吃饭。于是给他送饭的任务就落到了谢西身上。谢西从不征求他的意见。吃饭时间到了，或者她觉得该吃饭了，就会把饭端来，把谢克尔桌上的书推到一边，然后站在一旁等着。谢克尔试图忘掉她的存在，埋头读书，可过不了多久，他还是会合上书，默默开始吃饭。缺什么东西了，谢西会亲自给他拿来，根本不需要谢克尔主动索要，而且即使他表示了拒绝，也不会有任何效果。谢西打算给他什么，就会给他什么，哪怕他拒绝几百次。但是谢西从不和他讲话。有时为了能找个话题和她说说话，谢克尔主动说：“姐姐，给我拿件什么东西吧。”她会默默地按他的吩咐去做，但连一个

“嗯”字都不会说。

这也对谢克尔的学习造成了影响。他总在琢磨这件事。为什么会这样？这种情况是什么时候开始的？怎么会变成这样？到底是怎么回事……一天他心烦意乱地对姨妈抱怨说：“姨妈，妹妹不和我说话。请您吩咐她一声，让她开口说话。”

姨妈笑了。可当天傍晚谢克尔正在吃饭的时候，谢西却过来说：“我告了您一状。”说完便离开了房间。之后，谢克尔不得不自己张罗吃饭的事情。于是他第二天说：“我也去餐厅吃饭。”

一走进餐厅，姨妈就对他说：“谢克尔，谢西说请你不要再称呼她姐姐了，她比你年龄小。”

“可是她自己怎么不对我说？”

“所以她才不和你说话啊。”姨妈说完笑了起来。

谢克尔说：“那她应该先告诉我。”可之后但凡有合适的机会，只要经过谢西身边，他一定会故意叫一声“姐姐”，不过谢西从来一言不发。

就这样，如果谢克尔不是在等莎维德丽，那他就一定是在伺机等着谢西过来时能逗逗她。连他自己也不知道，有多少时间用在了学习上，又有多少时间是在等待中度过的。

偶尔想起夏尔达的时候，他会感到懊恼和愤怒——除了夏尔达，哪怕把自己的时间只分给其他人一分钟，其实也不应该……

他就在这种状态下进行着自己的备考。考试终于结束了。

谢克尔准备回家了。他向所有人告了别，除了谢西。之所以没能向谢西告别，是因为他刚说了一句“姐姐”，谢西立刻转身走开了。

但她还是到车站去送他了。他坐在车上，向所有人行礼告了别，这时谢西走了过来，只伸出手指草草合掌行了个礼，然后说："你到现在还在叫我姐姐！"

谢克尔似乎一下子得到了满足，他立刻说："谢西！"

火车开动了。

谢克尔看到谢西的脸上挂着甜蜜的笑容，他突然大声喊道："姐姐！"

隔得太远，他看不清谢西的表情，可她一定能听见他说的话。

但是当火车离开了站台，谢克尔就把莎维德丽、谢西、姨妈、功课、考试结果什么的全都抛在了脑后。现在他心里只剩下一件事情，那就是他要回南方去了，南方有夏尔达。

这件事占据了他的身体、他的大脑、他的内心和灵魂，使他对现实世界发生的事情一片混沌。

到家后，他听说家里收到一封电报，电报里说哥哥依谢沃尔离开大学不知所踪。这个消息对他并没有产生什么特别的影响，他不明白为什么爸爸妈妈会这么焦虑，弟弟们为什么会小心翼翼地连大气都不敢出。他的双脚似乎已不再踩在地上，而是飘在空中，汇集尘世中的一切力量也无法把他拽回到地上来……直到今天，他似乎仍能感觉到手掌下那种剧烈的颤抖，他的鼻子似乎仍能嗅到那种令他沉醉的柠檬花苞的清香……

好不容易在家挨过了第一天。第二天早晨起床以后，他马上就去散步了。他先来到那棵树下，可她没在那里，其实他也找不到她会去那儿的任何理由。于是他爬上了自己常去的那座山的山顶。从那儿能够看见夏尔达家门前的桉树林，可并没有看到"迦楼罗之巢"的烟囱中升起的袅袅轻烟。

谢克尔匆匆下了山，朝夏尔达家跑去。来到"迦楼罗之巢"附近，他发现那里一片沉寂，连个人影也没有。门上了锁，透过窗户上的玻璃向里面看，屋里的家具和杂物都被搬空了，整栋房子空空荡荡。

她当然也不在房子里。谢克尔一屁股坐在屋外的楼梯上。

当他站起来的时候，少年时代狂热的激情已灰飞烟灭了。

谢克尔独自坐在紧邻厨房的房间里吃饭。妈妈在厨房里烙饼。

谢克尔的手和嘴做着吃饭的动作，可心思却并不在吃饭上。心思到底飘到哪里去了，根本不由他来决定。饼已经吃光了，谢克尔却没有注意到，直到妈妈在厨房里喊“过来拿饼”，他才去把饼端了出来。

父亲手里拿着几张玫红色的纸，经过谢克尔身边朝厨房走去。透过他的神情，谢克尔感觉一定发生了什么不同寻常的事情。他心不在焉地坐在那里，想听一听到底发生了什么事，甚至连饼也忘了吃。

原来是收到了依谢沃尔的消息。他人在孟买，打算在警察局谋一份差事。他给警局提供了大学的地址，但却谎报了父亲的姓名。人家在大学里进行了调查，电报就是学校寄来的。

厨房里一时没人说话。谢克尔以为事情到这儿就结束了。可妈妈又开口说道：“这次他要是回来的话，就让他结婚。”

父亲说：“嗯？这和结婚有什么关系？”

又是一阵短暂的沉默。妈妈似乎扯到了另外一个话题，“真是个怪孩子，到底谁会相信他？”

父亲略有迟疑、若有所思地回答了一声：“嗯？”

之后又是一阵意味深长的沉默。妈妈又说：“如果要我说真话，我——”她的声音压得很低，但是并没有逃过谢克尔的耳朵，“如果要我说真话，我其实连他也不相信。”

他！

谢克尔目瞪口呆。他的双目似乎马上就要迸裂，整个世界在他眼前消失了，他似乎从很高的地方重重坠落在地。一种怒火中烧的直觉使他透过墙壁看到了妈妈的表情，看到了她冷漠的眼神以及指向谢克尔的手指。

他！

这个场景并非谢克尔亲眼所见。他并未借助于自己的目力、听力和心力，而是仅凭一种直觉就将这杯毒药一啜而尽！

他！

他摇摇晃晃地站起来，从房间里向外走去，没去厨房洗手。妈妈在他身后问：“还要饼吗？”看到谢克尔并没有答话，她懊恼地说：“这个死孩子把我折磨得够呛，真搞不懂他这副德行。”父亲对妈妈使用“死孩子”这个词略有微词……

谢克尔恍惚间似乎听到了父母的这些话。之后，他整个人陷入一片黑暗之中……

他！

夏尔达走后，谢克尔一直处于一种麻木呆滞的状态，这种状态此时却被这个字彻底打破。但是，这个字将他弃于何处？！使他坠落于何处？！把他心里和生命中的什么东西击得粉碎？！但凡他眼神所到之处，就有人用手指着他说：“他！”

“他！他！他！”

天黑了。从事情发生时起，谢克尔一直待在自己房间里没有出来，整个人就像一块冰冷的石头。他不吃不喝，即使听到对他的责骂，也依然无动于衷，不管骂声多么刺耳，也不管骂他的人如何声泪俱下。父亲斥责了他一番后离开了，在劝说、哭泣、责打以及捶胸顿足都无果后，妈妈也不再说话。大家都去睡觉了。谢克尔关上了房门，吹熄了油灯，坐在床上，心里非常痛苦。翻涌在他的心中的不知是愤怒，是沮丧，还是憎恨，或是其他感觉。可它特别强烈，不仅捆住了他的思维和他的大脑，而且用力撕扯并践踏着他的整个身体。这种感觉铺天盖地般向他袭来，令他茫然无措，令他根本无暇顾及其他，整个人仿佛变成了一个沮丧的气泡。谢克尔在黑暗中起身，打开桌屉上的锁，取出了一个本子。在幽冥的光线中，谢克尔坐在桌边开始奋笔疾书。

不知写了多久，也不知写了些什么。

这个本子是谢克尔的日记本。它记录了这一年中他遭受的所有不公和虐待（尽管这个日记本藏得很严密，可他依然没有勇气在日记中记录夏尔达的事情），以及这两三个月的时间里他遭受的种种折磨！

黑夜即将逝去。谢克尔写了很久，终于停下笔来。他的目光透过昏昧的光线在凝望着什么，他没有去睡觉，刚刚写过的一句话不断盘桓在他耳边，如同沙漠中的热风暴一般排山倒海向他袭来，在他的大脑中轰鸣：

“Better to be a dog，a pig，a rat，a stinking worm than to be a man whom no one trusts…”①

谢克尔忽然站了起来，用英语（不知为什么，他无法用其他语言来表达这种愤怒的感觉）冲着墙说：

① 英文，意为：做一条狗、一只老鼠、一只臭虫也胜过做一个不被信任的人。

"I hate her, I hate her." [1]

他穿上衣服，从窗户跳了出去，朝前方走去。

太阳出来的时候，谢克尔已经来到了七八英里外的一个地方。他走进一个花园，在满是淤泥的池塘边坐了下来。他想了很多很多，甚至考虑了从杀人到自杀的各种方法。

谢克尔心智中的某种力量、他所受教育中的某个理论或是某种来自至高存在的灵感在那天拯救了他，可他无从判别拯救他的到底是什么，而且他根本想象不到，自己到底从怎样的魔爪和怎样的灾祸中幸运脱身。但是他一定能够感觉到，那天有一个满心好奇的魔鬼在他心中苏醒，对这个魔鬼而言，没有什么是不可能的，没有什么是卑鄙的，也没有什么是不道德的，因为这个魔鬼远比那些关于高尚或者羞耻、正义或者邪恶的观念更为古老，甚至在人类的思维能力出现之前他就已经存在了。

谢克尔从口袋里掏出纸笔，写下了一段誓言：

"不替妈妈做任何事；不做任何会使妈妈对我产生信任的事情，哪怕只是一点点信任；不同她讲话；如果有人问起，我就说她根本不是我妈——"

不知来自哪本小说中的声音一遍遍在他耳边重复着："继母！继母！继母！"

忽然，他身上产生了一种连他自己也没有意识到的变化。什么东西如同泼洒的颜料一般遮覆在他的身体上，似乎是一种红色，仿佛阳光忽然透过透明的玻璃倾洒下来……

他将写着誓言的纸撕得粉碎，扔在满是烂泥的地上，然后用穿着长靴的脚不停碾压着这些纸屑，直到它们没入泥浆不见了踪迹。

---

① 英文，意为：我恨她，我恨她。

我为什么要认输？如果有人不信任我，那就让他们去怀疑吧！我是值得信任的人，今后也依然是，永远都是！我会默默忍受这种创痛，把对我的侮辱默默咽下，不让痛苦流露分毫。等我赢得了全世界的信任和尊重，我就把它狠狠掷到妈妈的脸上，对她说："看看这个！我根本不在乎这个！"

谢克尔回到了家中，此时的他已经变成了一个冷静的叛逆者，在他渐渐成熟的灵魂中，潜藏着一股熊熊燃烧的烈火。

如果说谢克尔不再渴求死亡的话，那也只是因为他的处境比死亡还要凄惨，尽管活着，可他甚至不配去要求死亡。

许多人歌颂过爱情和牺牲，但却没有人赞美过仇恨和欲望。但在那些日子里，这两种力量却使谢克尔能够继续活下去。即便尝尽了痛苦，但仇恨给了他继续挑战世界的力量，而欲望则唤醒了他直面内心创痛的勇气。

谢克尔失去了父亲、母亲、萨尔丝沃蒂、夏尔达，甚至最后连自己也一并失去了。他变成了一个残缺不全的人，甚至不配去思考什么。但是仇恨和欲望的力量使他的生命渐渐复苏……酒精可以把一个健康的人变得癫狂，但是为了让一个昏迷的人恢复清醒，有时又需要借助于酒精的帮助……

诗歌和音乐对谢克尔而言已变得毫无意义。聆听曾经钟爱的唱片不能使他得到丝毫愉悦，可盛怒之下将这些唱片摔得粉碎，反而让他感到了些许平静……他像冰冷的石头一样呆坐在自己房间里或是外面，或者随便什么地方，因为所有地方对他而言并没有什么不同，他只是呆呆地坐在那里……

有人对他说话，他似乎听不见。但是有时别人在附近交谈，他却听得很清楚。

父亲和母亲坐着聊天，谢克尔坐在另一边。他忽然发现自己听见了他们之间的谈话，并且明白了他们在说什么。

谢克尔的父亲当时刚从外地巡视回来。妈妈正对父亲带回来的东西品头论足。父亲指着马杜赖①产的一种细棉布纱丽说："这是我给萨尔丝沃蒂买的，你不是说过要给她寄一件纱丽嘛。"

妈妈说："给她？这么漂亮的纱丽干吗要寄给她？给她寄纱丽只不过出于礼俗的需要，随便寄件普通的棉布纱丽就行了。这件我自己不能穿吗？"

很多天以来，谢克尔一直在寻找机会想搞到那件纱丽，然后把它撕碎或是烧了，让妈妈穿不成。可他不知道纱丽到底放在哪个箱子里，而且它既没有被拿出来过，妈妈也从未穿过它。谢克尔等来等去，最后只能作罢。

谢克尔依旧呆坐着，心不在焉地轻轻吟唱着《牧童歌》②中的两句歌词，连他自己也没意识到自己在唱些什么——

当西风轻柔地掠过颤动的丁香藤蔓，

野蜂和孔雀的啼鸣与错杂的枝叶相互交缠。③

他曾很多次听到父亲唱诵这几句歌词。虽然并不理解歌词的含义，但那种甜美的意境令他初次听闻便记忆深刻，此后他也常常吟唱这几行诗句。

这时父亲走了过来。听到谢克尔的吟唱，父亲问："你是在哪儿读到这几句诗的？"

---

① 马杜赖（Madurai），印度泰米尔纳德邦的一个城市。

②《牧童歌》（Gitagovinda）是12世纪著名梵语诗人胜天（Jayadeva）创作的一首著名的抒情长诗，描写毗湿奴的化身牧童黑天和牧女罗陀之间的爱情故事。

③ 梵语，《牧童歌》第一章第二十七颂。

"是我记在脑子里的。"

"还记得其他诗句吗？"

"记得。"

"记得哪些？"

"当轻风拂过亚穆纳河岸上的树林，森林之主就在那里。牧女啊——"①

父亲打断了他，怒气冲冲地说："你看过《牧童歌》吗？"

"没有。"

"那你从哪儿学到的？"

"您经常唱，我听到后就记住了。"

或许因为意识到谢克尔已经成年，所以父亲已经很久没有责打过他了。

但是此刻他却怒火中烧，扇了谢克尔几个耳光。

"真不知道这些孩子都是怎么了，竟然学这些下作的事情。"

谢克尔暗暗下定了决心，无论如何一定要读一读《牧童歌》。

翻来找去，他终于在父亲的梵语藏书中找到了《牧童歌》的注释本。他先是通读了全诗，他觉得这些诗是那样甜美动人，所以仅读了一遍就记住了其中的许多诗句。之后，因为急于了解父亲震怒的具体原因，因此他开始阅读注释，尝试以这种方式去理解整首诗歌的含义。释义也是梵语的，于是部分通过原文，部分通过注释，还有部分是通过猜测，他一点点猜度和咂摸着整首诗歌的含义……

他读得似懂非懂。一种不安和厌憎的感觉充溢于心中，可他并不清楚到底是为什么。读过一些诗之后，他感到了一种沮丧，带着这种沮丧的情绪继续读下去，他开始憎恨黑天。怀着这种憎恨的情

① 梵语，《牧童歌》第五章第八颂。

绪，他将自己置于黑天所处的位置，他的灵魂不断追问着自己——为什么？为什么？为什么……

他的眼前有很多画面在跳跃——无数已被遗忘的往事、各种象征和暗示，还有一团团或明或暗的光斑……

父亲……

妈妈……

厨子……

女仆阿蒂……

保姆兹尼娅……

还有发生在阿姆利则[①]亘海亚市场里的一幅场景……

考试过后，在从拉合尔返程的途中，因为想游览一下阿姆利则，他在半路下了车，同行的还有一个从拉合尔来的同伴，他的任务是带谢克尔游览阿姆利则。参观了金庙、杰里央瓦拉公园[②]等景点后，同伴说："我们现在去看点新鲜玩意吧。"于是，他领着谢克尔去了亘海亚市场。

当时正值傍晚。市场的一层是一些商店——布匹店、甜品店、小吃店，还有四处兜售花环的小贩。但是集市中最炫目的地方却是二楼——那里灯光闪耀，每一扇窗户或阳台上都坐着漂亮的女人。在谢克尔单纯的目光看来，这一切太不寻常，他觉得自己从未见过这么多漂亮的女人。他突然在一个地方停下了脚步，楼上有一张笑靥如花的面孔正打量着他。谢克尔看得眼花缭乱，他一眨不眨地盯着眼前光怪陆离的画面，眼神中充满惊诧。这么多美人！他还发现，

---

① 阿姆利则（Amritsar），印度旁遮普邦的一座重要城市，也是锡克教的圣城。

② 该地为"阿姆利则惨案"的发生地。1919年4月13日，英国人指挥军队向在杰里央瓦拉公园集会的印度人开枪，该事件造成数百人死亡，数千人受伤。阿姆利则惨案成为甘地于1920~1922年发动全国性非暴力不合作运动的直接原因之一。

她们都涂着蓝色的眼圈，可他心想，也许是油烟[①]涂得太多了。况且于他而言，他哪有资格在这里指手画脚！所以，他所感觉到的只是一种既单纯又愉悦的讶异——竟然有这么多美人！可同伴看到他的表情后，发出了粗俗刺耳的笑声，拽着他说："这些娘儿们可不顾忌什么老幼。"谢克尔边走边想这句话的含义，这时同伴又说："今天是有事在身，不然的话——"话说到这儿戛然而止。

后来，谢克尔在父亲的收藏中偷偷发现了一幅无首女神[②]的画像。画像的下半部被父亲用一张纸遮住了，谢克尔揭开纸看到——

谢克尔浑身颤抖，有种想要作呕的感觉。他觉得像有无数只蝎子在蜇咬他，但是它们的蜇刺里装的不是毒液，而是蜜汁。这蜇刺是多么甜蜜啊……

阿蒂大约二十岁上下的年纪。与这个国家以及这个种姓的其他女人的穿着并没有什么不同，她的身上也裹着一件格子花纹、颜色艳丽的棉布纱丽，头露在外，没把纱丽包在头上，一只肩膀也经常露在外面。

阿蒂中等身材，不高不矮，既不瘦弱，也不很丰满。不过她的身体非常健康，一副精力充沛的模样。她有一头浓密乌黑的秀发，额头低窄，眉毛粗短浓密，鼻子小巧，有点上翘，下颌微微后倾。可以说，如果她的脸上有什么地方能用"大"来形容的话，那就是她的眼睛了。除了眼睛之外，其他地方都很小巧。她谈不上漂亮，但却散发着一种活泼伶俐的魅力，她所呈现出的状态令人无法用美

---

① 印度人有用油烟涂眼圈的习惯。

② 无首女神（Chinnamasta）是佛教密宗金刚乘和印度教性力派中一位形象独特的女神。她赤身裸体，形象骇人，左手执弯刀，右手提着被自己砍下的头颅。印度教将无首女神视作难近母女神的十个化身之一。

貌与否对其进行评价。

她总是笑个不停，无论遇见什么事，无论和谁在一起。笑已经成为她待人接物的一贯原则和手段。和谢克尔说话的时候，她也总是在笑。（不说话的时候其实也一样，只要看到谢克尔，她就露出笑容。）谢克尔有时觉得，她的笑声中有某种意味深长的含义，他也不明白到底是什么，但是每每想到这一点，他便感到心绪难平。

有时他就在阿蒂旁边，可阿蒂仍在全神贯注地工作，似乎根本不知道他在哪儿一样；有时他一直盯着阿蒂，然后突然大喊一声想吓她一跳，但是阿蒂从未表现出慌乱的神色，听到喊声后，她会整理一下自己的纱丽，让它熨帖地裹在身上，然后微笑着继续忙自己的事情……

一天，阿蒂正在打扫谢克尔的房间，谢克尔恰巧从外面回来。她当时正背对着门弯腰清扫地面，纱丽边角从她的后背滑落到脖颈上，露出了整个后背。谢克尔站在后面看着她，他以为阿蒂没听见他来了，因此悄悄朝她走去。

走到她旁边后，他琢磨着怎么才能吓她一跳，是大喊一声？还是挠挠她的后背？

最后他还是决定要挠她痒痒。他探身向前，可这时却发现，阿蒂抿着嘴在笑——她知道谢克尔在那儿。他像是受到了一记重击，伸出去的手停在了半空。阿蒂立刻直起身，把自己的后背和肩膀遮得严严实实，然后把搭着纱丽裙角的那侧肩膀冲着谢克尔，用下巴抵着肩膀笑了起来。

“她知道我来了”，这个事实一方面让谢克尔感觉有些受伤，另一方面又让他突然间感到了一种强烈的刺激——既然知道我来了，竟然还用那种站姿！谢克尔走上前去，抓住纱丽的边角把它拽了下来，她的后背像刚才那样露了出来。阿蒂像要自救似的，俯身向他靠近，她的头和谢克尔的脸近在咫尺……

谢克尔立刻放开了她的裙边，向后退了几步。

握在两手之间的小小的头颅和那股柠檬花苞的清香——过去的回忆倏忽间翩然而至……

谢克尔飞快地从自己的房间里跑了出去，砰地一声把门在身后重重关上。

离谢克尔家不远的地方，住着另一家人，那家房子外面的躺椅上，经常有一个十八九岁的姑娘躺着晒太阳。她的名字叫香蒂。谢克尔听说，因为得了肺结核，所以她才总躺在椅子上。谢克尔还听说，她活不了多长时间了。自从听说了这件事情，他就常常避开大家，一个人站在家里的一扇窗子前远远望着香蒂。他的心里有时是同情，有时是怜悯，在自己非常痛苦的时候，有时他甚至会羡慕香蒂将很快从苦难的生活中获得解脱……

香蒂有时会抬眼望向这边，这时他便立刻闪身躲开，他担心如果她发现自己在偷看她，或许再也不会去那里。

一天，香蒂远远望着他，冲他微笑。谢克尔正在犹豫是该离开还是稍作停留，她却用手比划着招呼他过来，也或许是在和他打招呼。

谢克尔忐忑地朝自己家看了一眼，还是走了过来。

香蒂指着躺椅旁边的草地说："坐吧！"

谢克尔坐了下来。坐下后发现，从这儿看不到自家的房子，它被一大丛夹竹桃挡住了，于是他坐得更放松了一些。

香蒂问："你叫谢克尔，对吗？"

谢克尔有些吃惊地说："是的。"

"我从这儿能听到你们家人之间的很多对话。你妈妈讲话声音很大。"

谢克尔没有说话。

过了一会儿，香蒂又说："你总是在看什么呢？"

谢克尔有些发窘，低下头数着脚指甲。

香蒂柔声说道："告诉我，你总是在看什么呢？"

"没什么。"

"怎么会没什么？我每次朝你那儿看，你干吗总是躲开？所以很多时候我不敢朝你那儿看。"

谢克尔没有说话。

"那你告诉我，你干吗这么害羞？"

"我有一幅画，你和画上的人很像。"说完这句话以后，谢克尔又沉默了。

"什么样的画？"

"我给你拿过来。"说完，谢克尔站了起来，从家里把画拿了出来。

"你瞧。"

香蒂接过画，看了一眼便说："哎呀！这幅画我也有。"

"真的吗？"谢克尔说完这句话又回到原地坐了下来。

这是罗塞蒂的作品《贝娅塔·贝娅特丽斯》，常被人们称为《死亡的荣耀》。

香蒂说："有一天这荣耀也将属于我。"说完苦涩地一笑。

谢克尔有些伤感。他接着说："人们称它为《死亡的荣耀》，其实这个名字是错误的！这幅画真正的名字叫做《贝娅塔·贝娅特丽斯》，意思是‘贝亚特丽斯的葬礼’。罗塞蒂的妻子有一次失去知觉后陷入了昏迷，这幅画就描绘了当时的场景。”

香蒂说：“是吗？”她的语气仿佛是在说：“你懂得真多。”

过了一会儿，香蒂说：“给我讲点什么吧！我总是一个人孤零零地躺在这里，你常到这里来坐坐吧。你随便说什么都可以，我来当听众，我很有倾听的耐心。”

“我会常来的。可是给你讲些什么呢？”

“什么都可以，可以讲讲你自己的事情，不然的话，讲个故事或者念首诗也可以。”

谢克尔一言不发地思索着什么。香蒂盯着他看了一会儿，然后说：“如果想不出要说什么，那就静静坐在那儿好了，反正也没几天了。”

谢克尔吃惊地说：“为什么？”

“唉！没什么。何况我是多么孤独啊。”

谢克尔很伤感，他静静坐在那里，什么话也讲不出来。差不多过了半个小时，他才朝家中走去。

谢克尔开始经常去陪伴香蒂。有时带着小说或者诗集念给她听，有时带着画册，有时只是静静坐着……他觉得，他是香蒂的保护者。香蒂并非一个肉体，而是婴儿的灵魂，而他则是守护她的天使。有时香蒂听着听着慢慢将头靠在椅背上，闭上了眼睛，这时他会停下来，让自己的目光在她苍白的脸庞上停留片刻，然后接着用忧郁的声音继续诵念下去，似乎只要他一直念下去，就可以使香蒂的生命为了聆听而驻留，而一旦停下来，她就将飘然逝去……

一天，香蒂说：“把书给我！今天我来念点什么好吗？我念给你听。”

谢克尔当时带来的是一本英文诗集，他把它递给香蒂。香蒂翻了翻书，然后说：“好，就读这一首吧，这首诗我可以背得出来。”她合上书，把书抱在怀里，身体后仰，将头靠在椅背上，闭上眼睛，慢慢开始背诵：

Break，break，break，
On the cold grey crag，sea！
And I would that my tongue could utter
The thoughts that a rise in me.

Oh，well for the fisherman’s boy，
That he shouts with his sister at play！
Oh，well for the sailor lad
That he sings in his boat on the bay！①

停顿了片刻后，她继续背诵道：

And the stately ships go on
To their haven under the hill——②

她又停了下来。谢克尔等她继续背诵下去（后面的诗句谢克尔也会背），可她一直沉默着，而谢克尔也不知该说些什么。

谢克尔注意到了香蒂的颈部。它是那么白皙，如月光一般清透皎洁！颈上的皮肤仿佛是透明的，谢克尔甚至可以清晰地看到皮肤下面的蓝色血管在轻轻搏动……

---

① 英文，摘引自阿尔弗雷德·丁尼生的诗歌《碎裂、碎裂、碎裂》（Break，Break，Break）。大意为：碎裂！啊，大海的波涛/在灰冷的危岩上崩溃，碎裂！但愿我心中涌起的思情/能在舌端倾泻。嬉戏的渔家儿女/奔逐喧闹，多么亲切！帆樯下的少年水手/放声歌唱，多么喜悦！原著引诗中的个别词汇和丁尼生的原作有出入。这里采用的是邹仲之的译文。

② 英文，大意为：山麓期盼中的港湾/把庄严的航船迎接。这里采用的是邹仲之的译文。

这轻轻的搏动是对整个世界多么不屑的漠视！它是多么无所顾忌，又是多么沉醉于自我，无视其他！

此刻的氛围与画中描摹的感觉多么相似……

每一次搏动都在将她带离，朝昏昧迷蒙而去，朝墓穴而去……

或许这就是所谓的glory of death①，死亡的荣耀吧……

香蒂忽然睁开了眼睛，谢克尔觉得她的眼睛睁开得毫不费力，像是自动打开的一样。香蒂用柔弱的声音问道："你在看什么呢？"

问话出乎意料，但因为语气柔和，所以谢克尔并没有感到惊慌。他支支吾吾地说："香蒂，我能摸一下你吗？"

香蒂用眼神表达了应允。

谢克尔走到她身边，满怀敬意、战战兢兢地将一只手放在她颌下的脖颈上——不是放，只是用手指轻轻碰了碰她的颈部。

香蒂将头微微前倾，用下颌夹住了他的手指，动作非常轻柔，轻轻的按压中似乎充满了感激……

谢克尔一直站着没动。

一颗大大的泪珠啪嗒一声滴落在谢克尔的手上，他感觉到手指下面的脖颈轻轻颤动了一下。

谢克尔的手并没有受到任何压迫，可他并没有把手移开。

过了片刻，香蒂抬起头向后靠去。谢克尔也抬起手，然后慢慢朝自己家里走去。他感觉，从此之后不会再有任何事情发生。

当天夜里，谢克尔梦见夏尔达因为结核病奄奄一息。他来到她身边，夏尔达对他说："你是否已经忘了我？不然我怎么会死？"她眼中流出的热泪大颗大颗滴在谢克尔的手上……

谢克尔从梦中惊醒，一下坐了起来。他发现自己浑身颤抖，四

① 英文，意为：死亡的荣耀。

周的黑暗仿佛要将他吞噬一般。他立刻起身点上油灯，把灯放在桌上，而后坐在桌旁，睁着一双大眼睛定定呆望着跳动的光焰……

整整一周时间，他没有去看望香蒂。白天他关着房门，呆坐在自己的房间里。他听说香蒂高烧不退，连他妈妈也去探视了香蒂，向她表达了关切和同情，可他连屋也没出。

阿蒂如今再也不在他眼前晃来晃去了，而他也不主动和阿蒂照面或者搭讪。谢克尔近来还发现，他们俩偶尔碰面时，挂在阿蒂脸上的是一种轻蔑的嘲笑，从她眼神中流露出来的是一种鄙夷和嘲讽。

因此，那天他关着门坐在自己房间里时，并没有料到阿蒂会进来。阿蒂咣当一声把门打开，走进屋来，用刺耳的声音和奚落的口吻说："你的香蒂死了。"

这时，远处传来哭喊声。

阿蒂仰着下巴，从房间里走了出去。

三四个月之后，谢克尔才得知阿蒂回家成亲去了，因为做了丢脸的事，她被家里辞退了。

谢克尔心里完全明白，如果他爱的是夏尔达，那他就不应该还惦记夏尔达之外的其他女人。可他也清楚地意识到，其他女人的影子总是不断在他心里出现。

难道他并不爱夏尔达？

仅仅是想到这一点，已使他的内心激荡难安。他不惜一切代价，迫不及待地想在自己身上寻找并印证一种信念，那就是他爱夏尔达，只爱夏尔达……

也或许，心中记挂着别人并不是什么罪过。

那为何还会感到激动和沮丧？为何还会有那些暧昧不清的欲求，

以及由此而来的愤怒？为何他的心里一直有一种犯罪感？

但难道被香蒂吸引是一种罪过？难道在最后的时刻没去看她就不算是罪过吗？他摸过香蒂，也向她表达过想摸摸她的愿望，难道这就是对夏尔达的背叛吗？或许，打着夏尔达的幌子不去陪香蒂，才是对夏尔达的不公平……可为什么会有那个梦……

谢克尔的思绪停滞，再也追问不下去了。但谢克尔自己清楚地知道，他的内心并没有就此停下脚步，他已触摸到了那个他一直试图解开的重大谜题的边缘。他希望能向前跨出一大步，从个人的层面迈入一个更广阔的空间……

但是——忠贞——chastity[①]——到底是什么东西？

按照一贯的做法，谢克尔又试图从书中寻求帮助。他发现了一本英文书——《已婚人士须知》，他把这本书悄悄拿了出来，找了一个僻静的地方，坐下来开始阅读。他知道这本书不适合他，但经验告诉他——所有他想了解的知识，都在他不宜阅读的书籍中。

知识中既没有快乐，也没有厌恶。但是读这本书的时候，谢克尔却感到了一种充满厌憎的幸福感，同时也感到了一种充满幸福的憎恶之情。他并不知道产生这两种感受的原因是什么，但是一种奇特的震颤感，一种令他汗毛耸立的兴奋感却使他的肩膀、双臂和后背都在不住颤抖，这种感觉一直延伸到他的双脚，他的全身各处都在震颤和抖动，他只能被动承受，根本无力控制……

虽然并不能准确理解书中的全部内容，但其中大部分是他能够懂得的，因此他更加急切地一章一章读了下去。

各章的内容分别是：选择配偶；新郎应该具有怎样的品行；新娘应该具有怎样的品行；应该避免哪些错误；选婿——求婚；婚礼；

① 英文，意为：“贞操，贞洁”。

禁欲；怀孕……

这个瞬间犹如电光一闪，书从谢克尔的手中滑落，大地从他的脚下翻滚而上，他的眼前一片漆黑……

世界在谢克尔面前敞开了大门。他明白了一切——那些被他发现的朦胧的迹象、听到的喊声、感受到的刺激、蜇在身上的毒刺，一切都有了答案。妈妈的捶胸顿足、父亲的愤怒、兹尼娅跳舞时露出的光溜溜的腿、阿姆利则的妓女、厨子的揶揄、阿蒂赤裸的后背、《牧童歌》里的歌词、怀了八个月就早产的胎儿、无首女神画像下部的男人和生殖器、诗歌中描画的幸福……对了，还有萨尔丝沃蒂的羞涩、香蒂的泪水、莎维德丽的沉默、谢西的坚持、夏尔达的颤抖。这一切都围绕着同一条线索，其中的隐衷和关联现在已清晰可辨。它们的步伐都指向同一个方向，它们都将演变成同一个令人憎恶的罪孽，这是他亲生父母犯过的罪，也是夏尔达的父母犯过的罪，这是创造之始，每一对为人父母的男女都犯过的罪。这个罪孽就是——爱情。正是因为它，他才如此想得到夏尔达，而它——多么难以启口、令人憎恶的字眼，多么令人难以置信，又是多么堕落污秽……如果你能死掉就好了！如果夏尔达能死掉就好了！如果整个世界都将死去，那该有多好！如果是这样，那么……

这就是知识；这就是真相和本质；这就是事实；这就是知识……

他的面前是一片黑幕。但黑幕背后却是永不停歇的变化、喧嚣和抗争，但正因为它是人不可分割的一部分，因此谈论它，甚至连想到它，都成为了可怕的淫邪之举……

黑幕背后，潮水渐渐退去。在大学考试备考期间，谢克尔有一天在翻看书籍的时候，偶尔读到了罗曼·罗兰的一句话——“真理是为那些有勇气承受真理的人准备的。”从那一天起，他仰起自己的头颅看到——他已经越过了汪洋大海，他是完整的、自由的，他已经成长为一个男人。

第四章　男人与环境

寂寞于谢克尔而言并不陌生。自从懂事开始，独来独往已经成为他的一种习惯，也可以说，打从记事时起，他从来只依靠自己。但是来到像马德拉斯[①]这样一个大城市之后，他突然感觉自己非常孤独。

当时他刚满十五岁。在这十五年中，他从未离开过家庭这棵大树的荫蔽。在内心深处，或者说在他的灵魂世界里，他从来都是形单影只。他不让别人进入这个空间，或者说，尚未有人能够走进这里，因此他的灵魂根本不了解依赖他人的必要性。但是从另一方面来说，他从来没为吃什么、穿什么、买什么、如何节俭持家操过心。他从来没机会为这种“小事”担心，也没机会操持自己的生活。他压根就没怎么摸过钱，所以也根本不懂得怎样控制各项开销。他只得到过两次钱，一次是半个卢比，结果他高兴地拿这笔钱去买了一把只值十个拜沙的哨子；另一次是大哥依谢沃尔偷钱去买烟抽，偷

① 马德拉斯（Madras）现名“金奈”，是泰米尔纳德邦首府。

窃之事被发现后，把钱在他那里寄放了一阵子。

他的确曾经去拉合尔参加过大学入学考试，但是那次有老师陪同，而且因为维迪雅沃蒂姨妈的缘故，他压根没感觉到离开了家。维迪雅沃蒂并不是他的亲姨妈，但是谁会觉得维迪雅沃蒂姨妈缺乏亲情呢？她有一种与生俱来的能力，能让所有人把她当成亲人。而且还有一个比自己的妈妈有过之而无不及的谢西，她也使谢克尔寄住在那里的那段日子无比惬意。谢西尽管年龄比他小，但为人处世却比他成熟，虽然从不和他一起玩耍，但他们的感情却越来越亲密。

人力车载着谢克尔朝学校的方向奔去。他坐在车上胡思乱想，心中充满了恐慌。学校会是什么样？宿舍会是什么样？还有那些舍友、仆人、厨子、用餐的方式、住宿的房间……那天的天气也没帮他的忙，空气污浊晦暗。此时正值酷热难耐的六月，天上阴云密布，可是既不下雨，也没有一丝风，再加上谢克尔是从山区来到这里的……

到学院报了到，缴清了费用，把行李拿进学生宿舍中自己的房间里，谢克尔没有打开铺盖，而是把它重重扔在床上，然后一屁股坐了上去，长长舒了一口气。

这时，从外面传来说话声——“拉玛，又有一只新来的动物搬进来了。”

谢克尔不知道他们是在说他。后来听到两三个人的脚步声越来越近，他觉得他们似乎在朝他的房间走来。

三个男生走进他的房间。谢克尔正用疑惑的目光打量着他们，一连串问题便像暴风雨一般抛了过来——

“您从哪儿来？”

“从哪个学校考到这儿来的？”

"读几年级？"

"您叫什么名字？"

即使把这些问题一个一个抛给谢克尔，他也不会作答，一来是觉得他们语气不善，二来多少也因为有些羞于回答这些问题。他一言不发，定定地望着他们。

"您难道不会说话？"

"哼！一定是个一年级的新生，所以才会这样。"

"他又不是什么贵族老爷。也不过就是个平民百姓罢了。"

"哎呀，老弟，你可真是一针见血。平民百姓！那我们恐怕也只能用"喂"来称呼你了，你觉得如何？"

谢克尔说："我累了，请让我休息一下。明天再回答你们的问题。"

"好吧，就这样吧！"

"走吧，老弟！让他休息吧。人家累了。我们不是明天就能知道答案了吗？"

"难道我们拽住您的腿了吗？您休息您的呗！"

"这算哪门子礼数？喂，老兄，只是问问名字罢了，又没人要吃了你。"

谢克尔生气地说："能不能请你们离开我的房间？"

其中一个人说："哎呦！"但是看到了谢克尔脸上的表情后，三个人还是离开了他的房间。人虽然出去了，可他们嘴里的品头论足却没完没了。谢克尔尽量不去听他们在说什么，脸冲着墙躺了下来，可却没法做到充耳不闻。

谢克尔心里非常难过。不知不觉中，他把今天受到的这种迎接和他在拉合尔的经历做了对比。谢西清澈明亮的大眼睛；谢西一只手拿着油灯，两手象征式地合在一起对他行礼问好；谢西的执拗；还有很多这样的回忆……他忽然觉得，自己像是被父母从家里赶出来的一样。之所以被逐出家门，是因为他是他们身边的罪人。他总是不服管教，他因为得不到妈妈的信任而对她充满了憎恨，他对父亲的敬爱也有始无终，可那是因为……不知道……到底是因为什么……

他对谁一直怀有敬意？对谁都没有！当他读完那本书，了解到孩子是怎么出生的，他们是怎样一种令人憎恶的罪愆和秽行结成的孽果，从那时起，那些他可以相信的人，那些他可以尊敬的人，在他面前都变成了罪孽深重的罪犯。他的父母、兄弟姐妹，包括他自己，也包括谢西，对了，还有夏尔达，所有人都是那种罪愆秽行的孽果……

这种行为是错误的，是可憎的，是罪孽的。那神灵为什么要创造女人？为什么会有女人的存在？为什么？

谢克尔觉得，既然存在女人，就得接受这个事实。可世界上为何要有女人呢？

但是……他想到，尽管因为女人，自己吃过很多苦头，但如果世上没有了女人，那他也许就活不下去了……

是否有必要用同一种眼光去审视女人，问她们同一个问题？他好像在哪本书里读到过，当强盗遇到一个陌生人，他们会仔细考量这个人会是我们的朋友还是敌人，会成为同伙还是会妨碍我们。是否有必要用这种强盗的思维方式去看待女人？是否应该将其视为男人在这种秽行中的同伙，或将其视为可怕的仇敌呢？

男人是否生活在女人的世界中，没有女人就无法生存？

他非常孤独。在偌大的马德拉斯，在熙熙攘攘、川流不息的人群中，他平生第一次陷入孤独之中。在这里，来自四面八方的是敌对，是漠视，这里的男人充满敌意。他需要一些东西，可他不知道自己想要什么，他并不希望有任何女人出现在这里，可他确实需要一些东西，他只是不知道自己需要的到底是什么……

他心事重重地陷入了沉沉睡意。

他忽然被一阵咔啦咔啦的声音惊醒，一下坐了起来。

一个年轻人站在门口，期待着谢克尔能允准他进来，他的脸上挂着一抹谦恭的微笑。

谢克尔说："请进。"他四下打量，想给客人指个能坐的地方。

来人走到近前，坐在谢克尔的箱子上说："别担心，我坐这儿就很舒服。您是叫C.H.潘迪特吗？

谢克尔有些惊讶地说："是的。"他有些好奇地打量着面前的这个年轻人。

青年面容俊美，蓝色的眼睛轮廓优美、眼神清亮，总是含着笑意。鼻子小巧挺直，阔嘴薄唇，显得活泼伶俐。长长的卷发被梳得整整齐齐。

他没有蓄须，脸上甚至看不到一丁点儿胡茬。从外表和身形上来看，应该不会超过十四五岁。

谢克尔正要发问，年轻人却抢先一步说："我叫古玛尔。您名字中的缩写C.H.是什么意思？"

"金德尔谢克尔。"

"太巧了！我哥哥也叫这个名字。您读几年级？"

"我是刚入学的新生。"

"哦！那我们就是同学了，我也是一年级的学生。"

谢克尔更觉诧异。因为尽管这个年轻人也是刚入学的新生，可他看起来却没有丝毫羞怯和慌乱。谢克尔说:“那就太好了。”

年轻人问:“您参观过整个宿舍吗?对这儿有些了解了吧?

“还没有。我对这里一无所知,而且我现在感觉很累。”

“好吧,那就先休息吧。如果您愿意,我带您认识一下,所有人我基本都认识。”

谢克尔本来想问他:“您是怎么做到的?”可并没有问出口。后来他又想到,如果没有古玛尔的帮助,自己或许会遇到很多困难,而且自己也应该表达一些感激之情。于是说:“如果您晚一些再去的话,那么我也去看看。给您添麻烦了。我更喜欢和您聊天,所以才说晚一点再见其他人。对您的善意我非常感激,古玛尔先生。”

“不必!不必客气!这有什么大不了的!您干吗称呼我‘古玛尔先生’?如果同学之间还要受“先生”这个词的限制,那就太麻烦了。请您叫我‘古玛尔’吧,大家都这么叫。”

谢克尔说:“好吧,古玛尔。”然后有些吞吞吐吐地说道:“在这里,您是第一个待我这么友善的人。”

古玛尔笑了起来。

谢克尔的心里对这个年轻人充满了感激之情。他忽然感觉到,如果马德拉斯没有古玛尔这个人的话,或许他会从学校逃走。除了和他聊天,古玛尔并没有做什么,但是在目前的处境下,谢克尔觉得自己的幸福以及生活都离不开古玛尔对他说的这些话。没过多久,他发现自己把一切全都告诉了古玛尔,包括自己的家事、辍学后自己在家自学的情况,还有自己的孤独和无奈。他的心里充满了对古玛尔的信任,甚至把他当成了自己的兄弟,这种不可思议的兄弟之情是在自己家里都没有得到过的,这种兄弟情谊是姐妹再怎样努力都无法填补的。

古玛尔把谢克尔介绍给大家。他还带着谢克尔一起去吃饭，吃完饭后把他送回房间，临走时要求谢克尔答应，无论有什么需要了解的事情，一定要告诉他。谢克尔做出了保证，然后问道："您好像以前在这儿住过？"

"是啊，我去年也在这里住过。"古玛尔有些羞涩地说："我这是第二次读一年级了。"

"是吗？感觉您年龄很小。"

"我十六岁了。您呢？"

"我十五岁。可我显得比你大。"谢克尔笑了笑，接着说："我的心理年龄也不比你小。"

"好吧，从今天起，您就是我哥哥了，同意吗？"

谢克尔感激得说不出话来，他抓起古玛尔的手轻轻握了握。

古玛尔走了。谢克尔关上门，坐在床上想——对这种凭空而来的恩赐他应该感激谁呢？在偌大的马德拉斯，在他来到这个城市的第一天，并未有意寻找，竟然得到了一个朋友，为此该感激谁呢？

"谢克尔，去看电影吗？"

谢克尔淡淡地说："干吗每天都去看电影？前天才去看过。"

古玛尔说："你说得很对。而且，我的境况其实不允许我常去看电影。但是今天的电影非常棒，所以我才想，应该和谢克尔一起去。"说完长长地叹了一口气。

他这声叹气背后的失落深深刺痛了谢克尔的心。他想起古玛尔有一天曾经说过，他父母没什么钱，勉强只给他凑够了学费。去年他连一点娱乐生活都没有，甚至于因为在经济方面思虑太重，他根本无心学习，所以没有通过考试。从听到这番话的那一天起，谢克尔就暗暗做出了一个决定——只要有可能，他就要让古玛尔开心，不让他在经济方面受到丝毫困扰。想起了这件事情，他的心忽然变软了。他觉得，必须倚仗别人才能得到自己的幸福，是一种多么可悲的境遇；而看到了别人身上的创伤才能想到他悲惨的处境，是一种多么不可原谅的罪过。他马上说：“那咱们一定得去看这场电影。古玛尔，你别在我面前说这种话。”谢克尔顿了一下接着说道：“我听了以后感到非常难过。”

古玛尔说：“说真心话有什么关系呢？不过既然你不让我说，那我就不说了。”

两个人一起向外走去。

整整一个月过去了。

一天，谢克尔来到古玛尔的房间里说：“古玛尔，今天咱们去海边吧。天天看电影看戏都看腻了。”

古玛尔说：“好的，走吧。”

他们两人坐着有轨电车出发了。

到了海岸附近，两人下了车开始步行。走出居民区后，他们来到了一条寂静无人的小路上。时近黄昏，道路两侧的树木拖着长长的影子，夕阳洒在高低不平的地面上，仿佛一条金色的腰带，斑斓的树影如同绘在腰带上的涂鸦……谢克尔默默走着，眼睛望着地面，一只手拉着古玛尔的手，不知在想些什么。古玛尔一次次扭头看他，想和他说话，可是看见他的表情后，便也沉默不语了。

听到大海沉闷的涛声时已是黄昏，彤云的色彩变得愈加浓暗。他们快步前行，很快便来到海边。两人坐在一块礁石下平坦的沙滩上，望着前方的大海，眼看着夕阳的余晖渐渐消失于天际。

四周一片寂静。没有一丝风。人们渐渐走光了，因为这片海滩离住宅区很远。谢克尔在黑暗中凝望着大海，他觉得这里只有他和古玛尔，大海永不停息的咆哮似乎将他们俩包围起来……

虽然风静止不动，但大海似乎仍有一种强烈的不满想要迸发。泛着泡沫的海浪并非从远处奔涌而来，远处的海面上波涛轰鸣，但翻滚的海浪中并没有泡沫的踪迹。而在岸边，泡沫不断堆涌，如同一锅沸腾的热水，发出咕嘟咕嘟的响声，泡沫越积越多，不断向前漫延。不知从哪里似乎传来一声宏远深沉的呼唤，这声音比涛声更加凝重、悠远……

当晚正是月圆之夜。隔着无垠的大海，月亮从东方缓缓升起，一片孤云孑然现身于天际，似在迎接月亮的到来。云朵四周仿佛点缀着银白色的蕾丝花边，不过短短一瞬，它身后那轮无与伦比的皓月便破云而出……

谢克尔默不作声。古玛尔因此也保持着沉默。

谢克尔用手轻轻拨弄着古玛尔的卷发，把他的头发弄得有些蓬乱。他感到古玛尔的头发在轻轻颤动，似乎是在对他的抚触做出回应，好像一只宠物犬在对主人的爱抚表达感激一样。

“你看，古玛尔！这个世界上就像再没有第三个人存在一样。”谢克尔忽然开口说话，把古玛尔吓了一跳。

古玛尔没有回应他。

谢克尔用手攥着他的头发，轻轻推了他一下说：“怎么了？干吗不说话？”但其实他并不觉得古玛尔应该说点什么。

谢克尔接着说道：“有这样的感觉也在情理之中。每个人世界的大小与他的眼界是一致的。因为对于自己感觉之外的东西，我们如何能确定它是否存在？我知道，我已经把很多个世界抛在了身后，未来的道路上还会有很多新的世界出现，可一来我目前对此一无所知，二来此刻它对我来说虚无缥缈，因为它根本不在我感知的范围之内。此刻我的世界就是身后的这块礁石、眼前的这片云朵和它后面渐渐升起的月亮，还有这边的我、那边的你……

他忽然沉默了。古玛尔依然没有说话。谢克尔把手从他的头发上移开，撑在地上，仿佛陷入了沉思。

过了没多久，他忽然又说道："古玛尔，今天的一切显得不够真实，一切犹如梦境一般。但此刻的幻梦多么甜蜜！告诉我，你为什么不觉得我比你年长？而我为什么会觉得你的年龄比我小，我就像是你的卫士、你的守护神，你在依靠着我？"

古玛尔立即回答说："的确是这样，我确实很依赖你。"

这个回答完全符合谢克尔的思路，可他却感到有些不快。古玛尔的话中似乎有某种迫不及待的急切，还隐隐约约流露出一些市侩和算计，似乎一下子把他从那个悠远的梦幻世界拉回到卑微的现实之中。他说："古玛尔，你好像根本没听见我在说什么。"

古玛尔吃惊地说："你怎么会这么想？如果没听见，我能这样回答吗？"

谢克尔更加郑重地说："说实话，你现在在想什么？"

"如果说实话，你会不会生气？"

"我怎么会生你的气呢？"

古玛尔有些迟疑地说："事情是这样的，我妈妈得了重病，我父亲把所有的薪水都拿去给她看病了，可能还借了些钱。这个月他们一分钱也没寄给我，可能下个月也不会寄钱来。该交的费用我还没有交，可能要被学院——"

"为什么到现在才告诉我？"

古玛尔更加犹疑地说："几乎所有事情都得靠你帮助。在这儿我还能依靠谁呢？可我总是在想，这种情况不知要持续到哪一天才能好转！”

谢克尔有些不快地说：“难道你把我当外人看？”接着又问，“你需要多少钱？”

古玛尔有些吞吞吐吐地说：“不是很确定，可能五十卢比就够了，也可能还得多一点。嗯，差不多五六十个卢比吧。”

“一百卢比够吗？”

古玛尔有些迟疑地说：“可我怎么能问你要一百卢比呢？”

“好了，这件事就到此为止。明天一切都会好起来的。记住，别再为这种事伤神了！”

“谢克尔，对你我……”

谢克尔知道他下面要说什么，他打断了古玛尔的话说道：“好了，别再啰嗦了！从现在开始，说过的话就别再重复了！”

两个人重又陷入沉默之中。

月亮渐渐升了起来。谢克尔看见，月亮已经穿过了云团，虽然云朵四周依然装饰着银色的蕾丝花边，可云的颜色却比之前晦暗了许多。皎洁的月光下，岸边的礁石像散落在沙滩上的黑点。他看着古玛尔，而古玛尔正抬头望着月亮。

“古玛尔，如果除了我以外你又有了别人，那我就把你掐死。”谢克尔突然张口说了这么一句话。话音刚落，连他自己也被这句话吓了一跳，他无法相信自己竟然将心事如此毫无遮拦地脱口而出。

古玛尔有些惶恐地说：“谢克尔，你在说些什么呀！”

谢克尔把古玛尔拽向自己，在他的脸上亲了一下。但是与此同时，他的心里忽然产生了一个疑惑——古玛尔的声音为何如此惶恐？而且他还感觉到，他心中的所思所感在对方那里并不存在，正如映在湖中的仅仅是他的影子，湖中的倒影会随着湖水轻轻摇曳，但晃动的其实并不是他，而是湖中的幻影。可他当时还是将这两个疑惑深埋在心底。

古玛尔说："走吧，咱们该回去了。时间已经不早了。"

谢克尔努力从大海的方向收回目光，然后说："走吧！"他并不想离开，但迫于压力不得不这么说。这压力来自于之前脱口而出的那句话，意识到这一点之后，他觉得自己不能拂逆古玛尔的意愿。

两人回到了宿舍。一路上两个人都一言未发。

谢克尔给了古玛尔一百卢比，几天之后又给了他二十卢比。其中五十卢比他让古玛尔存起来以备不时之需，其他钱是古玛尔这个月的生活费。自己的钱就这样给了别人，他只好给家里写信要钱。

没过两天，他收到了回信，但并没有收到家里的汇款。父亲在信中说，谢克尔在糟蹋钱，钱是用来购买必需品的，不是供朋友挥霍的，还有不少诸如此类的话。信里还说，谢克尔可以再考虑一下到底需要多少钱，他会寄给他。

谢克尔带着一颗受伤的自尊心回信说，信中所写全都经过了深思熟虑，因此没有重新考虑的任何必要。如果打算给他寄钱，那就寄，不然就算了。

这封信寄出之后没有再收到任何回信，家里也没有寄钱来。从那以后，谢克尔取消了外出消遣的一切安排。

古玛尔过来说："走吧，今天去看马戏。"

谢克尔说："我今天没心情出去。"

"为什么？怎么了？你近来一直没有出去玩过。到底是怎么回事？"

"没什么大不了的，没心情而已。"

“那今天还是去看马戏吧。待在房间里心情会越来越差的。上次看电影已经是十几天前的事了。”

谢克尔把脸扭了过去，眼睛望着别处说：“我没钱了，而且看来也不可能很快有钱寄来。”

古玛尔愣了一下，问道：“怎么回事？”

“父亲写信说我乱花钱，他不会给我寄那么多钱的。我回信说，如果他不按我的要求给我寄钱的话，那就干脆别寄了。”

两人沉默了一会儿。古玛尔站起来说：“那我走了，我——”

“再坐会儿吧！我心里很烦乱，今天下午咱们就在这儿聊聊天，不然咱们去海边也行。”

“不行，我刚想起来，有件要紧事得去办。幸亏没去看马戏，不然就耽误了。”说完，古玛尔立刻离开了。

谢克尔躺在床上，双眼望着天花板发呆。

为什么会有贫穷？为什么会有财富？为什么有的人有娱乐消遣的愿望，却看不起电影和马戏？而另一个人尽管有能力成全他，但却阻止他去娱乐消遣？

但是，难道娱乐消遣只能在剧院里才能实现吗？难道不去剧院，人就无法感到幸福？以前他并不经常去看电影，难道那时他没有开心过吗？他去拉合尔参加考试的时候，看书看累了以后也想寻点开心，谢西一言不发地经过他身边时，他故意称呼她“姐姐”惹她生气，或者连这都不必做，只是远远地听到她的笑声，就已足够令他感到轻松愉悦了……为何现在不能这样？

如果此时古玛尔就在身边，那么也许他就不会思考这些事情了。古玛尔的陪伴、与古玛尔的交谈、古玛尔的笑声，这一切对他来说已经足够了……

他对古玛尔的感觉是怎么回事？

对谢西的感觉又是怎样的呢？

这难道是一件偶然发生的情事？它既使一个人变得如此依赖于另一个人，同时又给了这个人力量，使他变成了一个可以庇护他人的保护者？

这种比爱更神奇的偶然事件、这种比爱更强大的力量到底是什么？它竟然可以使爱成为可能，而且营造出一种使两个灵魂相遇、使爱情得以生长的环境。

但是，难道他和古玛尔已合为一体？表面上他们已不分彼此，可在内心深处的某个地方，难道没有一种空虚感存在？难道他们想要的是同一种东西？难道他们的诉求是相同的？难道……

但是，难道为了爱，两个人必须互相支配、彼此占有，必须相互臣服？否则就不称其为爱？

如果是这样，为什么还会存在“爱是产生于两个个体之间的情感”这样的界定？为何一定要爱上某个人？为什么不能把爱的情感从某个具体和孤立的对象上抽离出来？当人们说“我坠入爱河了”，一个无法回避的问题便随之而来——“你爱上了谁？”这个问题是否有存在的必要？所谓“谁”指代的是否同一个概念？难道爱上的不能是整个人类？难道爱上的不能是爱情本身？

他总是沉溺于自己的内心世界不能自拔，他甚至从没有尝试过让自己从自我中走出来，让自己接受人生的安排，让自己不再试图将世界变为自己的，而是让自己成为世界的一部分。他一直渴求着爱，但他并不懂得如何付出爱……

然而，此刻他所面临的处境，到底是他的错误，还是古玛尔或其他什么人的错误？他此刻感到的空虚，是源于他缺乏付出爱的能力，还是因为欠缺承受爱的能力？

一行诗句跃入谢克尔的脑海之中，他起身将它记录下来——

“啊！无形无相、深厚凝重的情感！我只不过是你的一个部分而已！我想忘却自己，忘却自己的情人，完全归属于你。我爱你，我爱自己爱你的欲求，我爱自己爱你的能力……啊，你啊！请赐予我——爱你和承受你的爱的力量……”

晚上谢克尔下楼去吃饭，他问宿舍里的仆役：“古玛尔先生没来吃饭吗？”

“现在吗？他去看马戏了。”

“和谁一起去的？”

“克里希纳穆尔蒂。”

谢克尔没吃饭就转身上楼去了。他坐在窗台上，望着马路上来回穿梭的有轨电车，听着电车的叮当声、汽车的喇叭声、三轮车夫的吆喝声，可他却感觉自己丧失了视力、听觉和理解力。他只是谵呓般不断重复着自己写的一句话：“啊，你啊！请赐予我——爱你和承受你爱的力量……”

谢克尔两天没去学校上课。他待在房间里，满心期待着古玛尔会来找他，乞求他的原谅或者为自己的行为做出解释。可是古玛尔并没有来。

第三天下午，百无聊赖的谢克尔走出房间，打算到海边去坐坐，好让自己混沌的大脑清醒一下。他并没有留意古玛尔在干什么，也并不打算去古玛尔的房间看他。

下楼时，他听到一个房间里传来两三个人的笑声，其中有古玛尔的声音，于是他停下了脚步。

一个声音说：“最近谢克尔怎么不出门了？”

“嗯，你没听说吗？他父亲不给他寄生活费了。”古玛尔说道。

“难怪如此！”一阵哈哈的笑声。

“怪不得最近你和克里希纳穆尔蒂走得那么近。古玛尔，是不是这样啊？”又是一阵笑声。

他听到古玛尔说：“唉！老兄，别再提这些蠢事了，谢克尔就是个傻瓜。”

谢克尔扶着楼梯扶手缓缓走下楼来。下楼后他写了一张便条，然后交给一个仆人说：“把这个交给古玛尔先生，我就在这儿等着。”

便条上写着：“对，我就是个傻瓜和蠢货。可我是在哪一天变成了一个蠢货，你知道吗？在海边我曾经说过：‘古玛尔，如果你属于别人了，我就把你掐死。’当时我傻乎乎地根本不知道自己在说什么……一只蛆虫哪配属于任何人？”

没一会儿古玛尔便来了。他质问道：“谢克尔，这是什么意思？”

“意思？难道上面写得还不够清楚吗？”

“我欠了你的钱，因为这个，你就这样羞辱我吗？如果我——”

谢克尔愤怒地说：“欠了我的钱？”不过他很快便冷静下来，说道：“对！你的灵魂是可以用钱来买卖的，所以如果它觉得没有比钱更重要的东西，那也不能怪罪于它。”

他迈着大步向海边走去。

天已黑了，天上阴云密布。海滩上空无一人。没有一丝风，大海也异常平静。平静往往意味着缄默不语，但他却分明感觉到，大海深处的某个地方有光，如火焰般灼灼燃烧，闪电在云层中舞动——一场激烈的迸发正在酝酿之中……

谢克尔觉得，如果大海呈现出的不是眼前的状态，那他在岸边连一秒钟也待不下去……

直到谢克尔从混沌迷茫的状态中清醒过来，他才听说，宿舍里有许多关于他的流言蜚语不胫而走，而且还引起了大家的热议。

他的种姓是婆罗门，从他的名字金德尔谢克尔·潘迪特也看得出他的出身，可他的头上怎么没有标志着婆罗门身份的小辫[①]？身上的圣线在哪儿[②]？他什么时候、在什么地方做过祈祷？他或许得到了天神最大的恩赐——再生族[③]的身份，可他已经因为自己的言行举止失去了它，玷污了它……

谢克尔住的宿舍是专供婆罗门种姓的学生居住的。谢克尔按照父亲的安排住进了这个宿舍。目前为止，没有人质疑过他的婆罗门身份。其他学生虽然严格遵奉着有关婆罗门身份和礼俗的各种规定，但其实心中对此并无多少诚意。学生食堂的四周被围得严严实实，避免路人无意的窥视可能会弄脏他们的餐食，也避免因为被低等种姓看到而使整个食堂受到玷污。如果发生了这样的事情，受到“污染”的食物就不能再被食用，如同被狗吃过一样。尽管其实常常有狗溜进餐厅，可即便如此，也不过是“嘘”上一声把它们吓跑就完事了。

没过多久，谢克尔就知道了这些质疑的声音出自哪里。可他并不想和古玛尔说话，也不想看见他那张脸。他发现所有学生看他的眼神活像在看一只怪物。他觉得，他们一定暗自想象着谢克尔下辈子托生后会变成什么东西——要么是狗，要么是乌鸦或是虫子，因

---

① 过去印度婆罗门种姓的男子常在头顶上留一根小辫子。

② 圣线用细的绳线制成，印度教四种姓中仅婆罗门、刹帝利、吠舍三个种姓的人可以佩戴，一般从左肩斜挂至右肋下。

③ 印度教认为四大种姓中的前三个种姓婆罗门、刹帝利、吠舍为再生族。

此对他的命运充满同情。意识到这种所谓的“同情”之后，谢克尔的心中愤愤不平，他想：“我即使下了地狱，与他们有什么相干？”

不过他们所谓的“同情”并没有多到已经泛滥的程度，对他即将开始地狱生活的想象也没有那么触动他们，根本不足以使他们忘记他们自己的归宿是天堂。他们决定不再和谢克尔一起用餐，而且谢克尔有一天得知，所有学生给校长递交了一份申请信，要求对他另作安排，否则他们将被迫离开这个宿舍。还没等申请信有最终的结果，他们就已经吩咐厨子把谢克尔的座位与其他人分开摆放。

谢克尔根本无法接受他们的这种做法，但是他并不想把厨子牵扯到这场纷争中来，因此在校方做出决定之前，他开始在一个餐馆里吃饭，不再去食堂和他们一起用餐。

最终结果终于出来了。校长裁定，宿舍是提供给婆罗门种姓的学生使用的，而家族出身是决定婆罗门身份的唯一因素，因为就言行举止而言，在婆罗门种姓内部也有不同的派别。谢克尔出生于婆罗门种姓的家庭，因此他可以继续住在宿舍里并在那里用餐，不能将他强行赶出宿舍。

谢克尔获得了胜利。而宿舍里的男生们似乎也觉得，继续纠缠下去不会有什么好处，所以这件事也就到此为止了。尽管这些男生并没有因为谢克尔大获全胜就原谅他，而且他们总是利用一切机会让谢克尔明白——不管校长怎么说，他们也不会承认他是婆罗门。

谢克尔并没有因为获胜而感到兴奋。即便想到自己打败了古玛尔，也没给他带来任何快感。于他而言，战胜古玛尔现在已变得毫无意义。他向学校请了一个星期的假，打算去马拉巴尔[①]旅游。他身上的钱足够他支付旅费，因为和古玛尔决裂后，他已求得了父亲的

① 马拉巴尔（Malabar）位于印度南部的喀拉拉邦，濒临阿拉伯海。

宽恕。

马拉巴尔风景怡人，但谢克尔并不是为了欣赏美景才去那儿的。大学里流传着很多有关生活在马拉巴尔的不可接触者的故事，这些故事对他来说简直不可思议，他认为这不过是一些道听途说的传闻罢了。可正因这些传闻，马拉巴尔才特别吸引他。据说马拉巴尔当地的贱民不能靠近任何家世高贵的婆罗门，必须与他们保持几英尺的距离；婆罗门有专门的道路，而当地的贱民是不能走这些路的；贱民只能坐船或者通过其他方式过河，因为桥只供高等种姓者使用；贱民不能购买毗邻婆罗门居住地的土地；而且不管任何时候，只要婆罗门和不可接触者迎面相遇，贱民必须马上亮明自己的身份，以防无意间让自己的影子触碰到婆罗门……这些都是他听说的，但他根本无法相信这些传闻。当他在大学里亲历了有关种姓禁忌的纷争并且获得了胜利之后，他打算亲眼看看马拉巴尔的情况。

到了马拉巴尔之后，他把行李放在圣社①的教团驻地。他本来以为教团的工作人员会来看望他，他打算和他们聊聊，为此还在屋里等了一会儿。但是教团的人都外出了。他忽然发现，下了一整天的雨基本停了，于是他立刻换了一身马德拉斯风格的便服，赤着脚离开了住处。

此时已是傍晚时分。谢克尔有些迷路，他来到了一条空寂无人的街道上，思忖着怎么才能抄近道返回住处。街上一片泥泞，不时还有一滩滩积水，有些地方的道路因为经过稻田，所以被漫过田埂的积水淹没了。谢克尔低着头，若有所思地走着。

天渐渐黑了下来，天空倒映在路面上的积水中，泛着黯淡的微

① 圣社（Arya Samaj）是1875年由达耶难陀创立的印度教宗教和社会改革团体，又称雅利安社。

光。苍绿的树木上弥散着一种赭黄色的光影，一种伤感的氛围笼罩在稻田上，如露水一般渐渐越聚越浓，感伤中又夹杂着几分甜美的气息。四周一片空寂。鸟儿婉转啼鸣，青蛙用嘶哑的嗓子聒噪个不停。虽然四周并非寂静无声，但他依然感到了一种深幽的静谧。

谢克尔离开积满污泥的街道，来到另一条路上。因为这条路不那么泥泞，因此他的双脚似乎不由自主地迈向这边，尽管连他自己也不太确定这是不是返回住所的捷径。道路两边的水沟里传来哗哗的水声。

一声呻吟打断了他的思绪，他停住脚步，仔细聆听这是从哪里传来的声音。片刻之后，又传来一声呻吟，声音似乎来自道路一侧的水沟附近。谢克尔在掩蔽了水沟的灌木丛旁看到，一个人躺在地上，满身血污，身上穿着一件肮脏的红色纱丽。似乎是个女人。她的身上还有生命的迹象，神情似乎非常痛苦……

出于很多原因，谢克尔最初有过瞬间的迟疑，其中一个原因是——这个满身血污的人是个女人。可后来他还是把她背了起来，穿过一条条街道，终于回到了教团驻地。教团的人给她做了急救和包扎，但在黎明来临之前，她还是死了。教团的人火葬了她。这个女人是个贱民。

警察也接到了报案。但谢克尔没有多做停留，收拾好行李后，他立刻启程返回马德拉斯，他觉得自己在这里连一分钟也待不下去了。

他在火车上从报纸上看到，已对女尸进行了尸检，警方公布的消息说——“死因乃钝器击打受伤所致，受袭原因不详。”但是与此同时新闻中也披露，尸体是在一条“贱民禁行”的道路上被发现的，而那个女人是个贱民……

谢克尔忽然想起，那个女人身上的血污和泥水浸透了自己的身体和衣服，他不禁打了一个寒颤。她是不可接触者，他是婆罗门，而他几乎浸泡在她的血污之中……很有可能杀害她的凶手是个婆罗门，为了避免与她靠得太近，产生所谓的“接触”，他用石头向她猛击过去……婆罗门……就是谢克尔所属的那个婆罗门种姓……而不可接触者……就是他背在肩上的那个贱民种姓的女人……而她的血……

到了宿舍后，谢克尔把自己的行李物品收拾停当，叫来了一辆三轮车把行李放了上去，告诉三轮车夫地址之后，他自己坐有轨电车来到了另一个宿舍。这是一个专供贱民种姓的学生使用的宿舍，连里面的工作人员也都是贱民。最初所有人都用怀疑的目光审视着他，但是谢克尔很快发现，贱民成了他的朋友、伙伴和帮手，甚至和他成为了最亲密的兄弟……

而在原本属于他的那个社会里，他却成了一个不可接触的贱民，而且这个社会根本无法容忍他还有贱民之外的其他身份……

“人们总是说，一切慢慢都会好起来的；人们总是说，愚昧无知会慢慢消失，笼罩于灵魂上的雾霾最终一定会消散。人们喋喋不休，但却袖手旁观站在一旁，时间在观望和等待中飞逝而过，然而一切却依然如故、毫无变化。雾霭会蒸腾消散，帘幕也可以高高升起，然而高墙壁垒却不会凭空消失，必须要将它打破，必须要将它推倒，否则它绝不会消失……”

谢克尔滔滔不绝地讲着。他本是一个少言寡语的人，但内心深处的一些感受使他无法继续保持缄默，它们屡屡击穿他的畏缩和羞涩，迫使他开口亮明自己的观点。

谢克尔已经在那些所谓的贱民中结交了朋友，并对他们坦陈了自己内心深处这些不吐不快的想法，以及自己之前的所有掩饰和伪装。他和几个男生一起成立了一个小组织，这个组织并没有什么名称和章程，通常的活动就是在他的房间里聚会，交流彼此的想法。同时，他们之间也存在着个人兴趣、感受以及情感的冲突和碰撞。

无论是他自己还是其他人，都没有将谢克尔视为组织的领导。但是他的身上却产生了某种领导力，这个尚未成型的组织之所以在运转，正是因为有谢克尔的存在。

贱民学生的宿舍是一栋三层的楼房，宿舍楼位于一块平坦荒芜的空地中央，宿舍里的学生们把这片空地称为自己的“运动场”。四个男生什么也没铺，直接躺在宿舍楼楼顶的水泥地上。他们就是谢克尔那个连名字都没有的组织的行动委员会。之所以称他们为所谓的行动委员会，仅仅是因为这四个人的内心都不安分，他们的头脑非常清醒，对周遭发生的一切具有一种与生俱来的忧国忧民的情怀。这个小团体的其他两三个成员对自己的发展方向并没有一个明确的打算，打个比方来说，只有别人搅动水流时，才会在他们心中掀起波澜，只有从远处投来一块石头，才能打破他们心中死水一般的沉寂。

除了谢克尔之外，行动委员会的其他三个成员分别是：瑟达西沃、拉克文和戴沃达斯。三人中瑟达西沃的身材最矮，但却最聪敏机智。他一般不系网球衫领口的纽扣，细细的脖子露在领口上方，蓬乱的头发使脑袋显得更加硕大，一张沉静的圆脸很不显眼，似乎在那颗硕大的脑袋上隐没了自己的踪迹，一双不大但却灵动的眼睛里藏着一颗善解人意的慈悲心，他的眼神似乎在告诉别人——我不会伤害你，我只是想更近地了解你。他的容貌和神情会使人瞬间想起雪莱的一幅肖像，于是谢克尔给他起了一个绰号叫雪莱。瑟达西沃对此颇感羞涩，他觉得这或许是对他自敛性格的一种讽刺。可正因如此，这个绰号从此便流传下来。

拉克文和戴沃达斯则有些不同。他们俩以前生活在泰米尔的不同城市里，城市生活在他们身上留下了很深的烙印。拉克文的眼睛神采奕奕，像两尾活泼欢悦的小鱼；而戴沃达斯的眼神则很顽皮，像随时就会搞出点恶作剧似的。但他们俩的目光中没有半点邪恶，充满了对人的友善。但是从天性来说，戴沃达斯不是那种在独处时习惯于用沉默与自我进行对话的人，他不喜欢那种“感伤主义”，他更喜欢在嬉闹、聊天和玩笑中将自己掩藏起来。有时有人指责他“没心没肺”，他总是笑着说：“老兄，一种爱是五体投地以示敬爱；另一种爱是嘻嘻哈哈没个正行。第一种爱我可做不来。”这并非借口，其中确有其实。出于这种天生的缺点或者说优点，他从来不用真实和直接的方式表达自己的真心。

瑟达西沃尽管羞涩但却机敏聪慧，此外特拉凡哥尔[①]的蓝天碧水还孕育了他对美的热爱，因为这两个原因，三人之中他和谢克尔的关系最亲密。但是谢克尔知道，如果没有戴沃达斯和拉克文的存在，他的生活会变得不够完整，他很高兴他们两人也参加了这个小团体，因为追求生活的完满正是这个团体的宗旨所在。

谢克尔躺在地上，不时用目光注视着瑟达西沃，希望他没有因为沉醉于夕阳而忘记聆听。他接着说：“史蒂文森[②]的书中有一个关于四个改革家的故事。这四个人坐在屋里，思考如何使世界发生变

---

① 特拉凡哥尔（Travancore）是印度独立前南印度的一个土邦王国，统治着今印度喀拉拉邦和泰米尔纳德邦南部地区。

② 罗伯特·路易斯·史蒂文森（Robert Louis Stevenson），19世纪英国著名小说家，著有《金银岛》《化身博士》等作品。

革。一个人指出了社会中的种种弊端后，认为应该消灭社会；第二个人纠正他说，只有当宗教变得顽固僵化时社会才会崩塌，宗教是一切弊端的根源所在，所以应该消灭宗教；第三个人说，宗教只是文化的理想原则，如果文化腐朽了，宗教怎么可能独善其身？因此文化才是问题所在。最后他们得出结论说，在人类谋求发展的地方必然会产生文化，因此人类才是万恶之源，所以应该将人类彻底消灭。就结论本身而言，这个说法非常正确。消灭了人类，我们就不会在这里讨论改革的话题，瑟达西沃也不会在讨论的过程中醉心夕阳，借此对我进行羞辱，也不会——”

瑟达西沃似乎为了证明自己的专注，立刻插话说：“谢克尔也不会因为觉得别人的注意力不集中，就用言语去攻击别人了。”

大家笑了起来。谢克尔又说：“我觉得不进行根本性的变革是很危险的。我不主张只进行表面的革新，这是一种愚蠢的行为，应该从根本上进行颠覆性的变革。但是，这种变革应该在确实存在弊端的领域中实施，而非那些只凭逻辑推理证实存在问题的领域。”

拉克文说：“你的意思是——”

“以这个故事为例，宗教是文化的理想原则，所以宗教的弊病是由文化造成的，所以得出结论——文化乃万恶之源。这只是一种逻辑推演的游戏。如果我们要发现文化的弊端，就应该对文化有清醒的认知，而不应该这样隔靴搔痒地进行推断论证。否则根本不存在任何优点，一切全成了弊病。而且我们的不满情绪也恰恰由此而生。如果整个人类都已腐化堕落，怎么可能产生卓越的思想？如果想要赶走黑暗，可以点上烛火，而不能用黑暗去消灭黑暗。”

瑟达西沃打断他说：“但是谢克尔，你这套逻辑也很危险。从伦理道德的观点来看，它将证明一种暴力理论。如果按你所说的去做，我们就只能去消灭现实的弊端，进行一场毁灭的游戏，这样才不会产生弊病。在你看来，对这些弊病施以妥善的控制措施只是一种空想而已。”

“嗯，不是这样的。从某种程度上来说，你的说法也是对的，我并不认为毁灭是错误的，而且我也并不把这种行为称之为暴力。具有暴力的冲动以及制造灾难的主观故意，才是暴力存在的先决条件。为爱而实施的杀戮不能算作是暴力，当然前提是这种爱并非出于个人欲望，而是为了众生。但是，认为绝无可能去阻止这些弊病继续发展也是错误的观点。我是说，只有当你真正意识到这种弊病到底为何物时，才能出手去遏制它。也就是说，当它真正出现在你面前时，你便可以去尝试阻止它。若要革除弊端，必须从主动进攻开始，若非如此，如何才能避免陷入流弊？而试图去阻止某种未知之弊，无异于对着影子舞枪弄棒。”

“嗯，这个问题解释清楚了。但是第一个问题仍旧没说清楚。在欲望的问题上，难道你认为，自我欺骗对人来说是什么难事吗？有些人打着净化社会的旗号去找妓女。对于那些从不嫖娼的人来说，他们也许可以从客观视角出发，认为娼妓是净化社会的间接手段；可对于那些已沦为自己主观欲望的奴隶的人来说，他们有什么权利说自己能从这种客观的视角看待社会？然而还是有人相信这一点，而按照你的观点，这种人是无辜的。在欲望与危害、个人私欲与社会利益的问题上，谁才是公正的裁定者呢？”瑟达西沃一边慢悠悠地说着自己的观点，一边望着渐渐西沉的夕阳，仿佛在向它发问一般。

拉克文赞许地说：“对，这正是问题的关键。”

谢克尔若有所思地说：“如果是那样，个人利益和社会利益之间就不应该存在差别。”

瑟达西沃坐起来说：“这句话依然犯了同样的错误。如果以客观的宏观视角去看待问题，当然不会存在差别；但如果观察者是某个个体，而且这个问题关乎他的个人利益，他怎么可能完全置身于事外去看待问题呢？”

戴沃达斯说：“在我看来，你们几个一点也不逊于刚才那个故事中的改革家。你们这种喋喋不休的争论尽管提升了你们的自信，但却没有任何实际价值。你们的争辩中只有个人私利，无关任何公众利益，无论从任何角度来看都是如此。公众利益体现于实践之中。即使在行动中犯了一百个错误，也强于袖手旁观、无所事事，因为在行动中能改正自己的错误，而流于空谈、怯于行动却无助于保持自己的优势。因此如果你们想有所作为，那就制定一个行动计划吧！如果你们想让公众从你们这次争论中受益，那就不要将任何一个计划视为不可改变的最后结果。质疑是人的权利，但如果不能促生宽容的话，那它就是对人的诅咒。谢克尔总是叫嚷着这一观点，如今有必要将它付诸于实践了。制定个计划，把宽容列为工作计划中的首要工作，这样可以激励所有人。先知也曾经说过同样的神谕。”

戴沃达斯的话使这场论辩从虚无缥缈回到了现实之中，使他们能够在实践的洪流中劈波斩浪，而非一味在逻辑论辩的苦水中饱受煎熬。四个改革者起身围拢在一起，谢克尔问：“好的，你们说吧，我们要做的第一项工作是什么？”

四个人最终达成了一致——他们的首要工作是唤醒青年人的觉悟，在青年人中营造一种严肃沉稳的氛围，帮助他们寻找到生活的目标。他们感觉到，这样或许能够实现他们所希望的那种根本性的变革，而且他们将尽量避免那些与暴力有所牵涉的工作。由于谢克尔酷爱文学，瑟达西沃热衷于艺术，拉克文爱好科学，戴沃达斯在历史方面有着浓厚的兴趣，他们还一致认为，在生活中完全一致并不能拓展生活的意义，反而有害于它，正如在一块砖上垒起的高墙不会坚固。为了强化生活的意义，使工作能持久稳固地开展，必须让生活同时植根于不同的土壤中，如同榕树那样将根须从各个方向探入土壤里吸取养分和力量。他们对各项事务展开了严肃的研究，与此同时，他们也开始鼓励其他人积极参与其中。

但是对于谢克尔而言，这种按部就班的工作其实是一种负担。不知为什么，他的天性并不满足于仅仅承担分量相当的工作。他希望工作多到使他连抬头都觉得困难，多到连正常呼吸都怕会影响到工作，多到他心里的那些想法、怀疑以及令他倍感痛苦的根本无法实现的梦想都能因为缺乏空间而自然枯萎。凭着他十五六年的人生经验，他认为青春期的这种自负以及躁动不安的诉求实际上正是自己失败的象征。他要求的是信任，之所以会产生那么多疑问，是因为他希望能找到一个没有这些疑问的地方，能找到一个解决这些疑问的地方，他所有的努力正是为了到达那个地方……他觉得，他们这个组织的计划从一开始似乎就已经抵达了目的地，而他却无法忍受继续向前寻找最终归宿的梦想化为泡影！一天他独自一人外出散步。他直奔离宿舍大约一英里远的贱民社区。走到那里之后，他发现只有一幢位于社区边缘的印度教中学是砖瓦结构的建筑，其他所有房子要么是只用了少量砖瓦的土屋，要么根本就是随便搭建的窝棚，一条渠沟从这些房子的侧面或中间穿过。

时近傍晚。渠沟里的水呈现出一种富有光泽的古铜色。如果不是嗅到了臭味，或许当时很难确定里面流的是污水。谢克尔站在渠沟旁边，他忽然发现周遭只有他一个人，连一个孩子也没有看见。他感到有些吃惊，孩子们傍晚时竟然不出来玩耍！他们为什么不出家门？特别是在这样一个"室内"环境绝对不适合儿童生活的贱民社区。

随着思绪的延伸，在他积聚已久的力量面前，仿佛又有一堵高墙开始崩塌，一条道路出现在他面前。他回想起圣经中圣徒约翰[①]的故事，这个身穿鹿皮衣、眼神疯狂、头发干枯凌乱、身材健硕的青年当时就站在某个这样的地方大声呼唤道："走吧！我来用生命之水为你们施洗！"在某个暮色苍茫、残阳如血的黄昏，不思悔改的蒙昧部族对他的呼唤充耳不闻，他们说这个人是疯子，但是因为他不断地大声呼唤，他们还是走出家门，想要看看这生命之水到底是怎么回事……

谢克尔觉得，在这里回想起这个故事真是贴切极了。生命之水究竟为何物？恒河、亚穆纳河、戈达瓦里河、克里希那河、纳尔马达河，这些圣河在宗教和虔信中已被冲刷得毫无生气，如果说古老的生命力还留存于某个地方的话，那它应该就在这肮脏的沟渠中。污渠从作为社会根基的贱民中穿过，渠中的河水不为人知地静静流淌着……而号称从天而落的圣河之水，却如潘迪特们的学问一样腐朽凋残，所以这些圣河之水才会用来淹没焚尸的柴堆，载送焚化的骸骨……

一个计划忽然出现在谢克尔眼前，一周内他要在这个社区为贱民种姓的孩子们开设一所学校，而且他要亲自在学校里任教。学校应该如何管理，从哪儿能搞到课本，这些问题他都没去考虑。做了

---

① 圣徒约翰别名"施洗的约翰"（John the Baptist），他是耶稣基督的表兄，在耶稣基督开始传福音前，在旷野向犹太人劝勉悔改，并为耶稣基督施洗。因他宣讲悔改的洗礼，而且在约旦河为众人施洗，故得名施洗的约翰、施洗者约翰或圣约翰洗者。

这个决定之后，他觉得没有必要继续往前走了，于是直接回身朝宿舍走去。

路过中学所在的那栋楼时，他忽然大声唤道：“门房！”

不过五天时间，谢克尔的夜校就在这所中学里开办起来了。这所中学的印度教校董们同意给他提供两间教室，让他开设针对贱民种姓的课堂，条件是他每个月要支付门房三个卢比的工资，好让他早起对这两间教室进行一次特别的清扫，这样普通学生就不会被那些不洁的孩子玷污了。

课本共有两种，全都是画册。老师也是两位——谢克尔和瑟达西沃。识字课用黑板教学，其他课程则通过口头或者通过游戏来完成。学校里共有七名学生。

对于那些思想活跃、总能在与新问题的碰撞中找到乐趣的人来说，他们最先遇到的总是一个相同的问题——痛苦。世界上排名第一的哲学命题总以痛苦这种形式出现。

他们之后面临的第二个问题也总是相同的，第一个问题在其中也发挥了某种程度的作用。这个问题就是女人。世界上排名第二的哲学命题以女性的形象出现。

第二个问题很快就在谢克尔面前出现了。

趁着十胜节的五六天假期，谢克尔回了趟家，假期结束前，又从家返回学校。火车的车厢里挤满了马德拉斯人，四五种不同的达罗毗荼语[①]此起彼伏，使整个车厢显得异常喧嚣。谢克尔坐在嘈杂的车厢里，满脑子想的都是自己的夜校、自己那些年幼和成年的学生

① 印度南部的语言基本都属于达罗毗荼语系，如：泰米尔语、泰卢固语、卡纳达语和马拉雅拉姆语。

以及他们的课本。学生的数量现在已增至二十五人，其中包括一些有点文化基础的成年人。行驶在窄轨上的火车负载了沉重的人和货物，怨声载道地向前驶去，可谢克尔的思绪却在火车前行的速度和节奏中得到了某种帮助，他仿佛置身于四周的喧嚣之上，噪声并没有对他造成任何困扰。只有当火车停靠在站台时，他才让自己的思绪稍作停歇，望着站台上上上下下的人流。

火车停靠在一个大站。一群男人拼命想通过门和车窗挤进车厢。谢克尔看见，一个女人站在这群男人后面，无助地望着前面挤作一团的人流。她的两只手里各提着一只包，身后还站着一名扛着皮箱和行李的苦力。这个女人一会儿鼓起勇气想向前挤，可最终还是停了下来；一会儿又朝其他车厢望去，可那里也同样拥挤不堪。而且开车的时间马上就要到了，车站的值班员已经吹过一遍哨子了。

谢克尔站了起来，走到车窗旁边说："来，把行李递给我。"他把女人的提包拿进车厢，又从苦力手中接过行李放到车厢的地板上，在列车即将开动时，走到门口打开车门，推开拥挤的人群说："上来吧。"

谢克尔害怕听到女人说一些道谢的客套话，他指着自己的座位说："请坐在这儿吧。"

"不，您费了那么大劲儿让我上了车，已经够麻烦您了。如果再占用您的座位，那就太不像话了。"

"我这样也很自在。"说完，谢克尔坐到车窗旁边的皮箱和行李上，眼睛望着窗外。他觉得如果女人发现他的注意力在别处，也许会自己坐在座位上。

他的预测是正确的。女人在座位上坐了下来。谢克尔转过身来看了看她，她刚要道谢，谢克尔立刻把脸扭了过去，好像压根没朝那儿看似的，于是女人也没再说话。没过多久，她拿出一本书读了起来。谢克尔的注意力也重新转回到学校的事务上。

但他的思绪很快就被打断了。之前，谢克尔看见一个印欧混血的男人为了挤进车厢对别人推推搡搡，甚至还辱骂了其中的一个人，因此当时他没让那个人坐自己旁边的座位。此刻看见这个女人坐在这儿，站在不远处的那个男人便喋喋不休地抱怨起来。他用英语（充满了白种人的优越感）把谢克尔刚才让座的做法描述得极其不堪。谢克尔看到，听到他的话以后那个女人的脸立刻红了，可她用书挡住脸，想装作没有听见。

谢克尔站了起来，也用英语——这种体现着白人优越感的语言——说（只不过语气中少了许多自以为是的傲气）："闭嘴，你这个无赖！"

这句话简直是火上浇油。那个印欧混血的男子说得更起劲了。谢克尔走到他面前说："看来我不得不让你闭上这张臭嘴了！"说完，他重重一拳打在那个男人的左脸上。那个人朝谢克尔扑了过来，可谢克尔抓住他的胸口，又朝他的颧骨上猛击了一拳，这一拳打得那个男子的脸猛地向上一扬，后背撞在椅背上，重重摔倒在地，一时间爬不起来。

火车放慢了速度，驶进了一个车站。听到吵闹声，警察赶了过来。这个车站的副警长是个旁遮普人，恰好认识谢克尔，听完事件的原委后说："干得好，应该再揍这个混蛋两拳。"之后他把那个白人男子从车上带了下来。火车被放行。

事情本应该到此就结束了，但其实问题此时才刚刚开始。谢克尔找到了一个座位坐了下来，并且对这个女人也简单有了些了解。她介绍了自己叫什么名字，并且说自己是一个学校的老师，谢克尔说他恰好住在她学校附近。此后，两人没再多说什么，女教师继续看她的书，谢克尔本来也希望能继续自己的思考，可他发现人们都用奇怪的眼神偷偷望着他，并且用各种不同的语言小声议论着，有人说他是旁遮普人（由于穿着马德拉斯人的服装，谢克尔此前并没有被人发现是旁遮普人）。这些眼神和议论表明，似乎没人觉得谢克尔不过是做了一件普通的善事——给这个妇女让了座，阻止了那个白人男子粗鲁的谩骂。在一些人看来，他是个卑鄙的骗子，想借这件小事勾搭这个女人；对另一些人来说，他是个幼稚的年轻人，可能落入了女人设下的陷阱，这种有文化但是道德败坏的女人近来大有人在；在另外一些人看来，谢克尔和这个女人都很卑鄙，他们在用虚伪的言行掩饰某种可耻的行径……尽管这些人并没有明确说出这些想法，但他们意味深长的眼神和对话其实都在表达这层含义。尽管这些话并不是说给谢克尔听的，可他们偷偷摸摸的小声嘀咕反而使谢克尔更加感到刺耳。

谢克尔转过身将头探出窗外。远处的山峦隐没在浓云之中，但清凉的山风从他发烫的耳边轻轻呼啸而过。他开始思考这到底是怎么回事。在这件事发生前，他对这种对他人道德的怀疑一无所知。他在很多地方亲眼目睹过别人犯罪，他自己也做过错事，不过罪恶有时也是人类冲动和灵感的来源。但是在他心里，从来没有产生过这种可怕的怀疑，从没对他人有过这种不容辩驳的猜忌。他无法理解，这样一来，人怎么能够活得下去呢？如果心里爬满蠕动的蛆虫，一个人怎么可能继续自己平静的生活？男女关系问题——此时并非一种个人情感，而是代表了男性和女性这两个性别之间的关系——变成了一种可怕的猜忌，并且以这种面貌第一次出现在谢克尔面前。今天他才发现，缺乏信任的问题远比世上其他难题更加难解，这个事关重大的问题针对的对象通常是一个特定群体——女性，直到今天谢克尔才有幸通过女人意识到这个问题的存在。想到这些，他感到像要窒息，似乎有蠕动的蛆虫不断爬进他的鼻孔和肺叶里……

谢克尔的这个小团体对自己今后的奋斗目标渐渐有了清晰的认识。他们一致认为，亟须唤起男青年对现状的不满和勇于变革的精神，与此同时，激励女性的反叛意识和革新精神也同样是一项必不可少的工作。只有打破男权社会自身的封闭和停滞，证明它所谓的合理性是一种谎言，才能寻找到前进之路。对这种只针对女性的怀疑和猜忌，以及认为女人生而有罪的刻意污蔑，应该彻底予以摧毁。我们那些疯狂迷恋男权的哲学家和批评家们说，将女人视为罪孽的诱因是这个浪漫时代馈赠的礼物。他们的理论是："当我们对旧习俗的信仰开始坍塌，当我们因为新的规则和体系的出现而感到旧的宗教、旧的知识、旧的神学体系并不完善并且充满欺骗的时候，当我们第一次知道，这个眼前看起来井井有条的世界也存在着一些不完善、不合理之处的时候，我们会将这些东西称为罪错。但如果这些东西同时也使我们感到了欢愉，对我们有着莫大的吸引力，我们就会变得浪漫起来，有意偷偷遮掩其中的龌龊肮脏。我们常说，美丽之中充满诱惑，它会束缚住我们的手脚，使我们坠入其中不能自拔，沦为命运的奴隶，它还会将我们推入深渊。如果女人不是对美最极致、最全面的象征，还有什么能够代表美？因此，女人才是罪恶的渊薮，代表着幻象和堕落。"我们正是用这样的方式沉浸于自我满足之中，筑起了一道代表怀疑和猜忌的铜墙铁壁。我们应该将这道高墙彻底推倒摧毁。

谢克尔滔滔不绝地发表自己的观点。瑟达西沃有时对他的观点表达赞许，有时则缄默不语，可谢克尔依然能从他的沉默中感受到支持。戴沃达斯总是嘻嘻哈哈，不过但凡把工作交给他，他都会用心完成。只有拉克文的热情不如从前。随着组织的目标日渐明确，加入者的数量也在不断增加，因为这些人需要的正是某种非常明确的原则，这样他们就可以将自己像小船一样绑在这艘巨轮上，在它的带领下，横渡社会的汪洋大海。但是，人数的增加似乎并不意味着工作能够开展得更加出色，对手现在反而更容易找到反对的口实和把柄了。

但是无论如何，这艘劈波斩浪、喷吐着黑烟的巨轮还是起航了，因为有了瑟达西沃这样的助手，船长谢克尔感觉自己非常幸运。

一天，谢克尔和他的伙伴们忽然有了一个名字——“珊瑚藤俱乐部”。

事情的来由是这样的……

组织内部经过多次争论之后逐渐达成了一个共识，即组织中所有男性成员都要用对待贵宾的方式对待女性。即便面对的是陌生女性，也要尊重她们，在困境中帮助她们，在灾难中保护她们。而且即令如此，她们也依然是自由的，不会受到任何形式的束缚。关于自己，谢克尔也做出了一个决定——他不打算结婚，也压根不会考虑婚事。做出了这个决定之后，他在宿舍楼一角的一棵珊瑚藤树下召开了一次小型会议，在会上公开了自己的观点。当谈到不婚主义以及尽量与女性保持距离的话题时，听众们很不以为然，三三两两地走开了。只有他的三个朋友留了下来。可是谢克尔依然继续着自己的发言：

“你们可以发现，在我们的文学中，在故事、小说、戏剧中以及舞台上，随处可见作家们散布的有关伦理道德的谎言——在地狱中饱受磨难的女人们用大段优美动人的台词告诉我们，她们为贞洁而亡，因为贞洁是她们最宝贵的财富，是她们最重要的达摩，成千上百的女性为贞洁殉道，成千上百的女性为贞洁自焚，还有成千上百的女性为贞洁丧身于大象脚下……这是男人为那些男性看客们亲手建造的海市蜃楼！男人们为自身的伟大和重要感到无比骄傲，这些愚蠢的家伙们摇头晃脑、洋洋自得地观看、聆听和阅读着这些故事。为什么？因为这些故事和戏剧中的女主角口中的所谓贞洁，其实是一种奴隶制度！尽管这或许是她们自愿接受的，但也正因如此，她们将自己变成了丈夫的附庸，其实也就是那些看客以及男人的附属品！作为男权的象征，女人的丈夫成为了那一众看客的代表，他残酷地引导着女人去承受可怕的痛苦，目的不过是为了证明他的自大和傲慢……

这是堕落！这是最大的犯罪！这是一个惊天的阴谋！其目的是为了维护夫权，其目的是保护这个罪恶的渊薮，使之万古长存。"

瑟达西沃插话说："可是女人心甘情愿地接受了这种观念啊。"瑟达西沃的这句话其实并不是在反驳谢克尔。

"是我们强迫她们接受的。因此女性创作的文学中缺乏力量。她们创作的过程，其实是一个用男性理想束缚自己的过程。因此尽管她们的作品风格唯美，却满纸谎言、死气沉沉，如同一朵纸做的假花。"

"但是——"话只说了一半，瑟达西沃便似乎陷入了沉思。

戴沃达斯说："老弟，你的这些话可能会给生活平添不少烦恼。如果我们无时无刻不在寻找理想，该如何开展工作？遇到女人问你问题，如果一直对自己的回答中会不会有大男子主义思想心怀顾虑，你还怎么回答她的问题？要我说，用不了多久你就会变成笑柄，你会举步维艰的。"

谢克尔坐在地上，手里抓着藤蔓。听完戴沃达斯的话，他微微一笑，而后郑重其事地说："干吗要畏惧变成他人的笑柄？做很多事都有可能成为别人眼中的傻瓜和笑柄。我们应该为此感到骄傲。对藤上开出的红花，藤蔓总是淡然接受，受到侮辱时，我们也应该同样坦然。"说完他摘了一小簇花，把它别在默默坐在一旁的拉克文上衣的扣眼里。

其他人也纷纷模仿谢克尔的做法，相互开着玩笑，在自己的扣眼里插上一小簇珊瑚藤花。会议在笑声中结束，四个人朝宿舍楼走去。有人看见了他们身上的珊瑚藤花，于是说："珊瑚藤俱乐部走过来了。"

这个名字很快不胫而走，他们自己也接受了这个绰号。因为当事人自己表现得很坦然，绰号中的讽刺意味反而大打了折扣。

但是这并不意味着对他们的嘲讽就此停止。

俱乐部的成员人数不断增加。谢克尔开始怀疑，导致人员激增的原因并非俱乐部的宗旨理念，而是作为俱乐部象征的珊瑚藤花。他多次发现，如果以国家的名义召集大家做事，通常应者寥寥、无人响应；可如果举着国旗游行，就会有很多人下楼参加，每个人外套的衣领上都别着一枚三色旗[①]的徽标。可尽管如此，谢克尔却没有任何办法对此进行鉴别，除了投身烈火自证清白之外，没有其他考验忠诚的办法。而且只为考验别人就燃起熊熊大火，在他看来是一种巨大的罪过，这样一来，他觉得自己甚至在亵渎罗摩。[②]

深思熟虑之后，谢克尔决定亲手编一本小册子来宣传俱乐部的理想和宗旨。他既向俱乐部的成员们征稿，也开始亲自动笔撰写文

---

① 印度当时国旗的颜色和现在的国旗一样由橙白绿三色组成。

② 史诗《罗摩衍那》中罗摩之妻悉多被魔王劫走，获救后贞操受到质疑。悉多投身火中自证贞洁，火神将她从火中托出，从而证明了她的清白。

章。瑟达西沃承担了刊物的配图工作，刊物的标题部分是一簇红色的珊瑚藤花，中间是刊物的发刊语。

这期刊物即将完成，并且受到了热烈期待。宿舍里的不少学生甚至想找机会从谢克尔的房间里偷偷拿走手稿，因为正式发刊后，这本小册子可能要在俱乐部成员手中传阅好几天，之后才能轮到他们。刊物具有如此巨大的吸引力，这让谢克尔感到很高兴，但是这份喜悦却给他的工作造成了某种障碍。编者按语一直没有完成，对刊物的期待值愈高，谢克尔也就愈难抉择，因为他希望编者按能引起轰动，使俱乐部的反对者们无言以对，只好把那些讥讽和嘲笑咽进他们自己的肚子里。

可就在这段时间，发生了一件事。

一天，拉克文从学校回来后就开始打包行李。原来他请了十天假，准备回家一趟。

“出什么事了？一切都好吗？怎么走得这么突然？”

“家里一切都好。我回去处理点事情。”

“喂，老兄，告诉我们到底出了什么事？”

问了好几遍，拉克文才吞吞吐吐地说：“我要结婚了。”

谢克尔大吃一惊，不禁惊呼道：“啊？”

但他很快克制住了自己的情绪，然后开始仔细询问各种问题——什么时候结婚，和谁结婚，婚事是怎么定下来的，为什么会定这门婚事等等。拉克文开始一直沉默不语，后来才说这是父亲五六年前给他订下的婚事，对方是一个大户人家的姑娘，拉克文没有见过她，而且他自己也并不想结婚，但是父亲很坚持，而且婚期已定，所以他得回家去。

“你多大？”

“我的年龄已经不小了，已满二十岁了，可是现在我——”

谢克尔此时再也压制不住愤怒的情绪，“年龄不小了，这么说你不害臊吗？你已经二十岁了，可是却没有勇气反抗这个强加于你的婚姻！如果不想结婚，为什么不光明正大地说出来？难道说一句‘不，我不会听从你们的摆布’需要很大勇气吗？难道你是脖子上拴着绳子、任人摆布和宰割的羔羊吗？你是人！是人！你常说，我们要把年轻人变得坚强有力！你是我们中的一分子，和我们一同致力于使女性变得更为强大的事业。你的妻子会尊重一个无力主宰自己命运的人吗？我并不认为这算是婚姻，因为只有自己心甘情愿地步入婚姻，亲自选择自己的人生伴侣，并且不惜为她与全世界为敌，这样的婚姻才是婚姻。而你——”

拉克文对这些指责感到不满，他愤愤不平地说：“嘴上说说很简单。我怎么能违抗爸爸妈妈的意愿？！他们生我、养我、供我读书，难道我对他们没有亏欠吗？他们上了年纪，我不能在这时候伤害他们。你可以认为这是怯懦，可我并不这么认为。我不像你那么冷漠，而且我也不想成为你这样的人。”

“亏欠！他们含辛茹苦二十年，培养你能够自立自强，培养你能够具有独立的人格，难道你对此没有亏欠吗？你对人类没有亏欠吗？你设想一下，二十年之后父母发现，他们培养的不是一个男子汉，而是一只软弱的绵羊。你设想一下，经过了二十年的婚姻生活，妻子有一天忽然发现，她之所以和这个男人结成连理，是因为父亲把她嫁给了一只绵羊。如果我是这个不幸的父亲或者妻子，那我一定会自杀。拉克文，你——”

“老弟，别再说我了！我做不到！我无法违逆他们的意志。等你自己面对这种无奈的时候，你就会知道了。”

“无奈！嗯，无奈。你干吗要羞辱自己的父母？无奈不是他们造成的，而是你自己造成的。别看你衣冠楚楚，可楚楚衣冠中却藏着一只咩咩哀鸣的绵羊！”

谢克尔愤怒地一跺脚，从拉克文的房间走了出去。回到自己房间后，他拿出俱乐部的那份小册子，取出一张白纸，提笔开始写编者按。此前的所有文章在完稿之后都要经过修改，然后再用漂亮整洁的字体誊写一遍，但此时谢克尔的心里如同有一个火炉在熊熊燃烧，心中奔涌的思绪如熔化的铅水一般已经沸腾，只等喷泄而出，最终熔铸成型。没有必要进行任何的修改增删，也根本没有任何增删修改的余地。

“……在文学作品中，在社会、艺术和生活中，所有开篇都趣味盎然，故事之后的发展也同样精彩有趣，但结尾处却是一个无底的深渊。生命的小鸟振翅欲飞，它感觉自己能够一飞冲天，然而却忽然折翼坠地，似被闪电击伤。我们修建气势恢宏的大厦，用一块块砖石修筑庙宇，然而在最后粉刷外墙的时候，整个建筑却坍塌在地，变成了一片废墟。这是为什么？这是因为我们的理想筑建于恐惧之上，高楼大厦的地基其实是空虚的，如同经典中所说的那样，我们所信仰的神祇，他的双足没有站立于坚实的地面，我们用红绸将社会的朽骨残躯包裹起来，然后说——瞧，这就是我们的青年一代……”

谢克尔还没写完，天已经黑了，他站起来去点油灯，这才发现自己的额头和鼻尖上全是大滴大滴的汗珠。他想透透气，于是走出房间，在走廊上来回踱步。

宿舍里还有几个男生也要回家。可能因为这段时间是结婚的良辰吉日，之后的数月都不适宜举办婚礼。他还了解到，没有一个男生见过自己未来的妻子，而且他们当中也没人希望这么早结婚。

谢克尔深吸了一口气，转身回了房间，又提起笔来。

“每一个印度青年都对自己的婚姻感到懊悔，每个人都归罪于自己的父母。‘我自己并不想结婚，可父母却坚持这么做，环境所迫……’这句话意味着，每一个印度青年都是自己父母的奴隶，并且他们也甘于如此。尽管他们嘴上谈论的是应该摆脱统治者的奴役，摆脱社会的奴役，摆脱无知的奴役以及自然的奴役，摆脱神的奴役！他们的生活本已充满黑暗，可他们还要让家族像又一层黑布一样罩在自己身上，使原本已漆黑一片的生活更加黑暗和危险……”

钢笔里的墨水用光了，不过编者按也终于完笔了。文章的最后一行是谢克尔使劲压着笔尖才好不容易写在纸上的。完稿的一瞬间，他忽然感到自己非常孤独，需要一个朋友。他把头抵在摊开的文稿上，深吸了一口气，然后站起来从外套口袋里拿了些钱放在衣兜里，朝楼下走去。几个男生站在楼下的公共休息室外面，其中就有瑟达西沃，谢克尔对他说：“《珊瑚藤》已经全部完稿了，就在我桌上放着，你拿去看吧。”他压根没有注意到这个消息引发的好奇和轰动，说完便走了出去。

他从蓊郁的珊瑚藤上摘下一小簇花枝，然后向海边走去。

谢克尔发现自己是个傻瓜。而且不光整个宿舍，甚至连全年级和整个学院都知道他是个傻瓜了。当他出现在学院里，他觉得进进出出的所有人都在盯着他看，而且目光中满是嘲讽。难道是因为他身上别着珊瑚藤花吗？可很多男生也别着珊瑚藤花，并没有人笑话他们。好像大家都知道，无论谁的扣眼里别着珊瑚藤花，都是因为谢克尔。而且所有人都知道了俱乐部的事情，也知道了那本刊物的事情。几个别的学院来的高年级男生也一边盯着他看一边笑，他们的笑容让谢克尔感觉到，连他们也知道了自己是个傻瓜。不时还有人奚落他说："苦行僧！""教授先生来了！"有时三五个男生一起并排走着，其中一个人大声说："朋友们，你们都是绵羊，绵羊！"其他人一起发出咩咩的叫声。谢克尔感到非常痛苦和沮丧，他想："这些人什么时候开始这么敌视我？我即便是个傻瓜，他们自己知道也就算了，为什么还要随时提醒我，既然我并没有忘了这一点？"

为了藏起自己受伤的自尊心不被别人发现，谢克尔走起路来更加昂首挺胸，别在他纽扣里的珊瑚藤花也仿佛更加鲜艳。可这时他却发现，学校的女生似乎也在嘲笑他。他并不为此感到痛苦，他感到的是一种愤怒。男性把他当成傻瓜加以嘲笑，他完全能够理解他们的这种做法，因为他挑战了他们的威权。但是这些姑娘们，即便她们不尊重她们自己的自由，难道她们对他的善意就不能抱以宽容之心吗？有时他觉得是男人将她们变得如此卑劣，以至于她们身上全无包容精神，可不知为什么，他觉得这完全是个伪逻辑，也许她们的卑劣的确是男人一手造成的，可这种嘲笑他人的天性却出自她们的本能。他无法忍受女性，特别是印度女性身上竟然存在这种残忍的天性，因为他将未来的希望寄予在她们身上。她们憎恨他，他根本无法接受这一点……

但一天他的一个同学对他说："老兄，你想得够远的。"

谢克尔有些吃惊地说："什么？"

"我指的是这些什么变啊革啊的言论，还有什么不结婚，什么对女人敬而远之的豪言壮语。"

"什么意思？"

"老兄，真是一记妙招。"

“到底是怎么回事？”谢克尔有些生气地说。

“哎，老兄，一边是从不被女孩正眼瞧上一眼的我们，我们恨不得望眼欲穿；另一边却是时刻被大家热议的你，整个学院的女生都等着你去垂青，全年级的女生为了你简直要死要活的。”

谢克尔愈发生气，同时也感到很惊讶。他说：“你可真是个傻瓜。她们怎么会对像我这样的人感兴趣？我既不围着她们转，也不——”

“算了吧，别再装了！难道女生会喜欢那种跟在身后舔她们鞋跟的人？她们对那种人根本不关心，她们知道这些人是卑贱的奴隶。她们喜欢征服那些能让她们得到狩猎乐趣的男人——既有些危险，也不那么容易得手。正因为没见过你接近女生，所以如果哪个女孩能让你替她背着书，亦步亦趋地跟在她身后，那她一定会觉得自己不亚于一个女王。你一定是这么打算的。你的日子可真是蜜里调油、志满意得啊。”

谢克尔一时间非常生气。但与此同时他忽然想起，三四天前同年级的一个女生问他：“关于社会你有什么看法？我想写一篇这方面的文章。”谢克尔回答说：“我把我的文章拿给你，你可以读一下。”可她却强调说想亲耳听听谢克尔的高见，于是谢克尔在图书馆里向她认真阐述了自己在这方面的看法，整个过程进行得非常艰涩吃力，之后他还给她介绍了几本书。他的观点非常犀利，但临走时他吃惊地发现，道别时她的脸上竟露出甜甜的笑容。如今回想起来，他的心里顿时疑窦丛生——莫非这个同学的话是真的？他气愤地对他说：“还是把这些肮脏的念头留给你自己吧！明白吗？这些乱七八糟的事情和我一点关系也没有。”话虽这么说，他的心里却充满了不安，难道人们关注他不是因为他的思想和目标，而是……

他更加刻意地避开同年级的女生。甚至于每次进教室都要专门挑一个没人能和他搭讪的时间，而且下课后他也总是第一个站起来从后门离开。为了转移别人对他的关注，他不再把珊瑚藤花别在扣眼里，不过他觉得由此产生的效果却恰恰相反……那天，他上课时第一次没把珊瑚藤花别在身上，可却看见黑板上挂着几枝珊瑚藤花，前排女生的座位上也有人放上了几簇花。第二天有人在黑板上写了这样一句话："谢克尔的花哪里去了？去问前排的座位吧。"前排的座位上坐的正是女生。

他发现自己根本无法摆脱困境。他有时想逃到什么地方去，有时想问问某个女生，或者问问所有女生——她们到底在想什么？她们想从他这里得到什么？难道她们的想法和那些男生猜测的一样龌龊？难道男生们写在黑板上的话所影射的就是她们的真实想法？有时他又感觉到，如果真是这样，贸然去问会显得更傻……

这种注定没有答案的困惑不断啃噬着他。有一天他突然意识到，自己的大脑里总在无端地琢磨那些女生的事，在课堂上提问或者回答教授的提问时，他发现自己其实一直在关注女生们的反应。初次意识到这个问题的那一天，他愣了很久——难道我真的失败了？难道所谓的那些传说是真的？难道女人注定会在不知不觉中将男人变成自己的奴隶，一点点吞噬他们的生命？他绝不接受这种说法！他不是命运的奴隶，他是命运的对手。

他起身离开了教室，在外面一直徘徊了两三个小时，最后心事重重地向海边走去。

但是那天大海并没有给他带来任何安慰，于是他去夜校和孩子们聊天。考期临近，谢克尔就读的学院很快就要放假，好让大家准备考试，所以夜校也准备放假，等学院开学时再重新开课。孩子们对即将到来的为期四个月的长假感到有些不开心，所以今天欢迎谢克尔时，他们比以往更加热情，在这种气氛下，谢克尔短暂地忘掉了女人以及自己面临的困境。被孩子围在中间时，谢克尔觉得自己是一个保护者，他是强大的，他忘了自己其实是一只步履沉重、精疲力竭、呆头呆脑的猎物，很多猎人紧紧尾随在他身后……

在海边毫无遮挡的强烈阳光下，谢克尔裸着上身消磨了整整一个下午的时间，直到傍晚才离开。他是去海里沐浴的，可是洗了海澡之后，内心的躁动不安并没有得以平息，于是他把衣服搭在肩上，在沙滩上踱起步来，直到热辣辣的阳光把他的身体晒得发红，他才又在海里洗了一遍澡，然后穿上衣服朝宿舍走去。

谢克尔人还在楼梯上，就看见夜校里的两个男生站在自己房间外面。他立刻走过去问道："祥布，出什么事了？"

祥布西沃默默掏出一封信递给他。谢克尔撕开信封，读起信来。

在一张精心制作的卡片上，孩子们用歪歪扭扭的大字写道——今晚夜校的学生将为老师们举办一个告别晚会，希望金德尔谢克尔老师能够参加。

谢克尔的心中既甜蜜又有些伤感，他问："也邀请了其他老师吗？"

"是的，邀请了所有的老师，不过除了瑟达西沃老师之外，其他老师都不来。"

"为什么？"

孩子们没有回答。谢克尔又问："晚会上有什么安排？"

"我们会朗诵祝词。"

"还有呢？"

两个男孩相互对视了一眼，一下子愣住了，两个人都没说话。

谢克尔微笑着问："怎么了？难道有什么秘密吗？是不是有什么恶作剧？"

孩子们说："他们不让我们说。"不过看到谢克尔脸上的笑容，他们似乎稍稍放松了一些，说道："还准备了一些吃的。"

"哦！"谢克尔不禁沉默了，他心中暗想，不知这些钱是从哪里弄来的？可是孩子们的善良让他很感动，他觉得问这个问题无异于在侮辱他们。于是他说："好的，你们先回去，我马上就到。"两个孩子离开了。

虽然谢克尔依然没有学会猜忌，可今天不知为什么，他的心里涌出一个念头——那些人之所以拒绝了孩子们的邀请，是因为惧怕和孩子们一起吃饭。尽管这个宿舍里住的是贱民种姓的学生，但即使是他们也存在着一种偏见，认为学校里的孩子们是不可接触的贱民，所以他们又穷又脏……谢克尔暗暗下了决心，明年不仅不再向这些人主动寻求帮助，即使他们有意参与，他也一定会拒绝的。

他又洗了一遍澡，换上了一件干净的白衬衫，从自己的一本新画册中取出三幅画，又在楼下摘了不少珊瑚藤花，然后朝夜校走去。瑟达西沃没在宿舍，他一会儿直接去夜校。

谢克尔和瑟达西沃边吃边轻声责备学生，说他们不该不告诉他俩就集资去买这些吃食。二十六七名学生中有男有女——学校里现在有了三名女学生。吃完学生们准备的食物，谢克尔把画和花分送给所有学生，他握住学生们合掌行礼表达敬意的双手，用哽咽的声音说："瞧你们，以后可别做傻事了！"之后瑟达西沃也用简短的话语向大家表达了谢意。孩子们看见谢克尔准备离开，便对他说："谢克尔叔叔，今天您为什么不说话？"

从"谢克尔老师"现在变成了"谢克尔叔叔"，他没法继续沉默下去。他之前就觉得自己难以开口对这些孩子讲话，更何况他的泰米尔语仅够教学生背背字母表以及简单应付一下日常生活，哪能将此刻即便用母语也无法表达万一的感受表达出来？但是看到一双双凝视着自己的纯真的眼睛，他仿佛忽然掌握了一种新的语言，一种将印地语、英语和泰米尔语混杂在一起的特殊语言从他嘴里脱口而出：

“之前我一直认为，我是来为你们服务的，这是我的一种贡献。但是你们使我懂得，这种想法是荒谬的。我们在狂妄中暮气沉沉、老态龙钟，像一根干枯的朽木一样顽冥不化、墨守成规。如今，我们要向你们学习谦逊有礼，向你们学习宽厚温和，要从你们那里获取新的生命和青春。今天你们口中发出的是一个个没有任何含义的字母和音节，那是我们按照书本教给你们的。但是总有一天，从你们嘴里说出的一定是一种新的语言，它有内涵丰富的词汇，而且蕴含着激发变革的力量，它将摧毁种姓和教派的藩篱，催生一种新的宗教，我们和你们将会变成兄弟和亲人。这一天至今尚未到来，那是因为如今它还没有在我们和你们心里出现，但它很快就会到来……”

为了让自己越来越嘶哑的嗓子稍稍休息一下，谢克尔默默看了看四周，一些孩子似乎听懂了他的话，还有一些孩子尽管没有听懂，但依然眼含深情地望着他。看到这一切，他的心中也涌动着一种澎湃的情感，他对瑟达西沃说：“瑟达西沃，他们听不懂我在说什么，我说完你替我翻译一下吧。”然后继续说道：

“那些和我同吃共住的人都是我自己选择的。他们是贱民，他们是堪为楷模的人，而且我可以告诉你们，我在他们当中交到了朋友，找到了兄弟。正因为没人理睬他们，没人关注他们，没人接近他们，所以他们的内心才是真实而鲜活的，充满热情和火焰；正因为没人与他们交谈，因此他们的感受力才更加敏锐。你们就是他们，你们就是我的亲人和朋友，你们是我要从事的事业，你们是我的力量。我接纳了你们，认识了你们，我为此感到无比幸福。但是你们不必为此感激，他们不要那样低估自己。我并不觉得因为我是婆罗门，所以我要带领你们和我一起前行，恰恰相反，我是来找你们的。在心底里，我也是一个不可接触的贱民，我就是你们的兄弟。我并未将自己奉献给你们，相反，是我得到了你们……”

谢克尔沉默了。瑟达西沃走到前面，开始翻译谢克尔刚才的话。孩子们听得很认真，而那些成年的学生则深情地望着他，眼神中带着一抹淡淡的忧伤。谢克尔看见一个男孩手里拿着两条花环站在他们身后，他突然感觉不能自已，他觉得自己像被犁铧翻耕过的泥土一样松软坍塌。瑟达西沃的翻译还没结束，他就站起来快速走出教室，和他猜测的一样，身后一阵骚动，还有一些人跑出来想挽留他。

他快步逃走了……

遗忘是一种错误，遗忘也是不可能的。他步履沉重、精疲力竭、懵懂拙笨，他被周围的什么东西紧紧围困在中间……

依然是海边，但是今天他似乎看不到大海，心中翻滚的乌云淹没了远处的地平线，不断向前涌动着，似乎要将他吞噬……他回到宿舍，拿了一两件衣服、几本书，用一条毛巾把它们裹起来打成一个小包，然后来到阿德亚尔河[①]边，乘上了一条前往马哈巴利普拉

① 阿德亚尔河（Adayar River）：流经马德拉斯（今金奈）的一条河流，最终流入孟加拉湾。

姆[①]的夜间轮渡。马哈巴利普拉姆有沉静的大海，岸上建有许多庙宇，寺庙后面的池塘上覆着田田的荷叶，他觉得在那里或许能够找到些许宁静，能够读读书，能为考试做些准备……

此时正值炎夏。船舱里闷热得根本待不住人。船舱上面的甲板上已经没有地方可坐了，甲板两侧是倾斜的，船夫们竟然能够躺在上面，甚至在上面睡觉，不知他们是怎么做到的。谢克尔看到他们躺在倾斜的甲板两侧，自己也走过去打算躺在那里。他把胳膊顶在甲板中间凸起的地方，然后躺了下来，如果手臂可以放在那里不动，一切都没问题，但是一旦手臂移开，他觉得自己会立刻从甲板上向下滑落，掉入河中。坠河的危险好像让这个地方变得更值得坚守。谢克尔用一只手抓住甲板，然后慢慢向船边移去，望着向前奔流而去的河水。

月亮升起来了。跃出河面的小鱼在月光中划出道道粼光，随着船的行进，渐渐落在后面的它们仿佛在呼唤着什么；水下也有荧光闪闪的小鱼如同闪电一般四处穿梭，像在用绿色的萤火书写着什么；鱼儿的游动搅起片片涟漪，月光中的河水波光粼粼，仿佛水中也燃着绿色的光焰……轮渡也被月亮的清辉濯洗一新，在清幽的月色中，它的行进显得更加悄无声息；因为酷热，船夫们也都默然无语……神秘、神秘、神秘……谢克尔仿佛慢慢从自己的世界中走了出来，一点点开启着自己的心扉，将自己融入这无边无垠、神秘莫测的静寂之中，一点点修复着自己的灵魂……宿舍里的男生、学院里的女生、城里的人们，都渐渐从他的意识中隐去，皎洁的月光将他们带给他的创痛和伤害如灰尘一般冲刷得干干净净……他感到手臂有些

---

① 马哈巴利普拉姆（Mahabalipuram）是位于泰米尔纳德邦的一个小城，距马德拉斯约60公里。

酸胀，于是用脖子替代手臂顶在甲板的凸起处，然后把脚顶在甲板前端的一根粗绳的绳结上，直直躺了下来，他发现这个姿势可以避免他向下滑落，可以让他安稳地躺在那里……一阵倦意袭来，那是一种使人心满意足的沉沉倦意，但是他的脑海里却满是学校里的孩子们、他们专注的眼神还有今晚迷人的月光，而且今天不知是为什么，他还想起了夏尔达……已经两年没见夏尔达了，不知她现在在哪里。谢克尔之前从没有想念过她，可是在时隔这么久之后的今天，在历经了种种纷争，品尝了各种敌意之后，在这样一个清新、宁静、温馨的瞬间，作为这神秘夜晚的一部分，她忽然出现在他面前……

夏尔达……倦意……月光……夏尔达……

假如他能睡着，就一定能梦见夏尔达，假如他能睡着……

马哈巴利普拉姆被称为千庙之城，但其实这种说法并不准确。建在海边的湿婆神庙在数不清的神庙中无疑是皇冠上的明珠。神庙的大门面朝大海，用未经雕琢的粗石堆砌而成，从那里可以望见宽广无垠的大海，大海对面便是日出月升的地方……

谢克尔一天之内亲眼目睹了两种盛景。他把头枕在神庙的门槛上，在那里躺了整整一夜。他看到月亮缓缓升起，越来越小，似乎在不断后退。望着望着，对夏尔达的回忆仿佛露水一般轻轻抚摸着他，沾湿了他的全身……

来到马哈巴利普拉姆的第二天，谢克尔早起观看了日出，然后从神庙返回住所休息。他睡到十点多钟，洗漱之后随便吃了点东西，然后又去了海边。尽管随身带了一本书，但他知道自己肯定不会看。

他坐在湿婆神庙背阴处的沙滩上，望着伫立在海水中的一根石柱。这根石柱曾经是一个神庙大门的一部分，但是不断上涨的海水淹没了神庙和大门，海面一直延伸到了湿婆神庙的大门前。如今从湿婆神庙望过去，石柱作为那座已经消失的神庙留下的唯一遗迹，依旧顽强地伫立在海水中，坚韧地承受着一波波海潮的冲击，在两百多年的时间里从未间断过……

谢克尔产生了一种强烈的愿望，想游到石柱那里去。从那里向后回望，湿婆神庙一定会非常漂亮，而且当夕阳在神庙后方渐渐西沉，欢跃于神庙台阶上的海浪就像戴上了金色的王冠，那一定会是一幅神奇动人的画面……时间已过了三点。此后的一个小时，他一直强迫自己把注意力放在书上，希望借此克制住自己内心的渴望。可最终他还是脱下衣服，把它们裹成一个小包放在岸边，然后跳进海里。

他的游泳技术直到现在依然不够娴熟，只能勉强游不长的一段距离。游到一半时，他开始感到呼吸急促，但是想到继续向前和向后回返距离差不多，于是继续向前游去。最后，当他几乎耗尽了全身力气，连抬一下手臂对他来说都是一种巨大挑战的时候，他终于艰难地游到了石柱边。他用仅剩的一点气力抓住石柱的台沿，撑起身体，坐在石柱的台沿上。

但即使已经坐下，他也根本无暇喘息。海潮不断上涨，海浪的冲击一波比一波猛烈，石柱的台沿也渐渐被海水淹没。为了让自己坐得稳一些，谢克尔不得不使劲抓着石柱，但是每一波袭来的海浪都仿佛更加愤怒地咆哮着想将他推入海中。谢克尔很快意识到，他越是用力让自己待在原地，就会越快耗尽体力，最终他一定会淹死。他十分清醒地意识到自己并不想这样死去，即使死亡最终无可避免，但此刻他依然应该做点什么。

谢克尔松开手，向岸边游去。太阳很久以前就已经落山了，但天空依然被夕阳的余晖染成红色。一些渔民的孩子光着身子聚在一起，在岸上又蹦又跳。谢克尔听不到他们的声音，但是他觉得，因为看到他站在石柱旁边，所以他们在大声喊叫着什么。这使他似乎感到了一丝幸福。游着游着，他觉得自己好像也加入了那群孩子……

他感到精疲力竭，两只手已经无力抬起，开始慢慢下沉。他忽然想到，在这种情况下不应恐惧，尽管身体在不断下沉，但还是应该尽力游出海面呼吸换气。海水淹没了他，过了一会儿，他重新浮了上来，由于缺氧，全身如针扎般刺痛。他张开嘴想要深吸一口气——

正在这时，又一波海浪袭来，他无法浮在海浪上面，海水随空气一起灌进他的嘴里，他又沉了下去——

他再次浮了上来，再次张开嘴想深吸一口气——

可他再次被海浪吞没，恍惚中沉向海底。

他忽然放弃了自己。一切挣扎都已无用。死亡就在前面等着他。再次浮起，就会再次把海水吞进口中，之后会昏迷不醒，直至在不知不觉中死去。一切都是徒劳。干吗还要挣扎着呼吸？就死在这儿吧。我终于可以知道什么是死亡了，我将亲身体验死亡的感觉。此时不应再害怕什么。似乎有人在对我说——不要害怕！

他睁开眼睛。咸涩的海水使他的眼睛感到刺痛。四周是一片无边无际的蔚蓝，可这蓝色却又那么苦涩。我即将看到死亡。不必害怕——死亡……

孩子们的吵闹声。难道他们是天使？

谢克尔试图站起来，但却惊恐地发现，除了从嘴巴和鼻子里流出一些咸咸的海水，自己根本动弹不得。他的后背很痛，胸口上仿佛压着一块沉重的石头，全身上下发出嘎巴嘎巴的响声。

他一定就要死了。可为什么还没死去？

他再次试图坐起来。

他慢慢睁开眼睛。

遍体鳞伤的他被一群渔民的孩子围在中间，一个人正在按压他的胸口。

大海不需要他。海浪将他从海里抛了出来。

他忍住剧痛，努力坐了起来。

他本想当晚便返回马德拉斯，但是根本站不起来。渔民把他送回福舍[①]后，他就一直躺在房间里。他感到浑身刺痛，但同时又觉得之前发生的一切全都顺理成章。从今天起，他将好好活下去，他将继续向前跋涉。他仿佛获得了一次重生，现在他已经准备好重新面对生命。一路走来，他曾经试图在美好中忘却痛苦、逃避抗争，然而这些尝试和努力全部都是徒劳，事实证明这是个错误的方向。如果不能成为一种力量，不能成为一种动力，所谓的美便只是镜花水月而已，这个道理是大海教给他的，这个道理是作为创世之主、真理之本、神圣至尊的大美之极的海洋教给他的！哪里有抗争，哪里才有美，只有内心充满力量的人才能发现美。只有那些有幸一睹原初之力的人，才能使自己变得强大起来，才不会陷入迷途。他们可以死去，但绝不会屈服；他们可以被毁灭，但绝不会染垢泥潭……

但是生活不知为何变得冷清起来。谢克尔渐渐疏远了大家，切断了与宿舍同学之间的各种联系，解散了珊瑚藤俱乐部，也不再编什么宣传册。他对一切都漠不关心，一心扑在功课上。然而一种空虚感却不断挠抓着他说：“你可以避开别人，但你怎么可能避开我？

① 指印度教神庙中提供给香客或信众免费居住的地方。

你是在读书？还是把学习当成了一次艰难但却徒劳的苦行？”傍晚，他有时会神情忧郁地坐在海边，有时会去离宿舍有段距离的神庙后面坐坐。这个神庙坐落在一个湖的湖心，在神庙后面能够听到钟声和颂神的歌曲，能看到映在湖中的灯影，但却看不到来来往往的行人。他的身上似乎笼罩着一层痛苦的阴影，可他根本不知道自己在痛苦什么。有时他觉得，自己想要的东西是美，美是一种力量，可他对力量并无所求，他想要的只是美而已；有时他觉得，自己想要的是一个朋友，但是这个朋友既不是戴沃达斯，也不是瑟达西沃。难道是夏尔达？当然不可能是夏尔达，可是……他想要的是超越于此的某种东西。但这个愿望怎么可能实现？他愤怒地问自己——难道我需要的是根本不存在、也不可能存在的神？

一天瑟达西沃对他说：“谢克尔，你看啊，现在距离考试还剩下三周时间，还有大把时间可以用来复习。你干吗不和我一起回家？在特拉凡哥尔安静的环境里，你的学习效率一定很高。”

谢克尔有些不悦地说：“难道我没在看书？”

“你是在看书，可并没有好好准备功课。你的成绩在全年级一直名列前茅，不过我发现——”

谢克尔并没有反驳，而是用满不在乎的口吻说：“能不能通过考试其实无所谓。”

瑟达西沃没有接他的话，而是说：“我打算明天或者后天回家。你要是能一起走，那就太好了！一起学习也能让咱俩互相鼓励。谢克尔，你应该顺利通过考试！”

谢克尔沉默了半晌。他发现瑟达西沃的邀请是真诚的，他的善意也是真诚的，而特拉凡哥尔——那是夏尔达的出生地，是她度过童年时代快乐时光的地方，或许也是她现在居住的地方……他突然为自己刚才对瑟达西沃的生硬态度感到羞愧，但却怎么也张不开口说一句“好吧”，即使为了夏尔达，他也依然说不出口。但其实这是特拉凡哥尔唯一能够诱惑他的地方。大海将他抛回这里，他将继续在这里生活下去，像现在这样，在死气沉沉中继续孤独下去……

“不，瑟达西沃，我不去你家。”

“为什么不去？”

“我不能去。我的脾气不好，可能会和你发生冲突，后果就是使你无法专心学习，而我自己也通不过考试。如果我落榜了，我还会迁怒于你。”谢克尔说完猛地一转身，准备离开。

瑟达西沃把手搭在他的肩上说：“谢克尔，告诉我，是什么让你这样痛苦？”

谢克尔的心顿时融化了。因为把手搭在他肩上，所以瑟达西沃一下子离他特别近，他本想把他的手从肩上推开，但却根本办不到。瑟达西沃那只放在他肩头的手使他改变了决定，从最终生硬的拒绝变为了接受。谢克尔淡然说道：“好吧，我去。不过我有一个条件。”

“什么条件？”

“咱们今天就出发，坐傍晚那趟车走。”

瑟达西沃脸上挂着亲切的笑容，说道：“走！去收拾行李。”

到达特里凡特琅[①]之后，瑟达西沃在家中给谢克尔安排了一个单独的房间，并且告诉谢克尔，无论他需要多少独处的时间都没问题，除非他主动邀请，连瑟达西沃本人也不会随便打扰他，只有仆人会经常过来打扫房间。谢克尔打量了一下四周，透过大大的玻璃窗向外望去，可以看到矗立在窗外的桉树和放在树下的一把帆布躺椅。

---

① 特里凡特琅（Thiruvananthapuram）现为印度喀拉拉邦首府，印度独立前曾是特拉凡哥尔土邦王国的首都所在地。

他满意地问道："这是谁的房间？"

"以前是我的房间，现在归你了。这个房间用来学习简直再合适不过了。"

谢克尔好像突然意识到什么似地对瑟达西沃说："瑟达西沃，你真够朋友！"话音刚落，似乎又觉得有些难为情。瑟达西沃留下他独自离开了。

学习渐渐走上了正轨。他发现不仅瑟达西沃，家里其他人也都很疼爱他。他自己主动要求和大家一起用餐，吃完饭后和瑟达西沃年迈、略有些疯癫、但却非常慈祥的母亲以及瑟达西沃的弟弟一起聊聊天。（瑟达西沃本来还有一个很受妈妈疼爱的妹妹。女儿不幸夭折后，妈妈因为过度伤心而精神崩溃，从那以后，她的神智就一直有些不正常。）只有傍晚出去散步的时候，他不想和任何人在一起。他常常独自一人漫无目的地闲逛到晚上才回来，有时家里人问他到哪里去了，他要么说："在城里随便转了转。"要么说："随便走了走，也搞不清哪儿是哪儿，到处都是房子。"

接连六天，他一直按部就班地温课备考。可之后的一天，他又遭到了一次突如其来的沉重打击。

散步时为了培养记忆力，他经常边走边念街道两侧房子和店铺上的铭牌，尽管并不十分认真，而且常常念过之后就忘了。那一天，他也是这样漫不经心地浏览着街边的铭牌，可心里突然噗通一下，一阵慌乱过后，他又看了一遍铭牌——确实是夏尔达父亲的名字！

他停下脚步，走到院子的大门旁又看了一遍铭牌，然后怔立在那里。他本想进去，但是心慌得似乎根本迈不开步。最后他还是慢慢转身离开了。

当天傍晚和第二天白天，他有意躲着所有人。第二天傍晚外出散步时，他又朝那边走去。

他走进院子里，发现院中空无一人，他来到屋外的围廊上敲了敲门。

仆人开门后问他叫什么名字，谢克尔报上了姓名。没一会儿，他发现自己已经站在了夏尔达母亲面前。

夏尔达的母亲和他东拉西扯聊了很多。问了问他的身体，问他考试的成绩如何，问他功课的情况，问他父母近来身体怎样，问他来此地的原因以及现在住在哪里，还问他喝不喝茶。但谢克尔只想问一个问题，可却没有勇气开口，他唯一能做到的事情是不断回答接踵而来的问题……半个小时之后，他告辞回家。

来到特里凡得琅的第八天和第九天，他也没有温习功课，因为他想起瑟达西沃曾经说过只在这里待十天。难道明天就该回去了？

他立刻穿上衣服又去了那里。刚一走进大门，他在院子的一角看见了夏尔达的身影。他确定夏尔达也看见了他，认出了他，可她却没有丝毫迟疑，立刻回身进了屋。

他进屋后坐在客厅里。客厅里只有夏尔达的母亲，他和她聊了起来。今天他连喝茶也没有拒绝——因为喝茶可以多耽搁一些时间！

夏尔达走进房间，像此刻才第一次看见谢克尔似的，用惊诧的语气说："你怎么在这儿？你什么时候来的？"

还没等谢克尔作答，夏尔达的母亲就用和蔼的语气说："女儿，你去给他煮杯茶送过来吧！"谢克尔看得出来，夏尔达母亲语气中的这种温柔和蔼出自她一贯的教养和礼貌……

喝过茶之后他便离开了。夏尔达也没再现身。

到家之后，谢克尔对瑟达西沃说："是不是明天就要动身回去？

不能再待一两天吗？”

“那就干脆再待三天好了！功课准备得顺利吗？”

“顺利。”

“你每天学习几个小时？短短一周时间竟有这么大变化，连马德拉斯都不想回去了！”

“是啊。”说完，谢克尔又钻进了自己的房间。

谢克尔依然每天去那儿，不过他并不进屋。他明白，夏尔达和他之间的见面一定会遭遇看似礼貌温和，实则非常坚决的反对。所以他每次只是站在离大门有段距离的地方，耐心地等待着……

第三天，夏尔达独自一人走出大门。她的手里拿着一个缎面的钱包，也许是去市场买东西。

谢克尔躲在一棵树后面，当夏尔达走到身旁时，他从树后走出来，喊了一声：“夏尔达！”

夏尔达瞬间笑逐颜开，但又马上转身用惶恐的眼神朝身后家的方向望了一眼。

谢克尔说：“你这么害怕，好像我是鬼似的。”

夏尔达没有吱声。

“你怎么不告诉我一声就走了？”谢克尔甜滋滋地嗔怪道。

“那你没告诉我一声跑到哪儿去了？我根本不知道你人在哪里！”

谢克尔发现他们正朝附近的一个花园走去。

“你最近在忙什么？”

“在准备考试！还剩下十几天就要考试了。”

“是大学入学考试吗？”

“是的。”

“我也要考试了。”

“中学毕业会考？”

“是的。”

两人沉默了片刻。谢克尔说：“考完试你来马德拉斯吧，在马德拉斯读大学。”

“为什么？”

“我也会在那里。”

“可我要是不去呢？”夏尔达的脸上似乎露出一丝笑意。

“那我就会以为你根本没把我当回事。”

“你和我是什么关系？”

天光昏暗，谢克尔看不清夏尔达的脸上是否带着笑容。他迈步朝大门走去，打算进入花园。

可夏尔达却说：“不，这会儿还是别进去了。我该走了，不然妈妈会生气的。我明天早上再来。”说完立刻转身走了。

谢克尔也慢慢朝瑟达西沃家走去。

第二天早上他们又见面了。交谈进行得时断时续，但过去系下的死结终于慢慢解开了。夏尔达告诉他说，她们来这儿是为了参加姐姐的婚礼，恰好当时父亲也被调到这里工作，他们从此就定居在特里凡特琅。她还告诉谢克尔，他离家去参加考试之后，她哭得很伤心，甚至哭得生了病，妈妈这才开始对她的情况有所察觉。从那以后，妈妈对待她的方式发生了一些变化，不再把她看成小孩，她现在对待夏尔达的态度既平等又温和，只不过其中暗含着不少约束……说着说着，她突然微笑着说：“现在我不是已经长大了嘛！”谢克尔也开始把自己的事情讲给夏尔达听，诸如妈妈对他的管教有多严格，而且其中没有丝毫平等和温和的成分存在；他如何在学院里交到了朋友。他还提到了珊瑚藤俱乐部的事情，谈到了他的理想、他的夜校、他的失落、他的朋友——大海、神庙、荷叶……接着他又告诉夏尔达自己如何去了马哈巴利普拉姆，又是怎么在那里的大海里游泳以及差点淹死的……

夏尔达口中发出一声轻轻的惊呼，这使谢克尔感到很开心，因为惊呼声中包含着对谢克尔深深的担忧。他又开始给夏尔达讲一些更加惊险的故事——他以前离家出走的事，以及差点在克什米尔的湖里淹死的事。

夏尔达说："行了！我不要听你讲这些了！"

"为什么？"

"你发誓会听我的话。"

"你说吧。"

"我要向你提一些要求，你发誓一定会答应我的要求。"

"我答应。"

"你发誓再也不拿自己的生命开玩笑，再也不要让自己置身于危险的处境！"

谢克尔的心中充满幸福。与此同时，一种勇气在他心里油然而生，可剧烈的跳动使他的心脏几乎就要炸裂……一句话突然脱口而出："夏尔达，你爱我吗？"

夏尔达没有回答他。

"告诉我，夏尔达，你爱我吗？"

夏尔达匆忙站起来说："我该回家了。时间已经不早了，妈妈会生气的。这样的话，以后我就不能出来这么长时间了。"

谢克尔剧烈的心跳渐渐平静下来。既然已经开了头，继续向前也就没有那么难了。尽管夏尔达的搪塞让他觉得有些尴尬，可他还是执意说道：“以前我并不知道爱为何物，现在我知道了。我会尊重你的。夏尔达，告诉我，你爱我吗？”

“如果我说不爱，那会怎样？”

“那，那……”谢克尔说不出话来。沉默良久，不知什么东西在他心中来回不停地翻覆……他说：“也许现在我不该这么问。但你会来马德拉斯吗？”

忽然转换话题使夏尔达感觉有些不快，可谢克尔对此并未察觉。夏尔达有些失望地说：“如果我不去马德拉斯，那又怎样？”

谢克尔有些气恼，但又多少想掩饰这种情绪，因此笑着说：“你怎么能不来呢？你必须来。难道不是这样吗？”

气氛慢慢变得复杂起来。夏尔达说：“我不会去马德拉斯的，我就在本地读大学。去马德拉斯没有任何意义。难道要我独自一人生活？而且——”

“如果你不来，我会认为你根本不需要我。”

夏尔达的语气变得更加凝重，似乎在重复他刚才说的那句话：“那我觉得，恐怕我不得不让你认为，我根本不需要你了。”

“夏尔达？”

夏尔达沉默着没有说话。

“夏尔达！”

她依然没有说话。

“夏尔达！”这一次，他的声音颤抖起来，“夏尔达，你还记得那些日子吗？”谢克尔语速飞快地回忆了两年前发生的那些故事——他在半路等放学回家的夏尔达，他们俩在松林中的约会，他们坐在一起背诵《吉檀迦利》，他给她采了那么多花，最后回忆到他突然站起来用两只手紧紧捂住夏尔达的眼睛，把脸埋在她的头发上，在淡淡的发香中如醉如痴的那个瞬间……

夏尔达把脸扭了过去，用忧伤的语调时断时续地说：“如果那些事情从来没有发生过就好了。我并不觉得回忆这些有什么好处。”

谢克尔上前抓住夏尔达的两个手腕。他冲动的情绪、他的动作和声音中既有一种竭力压制的忿怒，也有一种急切的恳求——“夏尔达！你到底怎么了？你是爱我的！你说你爱我！”

“把我的手放开！”

“你为什么不说？说啊！”谢克尔抓得更紧了。

夏尔达的声音因为忿怒和哭泣变得有些嘶哑，她说：“你？爱？我甚至后悔曾经和你说过话！”夏尔达用力挣脱了他的手，看了一眼被谢克尔捏红的手腕，朝自己家跑去。

谢克尔怔怔地站了一会儿，他想弄明白刚才到底发生了什么。后来他慢慢朝瑟达西沃家走去。

第二天的早晨和傍晚，第三天的早晨和傍晚，谢克尔都去了花园，他一直在那里等着夏尔达。夏尔达并没有来。直到这时谢克尔才突然相信，一切都已经结束了。他并不为此而感到惊讶。大海没有接纳他，蔚蓝色的海洋用自己无垠的胸怀将一切纳入怀中，但是连它也不接纳谢克尔，将他抛离了自己的怀抱。他是遭人厌弃的不洁之人。所以，夏尔达不接受他有什么可惊讶的？

谢克尔对瑟达西沃说：“咱们是不是该回去了？”

“我的功课都复习好了！你……”瑟达西沃突然停住话头，望着谢克尔的眼睛。过了一会儿，他用伤感的语调说：“那就走吧。回去之后看看考试准备得到底如何。”说完准备离开。

“瑟达西沃，你不问问到底发生了什么事情吗？”

“你很痛苦。痛苦的时候你可能更愿意独处，我留在这里会让你更难受。”

“瑟达西沃，你怎么懂得这么多？”

瑟达西沃慢慢说道：“妈妈精神失常使我学到了很多。经历才是最好的老师。”

临行时，谢克尔屈身行触脚礼。瑟达西沃的母亲说：“孩子，你还没说什么时候会再来。”

谢克尔心里很感动，他猛地弯下腰摸了摸瑟达西沃妈妈的脚。

老母亲含着眼泪把手放在他的头上，对他表达了祝福。

谢克尔心怀感激地发现，妈妈刚才说的并不是“祝你幸福”之类的惯常的祝福语，她说的是“祝你功成名就”。

之后的数日，看上去他似乎一直在日以继夜地用功备考，但其实只是浑浑噩噩、心不在焉地盯着书发呆。之后，他不抱任何希望地参加了考试。再之后，连这一切也终于画上了句号……谢克尔知道自己一定能通过考试，不过也仅仅是勉强通过而已，绝不会有比这更好的结果。考试结束后，他辞别了朋友和伙伴。

之后他去了海边，去向马德拉斯道别。

他对马德拉斯已经漠然，他知道自己今后再也不会回到这里。现在他要面对的是与周围环境的斗争，他这个遭人厌弃的不洁者将被展览示众，另一场战争此时已近在眼前。是时候告别夏尔达，告别夏尔达的家乡了……

他久久凝视着连绵起伏的海潮，久久凝望着那深邃无垠的神秘之境……

第二部 斗争

前　言

《谢克尔：斗争》实际上是《谢克尔传》的第二部，因此应当把第一部的前言也看作是这部书的前言。我怀着矛盾的心情想要表达的是：把两部书视为一个整体去读，便会接受这两部书其实是一部完整作品的事实。如同我在第一部的前言中所解释的那样，整部小说是在同一种专注的状态下写就的，经过无数次修改增删之后，最终分为两部出版。继续创作第三部的计划最终搁置下来。距离第二部正式出版也已过去了四十年，其间也相继出版过很多版本。印地语读者给予它的厚爱一直令我感到惊讶和感动。凭借他们给予的这份厚爱，我一直认为，《谢克尔传》的确为印地语文学奉献了几个特别受读者认可和接受的人物形象。社会在飞速变化，这是不争的事实。但是我一直感到，这些人物形象至今依然能够打动许多读者的心。为此我既感到高兴，也从中汲取到力量。尽管文学评论界或许对此颇有微词，他们认为这些人物作为“中产阶级心态”的代表，脱离现实，缺乏对社会的贡献；因为具有相同的心态，那些喜欢这些人物的社会阶层也同样脱离现实，缺乏对社会的贡献。能把这个新的版本呈现于读者面前，令我感到特别欣喜。令我颇感欣喜的另一个原因是，我自己也再次重读了整部作品。当初我对这部作品的设想此时应该已经有了某种结果，或许并不是我所期待的那种结果，但依然是一个好的结果。

——阿格叶耶

第一章　男人与环境

火车咣咣当当一路向前。谢克尔在尼尔吉里[1]告别了自己的父母和兄弟，从那时起，火车已行驶了足足五百英里。如今马德拉斯也被抛在了身后。尼尔吉里、马德拉斯、马哈巴利普拉姆、马拉巴尔、特拉凡哥尔……都将被抛在身后！他不断向前奔去，火车载着他一路向北疾驰，一千英里之后会稍作喘息，然后从那里再换乘另一趟火车，它将载着他再继续行驶一千英里，那时，他与这些熟悉的地方将相隔两千英里！

但是，他所熟悉的这些地方到底意味着什么？它们和他有什么关系？除了有他的亲人生活在那儿，尼尔吉里对他意味着什么？除了他曾经差点淹死在那里之外，马哈巴利普拉姆对他意味着什么？除了夏尔达生活在那个城市，以及他们曾在那里发生争吵并分手，特拉凡哥尔又意味着什么？随着他的离开，那些地方也将不复存在；那些地方之所以存在，只是因为那里曾经出现过他的身影。如今他

[1] 尼尔吉里（Nilgiri）位于今印度泰米尔纳德邦，因尼尔吉里山脉得名。

正在逃离那些地方，正在逃离自己留在那里的印迹，正在逃离他自己……

难道这一切都是真实的？难道这些地方都是真实的？难道这所有的纷争、爱恋、轻蔑都是真实的？难道他自己也是真实存在的？火车载着他向前奔驶，他觉得，没有什么是真实的，或许连火车的开动也不真实……

但是，除了是事实之外，这一切还能是什么？谢克尔正在逃离自己的失败，正在逃离自己的痛苦。他真是个傻瓜。他的愚蠢在于试图逃离生活。从生活中逃离之后，他又能去哪里？对于那些逃离纷争、逃离失败的人，仍将处处都是战争，步步皆是失败，那时他才会明白，此时除了停下来抗争，他已无处可逃。逃离生活吗？前方亦是生活。生活不会停滞，生活的边界永无尽头……

随它去吧！马德拉斯已被抛在千里之外的身后，而旁遮普正在相距千里的前方等着他。那里有新的生活，那里有维迪雅沃蒂姨妈，有谢西，还有……火车的轰响好似大海的咆哮。大海……然而这轰鸣声却将他带离大海，越来越远……

旁遮普人身材高大壮硕，肤色白皙，外表英俊，声音洪亮。如果谢克尔直视他们的眼睛，他们不会出于胆怯或者虚伪的谦恭而让自己的眼神有丝毫闪躲。

他想，这些人都很有男子气魄，是可以与之共同奋斗、与之并肩英勇作战的男子汉。

他是逃离纷争后来到这里的，此时的他心力交瘁。因此，他在自己身上感觉不到任何临战前的兴奋，感受不到任何紧张和压力。他似乎松开了身上的铠甲，疲乏懈怠。他并未沉睡不醒，他依然睁着眼睛，只不过没有丝毫斗志。他用眼睛默默观察，眼神中流露出的只有坦诚，并没有任何急于建立友谊的迫切，也没有任何面对敌意时的畏缩，他只想认识这个地方。

时隔两年，他再一次见到了这里的人们。他想，这些人很有男子气魄，可以与他们一起奋斗。

为了参加大学入学考试，两年前他曾经来过这里，不过那时他并没有仔细观察过这些旁遮普人。当时他满脑子都是夏尔达，离开时又带走了谢西留下的印迹，根本没有顾得上好好看看这里。但是今天，从战场上归来的他开始用战士的目光审视这里。只不过，这个战士此刻心力交瘁。

谢克尔对这里没有任何偏见，即使有，也是对旁遮普和旁遮普人的欣赏——虽然初来乍到，可他希望能立刻与他们打成一片、融为一体。认识宿舍里的同学后，他便立刻试图去了解他们的思想，理解他们的追求和愿望。不过他发现，自己的计划开展得并不顺利，其中最大的障碍正是他自己。因为他说的不是他们的语言，穿的不是他们的服装，由此清楚地表明，他并不是他们当中的一员。他开始着手弥补这一缺憾。他随便做了两三套西装，买了衬衫、领带、袜子、鞋子、梳子、香脂、烫熨裤子的熨斗和挂衣服的衣架，还有一顶用合欢草编的卡其色的英式草帽。他买的东西都很普通，没花太多钱，不过他喜欢的就是这种特别简单纯朴的东西，虽然价格不高，但并不因此而显得廉价。华丽的东西很引人注目，一望便知其价格不菲；而那些不太起眼的东西，尽管价格低廉，但足以应付平常的生活了。穿上西装后再遇到自己的同学时，他发现自己竟然也忝列被人追问“品牌”的时尚人士行列。语言的问题依然存在，他的旁遮普语说得依然不够流利，而且也常常听不懂其中的俗谚。尽管如此，可至少他的外表看起来已经和他们差不多，而且基本能够听懂他们的话，所以他不再像一个异类，他开始慢慢融入他们之中。

就这样，他很轻松地借助于服饰找到了四通八达的道路，他本该对此抱有怀疑，但是疑虑并不符合他此时的心境。得到认可、受到欢迎、获得承认是一件多么美好的事情……谢克尔长得也还算过得去，那件新西服穿在他身上也还不算别扭。他是个沉默寡言、沉浸于自己内心世界中的人，狂野不羁和沉静恬淡在他身上各占了一半，或许在那种西方味十足、虚伪客套的社交场合他会觉得无话可说，但对他来说，穿西式服装并不是一件难事。他对西式服装其实并不陌生；英语尽管不是他的母语，但也和母语差不太多——他的英语是跟一名美国牧师学的……谢克尔很快发现，学院里的大多数男生都认识他，而且在这里成为名人的方式与在马德拉斯时不同。他很满意自己的表现，这种自信同时又促进了他成绩的提高。在第一次季考中，四门课程中他考了三个第一。他由此声名大振，也更受大家追捧，知道他的人越来越多……这些来自周围的追捧，渐渐让他感觉有些飘飘然。不知从什么时候开始，他发现自己的开销竟然翻了两倍多，衣服多得一个旅行箱已经装不下，竟然足足装满了三个手提箱，他根本没法马上在箱子里找到颜色合适的领带——其实领带总共也没占多大地方！他发现，大家买衣服的时候会来征求他的意见，某一天他如果在学院里戴了一条新领带，第二天就会在许多地方也看到同样颜色和款式的领带，可谢克尔自己脖子上已经换了另外一条领带。他还发现，现在连不住在宿舍里的男生和女生也开始对他频频示好……

至今他依然没有束紧自己的铠甲。松开铠甲，把自己交给阵阵清风，这种感觉是多么幸福！这清风会带走他周身的疲惫，吹干他的汗水，冷却和净化血管中载满疲惫的血液，缓解他的伤痛……把自己投身于这清风之中，让自己随风飘荡，这感觉多么美妙……

但是，在清风中四处飘摇，散开的铁甲不断重重敲击着他的身体。铠甲依旧还在，是束紧它，还是索性脱下扔在一旁，让它不会反过来弄伤自己？难道谢克尔应该脱下铠甲并且把它扔掉？可他早已把自己脱得精光，扔掉了自己的全部衣服，甚至包括在旅途中会成为负累的所有虚假的伪装，如今铠甲下面就是他裸露无遮的肌肤，赤裸、柔弱、鲜活……肌肤下面便是那个藏在骨骼和血肉中的纤弱、孤独、不安的生命——那就是谢克尔自己……难道他应该再次束紧铠甲？

但是，远离战场，松开铠甲，躺在河岸边的小舟上，多么令人惬意……随着阵阵清风的吹拂，上下起伏飘摇，仿佛变成了一架秋千……

谢克尔渐渐才明白，自己所融入的社会中还分为许多不同的小团体。他在宿舍的学生中并未发现这种小团体，因为宿舍里划分阶层的依据要么是有钱与否，要么是智商高低，但是在宿舍之外他所认识的那些人中，情况却有所不同。有时，他觉得这些小团体之所以存在，是因为他们各自支持的理论有所不同，因为他发现某个小团体将柏拉图看作理想人物，而另一个小团体的偶像则是叔本华；某一个团体中争论的是斯多葛学派[①]的理论，而在另一个团体中讨论的则是享乐主义[②]。有时，他觉得派别林立的原因是为了捍卫他们各自的特殊癖好。

① 斯多葛学派（The Stoics），又称斯多葛主义，是古希腊的四大哲学学派之一。

② 享乐主义(Hedonism)，又称伊壁鸠鲁主义（Epicureanism），是一种哲学思想，认为享乐是人类最重要的追求。

谢克尔发现，自己与两个小团体的关系变得越来越密切。从特点上来看，这两个小团体差异很大，但谢克尔性格中的矛盾之处就在于，他和这两个小团体都走得越来越近。

第一个小团体里的成员大多是谢克尔宿舍里的舍友。谢克尔之所以会从之前住的宿舍搬到现在的这个宿舍来，是因为在这儿有望遇见学生中的精英分子。住在这个宿舍里的通常都是家世显赫的学生，而且宿舍在学院里很有名气，因为这个宿舍的男生常常作为主力参加曲棍球、足球、网球等各种比赛以及社团协会的辩论赛，或者说，这些学生在这个宿舍里享有特殊地位。

谢克尔傍晚时总能听到隔壁房间传来阵阵笑声。于是，一天他去拜访了隔壁房间，由此结识了这个小团体。隔壁房间的主人杰杜尔森是这个小团体的主要成员，没人听他讲过印度本土的语言，只凭这一点，他便成为了这个宿舍中仅有的三名队长之一。他的朋友常常在他房间里进进出出，初次相识的时候，谢克尔知道了纳伦德拉、普本德拉和莫迪这三个名字，不过第二天他才知道他们的绰号分别是“阿黑”“喇叭”和“帕皮”[①]。在这个小团体里，称呼别人全名被认为是一种过错——因为太过客套。“我们不需要客套礼貌，这种客套会妨碍人与人之间的关系。我们希望把人称为人，然后再去认识了解他，而不是把人看作被社会精心打扮的‘稻草人’。”这是有一天“阿黑”说的。谢克尔并不觉得这句话有什么不对，但由于它出自“阿黑”之口，因此便显得有些乖谬，因为在这个小团体里，“阿黑”的智商最低。“帕皮”很聪明，在整个学院也颇受追捧，不过他对一切都报以揶揄和嘲笑，甚至也总是以这种态度自嘲。他常常谈论学院里的女生，每句话都流露出对她们——针对女性——的

① 英文“小狗”之意。

极度不敬和蔑视……谢克尔觉得，这个人是一个精神上的苦行者，但是他的苦修没有走上正道，反而发展为口舌上的尖酸刻薄，连那些无足轻重的小事也绝不放过，每每赤口毒舌、恶语伤人。“帕皮”的这个特点有时很吸引谢克尔，有时又会让他瞬间心生厌恶，远远躲开。但是由于“帕皮”着实聪慧过人，谢克尔和他之间的关系还是越来越密切。一天，谢克尔以一种非常奇特的方式从他那儿学到了一课。

“帕皮”把谢克尔介绍给被称为高尔小姐的三姐妹，在她们自己的小圈子里，拉妮、莉莉和露比这三个名字可谓如雷贯耳。大姐在读硕士，另外两姊妹读的是本科。透过她们时尚的淡眉、抹着彩色眼影的眼睛以及涂着唇膏的嘴唇，能够看出她们天生的美貌，不过她们并没有放弃精心修饰这种美貌的尝试和努力。见过一两次面之后，谢克尔无意中听到了她们之间的对话，言语间充满战争受害者才有的幻灭感，他一边向外走一边想，这种情绪怎么能与眼影和唇膏同时存在于一个人身上？不经意间他大声问出了这个问题。“帕皮”问他：“你觉得她们三人之中谁最玩世不恭？”

谢克尔说：“不好说。但是露比可能——”

“哎，老弟，我从来记不住她们的名字，我是通过她们身上不同的香水味来区分她们的。”

谢克尔微微一笑。他已经变得能从这样的对话中享受到乐趣了，只不过这种话他自己却说不出口。他说：“我现在还算不上是个好的鉴赏家。”

“帕皮”说：“这样没什么不好。唉，我有一天就闯了祸。之前我曾经把这个秘密告诉过阿黑，可那个混蛋有一天偷偷掉换了她们的香水。后来我们大家一起去看电影，从电影院回来的时候，我根本分不清谁是谁了。”

看到“阿黑”走了过来，“帕皮”便不作声了。可“阿黑”已经听到了他说的话。他说：“好啊，好啊，把整件事都说出来吧！干吗不说了？其实事情是这样的，我们大家在回来的路上经过一个灌木丛，帕皮趁黑抓住了露比的手，她甩开他说：‘How dare you, puppy！’[①]这可怜的家伙开始求饶，可这时莉莉却哈哈大笑起来。”

“真能撒谎！说说你自己的事，难道才过了两天就忘了？莉莉对你做的蠢事是怎么评价的？”

“什么时候的事？”谢克尔笑着问。

“哎呀，就是前天的事情——”

但是“阿黑”打断了“帕皮”的话：“老弟，其实近来任何人都很难分清她们谁是谁。杰德尔（杰杜尔森这样称呼自己）有一天想了一个鬼花招，他说他可以通过她们唇膏的味道分出她们，但是——”

这种话让谢克尔感到有些恶心。他时常能听到针对女性和她们行为举止的玩笑，但是至今他依然无法接受别人拿那些他认为属于爱情的东西开玩笑。“其实并不存在爱情，只有肉体和理智——一方得到了肉体，一方得到了钱，这就是爱情。”他无法认同这种观点。和他们分手后，他忽然想到，前天晚上他们所有人都在宿舍里，杰杜尔森九点半的时候还亲自去签了到，那他们什么时候去看的电影？

他把这个问题藏在了心里。宿舍晚上签到之后，他不由自主开始监视这几个人的行踪。第三天晚上，他发现晚上签到后这四个家伙从后面的楼梯下了楼，身后跟着宿舍里的一个年青仆役。仆役打

---

① 英文，意为：你好大胆子，帕皮！

开大门放他们出去后正要关门，谢克尔跑过来对他说：“我找杰德尔巴布有点事。”说完，也跟了出去。

仆役藏起了手中的酒瓶，不过这个动作被谢克尔看在眼里。

谢克尔夜里十一点半返回了宿舍。那四个家伙离开宿舍后走了大约两英里，然后进了一栋房子，谢克尔看到这一幕后便转身朝宿舍走去。宿舍的大门是开着的，他悄悄沿着后面的楼梯上了楼，回自己寝室睡觉去了。

第二天傍晚，他便了解到那是谁的房子了。当时他站在离那栋房子不太远的地方，正打算向谁打听一下情况，正好学院一位教数学的教授走了过来，他认出了谢克尔，对他说：“谢克尔，你在这儿干吗？正派人是不在这种地方逗留的。”

“为什么？”谢克尔惊讶地问。

“你没看见吗？前面就是妓院。”

谢克尔有些惊异也有些羞赧地和教授一起离开了。

谢克尔从未听第二个小团体里的成员谈论与女人有关的话题。这个小团体似乎只关注提高文明程度方面的问题。如果话题中涉及女人，那么也只有一种论调——女人是文明的核心，女人是文明的推动者，女人是这个男权社会的中心，女人是这个……女人是那个……原因可能是这个小团体的成员中有一名女性，而她恰恰又是这个小团体的领导者。

莫妮卡是在牛津大学以及巴黎接受的教育。拿到学位后回到了印度，但因为不缺钱花，所以她并不认为有必要工作。她之所以愿意每周在学院里免费讲授四五个小时的文学课，只不过是为了打发时间，并且通过这种方式保持和学生们的联系。尽人皆知的是，学院里所有才华横溢的男生一定会出现在莫妮卡女士的社交圈里，因此那些自认为才华横溢，抑或那些其实并不认为自己有什么过人才华的男生，都时刻等待着能有机会获得加入莫妮卡社交圈的资格。

谢克尔是被同年级的一个男生领去的。这个孟加拉男生长着一张蒙古人种的扁平面孔，眼睛高度近视，反光的眼镜片后面是一双老是直勾勾盯着人而且有些浮肿的眼睛，眼神中透着一股傻气。不过他的成绩很好，大家公认他在英国文学的一些领域知识渊博。谢克尔在考试中撰写了一篇关于罗塞蒂及“前拉斐尔派”[①]诗歌方面的文章，因此被认为具备了进入莫妮卡女士社交圈的资格，于是那个孟加拉男生领他去了莫妮卡家。

谢克尔虽然跟着去了，但其实心里一直在想自己去的不是时候。当时，他满心都是对这些文化小团体的愤怒和不满。白天洗澡的时候，他在浴室里和阿黑打了一架——看到他在浴室里稍微耽搁了一会儿，等在外面的“阿黑”对他破口大骂，谢克尔连衣服也没顾得上穿，跑到浴室外面揍了他一顿——从那时起，谢克尔心中一直有股怒气。在这种心情下他本不想去莫妮卡家，但是得知已经为他定好了时间，他实在不好拒绝。

莫妮卡女士的客厅装饰华丽，但他根本无暇欣赏它的华美。

他一眼便瞥见了坐在房间里的另外三个人。倚在沙发上的莫妮卡看见谢克尔和同伴走了进来，眼睛盯着谢克尔的同伴问道：“你好啊，勒斯古拉[②]，这是你朋友吗？”

谢克尔吃惊地朝自己的同伴望去。是啊，简直太形象了，勒斯古拉！这个倚靠在沙发上的瘦女人的伶牙俐齿以及她起的这个惟妙

---

① 前拉斐尔派（Pre-Raphaelite Brotherhood），又译为拉斐尔前派，是1848年在英国兴起的美术及文学改革运动。

② 一种作为甜点食用的甜米粉团。

惟肖的绰号，让谢克尔不禁微微一笑。勒斯古拉——只要听一遍这个绰号，似乎很难想象这个人还能叫其他什么名字。

勒斯古拉向莫妮卡介绍——“莫妮卡小姐，这是我朋友金德尔谢克尔·潘迪特。”谢克尔看见莫妮卡上下打量着他，他觉得她心里一定认为自己是个乏味无趣的人。

莫妮卡挥了一下胳膊，指着椅子说：“请坐吧！您抽烟吗？”她用两根手指把一个核桃木的雕花小盒子向谢克尔推了过去。

“谢谢，我不抽烟。”

莫妮卡的右侧坐着一个英印混血的男士，这人身材肥硕，长着一个红通通的鼻子。他说：“莫妮卡小姐，干吗给他这个，把那个给他，让他好好学习一下。”说完，把一个杯子放到谢克尔旁边，然后唤道：“侍者！”

顺着他手指的方向看过去，谢克尔看见莫妮卡身旁的边桌上放着一个托盘，托盘里有两个酒瓶和几只大大小小的杯子。

“谢谢，我不喝酒。”

“哎呀，您不喝酒？那您就不该来这里。我要是不喝酒，压根就不会待在这里。文明——”

莫妮卡用有些冷淡的口吻说：“绅士先生，请用文明教化一下他吧！”

勒斯古拉说：“马修总说希腊文明衰败的原因在于戒了酒，如果希腊人一直嗜酒，希腊文明将会长盛不衰。”

侍者端来了茶。之前有几个人坐在客厅里一直没有说话，这时其中一个人问：“潘迪特先生，茶您总该喝吧？”

“不，我不喝。”谢克尔听出问话中含着一丝淡淡的讥讽，他禁不住愤愤地站了起来，反驳道：“不仅不喝，我还反对您问这种问题。

茶，问‘您喝吗？’烟，问‘您抽吗？’酒，也问‘您喝吗？’，似乎这个问题成了文明与否的试金石。”①

莫妮卡脸上的表情第一次显得有点兴奋。她说：“说得好，潘迪特，这是今天我听到的第一句睿智的话语。”

马修带着些敌意说：“潘迪特先生倒是开了金口。可我认为他除了说‘不’和‘谢谢’之外，什么也没说。”

“伟大的人物惜字如金，可说出的话总会令人受益匪浅。”

为了表示对这串连珠炮似的对话的不屑，谢克尔冲着勒斯古拉问道：“你也喝酒吗？”

莫妮卡微笑着说：“您来这儿是为了检验他的文明程度吗？”

屋里响起一阵哄笑声。马修说：“勒斯古拉？他可是赫赫有名的斯班杰②·勒斯古拉啊，喝起酒来就像一块海绵。”这个带着双关含义的讽刺把他自己也逗笑了。

谢克尔说：“我真不知道旁遮普学生的生活竟会如此堕落。我以为，身材魁伟的人一定有内涵，可你们全都腐朽堕落了。”

如同一只螃蟹爬进了水波斑斓的金鱼池，此时屋里的气氛也同样紧张。大家很快纷纷起身告辞，谢克尔发现客厅里只剩下自己一个客人，于是也站起来向莫妮卡道别。

莫妮卡起身说：“见到您我很高兴——”谢克尔正要对这句惯常的客套话做出同样客套的回应，莫妮卡接着又说：“到我这儿来的人并不缺乏智慧，却常常行止失当，我也为此感到很难过。尽管我们长着粗大有力的牙齿，但却没有胃肠。我们贪婪地大口吞下食物，却无法消化。您好像没什么食欲，不过您的整个系统很正常。”莫妮

---

① 在印地语中，“抽烟”“喝酒”和“喝茶”中使用的是同一个动词。

② “斯班杰”即英语“海绵”一词，此处作为绰号表达一种讽刺和调侃。

卡稍稍停顿了一下，然后说道：“见到您我真的很高兴。”这一次她的语气中充满真诚，没有丝毫客套的成分。

谢克尔带着一丝感激说：“再见。”

“不，等等——”莫妮卡说着朝谢克尔伸出了手。谢克尔握住她的手，莫妮卡说：“请一定再来做客，*施洗者约翰*[①]。”

谢克尔很喜欢这个名字——“*施洗者约翰*”。这个称呼中透露出的善意虽然略微有些生硬，但却和那个有些疯癫的先知形象非常吻合。而且他也喜欢莫妮卡和他握手时的力度——亲切有力，像一只男人的手。

莫妮卡的个性中有一种非常独特的凄怆和伤感，让人对她既恨又怜，还有几分钦佩。正因如此，谢克尔到她家里又去了三四次，每一次他都很受触动，但同时，心中的不快似乎又增加了几分。莫妮卡有着过人的才情，但缺乏把控这份才情的坚韧和执着，不过与此同时，她也深知自己身上的这个缺点，因此愈加显得凄楚可怜，所以为此迁怒于她并不那么容易。

第一次见面之后的一天下午，谢克尔收到了莫妮卡寄来的一封信，信中邀请他去家里喝茶，一段客套的邀请词前面写道：“彼时将不会有任何您不想见到的人在场，您尽可放心。”那一天，谢克尔忽然意识到，莫妮卡的理解力是多么敏锐深刻，而她的力量又是多么孱弱——尽管理解力也被称为一种力量。

之后，谢克尔又接到过两三次邀请，他发现每次都没有旁人在场。这之后，他和莫妮卡的关系越来越熟稔，谢克尔可以不请自到，

---

① “施洗者约翰”（ John the Baptist ）是《圣经》中的犹太先知，宣称天国即将到来，号召人们受洗并忏悔，曾为耶稣基督施以洗礼。

毫无顾虑地出入莫妮卡家。

一天吃完饭后，谢克尔出去散步，他突然想去看看莫妮卡。莫妮卡家遵循的是西式礼仪，晚饭后去聊聊天并没有什么不妥，有了这个念头后，他便径直去了莫妮卡家。

在屋子外面他意外遇到了马修。他不喜欢这次偶遇。对这次偶遇，马修也同样感到不快。

谢克尔敲了敲客厅的门，无人应答，他又敲了敲，还是无人应答，于是他推门走了进去。客厅里没有人，前面餐厅的门也是开着的，餐桌上摆着用过的餐具，但是餐厅里空无一人。谢克尔不知所措地站了一会儿，然后在客厅里找了一把椅子坐下，但是刚坐下便又站了起来。借着客厅一角昏暗的灯光，他看见身穿蓝色纱丽的莫妮卡正躺在蓝色的沙发上，衣着凌乱不整，一只赤裸的手臂耷拉在地板上。

谢克尔唤道："怎么了，您没事吧？"走到莫妮卡身边后，他又一次问道："您怎么了，莫妮卡小姐？"

莫妮卡的眼皮似乎微微有些颤动，然后睁开了眼睛，目光只在谢克尔的脸上停留了片刻，便又羞愧地闭上了。过了一会儿，她再次睁开了眼睛，脸上的表情将整个过程的艰难和挣扎暴露无遗。莫妮卡说："谢克尔，哎呀！"她一度挣扎着想坐起来，但没有成功，她有些沮丧地说："谢克尔，I am dead drunk！[1]酒是马修带来的，我以前没喝过这么烈的酒，我不知道这酒会这么烈，这个混蛋！"

"马修带来的？可您为什么要喝？"谢克尔不知道该说些什么。

"喝了！我喝了！"莫妮卡大笑起来。"我的笑声很粗鲁吧？我

① 英文，意为：我喝得酩酊烂醉。

知道。I am feeling stupid… stupid，[1]”她顿了一下，“把那本书给我，那本蓝色封皮的，把灯拿到这边来。”

谢克尔按她吩咐的做了。莫妮卡接过书，用颤抖的手打开，然后用手指着书中的一个地方说：“你读过这首诗吗？”

谢克尔感到既惊讶又疑惑，从她手里接过书，心不在焉地看了起来。

“大声读，我想听。”

My candle burns at both ends
It will not last the night;
But ah my foes, and oh my friends-
It gives a lovely light.[2]

谢克尔沉默了。

“接着读。”

谢克尔痛苦地说：“请您原谅，我此刻没有心情读诗。”

“没有心情？为什么？不过你说得很对。你是在怜悯我吧？”

谢克尔没有回答。

“可我要告诉你——”莫妮卡激动地站了起来，“这都是你的错。你为什么不经邀请擅自登门？你走吧！你打扰了我的清净，而且你有什么资格怜悯我？”

谢克尔转身打算离开，莫妮卡又笑了起来，“我醉醺醺的还没

① 英文，意为：我觉得昏头昏脑。

② 英文，这首诗是美国诗人埃德娜·圣文森特·米莱（Edna St. Vincent Millay，1892~1950）的作品，名为《第一颗无花果》（First Fig）。大意为：我的蜡烛两头燃，它无法挨过整个夜晚；可是，我的对手啊！我的伙伴啊——它射出的光芒如此灿烂！

醒，对吗？我知道。我的笑声听起来真傻。好吧，你走吧。以后受到邀请再来，懂吗？”

谢克尔向外走去。

“我说得很对。Burn at both ends，[①] 肉体本该如此。本该如此。你是个傻瓜，傻瓜！我的施洗者约翰。”

走出莫妮卡家，谢克尔忽然回想起来，前一天聊天时莫妮卡问：“您有什么爱好吗？”他随口答道：“我喜欢收集图片。”

“How uninteresting！[②] 不喜欢动物吗？”

谢克尔告诉她，很久以前他喜欢养小鸟和小动物，也喜欢捉蝴蝶，但是现在已经没有这种爱好了。

“就这些吗？I collect men！[③] 我想看看男人到底能有多少古怪的类型——可是——”突然间，她的声音中充满厌倦和疲惫，“臭皮囊下面全都一模一样！全都是粗俗、野蛮、贪婪的野兽！”

想起了那天的这番谈话以后，谢克尔在心里补充道：“臭皮囊下面全都一模一样——所有的男人，所有的女人；男人和女人，女人和男人……”

“尽管长着牙齿，但却没有胃肠。贪婪地大口吞下食物，却根本无法消化！”

“臭皮囊下面全都一模一样——贪婪的野兽！”

“施洗者约翰！”

---

① 英文，意为：两头燃。
② 英文，意为：多无聊啊。
③ 英文，意为：我收藏男人。

“你是个傻瓜，傻瓜！”

谢克尔暗暗决定，别说没有受到邀请，以后即使受邀，他也不会再去莫妮卡家了；和“阿黑”打过架后，他受到以杰杜尔森为首的小团体的孤立和排挤；出于自尊和自负，他与那些才气比不上自己的人一直保持着距离；一次次写信向家里要钱，但却没有得到令他满意的回复，这让他对家里也充满怨气。谢克尔垂头丧气地坐在房间里，不断翻检挖掘着自己的记忆，如同一匹骄傲的烈马不断用前蹄刨踏着地面。他本来想通过写诗或者散文来安慰自己，以前他在这种时候常常这么做，但他发现，莫妮卡说过的一些话不断浮现于脑海中，完全打乱了他的思绪，他不仅无法轻易把它们从大脑中赶走，反而总是不由自主地反复思考着这几句话。他很轻松地就把杰杜尔森和他的小团体以及高尔姐妹从自己心中抹去了，他们只不过把轻浮和放荡装扮为一种时尚而已；但是莫妮卡……她代表着一种力量，只不过这种力量表现为扭曲和堕落，她令人厌恶，但却令人无法低估，没人能轻视她的存在。莫妮卡的——她那个阶层的——灵魂是病态的，但是并没有完全失去灵魂，而且这种病态的灵魂并非她一人所独有，而是现代人的通病。

谢克尔不再尝试去寻找安慰，也不再试图寄情于诗歌和散文，他开始用笔记录自己心中的种种思绪——学生与教师、时尚与文化、理智与欲望、人的天性与出世入世之间的关系……他写作的速度越来越快，他的心灵也仿佛逐渐模铸成型，他惊异地发现，他这段时间创作的作品中既有散文和诗，也有小说和随笔。尽管他并没有在写作中感受到创作的快乐，收获到的只是劳动带来的满足；尽管浸润于文字之中的不是富于想象的甘汁蜜露，而是苦涩难咽的亲身感受，而且写完之后，他丝毫没有再读一遍的欲望，文稿总是被他随便扔在书柜的大抽屉里，但他的内心一直在历练中不断成长。有一种意识和信念渐渐在他心里占了上风，他觉得自己笔下的这些人，自己身边的这些男人和女人以及共同构成了他所生活的这个世界的这些人，本性上并不是什么坏人，他们只是一群善良但又孱弱无力的人——他们怀有善意，但是他们的这种意念不够强大，因此尽管心怀善念，却被邪恶包围、束缚和摧毁，可他们对这种处境却习以为常、心满意足……我们有没有勇气恚恨这样的人？但是，对他们报以怜悯之心难道不也同样需要勇气吗？一个孤独的人却用怜悯的目光看待整个世界——这需要多大的勇气！尽管心中的疑问并没有找到答案，但他的文稿已慢慢积攒了一大摞儿。他先是把文稿装满了一个盒子，后来发现这样无法对文章进行分类保管，所以又把这些文稿装满了一个橱柜。

对他身上这种新的厌世倾向，他的朋友们则报以嘲笑的态度。杰杜尔森那帮人将其视为自己一方的胜利，所以他们常常在谢克尔出门时，故意冲着他学狗叫或者学猫叫，借此显摆胜利的喜悦，这甚至成了他们的保留节目。另一些人则认为谢克尔是在准备考试；还有一些人说他以前穿的衣服和鞋都是借来的，现在借不到了，所以就不出门了……所有人都在诋毁他，但他到底在做什么，大家其实都很好奇。

天气越来越热了，考期也日益临近。谢克尔昏昏沉沉地复习了几本书，然后又昏昏沉沉地参加了考试。他知道自己一定会顺利通过考试，所以考试结束后又开始专心写作。考试结束后，同学们大都回家去了。留在学校里的其他学生发现他还在专心学习，于是关于他的各种流言一时间甚嚣尘上，有人说他在准备政府部门的文官考试，有人说他在吸食鸦片。可他对这些传言充耳不闻，依然专心写作。后来，其他学生也纷纷放了假，所有人都回家去了，只有谢克尔还留在学校里。

谢克尔并没有做好迎接孤独的准备，对孤独的恐惧笼罩着他。他需要不断逃离孤独、逃离自己，他需要不断为自己的注意力找到关注点。宿舍里的学生只剩下他一个人了，所以他开始关注起宿舍里的仆役来，忽然对他们的生活产生了浓厚的兴趣。可是两三天之后他就发现，他们身上并没有更多能吸引他的地方——这些乡巴佬整天抽着水烟，满口污言秽语，傍晚唱几只小曲，晚上玩玩卡巴迪[①]，天天都是如此。由于在周围实在找不到什么乐趣，他开始在大街小巷四处游逛。因为白天天气太热，所以他昼伏夜出，白天睡觉，傍晚时外出，一直在外面游荡到深夜，回去睡一两个小时以后，清晨再出去闲逛。

从未在这种漫无目的的游逛和无所事事的流浪中消磨过时光的人，根本无法想象它是多么令人沉迷。很长时间以来，谢克尔一直没有意识到，求知欲原本是促使他闲暇时在外游荡的原动力，但在这种漫无目的闲逛中，他的求知欲慢慢被消磨殆尽，他渐渐变成了一个真正的“浪子”，一个没有任何好奇心，没有任何愿望、期待、渴求和动力的人，一个除了“活着”之外，再无更多存在意义的人。不知不觉中，他的状态逐渐沦落到肚子饿了便会去偷些吃的，压根没有意识到自己是在偷窃，而且是因为饥饿在行窃；感到冷了，便会心安理得地偷走别人的毛毯……

因此，当他有一天忽然又出现在那条路上时，他的心里没有任何犯罪感，尽管当时他的神智非常清醒。为了跟踪杰杜尔森那帮人，他曾经去过那里。

---

① 一种流行于南亚地区的民间体育运动。

离那个既昏暗朦胧又光怪陆离的街区越来越近，可他的内心并没有因此变得更加清醒和警觉，反而越来越疲惫和消沉。他为此感到有些愤怒和痛苦。仿佛是为了让自己清醒过来，他用力地捶打着自己的胸口，对自己说："谢克尔，醒醒吧！想想清楚！你这是在哪里？！这里是妓女出没的红灯区，这里出卖肉体，这里出卖欲望，这里出卖幸福。你懂吗？"但是他的内心却对此表示抗拒。谢克尔边走边愤怒地一遍遍重复着："妓女！妓女！妓女！她们是娼妓，是婊子！懂吗？这里没有道德的约束，没有廉耻，没有光明，也没有黑暗，只有各种颜色，只有涂抹着各种颜色的脸……"但是这种做法并没有让他清醒过来，反而让他的内心更觉倦怠。谢克尔既不想克制自己，也不打算继续向前走。无论是继续向前行走的那个人，还是不断告诫他的那个人，似乎都和他没有任何关系……

他突然被一个女人撞了一下。他惊讶地发现，这次碰撞并非出于偶然，是那个女人粗蛮无礼地故意推了他一把。谢克尔盯着她，平静的目光中既没有愤怒，也看不出其他任何情绪，之后他向后退了退。女人惊讶地骂了一句脏话，继续向前走去。谢克尔想问自己，他为什么到这儿来，来这里想做什么，想得到什么……或许他曾经希望在这里会遇到什么惊心动魄的事件，或是深深的仇恨，或是难以抑制的愤怒，或是某种能震撼心灵、让他心生畏惧的强烈反应，它既不该是这种淡淡的、若隐若现的沮丧，也不会是这种似有似无的纠结……

两个赤着上身的男孩坐在一个露台上。他们搂着对方的脖子，紧贴在一起，相互亲吻着对方的脸，故意做出一副令人厌恶的表情，每亲吻一下，就朝前面的窗户望一望，意味深长地笑着。谢克尔顺着他们的目光望过去——一个身穿赭色纱丽的女人坐在幽蓝色的灯光中，在蓝色幽光的映衬下，那张涂着厚厚脂粉的脸看上去像是一具溺亡的死尸……

谢克尔继续向前走去。

四五个身穿方格图案麻布围裤的穆斯林男人，站在一扇窗户下面，齐刷刷地望着一个高个子的出家人。出家人是个老头儿，穿着赭色的僧袍，脖子上挂着一串大念珠。对面的窗栅上坐着一个面貌丑陋的中年女人，出家人看着她说："怎么？难道你不是女人吗？我没钱，我乞讨过活，可是——"他拍着胸脯说，"我是个男人，男人！"那个女人轻蔑地看着他，聚在周围的人哄笑起来。

不！也不是这里！这里也只有那种淡淡的苦闷和淡淡的愤怒。耳边突然响起莫妮卡的那句话——"臭皮囊下面全都一模一样——贪婪的野兽"……男人和男人，女人和女人，男人和女人……谢克尔继续向前走去。

一个身材矮小、衣不蔽体的女孩拉着他的胳膊说："巴布，给些钱吧！"

"我没钱，走开！"谢克尔甩着胳膊，疾言厉色地说。

女孩紧贴着他的腿说："给点钱吧，要么就随我来，完事以后再给钱。"说完，她指了指一栋房子，房子里点着一盏提灯。

谢克尔并没有用力把女孩甩开，就这么相互拉扯着向前走去。最终，女孩松手放开了他。

从一侧传来一个声音，"琪诺，你来瞧瞧，过来一个你的老乡。要不要叫住他？"

谢克尔一瞬间有些好奇。从名字上他无从判断，那个名叫琪诺、被当成他同乡的女人到底来自哪个地方。尽管身后传来响亮的飞吻声，但他并未停步，也没有回头去看……

他从路口拐了过去，一个碰巧从他面前经过的人对他说："买点花吧！"

不，并不是茉莉花串！谢克尔又看了一眼，突然步履踉跄，仿佛身上中了一枪，而后他定了定神，低着头，用一只手遮住眼睛，落荒而逃……在那种地方——一把把红色的莲花！于他而言，红色的莲花是圣洁的标志……

他落荒而逃。而且不知为什么，一个听起来毫无意义的词，像铁锤般一次次重重敲击着他，让他心潮激荡——神与人——神与人……

那些红色的莲花让他忽然特别想家，可既然已经决定假期不回家，怎么能轻易变卦？此时在谢克尔心里，到克什米尔去的欲望瞬时变得特别强烈。他在那个美丽的地方度过了快乐的童年……距离他第一次感悟到美，已经过去了多久？那些瑰丽至极的景色曾经在他心中激起过多么强烈的感受啊……

但是，难道这是真的？难道他真的要去寻找美？难道美才是此时令他焦灼不安的诱因？难道是周围丑恶的环境让他心潮翻涌？他无法做出判断。但是，战斗意味着去寻找各种可能性，而生活则意味着要为把握各种可能性而不懈努力……

中国有一句古诗——"埋骨何须桑梓地，人生何处不青山。"人生所行之处，哪里没有青草茵茵、剪影如墨的远山？

谢克尔把这句诗当作依据，动身前往克什米尔。一路上，对旧日时光的回忆不断被唤醒，填满了他的脑海。但是甜蜜的回忆并没有挡住他飞扬的思绪，也没有令他一味沉湎于往事，反而唤醒了他要去寻找人间至美的欲望，无论为此要去往哪里……

他对自己想要寻觅的东西感到有些好笑。曾经听闻过寻找真理、寻找彻悟、寻找解脱，而他是第一个去寻找美的人！

过去的一切都是虚假的。那里并没有青草茵茵、剪影如墨的远山，只有一座座坟墓！

到达斯利那加之后，谢克尔走遍了大街小巷，但是一无所获。斯利那加并没有什么值得一提的特别之处，除了各种不同的气味。他也游览了城外的一些著名园林，但是那里只有各种繁复变化的线条、尖角和圆弧，修剪得精致规整的树木显现出一种拒人千里的冷漠和高贵，让人联想到死亡时的宁静。那个在园林中题写“如果尘世间存在天堂，那就在这里，就在这里，就在这里”①诗句的人，一定是一个热衷于园艺的数学家。谢克尔乘船游览了许多河流湖泊，但是那是给参观者和游客们欣赏的美，而且湖中冒着黑烟的游船和一群群举止粗鲁的游人早就让这种美变了滋味。于是他离开城市，出发前往藏在人迹罕至的喜马拉雅山深处的一个湖泊。道路两侧的山谷中盛开着红色、黄色、蓝色和白色的花朵，他一边随意欣赏着颜色各异的野花，一边沿着道路不断向上攀爬，直到周围岩石的背阴处开始出现经年不化的积雪，他才停了下来。他在一块岩石下面摘下了一朵孑然盛放的野花，能摘到这种天蓝色罂粟花的人被认为是幸运的人——这种花的命运是多么诡异，得到它的人被认为是幸运儿，然而花的生命却走到了尽头！但是，他并没有寻找到美。他继续向上攀爬，同行的挑夫已经有了抗命的打算，因为他要去的地方，虽然并非阒无一人，但没人在那种地方驻留——那里连一顶帐

① 这句诗出自阿密尔·霍斯陆的一首波斯语诗歌。阿密尔·霍斯陆（Amir Khusro，1253~1325）是印度著名的诗人、苏非学者和音乐家，主要用波斯语进行创作，同时也用阿拉伯语、突厥语和印德维语写作。

篷也没有。但是谢克尔却说："在那里可以找到美！"他带着挑夫，历经各种周折，终于来到了湖边。在湖边搭好帐篷，刚一躺下，他就禁不住在想，从这里继续向前走会是哪里？

湖泊一望无际，湖里到处漂浮着巨大的冰块；一群飞翔在天上的鹭鸟忽而飞向这边，忽而飞向那边；清风拂过湖面，仿佛在铺设一条迎接某个圣山神女的大道。谢克尔一直在欣赏湖景，可能因为疲劳和酷寒，他开始感到瑟瑟发抖，于是放下了帐篷上的门帘，然后躺了下来。他想，从这里继续往前已经没有路了，可能应该向后回返，可他从来没有寻找退路的习惯，他该何去何从呢？

谢克尔站在湖边的一块岩石下。他似乎感觉到，前面的两块巨岩中间的幽暗岩洞里，站着一位身着白衫的女神，她的双足浸没在湖水中。他忽而又觉得，那不是女神，是人，而且是一个他很熟悉的人。可她是谁？不，她只是面容和某个人相像而已——夏尔达？谢西？

谢克尔忽然惊醒。他刚才睡着了。睡着的时候，月光透过帘子上面的缝隙照在他的脸上。这个梦似乎让他有些不安，他的心里产生了某种负罪感。他把毯子披在肩上，从帐篷中走了出去。

帐篷外，月光如水银泻地般倾洒而下。月朗星稀，晴朗的夜空上只能看到一两颗星星。湖中波光碎影。这是一场色彩的游戏，只不过参与这场游戏的只有一种颜色——白色。这场由白色光影主演的独角戏让谢克尔感到目怔神迷。黑色的山峦朦胧地倒映在忽明忽暗的湖面上，远处连绵的冰川如薄雾般轻柔闪亮……在这样一个幽远静寂的夜晚欣赏这样的美景，思绪的潮水在他身体里奔流激荡，他仿佛从生活的梦境中蓦然惊醒，来到了一个更加真实的世界……他感到一阵颤栗。他闭上了眼睛，似乎闭上眼睛便可以留住这幅画面，而一旦睁开眼睛，它便会立刻消失得无影无踪……

啊，美……

谢克尔感到浑身颤抖。他觉得有什么东西重重压在头上，他需要卸掉这个重负。他缓缓朝帐篷走去。

走进帐篷，他点燃了蜡烛，取出纸笔。动笔的瞬间稍稍有些迟疑，然后在纸上写道："美与智的结合从不会令人空手而归。"稍稍停顿了片刻之后，他似乎突然拿定了主意。他把纸铺在膝盖上，低头写了起来。这是他人生中第一篇，同时也是写得最美的一篇小说……

他的人生是在城市中度过的——他在都市的肮脏和拥挤、争吵和喧嚣中长大，他在这种生活中学会了满足于现状，学会了默默生存。除了给城市的人口增加了一个数字之外，他的存在没有任何意义。他也是那肮脏和拥挤、争吵和喧嚣中的一部分。他的平庸乏味在左邻右舍中尽人皆知。因此，当大家听说他决定去克什米尔，简直笑破了肚皮。"他要去欣赏克什米尔的美景？连牛的美他都不懂得欣赏。克什米尔？克什米尔的美连最伟大的艺术家都无法领悟，他去寻找克什米尔的美？他不过是一条城市街巷里的蛆虫，根本没长眼睛，只能蠕动身体在地上爬来爬去。他可真不知天高地厚——连骆驼都淹死了，驴子却问水有多深！"

但是因为他本身就是个乏味无趣的人，所以这些非议对他没有任何影响。他决定去，于是他就去了。

他在斯利那加住了很多天。他去了很多地方，游览了很多名胜，他想找到大家有目共睹、交口称赞，唯独他这个倒霉的家伙没能发现的美。渐渐他开始相信，美纯粹是一种想象——随着这种信念的建立，他对美的寻觅也变得越来越急切。他参观了莫卧儿时期的花园——廉价的装饰和各种几何图案的运用，不过如此而已！他参观了博赫尔冈沃，却失望而归；古尔默尔格没有给他带来任何触动；达尔湖乏味至极；而乌勒尔湖也只不过是一潭浑浊的污水。[①]

最后，他甚至开始想念自己的城市，想念它的肮脏和拥挤、争吵和喧嚣。虽然这些并不美好，但至少是他触手可得，并且是他能够理解的。难道他该回去了？

但是半途而废是风流才子们才会做的事情，像他这样乏味无趣的人怎能中途放弃、一走了之？他坐在帐篷外想："难道我是世界上唯一感受不到美的人？难道我成了一个残缺的人？或许我还没有证明自己的能力……"

他决定再尝试一次，如果依然感受不到美的存在，那他就返回自己那座肮脏喧嚣的城市，永远不再离开……他一定要得到一个结论，他要知道自己是输了还是赢了。因为他是个乏味无趣的人，所以他必须知道答案，即使真相本身既残酷又乏味……

他把自己必需的物品驮在两匹山地矮马身上，带着马夫出发了。整整四天，他一直不停向上攀爬。森林越来越茂密，四周越来越安静，风也似乎变得湿润而清凉。接着又走了三天，他和马夫一路向前，越过了无数涓涓流淌的山泉，以及珠串般淙淙而下的溪流和瀑布。雪松和桦树渐渐没了踪迹，四周是宽阔的山谷，山谷里开满了野花——浅绿、鲜红、湖蓝、杏黄、雪白，繁花绚烂却淡然无香……

他们继续前行。连野花也基本从视野中消失了，只在个别地方还可以看到一两朵好像被遗忘的蓝色罂粟花，有些地方长着某种气

① 博赫尔冈沃、古尔默尔格、达尔湖和乌勒尔湖都是克什米尔地区著名的景点。

味刺鼻的药草，或是一丛枯干蓬乱的灌木。

再往前走，连被认为是幸运标志的蓝色罂粟花也消失了，各种药草也踪迹全无，只有凹凸不平的冰冷的岩石和零零星星枯黄的爬根草……

他心中产生了一种奇妙的感觉。经过了这段艰难崎岖的道路，所有意趣盎然的植物都消失了——树消失了，花消失了，灌木消失了，连独自苦行的蓝色罂粟也消失了——如今只剩下这些乏味无趣的石头、乏味无趣的茅草和他这个乏味无趣的探寻者……他应当在这条崎岖的山路上看到了美，可是那能算是美吗？难道我们没有把对意趣的想象，或者对自己即将获得审美乐趣的感觉称之为美吗？“我马上就要从中体验到快感了”，当人们陷入这种思维状态，在真正体验到幸福感之前，便提前产生了一种意趣感，这时人们便会说：“多美啊！”美是以抽象的方式实现欲念的满足，难道不是吗？

难道他已超脱于欲念之外？他知道并非真的如此，他的身体也在被欲念烧灼，现在如此，今后仍将如此……难道这个世界上真的没有任何东西能让他感到幸福，能让他期盼幸福？一个人竟能如此不幸其实并非一件易事——连周围这些黑色岩石的缝隙中偶尔还能看见一条绿色或是白色的纹理。

越过一处山隘，他们忽然来到了一片开阔地，对面是一片水域广阔的湖泊，四周群山环抱——一些是黑岩裸露、寸草不生的荒山，一些则是白雪皑皑的雪山。

他吩咐马夫扎好帐篷，天上下起了零星小雨，他钻进帐篷里吃了些东西，然后躺了下来，他实在太累了。由于太过疲劳，一时间反而难以入眠，他一直在没完没了地胡思乱想……

他是多么愚蠢啊！谁会像他一样为了寻找美而漂泊在外？在故

事里当然听过——某个王子来到了遍地都是蓝宝石的小岛上，岛上住着一位美丽的女神；或者某个皇帝对自己的臣子说："我想了解美的真谛。"可是，是否有人去验证过这种故事的真伪？"故事"和"真实"是两个不同层面的东西，这是连孩子都明白的道理，可这个傻瓜却不明白。明明生活在现实的世界里，却偏要追求只有在故事里才能找到的东西，人们怎能不耻笑他？怎会不把他看作傻瓜？连家中的妻子——那个身陷于肮脏和喧嚣都市中的女人——可能也在嘲笑他说："既然已经成了家，这个傻瓜还要去寻找什么美……"

他忽然惊醒。他梦见一块黑色岩石上布满一双双圆溜溜的眼睛，这些眼睛死死盯着他，岩石张口对他说："到我身边来寻找美，你做得很对。"可岩石忽然间又变成了他的妻子，冲他哈哈狂笑。

他站起来走出帐篷，大步朝湖边走去。

仿佛被雷击中了似的，他忽然在半路停了下来。某种难以描摹的物体翻卷着骇浪向他激涌而来——它冰冷如霜，令人生畏，动人心魄；它不仅恣肆奔涌，而且震荡着他的每一节脊椎，在他的大脑中盘桓不去……

月盈之夜的清辉、轻轻摇曳的暗影、远处绵延的雪山、若明若暗、波光粼粼的湖面、荡漾的微波、闪烁的星辰……像画卷一般铺展在他面前……

美！他的心仿佛受到了一记重击，一种奇妙的感受在他的血管中倏然划过……

皎洁的月光在湖面的微波上轻舞，仿佛山野仙姝在天鹅绒般的画布上轻歌曼舞。对岸的雪山，仿佛一群神情肃穆、身形巨大的仙人在打坐，宁静、专注、坚毅……

内心受到的冲击让他步履踉跄，他迷失在无垠的天空中。他有所斩获，但是得到的东西太过弘大——在肆意奔涌而来的骇浪面前，他的心灵受到重创，溃不成军、四分五裂……

看到过狄安娜[①]沐浴的人，将永远成为盲人——既然已经看到了如此美丽无暇的胴体，当然不可能再去欣赏其他任何东西……

他感到一阵迷醉，嘴里轻声咕哝着，伸开双臂向前走去，想将湖泊、雪山以及天空的美一并揽入怀中……但是梦境岂可被臂膀环抱和禁锢?

他晕晕沉沉地朝着湖泊走去——湖面月光倾洒，仙女翩然起舞……

第二天，太阳都出来了，他一直没从帐篷里出来。马夫去叫他，可他没在里面。马夫等了他一会儿，然后出去找他。

他杳无踪迹。只看见一些留在雪地上的脚印朝湖的方向而去，但是脚印消失在湖畔，再往前，便什么也没有了。只有历经了漫长岁月的美景如面纱轻垂的佳人，缄默无语，嫣然微笑，充满神秘……

第二天一大早，谢克尔捆好行李，收拾起帐篷，踏上了归程。对他而言，既然已经获得了新的体验，再继续逗留下去便毫无必要了——不仅毫无必要，甚至已令他无法忍受。

三天之后，他抵达了返程路上的第一个邮局，收到了几封辗转多地，最终转寄到这里的信。信件数量不多，其中三四封的字体很熟悉，他发现有一封信的字体很陌生，于是先拆开了这封信，其他信则根本没有拆开来看。

---

① 古罗马神话中的月神和狩猎女神。

这封只有短短三行的信是谢西寄来的——她父亲病逝了，妈妈因悲伤过度经常晕厥。

黄昏时分，谢克尔走进了这个晦暗、寂静的院子，院子里没有人，这让谢克尔不禁长长舒了一口气。不知为什么，他的心里一直怀有一种恐慌，他担心自己无法分担这个家的痛苦。尽管在谢西父亲生病期间，他曾经来过这里，也在家里生活过，并且完全融入了这个家庭，但他始终感觉，这个家和他有关的只有维迪雅沃蒂姨妈和谢西。此时她们一定都沉浸于悲伤之中，他可能无法靠近她们，也无法分担她们的痛苦。他觉得自己缺少人情味，人所具有的感受——无论是痛苦还是幸福——都无法触动他，在这种心境下，他不太可能去向别人表达同情，可若不这么做，可能又显得非常冷酷和残忍。

大门旁，院子里，楼梯上——谢克尔一个人也没看见。他悄悄把自己的行李放在院子里，然后蹑手蹑脚地上了楼。

地上铺着一块席子，维迪雅沃蒂姨妈意识恍惚地躺在席子上。谢西坐在旁边，一只手放在妈妈的额头上，另一只手扇着扇子。妹妹高拉手里拿着水杯站在旁边，不过向下滴落的不是水珠，而是她无声的泪水。

谢克尔不禁唤了一声——“谢西！”之后又感觉有些窘促。他跪在姨妈身边，从高拉手中接过水杯，用手指轻轻向下洒水。谢西看了他一眼，对他的突然出现，谢西表现得很平静，她继续摇着手中的扇子。高拉可能是为了照管谢克尔的行李，下楼去了。姨妈慢慢睁开了眼睛，眼神显得有些漠然，她看了他一眼，然后又闭上了眼睛，她想试着翻一下身，但没有成功，之后她的身体渐渐放松下来，呼吸也越来越平稳。谢西轻声说：“终于睡着了——已经三天没合眼了，今天终于睡着了。”谢克尔抬眼看了看她，似乎是想问：“那你这三天是不是也没合眼，一直在看妈妈睡没睡着？”但他什么也没说。谢西站起来走出房间，谢克尔跟在后面，等他出来后，谢西关上门问道：“你是什么时候收到信的？”

“五天前。”

“你当时在哪儿？”

“我去克什米尔了。”

“克什米尔的什么地方？回来要花五天时间？”

“没去哪儿。谢西，我没心思说这个。”说完，谢克尔忽然沉默了。

谢西走进厨房，慢慢准备着做饭需要用到的食材。谢克尔说：“我能帮忙吗？”谢西默默把一个装着面粉的盘子朝他推了过来，又递给他一罐水，自己切起菜来。

让谢克尔感到惊讶的是，谢西竟然没有拒绝接受他的帮助。他静静看着她，忽然意识到，在这里的其实并非谢西本人，而是一个机器人，这个机器人为了让别人维持常态，自己在不停运转，不停运转……

这时他突然发现，自己并非不懂人情，因为他发现自己满心忧伤，他发现她们的痛苦也是他的痛苦——在他心中的某个地方，一种深沉的情感如清泉般漫溢而出……

痛苦可以相互传染，它同时也是慈悲慷慨的，而且能够净化心灵。触碰和感受痛苦，能使纷繁变化的一切变得纯净而包容。

住在谢西家的这段时间里，这种感受像一粒种子一样在谢克尔心里破土萌芽，于是他决定——他不会离开那里，他要在痛苦的边缘休憩身心……

这个在死亡风暴的重创下伤痕累累的家庭，终于熬过了一个多月的艰难时光，至少从日常生活来说，这个家已经恢复了自己的常态。工作是唯一能让世界秩序维持稳定的东西，所以维迪雅沃蒂姨妈和谢西整日不知疲倦地忙着各种琐碎的杂务。有时街坊四邻中的女人们会来家里坐坐以示慰问，陪客时她们手里也要做些活计，对那些敷衍的，甚至有时是虚假的，通常是礼节性的慰问和同情，她们满怀虔诚地予以接受，因为这是传统，尽管这样会使命运受到更深的伤害，使渐渐愈合的伤口再次破裂，血流不止……

姨妈和谢西在沉默中忠守着各自的职责，谢克尔对此感到有些愕然，他一直悄悄地关注着她们的一举一动——他站在远处，目不转睛地望着姨妈或是谢西，一旦她们的目光转向这里，他就立刻走开。有时姨妈叫住他问："谢克尔，你怎么了？"他却什么也不说。于是她认为，她不该流露痛苦令他伤心。她想不到，正是她刻意掩饰自己的痛苦才让他更加心乱如麻。她将自己的悲喜哀乐、爱恨情仇转化为一刻不停的忙碌，这么做就如同只领着一个人踏上通往山巅的崎岖小路，却不肯停下脚步为众人铺设一条通向远方的康庄大道……这么做并不是有自制力的表现，这是在随波逐流、推波助澜，并不能导引洪流进行灌溉，造福他人……每当这时，他就恨不得躲在一个没人的房间里，不断叱骂自己虚度了生命，他觉得自己就像一条不断追咬自己尾巴的狗，只知道围着自己打转，他不了解，无意了解，也从未主动去理解别人的不幸和痛楚……

不知到底是谁的功劳，某种延续已久的禁忌有一天似乎突然被打破，姨妈、谢西、谢克尔三个人竟然聊起天来。谢克尔发现，自己的一言半语竟让姨妈的脸上偶尔露出笑容，这让他感到非常满意，尽管在别人眼中，姨妈的笑容伤感得令人禁不住想要流泪。

可能是在谈到一个与自己未来计划有关的话题时，谢克尔说："这我可办不到——我手掌上压根就没这条掌纹。"

谢西问："你会看手相？"

还没等谢克尔回答，维迪雅沃蒂姨妈便伸出手说："真的吗？那你看看我还有几年好活？"

谢克尔被这个问题问得一愣，甚至不知该怎么开口回绝。他握着姨妈的手，仔细观察着她的生命线，尽管姨妈并没有明说，可谢克尔的语气似乎是在反驳她的疑虑，他说："嗯，日子还长着呢——"

"不，不，谢克尔，告诉我，是不是没几天了？"姨妈的语气中有一种令人动容的简单和直接，"告诉我，日子不多了，谢克尔，不多了！"谢克尔仿佛突然陷入一种莫名的哀伤之中，姨妈默默把手收了回去。

谢克尔向前伸出的手仍然半张着，好像还握着姨妈的手一样，他用犀利的眼神凝视着姨妈的眼睛，在灵魂的最深处，有一道耀眼的光芒一闪而过。姨妈控制住情绪，慢慢恢复了平静，脸上强作笑容，说道："我不过随便说说而已，手相有时也挺准的。"

难道人生竟这般艰难？难道一定要给人生设立一个明确的目标？谢克尔不知道他的人生目标是什么。他起身离开了房间。

谢西已满十七岁，快到十八岁了。谢克尔听到家里到处对此议论纷纷，似乎连墙壁也在窃窃私语，到家里来慰问的女人们也会说到这件事，"唉，谁来给她安排婚事？""唉，女儿这么大了还没嫁出去！"但是维迪雅沃蒂却从不谈论这件事情，谢西对此也表现得很淡漠。谢克尔清楚地发现，如今这个安静沉稳的形象与四年前的谢西已经有了天壤之别。

谢克尔的假期快要结束了，到了他该返回学院继续攻读硕士学位的时候了。但是他并不想走。维迪雅沃蒂问他："谢克尔，假期还剩多长时间？"他想，即使过了注册截止的日期再去报到，他也依然会被录取的。于是回答说："还早着呢。"可当谢西问他时，他却反问道："怎么了？"

"您不继续读书了吗？"

"当然要读。不过那么着急干吗？"

"难道不该回去上课吗？您可以以后再来看我们。我们有什么要紧？况且这段时间我们根本没能照顾好您。"

"我在这里能够体会到在别处体会不到的宁静。"

"这也只是说说而已。"

"不，是真的。这次能够和你们一起分担痛苦，让我的心里体会到一种从未有过的宁静。"

"为什么？"

"被痛苦的阴影所笼罩，其实是一种修行——它可以使灵魂得到净化。"

"您确信是这样吗？"

谢克尔有些惊讶地说："为什么这么问？"

"痛苦只能净化那些努力摆脱痛苦的人的灵魂，不能净化其他人的。"

"这……我不明白您的意思。"

"您的确分担了我们的痛苦，我们也从中得到了安慰，但难道您的责任仅限于此？痛苦哪里都有。可您却认为它只存在于这一个地方，而且想永远生活在它的阴影里，但与此同时，您对自己分内的工作却表现得很懈怠。您应该回学校去！”

谢克尔非常诧异。当着他的面，谢西从来没有说过这么长的话，这段话不仅长，而且很深刻。他轻声说道：“您说得有道理，我……”

“而且，你听着，别再用‘您’来称呼我了。我叫谢西，你叫谢克尔。”

或许是为自己刚才的大胆感到有些难为情，谢西忽然转身走了，谢克尔凝望着她的背影。

这次谢克尔不需要特别修读什么课程，因为他读的是文学专业的硕士学位，所以教学大纲中所列的多数材料都是他熟悉的。只有两三本专著比较特殊，比如文学批评理论、语言学著作等，不过这些书以后再读也来得及。

谢克尔将自己从普通的学生生活中抽离出来，开始慢慢消化过去几个月积攒的各种感受。他兼职在一家小旅馆做了保安，这份工作能让他有更多独处的机会。过了几天，正赶上国大党全国大会招募志愿者，他报名参加了第一分队并开始接受正规训练。之所以这么做，并非因为他有什么特别的政治觉悟，而是希望借助于严格的训练和纪律使自己的内心获得一些安宁。他甚至想过，或许这种来自外部的规章制度能使他的内心恢复平静和秩序。

完成了自己的训练任务之后，他承担起了培训后续招募的志愿者的工作。事实上，这是一种更好的训练，因为在这个过程中，他可以让自己的心灵连同身体一起接受审视和考验，发现其中的不足，然后加以弥补和改进。

国大党大会的会期日益临近了。一天，谢克尔也卷起铺盖，换上专门的制服，扛起行李上了一辆卡车，与第一分队的其他志愿者一起抵达了营地。

训练任务已基本完成，只需要尽快安排个别晚到的团员参加四次队列操练和阅兵。但是，志愿军的组织工作目前还没有完成。司令的人选已经确定，志愿者也全部到位，但是将两者连接起来的各级军官网络还没有建立起来。到目前为止，这方面的工作并未得到特别关注，因为“只不过是一次为期四天的会议，只要大家团结在一起，无论如何也会把工作开展起来的”。但是，在这个“团结在一起把工作开展起来”的论调中，并没有明确指出谁是决策者，谁是执行者。一天，终于选出了五名主要军官，即所谓“队长”；第二天队列训练的时候又“选出”了其他各级军官。除了自身具备的长处和不足外，谢克尔没有其他可以仰仗的资源，得不到举荐也在情理之中。尽管如此，他还是被任命为一个下级军官——“组长”，他的工作是负责营地内部的管理工作。

营地内共有一千四百名志愿者。本来并不需要对他们进行任何特殊管理，但是其中至少有三百名大学生，这些人的想法是——既然已经成为了志愿者，并且花半价购买了制服，便没有任何理由对他们的工作业绩抱有期待，也没有任何理由不让他们看国大党的热闹。他们一周要进三次城——他们可不是来荒郊僻野挨饿受冻的，工作可以在白天做，可晚上他们想睡在哪儿就睡在哪儿，这和别人有什么相干？再说了，肩负着身为志愿者的沉重压力，他们当然也需要娱乐，国大党会议驻地没有电影院，因此必须得进城。在营地里玩玩纸牌或者骰子也没什么不可以，有时为了增加点乐趣，还可以下几个拜沙的赌注。

营地内还有一些可怜的志愿者，他们根本不知道换班休息时该去哪里，去哪儿吃饭以及怎样才能吃上饭，没有毯子该向谁去要。

他们认为打听或者“投诉”这些小事很不应该，“这是国大党的工作，为此克服一点困难没有什么大不了的”。

还有一些志愿者，之前看到白人士兵和警察胡作非为时，他们的心中充满了仇恨、无奈和愤怒，但他们穿上制服后，便觉得自己和那些人一样，可以为所欲为——要么威胁来来往往的路人；要么因为对穷人起了疑心，便辱骂和折磨人家……在他们看来，限制他们的权力相当于让“军人”变成残废，因为如果在这里也必须向别人合掌行礼或者阿谀奉承，那他们干吗要到这儿来？

一些参加国大党会议的代表（包括观众），因为支付了帐篷的租金，便把所有志愿者视为自己的仆人，总是不分场合、不分时间提出各种要求——一会儿肚子痛，需要志愿者为他热敷；一会儿发烧了，需要志愿者晚上陪护在身边；一会儿消化不太好，需要派志愿者过来帮他清洗便桶……即使是合理的要求，他们也应该去找医生，只有医生才有责任为病患做出合理的安排。但在回复这些要求时，总有人不断提醒志愿者或者谢克尔说，志愿者的达摩是不歧视任何工作——“你们知道，圣雄甘地本人在南非的时候曾经亲自运送过粪便。你们并不比他更高贵。”

志愿者中还有一些官员，他们的地位并非建立在个人能力的基础上，而是因为背后有有权有势的亲戚。这种人并不缺少其他工作，何苦还要在这儿为他们眼中的这些傻瓜伤脑筋？那个分管志愿者派岗工作的先生，白天倒是会来营地两次安排值岗，但是晚饭后冒着十月[①]的严寒从住处去营地，对他来说是一件难以承受的苦差事。因为没有其他人来替岗，傍晚值岗的志愿者往往要一直站岗到半夜。晚上十一点多，谢克尔才得到消息——“某某从五点起就开始站岗，

① 此处的十月为印历十月，相当于公历十二月至一月。

没人来接替他。”“某某已经站了六个小时的岗，全身都被雨浇湿了。”“我从八点起就开始站岗，现在我是让一个人替我一会儿，才有时间到这儿来的，请您再派一名志愿者，我带他去我那个岗哨。”

谢克尔的工作很繁忙。清晨六点他就来到当作办公室使用的帐篷里，坐下来开始工作。中午两点以及晚上十点，他的帕坦族[①]“勤务兵”连争带抢，好不容易给他弄到些吃的，然后给他送过来。下午的时候，“勤务兵”依旧如法炮制，给他送一次茶。直到晚上十二点，谢克尔才离开办公的帐篷。这时，各种投诉已经让他不胜其烦，所以他想在睡觉前在营区里转一圈，看看什么人从什么时候起在什么地方值岗，检查完以后才可以放心。可他还面临着一个问题——派岗是由专人负责的，谢克尔无权派岗。因此，如果他没有找到自愿换岗的志愿者，他就只能派自己手下的志愿者去值岗，这些志愿者本来是派给他管理营区事务的。

直到深夜两点，他才满身疲惫地回到自己住的小帐篷里，不解衣不脱靴，直接躺在铺在稻草堆上的床褥上。不脱靴子是对的，因为这个住了十一个人的小帐篷特别拥挤，他只有把脚伸到帐篷外面才能躺下，厚重的靴子和厚实的绑腿布此时便起到了保护的作用。

纪律——纪律——纪律——，因为没完没了的各种纪律，谢克尔整天累得人仰马翻。可他有一天还是违反了纪律，犯下了严重的错误。

在那些大学生居住的营帐里，已经发现了三次聚众赌博的行为。第一次谢克尔仅仅是没收了骰子，并且警告他们说这种行为是不对

① 帕坦族（Pathans）是南亚地区的一个民族，信仰伊斯兰教，主要生活在阿富汗和巴基斯坦。

的，不应再犯；第二次除了没收他们的纸牌和赌资之外，还罚他们进行了一次队列操练；第三次他罚三个人一整天不能进帐篷，并在整个营区散发通告，称参加赌博的人将被开除出志愿者的队伍。

勤奋工作的人都在全力履行自己的职责，他们根本没有时间去赌博，更何况蒙主管派岗工作的官员所赐，他们一个个累得筋疲力尽，空余时间除了躺下来睡觉之外，没有任何其他娱乐。但是那些大学生们整天无所事事，即便有人碰巧落到负责派岗的官员的手里（他其实也不愿意去干涉他们的自由，因为如果惹恼了这些最能惹是生非的家伙，他又如何能让自己继续逍遥下去？）被派去值岗，他往往也会擅自脱岗——“唉，老弟，在街上站岗真是个倒霉的苦差事。难道还会有人把大街偷了逃跑不成？”这种人空闲时间很多，所以三次惩罚并没有产生什么效果。

第四次又查获了一群聚众赌博的人，而且其中还有两个惯犯，他们俩参与过前三次赌博事件，因此谢克尔觉得有必要采取一些更为严厉的措施。

营区响起了集合号，所有志愿者都列队站在营区中间举行阅兵仪式的空场上。他们脸上的表情说明，他们对中午吹响紧急集合号感到惊讶，不知道营区到底发生了什么紧急事件。

站在旗杆底下的谢克尔向队列发出了“稍息”的命令，然后说道：“志愿者们！今天召集你们是为了向你们通报一个非常重要的消息。今天发生了一起玷污营区名誉的事件，我们第四次查获了聚众赌博的人。第一次……”谢克尔逐一公布了四次事件的参与者，并对前三次的处罚措施一一进行了说明。“第四次赌博事件中有三个人是初犯，对他们的处罚与上次相同。但是还有两个人已经是第四次被发现参与赌博了，显然之前的处罚力度对他们来说远远不够，这些处罚措施没有产生任何成效。”

他稍稍停顿了一下，目光环视了一下四周，短暂的停顿让他的讲话显得更有分量。

“对此我们只能非常遗憾地认为，他们已经没有资格再穿志愿者的制服了。”

他停顿了一下，“注意——向前三步——走！”

那两个人走到了队列的前面。谢克尔对自己的“勤务兵”说：“把他们俩的行李拿过来。”

勤务兵把他们的行李拿了过来，每人一个铺盖卷和一个小背包。

“你们俩把制服脱了，换上自己的衣服。”

两人很不服气地望了谢克尔一眼，但是因为整个队列鸦雀无声，他们俩也不敢轻举妄动，默不作声地换好了衣服。

“拿上行李！向右——转！汗，把他们送出营区！”

三个人的脚步声渐渐远去。谢克尔支起耳朵仔细辨别那边传来的声音，眼睛却盯着场上的其他志愿者，他考虑的是，如果这两人拒绝执行命令该怎么办？

队列中突然有三个人站了出来，这三个人都是大学生，谢克尔以前在什么地方见过他们，他们也认识谢克尔。

“怎么了？”

“您没有权力让我们脱下制服。我们反对您的做法。你侮辱了我们这些大学生，我们要进行罢工。”

当时的情况根本不容犹豫。谢克尔说：“志愿者们，你们当中有谁认为制止不当行为是在侮辱你们，请上前三步。”

又有两三个人走到了队列前面，仿佛为了撇清自己，他们说：“我们反对您的做法。”

“好的。如果你们想违抗纪律，当然可以这么做。请你们六个人脱下制服。勤务兵，把他们的制服叠放整齐！”

看到他们犹犹豫豫的样子，谢克尔明白，纪律在这次较量中占了上风。他说：“那些愿意服从命令的人，现在可以回到自己的位置上去了。”

有四个人退了回去。

“你们几个——现在还要继续违抗纪律吗？”

“我们要向司令申诉。我们——”

“接受处罚后才能进行申诉，不过你们可以申诉。回到你们的位置上去吧。”

解散了队列后，谢克尔默默朝自己的办公室走去，一边走一边回想刚才发生的事情，他并不想把事情闹大，但是还能有什么办法？更何况他并没有做什么过分的事情。

刚刚在办公室里坐下就有人来叫他——司令叫他过去。

到了司令营帐后，谢克尔脚跟一磕，神情严肃地行了个军礼。司令靠在软垫上，身边还有几个高级军官。

“来，来，请坐！到底是怎么回事？”

谢克尔站着没动。

“他们两个人有些牢骚是吗？”

“是的。”

“能不能说说事情的来龙去脉？”

谢克尔扼要地介绍了四次赌博事件以及当天的处罚措施，他说：“他们两人反对我的决定。”

司令冲着投诉的志愿者说：“老弟，这是怎么回事？赌博可不是一件好事，而且聚众赌博的人理应受到惩罚。”

“我们投诉的不是这个。当众羞辱大学生是非常恶劣的做法。志愿者中有很多人是没有受过教育的文盲，他们会怎么想？我们可不是为了受这种羞辱来当志愿者的。如果您不插手干预的话，那我们所有人……”

这时司令把脸转向谢克尔说：“你瞧，老弟！总共也就是十来天的事情。你们无论如何也应该团结合作把它应付过去。激怒别人有什么好处？把日子混过去就算了嘛。”

这句话让谢克尔忍无可忍。他愤怒地咬着嘴唇，然后说道：“混过去？您想混过去？那为什么要穿这些制服？为什么要把大家组织起来？为什么要设立这些职位？为什么要进行队列操练，为什么要吹军号？连五老会[①]可能都比我们规范。我只知道，如果有组织就会有纪律。我不认为我的决定有任何错误，您可以撤销我的决定，随您的便吧。”

司令对这突如其来的激烈反应毫无准备，他说：“您看起来好像很生气。”

“不，我很清楚自己在做什么。我知道，处罚那些聚众赌博者所依据的规章制度，于我而言就是我想要的纪律。而您想怎么混日子，就请自便吧，这件事和我毫无关系。请允许我告辞。”

谢克尔转身正要离开，坐在司令身边的一位身穿土布衣服的先生插话说：“这样做有违我们的非暴力原则。”

谢克尔转过身厉声说道：“什么？”

“如此羞辱这两个人并给他们带来痛苦，是一种暴力行为。我们

---

① 五老会（Panchayat），又名“潘查雅特”，是印度农村传统的基层组织和管理制度，现在依然在印度农村的基层管理中发挥着作用。

的志愿军信奉的是非暴力原则。”

谢克尔沉默了片刻，他本想哈哈大笑一声扬长而去，但还是控制住了自己，他回答说：“回答您的问题可能也是在施行暴力。”说完便离开了帐篷。他边向外走，边得意地回想起几天前发生的一件事情。因为身材高挑，他得到了参加司令的护卫队的机会——护卫队的成员不必做其他工作，只需每隔两三天，当司令先生全副武装、威风凛凛地出行时，肩扛纺车站在他的身前和身后，就像扛着刘易斯式机枪[①]一样就够了。他当时拒绝了这个美差。如果当时没有这么做，今天他是否能原谅自己？

这件事并没有引起什么轩然大波。被开除的人没有再被召回，尽管把制服还给了他们，因为他们已经付过钱了。除了三四位高级官员——他们只是挂名而已，并不参与这里的事务——其他所有官员都反对推翻谢克尔的决定。

而原本筹划的学生抗议活动，并未按计划进行。打算借机闹事并且趁乱免费瞧上一出好戏的机会也没了，这可不符合那些人最初的期待。

时间已接近晚上九点，天上开始下起雨来，傍晚时的浓雾此时开始渐渐消散。谢克尔把外套搭在肩上，站在帐篷门口，一边注视着准备去接九点钟那班岗的人，一边想：“过不了多久一定会有人来投诉说没人来换岗。真不知道负责派岗的官员为什么不能妥善地安排？”

营区左侧有一座已故领袖的塑像，这座小镇便是以他的名字命名的。远处似乎一片喧哗，谢克尔竖起耳朵仔细聆听，吵嚷声更大

① 一种在一战和二战期间被广泛使用的轻型机枪。

了，声音正是从塑像所在的方向传来的。谢克尔大步朝那里走去。

三四天前警察突然光顾了营地，他们搜查了整个营区，不过一无所获。从那时起，国大党大会驻地的气氛就变得有些紧张。所有看起来有些可疑的人，比如穿黑色衣服的人，留着长胡须的人，头上裹着花里胡哨头巾的人，或是手里拿着藤棍的人，都会成为志愿者们怀疑的对象，认为他们是警方派来的细作。即便真有秘密警察出现，其实也没什么大不了的，而且他们的行动并没有受到任何禁令的限制。但一方面志愿者们觉得这种干涉很不应该，另一方面人类的天性决定了人们热衷于揭穿秘密，使之大白于天下，因此这种人通常会遭到志愿者们的奚落和嘲笑，有时他们也会被带到营区的办公室里。

当时的情况也是如此。五六个志愿者拽着一个这样的人走了过来。那个人一直不停地叫骂，奋力想要挣脱，但却被志愿者强行拖拽过来。

谢克尔走到近前呵斥道：“他是谁？把他放开！到底怎么回事？”

“他是刑事调查局的探子，刑事调查局的人。”

“他是个小偷！小偷！他正打算逃跑！”

“小子，国大党的地盘可不是开玩笑的地方！”

谢克尔并没有理会一股脑儿涌来的各种答案，他又重复了一遍：“把他放开！”松开那个人后，志愿者们站到了一旁。“谁抓的？到底是什么情况？”

“他趁黑在塑像附近走来走去。我问他叫什么名字，可他说让我少管闲事。我说我的任务就是在这里站岗，如果他没事的话就尽快离开。可他说‘像你这样的哨兵我见得多了’，我又让他赶快离开，并且盘问他的姓名和住址，他就破口大骂起来。于是我们就抓了他，想把他带回营地，吵闹中又过来一些人，有一两个人动手打了他耳光。”

那个人正在拍打身上的土。谢克尔问他：“他说的是不是实情？”

“我是刑事调查局的探员。这些混蛋羞辱了我，妨碍我执行公务。我会让他们吃不了兜着走的。”

“您如果提前声明自己是刑事调查局的探员，怎么可能受到侮辱？他们的工作就是提防小偷扒手。您自己应该明白，您的做法并不是什么息事宁人的做法。算了，您走吧，对于您刚才的遭遇，我深感抱歉。”谢克尔又对志愿者说：“你们无缘无故地侮辱了一个好人。谁动手打了这位先生，应该向他道歉，回到营区后还应该受到处罚。过来两个人，恭恭敬敬地护送这位先生离开。”

“我可不需要这些混蛋陪着我。”那个人说完便扬长而去。

“这是为了保护您，避免再遇到这样的事情。”

两个志愿者尾随着那个人一起向外走去。

换岗已经结束了。谢克尔打算顺便在营区里转一转，看看哪里没有换岗，也好做些安排。

他吃惊地发现，由于下雨的缘故，许多站岗的人看到没人来替岗，于是就离开自己的岗哨，在营区里四处找人来替岗。大会还有一天就要结束了，营地还要再保留三天，因此谢克尔认为，为此再去追责已经没什么必要了。更何况，那些擅自离岗的人并没有忘记找人来替岗。他想起司令曾说过“混日子”之类的话，不禁微微一笑。雨下得更大了，谢克尔加快了步伐。

刚走到领袖塑像附近，便听到有人在唱歌：

“黑天啊，吹笛子的少年，快来吧——”

歌声忽然停住了，似乎是想尝试点新鲜花样，那个声音接着唱道：

“莫汉啊，替岗的人儿啊，快来吧——”

听到他的脚步声，歌声戛然而止。谢克尔看到，负责守卫领袖塑像的哨兵正用警觉地目光注视着他。

谢克尔问：“你是刚刚接岗吗？”

“不是。”

“你是从什么时候开始值岗的？”

“三点。”

“三点？六点钟没有人来换岗吗？”

“没有。值六点那班岗的人告诉我他要外出，让我替他站岗。我同意了。”

“九点那班岗呢？”

“不清楚是谁。如果安排了换岗的人，早就该来了。”

谢克尔微笑着说：“你刚才是在呼唤他吗？”

卫兵有些腼腆地说：“随便唱唱罢了，省得发困。”

“你一定很累吧？”

“不太累，不过全身都湿透了，胳膊很疼。”

谢克尔忽然对这个人产生了一种感激之情——这个人已经承担了两个人的工作，替第三个人站岗时，只能靠唱歌驱赶困意。谢克尔忽然感觉到，在营区的一千四百个志愿者中，至少有一个人支持了他关于纪律的理想——不是支持，是遵守。一来是他的内心忽然由此感到了几分轻松，二来是他自己也想了解一下，独自一人在雨里站三四个小时是一种什么感觉，他拿定主意后对那人说：“好，你现在就走吧，我来替你站岗。”

“您？”

“是的，我也想体会一下夜里站岗是什么感觉。”

“可是您没有带伞。”那个志愿者有些迟疑地从自己身边拿出一把破伞，递了过来。

“有这件外套就足够了。走吧，你去休息一下吧。”

志愿者离开了。谢克尔迈着匀整的脚步，围着塑像默默开始巡逻。

夜很漫长。谢克尔的思绪在那个志愿者身上没有停留多久，便又胡思乱想起来。

他们动手打了那个刑事调查局的探员，真是糟糕！但是他并没有亮明自己的身份，那么除了逮捕他还能怎么办？不然站岗还有什么意义？如果现在这里来了一个陌生人，难道我会不问他是谁吗？或许他来这儿的目的就是要引起争吵，这就是他的工作。我们动手打了他，这样一来，他的阴谋诡计就得逞了。但是如果他动手破坏塑像，又怎么可能避免发生肢体冲突呢？什么才是容忍的底线？不知道事情算不算已经结束了，或者还会闹出什么新花样？再看看吧……

那个志愿者三点就上岗了。他是否有可能也参与了刚才的抓捕？可为什么没在扭送那个人的志愿者中看到他呢？或许他认为必须紧守岗位。他似乎把站岗当成了生活的唯一目标，用这种态度站岗，用这种态度工作……我是否也能对某件工作如此专注？如果是自己打心眼特别热爱的工作，我会像蚂蟥一样咬住便不松口；但如果与自己的爱好无关，只是一件普普通通的工作呢？我是否能够排除私心杂念专注于其中呢？

谢西曾经说过：“你一直在自我纠结中苦苦挣扎，并未履行自己对周围的世界应该承担的责任……痛苦只能净化那些努力摆脱痛苦的人的灵魂，不能净化其他人的。”这是她对我说过的话……她还说过，哪里都有痛苦，可我却认为它只存在于一个地方，怀揣自己的痛苦四处彷徨……“灵魂的净化并不是和他人一起沉浸于痛苦之中，而是能够感受他人的痛苦……”

我替了那个人的岗，难道我这么做只是为了他？我心里不也正打算做点不合常规的事情吗？我之所以给他放了假，其实是为了满足自己……但是一个人怎么才能避免这种自我满足呢？这种自我满足无处不在。甚至在毁灭自我的过程中也存在着这种满足。那么，一个人难道会为了自我满足而去毁灭自己吗？

事实上，我本来希望先把那个失职的官员叫到这儿来，然后给他讲几桩这样的事例并且告诉他，就请你在这个倒霉的地方站一次岗吧，你也来淋一淋十月的冬雨，没准儿能让你的大肚腩瘪一点儿呢……对不公逆来顺受等于助纣为虐。那么，在恶劣的环境里折磨自己算不算是某种牺牲？

远处传来夜半的钟鸣声。钟声听起来有些有气无力，仿佛连它也在倾盆大雨中淋得透湿、瑟瑟发抖。谢克尔觉得他的外套比之前重了四倍，之前它为自己遮风挡雨，充当了一个保护者的角色，如今却变成了他的敌人。不仅是外套，里面的制服也湿透了，雨水顺着后背直往下淌，后背上感到阵阵发痒。连绑腿布也已湿透，雨水灌满了靴子，靴子底部是“防水”的，可以防止外面的水渗进来，与此同时，靴子里面的水也排不出去……谢克尔冻得打了一个激灵，而后他加快了脚下的步伐。

气温越来越低……替岗的人为什么到现在还不来？难道还要一直这样站下去？他的双腿膝盖以下的地方已经冻得失去了知觉，现在他根本感觉不出靴子里有没有水，脚还在不在，他的头和肩膀仿佛是长在两根木棍上面。他想，如果我全身都被冻僵，那就干脆像这座塑像一样站着不动好了。

铛的一声……钟声如此微弱，如果谢克尔不是在这样寂静的夜晚也一直竖着耳朵仔细听，他可能根本就听不到钟声。

派岗的官员……大家都对纪律感到愤愤不平，他们说这是暴力。如果这是暴力，那么责任，乃至人生的基础都建立在暴力之上。把那个主管派岗的官员从温暖的房间里赶出来，让他在这样的雨里站上一整夜，那些人觉得这是暴力；但他这样不闻不问，让许多人整夜站在雨里淋湿冻僵，却不算是暴力……如果我对别人说这些，他会说，这和你有什么关系，你要无私奉献，你要对他的过错予以忍耐，忍耐之中蕴含着奉献，而奉献是神圣的，奉献是一种达摩。奉献——奉献——奉献！我并不是说奉献是一件坏事，但是凭什么要求我奉献？如果你对我说去奉献吧，去无私地尽职尽责吧，那为什么不能让他也尽一尽自己的责任，无论是不是无私的……

铛铛两声钟响……这一次谢克尔并没有感到愤怒，他的脸上闪过一抹无谓的笑容……

奉献……每个人都有自己衡量奉献的标准，这个标准便是这个人进行自我奉献的能力。那些从不奉献的人，反而时时处处对奉献大唱赞歌——“某某人做出了巨大的奉献”，“某某人的自我奉献重如磐石”……这种人的标准低到所有人的奉献在他眼里都很了不起。而那些具有自我奉献精神的人，他们根本不知道什么是奉献。对他们而言，自我奉献是日常生活的一部分，他们不会为此感到惊讶、好奇、兴奋，不会对此啧啧称赞，他们更不会把它挂在嘴边……

莫非一整夜都不会有人来换岗？难道夜晚永远也不会结束？

派岗的官员……如果让他站到讲台上发表一通关于奉献的演讲，或许他的表现要比派岗工作出色得多……这些大腹便便、好吃懒做的家伙……难道要让这些无能的废物升官发财，让诚实肯干的人去当牛做马吗？如果这样的人都能当领导，那么即使有了领袖，又有什么用？每天总是听到人们在抱怨没有领袖，但在这种领袖的压迫下，社会只能遭到蹂躏和践踏，怎么可能崛起？那些居高临下的人，只会成为他人的负担，怎么可能是勇挑重担的挑夫？只有那些从底层奋斗起来的人，才有肩负重担的能力——他们漠视眼前的各种障碍、束缚、压力和羁绊；他们的腰杆因为历经重创而愈加强壮；他们的心灵在斗争中愈加坚强，充满自尊，自由奔放……我们为了自由而斗争，但是我们的领导人——能带领我们不断前进，能承载我们期待的领导人——一个个就像从天而降的雪花，他们中没有一个人来自于饱受蹂躏和践踏的土地，没有一个人能像初生的绿芽一样拱开坚硬的土地，破土而出……

解放、自由、独立——多么美妙的字眼！但是，能够让种子萌芽生长的肥沃土壤——人民——他们在哪里？土壤中通过化学作用产生的养分——人民自己的领袖——他们又在哪里？

三声钟响……

不，再想换岗的事也没什么用了——现在还能怎样？已经三点了，等到钟敲六下的时候，就会有人来替岗，或者他去叫人过来替岗——六点钟就要吹起床号了，而他必须去参加早点名……

是的，领袖总是斥责人民。但是，民众中没有产生领袖，难道是民众的过错？

自由独立是天赋的权利，希望拥有这一权利的人应该是天生的，他们应当像森林中植物的生长一样，与生俱来便具有这种本能。为什么需要土壤？为什么需要肥料？为什么需要精心养护？那么，难道认为人民有罪的观点是正确的？难道认为我们这个国家的土壤贫瘠，我们不配拥有自由独立的观点是正确的？

但是，我们的森林已经遭到了砍伐，我们自然的水源和河道已经干涸，我们的土地已经变得一片荒芜。不管是森林还是花园，我们都要重新修建，因此土壤、肥料以及养护都是非常必要的……而我们的领导人，他们并非不可或缺。那些生长在沙漠中的骆驼刺，它们的身体里没有能滋育生命的汁液，也无法用自己的生命染绿广袤的大地……

谢克尔吃了一惊，脚步声……难道换岗的人终于来了？现在其实已不需要了，雨已经停了，浑身上下早就冻得没了知觉……

可是，这是一群人的脚步声。忽然间，谢克尔被四五只手电筒照得睁不开眼睛。有人说："这里就是事发现场，就是这个人的手下袭击了我，他是那些志愿者的头儿。"谢克尔听出，这是昨晚被打的那个刑事调查局探员的声音。他看见自己面前站着好几个警察。其中一个警官说："把他抓起来，天亮后通知国大党办公室。"两名警察一左一右分立在谢克尔两侧。谢克尔问："我被逮捕了吗？为什么？"得到的回答是——"是的，你得去趟警察局。"

"干吗这么着急？天亮了再抓我也不迟。我的腿冻僵了，这会儿根本没法走路。"

警察架起他的两只胳膊。那个被打的刑事调查局探员说："你以前见识过你们自己的这套手段吗？"警察拽着他向前走，谢克尔忽然感觉自己受到了侮辱，他推开警察，从他们手中挣脱出来说："要去哪儿就走吧，我还不至于残废到需要别人搀扶。"

警察和探员彼此对视了一眼。一行人出发了。走着走着，谢克尔发现大家纷纷朝这里围聚过来，周围的志愿者看到这里的情况有些混乱，已经向上面做了汇报。

坐在警车上，谢克尔又一次想起谢西说过的那些话——“痛苦只能净化那些努力摆脱痛苦的人的灵魂。灵魂的净化并不是和他人一起沉浸于痛苦之中，而是能够站在他人的立场上感受痛苦……”

难道这是他将要扮演的角色？难道对他的灵魂而言，一个新的篇章即将开启？难道他会成为一个完整的人——一个胜利者——一个世界的主宰者？

第二章　束缚与探索

成为阶下囚整整二十一天之后，谢克尔生平第一次上了法庭。直到那一天他才知道，他和五个人一起被控犯有殴打袭击他人、密谋策划暴力行动、意图伤害政府官员、妨碍政府官员执行公务以及藏匿案件相关材料等罪行。当天，他就从拘留所被送入监狱。

谢克尔并不清楚拘留所和监狱之间的区别，他也不了解与此有关的法律规定。如果有人问他："你愿意进监狱吗？"那他一定坦诚地回答说："不愿意。"在被送往监狱的路上，他一直在想："难道已经结案了？没有证词、没有听证、没有判决，难道我要坐一辈子牢？"他以前在书里读到过，也听人说起过其他案例，现在的这种程序似乎有些不同，他本想问问同案的伙伴们，可又担心他们会笑话他。那一刻他觉得自己极其渺小、极其无能、极其愚蠢。同案的战友们坐在卡车里说说笑笑，而他却一直在好奇——难道他们对此没有任何想法？他们当中有两个人以前坐过牢，这是谢克尔从他们的对话中判断出来的。可是，难道坐过一次牢，他们就可以这样无所畏惧？

“可是组长，您是怎么卷进这个案子里来的？”

连谢克尔自己也很奇怪，他怎么会把自己被捕的事情一股脑儿说了出来。

问话的人笑着说：“您已经看过他的证词了，他说‘那个人是那些袭击我的志愿者的负责人’，单凭这个怎么能给您定罪？您和这次袭击事件是怎么牵扯到一起的？”他的表情突然变得严肃起来，“他们竟然以这么戏剧化的方式逮捕了您。我们这些人是第二天早晨被捕的，我们也说您是负责人，因此袭击事件的全部责任都会被算到您身上！对了，那天晚上您接的是谁的岗？”

谢克尔把情况告诉了他。

“那个探员就是他抓的。我们是后来赶到的。我们押着那个探员，准备把他带到营区的时候，那个人说他要继续值岗，他说自己可不关心刑事调查局的那些混蛋探子。如果谁想破坏塑像的话，那就走着瞧吧。”

“哦。”

“您要进行申诉！”

谢克尔看了他一眼，没有说话。他不知道该怎么回答。

“您是第一次进监狱吧？这样吧，今后在监狱里不管遇到任何事，请您务必要求和我们在一起。同一案件的被告人有权联合在一起。辩护律师等方面的事情会有人安排的，我们几个人还应该一起商量一下今后的对策。”

“好的。”

“您一定要高高昂起自己的头。在监狱里没有自信是不行的，更何况您现在并不是罪犯，仅仅是被告而已，谁有权把您当成罪犯来管理呢？您说是不是？”

“真的吗？”谢克尔露出了微笑。他想起之前在哪里读到过——司法的原则是疑罪从无。而昂首挺胸做人——本来就是他的习惯。

卡车开进监狱大门后停了下来。谢克尔下车时看到，他的面前和身后全都是一扇扇大铁门，一个手里提溜着手铐的狱警站在一旁，这时他忽然理解了自由一词的含义，他开始谴责自己为什么直到现在——直到二十岁的时候——才明白自由为何物，而之前一直对其漠不关心；为何在此之前，自由对他来说没有像食物、水以及空气一样不可或缺、生死攸关……

谢克尔发现自己被关进了一间囚室。囚室右侧的小土台上放着铺盖，这里应该是睡觉的地方；左边的一个台子上搁着一个石磨；房间后面的角落里有一个涂刷了沥青的老式马桶和一个陶制的小水壶，这是给犯人解手用的；头顶的天花板为了采光做成了格栅状；囚室的正面是铁栏杆，栏杆中间是一扇铁门，铁门上面的一个小洞上也安装着铁栏杆；四处弥漫着一股难闻的臭气。这时对他来说，搞清楚自己所处的地理位置突然变得十分必要——我的准确位置在哪儿？监狱的具体坐标以及周边的情况到底如何？不搞清楚这些情况，他觉得自己简直无法正常呼吸。监狱位于小镇的什么方向他是知道的，监狱的大门朝北，从大门过来时，他先是朝这边转了一个弯，然后又拐向那边，之后又朝那边拐了一个弯，再之后……他终于弄明白了，关押他的牢房坐西朝东，可再往前是什么情况，他就不知道了。

这个疑问第二天便得到了解决。清早他被带出监室放风，这时候他看到，关押他的监室在一整排总共四十间牢房中是第十二间。

这排牢房前面或许还有一排牢房，总数也是四十间。前面的围墙上有两扇门，带他出来放风的狱卒说，一扇大门通向工厂，另一扇门则通往英国士兵的营房。谢克尔在心中暗暗把监狱想象成一幅世界地图，这样一来，一幅大致的方位图就清晰地呈现在他面前了——大门的位置是北极，典狱长的办公室是北边的喜马拉雅山，工厂的位置是日本，远处的绞刑室是阿拉伯半岛，而他——他在哪里？他的位置是西伯利亚极地附近的荒原。他感到了些许平静——他确实身处于某个地方。在这里，唯一令他感到恐惧的是，失去对自己存在的感知。

没过多久，他的尊严感便苏醒过来。另一侧朝南的那排牢房，正好是印度所处的位置。那排牢房可不是什么好地方，狱卒说关在那儿的都是十恶不赦的坏蛋，可那里正好是印度的位置。不知何时，他的心中萌发出一种对祖国的土地、名字以及它在地图上的形状和位置的迷恋，这让他突然间感到有些惊讶。他以前可不是这样的——尽管心中装着美丽的家乡，装着家乡的亲人，但是印度……他从没想过地理课本之外的印度到底在哪里？他回想起来，以前在给他们讲拉其普特人[①]和仙人隐士的传说以及其他各种英雄故事时，父亲有时会突然说道："在这片属于雅利安人的土地上，像这样灿烂的瑰宝数不胜数……"当时，一种强烈的自尊心促使谢克尔特别想验证一下，自己是否也算是一件这样的瑰宝。但是，那些故事毕竟都是历史长河中的故国旧事，在他的心里，那些关于雅利安瓦尔塔[②]的故事以及那些英雄故事中的雅利安瓦尔塔，从来没有和他脚下的这片土地——今天的印度——等同起来……

---

① 拉其普特人（Rajput），又名拉杰普特人，是主要生活在印度北部和中部的古老民族，多属刹帝利种姓，具有尚武传统，印度历史上的很多英雄都是拉其普特人。

② 对古印度的一种称呼，地理区域包括喜马拉雅山脉和文底耶山脉之间的地区。

“一定要高高昂起自己的头！”他的心中越来越有自信，他要将头高高昂起，他并没有犯过罪，但有许多人为“印度”蒙冤入狱，而他也将成为他们当中的一员。他会昂起头来勇敢战斗……

对他来说，袖手旁观、无所事事的日子已经一去不复返了。

整整三天之后，他终于获得了一个申请和“同案犯”关在一起的机会，当时狱长正好来这里巡视。狱长用鄙夷的语气说：“那他们是你的同伙喽？”

谢克尔并未理会他语气中暗含的讽刺，他说：“我们被列为同一个案件的被告，因此我们有会面的权利。”

“权利！哎呀，这可是监狱，巴布萨赫布！[①]在这里，所谓的权利就是磨练筋骨、吃苦受累，懂吗？瞧瞧这个！”狱长指着牢房里台子上的石磨说：“不必担心！你早晚会领教到的。”他并没有答复谢克尔的要求，说完这番话后便离开了。

但是傍晚放风时谢克尔看见，与他的监室相隔十几间牢房的前面一个监室的门也打开了，那个建议他一定要昂首做人的名叫维迪亚普什纳的“同案犯”从里面走了出来，其他三个同伴也从另一个方向被带了过来。

忽然看到维迪亚普什纳令谢克尔兴奋不已，他根本没想到能见到他。他飞奔过去，和维迪亚普什纳紧紧拥抱在一起，可忽然又对自己的热情感到有些羞赧，于是立刻松开手站在一旁。

两个人不约而同地上下打量着对方。维迪亚普什纳是一个中等身材、体型壮硕、皮肤白皙的二十来岁的青年，粗硬的头发向后梳

① “萨赫布”为Sahab一词的音译，意为“先生”或“老爷”。“巴布萨赫布”和“巴布吉”同义，是一种对地位高者的尊称。

成背头，修剪得很整齐，宽额头，薄嘴唇，鼻梁挺拔，下巴平直而瘦削。维迪亚普什纳看上去有一种执着坚韧的气质，可眼神中却带着一种善意的揶揄，显得既活泼又俏皮。谢克尔断定这个人和他的心意相通。他问："您是不是以前坐过牢？因为什么？"

"没错，我在不合作运动期间进过监狱。那时候我年纪还小，可当时受的罪可比现在多。因为呼喊'向母亲致敬'[①]的口号，我被他们用藤条抽打了一顿。现在的政治犯很少再受鞭刑惩罚了。"

谢克尔把他从头到脚重新打量了一遍。当着这个神情严肃的年轻人的面承认自己的无知，他并不感觉羞愧。他说："政治犯和其他人不同吗？我对这些一无所知。"

维迪亚普什纳笑了。"没关系，在这里您很快就什么都知道了。监狱是一所很好的大学。我受鞭刑责打时，人还没离开行刑架，便已经领悟到很多道理。这里颁发品行方面的学位，只不过很多人失败了，没能拿到这个学位。"他的表情变得严肃起来。

"是啊。"

维迪亚普什纳忽然想到了什么，他说："对了，虽然我们几个没法关在一起，不过白天我们随时可以会面。这是狱方的决定，不过这样也还可以接受。"

"案子进展如何？"

"今天我哥哥来和我见过面了。他已经找好了一名律师，律师明天来见我们，到时再决定今后该怎么办。"

谢克尔的心中忽然充满了一种期待，有人——不是别人，是谢

①《向母亲致敬》（Vande Mataram）是印度孟加拉语小说家班吉姆·钱德拉·查特吉（Bankim Chandra Chattopadhyay，1838~1894）创作的长篇小说《阿难陀寺院》（Anandamath）中的一首颂歌。这首颂歌以难近母女神作为祖国象征，表达了反对殖民统治的爱国之情。诗歌的标题"向母亲致敬"成为20世纪早期印度民族运动中传遍全国的爱国口号。

西！谢西会来探视他。哥哥也许会来，但如果谢西能来——她一定会来的……

其余三个同伴也过来了。相互介绍之后，谢克尔知道了他们的名字。从头到脚审视了他们一番后，他断定他们不是维迪亚普什纳那样的人，他们或许是优秀的志愿者，但身上却缺乏入狱后能使他们变得更加出众的特质。而且他十分愉快地意识到，和他们说话时，他其实一直都在思忖着谢西来看望他的可能性。对监狱生活他并不感到十分担心，对这里每天的生活安排，他并没有感到特别不适应，少年时期为了惩罚自己，他曾经给自己刻意安排过这种刻板而枯燥的生活。时间会一天天过去，而且他的身体已经比以前强壮多了。是啊，命运并不受他控制，而令他感到悸动不安的东西又那么多……

对案件的听证开始进行。律师告诉谢克尔，他无需对此有任何担心，他没有触犯任何法律，只有一条控罪有坐实的可能性，那就妨碍政府官员执行公务罪。这一条并非由傍晚的抓人事件而起，而是与半夜逮捕他时的情况有关，警方有可能会说，他们当时是去执行公务的，而他却横加阻拦并且引起争端。尽管没人能保证他一定会安然无恙，但谢克尔似乎对案件没了丝毫兴趣。监狱好像在他面前打开了一个新的世界，他的心中萌生出许多新的疑问，因此他一点也不关心法庭里那些无聊的问答。他觉得自己好像在通过一个棱镜观察狱中的这个世界，每幅场景都呈现出多种色彩、多种状态和多种方向，很难判断哪个是真实的，哪个是虚幻的。他此前业已形成的所有衡量判断的尺度和标准全都失去了作用，他了解到一个崭新的、同时又很可怖的真相，那就是：一切都是真实的，一切又都是虚幻的；一切都是美好的，一切又都是丑恶的。现在他依然认为，在这种状况下，理想主义可以为我们决定人生的道路和规划，不过这种理想主义的基础不再是那些旧的理想，他的灵魂深处需要一场革命。于他而言，与维迪亚普什纳结伴同行已成为一种必然。但是白天维迪亚普什纳要处理案件诉讼方面的问题——谢克尔也把自己的案子委托给了他——因此谢克尔只好一大清早就缠着他讨论一些问题，然后用整整一天的时间进行思考，努力解开那些令他感到纠结和困惑的各种疑问。

这种局面是某一天偶然形成的。那天维迪亚普什纳说，为了维护祖国的尊严，我们应该成立一个组织，这个组织的作用是修理那些政府官员和领导者的脑袋。谢克尔突然问："好吧，那你说说看，你是因为动手打了那个刑事调查局的探子才被捕的，还是像我一样无故被抓？"

"我动手打了他。如果让这么粗蛮无礼的家伙毫发未损地扬长而去，那我一整年都无法原谅自己。"

"为什么？"

"走在路上的时候如果有人对着你骂娘，你会怎么做？这么卑劣无耻的人，难道因为他是政府的人就该放过他？"

"他毕竟是政府的一分子嘛。如果都是这样，政府该怎么正常开展工作？如果你承认它是自己的政府，那么——"

"政府的一分子？！那么，难道由于惧怕政府，像我们这样的小人物就不能揍他吗？如果你说的是暴力，难道出于恐惧而无法维护自己的荣誉不算是暴力？自我戕害是最大的暴力，因为它折断的是民族尊严的——是这个国家的——脊梁。"

"你的意思是不是——只要感到愤怒，就应该将它表达出来，而不该去压抑愤怒？但这样做会使暴行蔓延。”

“不，我说的不是这个意思。一种愤怒是软弱，一种愤怒是责任。如果国家遭受了屈辱，那么为此感到义愤填膺是对于国家和社会的责任。我们应当把这种怒火奉献给祖国，否则充斥在我们的身体里的便不是生命而是垃圾。”

“如果可以对于国家遭受的屈辱感到愤怒，那么对自己的故乡、自己的族群、自己的家庭乃至于自己遭受的侮辱感到愤怒，便也应该是正当的。那么，愤怒为什么会是软弱的表现呢？”

“你说得很对。但是问题不在于具体的对象，即国家、故乡或是我们自己，问题在于情感。‘我们国家的土地贫瘠’是一句简单直接的大实话，但是‘我们的国家胆小怯懦’便是对祖国的侮辱。为了心中的理想而出离愤怒是正当的表现。”

“那么，宗教狂热也是合理的吗？难道宗教不是理想？”

维迪亚普什纳稍稍犹豫了一下，“不，不是的！我们要划定一个边界。我们使用宗教圣哲和宗教狂热分子这样不同的称谓，而且我们理解它们不同的内涵，这意味着在宗教狂热分子身上具有一些邪恶的东西，而这些邪恶的东西究竟是什么，还要去研究和挖掘。比如，一个宗教狂热分子的愤怒情绪首先表现为缺乏宽容精神，即我必须证明我的宗教优于你的宗教，因为我比你更为优秀。这显然是很不恰当的做法，这种所谓的自尊应当被彻底根除。”

“哦？”谢克尔思忖了片刻。“那么，我们的边界应当设定在哪里？”话音刚落，连他自己也被这个问题逗笑了。

“为理想而愤怒，是达摩，这是确定无疑的。问题在于到底什么是理想。所以，就此做出通常的判断并不容易。但可以说，凡是尽力消弭人与人之间的差别和距离，尽力消除各种束缚的精神就是理想。”

“在人与人彼此对立的地方，民族主义是否也在其中设置了藩篱？”

“当然！欧洲此时正处于一个民族主义可能会酿成灾祸的时代，那里的民族主义组织如今已成为人类自由的障碍。”

“是啊。”谢克尔脱口而出的这句“是啊”承载了太多思绪，他竟然忘记继续追问下去。尽管在狱中待得很安心，但是维迪亚普什纳的话却让他的大脑受到了沉重的一击——这么多重大问题一股脑儿涌现在他的面前，面对它们的挑战，他的大脑仿佛乱了阵脚。

自尊和自我意识也可以成为一种社会责任，这对谢克尔而言是一个崭新的视角。一直以来，他对政治问题并没有太多兴趣，而且他常在新闻中读到关于政治纠纷以及利益分配等方面的报道，这更让他为政治的肮脏卑劣感到悲哀。但是“政治因何存在”并非一个政治问题，而是一个和生活有关的问题，他无法拒绝这种问题所产生的强大吸引力。当他由于维迪亚普什纳的原因开始反复思考这个问题，这个新观点带来的巨大冲击使他在两三天时间里一直处于一种震惊的状态中。他知道自己对于维迪亚普什纳的话并不完全信服，而且他也知道一个人不能轻易相信其他人的观点，只有经过自己思索得出的结论才是真实可信的，别人至多只能帮他拔除长在心灵沃土上的几根荒草而已……

难道自我意识也可以成为一种社会责任？三四天以来，他一直在这个问题上不断与自己斗争。三天之后，求知的欲望就像一个从沉睡中苏醒的巨魔，打败了一个敌手后又准备开始一场新的大战，它大喊“来和我大战一场吧！”[1]，作为对这个挑衅的回应，又有许多可怕的问题接二连三地出现了——为何有政权的存在？它是否对自由独立构成妨碍？如果没有政权的存在，我们是否依然能够正常生活？我们能摧毁政权吗？应该如何摧毁？

如果追求自由和独立是正确的——这样做怎么可能不正确？那么，统治权力的存在就是一件坏事，即便不是坏事，也有可能成为一件坏事。这种情况会在何时出现？在那种情况下，如果我们的愤怒、战斗以及自负都会因为理想而成为达摩，那么我们的理想到底是什么？

愤怒——战斗——暴力，难道暴力是一种正确的行为？如果维迪亚普什纳的逻辑是正确的，那么暴力不仅是正确的行为，并且可以成为达摩。但是……他一直相信，并且也愿意相信，暴力会使人类产生仇恨，他对暴力行为有一种与生俱来的反感和排斥。而且他认为，任何本能和天性都不可能是错误的——如果我们的伦理观与人的本能和天性相悖，那么错的应该是伦理，而非人的天性。他对自然中存在着一种与生俱来的、最基本的伦理坚信不疑。为何如此？他有什么证据可以证明？对此他无法给予任何答案，他唯一能提供的证据是，他本能地愿意相信这一点。人类为何要相信这一点？因为人本质上是道德论者，人希望用伦理检验这个世界是否纯粹。如果伦理道德在人类的天性中是最根本的元素，那么在自然中难道不也同样如此吗？

自然是具有伦理属性的。可难道暴力也符合伦常？绝不可能！那么，是否在个别时候，在某种特殊的条件下，它有可能是符合伦

---

① 梵语，这个典故出自《摩诃婆罗多》(1.95.7)。一个与花钏同名的乾达婆王对花钏说：“王子与我同名，来打一仗吧，不打你就改名。”

常的？杀戮是否有时也可能是一种正当的行为？

另一个现实问题是——暴力和杀戮是否有时也能产生某种益处？

啊，求知和探索女神！你令人如此难以抗拒，俨然是一个充满魅惑的女妖！

现实问题永远比理论问题涉及的范围小，因而也就显得更加紧迫。暴力的现实价值这一问题对谢克尔来说就是如此。

他问维迪亚普什纳："暴力有时也会是一种正当行为吗？暴力难道也能产生什么益处？"

维迪亚普什纳微笑着说："你一直在思考这个问题吗？"

谢克尔不悦地回答道："难道不能想一想吗？"

维迪亚普什纳笑了，而后正色说道："那么你听着！很多时候暴力是一种极其必要的手段，在这种时候，它就是正当的。或者也可以这么说，暴力行为太普遍，使它成为了一种必要的手段。事实上这时它已不再是暴力了。如果长了疮，对它的治疗方法则是施行手术，手术会让人感到疼痛，那么这算是一种暴力吗？它之所以不属于暴力，是因为它可以使患者受益，而医生并不能从中渔利。如果患了不治之症的病人感到痛不欲生，那么用死亡使他从病痛的折磨中彻底解脱也不算是暴力，尽管剥夺了他的生命。在这种情况下，暴力再次以一种社会责任的形式出现。至于说到功效的问题，我所列举的事例就是对其功效的证明。当然需要注意的是，社会功效才是对其功效性的证明，不能是个人利益。

"你这种区别对待的做法令人怀疑。难道真的因为具有了社会性功效，暴力行为就可以被宽恕吗？难道一个社会阶层可以对另一个社会阶层进行压迫吗？"

“不要误解我的话。我所说的社会性并非特指某一个社会阶层，我指的是整个社会组织，我们——所有人——都是其中的组成部分。从这个角度而言，在杀戮有可能成为一种非暴力行为的地方，走路的时候摘下一个麦穗然后把它扔掉可能就是一种暴力行为，因为它对整个社会不会产生任何益处，恰恰相反，反而会破坏产生些微益处的可能性。”

谢克尔的语气中依然充满疑虑：“好吧，不讨论这个问题了。让我们回到最初的那个问题吧。你动手打了那个刑事调查局的探员，这种行为产生了什么益处或者说有可能产生什么益处？”

“其一是我已经说过的——必须维护自我的尊严，如果不对他动手便不可能实现。如果你认为这属于一种臆想出来的益处，那么另一个益处便是——这些刑事调查局的探子将会从中得到教训，不能拿侮辱别人当作玩笑。”

谢克尔微笑着说：“他也给了你这个教训。”

“是的，但并不是所有刑事调查局的探子都可以用这样的手段去教训别人。进行一桩这样的诉讼，政府要花几千卢比。如果发生一百起这样的事件，那么政府就不得不考虑其他对策了。”

“换句话说，你希望使政府内心产生一种畏惧，让他们知道这些人是应当被尊重的人。如果我没有理解错误的话——我在这方面的认识很贫乏——这就是那些所谓的恐怖主义者的论调。”

“嗯，是的。他们所遭受的不公比任何人都要多。首先，称他们是恐怖主义者就是一种不公，因为他们并没有将恐惧扩散至他们的工作范围之外。在当今这个时代，如果一个人的政治哲学止步于恐怖主义，那么从心智发展的角度来说，他只是一个七岁的孩子，显然他身上缺乏许多所谓的恐怖主义者所拥有的那种精神力量。”

“你进行这样的辩白，好像你自己会成为一个恐怖主义者似的！”看到维迪亚普什纳摇了摇头，谢克尔接着说：“但是在我看来，你说的这一切都是错误的。暴力产生不了任何积极的东西。它本身是消极的。它是纯粹的毁灭，并不具有任何创造的力量。就举那个手术的例子来说吧，是医学治疗了疾病，是医学使人类受益。手术刀只是一件微不足道的工具，康复的疗效是在之后的几个月时间里通过长期精心护理产生的。与此类似，对于环境的改变也是通过自然而然的发展实现的。”

“这样说也对。手术刀的确微不足道，的确普通寻常，但它是否也是不可或缺的呢？针对社会实施许多暴力手段之后，当然也可以对社会进行康复性治疗。尽管可以将这种康复治疗视为主体，但不能因此就否认当初使用暴力手段的必要性。”

谢克尔又像是吞下了一大口食物，他需要好好消化它们。他并没有从这次谈话中得到满足，他感觉逻辑中肯定存在某种问题。非常状态下的非常措施是一种无法避免的不足和缺陷——这样的理论他还是第一次听到，很早以前倒是听过众友仙人吃狗肉的故事[1]。但是他觉得，这其实是理想的某种缺陷，而我们想用荒谬的逻辑对此加以掩盖。在特殊状况下接受暴力行径，意味着对暴力的全盘接受，意味着对暴力的认可。如果人类可以通过杀戮来保护自己，那么人最终将生活在罪孽的阴影下。问题其实简单而直接——暴力是否是一种正当的行为？要么彻底认可，要么彻底否定。可是无论在哪一种情况下，都看不到前路何在……

① 这个典故出自《摩诃婆罗多》第十二篇《和平篇》的第139章。毗湿摩以众友仙人在身处困境时食狗肉的故事，教诫坚战凭借人生智慧摆脱困境，判断合法和非法。详见该章第26颂至94颂。

谢西和谢克尔的哥哥依谢沃尔得德一起来探视他。

谢克尔盼望过，但却并没有对此寄予过希望。他想不出任何可以寄予希望的理由。她不会来的。如果谢西住在城里，多少还可以抱一点希望，可她住在偏远的乡下，而且就她一个人……

但她还是来了。谢克尔心中五味杂陈，可是面对谢西，他连一句话也说不出来。探视的时间很快就要结束了，在和依谢沃尔得德交谈的过程时，他偶尔会停下来瞥她一眼，然后继续和哥哥说着话。

探视时间彻底结束了，在最后分别的时刻，谢西问他："谢克尔，你真的参与了这件事吗？"

谢克尔用犀利的目光望着她，他想知道她心里到底在想什么，是恐惧、担忧还是欣赏？到底是什么，他判断不出来。他用审慎的语气简单答道："没有。"

谢西什么也没说。谢克尔感觉到，谢西心中似乎再没有其他的疑问和要求了，这让他感到很吃惊。因此，他稍稍平复了一下心中涌动的波澜，问道："怎么了，谢西？这个答案让你得到安慰了？"

"什么安慰？"

"我是无辜的。"

"嗯，是的，多少有一些吧。"

"是吗？那如果我有罪呢？"

"那样我也同样会感到安慰的，我只是想知道事情的真相而已。只要了解了你的真实情况，我便很满足，不再感到恐惧。"

谢克尔多想直接问谢西："谢西，你这么信任我吗？"但是当着哥哥的面，他没有勇气开口。即便当时没有别人在场，对这么隐秘的问题他是否能够轻易启口，连他自己也不知道。但是谢西好像读懂了藏在他心里的疑问，临走时她凝视着谢克尔说："英雄永远不是罪人。”说完便离开了。她充满温情的目光让谢克尔感到震颤，他在心中暗暗向这个胜似姐妹的亲人致以敬意，是她对这位兄长第一次使用了“英雄”这个字眼。在狱中能够感受到温情是多么重要啊！各种情爱归根到底都是某种欲望，而监狱则是欲望的游乐场。然而温情却完全不同……

案件早已变得索然无味。今天之后是明天，明天之后是后天，每天从不同证人的口中听到同一个故事的不同版本，见识律师们为了推翻一个事实各种巧舌如簧的诡辩和伎俩，谢克尔简直厌倦到了极点。终于有一天，他把这些经验变成了娱乐自己的素材。他仿照律师的口吻写了一篇辩护词，先是给自己的朋友们看了，然后装进信封，上呈给法官先生。法官当时正在听律师辩论，他漫不经心地问了一句：“这是什么？是申请书吗？”然后继续听律师辩论。可是中午休庭之后再次开庭的时候，他用犀利的眼神盯着谢克尔，目光中似乎有一丝怜悯，有一丝不悦，紧抿在一起的嘴唇原本显得很严肃，此时似乎露出一丝微微的笑意。谢克尔并不确定自己是否读懂了法官大人的内心感受，但是回想起自己写的辩护词，他也不禁微笑起来。“法官大人，证人说——某个东西在上面，某个在下面，某个东西在右边。但是如果我们倒立过来看，显而易见，不使用这样的视角便不能维护法律的公正。那么，原来被说成是在上面的，其实可能是在下面；原来在右边的，毫无疑问是在左边。提供这种颠倒黑白的虚假证词的证人可能已经堕落，我请求您忽略他的证词，并请您允许我们对其进行质问……”

但是这种事不可能天天发生。坐在法庭上受审时，谢克尔发现自己的思绪竟然常常飘向谢西。他常常回忆着她说过的每一个字，仿佛要将内心的光芒聚焦于那一字一句上，而后把它们一一描摹刻画出来一般。而后他又常常诧异地想，为什么这个女孩会在他的心里占据这么重要的位置？她无疑就像他自己的亲姐妹一样，可她为什么与谢克尔的姐姐萨尔丝沃蒂不同？萨尔丝沃蒂也一直很疼爱谢克尔，现在也依然如此，但结婚后她现在已经是两三个孩子的妈妈了。对谢克尔而言，萨尔丝沃蒂已经变成了某种遥不可及的东西。谢克尔从萨尔丝沃蒂那里也得到过同样值得信赖的真挚的手足亲情，可是……他不知该怎么描述其中的差别，既然说不清楚，他又如何能让自己明白？他对谢西的接纳和认可并不像对萨尔丝沃蒂那样水到渠成。萨尔丝沃蒂一直在谢克尔身边，在谢克尔的成长过程中，萨尔丝沃蒂一直在他身旁。但是谢西却仿佛是他在寻找自己的过程中的一个意外发现，他在芸芸众生中终于找到了一个自己可以去疼爱的人；这个妹妹，既是自己的亲人，又像是一个刚出现不久、还有些生疏的陌生人，是他苦苦寻觅后的收获，为了找到她，似乎他不得不始终全神贯注地保持着警觉……不，不是这样的，他也说不清到底是怎样一种感觉……

谢西又来探视他。这一次谢克尔发现自己终于有了对她说话的勇气，他把狱中发生的很多事情讲给她听。她一直静静听着，一双大眼睛一直凝视着谢克尔。谢克尔过了很久才突然发现，尽管谢西的眼睛一直在凝望着他，可心思并不在这里，表面上看起来，似乎是谢西在听他讲这些无聊的故事，但实际上却是她在用眼睛对他说话。

“怎么了？你想说什么吗？”

谢西并没有对问话感到惊讶，她笑了。

“你认识那些打了刑事调查局探员的人吗？”

“认识。怎么了？”

“他们全都被抓起来了吗？”

“不，大多数人都在外面。”

“是吗？除了你之外，其他人全都动手打人了吗？”

“是的，他们全都动手了。可是——唉，算了吧，这些都是法律方面的问题。”

“那么，你是怎么被抓起来的？”

谢克尔简单告诉她说，因为他正好在事发地点执勤，所以被牵扯进来。

“你在执勤？为什么？”

谢克尔向她解释了当时的状况。

谢西沉默了片刻，而后说道：“你感到满足吗？”

谢克尔直视着她的眼睛说：“我很幸福。去大学报到时你对我说过的话，我一直无法忘记。”

谢西有些吃惊地问：“我？我说了什么？连我自己都不记得了。”

“还是忘了的好。有恩于人，不可不忘。”

藏在谢西目光中的疑问渐渐消失了。看到她的神情，谢克尔心绪荡漾，难以言表。他们就像相隔千里的亲兄妹，由于身上流淌着同样的血脉，所以似乎根本无须通过语言，一切便已心领神会。谢西心里是否也有同样的感觉？他怎么才能知道？

谢西就要离开时，他问谢西：“可你还没告诉我呢。”

“告诉你什么？”

“你不是想说什么吗？我能感觉得到。”

谢西的微笑中藏着一种痛楚。她欲言又止地说：“是的，本来是想说的，可是说不出口，在这里怎么也说不出口，也没法写在信里，我不想写信给那些狱卒们看。”

“我也曾经写过一封信，可后来又撕了。那你什么时候能告诉我？”

“再看看吧。”谢西说完这句话便走了。她挑起了一个囚犯的好奇心，可又不让他得到满足，如果她知道这是一种多么煎熬的感觉，那她……

那天晚上，谢克尔做了一件事。这件事他曾听到其他犯人做过，当时听到的时候，他只是愤怒地咬着牙，躺在那里一动不动。他被送回牢房后不久，监狱里进行了晚点名，之后所有的牢门也都叮叮咣咣上了锁，狱卒“平安无事”的喊声仿佛是在对这个充斥着各种丑恶的地狱进行嘲弄，后来这喊声也停止了，监狱里终于安静下来。这时，他用两手抓住监室大门上的两根铁栏杆，用尽全身力气开始用力晃动。他的身体发出吱吱嘎嘎的声响；上下牙紧紧咬在一起，牙齿摩擦发出的声音如同在咀嚼砂砾；铁锁、栏杆和大门都发出咔咔的声响，连牢房外院子对面的铁门好像也愤怒地喘着粗气，向他表示同情。他不断晃动着僵直的身体，剧烈的抖动仿佛山崩地裂一般，那种令人无法忍受的刺耳噪声，如同湿婆的末日之舞，具有毁灭一切的威力。他再也忍受不下去了——受不了了——因此他更加用力地晃动着监室的大门。我想打破这禁锢，我想得到自由，因为有人有话要对我说，而知道她要说什么对我来说太重要了，比幸福还要重要，比平静还要重要，比人生还要重要，甚至比我的力量以及男人的气概还要重要……无奈、无奈、无奈，愚不可及的愤怒……枉然、枉然，迷茫无措的自负……

那种无奈的迷茫最终还是给了他慰藉。他大汗淋漓、精疲力竭，连走路都踉跄蹒跚，其他犯人的蔑视让他羞惭得无地自容，他一头倒在铺席上，欲哭无泪的眼睛一直呆呆盯着天花板……

她想说些什么，我想知道，我想知道，我……

他的身体像是被一阵突如其来的狂风掀翻，他忽然痛苦地翻了个身，俯身趴在铺席上。半个小时之后，椰枣树叶编成的草席下新鲜的泥土味提醒他说，直到现在，他还在无奈地呜咽抽泣……

迷茫的雾霭笼罩在谢克尔的心上，他整个人就像被无情的厄运掌控着。那天晚上那样哭过之后，一直有一种沉重的东西压在他的心上，无论怎样都摆脱不掉。

他似乎渐渐开始感到一种恐慌——难道我认输了？难道牢狱生活打败了我？难道我是懦夫？这种怀疑不断刺痛着他的内心，就如坚硬的碎石嵌进了伤口。否则我为何会这样软弱无助地哭泣？那些强者和英雄，他们会哭泣吗？如果他们身陷囹圄，他们会像绵羊一般咩咩哀嚎吗？

他曾经在哪里读到过，那些从来不哭的人一定是不够诚实的人，哭泣标志着一个人敢于真诚地面对自己，敢于真诚地面对自己的内心。也许这句话是对的，但是他现在这样却是另一回事，他现在的状态只不过是一种彻头彻尾的软弱和怯懦。

可是为什么他在哭过之后感觉自己轻松了、干净了，而且也强大了？身处失败之中的人是不会有这些感受的，每一次失败都会加深人的脆弱感，失败会令人感觉堕落。难道他已堕落？或是正在堕落？

面对这个问题时，他受伤的灵魂大喊着表示抗拒，可同时他又像一个无情的法官一样不断拷问自己——为什么？如果这不是真的，那么你的内心为何会感到刺痛？说啊！讲啊！你是不是罪犯？你是不是已经堕落？

如果他对监狱里的狱卒有丝毫怀疑，觉得他们是因为看到了他的颓废状态，认为他已经“被打败了”，从而给了他更多自由，那么他一定会拒绝接受。可现在即使他提出了要求，也没有给他任何特殊照顾，只不过在放风的时候，如果他从自己这排牢房向前走到另一排牢房，即所谓“印度”所在的位置，看守并不会阻止他，而且通常也允许他和其他犯人交谈。

一天，谢克尔在散步时走进一个牢房的外院。看守说：“巴布吉，狱长先生会要了我们的命的。”但是谢克尔从他的语气中听得出来，典狱长并没对此下任何禁令，是看守自己不想让他接近这间特殊的牢房。这个犯人一定是个特殊人物。他没理会狱卒，径直走进院子里。

“您关进来时间不长吧？”

提问时的熟稔亲切以及语气中自然流露出的喜悦让谢克尔感觉诧异。他看到，铁栏杆边上有一张苍老的面孔，满头蓬乱的白发，温和的笑意藏在白色的络腮胡须后面，对他表示着欢迎，如同洒在雪山顶上的一抹阳光。

谢克尔好奇地说：“您是怎么知道的？”

“从你脸上看出来的。新面孔上总是写满了各种疑问，新人对很多事都很好奇。老犯人则总想找个听众，人生临近终结，只剩下一件事要做——把他的故事讲给别人听！”

谢克尔对他充满了新的好奇，他问老人：“您是谁？”在这个人面前，寻常的礼节似乎自动作废，如果有什么问题，要么直截了当去问他，要么干脆就别张口。

“我叫莫丹辛格，1909年被捕入狱，从那时起就一直被关在监狱里。”

这个人在监狱里已经被关了二十一年，竟然还能露出这样的笑容？谢克尔觉得自己变得有些渺小，也或许是他面前的这个人太过高大。

“我才进监狱不久，这您都已经知道了。我在大学里读书，关进监狱时我还是个学生。”

“您读几年级？”

“硕士。我去年刚刚大学毕业。”

“您真幸运！我进监狱时完全是个文盲，我是在这儿学会读书写字的。在这里，我伴着泪水努力学习那些重要的道理，因为不知道这些，人根本没法活下去。而您——您是带着知识走进监狱的。尽管您面前是森严的壁垒，可是您有打开它的钥匙。”

谢克尔若有所思地说：“我不知道是不是这样，可我感觉自己特别渺小。”

“人都很渺小！无论您同不同意我的说法，我的这句话都是正确的。我通过自己艰辛的努力为自己打造了这把钥匙。穷人的喘息就是熔炉上的风箱——您听过这句话吗？我用的就是这个方法。”一阵悦耳的笑声再次回响在监室中。

谢克尔的表情将他的怀疑清清楚楚写在脸上，尽管他也在尽力掩饰，可还是没能藏住。

“哦，我明白了。您一定在想，这个家伙在故弄玄虚。但是请您相信，我的智慧都是我用泪水，是啊，是用泪水换来的。”他突然朝监室里面走去，边走边说：“您瞧，我也有证据可以证明。您能看得见吗？”

莫丹辛格用手指着自己面前的墙，谢克尔有些吃力地辨认出上面写的一句话——“什么是为人奴役？对残酷的真相一无所知，对虚假的谎言也一无所知。为人奴役会使我们根本无力去探究和分辨真理和谎言，它是桎梏，它是禁令，我们由此被剥夺了探究真相的权利。”

“请您再看看这个。”

谢克尔努力辨认着另一句话——“我们的文明始终在图谋延长人类的童年期。它要的是安全，而真正的男人需要的则是勇气！”

“这边的光线太暗，如果您愿意的话，我可以读给您听。可您或许马上就要走了。唉，其中的艰辛在于为了这上面的每一句感悟，我都哭泣了许久。我发现，静坐修禅不是在修行，无法静心打坐才是苦行的开始。”他的脸上忽又绽出笑容，“您瞧，在博学的才子身边，我没有流泪竟然也悟出了这样重要的道理。”

谢克尔没有说话，他觉得有些难为情。莫丹辛格继续说道：“这样的格言我写了百十来条，这是我最近三年的成果。三年前粉刷过牢房，之前写的东西都没了，不过或许还可以找到一条半条。”他朝一个角落躬下身体，“是啊，请看这句话——‘革命证明了德操的重要性’。”

他直起腰望着谢克尔，似乎急于对他说些什么，“您可能会说，这些我全都在书本上读到过。您有掌握知识的钥匙，而我现在正在学习。”

繁文缛节和这个人根本搭不上边，他的彬彬有礼是从内心深处的某个泉源中自然汩汩涌出的。谢克尔越发感到了自己的渺小，他说：“您在这个牢房已经待了三年？”

“三年？我九年前就被关到这里来了。不过您听说过那个帕坦人的故事吗？他在牢里待了三十年，可他说自己二十八岁。”看到谢克尔摇头，他接着说道：“他被释放后，有人问他：‘汗，你多大年龄了？’他说：‘二十八岁。’问话的人又说：‘你在监狱里待了多久？’他回答说：‘不知道。’‘进监狱的时候你多大？’他说：‘二十八岁。’问话的人说他算错了，可他说：‘干吗要把待在监狱里的时间算在里面？这段时间没有发生任何有价值的事情，怎么能算是度过了那些岁数呢？’我也是这种情况。只不过头发都已经白了。”他的眼中闪过一抹淡淡的伤感。

谢克尔的心中忽然萌发出一种强烈的愿望，他想向这个满头华发的赤子合掌行礼。然而某种虚妄的自尊心好像在说：“不，不该这么做。”他想了一下，告辞准备离开。

“你没有厌烦吧？还会再来吗？我刚才说过，寂寞乏味的老头愿意对人倾诉，无论遇到的是谁，都是好的听众！”莫丹辛格又笑了起来。

谢克尔内心的紧张似乎一下子消失了，他笑着说：“我恰好是个好奇心很强的人！”他换了一副郑重的口吻说：“我从您刚才的话语中找到了许多问题的答案，之前我根本没有勇气问这些问题。似乎自负是与生俱来的本能，而谦逊则必须通过后天的学习。”

“您难道也染上了把格言挂在嘴边的毛病？在监狱里连聊天也变得这么不自然了。”

刚走到院子门口，谢克尔突然鼓足勇气转身走了回来。他对老人说：“上个星期我也哭得很惨。”这时，一种感激和羞涩交织在一起的复杂情绪忽然涌入他的心里，他快速朝自己的监室走去。

又有一天，他散步时走到了“印度”所在的那排监室的尽头。

最后的四间牢房里关的可能是绞刑犯，这几间牢房外面院子上的铁门紧闭，院子里有拿着枪的哨兵在站岗。谢克尔转身原路返回。

走过几间牢房后，他正打算找个犯人和他聊聊天，忽然传来一声呼喊，“喂，毛拉！”

谢克尔实在想不出这喊声和他有什么关系，可自己身边的看守是锡克人，并不是穆斯林。这时，喊声再次响起，“喂，毛拉！听我说句话！”

谢克尔站在院子中间问道：“你是在叫我吗？”

“是啊，还能是谁？你都变成毛拉了！你应该很久都没刮胡子了，是没有剃须刀吗？”

“有倒是有，可在这儿哪有人看？所以我就没刮胡子。”

“可你毕竟是个体面人啊！虽然没人瞅你，可难道胡子不会扎着自己吗？再说了，你自己也应该捯饬得像在外面一样体面嘛——至于说人家放不放你出去，那倒没什么大不了的！”那个人爽朗地笑了起来，露出几颗虽然有些大，但却整齐漂亮的牙齿。

谢克尔还没想好该如何应对这种自然熟络的相识方式。如果这是出自一个人的自信，那么应该接受；可如果是出于空虚无聊，那么——

“不然的话就送我一个刀片吧。我喜欢那种觉得自己随时都可能被释放的感觉。”

谢克尔笑着说：“好的，明天我给你拿一个来。”

“最近有几个新来的政治犯，你是其中之一吧？你们打了刑事调查局的探员，因为这个罪名被关进了监狱。”

“是的。”

“那就对上号了。对了，我称呼你毛拉可以吗？”

“随便你吧。”

“毛拉都是伪君子。可如果我的毛拉是个印度教徒，那就不存在这个问题了。”

谢克尔没有说话。

“另外你听我说，我在这里感到非常非常孤独。我讨厌黄昏。你关在哪间牢房？”

“最边上那排的第十二间。”

“哎呀，隔得那么远！好吧，我会在傍晚时给你唱歌。你不讨厌听人唱歌吧？”

“如果你唱的确实是歌的话，我不会讨厌的。”

那个人哈哈大笑起来，“你一定能知道我唱的到底是不是歌，我会唱给你听的。好吧，现在你走吧。”

谢克尔正准备离开。

“我叫默赫欣——默罕默德·默赫欣。可是你该怎么称呼我呢？”

谢克尔调皮地说：“潘迪特。”

“太棒了！这个名字太好了。那我干脆剃了胡子在额头点上红点。”

在回去的路上看守告诉谢克尔，这个名叫默赫欣的小伙子是个举止怪诞的混蛋。对所有人他都以“你”相称，对狱长和狱监也不例外。开起玩笑来不分场合和时间。他没有孩子，也没有父母、兄弟，所以才会这么无所顾忌。一个毛拉收养了他，而且教他读书认字，可后来他在学校里学坏了，因为煽动叛乱被判刑一年，进了大牢。他已经服了五个月的刑期。因为总爱搞一些恶作剧，所以总是受到同样的惩罚——晚上也要戴着手铐。最近这些天也是这样。

“晚上戴着手铐？”

看守告诉谢克尔，这属于监狱内部管理规定中的一项惩罚措施。傍晚时给犯人戴上手铐，直到天亮再打开，因为白天是劳动时间。如果是特别恶劣的犯人，那就把他的手反铐在背后，这样他一整夜就只能脸朝下趴着了。“可是，巴布吉，这孩子真是个厚颜无耻的怪家伙。他已经被反铐了十五天，可还是在不停捣乱。”

“他都干了什么坏事？”

“一是他根本不干活。他说：‘我煽动了叛乱，然后你们把我送进了监狱。那现在我干吗还要做苦役？如果你们为了我吃苦受累，那我当然也会为老爷们卖命工作。’二是他把分配给他加工的原料扔得到处都是。让他用石磨磨碎的粮食，他喂给鸽子吃了。问他怎么回事，他就说：‘鸽子是我的兄弟，它们可以哄我开心！’狱长吩咐给他戴上镣铐，可他用镣铐弄坏了石磨。他还用砖块围了一个很大的圆圈，然后在里面堆满土，灌上水。叱问他为什么这么做，他说：‘我要种地，我在土里播种了玉米。’他哪里是普通人家的孩子，简直就是魔鬼撒旦的后代。”

看守的话激起了谢克尔的好奇心，他决定以后一定要再会一会默赫欣。

傍晚，他正坐在监室里胡思乱想，忽然听到铁栏杆的吱嘎声，声音是从远处的某间牢房里传出来的。他的身体顿时紧绷起来，他想起那晚自己紧紧抓着栏杆用力晃动的情景，心里顿时充满了同情，此时一定也有人正在经历他曾经历过的处境。他竖起耳朵仔细聆听，可那个声音忽然停止了，谢克尔听到，好像有人在大声喊着什么。

他不确定自己是否听清了。正在这时，喊声再次响起——的确是喊声，是默赫欣的声音。于是，谢克尔模仿小时候见到过的农民大声呼喊时的姿势，深吸了一口气，扬起脸，用手挡在嘴边拢音，大声喊道："喂！潘迪特！"

这一次默赫欣听到了，他回应道："我给你唱歌吧？"

"好啊，唱吧。"

"你在干什么？"

"坐着。"

"好，听我唱歌吧。"

谢克尔发挥想象力，估测了一下二十八间牢房之间的距离，然后将注意力集中在那里。人们常说，人的不同感官承担着不同功能，但是听默赫欣唱歌时，谢克尔似乎调动了所有的感官。

"……即便他来了又能如何……

……"

默赫欣的嗓子很好，声音既高亢激昂又不乏深沉浑厚。这么用力地放声大唱，声音难免偶尔会有些嘶哑，嗓子仿佛扯破了一般。尽管如此，起伏荡漾的歌声仍然会令听者感到震颤，好像原本默默隐伏在身体里的痛楚忽然激烈地"怦怦"颤动起来一样。

"既然所有的希望都已破碎，既然所有的期待都已幻灭，

送信的使者为何来到这里？"

歌声戛然而止。谢克尔紧绷的神经放松了一些。

"是歌吗？"

"是歌。唱得非常好。"

"再给你唱一首吧？"

"不累吗？"

"我唱歌的时候不觉得累。"

"好，那你唱吧。"

默赫欣又唱了起来。但唱了两三个小节之后，他的声音越来越小，越来越模糊，渐渐什么也听不到了。谢克尔并不想提醒他。对这个既疯癫又大胆的家伙，他内心的感受很复杂，既有几分反感，又夹杂着几分欣赏和感激。

几分钟之后，喊声又传了过来，“哎——毛拉！”

“潘迪特！”

“你睡觉吧！明天再唱。”

“好的。”

夜晚宁静而寂寞。谢克尔想到，因为现在自己的身份还只是个嫌犯，所以他有一盏提灯，晚上可以看书，看累了以后再睡觉。可默赫欣是正在服刑的犯人，他晚上没有灯可用，陪伴他的只有漆黑的漫漫长夜。谢克尔把灯光调暗，起身走到监室的大门前，双手抓着铁栏杆伫立在门口，抬头凝望着屋外幽黯的夜空。

天上浓云密布。一团团白色的云朵显得既空洞乏味又杂乱无章……

目前监狱里大约有一千四百名囚犯，其中可能至少有一半人夜晚无权享受灯光，而且他们可能也无法享有沉睡中的安详。而睡梦中的黑暗本来可以令人忘却一切痛苦。

宁静而寂寞的夜晚——看守的脚步声、值夜狱警“平安无事”的喊声、远处什么地方猫头鹰“咕咕咕咕”的悲鸣声，令此刻的静寂显得聒噪刺耳。谢克尔一直凝目注视着漆黑的夜空……

滴答——滴答——二月[①]的第一场雨……谢克尔突然感到浑身疲乏无力，于是他回到床铺上躺了下来，呆呆凝望着油灯微弱的蓝紫色光焰和映在天花板上的一环黯淡的光影……

① 阴历二月，相当于公历四月至五月。

桎梏……

谢克尔收到了一封信。

自己的信先要受到检查，经过删改之后才能寄给收信的人，这让他觉得难以容忍，因此入狱后他没有写过信。从外面寄给他的信也很少，即使收到信，通常也是那种根本无需回复的信件。但是有一天律师给了他几页纸，而且叮嘱他说："小心保管好，这是关于您案件的重要材料。回到家——抱歉，回到监狱后请您仔细阅读。"谢克尔把纸仔细收了起来。回到狱中自己的监室时，已经是深夜了，他这才拿出那几张纸读了起来。纸上的字是用打字机打印出来的，内容不过是关于案件程序的说明，上面有一些地方用铅笔做了一些备注。但是其中有几页纸是用线缝订起来的，看到上面的内容之后，谢克尔大吃一惊——是谢西的信，信是用铅笔写的，字迹又细又密。

有一瞬间，谢克尔好像把什么都忘记了，只觉得浑身疲软无力，心跳得非常急促，心脏似乎马上就要爆裂。他迫不及待地开始读信，就像一个饥肠辘辘的人大口大口地吞咽着食物。

谢西就要结婚了。新郎已经选定，婚礼定在四月①，可是谢西不想结婚，而且近几年她都不想考虑结婚的事情。

如果谢克尔在外面，她或许会求他帮忙推掉婚事；可现在他在监狱里，而且——而且在这个偌大的世界上，没有人会支持她的想法。虽然有母亲在，但她们孤儿寡母如何去和这个社会抗争？最多不过是把婚期从四月推迟到八月②，可那又能怎么样？已经允诺过的事情，她们不能推翻重来。

① 阴历四月，相当于公历六月至七月。
② 阴历八月，相当于公历十一月至十二月。

虽然大脑里一片混沌，可谢克尔还是想到，这封信不能保留下来。他木然地把这封信又重读了一遍，仿佛把它刻在了心里，然后把信撕得粉碎，把石磨上一个原本盛放麦粒的坑槽里注满水，把碎纸片放在水里不断揉搓，直到上面的字迹完全看不见了，然后才把纸屑揉成团扔到了外面。然后他站了起来，跺了跺脚，开始在监室里踱步，一边踱步一边思考……

他能做什么？怎么能帮到谢西？她是真的不想结婚。她自己在信里写到，她在这件事上的不情愿与女孩子通常的恐惧和不情愿有很大区别。她对婚事很不情愿，可又不能把心里的话明确表达出来，同时她还感觉自己是不公的牺牲品。

如果我在外面的话，一定能做些什么。我可以和他们争吵，和他们论辩。或许那个男孩根本不合适。他想起大学里自己熟悉的那些男生，他们未来可能会在政府机关谋个职位，可能会事业有成、颇乎声望，可能在女孩父亲的眼中，他们称得上是“青年才俊”，可是他会眼睁睁地看着自己的妹妹嫁给那样一个男孩吗？

如果她自己不想结婚，干吗要强迫她结婚？社会有权力强迫她吗？亲戚有这样的权力吗？母亲有吗？谁会愿意将自己的灵魂献祭于婚姻的祭火之中？——“这是应该献奉给克里希那的，它并不属于我……”不，不是这样！“这是献给阿耆尼的，它不属于我……阿耆尼……”[①]阿耆尼……妻子的灵魂永远都在扮演一个自我牺牲者的角色，这的确是一个不争的事实。

要不要给姨妈写封信？可是谢西已经把自己不愿结婚的想法告诉了妈妈，难道姨妈会不在乎她的这些感受吗？可她的确正在紧锣

① 梵语。克里希那是毗湿奴神的化身之一，又译“黑天”；阿耆尼是吠陀神话中的火神。

密鼓地商讨谢西的婚事。难道谢西没有特别强调她的这些感受吗？

如果姨妈听从他的意见回绝了谢西的婚事，那会产生怎样的后果？一个不利的后果是那些帮谢西四处挑选夫婿的人——什么舅舅、叔叔，还有这个人、那个人——他们肯定会说："找不到丈夫的时候，你们哭哭啼啼没个完；现在找到了，你们又这山望着那山高了，要是这样的话，你们的事你们就自己看着办吧，我们再也不管了。"他们要说就让他们说去吧，没有什么大不了的！况且姨妈从此也就解脱了。另一个不利的后果是男方会不高兴，这种可能性是存在的。第三个——第三个——第三个麻烦会是什么？也许会给将来带来影响，或许谢西以后很难再找到合适的新郎了！不过，那些不尊重像谢西这样女人的男人，他们根本不配活在这个世界上，而谢西也不会因为没嫁给这种男人就活不下去了。

姨妈为什么不回绝谢西的婚事？难道她对谢西没有责任吗？难道她感觉不到谢西的想法吗？可是如果维迪雅沃蒂姨妈感觉不到，还有谁会感觉到？她一定是有感觉的。可是把姑娘嫁出去也是一种责任，也是父母必须履行的职责。无论这是否真的是一种职责，至少父母们是这么认为的，而且整个社会也是这么认为的。习俗观念如此，传统使然。可如果嫁女儿是一种责任的话，那么给女儿寻一桩好姻缘难道不是责任吗？难道这算是"好姻缘"吗？怎样才算是嫁得好？学识渊博、殷实富有、家世显赫、品性敦厚、品行端正、仪表堂堂、声名显赫……可如何验证这些呢？名校的高学历？工作稳定或家财丰厚？亲朋中有人入仕为官？谈吐风雅？各方面完美无缺、无可挑剔？肤色白皙、眉清目秀？朋友一致交口称赞？还是尊姓大名频频见报？难道人是由这些东西构成的吗？具有天神般的美德是一种功德业报，一个人只有经过终身的苦行，才有权将这份功德记在自己名下。难道是这些东西，并且只有这些东西才让人变得如天神一般神圣而伟大？谢克尔的思绪重又回到许多大学同学的身上。唉！这些东西其实根本无法保证，像天神般完美的男人在现实中不会是破坏神圣祭祀的罗刹。[①]

所有问题都可以归于一点——缔结婚姻之前的责任应该由谁来承担？是父母的责任？还是新郎、新娘的责任？到底哪种达摩应该居先？是一个人成家立业更重要？还是父母嫁女娶媳更重要？父辈应该扮演的角色是协助者，而非操控者……难道谢西应该拒绝这门婚事？

拒绝会引发什么后果？亲戚们肯定会生气，母亲也会不高兴，周围会有人议论纷纷——“这个姑娘的品行不好……”“她妈把她惯坏了……”而如果一个女孩背负着品行不端的骂名，那么找到她品行不端的证据能用多长时间？之后会怎样？她会被说成是一个“危害社会”的人，因为她的存在，社会变得岌岌可危……“这个女孩还没有结婚。为什么不结婚？她可能是个放荡不羁的女人。这种性格的女孩子到了二十岁的年纪，会无视男人的存在吗？当然不可能！”社会扮演了谴责者的角色，这些人沆瀣一气，把受到他们谴责的弱者当成可以随意摆布的祭品。这些残酷无情的魔鬼！

谢克尔的大脑里仿佛系了一个死结，他无法继续思考下去。他在屋里一圈一圈快速踱着步，每走一步都攥紧拳头问自己——该怎么办？该怎么办？该怎么办？他走得越来越快，从五步变成三步就调转一次方向，这么快速地不断变换方向，让他的大脑也跟着快速运转起来，可他依然找不到问题的答案。他的情绪越来越激动，心中的挫败感使他更加愤怒地咒骂着自己。他用两手抓住脑袋用力按

① 罗刹即魔鬼。罗刹与天神为敌，并且破坏祭祀。

压，然后又用手攥着头发使劲揉搓。他用力撕扯着自己的头发，疼痛让他的大脑感受到些许平静，可那个问题依旧无解。该怎么办？该怎么办？

“喂，毛拉！”

是默赫欣在叫他，但谢克尔无心回应。此刻，除了谢西遇到的难题以及自己应该如何应对之外，他什么也不想知道，他根本不愿去想这世界上还有别的东西存在。这一刻，他心里只有自己，还有谢西遇到的这个难题。

“喂，毛拉！毛拉！”

不知为什么，当天傍晚默赫欣并没有喊他，可现在他一遍遍大声呼喊着，声音也越来越高。

“喂，毛拉！你是不是死了？喂，毛拉！”

不，他是不会罢休的。谢克尔回应道：“哎，潘迪特！”

“你在做什么？”

“没做什么。”

“干吗不说话？”

“没注意听。”

“你在哭吗？”

“没有！”

“好吧，你睡吧，我不会再叫你了。”

难道让他不高兴了？难道他从谢克尔的语气中感觉到谢克尔的心情并不平静？谢克尔有些懊悔，他努力压抑着自己的心情喊道：“喂，潘迪特！”

“喂，我听到了！”

“不给我唱首歌吗？”

“你想听歌？可你好像心情不好。”

“不，你唱吧！”

“好的。”

默赫欣唱了起来。

听了一两个小节之后，谢克尔想：“默赫欣这时候为什么会想起唱这首歌？他是为我唱的吗？”但很快他的注意力便不知跑到哪里去了，忘记了听默赫欣唱歌。

默赫欣问：“你在哭吗？”他是怎么知道的？他以前可能也哭过。可是默赫欣会哭吗？不可能！可能会有感觉想哭的时候，那他很可能会找茬与别人打上一架，仅此而已！巴巴[1]莫丹辛格说过，哭泣是一件好事，哭泣让人得到光明！三年里哭了上百次——一年就有三十三次——一个月差不多要哭三回，巴巴竟然流了这么多眼泪？可是他的笑声多么爽朗啊！谁能想到这个人也会哭泣？而我——

谢克尔狠狠擦去噙在眼中的泪水，然后站了起来。

我不会哭泣的，那是无能的表现。哭泣能让人得到光明，谁想要这种光明就要吧，我可不要用泪水换来的光明，我要点燃自己的热血创造光明！血泪——血泪指的是什么？意思是说痛哭流涕能使热血点燃吗？胡说八道！只是为软弱寻找一个借口罢了。

而我——默赫欣隔得那么远都知道我快要哭了，与其这样，还不如哭出来更好，哭完就轻松了。

不，我要寻找问题的答案，我要为谢西寻找一条出路……

他走到铁栏杆旁边，抬头向天空望去。天空上星辰寥落。他忽然意识到自己全身僵直紧绷，双手紧紧抓着栏杆不停摩搓。他吃惊地松开了手。

---

① 对长者或者出家人的一种尊称。

不，我无论如何也不能让内心的这种焦灼有丝毫流露，我不会寻求任何人的帮助，我要自己寻找出路，为自己也为谢西，为谢西也为自己……

他又开始在屋里一圈圈踱步，一步、两步、三步、四步、五步，一步、两步、三步、四步、五步……

夜渐渐逝去……十一点，“平安无事！”十二点，“平安无事！”一点，“平安无事！”两点，“平安无事！”空白——混沌——空白……谢克尔的大脑有时一片空白，有时又混沌不清，直到他发现阳光洒在脸上，这才回过神来。八点了，他筋疲力尽地倒在铺席上。

发生什么事情了？回忆的潮水奔涌而来——谢西……

他突然知道该怎么给谢西回信了。

写完信之后，谢克尔好像忽然大梦初醒一般，周围的生活突然间又再次回到了他的面前。他的好奇心仿佛再次苏醒，甚至偶尔开始关注自己案子的进展情况。不知为什么，近来案件审理间隔的时间越拉越长，或许可能是证据不足，政府方面想准备新的证据材料吧。在法庭上聆听双方辩论陈词的时候，谢克尔偶尔也在想，这种听证到底在哪些方面产生了影响？影响又有多大？但通常他关注的还是诸如理论与实践这样的问题，这些问题与他每天的生活其实并无任何关系，但因为不断与维迪亚普什纳在这些方面产生思想的碰撞，所以这些问题总是不断在谢克尔心里萌发。

距离上一次和巴巴莫丹辛格见面已经过去好几天了。一天，谢克尔偶然想到，应该向巴巴求教那些经常问维迪亚普什纳的问题。巴巴的话总是让人感觉到，无论他给出的答案是否引经据典，其中一定蕴含着深邃思想独具的力量。

第二次见面时，巴巴莫丹辛格的惊喜以及对他的热情迎接仍和第一次见面时一样简单直接。但没过多久，巴巴就一脸严肃地问他：“您看上去心事重重，出什么事了吗？”

与巴巴交谈或者向他提问，从来都不是什么难事。谢克尔简单讲述了自己和维迪亚普什纳之间的争论，而后问道：“我想听听您的看法。先说说暴力的话题吧。暴力是正当合理的手段吗？它能够带来益处吗？”

巴巴莫丹辛格朝院子大门的方向看了看，问道：“您是一个人过来的吗？”

近来，看守对自己的工作表现得十分懈怠，除了没忘晚上给牢门上锁，其他事情都交给谢克尔自己处理，他总是说：“巴布萨赫布，您是个明理的人，您可别给我这个可怜的人添什么麻烦。”

巴巴莫丹辛格说：“您瞧，我告诉过您，我不是一个学识渊博的人。如果我的话有一些道理，那是因为，对于那些通过读书不能了解的事情，我会想方设法去寻求答案。我也曾经说过，一个人在监狱里根本无法自然而然地生活和思考，因为在监狱里，一切逻辑都是扭曲的。这样一来，我的话还有什么价值可言？我的确写过几句格言，可那都是为了安慰自己而写的。其中一句是——‘每个人都应该自己修筑自己的道路’，这句话您的书里可能也有吧？”

谢克尔说：“我现在也身陷囹圄，我也处于这种非自然的环境下。那么，这些问题于我而言也变得极其重要。在正常和自然的生活中，我怎么可能想到这么多问题？在监狱外面，人的生存往往依靠的是五种感官的感觉，可在监狱里还有第六种感觉是不能轻易放弃的。[1]

---

① 五种感官指的是：视觉、听觉、嗅觉、味觉和触觉，这里所谓的第六种感觉指的是人的内在感受。

如果对问题的解答不是正常状态下的常规答案，那又有什么不好？我感觉您的话可能会非常真实，因为您对其中的缺点和不足从不加以掩饰。”

“如果您要问，那我就说说好了。但是我的话您听过之后就把它忘了吧，千万不要当真！假如您不得不在这里继续生活下去，那您自己也会洞悉一切的。您是个有文化的读书人，如果您能记得我这个老朽说过的话，那就把它们和书中的那些道理放在一起比较比较，看看它们在什么地方存在哪些不同。”

“好的。”

“您可能不太喜欢我说格言警句，那我就顺着您的话讲吧。我认为自然是非常伟大的。我还认为，自然规律建立在一种极为博大的智慧上，而且我对人类的未来深信不疑。这些话我是有意说给您听的，您可能觉得这些话毫无意义。”他稍稍停顿了片刻，然后继续说道：“您觉得暴力是消极的，它只是单纯的破坏，不能进行创造。您的想法完全正确。可是您怎么知道，一个东西如果不能产生创造力，它就一定是错误的呢？而且您又如何想当然地认为，创造是由您来掌控的呢？”

谢克尔没有说话，他的表情说明他并没有理解莫丹辛格的话，他不知道巴巴意指何处。

“您可能在书本上读到过，如果要让家里有新鲜空气循环流动，只需要建立一条能让空气排出室外的通道即可，新鲜空气自然而然就会进入室内。呼吸的时候，如果您用力将气呼出，空气自然会再次充盈在您的肺叶里。如果将这个道理概括为一句话，科学家们会说——自然中不存在完全的真空。而我的话则是——最有用的神祇是楼陀罗[①]，我们根本不需要梵天。我们未来应该创造培养的是具有破坏性的群体，而生产、诞育——即您所说的那些具有创造性的元素——它们是必然存在的。我坚信，弥补和代偿的功能是自生的。因此，即使身处当今这个具有毁灭性的时代，我仍然对人类的未来抱有信心。未来是对今天的补偿，因此未来是可以自生的，人类不会没有未来。”

巴巴停顿了一下，望了谢克尔一眼，带着些满足感继续说道：“这套理论可能会伤害我们的自尊。如果创造和毁灭如同大自然的潮起潮落，那么我们又身在何处？难道我们只是大自然在实现其自身意义的过程中的一个符号而已？难道我们的命运早已注定？难道所谓的自我选择是一句谎言？这些问题没有答案，因为并非每个人的心里都会产生这些疑问。谁的心中产生了这样的疑问，他应该自己去寻找自己的答案。”

他又停顿了片刻。

“我不喜欢那个关于手术刀和医学的话题。‘算不算暴力？’——我觉得用这种方式提出问题本身就是错误的。问题在于到底什么是非暴力？我同意您说过的一句话——‘我们心中对于暴力有一种天生的仇恨，其中必有原因。’这就是您找到的线索。”一抹笑意从他脸上闪过，“这句话很重要。是的，什么是非暴力？显然非暴力并不是消极面对。消极和怯懦其实是一种最可怕也最可憎的暴力。那么非暴力到底是什么？如果自我折磨、自我牺牲是非暴力，那么我们便会得出这样的结论——‘非暴力的’杀戮也是有可能存在的。如果我们认可了这一观点，为何还要说一切杀戮都是暴力呢？”

---

① 楼陀罗是吠陀神话中的风暴之神，被认为是湿婆的早期形象，后来成为湿婆的称号之一。此处楼陀罗指的就是毁灭之神湿婆。梵天在印度教神话中是创造之神。

巴巴莫丹辛格又一次凝目注视着谢克尔。

“这里面的逻辑并不算很严密，不用您说，我也承认。我之所以提出这套逻辑，是想让您关注到另一个问题——杀戮有时也可能成为一种社会职责。如果是这样，那么这种杀戮就不是不恰当的行为，并且很有可能属于非暴力的范畴。我的意思是，如果自我戕害可以被视为非暴力，那么检验杀戮到底属于暴力还是非暴力的试金石则是社会的——也可以说是精神的——需要，而非由流淌而出的鲜血是我的还是别人的来决定。我的鲜血和其他人的鲜血同样珍贵。”

谢克尔变得有些无所适从。他并不喜欢巴巴提出的这套理论，也不喜欢他得出的这个结论，可是他需要思考的时间。他说：“今天谈得已经不少了。我要回去好好消化消化，消化后再继续我们的讨论。如果在这个过程中我发现了什么啃不动的硬果核，那我就再来找您，让您把它砸开。”说完他笑了起来。

“好啊，我会把您带来的果核砸开喂到自己嘴里，您自己的果实就请您亲自动手培育并且独自享用吧。我只不过给您提供了一个例证而已。”巴巴说完也笑了，过了一会儿又接着说道：“既然您让我帮忙敲碎硬核，那就再带一个果子回去好了。我以前不是说过嘛，老家伙需要的是听众。”

“您说吧！”

“我说过，非暴力是正确的。但是，只有对非暴力有一个正确的解释，这一观点才能够成立。而非暴力能否取得成功，也建立在同样的前提下。我觉得，只有当非暴力是一种具有攻击性的非暴力时，它才会是有效的。也就是说，只有当它成为一种概念上的非暴力时，才会产生功效。就如同抵制——如果把抵制当成一种武器来使用，它只有在针对某个特定的人或者组织时才会取得功效；如果抵制的是整个世界，那么其实是在抵制自己。当前，如果印度把整个世界视为商业贸易抵制的对象，那么这种抵制既不现实，同时也一定会是徒劳的，因为它既不能打击英国，也不能使我们获得独立和自由。我们只有将针对的目标集中在英国身上，抵制手段才能奏效。也就是说，要把抵制变成一种具有攻击性的手段。显然，所谓非暴力只能是一种概念上的非暴力，因为非暴力是不应该具有这种攻击性的，即使出于自我保护也不行，难道不是吗？”

谢克尔有些犹疑地回答了一句“是的”，好像此刻他并没有准备好接受任何一种答案似的。

“如果针对概念进行论辩的话，那么‘真正的’非暴力指的是自我折磨，而这种自我折磨追根究底其实就是一种暴力。但我们还是不要纠缠于这种毫无意义的概念之争，而是去思考一下实际的问题吧。我说过，只有当非暴力具有攻击性，即当它只是一种字面上的非暴力时，它才能取得功效；另一方面，只有当暴力不具有攻击性而只是一种自我保护的手段时，它才能够获得成功。这个道理非常清楚，无须举出什么例证。您知道，法律也被认为是保护自我的一种暴力手段。那么便可得出结论说，出于自我保护的目的实施的暴力才有可能会取得成效。也就是说，它只是一种概念上的暴力，因为暴力怎么会不具有攻击性呢？现在，如果要在概念上的暴力和概念上的非暴力之间画出一条线进行区分，那就不是我要做的事情了，因为这种工作毫无意义。”

巴巴莫丹辛格忽然沉默了。谢克尔等了一小会儿，以为他可能要继续说下去，发现他不再作声，谢克尔若有所思地说：“那么得出的结论是什么呢？”

“结论？”巴巴大声笑了，“我已经把自己要说的话说完了，现在请您把它们归结为一句箴言吧！”

谢克尔正要说些什么，忽然听到外面传来脚步声，可能是看守来叫他了。他此刻的机智令他自己都感到有些惊讶，他大声说道：“真有意思。狱长后来是怎么说的？”

巴巴看了他一眼，而后笑着说：“您学得很快——这就是自我保护性的暴力，也就是谎言！那么——”他看到看守已经站在了门口，“狱长能说什么？灰溜溜地走了呗。”

看守说：“巴布萨赫布，您在这里呀，我……”

谢克尔装着没听见，说道：“还有一件事您没讲。唉，算了，改天再听剩下的故事吧。”

看守接着说，“我到处找您，急得不得了。咱们现在走吧。”

谢克尔离开了莫丹辛格的牢房。

出去后，看守问谢克尔：“巴巴是不是在给您讲他吵架的故事？”

“你怎么知道？”

“他总是翻来覆去地给别人讲这个故事。他和以前的狱长吵过架，这个老家伙可把狱长折腾得够呛。”

“哦。”

看守好像回忆起了许多往事，说道：“这个老家伙年轻时一定不是个省油的灯。但他现在可是个大好人，只不过身体糟透了。”

“哦。”

谢克尔被送回监室。看守锁上门，啪嗒啪嗒的脚步声逐渐远去。谢克尔偷偷笑了——这是愉快的笑。

生活破碎且已衰败，如同腐烂的残羹剩渣，这对于一个习惯于用全部生命力用心生活的人来说，是无法忍受的；但对于已沦为阶下囚的谢克尔，这俨然是他必须接受的规则。这种感觉令他难以忍受，可是它仍旧不断向他袭来，每一次来袭时，他的心都好像被一重重牢门上的铁栏杆深深刺穿……

他与外面的世界——与谢西——唯一的联系只剩下这些冰冷的信纸，纸上的字迹同样冰冷、缺乏生气。语言当然是鲜活的，痛苦也同样鲜活，但是如果想到，面前的信笺其实诞生于三天、七天、甚至或许是在十天之前，那么这生命是否还能称得上鲜活？

谢克尔收到了谢西的回信。看到信上的日期，他没有预料到的是，信寄到他手里的这九天时间，竟然将他生命长河中的大半光阴一口吞噬。心中的痛楚越来越剧烈，他一口气读完了整封信，然后又重新读了一遍。是的，心里痛得难受，可还不足以使他痛不欲生，不足以将他撕裂。因为当他抬起左手掐指计算天数，发现十四减去九只剩下五天的时候，这种痛的感觉已经退居其次了。

谢西的这封信不长。她同意谢克尔的看法。每个人在生活中都应当自己寻找自己的道路，我们无法告诉任何人该向哪里前行，也无法让他们的前路一片光明。我们能够做到的，只是为行路的人按摩双脚，束紧他御敌的铠甲，如果他举着照亮道路的火把，那就让火焰燃得更旺。她心中对谢克尔多了一重感恩，因为他给予她的不仅是这个，还有更多，他在她的火把中还注入了爱的力量。“未来是什么，我不知道，而且在我为自己选择的道路上，根本不存在有没有未来这个问题。今天，我可以非常肯定地告诉你，即使未来一片光明，它的光明也不足以使我遗忘你给予我的一切。你在信中说，选择权在我手里，但你会尊重我的选择。你还说，如果做了第一种选择，那么我得到的将是你的祝福、关爱和亲情；如果做了第二种选择，那么我得到的会是你的帮助和保护，必要时你可以凭自己的双手和汗水养活我。因为你的慷慨豁达，其实这两样我都已得到了，那么现在只不过是一个名义上的选择而已，我选择的是你的祝福。我已经告诉妈妈，我对这件事情没有任何兴趣，我愿意听从她的安排。”

谢西的决定是艰难而且苦涩的，这个决定并不令人吃惊，女人一直以来都是这样；决意牺牲自己的决定是艰难且苦涩的，女人一直以来都是这样；女人获取尊严的过程也是艰难而且苦涩的，从来都是如此。这个社会从未尊重过女人，在它的魔爪下，她受尽凌辱，碎为齑粉，可她却不得不漠视这一切不公。祝福？卑微无能的男人能给那个女人什么祝福？愿你做一个牺牲自我的人！愿你投身的祭火烈焰灼灼、馨香扑鼻、轻烟缭绕！谢克尔感到羞愧、愤懑和沮丧，他用拳头用力捶打着前胸。

他为什么没有把自己的意见告诉谢西？为什么不告诉她——为了这个社会牺牲自己，既是对自己的欺骗，也是对社会的欺骗？为什么不告诉她——社会是由许多像她这样的个体组成的，对个体的轻视也就是对整个社会的轻视？为什么不告诉她——忍受不公意味着成为它的同谋？为什么要给她自由决定的权利？为什么要许诺无论她做出的是哪一种选择，她都将得到他的支持？

他想起自己的信是怎么写的。他说这件事情是谢西自己的事情，除了谢西之外，与其他任何人无关，而且在这个过程中，不要接受任何人的建议，包括妈妈，也包括谢克尔。谢西应该自己应对和迎战这个难题，最终一定会解决它。其他人能做的只是同情地注视着她，用他们的意志激励她寻找到正确的答案，承诺无论她做出怎样的决定，他们都和她站在一起……“谢西，我就在你身边。你安心地结婚，把自己的未来融入另一个人的未来吧！即使在那时，你也仍将拥有我的全部力量，它会帮助你在自己选择的道路上坚定前行；而如果你不做这样的选择，宁愿与社会的阻挠抗争，也不愿在另一个人身上失去自己，我也仍将和你在一起。社会可能会孤立你，家庭也可能会放弃你，但你将得到我绵薄的帮助。如果必须倚靠自己勤劳的双手才能让你衣食无忧，那将是我的荣耀……我知道，对于你给予我的启发教导，我倾其所有也无法回报万一，我所能回报你的，唯有沿着你启悟的道路继续前行，抑或奋力奔向这条道路，直至生命的终点。即使连这一点都没能做到，我也不算是一个失败的人。如果像以前那样生活，我注定会是一个失败者；可在你用激励的话语为我加冕之后，我就不再是了。无论你向何处而去，我都和你在一起；无论你向何处而去，这个选择都能让你洞悉自己的内心……”

谢西选择了她要走的路。“从今天算起，整整两周之后，就在两周之后的今天，我——哦，谢克尔，何不让这句话就在这里戛然而止？！”这是九天前的信——只剩下五天了！

为什么？什么迫使谢西做了这个决定？是睿智？是理性？是恐惧？是她的内心？是爱情？是灵魂？还是尊严？

“我知道我一万个不情愿，可是我有不情愿的权利吗？即使不情愿，我有拒绝接受的权利吗？我是社会的一分子，我对它负有责任，但我可以对此漠然不顾，因为它并未忠诚于我，而且社会理想一直在不断发生变化。可是妈妈——妈妈是永恒不变的，她永远都是我的妈妈，我对她也同样肩负着责任。妈妈是寡妇，而且她有自己的观念，我如果拒绝结婚，在整个社会面前将置她于何种境地，现在我还无法预测，但一定会令她在我面前崩溃。她什么也不会说的，这我知道，但是难道我能对此视而不见吗？沉默会使她的忧伤变成一把锋利的刀子，每时每刻刺痛着我的内心。我可以为自己而战，但我有什么权力让妈妈卷入战争？如果必须有人默默投身于祭火，那个人为何不能是我？结婚后我将远远离开，妈妈或是其他任何人都不会看到我的家是什么样，除了我自己，任何人都不会看见！这是唯一能让亲人摆脱痛苦的办法。谢克尔，这就是我的决定，祝福我能够充满尊严地践行我的决定吧！”

谢西说得对吗？难道她说得不对吗？

但是她说的这句话是对的——每个人都会有痛苦，问题是谁能够勇敢站出来把痛苦扛在自己肩上，谁能够在承受痛苦的过程中保持可贵的尊严，坦然面对苦痛的折磨……

他想起自己以前写的几句诗，当时觉得这些诗句只是徒有其表的空壳，缺乏内在的生命力。但此时，这几句诗却因生命的光彩而璀璨夺目。

I have burned in solitude

And burning has brought its own solace

In more quenchless burning…①

难道这就是那个具有代表性的关于痛苦的理论？他曾经在哪本书上读到过，但当时却不以为然地扔到了一边。我们的痛苦可否为其他人的过错赎罪？每个人是否可以成为他人的耶稣基督，为别人扛起沉重的十字架？难道这就是痛苦的炼狱中最先射入、最后消失的那道光芒？

没过多久就收到了谢西的第二封回信，可是花的时间真的能算短吗？谢西在信中写道：“今天是最后一天，我还可以有一个与其他

① 英文，大意为：我在孤独中燃烧，永不熄灭的火焰，传达着自己的安抚和慰藉。

至亲不一样的亲人——那就是被我用姊妹深情层层环绕珍藏的你！从明天起，我最重要的身份就会变成某人的妻子，其他身份将退居其次。……我不清楚你何时才能收到这封信，但不管何时收到信，请你一定为那个谢西献上祝福，在今天以前，她是你的姐妹，除此之外，她什么都不是，但从明天起，将不再是这样。今天，以这个身份，她最后一次向你致礼……”

谢西触摸到了谢克尔心中最柔软的秘密。痛到极致，谢克尔甚至无法哀叹呻吟。最后一次致礼……用姊妹深情层层环绕珍藏……除此之外什么也不是……

这是真实的。啊，太真实了！谢西用这句“什么都不是”，给了他至亲的殊荣。她给予的，似乎其他任何人都没有给予过他，连和他一奶同胞的两个姐妹也没有给过。谢西为他的人生赋予了意义和目标，将一个珍贵的宝藏赐予了他——为它的荣耀而生、而战、而死，本身便是作为男人的荣光……那么，今天是否就是守护这个宝藏的最后时刻？不，不是今天！今天距离谢西有了新的庇护已经过去了两天时间！一切还未及开始，难道就将在今天结束？

痛……有人在他心里说，她不是一奶同胞，她不是亲姐妹，一切注定要发生，他没有痛苦的权利……是啊，没有痛苦的权利，如果有这样的权利，怎么还会有痛苦的存在？痛苦是我赠予她爱的礼物，正如她用姊妹情谊将爱赠予了我！她不是我的一奶同胞，但她与我同生共长，我们是同一个灵魂在两处不同地方生发而出的新芽。那么……那么……谢克尔望着自己，他不知道自己的身体在什么地方出现了残缺，但是身体里有一种深深的刺痛，一种昏沉麻木的感觉在他的残躯上慢慢蔓延开来……

但是还有未尽的责任。谢克尔木然地拿出纸笔，写了一封简短的贺信，然后把信放在信封里，写上地址，叫来看守，让他把信送到办公室去。已经没有第二条路可走了，无论信里写的是什么，都已经太迟。

谢克尔突然站起来，将头顶在屋里的石磨上，内心一片茫然，此时的他仿佛遍体鳞伤、奄奄一息。彻骨的疼痛中，有什么东西像火焰一般冲破他的肺腑，喷薄而出……

燃烧吧，火焰直冲云霄！燃起祭火——让那烈焰灼灼燃烧吧！让它光辉熠熠、沁香扑鼻地燃烧吧！让它不留灰烬、永不熄灭地燃烧吧！这是我这个不幸的人给予你的祝福！

此时，泪水夺眶而出，如同泉涌一般……

谢克尔的生命又一次被阴霾所笼罩。但是这一次，他似乎并没有打算做任何抗争，他不再因为自己的哭泣而感到惶恐，也没有任何与挫败感进行较量的意愿。作为一个生命体，他好像跌入了某种底层生物的生存状态。生命变得消沉懈怠，而且似乎这种消沉和懈怠就是他与生俱来的达摩。

谢克尔请求狱长把他关到前面一排牢房中最把边儿的监室里去。狱长感到很吃惊，询问原因，了解到谢克尔想有安静独处的空间，于是笑着批准了他的请求。“你要知道，是你自愿减少自由权的。在那儿就必须要服从那儿的规矩，你得被关在牢房里。哦，对了，如果绞刑犯太多，你就得从那里搬出来。”谢克尔默默接受了狱长开出的条件。

关押绞刑犯的牢房很干净。水泥地面，屋里没有石磨，靠近大门角落的地方单独修了厕所，水可以直接排出室外，这样监室里就没有异味了。白天谢克尔被关在监室里，早晨和傍晚放风的时间可以到外面去，放风结束后要被搜身，然后再被关进来。他并不喜欢这些规定，但他似乎已经脱离于自己的肉体，住在其他什么地方，所以这些规定根本无碍于他。整个白天他都处于一种半睡半醒的状态中，如同一个瘾君子没有吸食到鸦片，犯了烟瘾一样。一天之中似乎只有在清晨和傍晚，他才会从这种浑浑噩噩的状态中清醒，才能意识到自己还活着。

从拂晓将至，一直到早晨放风时牢门打开；从傍晚放风结束之后牢门紧闭，一直到白昼逝去、黑夜降临；不知为什么，在这两个特定时段里，白天萎靡不振的生命好像突然在他身体里苏醒过来，光芒闪耀。他在清晨四点或是四点半醒来，转过身，头冲着大门，眼睛望着天空，心中思绪万千。有时正好赶上下雨，滴滴答答的雨声轻打着节拍，应和着他纷乱的思绪。

伴随着破晓时分的第一缕晨曦，伴随着日落时刻的最后一道余晖，总有一个问题如同利箭一般刺中谢克尔的心脏——“她从自我牺牲中获得了幸福吗？”一直没有收到她的信，除了自己的判断和猜测之外，谢克尔现在没有其他任何获取信息的途径——可是这判断和猜测是多么不值一提！当然还有他的同情之心——可他的同情之心又是多么没有意义！

她为什么不写信？是因为痛苦？还是因为过得很幸福？

这种焦虑有时强烈到令他无法承受，他咬着牙，握紧拳头，在地上、墙上、铁栏上不断用力捶打，一下、两下、三下……直到指节上渗出鲜血。他把渗出的鲜血抹在额头上，殷红的颜色让他得到了些许平静。有时他会被自己的举动吓到，他问自己，我是不是疯了？但是之前的那个问题立刻就把这个问题赶得无影无踪，而且仿佛因为这片刻的遗忘，作为惩罚，那只利箭更加锐利地穿透了他的心脏……

可在白天，他却没有气力来思考这些问题，常常只是略微有些不安地思忖着，她的这种自我牺牲是否值得？谁能作答？没人知道问题的答案！因为知道答案的人，有权作答的人，做出抉择的人，只能是谢西！这是她的问题。巴巴莫丹辛格不是也曾经说过嘛，每个人都应该自己寻找自己的道路……

有时他对这个判断也会有所怀疑。难道这真的只是一个属于个人的问题？难道其中不掺杂任何社会的责任？一个人选择保全自己或是牺牲自己，选择为崇高的事业牺牲还是为邪恶的事业殉葬，难道唯一的决定者只能是他自己？社会难道没有任何发声的权利？他的心彷徨不安，那个暴力与非暴力的老问题又一次死灰复燃。

他迫切想为自己的问题寻找到答案。尽管放风的时间很有限，谢克尔还是想办法见到了巴巴莫丹辛格。不知为什么，过去的那些疑问重又波澜涌动，而有关谢西的问题也掺杂于其中。谢克尔又向巴巴提起了关于暴力与非暴力以及社会责任问题的争论。

巴巴说："您看，最近不知为什么，我的心情非常低落。这或许预示着我又将获得什么新的感悟，或许只是因为我老了。所以我还是用我过去的感悟和箴言来回答您的问题吧。您说的这个问题当然也是社会问题。我发现，我们印度人的生活方式和哲学思想是内倾及个人化的。比如说，我们认为，获得解脱的手段是尽可能使自己脱离于社会，尽可能'认识自我'[①]。这种个人化倾向导致的结果是，我们将罪孽和功德都视为个人的业报。因此，我们的圣人先贤把用乳汁哺育毒蛇视为功德。但从社会的角度来看，这种行为却属于暴力。而另一方面，西方人的生活方式以及哲学思想则和我们完全相

---

① 梵语，出自《解脱歌》(Avadhuta Gita Ⅰ.12)，据说为《台底哩耶奥义书》的作者台底哩耶仙人所作，现存写本大约编创于九至十世纪。这部颂诗表达了吠檀多不二论的哲学思想。

反，是外向及社会化的。他们的衡量标准也和我们有所不同。在他们看来，我们的观念是在玩一种精神游戏，是一种怯懦的表现。我们可以说他们是低等的唯物论者，他们也可以说我们是空洞的唯心论者。但是这种相互的贬低和攻讦并不能掩盖一件事，那就是我们双方不能对彼此的理想视而不见。特别是对我们而言，对我们的理想加以改进是一项亟须完成的工作。因为相比较而言，我们在这一方面更加落后。”沉默了片刻之后，巴巴微笑着说：“如果总是像绵羊一样抱成一团，那么也就只能亦步亦趋、人云亦云了。‘盲从’还有一个文雅的别称，就是‘文化’。”

谢克尔半晌没有说话，默默站在一旁。两滴水忽然落在脸上，他吃了一惊，向天上望去。天上浓云密布，那是五月特有的雨云①，而西边的天际处，土黄色的烟尘正渐渐漫卷过来。仿佛有一道光划破了他心中的黑暗。

“暴风雨就要来了。”

“好啊，近来我正需要一场暴风雨呢。”巴巴的眼睛里也似乎氤氲叆叇，“故事里的那个帕坦人从监狱里被释放出来，可他计算年龄的时候并不把关在狱中的时间算进去。可是对我来说，‘没有发生任何有价值的事情’已经成为一种恒久不变的常态。这二十一年的时间变成了一个压在我身上的沉重包袱。因此，我在暴风雨中能够寻找到一些依靠。”

谢克尔惊讶地望着他，这一刻他第一次感觉到巴巴老了——苍老的眼神、蓬乱的白发使他看上去已是一个沧桑垂暮的老人！似乎人类始祖受过的诅咒在他身上得到了应验——“你必将经历痛苦才

---

① 印历五月相当于公历七月至八月，此时正值雨季。

能得活！”[1]

谢克尔惶惶不安地缓缓向自己的监室走去。

走在路上，谢克尔忽然悲从心来。多么令人羞愧难安啊！这个时候他还纠缠于纯粹的空想无法自拔，而谢西却不知正在经历什么……精神的痛苦，或许还有肉体的折磨。走着走着，他忽然打了一个寒噤——谁知道此刻谢西的情况到底怎样？

情况到底怎样？他在恐惧什么？他心里那种莫名的恐惧到底是什么？

仿佛是在给他的问题作答，一阵劲风刮来，呼啸着穿过监狱里无数的栏杆、铁门和气窗。这呼啸声一时尖利，一时低沉，呼啸声响起的时候，就像某种来自天国的生灵发出的痛苦嘶喊。疾风犹如恐惧时的喘息，急促而猛烈，不断推搡着谢克尔，伴随暴雨而来的一股旋风将他团团围住……

他继续向前走去。但他怎么才能停止胡思乱想呢？他不能不想，也无法停止追问！可是问到哪里才算是尽头呢？探究的欲望并非一杯可以一饮而尽的水，它就如汹涌湍急的河流，无边无岸；它如同生活一般，无可阻挡……

莫丹辛格说过，痛苦是一种苦行，但是真正的苦行其实是探究与好奇，因为探究与好奇才是最大的痛苦。

他回到了自己的监室。卫兵早就在牢房里等他了，谢克尔一进去，卫兵马上给大门上了锁，然后走到院子外面不远处的一个岗哨里站岗去了。此时，大雨伴着狂风倾盆而下。

好奇——好奇——这痛彻心扉的痛苦……

---

① 出自《圣经》旧约中亚当、夏娃偷吃禁果，被上帝逐出伊甸园的故事（创3：14-19）。上帝对亚当说：“你必终身劳苦，才能从地里得吃的。地必给你长出荆棘和蒺藜来，你也要吃田间的蔬菜。你必汗流满面才得糊口，直到你归了土。”

但我想知道——我想知道谢西的状况……她过得幸福吗？

“对不受我们控制的事情感到痛苦是一种错觉。”他在哪儿读到过这句话？也或许这就是莫丹辛格所说的“箴言”，是从痛苦中获得的体验？如果不历经苦痛，便不会有所领悟。那么，领悟就只能拜神灵所赐，非凡人可得了。因为它并非出自人的智慧，只有身处痛苦或亲历苦行才能对此有所了悟；它并非搅乳海①时觅得的甘露，它是某个真身下凡的天神。古代的仙人们可能就是通过这种方式，偶然获得了这种可以奉为经典的感悟，即现在的吠陀。所谓的知识，其实是某种内在灵光的突然闪现，仙人们就是这样，通过艰辛的苦修获得了顿悟，他们甚至感到自己无力承载这知识的重量，不禁感叹道：“神力所赐！神力所赐！”

一道耀目的闪电划破了漆黑的夜空，可怖的雷声震荡着监狱的铁门和石墙，夜空上仿佛蒙着一块沉重的黑色帘幕，它似乎承受不住自己的重量，撕开了一道口子，倾盆大雨随之倾洒而出。有什么东西砸在谢克尔的脚上，他仔细一看，是很大一粒冰雹。他伫立在栏杆旁边，雨夜的寒意让他有些瑟瑟发抖，浓云深处沉重的雷声、刺目的闪电让他感到恐惧，他站在那里，仿佛被狂风和暴雨愤怒地抽打着耳光……如眼前这般被抽打的感觉真好！兀立在此，忍受狂风暴雨的重击，期待着被那个无名无姓、无形无状的敌人吞噬的感觉真好！

但是这样又如何能够获得解脱？当自然处于一种混乱无序的状态，灵魂在何处能觅得安详？监狱里还有其他人，他们此刻又在做

---

① 搅乳海是印度古代的著名神话之一。天神和阿修罗决定共同搅动乳海以取得长生不老的甘露，毗湿奴大神化身美女与阿修罗周旋，天神们借此分饮了甘露。搅乳海的过程中还先后搅出了月神、吉祥天女、宝石、酒神、乳牛、如意神树、白马、大象和毒液。

些什么？他忽然想起曾经看见过的一幕场景——那是三月[1]的一个中午，一个犯人在雨中淋得透湿，像一只冻僵的猴子蹲在牢房的铁栏杆下面，水晶珠一般的双眸直勾勾地盯着澄澈的天空……那是一个生命吗？在那一刻，那个人的生命仿佛已经停滞，生命力仿佛也已静止；那一刻，那个人的身体里有一种死气沉沉的僵滞正偷偷窥视，这种僵滞已历经了亿万年的漫长时光，远在生命起源和进化之前，便已经蛰伏于大地之中……巴巴莫丹辛格故事中的那个帕坦人说得对——在监狱里，人根本不算活着，也得不到任何智慧，但却一定会变老，变得形容枯槁、白发苍苍……

在生命停滞的那个可怕间隙，浅薄的智慧成了生命唯一的支撑，好奇心成了生命唯一的支撑，它们成了生命的替代品……

谢克尔又打了一个寒噤。之后，他坐下来开始写作……

神开始了创造。

四周是一片无形无状的虚空，无垠的天空一片漆黑。神说："要有光。"于是有了光。在光亮中，神造出了无数的碎块，在每一个碎块上嵌入一颗星星。就这样，他造出了太阳系，造出了地球。他知道他的创造是好的。

之后，他栽种了树木、幼苗、荆棘和灌木、种子和块茎、爬藤和蔓草，他还造出了在花丛中嬉戏流连的黑蜂和蝴蝶，也造出了宛转鸣唱的蟋蟀。

之后，他造出了野兽和飞鸟。他知道他的创造是好的。

但他并没有停止创造。他想让生命千姿百态，于是他创造了白昼和黑夜、疾风和暴雨、云雾和烟霭、阳光和暗影，凡此种种，不

---

① 印历三月，相当于公历五月至六月。

一而足。然后他又造出了虫豸和蠡螟、蜘蛛和蚊子。最后造出了蛇。

但是他仍不满足。于是他睁开智慧的天眼望向遥远的未来。在黑暗之中，没有生命气息的混沌笼罩着地球和太阳系，混沌之中忽然出现了一阵喧嚣，渐渐在那喧嚣中出现了一个物体。那是一个身体，并未有什么特别，但却充满了力量；那是一个灵魂，尽管诞育于创造之中，但并不囿于包裹自己的外壳，而且在不断勃发生长；那是一个生命，他每一次触碰尘土，都会变得更加生机勃勃，他脱尘而出，挺拔屹立……

神知道，他就是属于未来的生命——人。于是神拨开笼罩在地球上的混沌，捧起一抔泥土，将它放于心口，将一口来自灵魂的真气注入他的体内——人就此而生。

神说："去吧，大千世界的真命天子，浩瀚宇宙中的俊杰！"

但是创造并没有使神感到幸福。在这个过程中，如同一个艺术家，他感受到的只有不满足。

因为地球静止不动，星辰静止不动。太阳并没有发出万丈光芒，因为阳光射向四周后便立刻消散不见了。在这个广袤的美丽宇宙中，没有生命的运转和循环。

蛇的始祖盘踞在远处，笑个不停。它知道为什么宇宙无法运转。它小心翼翼地保藏着这个秘密，盘蜷着身体静坐不动。

神又一次睁开智慧的天眼，他用男人的两滴眼泪创造出了女人。

男人默默接受了神的馈赠，之前他本已非常满足，现在他的满足感增加了一倍。但是宁静的生活中依然没有新鲜的东西填充进来，宇宙仍旧无法运转。

而那条永生的蛇，将秘密藏在盘蜷的蛇身里，不停笑着。

蛇说："傻瓜，莫为自己的生活感到满足，还有很多东西是你没有得到、没有见过、并不知晓的。你瞧，我通晓一切背后的秘密，所以我和神之间并无差别，我长生不老"。

但是，男人只是漠然地望了它一眼，然后将脸埋在女人的发丝之中。他没有丝毫好奇心，他平静至极。

这样的状况持续了很久。天光亮起，然后又黯淡下来。在亮光中，男人和女人相互凝视，在彼此的目光中意醉神迷；在黑暗中，他们紧紧相拥，沉沉睡去。

神不见了踪迹，而蛇一直在笑个不停。

直到有一天。天亮了，女人却低垂着眼睛，并没有像往常一样看着男人。男人竭力想使两人的眼神交汇，但他发现，女人的眼睛不仅没有望向他，也没有望向其他任何地方。她的目光像是在凝望着自己，观察着自己身体里的某个地方，她的凝视中有一种无法形容的痴迷和专注。天黑了，女人躺了下来，她的状态依然同白天一样，不仅躲避着男人的目光，甚至还背过身去，和他隔开了一段距离。

男人坐了起来。他闭上双眼，开始向神祈祷。他既不懂得该说什么祷词，也不懂得该表达怎样的虔诚，更不懂得祈祷的礼仪应该如何。但是他的祈祷超越了词汇、情感和仪礼，仰赖的是他与神之间的联系，如同火焰一般从他心里喷薄而出……

但是世界依旧静止不动，没有任何运转的迹象。

女人开始哭泣。她感到体内的某个地方一阵剧痛。她大声喊道："我是怎么了？！我就要被撕裂了，我就要归于尘土了。"

男人孤立无援、爱莫能助，他的祈祷更加急切、更加惶惑，表达了更多自我牺牲的意愿。他无法直视女人的痛苦，于是用力闭上了双眼……

漆黑的深夜，女人大声唤道："哦，我的神！哦，我的男人！你们看啊！"

男人来到女人身边，四下寻找，瞬时目瞪口呆，从灵魂深处发出了一声惊异、恐惧的呼喊。他慢慢将女人的头抬起，搂入自己怀中……

在熹微的晨光中，他看到女人怀抱着一个特别亲切、特别可爱、容貌酷似他的孩子疲惫地睡着了。他兴奋得难以自抑，与此同时，他也万分困惑，心中忽然生出一个疑问——"神啊，难道这创造并非出自你手？"

神并没有做出任何回应。于是，人问蛇："喂，蛇啊，秘密的守护者！告诉我，是什么使我变成了一个创造者，让我拥有了与你以及神同样的身份？告诉我，我想知道！"

这个问题脱口而出的瞬间，前所未有的事情发生了。地球开始转动，星星闪烁光芒，太阳升起，光辉四射，云层中雷鸣电闪……宇宙运转起来了！

蛇说："我输了。神从我这里夺走了秘密。"它盘蜷的身体渐渐打开。

神说："我的创造成功了，但这却是人的失败。我通晓了奥秘，获得了完满。从此以后，我不必再寻找任何东西。人拥有了好奇心，因此他推动了世界的转动。"

但是人却惶惑不已。面对宇宙万物，人的心中充满了疑惑。他大声呼喊道："我想知道！"

他每重复一次这个问题，太阳的光芒就更加灿烂，地球也开始更快地旋转，宇宙以更快的速度不停运转，心脏在人身体里的搏动也更加有力。

直到今天，每当人问出这个问题，依然会有前所未有的事情发生。

又收到了一封谢西的来信。她在信中写道，或许她的生活将平淡地走向终结，既没有幸福，也没有痛苦，没有任何深刻的感触，只是常常会有一种轻轻的压迫感，那种感觉就像困倦疲乏时轻微的头痛一般……“我有时在想，难道生命就将这样逝去？就像一根萝卜，渐渐长大，然后被人连根拔起。难道人生就是这样？”但是她又意识到，很多人就是这样生活的，几十年的岁月就这样一晃而过。现在的生活就像一部机器，打发这种生活的任何方法都引不起她的兴趣，也令她感到不屑……“这不是我憧憬的生活，但是看到大家都在这样生活，或许将来我也会和她们一样，对自己的境遇没有任何不屑，平静、满足、无欲无求地度过此生。我现在没有任何痛苦。”之后，谢西忽然话锋一转，“你什么时候能出狱？”

什么时候能出狱？他自己也不知道。案子看起来似乎永远不会结束。对证词的质证已基本结束，律师说没有什么不利于谢克尔的证词，可现在控方又申请新的证人出庭，法庭已经向新证人发出了传唤书。

可是现在出不出狱，已经没什么要紧了。谢西已经结了婚，而他自己的家似乎早已不在他心里。况且，现在谢西生活得无欲无求，因而没有任何痛苦，所以他也很释然，似乎从此了无牵挂。对他来说，监狱和外面已经没有了分别。

六月……七月……八月……[1]天亮了，然后又暗了，晚上对监狱里的一千四百名犯人点数一遍，一天就又过去了。人们认为，负载着生命的车驾又越过了一道台阶，所有人都觉得他们还活着。三个月就这样过去了。谢克尔听得到，看得见，但他的生命依旧停滞不前……

典狱长对默赫欣大为光火。因为违反狱规擅自剃须，默赫欣受到了惩罚，对他看管得更加严格。可是也不知他是怎么办到的，周一例行列队集合的时候，他的胡子还是刮得干干净净，下巴上光溜溜的，而且他还把不知从哪里弄来的一个旧剃须刀片呈送到狱长面前。这种公开抗命的行为当然令狱方无法容忍，于是狱长加重了处罚。先是给他戴上了镣铐，之后升级为铁棍镣铐[2]，再之后是立铐[3]，后来是晚上不给他摘手铐，再之后，几种处罚手段一起奉上——晚上用手铐反铐双手，白天黑夜都戴着铁棍镣铐，还让他喝“惩罪剂”，也就是不给他饭吃，只让他吃粗面粉和在水里做成的稀糊糊。之后的一天，狱长下令对他处以鞭刑。看守带他去行刑室，途经谢克尔的牢房时，默赫欣看见谢克尔后笑着说：“毛拉，你瞧，我是去麦加朝圣的。”一刻钟之后，他被架回监室时依然神气十足，不过这时他全身一丝不挂，腰部以下满是鲜血。他看到谢克尔后说：“毛拉，他们打算把我关到你旁边，以后你就可以常听我唱歌了！”说完继续向前走去——不是走，是被架着胳膊向前拖去。谢克尔惊得目瞪口呆。看守告诉谢克尔，默赫欣受到的鞭刑是过错惩罚，不是法庭宣判的刑罚。也就是说，因为违反了狱规，由狱方对他施行鞭笞，所以抽他的鞭子在油里浸泡过，而且行刑者用了全力。默赫欣

① 这里用的都是印历，分别相当于公历的八月至九月，九月至十月，十月至十一月。
② 一种带铁棍的镣铐，犯人戴上这种镣铐之后无法坐下，一般用于重刑犯。
③ 在监狱墙上安装铁环铐住犯人，被立铐的犯人只能站着。

被抽打了三十鞭，从刑架上被抬下来的时候，他看着典狱长说：“这就完事了？现在我可是哈里发[①]了，此生足矣，别无所求！”狱警们被他的话逗乐了，典狱长看到后更加怒不可遏，默赫欣又受到了一项新的惩罚——穿麻布粗衣。接受鞭刑的时候，默赫欣的衣服全部被扒光，行刑之后给了他一条粗麻布缝制的裤子，他拒绝穿这条裤子，所以回去时才会全身一丝不挂。连关押他的牢房也进行了调整，以便对他进行更加严格的看管，现在他被关进了监狱东边关押绞刑犯的牢房。

但不知为何，这些惩罚措施并没有令默赫欣屈服。下一次列队集合的时候，他的下巴依然刮得光溜溜的，而且他很自豪地站在狱长面前，浑身上下依然一丝不挂。

这件事情发生之后，监狱长不愿每天眼睁睁地看着自己受到这种羞辱，于是不再让默赫欣参加列队集合，而且把他从关押绞刑犯的牢房换到了另一间牢房，这间牢房还有个名字叫“坟墓”，在监狱里尽人皆知，里面关押的通常是患了严重传染病的囚犯或是不可救药的恶棍，如果没有这样的犯人，一般就让它空着。即便如此，默赫欣还是没有停止偷偷给自己剃须，也一直没穿那条粗麻布的裤子。监狱长原本希望天冷之后他会主动服软，而只要他穿上了那条粗麻布裤子，就意味着他自己认输了。可是直到八月，默赫欣的态度还是没有丝毫变化，唯一的变化是他原本就很单薄的身体如今更加瘦骨嶙峋，皮肤干巴巴的没有弹性，因而看起来又黑又瘦。一天，谢克尔听说，他身上长了好几个疮疖，医生说他得了肺结核。

终于有一天，桀骜不驯的默赫欣被叫到办公室，让他穿上了自己的衣服，五分钟之后他坐上警车被带走了。据说因为他的刑期即

---

① 伊斯兰教国家的政治和宗教领袖。

将结束，所以把他转送到他家附近的一所监狱。

巴巴莫丹辛格的健康状况也开始恶化。谢克尔现在每天定时去看他，他发现他苍老的面容并没有什么变化，但是原本一直洋溢着青春活力的地方——巴巴的眼睛——却在加速衰老。他的人生已经停滞了二十一年的时间，其间累积的黑暗似乎突然之间想要遮蔽他原本熠熠闪光的双眸。谢克尔的心中对巴巴充满敬仰，在他心里，莫丹辛格是一位被囚禁的圣哲。听说巴巴一直腹泻不止，一种深深的忧虑便时时折磨着他，他整天提心吊胆，清晨和黄昏定时去看望巴巴已经成了他每天都要做的事情。

就这样，六月过去了，七月过去了，八月也过去了。直到有一天，陷入停滞状态的生命忽然遭受到一次沉重的撞击，谢克尔忽然意识到，一切并未停滞，覆在心上的那层薄薄的硬壳，随时都有可能被撕得粉碎，他的心失去了保护和遮挡，随时可能受到各种伤害……

谢克尔所在的那一排牢房中，总共有四间用于关押绞刑犯。这四间牢房里的犯人经常更换。谢克尔住在其中一间，在他关押期间，其余三间牢房里前前后后总共关押过十一名犯人，有两三个犯人后来被释放了，其他的都被执行了绞刑。

七月的一天，傍晚时分关进来一名新犯人。谢克尔好奇地打量着他。这是一个贾特族[1]的青年，大约二十三四岁的年纪，体型健硕挺拔，肤色白皙，唇上留着一撇短短的髭须，大大的眼睛，目光清澈而坚定。谢克尔压根想不到这样的人竟然会是一个杀人犯。看守

① 贾特族（Jat）主要分布在印度北方邦、旁遮普邦、拉贾斯坦邦以及哈里亚纳邦等地区，多从事农业。

把他关进谢克尔旁边的牢房后便离开了，谢克尔向执勤的看守打听他的情况，了解到他是一名杀人犯，而且他对自己的罪行供认不讳。

他的名字叫拉姆吉。谢克尔其实头一天就已经知道了他叫什么名字。第二天谢克尔在外面放风的时候，他叫住了谢克尔，主动向谢克尔介绍了自己。

“巴布吉，听我说句话吧！”

谢克尔走到他的牢房前。

“您是怎么走到悬崖边上的？”

“什么意思？”

“您也被判了绞刑吧？”

谢克尔告诉他，自己目前只是被告，是自愿被关进这个牢房的。

“那您应该能从外面买东西吧？什么时候请您给我一两根烟吧！巴布吉，这是个坏习惯，可是我马上就要上绞刑架了，所以才想抽上两口。您抽烟吗？”

“我不抽烟，不过我可以去买，买回来以后你就拿去抽吧。”

“对一个杀人犯这么怜悯，您不会介意吗？不然——”

“这和怜悯没有任何关系——”谢克尔说到一半停了下来，一个他并不想问的问题其实已经到了嘴边。

“您怎么不说了？您是想问什么问题吧？是不是想问我为什么杀人？”

“嗯，是的。”

“而且杀的还是女人。您是知道的，对吗？”

“不知道。”

“您既然问了，那我就全都告诉您吧。我在法庭上也都做了交代。”他停顿了片刻，然后接着说道：“我们家在村子里有点地，地是我哥哥和我的。可是哥哥不喜欢干农活，所以把嫂子一个人留在家里，自己进城找工作去了。他找到了一份工作，每两个月给嫂子寄二十来个卢比做家用。

“可是嫂子的心肠不地道。隔壁邻居常来我家打听哥哥的情况，她和其中一个人搭了几次话，后来就背着我常和那个人见面。我一直蒙在鼓里，对此一无所知，可是有一天偶然撞破了他们的奸情。那是六月的一个傍晚，我回家告诉嫂子说晚上得住在地里，至于说为什么，您肯定没兴趣，地里有活计要做呗。给嫂子交代完，我拿了几张剩饼就离开了。

“那天白天就一直在下雨，但晚上雨下得越来越大，还下起了冰雹，于是我把活儿撂下，转身回了家。到家后，我敲了敲门，可是很长时间没人来开门，屋里也没任何动静。我有点生气，开始砸门，嫂子这才过来把门打开，战战兢兢地站在一边。我一看，面前站着那个男人，他的衣服和鞋都是干的，所以我知道他来的时间一定不短了。”

拉姆吉沉默了一会儿，然后长吁了一口气，说道：“巴布吉，换作是您会怎么做？”

谢克尔什么也没说，只是默默站在一旁。拉姆吉接着说道：“唉，算了，自己做的事自己就认了吧。我问嫂子这人是谁？为什么到家里来？她不吭声。我又问那个男人，他也不说话。然后我逼问嫂子他以前是不是也常来？几经逼问她才承认，来过不少次。我问，你喜欢他吗？她一句话也不说。我问那个男人，他也不说话。然后我说：‘如果你们俩相爱，那你们就结婚吧。我不会说什么的。以后的事情，我会去处理的。我可以说服哥哥。说吧，你们打算结婚吗？’嫂子什么也不说。我问那个男人，他却说：‘你算老几？干吗多管闲事？’”

“我非常生气，可是我不想做什么对不起嫂子的事情。虽然她不再是我的嫂子了，可她毕竟和我哥哥一起生活了三年，多少还是应该顾及她的面子。我又问那个男人：‘说，你打算和她结婚吗？’他说：‘我是有老婆孩子的人，我干吗要自找麻烦？’我问他：‘那你之前干吗偷偷摸摸钻进她家？’他说：‘是她叫我来的。’他的无耻让我简直忍无可忍，可我还是强压怒火说：‘这些我并不知情。现在要么你们俩明天一大早就把婚结了，要么我心里怎么想，我就怎么办了！’

“他张口骂我。我问嫂子：‘你打算结婚吗？如果你想结婚，我就放过他，劝他和你结婚。’可是嫂子还是不说话。这时我实在忍无可忍，拿起切草的铡刀砍死了他们俩。”

他稍稍停顿了片刻，既为了喘口气，也想看看谢克尔对他的话有什么反应。“然后我马上去派出所自首。杀了嫂子，我也不打算再活在这个世界上了。凶手理应以命偿命。以后该怎么样就怎么样吧。”

沉默了一会儿，拉姆吉又自言自语地说道：“巴布吉，我不会问你我做得对还是不对。我很羞愧。而且我会死得很踏实。所以我没有上诉。”

谢克尔若有所思地默默走开了。这之后，他和拉姆吉越来越熟悉。谢克尔的心里甚至有些喜欢上了这个稍稍有些粗蛮，但却特别坦诚的人。

八月的一天，传来消息说，拉姆吉的上诉被驳回了，四天之后就将执行绞刑。拉姆吉自己并没有上诉，但是监狱方面替他向高等法院递交了上诉申请。

谢克尔很难过。但是这件事并没有对拉姆吉产生任何影响，对他来说，好像什么也没发生一样。

傍晚，拉姆吉大声招呼谢克尔："巴布萨赫布！"

谢克尔走到牢门的铁栏边问："什么事？"

"您以前见过绞刑吗？"

"没有。"

"您不是个作家嘛，您应该什么都看一看。"

"……"

"您干吗不请求狱长大人让您旁观？这样的话，我也不会感到孤独了。否则在最后的时刻，我只能看到刽子手的脸！"

谢克尔吃惊得说不出话来——他去申请观看对拉姆吉执行绞刑！

"巴布吉，您干吗不说话？这么做没任何不好，这是在帮助一个可怜的人。我会感觉到，死的时候身边还有一个朋友陪着我。"

谢克尔的声音有些颤抖，说道："好吧。"

可是申请未获批准。谢克尔语气沉重地告诉了拉姆吉这个消息。拉姆吉有些气愤地说："刽子手，混蛋！全都是刽子手！"说完便沉默了。

当天谢克尔既没有外出，也没怎么说话。拉姆吉多次提起话头，可是谢克尔除了"嗯嗯，是的"之外，什么多余的话也没有。直到傍晚，拉姆吉说："巴布吉，您什么话也不讲，看起来很伤心。是家信里有什么坏消息吗？您听着，我唱歌给你解闷。以后再去哪里找这种机会呢？"

谢克尔感到羞愧难当。

拉姆吉一直唱到半夜。谢克尔不知什么时候睡着了。

好不容易又熬过了一天。晚上拉姆吉又唱起歌来。半夜前后，拉姆吉疲惫地说："巴布吉，这会儿您随便唱个歌或者讲个什么故事吧，我累了。听着听着，我也许就能睡着了。"

谢克尔不会唱歌。但为了拉姆吉，他还是试着唱了两句，不过唱得很难听。拉姆吉开心地调侃他说："巴布吉，您在为我唱歌呢。"谢克尔开始讲故事——有往世书中的传说，也有外国小说里的故事，还有自己的亲身经历……拉姆吉"嗯嗯"的应和声越来越小，后来索性没了声音，谢克尔问了看守后才知道他睡着了。

可是谢克尔却怎么也睡不着。监狱里一遍遍响起"平安无事"的报更声，伴随着一遍遍喊声，夜晚渐渐逝去……谢克尔迷迷糊糊打了个盹，忽然惊醒过来。他发现，天上已晨曦微露。医生来到牢房给拉姆吉检查身体。

"医生先生，您反正要把我送上绞刑架，还来诊什么脉？"

"老弟，这是我必须履行的职责嘛。你也应该心中常念真主。"

医生离开了。在白天接下来的时间里，狱长、狱监、法官、狱卒长和狱卒们接踵而至。

谢克尔站在牢房大门的栏杆边，尽力不让自己的眼睛错过任何能够看见的东西，而那些用眼睛看不见的，就尽量竖起耳朵去听。

拉姆吉正在被搜身检查。正在给他戴手铐。他马上就要走出牢房了。

"要写什么遗言吗？还想对谁说什么话吗？"

"我能和隔壁的巴布吉聊两分钟吗？"

大概过了两三秒钟，谢克尔听到狱长回答说："不行，这我们可办不到。"

“那就走吧。”

有些惶恐，有些混乱，有些仓促……

拉姆吉走到院门旁，忽然大声喊道：“好吧，巴布吉，咱们在那边再见吧！”他的脸上闪过一抹笑容。行刑队离开了。

谢克尔本来站在牢门旁紧抓着铁栏，可他突然发现，他攥着的拳头松开了，手向下滑落，自己的头也垂了下来……

六天之后，谢克尔本来正打算出去放风，这个时候又发生了一件事情，使这种噩梦般的状态又多延续了三天。谢西来信说她深陷困境，她祈祷自己能尽快摆脱这种生活。但到底是怎样的困境，她在信中并没有说明。于是，这给想象的魔鬼留下了在噩梦中肆意涂画的空间。

谢克尔本来认为，监狱里的生活是一成不变的。可似乎有一个看不见的物体用力将他摔倒，然后骑在他的脖子上说：“我停滞不动了吗？瞧，这就是我的重量和速度给予你的回击！”唉，再也忍不下去了……已经忍无可忍了……再也无法忍受这种生活，再也无法忍受这种禁锢了……

为什么忍不下去了？孬种、懦夫、骗子！在他面前就有一些再普通不过的人，他们被剥夺了生活的所有馈赠——财富、家庭、朋友、知识，可他们依旧直面生活，继续前行。而他却在顾影自怜地哭诉说再也忍不下去了……胆小鬼！自命不凡的伪君子！感到痛楚……感到同情……可同情到底是什么？它既不会使生命体验变得更加深刻和丰富，也不能表达对于生命的感激。呼唤同情其实是对生命的畏惧！是自欺欺人的把戏！

谢克尔仿佛被痛苦和羞辱的大火灼烤，他忽然站了起来，像一头发疯的公牛一般拱起肩膀，准备迎接生活的压力和挑战。他张大鼻孔，急促地喘着粗气，双脚用力地踏着地面，大步走出牢房。他要到处走走，他要和所有人见面，他不允许生活对他呈现出停滞的状态，他希望生活能加速运转起来……

巴巴莫丹辛格倚靠着墙壁坐在地铺上。谢克尔朝他的脸看了一眼，想问的问题停在了嘴边。巴巴的身体状况看起来不太好。

巴巴没有站起来，也没有露出笑容。谢克尔看到，不仅是头发和胡须，连他的脸色也变得非常苍白，整张脸上只有眼睛里还有白色之外的其他颜色。不只是颜色，今天他的眼睛里还闪烁着一种光芒——他的双眸在燃烧……

“你来了。这些天你在哪儿？”

“我的心情不好。我隔壁的犯人被执行了绞刑。”

“谢克尔，我的心情也不好。身体垮了，心里也很不舒服。”

“巴巴，为什么？”

“没什么，是衰弱无力吧。我听说而且也看到了外面的消息，我为此感到焦虑不安。”

“什么消息？”

“你看过对吉大港[①]情况的报道吗？”

“看到过。”

“我指的不是那里的武装冲突，是说冲突后那里的情况。”

谢克尔看到过相关的新闻报道，知道当局对吉大港采取了非常严厉的管制措施，颁布了很多禁令。新闻中还报道说，那里实行了报禁，连电报和信件等通信联系也被切断。

---

① 吉大港现在是孟加拉国最大的港口和人口第二大城市。英国殖民统治时期，吉大港是印度孟加拉省下辖的城市。1930年4月，吉大港发生了由秘密革命组织吉大港共和军谋划和发动的武装起义，后被英军镇压。

“还有呢？”

“其他情况我就不知道了。”

“谢克尔，我听说军队在那里胡作非为，他们殴打村民，强迫他们向军队行礼，强奸妇女，还——还——”巴巴的声音一下子哽咽了，一个字也说不出来，他激动地站了起来。

“您是从哪里听说的？”

“我收到的信里说的。”

“可是既然新闻里没有报道，寄信的人是怎么知道的？”

“他不是知道，是听说。你是不是想说，这些都是谣传，这种谣言常常甚嚣尘上，其实并非事实，没有任何证据可以证明，在不掌握全面情况之前不能乱作妄言？这种想法我也考虑到了！可是，这恰恰才是谎言。我之所以感到愤怒，不是因为我有证据可以证明这些传闻，恰恰是因为没有证据。你不明白，我们的境遇是多么可怕、多么无奈，我们根本无法对这些指责的真实性进行验证，无论是证明确有其实，还是澄清它只是谣传，尽管这些指责涉及的问题是如此严重。我们不能问询，我们对真相一无所知。我并不是说这些指责都是真的，但是指责之声一直不绝于耳，可我们又无从验证。获得验证真相的渠道是一种权利，可我们却得不到这个权利。”

巴巴走到铁栅栏前，他朝谢克尔举起攥紧的拳头，说道：“为人奴役的奴隶！彻头彻尾的奴隶！可悲的奴隶！还能称之为什么？对残酷的真相一无所知，对虚假的谎言也一无所知。为人奴役指的是一种处境，在这种处境下，我们根本无力去了解真相与谎言。被奴役指的是一种束缚，是一种禁锢，它剥夺的是我们的知情权。”

他忽然停顿了一下，然后接着说道：“以前我可能曾经说过这句话，我一年前就有了这种体会，”他干巴巴地笑了一下，“一年前对此便深有体会，今天它终于变成了现实，深深刺痛了我，而我依然被锁链紧紧束缚捆绑着！”巴巴的呼吸有些急促，他深吸了两三口气后接着说道：“谢克尔，吉大港是我们国家尊严的一个污点。在我的理解中，这就是必须进行革命的佐证——革命需要高尚的德操，它能造就高尚的德操！还有什么比这个更重要？如果我们需要高尚的德操，那么我们就需要革命！革命！可我却被锁链紧紧捆绑着。”

巴巴回到地铺上坐了下来，他用平淡的语气说：“谢克尔，你走吧。我的心里很难过。我本来希望，你会看到一个笑着的我，世界看到的也是一个笑着的我，但是我心中的痛楚甚至超过了所谓的尊严。这是我今天才领悟到的。能够感受到如此锥心的痛楚真好！你走吧！”

谢克尔默默回到了自己的牢房，他有些恐惧，也有些不安。

第三天傍晚的时候，巴巴的健康状况恶化了。医生想带他去医院，但是巴巴说：“我一天也不离开监狱。我人生中最好的时光是在牢狱中度过的，现在我绝不会把最重要的日子浪费在别的地方。”如果是别人的话，狱方可能会把他强行带走，可是没人敢强迫巴巴。医生离开前安排了一个看守在那里值班，夜里他又来探视过一次。

晚上牢房上锁之后，谢克尔才得到了这个消息。巴巴在监狱里多么受人尊敬，直到此时谢克尔才有所了解。当天晚上监狱里一片宁静，这是他此前从未见到过的。巴巴生病的消息不胫而走，连当晚值更狱警“平安无事”的喊声都低沉了许多。

“一天也不离开”……“最重要的日子”……难道是真的？谢克尔在心中禁不住暗暗祈祷……

早晨，牢房里已经空无一人。

牢门打开后，巴巴的遗体被送出了牢房。谢克尔发现当天牢房开锁的时间比平时晚，于是问看守："今天有人要被执行绞刑吗？"因为通常行刑的日子牢门会开得晚一点。

"没有。"看守有些迟疑地支吾了一声。

"那为什么？"谢克尔忽然恍悟，惶恐地追问道："难道是巴巴？"

看守没有说话。

谢克尔向巴巴的牢房跑去，就像一个虔诚的信徒跑向被地震摧毁的庙宇……

有人说："夜里他一直坐着，睡了大概一个钟头。后来靠墙站了一会儿，再之后他回到铺上躺了下来，说了一句：'该走了！'情况就是这样。"

说话的是晚上值班的看守。谢克尔迫不及待地走进巴巴的牢房。是的，他的猜测是对的，墙上有一行新写上去的字，可以看出笔迹有些颤抖——

"最后的箴言——痛楚重于尊严，但信念远比痛楚更为重要……"

以前，谢克尔一直不好意思向巴巴行触脚礼[1]，现在他不断为此咒骂着自己，他将额头抵在巴巴留下的最后一句箴言上。之后，他眼含泪水朝自己的牢房走去，此时他并不羞于让看守看见自己在哭泣。

信念远比痛楚更为重要……

① 触脚礼，即俯身去触摸对方的脚，然后再摸一下自己的额头。在印度，行触脚礼是向长辈或自己敬重的人表达尊敬的最高礼节。

荒谬的日子……

案件的审理终于结束了。谢克尔一方为辩护做了充分准备，可突如其来的结果却是继续辩护已经毫无意义了。如果原告方面已无招架之功，那么再穷追猛打下去不仅不能带来益处，反而可能招来麻烦。案件审理的过程中，只针对维迪亚普什纳提交了一些证词，而且在一天之内就完成了所有陈述，因为根本没有进行质证。律师们也来来回回进行了一番言语上的交锋，也就是所谓的法庭辩论。

“目前本案的最后程序是由我来宣布判决结果。宣判的具体日期待定，不过先暂定一个日期。”法官把案件的审理时间又延长了十三天。

这些日子怎么过也过不完。时间之所以难熬，并非因为谢克尔对最后的判决结果特别担心或是关切，而是因为目前这种悬而未决的尴尬处境。案件的审理程序已经结束，判决的根据早已公之于众，或许法官也已暗自做出了决定。现在只剩下知道最后的判决结果了，可为此还要再等十三天！不，十三天后只能知道将在何时进行宣判。

第十三天终于到来了。时间已是中午，还没有接到法庭方面的传唤。谢克尔暗自思忖，法官可能不加传唤便直接确定宣判日期，到时候自然就知道了。他躺在床上胡思乱想，想着想着，不知什么时候睡着了。

“巴布吉！巴布吉！叫您到办公室去。”

谢克尔赶紧起身，“谁叫我？”

“狱长萨赫布。”

“是有人要见我吗？”

“不是，是叫您去办公室出庭。”

“出什么庭？”谢克尔跟着看守一起朝办公室走去。

到了办公室后才知道，案件已经进行了宣判。法官对于谢克尔的意见是，尽管他身上有很大嫌疑，但指控他的证词不够充分，不能据此判他承担刑责。而且即便证据确凿，他的羁押时间已足够折抵刑期，所以决定立刻释放他。

狱长有气无力地说：“恭喜！您现在自由了。到办公室领您的个人物品去吧。”

“其他人呢？请您宣布一下全部判决结果。”

“维迪亚普什纳被判了一年徒刑；森德拉姆和盖沃尔拉姆各判了六个月；亨斯拉吉被释放了。”

“我不能见见他们吗？”

狱长大声笑了起来，“您没有听说过监狱里的友情是怎么一回事吗？犯人哪是谁想见就能见的？”

“那就是说，您不让我见他们？”

“他们现在还是犯人，每三个月有一次探视机会。您可以申请会见，可是如果您得到了这个机会，那么三个月内他们就再也没有其他探视机会了。他们可能不会为此对你表示感激。”

“那亨斯拉吉呢？”

“他一小时前就已经被释放了。”

谢克尔默默离开了办公室。

十个月，时光蹉跎。

谢克尔的心情有些沉郁，在办公室办完了一应手续后，站在门口等哨兵开门。不会有人来接他——没人知道这个消息。律师或许知道，可他这个时候一定在忙于工作……他将孑然一身走出监狱，孤独、伤感……白白虚度了人生中这漫长的十个月的时光……

虚度？巴巴莫丹辛格在狱中度过了二十一年的时间，二十一年之后他依然写下了这样一句话——“信念远比痛楚更为重要……”哪怕仅仅为了这句话，这十个月的时间就不算虚度，况且他还认识了巴巴莫丹辛格，认识了默赫欣，认识了拉姆吉，而且还认识了自己……虚度？不知感恩的谢克尔……

漫长的十个月，虚度的生命时光……如今，束缚的枷锁已被打破，渴求得到答案的不安和焦灼从此画上了句号。生活，只有生活，广阔自由的生活……

但是当大门吱吱嘎嘎打开，外面的景物跃然眼前，一切直扑眼帘，不再隔着一道道铁栏杆，他突然对自己的话产生了怀疑。束缚的枷锁已被打破？渴求得到答案的不安和焦灼从此画上了句号？谢克尔想起很久之前读过的几句诗：

Peace, peace, such a small lamp
illumines, on his highway,
So dimly, so few steps in front of my feet[①]

现在，还要去了解一切未知，还要去打破一切枷锁……

还有谢西？

能够支撑他的只有短短的一句话，那是巴巴留下的最后的箴言……所谓“最后”是对他而言，还是对人类而言呢？

监狱的大门在他身后关上了。他终于自由了。

“痛楚重于尊严，但信念远比痛楚更为重要……”

① 英文，摘引自但丁·加百利·罗塞蒂的《凉亭之歌》（Song of the bower），大意为：宁静，宁静！路上只有这一盏小小的油灯，微弱的光焰只能照亮区区几步的前路……

第三章　谢西与谢克尔

回响在我耳际的，是巴巴莫丹辛格的声音吗？这声音欣悦而低沉，言语中的无奈和脆弱也因这声音而变得充满尊严，这是那位英雄的声音吗？

“不要让自己的思绪总是飞出高墙之外。牵挂自己的亲人既不能减轻他们的痛苦，也不能给他们带来幸福。相反，如果每时每刻顾念他们所承受的痛苦，实际上你是在破坏自己的坚定意志。”

真的是这样吗？不，这不可能是巴巴的声音，巴巴的思想更加深邃博大！那这是什么？是我的自我意识吗？

过往的一切并未减弱，而是增加了我坚定的信念。因为，我看到的越多，我便更多地发现了抗争的必然性。我知道，今天之所以“逝去”，是因为未来无可避免地必将到来。我知道，我必须斗争下去，我们必须斗争下去，如果因为斗争带来的伤痛停步不前，那么业已存在的创伤、不公和痛苦将变得更加难以治愈和撼动。

这严肃的声音似乎也同意了我的看法。说着说着，这声音变得狂放不羁起来——“囚徒！总有一天，为今天承受的痛苦所带来的荣耀，你会愿意献出自己的右臂，因为这荣耀是如此伟大。”

什么？难道今天我不愿意这样做？今天我不仅愿意为此奉献出一只臂膀，甚至也愿意献出自己的头颅，难道不是这样吗？

那个声音大笑起来，“头颅？你已经献出你的头颅了。”

但是，难道这个声音说的是真的？难道这不是一种自我保护的手段？难道这种苦痛真的是一种荣耀？可当我试图去回忆这些痛苦时，我却疑虑重重，担心自己是在寻找借口。难道它们并非真正的荣耀？如果我只是一个“普通人”，不受报章新闻、官僚军警以及帝国主义的愚弄和摆布，出生，活着，然后死去，在这个清晰而又平庸的人生过程中，我只是一个得到过爱并且给予过爱的“无名小卒”，难道由此获得的荣耀真的不值一提？

谢西！我不知道你的离去是否是一种必然，但是我知道，你已经走了。而我并不羞于承认，如果你没有离开，那么——那么……

不！还懊悔惋惜什么？如果你还在，还有什么事情值得后悔惋惜？！

走出大门的一刻，谢克尔感到茫然无措。有一瞬间，他甚至感觉自己并不想出来，他想回到监狱里去。他强迫自己迈动双脚向前走去。一路上，似乎是为了鼓励自己不停步地继续走下去，他不断提醒自己，“已经穿过了监舍区。”“已经过了停尸房。”“已经过了铁器加工厂。”“这是通向监狱外面的护栏和大门，现在你已经站在路上了。”“这是路口拐弯的地方。”

他在道路的拐弯处停了片刻，犹疑不决和勉为其难的感觉又一次在他心中一闪而过。与此同时，他忽而意识到，这种勉强的感觉其实并不意味着他想返回监狱，而是对接下来该去哪里的一种恐惧。

他该往哪儿去？学校？像做梦似的，一幅画面出现在他的眼前——一大群男生簇拥着谢克尔，一些人想把他扛在肩上，然后欢呼：“谢克尔万岁！革命万岁！”可很快又有一幅画面浮现在他眼前——默赫欣一丝不挂地被绑在绞刑架上，臀部的伤口淌着鲜血。不！大学里已经没他的位置了，时隔十个月，难道他的名字还会在册吗？

他的心惴惴不安地又想到了那里，那个地方是令他万般为难的根源所在——谢西现在的家。“请你一定为那个谢西献上祝福，在今天以前，她是你的姐妹……以这个身份，她最后一次向你致礼……”我还认识她吗？难道她没有任何变化？难道她没有离开吗？难道就如一天之前谢克尔的生活中发生过的故事那样，“结婚之后，勒玛就去了丈夫家”对她而言也并非一个无法避免的结局？

不，不，不！这是我卑鄙龌龊的想法！

为了安慰和鼓励自己，谢克尔强迫自己回忆起巴巴的那句话——“信念远比痛楚更为重要……”。难道我心中缺乏信念吗？

他继续向前走去，但在迈步的同时，他知道自己要去的地方并不是谢西家。

他自己也不明白，为什么他的双脚把他带到了希思教授家。他和希思教授从未有过特别密切的交往，而且此时这里也没有任何能够吸引他前来拜访的原因。希思教授是英国人，完全吻合谢克尔对中世纪英国人的印象——不善社交，保守刻板，表面上循规蹈矩，其实内心多愁善感——这种印象是他通过小说得来的，谢克尔认为，这些特质在希思教授身上全都有非常充分的体现。此时去见希思教授，他必须全力以赴才能让烦乱纠结的心情专注起来。也许对他来说，这么做毫无意义、愚蠢之极，但莫非正是为了迫使自己专注心神，他才到来到了这里？迫使自己专注心神实际上是为了迫使自己去直面一场社会斗争，因为他怯懦的灵魂想做一个逃兵。

他和教授在楼梯上不期而遇。希思教授先是有些诧异，但立刻换上了一副喜悦的神情，“哈喽，谢克尔！你出狱了？”没等谢克尔作答，“彻底恢复自由了？没留下什么麻烦吧？”

象征性地握了一下手后，谢克尔把手抽了回来，不过脸上依旧挂着笑容。

“是的，没留下任何麻烦，一切都和以前一样了。”他心里掠过一丝阴影——真的是这样吗？谢西……

“太好了。到家里坐坐吧？我得去上课。你可真是祸从天降。留在这儿喝杯茶吧！你一定得和我一起喝杯茶。我家里有很多书，还有画。”

“谢谢，我就是来看看您，以后再来拜访吧。”

“不，你一定得喝杯茶——”看到谢克尔的神情有些焦虑不安，“你还有其他事情吗？那么，喝下午茶的时候你一定再来一趟。哦，对了，你是什么时候被释放的？”

谢克尔轻声说：“出狱后我直接就到这里来了。”

“嗯——是吗？那你一定是打算去见见自己的亲戚和朋友，我这么做对你太不公平了。那你先去见见亲朋好友吧，下午喝茶的时候你一定要再来！”

谢克尔和教授一起朝楼下走去，他的脸上挂着一抹尴尬的笑容。下楼之后，教授再次邀请他下午过来喝茶，然后便离开了。这时，挂在谢克尔脸上的那抹微笑变成了一阵冷笑——“去见见亲朋好友！”笑过之后，谢克尔脸上的表情就像刚刚咽下什么酸涩的东西一样。

谢克尔的叔叔住在三楼。上楼梯时，谢克尔的沮丧不仅没有丝毫减少，在狭窄的楼梯上，他的沮丧反而到达了顶峰。越往上走，谢克尔就越缺乏勇气——不，那根本不是勇气，而是怯懦导致的勉强和无奈。大门是关着的，他的手已经碰到了门环，却又停住了。

我和那个在邮政局做督查的叔叔之间有什么共同点？我和他有什么关系？谢克尔回想起来，有一年夏天他在学校生了病，婶婶从叔叔那儿听说了这个消息后，派人送了一多拉[①]罗望子给他，让他榨汁喝。谢克尔如果不是人，而是一封欠资的信件，叔叔可能会对他更感兴趣，否则，谢克尔只不过是一件和他无关的物品而已。谢克尔的手从门环上抬了起来，蹑手蹑脚地悄悄下了楼。

谢西家离这里应该并不太远，这是谢克尔通过信上的地址推断出来的。但是，他不会去那儿，况且……

谢克尔为什么要把谢西的信全都撕掉呢？此刻他多么需要它们。他需要字里行间的那份亲近，需要信中的关爱，需要那句亲切的致意——“最后一次向你致礼！”唉！如果那些信还在，谢克尔便又能让过去的场景再现于眼前。

有的时候这些信似乎可以取代爱。

真傻！

谢克尔没有提前到达。他敲了敲门，门开了，希思教授用手搂着他的肩说：“谢克尔，给你一个惊喜。”

谢克尔抬眼望去，无须介绍，眼前的这个人正是主审谢克尔案

① 印度的一种重量单位，一多拉的重量约为12克。

件的法官。

博尔内斯法官说："祝贺你被释放。"

谢克尔立刻回应道："也为这个判决向您表示祝贺——至少对于这部分判决来说！"气氛有所缓和。谢克尔落座后，大家随意交谈起来。希思教授说，他之所以邀请博尔内斯来喝茶，是为了活跃谈话氛围，而且他们俩也可以相互坦陈自己的真实想法。

大家开始喝茶。交谈的过程中，教授告诉博尔内斯，谢克尔是个作家。"您的作品涉及什么方面？"博尔内斯话音刚落，教授便抢先答道："谢克尔经常创作短篇小说，有时也写一些——"

"我之前就已经料到了。"

谢克尔有些好奇地问："您是怎么知道的？"

"因为您在法庭上的辩白，完全就是展现短篇小说艺术的完美范本啊！"说完，博尔内斯为自己的调侃放声大笑起来。

默赫欣一丝不挂的臀部以及巴巴最后那天的眼神在谢克尔眼前不停晃动着，自己受到的羞辱更加锐利地刺痛着他，但他只是满不在乎地笑着说："对您的文学鉴赏水平，我实在无法苟同。"他心里暗暗决定，一定要找机会还以颜色。

希思教授可能想换个话题，说道："谢克尔，难得你们都在这儿，我认为这是你们彼此了解的绝佳时机。在印度，英国人和印度人之间的关系往往过于拘谨。博尔内斯先生对文学很有兴趣，而且是个棋艺超群的高手。博尔内斯，方便时一定要邀请谢克尔到您府上去做客。"希思教授望着博尔内斯说。博尔内斯答道："一定！"教授又说："谢克尔，你一定要去拜访他，博尔内斯夫人可是一位高贵优雅的淑女，从很多方面来说，她都称得上是一位不同凡响的女性。"

谢克尔终于找到了可乘之机。他有些喜不自禁地说："我早就料到了。”

博尔内斯有些吃惊，不过他心中的疑问却被教授抢先说了出来——“为什么？”

“因为在法庭上看到博尔内斯法官的时候，我就常常禁不住在想，不知这位先生会是怎样一位杰出女性的丈夫。”说完，谢克尔满意地将身体向后靠了靠，坐得更加放松。为了缓解有些紧张的气氛，教授转换了话题，“谢克尔，你为什么不用英语写作呢？”

谢克尔若有所思地反问道：“用英语？”

“是啊，西方人一直对印度怀有浓厚的兴趣。如果能把对印度生活的刻画以小说的形式呈现在英语读者面前，或许会受到热烈追捧。”为了寻求认同，教授一边说着一边看了看博尔内斯。

“是啊，这种东西在美国很受欢迎。不过在我看来，英国人对此不太感兴趣。从个人角度来说，我很喜欢，但我们英国人对此没有特别的偏爱。”

希思教授表示了赞同，他说：“是的，于我们而言，这类作品无关紧要。”

谢克尔问教授：“那么您的观点是什么？或者说，您个人怎么看待这个问题？您喜欢这类题材吗？”

“是的，当然，我自己非常喜欢。”

谢克尔蓦然站起身来。又是这种陈词滥调！这两个人喜欢某种东西，但是又要说，我们对此不感兴趣，它对我们无关紧要，我们对此并不在乎。我们是一个国家、一个民族、一个整体，我们现在是我们，过去是我们，未来还将是一个整体……

他感到仿佛有人在他脸上猛掴了一掌。他咬着牙，眼中泛着泪花，勉强又喝了几口茶后便起身告辞。出门后，迅速走下了楼。

我们的国民也会这么说吗？他们会这么说吗？唉，印度！唉，我们！唉，我们！

街灯还未点亮，夕阳的余晖黯淡而柔和。他感到自己的冲动有些无谓和徒劳，出狱第一天受到的种种刺激正在用一种间接的方式崭露峥嵘……难道我们没有共同的文化？难道与英国相比，我们这个国土五十倍、人口十倍于英国的国家反而缺乏文化的统一性？个人趣味与集体荣誉之间的差异在这里同样可能存在——“我”可能喜欢的是艾略特①或者是埃兹拉·庞德②，而“我们”则对阴影主义③更感兴趣。刚才那种歇斯底里的反应真是无谓而徒劳。

但他的内心却并不认可这个结论，他觉得自己正在牵强地为国人开脱。即便事实果真如此，也无法掩盖我们对此缺乏清晰认识这一事实。不要说尊重我们共同的一致性了，我们甚至缺乏关于这一问题的真知灼见。所以在我们看来，这只是一个干巴巴的道理，所以是虚假的。

他的心中感到一阵隐痛。坐在雨中淋得透湿的猴子仍对自己的命运感到满足，直到天上下起了冰雹，它才感觉到了自己的卑微渺小。谢克尔此刻的感受便是如此。一种源自内心的沮丧推搡着他向前走去……

街灯忽然亮了起来，他停下脚步，视线停驻的地方，挂着一个铜制的铭牌。

---

① 托马斯·斯特尔那斯·艾略特（Thomas Stearns Eliot，1888~1965），美国著名诗人、剧作家。

② 埃兹拉·庞德（Ezra Pound，1885~1972），美国诗人和文学评论家，意象派诗歌运动的代表人物。

③ 阴影主义（chayavad）是印地语文学中的浪漫主义，出现于20世纪20年代至30年代末，是现代印地语诗歌的主要流派之一。

出现在谢克尔面前的正是谢西的家。

“在亲历者和从事创作的艺术家之间永远存在一种距离，艺术家越伟大，这种差距就越明显”[①]

可我是艺术家吗？如果我的人生能够与你有关，我会在乎自己是否是艺术家吗？既然我不愿意我的人生与你有片刻分离，既然我一点一滴的生命都因你的存在而神采飞扬，我为什么要迷恋这种距离感？我为什么要热衷于情感的冷静和中立？！艺术家比我伟大，那就让他们继续伟大吧！我屈身守分、不为所动，我满怀期待，而且我知道，我就在你的护佑之下……

谢克尔感到微微有些颤栗，但是既然已经来到了这扇门前，再大的恐慌也不足以使他逃离。谢克尔深吸了两口气，就像一个人在为跳进湖里做着准备。深呼吸的同时，许多可能性仿佛也被他一并吸进身体里，其中也包括这种可能性——那就是谢西已属于别人，不仅仅是属于别人，而是永远变成了一个陌生人，因为她已心甘情愿地从自己熟悉的生活中走出来了。

他抬起手准备敲门，但忽然觉得这不过是多磨蹭一会儿的借口而已，于是他把手缩了回来，爬了几阶楼梯，直接上到了二楼。

客厅里放着三四把椅子，一个穿西装的男人正坐在一把椅子上吃水果，他面前的三角几上放着喝茶用过的杯碟。听到谢克尔进来的声音，那个人转过头来，眼中霎时充满看到陌生面孔时的疑惑。谢克尔在这一瞬间注意到了两件事情——一是那个人的西装非常合身；二是他的眉毛非常浓密，中间连在一起。他对那人说：“我叫金

① 这是T.S.艾略特“非个人化”理论的观点。

德尔谢克尔。”

“请进，请进。您是什么时候出狱的？今天真是个大吉大利的日子。”那个人迅速起身向前走了几步，然后停下脚步说：“请进，请进，请坐吧！”谢克尔明显感到，交谈伊始的自然和亲切渐渐变成了一种礼貌和客套，似乎那个人每次开口前要对自己的话先行思忖一番似的。

“谢西经常说起您！我们原本也打算去那里看看您，可是这儿的一些工作——工作也很重要——”他忽然大声唤道：“谢西，看看谁来了，是你弟弟！”

他就是谢西的丈夫拉梅谢沃尔！过了片刻，谢西从里面走了出来，脚踩在客厅的门槛上问道：“哎呀，你怎么来了？”说完，依旧站在那里，并没有过来。

连一丝笑容也没有——谢西的脸上没有任何表情。但是，她瞪大的双眼中满含温情的讶异神色以及问话中那种自然流露出的亲密，难道会是假的？可是——不过谢克尔此刻没有时间失望。

拉梅谢沃尔说：“我对谢西说，至少在宣判那天去看看您，可她对此表现得并不积极。”谢克尔望了望谢西，想向她求证，可他并没有在谢西空洞的眼神中找到任何答案。“之后我也就把这事搁下了。我说过，能亲眼见到这样的英雄是一种幸运。您是勇于奉献的伟人！”

不，这不可能是真心的赞美！但是，这虚假的赞美是送给谁的呢？是他还是谢西？他用犀利的眼神偷偷看了一眼拉梅谢沃尔，然后将目光转向谢西，静静望着她。谢西此时依然默不作声，还是像原来一样，一只脚踩着门槛站在门边。

“唉，您可真是个好姐姐！既不问声好，也不打个招呼，连请坐都没说一句。去给人家准备些茶点什么的！那就请您先吃点水果吧。”

谢克尔还没来得及推脱一二，谢西已经转身进了里屋，没过一分钟，端着一杯茶走了出来。

“哎呀，这些——”拉梅谢沃尔望着放在桌上的水壶、牛奶罐，似乎有些不知所措。

谢克尔立即说：“没事，没事，其实我不喝茶。”为了尽快结束这个话题，他把杯子朝自己这边移了移。谢西坐在铺在地上的席子上，往一个盘子里放着水果。

拉梅谢沃尔笑着说：“您姐姐的脾气有点古怪。”他的笑并没有什么实质内容，目的不过是让谢克尔觉得这句话并非批评，仅仅是一种感受而已。

谢克尔也笑着说：“其实我们全家都是怪脾气。”

谢西用犀利的眼神瞟了他一眼，然后便又忙自己的事情去了。拉梅谢沃尔故作吃惊地说：“是吗？”谢克尔觉得他的微笑里有一种淡淡的嘲讽，可为什么会有这种感觉，他也不知道。

谢克尔想挑起一个新话题，可他实在想不出该说什么。就在这时，谢西把水果端过来放在他面前，他本来想问一句“你不吃吗”，可转而又想，每家的习惯和规矩都不一样，或许她并不想当着丈夫的面吃水果呢。他把盘子朝自己移了移，然后问拉梅谢沃尔：“您也吃点吧？”

“请吃，请吃吧。”说完，拉梅谢沃尔拿起了一瓣橘子，“我们也没有什么可招待您的。您是一被释放就直接来这儿了吗？对了，我们都没问您最终宣判是在什么时候？”

谢克尔讲了出狱后他都去了哪些地方。

“那现在您在哪里落脚呢？”

谢克尔笑着说：“在哪儿落脚？出狱后到现在，我还没歇过脚呢！”

“好吧，那您就住在这儿吧。姐姐的家就是您的家。您一定要住在这里。我非常高兴，谢西一定也很高兴。她常常说起您呢。”

谢克尔模糊地记得，他已经是第二次说这句话了。他看了看谢西，可她似乎对这个邀请无动于衷。拉梅谢沃尔随着谢克尔的眼神望着谢西说：“您倒是也说句话呀！请他住在这里！当着我的面，他可能有些拘束。”

谢西低垂眼睛，望着地下说：“我是妹妹。”

不仅是拉梅谢沃尔，连谢克尔也觉得这个回答有些不知所云。

“那又怎样？”稍微顿了一下，拉梅谢沃尔似乎想到了什么新主意，他说：“您莫非在想，怎么能住在妹妹家里？好吧——”他大声笑了起来，“那您就把这里当成是旅馆好了，以后再付住宿费！不过现在嘛——”

谢克尔说：“不，根本不是这回事。”说着他也笑了，“否则的话，我不是就该打听这些水果值多少钱了吗？可我连想都没想就吃进肚子里了。”

拉梅谢沃尔哈哈大笑起来。

可是笑声刚落，屋里的气氛重又变得拘谨而尴尬。一起笑过之后，两人尽管不会马上变得亲近，但至少会略微熟络起来，但事实却并非如此。谈话又开始变得客套起来。拉梅谢沃尔问：“您在这儿吃饭吧？谢西，还有多久开饭？”

“正在准备。”

“不，我就不在这儿吃饭了。”

“哎呀，这怎么可以呢？我今天喝茶的时间稍微晚了一些，所以刚才问您喝不喝茶。现在正好快到吃饭时间了。您可以随便出去逛逛，回来的时候就该吃饭了。”

“不，我一点也不饿，我已经吃过了。吃水果就已经吃饱了。而且——”

“走吧，稍微出去逛逛再回来，回来时就该饿了。”

谢克尔说：“我今天已经走得有点累了。这会儿我也该走了，得去学校打听一下以后该怎么办。”

“这些事可以明天再办。不过您要是累了的话，就坐在这儿休息。我得去趟俱乐部，有点事情要办。我很快就回来。”然后冲着谢西说：“请他留在这儿，别让他走，不管怎样一定要说服他。”

拉梅谢沃尔没给谢克尔说话的机会便匆匆下楼去了。

六七秒钟的时间显得那样漫长，两人都没说话。谢西先打破了沉默，问道：“你去哪儿住呢？”

谢克尔知道自己不会住在谢西家。可谢西不仅没有亲口邀请他，而且在丈夫邀请之后也没有表示附和，这让他感觉很奇怪。但为了掩饰自己的失望，他很快找了一个托辞说：“我打算去宿舍。我得去学校打听一下，我的学业将来是否还能继续。如果不行的话，那就另作他想。”

“你不回家看看吗？你母亲病了。”

“是吗？可我不打算现在回家。”

“吃饭吗？”

“不，没胃口。”

两人又沉默了一会儿。谢西又问：“你在监狱里的感受如何？”

谢克尔一时间不知如何作答，他说：“为什么问这个？”

“很多人进了监狱之后就变得愤世嫉俗，变得怀疑一切。你不是这样吧？”

莫丹辛格的影子从谢克尔的心中一掠而过。

“嗯——没有。我在狱中学到了很多东西，尽管有很多苦涩的感受，但也许我自己并没有变成一个尖酸刻薄的人。”

谢西意味深长地看了谢克尔一眼，目光中的鼓励和欣慰让谢克尔感到很开心。谢西此前的反常举止令他倍感冷漠，此时这种冷漠的感觉多少缓和了一些。

“你现在得尽快为今后做好打算，这样到处闲逛可不行。下次你再来的时候，我会问你到底做了什么决定——干吗下次，明天你就过来。你明天来吗？他不是也邀请你了嘛。”

谢克尔有些吃惊地望着谢西。在谢西的话语中隐藏着某种神秘的潜台词，这潜台词到底是什么？他突然醒悟到，谢西从一开始说的所有话，尽管表面听起来句意清晰明确，但每句话背后都潜藏着一种深远的意涵。可为什么会这样？他又想到了拉梅谢沃尔所说的那些话，他的话里也有同样的意味。

想不下去了，可他却残忍地逼迫自己继续往下想，然而思绪做出的回应却使他焦虑难安——

拉梅谢沃尔和谢西是一切谜题的同谋者，而我完全是个局外人！那个秘密到底是什么？难道它就是所谓夫妻之间某种深藏不露的亲密关系？难道因为这属于他们两人之间的隐私，所以原本就应该深深掩藏起来，因此想窥破这个秘密便犯了僭越之罪？可是，这种亲密应当建立在爱情之上，而人们从爱情中得到的是快乐，可谢西幸福吗？不，我不觉得谢西和我之间——不，是谢西、拉梅谢沃尔和我之间——那层尴尬的隔膜后面藏着一个正在享受幸福的人！

快乐如同一层薄膜，它会将人包裹起来，把快乐的人与其他人分开。即使一个人把自己的人生奉献于他人，他依然无法与别人融合在一起，仍然会与他们保持距离……难道谢西已经获得了这种距离感？

不，谢西已经走出了我的生活！不是因为她得到了幸福，而是只能如此。我们已经形同陌路。如今若想重新认识彼此，则要通过拉梅谢沃尔了，可是拉梅谢沃尔和我之间有什么共同点？我性格孤僻，而且我身上也没有什么懿德可言……谢西不幸福，可我有什么资格去了解她为何感到痛苦？我只是个局外人罢了……

“你在想什么？”

谢克尔局促不安地回答说：“没什么，胡思乱想罢了。我该告辞了。”说完站了起来。他感觉心潮澎湃，所以不想再继续待下去了。

谢西说：“再坐会儿吧。”但是看到他脸上的表情后，她默默站了起来，和谢克尔一起朝门口走去。出了大门便是楼梯。谢克尔在门口停下脚步，转身对她说：“好吧，那我走了。”

谢西突然问：“你看见我家了？”

仿佛一股激流突然奔涌而来，谢克尔意识到，即使他们之间确实存在裂痕，那也不是谢西造成的，他感到自己的怨艾和嫉妒有些卑鄙。他用充满关爱的亲切口吻说：“见到了，谢西，我仔仔细细地看过了。”说完便下了楼。

谢西在他身后追问道：“什么时候再来？”但是，他了解问这个问题的人，而且因为彼此间的这份亲近，他明白她不是在提问，而是在告诉他——她会等他。

带着漫无目的的冲动和焦虑，我该往哪儿去？该做些什么呢？

“你现在得尽快为今后做好打算……”

我该做什么打算？我该为未来做什么决定？或者说，即便做出了决定，哪一个决定有可能兑现？生活的激流难以阻挡，它把我像一只空罐头盒一样抛上浪尖，让我到处跌跌撞撞，有时撞到石头上，便发出“砰”的声响，但这响声不是出自生命力的抗争，而是由于内在的空虚，只是空罐头盒里的空气发出的震荡声而已。我时而高高在上，时而又沉入谷底，然而这一切并非依靠自己内在的力量，只是随波逐流罢了。我身上还残存着什么可以称之为力量的东西？我所拥有的只是一个空虚的内在，藉由它我才得以浮沉漂流。难道我只能凭此与生活抗争下去？难道我只能凭此在布满荆棘的奋斗之路上向前跋涉？

耽于诗意的空想，华而不实的辞藻！

但是，朝这个方向继续思考下去并不能得出任何结论。臣服于生活的激流并向它奉献自己，或许是最伟大的功业，但这并不符合我的性格。假如我没有吃这么多苦头，或许我会承认这种成就。如今斗争尚未结束，而我将自己看作斗争的推动者，尽管这或许是一种错觉。说我自负那就自负吧，但是如果一个人的自我没有得到充分满足，那他如何才能做到无欲无求？或者说，他如何能成为一个真诚而纯粹的人？

“下次你再来的时候，我会问你到底做了什么决定。”

谢克尔漫无目的地走在街上。他向天空望去，漂浮在城市上空的尘埃不仅使街灯晦暗了许多，连天空也变得黯淡而污浊。谢克尔想，监狱里的星星比城里的星星干净。他不禁暗自微笑起来，他又想起了巴巴莫丹辛格。之后，那个应该做何打算的难题重又回到了他的面前。

我该怎么办？

“你是否能将自己内心领悟到的真理传递给他人？”

谢克尔意识到这是巴巴的声音。他并不感到讶异，因为他清楚地知道巴巴在他精神世界里留下的烙印有多深。他仿佛和这个臆想出来的巴巴的声音对起话来——

“那么，难道这能够成为人生的目标？但我去哪里感悟真理呢？我的心中除了疑惑还是疑惑。”

“你说得不错。过去的某个真理此刻不再是无可置疑的，这也是一条令人难以接受的真理。”

“但是凭借令人难以接受的真理——”

“谢克尔，掏出自己的心好好看看！难道你的心里除了亏欠只有亏欠，没有往事留下的任何痕迹？没有任何信念的存在？”

“信念……信念远比痛楚更为重要……也许有吧。我的心里有信念的存在，也或许那是一种自负。难道这就是人生的目标？”

“你是否能够做一些并非为了自己，而是为比个人更加重要的某个群体而做的工作？也就是说，是否有任何工作能将你与比你更重要的某种东西联系起来？”

“如果心中充满自负，还有什么东西会比自己更重要？！我自身不就是最重要的东西吗？”

“不要回避！你清楚地知道，你正在得到救赎。你已经窥见比自己更加重要的东西，你已经发现了一切的奥秘。”

谢克尔再一次朝天空望去。四周依然尘土弥漫，但是天空的颜色更加幽暗，因此星星不再像之前那样黯淡。望着一颗闪烁的星星，谢克尔感觉微光中闪耀着两三种不同的色彩，这些颜色甚至依稀可辨——蓝色、红色、白色……

他忽然想起来，得找个落脚的地方挨过今晚，同时也应该把自己得到释放的消息告诉别人。他朝宿舍的方向走去，那里至少还有一个男生是他可以投奔的。

谢克尔第二次去见谢西的时候，拉梅谢沃尔不在家。一方面是因为这个原因，另外也因为谢克尔对自己的未来有了一些设想，所以他在谢西面前的状态比上次好了许多，和她交谈时也感到更加轻松。对国大党以及监狱的种种感受，对巴巴莫丹辛格的怀念，巴巴的一些箴言感悟以及他从容安详的离世，拉姆吉和默赫欣的故事，所有能讲的故事，他都简单讲述了一遍。谢西一直听得很入迷。可当谢克尔讲完了所有的故事，而且似乎因为说了太多话而略显疲惫时，谢西突然问了一个似乎早就想问的问题："那么你呢？"

谢克尔有些慌乱地说："什么？"

"你讲的这些故事都是别人的，没有一件是关于自己的。我也想听你讲讲自己的事情。"

"嗯，我……"谢克尔有些迟疑。在他的灵魂世界里，谢西是不可或缺的存在，谈起自己就必然涉及她，因此这些事怎么能讲给她听呢？

"不，我一定要听。今天不管你乐不乐意，我是不会放过你的。如果你想把自己变成陌生人，那是你的自由。不过我既不会变成陌路人，也不会对你有任何忌惮。"

谢克尔吃了一惊，然后有些羞涩地低下了头。

"好吧，你决定以后怎么办了吗？"

"是的。"

谢西静待他开口说话，可看到他并没有主动交代的打算，于是问道："做了什么决定？"

谢克尔觉得，自己想说的话只能用一种调侃的方式才能说得出口，否则就像是一种吹嘘。他笑着说："我要从事的事业被称为革命。我要将一切推翻颠覆，如果有什么东西摇摇欲坠，我会说它已经腐朽衰落。"

谢西故作严肃地说："是吗？还有呢？"

"还有？巴巴说过，破坏和颠覆是我们应当履行的达摩，而产生和形成则是自发的本能。也就是说，如果我的一颗牙脱落了——不是脱落，如果你打掉了我的牙齿——那么我自然会去看牙医，这是科学的规律，因为人的本能和天性不可能喜欢缺损了牙齿的牙龈。"

谢西依然故作严肃地问道："这是目标。为此你打算做些什么呢？"

"我会做些什么？我或许没有锤子，用细小的砂砾碎石又打不断牙齿，所以我要在每个人的牙齿上都系上一根绳子，然后把一块块石头挂在绳子下面，这样，牙齿自动就会脱落了。我在克什米尔见过一个老太太，她的牙齿下面吊着一块石头，因为她犯了牙疼的毛病。"

谢西似乎有些愠怒。看到谢西的表情，谢克尔笑着说："我的意思是我要写作。我不是用石头挂在牙齿上，而是用我的一本本著作，最终它们一定会沉甸甸的，足以——"

这时，谢西的脸上绽露出一丝微笑，她说："那你是要当文学家了？太好了！"她的眼睛里忽然像有火花在闪耀，"而且你的写作只为了一个目标——那就是毁灭和重建。"她平复了一下情绪后又说："可是谢克尔，这样创作出来的作品不可能都是精品，不可能都归于文学的范畴。那你追求的到底是文学本身还是你的写作目标？"

谢克尔觉得，此时没有必要再用玩笑的口吻掩饰自己的本意了。他的神情忽然变得严肃起来，说道："这两方面我都不追求。如果说注重什么的话，我注重的是那颗应该拔掉的牙齿。但是，必须为此寻找到某种合适的手段。我所有的作品都是心怀热切的感受创作出来的，可后来我却感觉到这些作品算不上精彩。有时我甚至感觉到，这些作品中并没有什么意义和目标，因为它们只是在宣泄心中热切的感受。而为了实现目标，其实应该认真规划、谨慎前行才可以。”

两人一时间都沉默了。谢西突然站起来说：“我要去煮茶了。”谢克尔起身告辞，下楼离开。

谢克尔在戈瓦尔门迪[①]附近以每月十二卢比的租金租了一套房子，这套一间半大小的房子在一幢四层楼房的最顶层。大房间位于楼的拐角处，由于一半的空间都被楼梯占用了，所以这个房间不是规整的四方形，而是三角形。三角形最长的边是东西走向，谢克尔把这里布置成一个起居室；另一条边是南北走向，他在那儿放了一张轻便的小床。这个房间还连着一个小储藏室，储藏室外紧挨着楼梯的地方是一个很小的天井，天井的一侧是水龙头，另一侧还有之前某位租户的煤炉留下的痕迹。住进来的第一天，一想到一间房可以当成两个房间来用，谢克尔便觉得很开心；从第二天起，他便开始好奇，在这么小的空间里，那些拖家带口的人是怎么生活的；第三天之后，他觉得过多考虑家的问题不是男人该做的事情，而且这个“家”的面积要比巴巴莫丹辛格那间牢房的面积大了一倍，而巴巴在那间牢房里住了十二年……况且，在这里马桶不必放在室内，楼下有单独的厕所。

没有照顾饮食起居的仆人，饭就在餐馆里解决。（当然会有费用的问题，好在并不需要马上结算，可以以后再考虑。）因此家务不算

---

① 戈瓦尔门迪（Gval Mandi）：地名，拉合尔的一个街区。

多，自由支配的时间很充裕。

谢克尔在较大的——其实也是唯一的——那个房间里来回踱着步。他想到，自己即将在这间屋子里开始文学创作，而他的作品将对革命产生激励作用。他忽然意识到，这是他第一次拥有一个独立的房间，这是他第一次依靠自己的能力独立生活。他不再是家庭或群体中的一个小零件，他自己就是一家之主。不仅如此，他自己就等于整个家庭，因为里里外外就他一个人！在他力图改变的社会中，他是一个独立的个体。这个认识并没有什么特别之处，但是谢克尔在其中着意强调的不是社会，而是独立的个体，因此他感到这个想法颇有新意。获得独立，成为独立的个体，不再把自己看作是一个局部、一块碎片、一个片段，而是看作一个整体——尽管只是一颗微粒，但却用一种清晰、完整的形式真实存在着，作为极微的存在散发着自身的光芒……尽管此刻他还一事无成，但他却从这种感受中获得了力量、鼓励以及一点点的乐趣，凭借这些，他看到了自身处境中光明的一面。

他回想起来，以前在什么地方读过一篇文章，文章里介绍了住在高楼层的各种优点。文章中具体历数了哪些优点，他已经想不起来了，但是他自己也可以想出不少来，比如空气清新，鲜有打扰，远离城市的喧嚣，可以与人群保持一定距离……童年时他常常在想，那些住在山上的人，一定离神更近一些。谢克尔在心里暗自笑了起来，随后便开始思考，既然已经达到了这么高的生活水准，他应该写些什么作品作为回报。

文学——能够对革命起到激励作用的文学……那什么是革命？革命不是单向度的，而是全方位的！那种只朝一个方向前进，将其他道路封闭起来的革命不是革命。我们之所以在制造了如此喧嚣沸腾的局面后未能真正向前迈进，其原因在于我们总想在人为制造的制度体系内去实现进步。谨慎克制是必要的，可这并不是克制。谢克尔想起了一种类似于蚯蚓的黏糊糊的蠕虫，这种虫子如果要爬向一个地方，则要将身体向相反的方向回缩，只有反向回缩到极限，它才开始朝另一个方向前进。我们的许多领导人其实也是如此。他们有人选择了经济领域，有人选择了社会领域，有人选择了政治领域，也有人选择了宗教领域。表面上看起来，每个人都制造出一种沸反盈天的热闹场面，但在沸腾喧嚣的背后，从某种层面而言，他们正回缩着身体，有意回避其他领域中存在的问题。

也许这是组织自身无法避免的缺陷？组织需要设立目标，也必须有切实的计划，因此为了推进工作计划的进展，人们就只能放弃其他领域的工作。

但是如果没有组织存在，个人能否成就一番事业？

应该是可行的。革命既然有组织化的一面，便一定会有更加重要的个人化的一面。没有组织可依附，独立的个体也可以，而且更应该为全面繁荣播撒种子。对于为了表达自我而选择文学之路的人来说，这或许是他可以做的事情。因为他的身份首先是个体，然后才是某个组织的成员，他有自己特殊的达摩，他要为全面的革命翻耕、播种，要为革命的种子灌溉、锄草。

谢克尔第三次去见谢西的时候，脸上露出喜悦的神情。谢西看到他面带喜色，立即问他：“是不是写了什么作品？”

“什么也没写。不过经过深思熟虑，对一些问题有了更深的理解。在家里正好没什么事，所以仔细思考后做了个规划，我马上就要开始动笔进行创作了。”

拉梅谢沃尔正好也在家。他说：“那么您是想成为一名作家喽？

您已经决定要放弃学业了？”

“我已经被校方自动除名了。缺了十个月的课，我现在根本不可能参加考试。而且我也没有耐心再花两年时间从头开始学起。再说了，即使毕了业，我也不大可能去找一份需要硕士学位的工作！”

“工作其实也没有那么不堪。别像我一样做公务员，但大学教授是个不错的职业，受人尊敬，工作也轻松，还有很长的假期。再说了，大学教授知识渊博，一辈子与知识和书籍打交道，而且能够传播良知善念，对您来说，这是最好不过的工作了。”

谢克尔说：“您说得很对。不过我养成了一些坏习惯，不愿意做那种受人约束的工作。”

“那就另当别论了。您是个理想主义者嘛。”谢克尔不知道这句话中含有多少讽刺的成分。“那您最近在做什么呢？一定读了不少书吧？我们——谢西倒是很爱读书，一天到晚捧着书看，她不喜欢那种有说有笑的轻松生活。我们这种人已经被繁重的工作压得透不过气了，所以觉得放松一下很有必要。”

谢克尔在写作方面的一切努力都以失败而告终。不知为什么，无论何时只要他坐下来开始写作，所有灵感就立刻飞到九霄云外去了；只要他意识到自己正在以写作为职业，那种辉煌的感觉就会渐渐消失。迄今为止，他连一部作品也没创作出来，靠写作赚钱更是遥遥无期。今后怎么能以写作为生？不过，所谓职业也要看从什么角度去理解，如果不把文学视为目标，那它可以作为一种途径和手段。

是的，文学可以是手段。但它到底是实现什么目标的手段？难道文学的目标是卑微渺小的？文学为自身而存在，文学是自足的。但是，难道目标的实现不也是一种自我满足吗？文学的目标不应该是一种特殊的影响力，而只能是美，因为在追求影响的过程中，美将会隐没消失。可这是为什么？在发现美之后，能否同时也能得到使平凡的事物重塑于美的灵感？是否存在与民众福祉完全无关的美？他忽然想起谢西问的问题，“你热衷的是文学本身，还是写作的目标？”他并不热衷于任何东西，因为只有用一种单纯、执着、专注的目光看待目标，才能发现纯净无瑕的美。如果缺乏虔诚的信念，何谈清晰明确的目标？

但是仅有空想是不行的，应该进行创作。无论想法是错是对，检验的唯一手段只能是作品。可他至今连一篇成形的作品也没有……何不把自己的这些想法写成文字？

正午的阳光几乎洒满了整个房间，只有储藏室旁边的一个角落避开了刺眼的阳光。谢克尔坐在角落里，两只脚伸向前方，暴露在阳光的照射下。他一直在思考该写些什么。

阳光还没有从他脚上移开，一个男孩从楼下走上来问他：“您看一下，这是您的信吗？”说完把一个信封递给了他。

谢克尔答了声“好的”之后接过了信，感觉有些摸不着头脑，他看了看信封上的笔迹——原来是维迪雅沃蒂姨妈的信。她在信中写道——谢西写信说他租了一间房子，开始独自生活，而且打算从事文学事业，所以她从谢西留下的书中挑选了一些打算寄给他。她给他寄了满满一箱书，包裹单附在信里。为了祝贺他出狱，包裹里还放了十卢比的贺金和一些甜点，希望他不会见怪。深深祝福他，如果什么时候得空，她一定会来看望他……维迪雅沃蒂姨妈。

过了很久，谢克尔站起身来。这时，阳光已移出了房间。在夕阳的映射下，房间显得大了很多。但谢克尔身上却似乎笼罩着一层充满温情和快乐的流光溢彩，因为他刚刚完成了一首长诗和一篇篇幅很短的短篇小说。

他本想立刻跑去对谢西说："瞧，我终于有了自己的作品。"可他忽然想到，既然她能瞒着他给姨妈写信，那他也可以先不告诉她，然后把诗和小说寄给她。打定主意之后，他把手稿先暂时放进屋里的一个空柜子里。他忽然想起，自己在宿舍里还留了一些书，应该从过去的同屋那里把书拿回来，摆到书柜里去，这样他就可以继续研读了。

经过了一番寻找，终于打听到同屋现在的住处。可到那儿之后却得知，不少书已经被"大家"拿走了，画册也丢了不少。谢克尔把剩下的书打包带了回来。尽管过半的藏书都已遗失，但剩下的数量仍有不少。相比较而言，教材在其中只占一小部分，大部分都是谢克尔目前比较感兴趣的书。回来时天已经黑了，谢克尔把书随便堆放在屋里。第二天一早，他把柜子仔细打扫了一遍，在柜子里铺上白纸，然后把所有书整整齐齐地码放在里面。之后他又把姨妈寄来的包裹取了回来，谢西的书也很快被整齐地码放在柜中。柜子分为五层，上面四层装着玻璃门，里面全是书。谢克尔把自己的笔记摞放在书柜最下层的一侧，把姨妈寄来的甜点放在了另一侧。收拾整齐后，他关上了柜门，向后退了几步，欣赏着自己的劳动成果。

看着满满一柜子的书，他感到很激动。这些书让房间显得漂亮了许多。这些书中有一半是他一本一本积攒起来的，另一半则是谢西的。谢克尔知道，与他每个月想方设法从零用钱中省下一些钱（当然也包括没花完剩下的钱）买书一样，谢西的藏书也是她用了很多年时间慢慢积攒起来的，买书用的也是她每个月为数不多的零花钱。他感觉，谢西温柔慈蔼的双眼正透过那两格书柜注视着自己的房间，她的目光让整个房间的空气变得湿润而柔软。他的心中忽然特别感动，他渴望也能将这份感动传达给谢西，可他还是克制着自己没有马上去谢西家。他想，还是下午再去吧，那个时候谢西应该没什么家务要做，拉梅谢沃尔可能也有空（那天拉梅谢沃尔有半天假）。另外，还有一个重要的原因——那时谢西应该已经收到了他昨晚投递出去的信，应该已经读了他写的小说和诗歌。

拉梅谢沃尔正坐在椅子上抽烟，两条腿搭在另一把椅子上。谢西坐在地下的席子上缝补着什么，看到谢克尔来了，她把手里正在缝补的东西放在膝盖上，抬起头，用一种沉静柔和的目光看了看他，然后稍微直了直脖子，继续忙着手里的针线活。拉梅谢沃尔高声说道："请进，请进，您来得太好了！"隔着缭绕的烟雾，可以看到拉梅谢沃尔脸上的笑容，"告诉我们，您最近在写什么作品？"

"没写什么，最近没有创作的欲望。"谢克尔说着望了望谢西，想看看她是否会说些什么，脸上会不会有会心的笑容，因为当天她应该已经收到了谢克尔寄来的诗和小说。可是谢西依旧在做着针线。

"作家就是这么舒服和自在。想写就写；如果不写，几个月也不动笔。反而在我们那种地方，虽然不是靠写作养家糊口，可是哪怕懈怠一天，也得把需要处理的公文带回家里处理完。对我们来说，必须要做的工作，就得日复一日不得清闲！"

这一次根本无须怀疑，拉梅谢沃尔的话里明显夹杂着讽刺——如果想无所事事地闲待着，当作家是个不错的借口。谢克尔没有搭话，他把脸转向谢西说："姨妈给我寄来了满满一箱书。"

"哦。"

"她还来信祝贺我出狱，还给我寄了贺金。"

谢西微微一笑。她觉得妈妈这件事干得漂亮，赞许之意清晰地写在她的脸上。

拉梅谢沃尔问：“什么书？”

“就是谢西留在家里的书。”

拉梅谢沃尔的语气里流露出一种竭力克制的好奇，他问谢西：“是你写信让她寄的吧？”

“是的。”

“噢，太好了。”他又对谢克尔说：“那您读过很多书吧？是啊，不然怎么打发时间。寄来的那些书也一定都是名著，您妹妹的品位可是很高雅的！”

那种说不清楚的感觉又在谢克尔心里一闪而过——难道是话中有话？但是，他的话又好像完全出自真情实感。

谢克尔说：“我自己也有很多藏书，我把这些书也从宿舍里取回来了。现在我打算系统地读读这些书。”

“那是当然，那是当然。”

楼下有人敲门，同时还传来一声呼喊——“萨赫布，有你的信！”

谢克尔离楼梯最近，没等拉梅谢沃尔站起来，他已经起身从邮差手里接过了信件。看到信后，他忽然愣住了。一共有两封信，其中一封正是他寄来的。

一瞬间他觉得有些不知所措。他将两封信交给拉梅谢沃尔，随即说道：“好吧，请允许我先告辞了，我还有点事。”

拉梅谢沃尔本来正要看信，这时停下来说：“干吗急着走？再坐一会儿吧，喝了茶再走。”

“不了，以后再来拜访。”说完，谢克尔匆匆走了出去。他听到身后传来拉梅谢沃尔的声音，“给你，这是给你的信。嗯？谁寄来的？”又是那种充满好奇的语气，不过依然是一种竭力克制的好奇，似乎是想告诉别人——我不是非得知道不可，只是随便问问罢了。“看字迹好像是哥哥的。”谢西的语气也有些吃惊。

谢克尔暗暗笑着走下楼去。谢西马上就会看到信里是什么，她一定会感到惊喜的……

回到家之后，谢克尔开始翻看自己以前的一些笔记。常去拜访莫妮卡的那段时间，他记录下了当时的感触，现在他把这些笔记一页页打开，仔细阅读。今天他感觉内心非常愉悦，这种愉悦感仿佛将过去散乱无序的思绪渐渐串联起来。尽管仍有些模糊，但他越来越清晰地意识到，过去两年多时间里他的观察和思考，最终变成了他自己的观点和结论。这些观点犹如一块基石，支撑起他对于社会的认识，藉由这些观点，他对社会的固有传统进行了批判，并由此提出变革社会的要求。他发现，写在这沓纸上的零散文章，综合起来再稍加整理之后就可以成为一本书，可以作为一个简易读本，内容是关于谢克尔所构想的对社会的重建。书名他也想好了，就叫“我们的社会”。只用“社会”这个词作为标题，可以体现出社会的抽象性，如果在“社会”前面附加什么“保守的”或诸如此类的其他修饰性定语，会使书的主题是讨论我们当今社会这一主旨显得模糊不清。

不，写作不是他的职业，是对他自我的实现，因为他有话要说，而且他表达的欲望非常强烈。他不仅有强烈的愿望，而且有坚不可摧的勇气……

他埋头写了五六天，书的整体框架已经十分清晰，甚至开篇的一些部分也已成形。这时，谢克尔忽然想起那天去向谢西表达感激的事情。这个任务没有完成，而且他也不知道谢西对他写的诗和小说感觉如何。实际上他想带谢西回家，让她看看，在这间奇形怪状的屋子里，装满了书（笔记也装得满满的！）的柜子显得多么漂亮和充实，因为这是表达感激的最好办法。否则，难道要他扯着嗓子说："谢西，我很感激你给我送来了书。"而谢西则垂下眼睛，挑着眉毛说："哎呀，这也值得一提？"不，他可应付不来这些虚伪客套的繁文缛节。

谢克尔带着书稿的提纲去了谢西家，他想邀请拉梅谢沃尔和谢西来他这儿做客。做了这个决定之后，他也曾经有过瞬间的犹豫，因为不知该怎么招待拉梅谢沃尔。后来想起柜子里还有姨妈寄来的贺金，尽管甜点快吃完了，不过没什么关系，他可以去买套茶具、炉子还有火炭什么的，反正这些东西以后也用得着，因为现在天气已经转凉了。

拉梅谢沃尔不在家。看见谢克尔手里拿着一沓纸，谢西问："你拿的是什么？"

谢克尔兴奋地说："我准备要写的书的提纲，想看吗？"

"当然想看。拿过来给我。"

可是谢西对上回的小说和诗只字未提。难道她不喜欢？那也应该说出来呀，为什么一言不发呢？他用有些轻慢的语气说："干吗要给你看？你又不感兴趣。"

"你说什么？你怎么知道我不感兴趣？"

"你都没读我写的小说和诗。"

谢西的表情忽然变得严肃起来，她用平静的语气问道："你为什么要通过邮局寄过来？"

"那你给姨妈写信为什么不告诉我？我想，我也可以给你一个惊喜——"说到一半，谢克尔突然反应过来，谢西脸上的表情不是严肃，而是尴尬；她的语气不是平静，而是沮丧。他急切地问："怎么了？谢西，出什么事情了？"

"没什么。干吗要给我什么惊喜……你可以亲手交给我啊。"

"不，谢西，一定有什么事情。快告诉我！"谢克尔满腹狐疑地追问道。

"没什么。你走以后他问：'是谁来的信？'我告诉了他，可他很吃惊地说：'刚刚才来过，干吗要写信？'我告诉他你寄来的是小说和诗歌。他说：'好吧，我也拜读一下。'我把你寄来的作品全都给了他，可从他随便翻看的动作来看，我知道他的兴趣并不在这上面。一会儿他又说：'唉，我们哪里懂什么诗啊歌啊的，那是艺术家的事。'然后把作品还给了我。时隔很久，他忽然又说：'有什么必要这么急匆匆地逃跑呢？'开始我没明白他说的是什么，后来我才想起来是怎么回事，可我没心思搭理他。"

谢克尔呆呆地坐着，过了好一会儿他才说："我需要给他解释一下吗？"

"不必了，会起反作用的。过去的事就让它过去吧。这次你写的是什么？"

谢西的提问显然是想换一个话题，谢克尔默默接受了她的这一用意。他说："我把以前写的一些东西集中在一起合成了一篇文章——对我们的社会进行批判。"但是他的语气中已经没有了最初的那种兴奋。

"我们的社会！写了多少？题目是什么？"

"就叫'我们的社会'。文章很快就能完成。"正说着，拉梅谢沃尔回来了。

"哟，怎么这么多天没过来？"

“是啊，也没什么特殊原因，正好有些事情在忙。”

“您拿的是什么？又写了什么作品吗？您的那些诗和小说都很优美。在谢西的推荐下，我也拜读了您的大作。不过这次不用推荐我也要读一读，您写得实在太棒了。”

谢克尔心里不由暗自佩服这个人。恰当得体的言辞好像能从他的嘴里自动汩汩而出，不管这背后确有真情实感，还是恰恰相反！谢克尔却恰恰不善此道。

“把您的大作给我，让我拜读一下吧。”

谢克尔本想拒绝。他感觉，这些尚未完成的手稿如同自己灵魂的一部分，他至少不想把它交给拉梅谢沃尔。可是想到一旦拒绝，拉梅谢沃尔一定会误解，他还是克制住了自己，努力压制着内心的不情愿，把文稿交给了拉梅谢沃尔。

拉梅谢沃尔用手指漫不经心地翻动着文稿，谢克尔觉得他不仅是漫不经心，甚至充满讽刺，他的心里突然对自己充满了失望和沮丧。他站起来打算离开，拉梅谢沃尔请他坐下。谢克尔说：“事实上，别人当面读我的作品让我觉得很难为情。”他心中暗想，这句话也间接澄清了前几天的那件事情。

拉梅谢沃尔望着谢西说：“哎呀！有什么可难为情的？不是打算出版的吗？”接着忽然说道：“要不然，您也可以通过邮局寄过来。”说完哈哈大笑起来，“不过寄这么厚的稿子，得花不少邮费呢。”

在这种情况下，他还怎么开口邀请他们来做客？他克制着自己的情绪站起来下楼离开。

之后的四五天谢克尔再未出过门。他也根本无心写作。他总是心不在焉地坐在窗前，有时感到太冷，就关上窗子在屋里走来走去。

他也尝试过看书，可总是心神不定地读着读着就忽然什么也看不进去了。他这才有些吃惊地意识到，既然是在浪费时间，又何必欺骗自己！他时常清早躺在床上背几首诗，寄希望于这样能让自己的日子好过一点。

大约一周之后的一天下午，谢西来了。她先是小心翼翼地敲了敲门，看到谢克尔出现在面前，她确信自己没有弄错地方，这才开心地说："终于找到你住在哪儿了！连住在楼下的邻居都不知道你叫什么名字！"

谢克尔调侃道："那你怎么没问问他们，那个整天猫在家里的人住哪个房间呢？大家都对我整天待在屋里做些什么感到好奇。"

"是啊，那你为什么不出门呢？"

谢克尔意味深长地看了谢西一眼。

谢西把谢克尔的被子推到一边，然后坐在床上说："你的书我带来了。我把你给我的稿子全部读完了。我来是想说，你要尽快把书写完。"

"我这几天什么也没写。"

"为什么？那你这些天都在干什么？"

"什么也没做。没心情。我想，写来写去又能怎样？"

谢西的声音显得既焦急又担忧，"为什么？"

"是啊，又能怎样？即便写完了也不能出版。即便出版了，人们也会拿它取笑。被人取笑或许能带来某种满足感。可这样做到底是为什么呢？"

"谢克尔，难道为了目标承受一些痛苦，在这个过程中不能得到满足吗？我觉得能够获得很大的满足和安慰。否则，我——"

"能得到满足。可是——我不知道它到底是什么样的满足感。有时我觉得，仅仅将革命定义为目标是不够的，它是一种理想，但是也许我们并不能从理想中获得满足，我们的满足来自理想的象征和代表。”

“真的吗？”

“是的，我感觉是这样。”

“那么你希望能找到自己理想的象征和代表，并为此而奋斗，只有这样才能给你带来满足，对吗？”

谢克尔思忖着说：“是的。”

“是的。”谢西模仿着他的语调说：“你说‘是的’的时候就像个孩子。”她顿了一下，“什么象征？某种东西还是某个人？”

谢克尔好像没有听见似的，此前他一直用胳膊肘撑在窗台上，站在窗前，此时他正望着窗外。

谢西站了起来，背对着谢克尔说：“谢克尔，你能为我写作吗？”

谢克尔吃惊地说：“什么？”

“我是问，你能为我写作吗？我从未想过我的嘴里竟能说出这句话，可是既然说出来了，也没什么关系。”

谢克尔向前走了几步，站在谢西身旁。犹豫了片刻之后，他抓着谢西的肩膀把她的脸转向自己。谢西的眼睛凝视着他的下颌，并未抬起头来。谢克尔松开手，重新回到刚才站着的地方，说道：“不，谢西，我不希望这样。无论是什么，只要和我有关，都会遭到破坏。我的任何作品的价值都不足以让你——”

谢西打断他说：“我是在问，你能否为我写作？听着！你写得越出色，从外界感受到的痛苦就越多，但是你的内心将获得平静。如果要我说，我觉得这很伟大。但是，理想的象征不仅参与你内心的平静，它也会分担你的痛苦。”

“谢西！”

谢西抬起眼睛，意味深长地凝望着他。这一次，谢克尔垂下了眼帘，他无法直视谢西充满自尊的双眼和忧伤的眼神。

谢西说：“好吧，能把之前写的所有作品给我看看吗？”

谢西的语调改变了屋里的气氛。谢克尔说：“哪能算是什么作品，不过是一些笔记和随感罢了，你想看的话就看吧。”他从书柜中拿出一沓纸交给了谢西。

“这里面一摞摞的纸是什么？”

“都是些随便乱写的东西，上大学的时候写的。”

“这些我也要看。从现在开始，你写的每一张纸，哪怕是一张小纸片都要给我看，明白吗？”

谢西开始看谢克尔交给她的文稿。谢克尔问她：“你不觉得这些书让这个房间显得特别漂亮吗？”

谢西一边看着稿子一边微笑起来。

“这些书你全都看过吗？”

谢西低着头说：“看过。你先别说话！让我把它看完。”

谢克尔又回到窗边。望着窗外，对谢西的感激之情在他心里油然而生——她不请自来，只是为了满足他心中所愿……

“好了，看完了。那你什么时候能完成这本书？”谢西读完了所有文稿。

“到时候再看吧。”

“别到时候再看。你必须把它完成！”谢西笑了起来，而后又郑重地说道：“你为什么从不邀请他到你这儿来？”

谢克尔有些不快地说：“那天本来就是去邀请他的。”

谢西一边把文稿放回书柜，一边说：“好，那我走了。下次再来我家的时候一定要邀请他。”她忽然看见放在柜子里的十卢比钞票，问：“这钱是怎么回事？”

“这是姨妈给的贺金。”

“就这么搁到现在？没派上用场吗？”

“把它放在这里就是派上用场了。”谢克尔笑了。

“你每天怎么吃饭？”

“干吗问这个？我在餐馆里订的餐，想尝尝吗？”

“餐馆里的饭！”谢西有些吃惊地说，她平复了一下情绪，然后说：“能否领教一下这家餐馆的鼎鼎大名？”

谢克尔故作倨傲地斜睨着眼睛，一字一顿地念着餐馆的名字说：“‘基德布尔尼·黛薇虔爱纯净圣洁餐厅’——是不是光听名字肚子就饱了？”说完笑了起来。

谢西假装气恼地皱着眉说：“在我面前别这么没正经。好吧，我得走了。”

她沿着楼梯向下走去。“我送你下楼！”说着，谢克尔也跟着下了楼梯。

谢西和拉梅谢沃尔到谢克尔的住处来过一两次。起居室旁边的储藏室里的柜子上摆着一套茶具，还有几副碗碟和刀叉、一两个盒子、一瓶蜂蜜、一包饼干和一包火柴，一应俱全。相应地，放在书柜里的贺金不见了踪影。谢克尔没再写什么作品，书柜里多出了几页纸。不过，多出来的只是几封信而已——一两封姨妈的来信、一封高拉的信、一封父亲的信。父亲在信里一方面对他这种漂泊不定的生活状态表达了不满，另一方面，语气中又隐约透露出为他坐牢的事感到骄傲。信里还告诉他，母亲病得很厉害，他应该立刻回家去探望。此外，还有一封信是弟弟勒维得德写来的，他今年就要参加大学入学考试了。还有一封信是瑟达西沃从马德拉斯寄来的，他在信中说，明年他就要成为一名医生了，他还问谢克尔在哪里，在做些什么，他听说了谢克尔入狱的事情。

谢克尔租房已满一个月了。他忽然想起该付下个月的房租了，而且还得结清这个月的餐费，可他身无分文。房租倒是可以晚点再给，没必要每个月都预付房租，可是餐馆的账单是每月结算的，如果拖延，就没饭可吃了。

他有些担忧。不过继而想到，书写得差不多了，现在可以去和出版商见面聊聊。如果给不了太多稿费，马上预付一小部分也行，但每月的开销总共差不多二十五个卢比，一本书的稿费应该能够应付一年的花销了。他不清楚出版商能给多少稿费，可他并不觉得一本书三百卢比的稿费是一笔天文数字。

《我们的社会》待价而沽。《我们的社会》售价三百卢比。会有买主吗？谢克尔在心里笑了——《我们的社会》可不是什么廉价货，价值三百个卢比呢！

谢克尔打算去城里几个大的出版社打听一下情况。他花了四天时间把书稿誊写了一遍，然后用一块大手帕把书稿包了起来，带上书稿去见了瓦尼尼可坦出版社的经理。对出版社经理说明了来意之后，谢克尔把手稿放在他面前。可经理并没有翻看书稿，而是从头到脚打量着谢克尔，过了一会儿说："萨赫布，我们只出版著名作家的作品。您知道，我们是本地区最大的出版商，我们要维护自己的声誉。我们怎么可能出版一个默默无闻的作家的作品呢？"

谢克尔执意说道："可您也应该检查一下作品的优劣啊。难道名气就是检验的唯一标准吗？再伟大的作家最初也是默默无闻的无名小卒。”

“您说得对。可那时候他的作品并不是由我们出版的。只有当作品的重要性已经得到了广泛认可，我们才会承认这个作家，甚至可以用比别的出版商更优惠的条件吸引他。如果作品没有知名度，作家没有任何价值。”

“可这是从别人碗里夺食啊，更何况——”

“随您怎么理解吧。但是，从别人的失误中汲取经验是一种智慧。那些失败的作家或者可能会失败的作家，他们的作品我们是不会出版的。”

而萨拉斯瓦底-贡吉出版社的经理则打发谢克尔去找出版社的文学顾问。谢克尔打听到他就住在城中的一条小巷里，便立刻赶往他家。这位先生看完书稿的标题后问：“这是小说吗？”

“不是。是批判性的杂文。我在书中描述了社会的现状，意在证明——”

“那您的文章是打算证明一些东西吗？可是萨赫布，首先，没人爱读散文；其次，像这种杂文，里面除了论证还是论证！您为什么不写一些文学方面的文章呢？”

“哪种文学方面的文章？”

“可写的题目不计其数。举例来说吧，比如‘阴影主义诗歌中的女性塑造’，或者‘女诗人笔下的女性形象’，或者‘梵语和印地语诗歌中女性人物形象的差异’，这个题目也很现代，现在正是比较性研究颇为流行的时代。”

谢克尔问：“这种书有人看吗？”

“当然不会是畅销书。但是这种关于文学的书籍可以作为教材来使用，这样书就卖得出去了。”

谢克尔沉默了片刻。那个文学顾问接着说："也许您不喜欢我的建议，可我说这番话是为了您好。"

谢克尔有些心不在焉地答道："不，谢谢您的建议。可我的兴趣点还是在于社会以及社会问题方面。"

"好吧，那您可以选择这样的题目，比如'神秘主义诗歌中的情人形象是男性还是女性？'对此一直有一种观点认为，神秘主义诗人示爱的对象是某个具体的人，比如此前关于波斯语诗歌的看法是诗歌中的情人或恋人并不是通过想象虚构出来的。但是新的观点却认为，诗中的情人或恋人既非男人也非女人，而是中性的。通过这一研究，您还可以得到一个研究中世纪社会的良机。在我看来，这是个很有潜力的题目。"

谢克尔一直没有说话，过了一会儿说道："您是不是认为我这本书没有出版的价值？"

"不，不，我什么时候说过这话？所有的书都有出版的价值。可是只有卖得出去的书才会被出版，否则谁来承担风险？但我常常建议萨拉斯瓦底-贡吉出版社，应该鼓励那些有才华的新作家，尽管其中可能也存在一些风险，否则怎么能培养新的文学力量呢？他们也接受了我的意见。"

谢克尔的心中重新燃起希望。他说："那您能读一下我的这部文稿吗？我希望能尽快——"

"那您去见一见经理吧。我会建议他同意您自费出版这本书的，而且越快越好。新作家理应得到机会，这是出版者的职责所在。"

谢克尔又一次陷入失望之中。他慢慢包好稿子，道别后离开。

谢克尔也到那些二流的出版社转了一圈，碰了碰运气，这之后，他从一个书商那里要到了一份本地出版商的名单，里面还有哪些出版社没有打过交道，他开始一一登门拜访。

一周的时间过去了。最终，新时代文学庙堂出版社的经理同意出版他的书稿，但前提条件是印刷和纸张的费用由谢克尔承担。不过他不必付现金，出版社在出版及销售完成后先扣除成本，谢克尔最终可以拿到净利润的百分之二十五。历经了十天的奔波，谢克尔此时已经没有耐心坐下来仔细计算一下，最后到底能分得多少钱以及什么时候能拿到钱，出版商没有向他提出其他额外要求，他已经认为是一种恩惠了。他甚至忘了，之所以出书是为了付一大堆账单——债主已经开始催账了。

谢克尔当天出门的时候并没有带上书稿，因为当时他并没有想到它会派上用场，因此他承诺出版社的经理两天后把文稿送过来，之所以要间隔两天时间，无非是因为他不想让出版商认为他急不可耐。之后他离开了出版社，朝家里走去。

到家后，带着疲惫的身体和沮丧的心情，他一头栽倒在床上。他的心里萌生了把这个消息告诉谢西的念头，但转念一想，又觉得没有心情。更何况这算什么好消息？他目不转睛地盯着天花板，可突然感到天花板从来一成不变，令人生厌，于是他转过脸向窗外望去。

不知书何时能出版？能否受到欢迎？是否能带来一些收入？什么时候能拿到钱？成本是多少？或许纸张的费用要两百卢比，肯定超过了一百或者一百五十卢比。如果书的定价是一卢比的话，那……谢克尔没有继续计算下去。《我们的社会》——定价一卢比。扣除成本之后，我能得到四分之一的利润！谢克尔的脸上闪过一丝惨淡的笑容。不知何时，他竟然睡着了。

醒来时已是深夜。夜已过半，戈瓦尔门迪街区一片沉寂。十二月的严寒天气使谢克尔感到瑟瑟发抖，而且他还觉得饥肠辘辘。从这个月起，他决定每天只从餐馆订一顿饭。他告诉餐馆以后他自己做晚饭。前些天他买了些大米、豆子和面粉。当天傍晚他吃的就是自己煮的杂豆粥。

现在去做饭吗？他并不觉得特别饿。不，的确饿，但过于关注饥饿的感觉可不对。他整理了一下床铺，然后把毯子裹在身上打算接着睡觉。但是直到此时，冻僵的身体还没有完全暖过来。为了让身体热乎起来，他从床上起身，在屋里来回快步走了起来。

他忽然感觉到，自己所有的努力都是徒劳的，这种感受在他心里迅速蔓延开来，而谢西上次和他谈过话之后，他曾经竭力克制住了这种感觉。不仅是自己的努力，其实努力本身也是徒劳的……在生活的泥潭中用力挣扎有什么用？依然会深陷泥淖！依然如此……写书——书？唉！所以今天已经没人再去写书了，所以今天没人再去努力改变社会了，所以——

谢克尔加快了步伐。难道此刻正在发生以及业已发生的一连串可怕的事件真的无可避免？难道真的无法摆脱这所有梦魇？

在疾速翻卷的心灵漩涡中，忽然有一个想法如同一个气泡般飘然升起——迄今为止，他还从未体验过那种令人甘愿为之奉献一切的深沉情感。谢克尔从未把他是谢克尔的这种意识从心中抹去，哪怕只是短短一瞬。难道这是时间的问题，并不是他的过错？一方面，他像个吝啬鬼一样捡数着自己的得失，小心翼翼地保护着自己；而另一方面，他又常常在高谈阔论中梦想着颠覆整个世界。暂不论其他，只说他的生活中曾经出现过多少姑娘，可他却无法和她们中的任何一个建立起真正亲密无间的感情。他拒绝以自我和本真的状态生活，连莫妮卡的生活方式都比他强得多，至少她有勇气像扔掉一块泥巴那样抛弃生活！“我生命的蜡烛两头燃烧！它无法挨过整个夜晚；可是，我的伙伴和我的敌人啊，它射出的光芒如此灿烂！”他身上是否也有用光焰照亮天空的力量？莫妮卡选择了错误的道路，但是她的性格中却有一种特别真实的东西，她的身上燃烧着生命的火焰，而这本来是天神珍藏起来不让人类得到的东西。

他又想起来一句话，是在莫妮卡送给他的一本书中读到的——“何为克制？克制就是丧失本能的强烈欲望！”他又想起一个帕坦人的故事，忘了这是他在哪里听到的，可能是在监狱里吧。毛拉开导一个帕坦人，说人应该禁欲，可是帕坦人不懂“禁欲”这个词是什么意思。于是毛拉解释说：“禁欲就是眼睛目视下方，不要盯着女人不放，女人——”还没等他说完，帕坦人忽然插话说：“哦，俺明白了。用俺们那儿的话说，这叫忽斯腊①！”

谢克尔没有沿着这个思路继续想下去，他觉得这里面一定有瑕疵。正如一切思想中都存在着一些真理，但又绝不可能全都是真理。一直以来的境遇何时令他一帆风顺过？难道曾有过许多千载难逢的良机摆在他面前，而他却没能把握住，让它们从手中白白溜走？即使没有遇到什么不同寻常的障碍，他的生活之路依然并非畅通无阻。在其他人的生活中，顺境和逆境同样也会交织混杂在一起。

难道不过是因为他此刻饥肠辘辘？难道所有的叛逆都是在掩饰得不到满足的欲望？这种欲望会不断膨胀，然后爆炸，最终化为一缕青烟，无影无踪吗？

那么，这一切只不过是歇斯底里的发作！

他感觉到，自己的生命力犹如火焰般在身体里熊熊燃烧，如果内心深处的风暴不向外扩散的话，他将被那火焰吞噬，化为灰

---

① 忽斯腊（khusara），阉人，南亚地区对第三性别者的一种称谓。

烬……本来便该如此，因为向外辐射的力量能够掀起一场革命，而内聚力却没有这样的威力。如果一直保持这种内向的性格，他或许能够成为一个别具一格的诗人，但是他想成为的人，他想完成的事业，都将化为泡影。

谢克尔坐在床上，把毯子裹在身上。恍惚朦胧中他忽然想到，自己不应该只是单纯地写作，还应该做一些别的工作，做一些使自己能够接触社会的事情。可到底是什么工作，又该如何去做，他没有任何头绪。后来他暗暗决定要去征求一下谢西的意见，想到这儿，他回到床上躺了下来。

天刚亮，谢克尔就接到了一封电报。他的母亲过世了。

谢克尔起床的时候就感觉到一种莫名的疲惫。看过电报之后，这种感觉似乎并未消失，他好像压根没明白刚才读的是什么。他把电报搁在桌上，拿起牙刷和毛巾去洗漱，洗漱完回到屋里，从书柜中拿出纸，这时，电报里的五个字忽然像一道闪电般从他心头划过——妈妈不在了！

他感到心中有一种奇怪的刺痛感，这种感觉不同于痛苦，他还从未真正体味过痛苦，因为这个原因，他甚至对自己感到有一丝绝望。他希望自己能大哭一场——像一个失去了母亲的普通人那样，怀着最朴素的情感大哭一场！但是他的双眼似乎变得更加干涩，眼睛里有一种烧灼的感觉。

他盯着面前的白纸，心中一片空白，就这样坐了很长时间。渐渐地，童年的很多回忆浮现在他的心里，但是这些回忆不带有任何情感色彩，似乎谢克尔的情感已经麻木，只有视力还在发挥着作用。过了很久，他忽然意识到，这些回忆中的画面转来转去最终都定格于一幅场景——谢克尔在吃饭，隔壁房间里传来妈妈的声音——“我连他也不相信。”但是这一次，愤懑的情绪并没有伴随回忆的画面一同出现，而过去它们总是如影随形，紧紧纠缠在一起。为什么？难道他原谅了妈妈？他不记得自己曾经有意识地为此做过任何努力。或许他在不知不觉中明白，对愤怒无法释怀是一种愚蠢的表现；或许从某一刻开始，他心里觉得，对已经离世的人怀有怨恨之心是一种罪过。他努力回忆着妈妈的脸，以往这样的努力常以失败告终，但是今天他清晰地看到了她的面孔——这不是一张美丽的面孔，可今天妈妈的脸上没有谢克尔以往常常见到的一道道皱纹，不过他知道这些皱纹并非每时每刻都会出现在她脸上。此刻，她的脸宁静安详，脸上没有任何与母性相悖的东西……母亲们的容貌各不相同，但是母性却有一张独属于自己的面孔，或者说，应该有这样的一张面孔……

但是谢克尔为什么哭不出来？

一问自己这个问题，他的心里登时又变得空空落落。没过多久，他忽然站了起来，即使做不了什么别的，至少可以做做日常的家务。他把房间打扫了一遍，清洗收拾好碗盘，叠好被子。他又一次打量着房间里的四面空墙。墙上应该挂幅画。他很不喜欢在墙上挂照片，可是如果此刻有妈妈的照片，或许他会把它挂在墙上，他会努力重新熟悉那张非常陌生的面孔。

他忽然想起了香蒂，想起香蒂脸上与罗塞蒂画作极为相似的神情。“死亡的荣耀”……难道死亡也能如此辉煌？现在，妈妈也离开人世了。

他还想起自己曾经念给香蒂的那首诗，不过此刻他并未从中感受到任何特别的意涵。不过，他由此联想到了丁尼生的另一首诗——“薄暮、晚钟、对我清晰的呼唤，愿我起锚远航时，没有告别的悲伤……”[1]据说这首诗是丁尼生最后的诗作，是他在八十二岁那年写下的。

午后，不知为什么，谢克尔朝拉维河畔走去。此前他从未见过火葬场，而他想到，如果不曾亲眼看见肉体最后的葬仪，便不会理解死亡是怎样残酷的现实。

火葬场上有两三个焚尸的柴堆正在燃烧。点火焚尸的仪式已经结束，看不清柴堆里的尸体是什么样子，四周连一个人也没有，如果不算周围的几条野狗，谢克尔就是唯一在那里的人……

但是，哪里有什么荣耀？谢克尔觉得，眼前的场景近乎滑稽。这是多么荒谬的结局！他原来相信火能让一切得到净化和升华，但在这里却并非如此，在这种氛围下，甚至连火也变得卑俗起来。谢克尔不无苦涩地想，或许人们只是为了让离别轻松一些，才会让自己的长辈和这种地方有所瓜葛。

回到家中已时近傍晚。进屋后谢克尔发现，灯里没有煤油了。家里存着几根蜡烛就是为了应对这种情况。他将两根蜡烛一起点燃，把它们放在壁橱上，然后在床上坐了下来。

烛光忽然微弱得似要熄灭，之后伴随着一阵“噼里啪啦”的声响重又亮了起来。谢克尔发现，一只体型比蝴蝶还要大的蛾子撞上烛火后烧着了，这只蛾子以前总是围着油灯飞来飞去。

忽然间，生命就以这样的方式展现在他的面前。生物体的存在只不过是一个偶然事件而已……如果今天点的是油灯，那么此刻蛾子应该还围着灯飞来飞去。灯油偶然用完了——“噼里啪啦”——

---

① 这句诗译自英国桂冠诗人阿尔弗雷德·丁尼生（Alfred Tennyson，1809~1892）的代表作《过沙洲》（Crossing the Bar）的第三小节。原文为：“Twilight and evening bell, And after that the dark！ And may there be no sadness of farewell, When I embark；”作者此处记忆有误，“对我清晰的呼唤”原为该诗第一小节中的诗句，第三节中此句应为：“而后是黑夜茫茫”。

涅槃往生！

早晨那封电报里的内容又闪现在他的眼前。妈妈不在了！

谢克尔站起身来，像祈祷一样跪在壁橱下面。他把头抵在壁橱上，忽然哭了起来。尽管那是一种使他的全身都在颤抖的哭泣，可最初他的眼里却依然是干涩的，之后热泪渐渐盈眶而出……

他一直在不停地哭泣，直到谢西在他身后用沉痛的声音轻声唤道："谢克尔！"他惊讶地抬起头，谢西轻声说："你一定已经得到消息了。"他点了点头，然后用手指拭去眼泪，站了起来。谢西走到他的身边，把手放在他的肩上，轻压他的肩膀让他在床上坐下。她并没有离开，而是用一只手轻轻摩挲着他的肩膀，想给他一些抚慰。

谢克尔觉得这样的氛围会很快瓦解他羞于哭泣的勇气，自己很快就会再次失声痛哭，于是说："我想自己待一会儿。"

"那我过一会儿再来。"

"不，你坐着别动，我很快就回来。"没等谢西说话，他便走了出去。

大约一个小时之后，他回到了家里。谢西正忧心忡忡地坐在床角，看到谢克尔走进来，她说："我得回去了，已经太晚了。我傍晚时才得到消息，所以过来看看你。你一定要坚强！明天我再来。"

谢西走了，谢克尔朝楼梯的方向望了一会儿，而后突然发现小储藏室里也透出微光。他从房间里拿了一根蜡烛进去查看，惊讶地发现储藏室里放着一个盖起来的盘子。

谢克尔刚才离开的时候，谢西用豆粉做了酥油煎饼，配着一点点泡菜和蜂蜜一同盛在盘子里。家里哪还有什么别的可吃的！

谢克尔本来一点食欲也没有，可是看到这个盘子之后，他觉得在吃不吃饭这件事情上自己不能擅作主张。

谢西又来看过他一次。过了两天，她又和拉梅谢沃尔一起来看他。当天就要开始放圣诞假了，拉梅谢沃尔和谢西准备外出度假。拉梅谢沃尔突然没头没脑地说："我对她说，您就住在这儿吧。可她不同意。我是想，她住在这里您的心里也会好过一些，独自一个人承受痛苦更加难熬。"

谢克尔说："不，没有关系，我一个人生活惯了。"

临走时谢西说："你能回家一趟就好了。应该回去看看父亲。"

谢克尔有些犹疑，他没有吱声。

一周之后接到了父亲的来信，信中说他要亲自过来一趟。他先去赫尔德瓦尔[①]，返程时经过拉合尔，到达这里的时间是四天之后。谢克尔去火车站接他，看到父亲脸上一道道深深的皱纹里似乎写满了疲倦、忧伤和痛苦，他惊呆了。此前他从未想象过，这张成熟持重、高傲矜持的面孔有一天也会变得如此苍老。父亲脸上和眼中的疲惫一览无余，在坎坷的人生之路上经过艰难的跋涉，长期累积的疲惫此时渐渐清晰地显现出来。

父亲跟在谢克尔身后走进房间，上楼梯时说了一句："也不知你是怎么找到这个房子的。"把行李在房间的角落里放好，然后打发了车夫，父亲这才问："你就住在这儿？"

问题显然有些多余，可是其中却流露出一种反对的意味，问这个问题其实就是为了表达这层含义。谢克尔说："是。"

"有佣人吗？"

"没有。"

"吃饭怎么办？"

---

① 赫尔德瓦尔（Haridvar）位于今印度北阿坎德邦，是恒河上游一座历史悠久的城市。

“每天让餐馆送一顿饭。”

“那其他时候呢？”

谢克尔没有说话。

父亲若有所思地说：“缝缝补补的活儿恐怕也得你亲自动手。”

用这种形式提问，是否意味着可以不必作答？谢克尔既不想说谎，也不想说出实情。

“那洗洗涮涮的活儿呢？”

“巴掌大的地方，收拾一下能花多少时间呢？”

沉默了一会儿之后，父亲又说：“这么生活你不觉得害臊吗？”在他的语气中，受伤的自尊多于愤怒。

谢克尔依然沉默不语。

父亲在屋里踱起步来。谢克尔为了做一些必要的安排，在屋里忙碌着。他把储藏室里的东西拿到外面，又从邻居那里暂时借用了一个水桶，装满水后放到储藏室里，然后把父亲的手提包放到储藏室的壁橱里，把毛巾和换洗的围裤[①]挂在窗子上。父亲说：“搁在那儿吧，我自己来。”可谢克尔依然自顾自地忙活着，父亲也就默不作声地看着他。

父亲准备去洗澡，谢克尔说：“我去趟餐馆。”

“好的。你另外再去趟市场，给我买点药。”

父亲告诉了他药名，又给了他两张十卢比面额的钞票。谢克尔惊讶地问：“买药得花多少钱？”

“管它多少钱。你再买一包饼干回来，下午喝茶的时候吃，我不喜欢空口喝茶。”

谢克尔买了药，结账的时候只花了一个多卢比。他这才陡生疑

---

① 印度男性的一种下衣。

虑，怀疑父亲给他二十卢比另有原因。到家时父亲已经洗完澡了，正在小本子上写什么。谢克尔把药放在他面前，然后从口袋里往外掏剩下的钱。

父亲说：“暂时放在你那儿吧，有可能还要买别的什么东西呢。”谢克尔由此证实了自己的怀疑。

没过多久，饭送来了。餐馆的仆役以往每次都是把饭放下就离开了，之后再来取盘子。可今天谢克尔把他留下来帮忙干活。

父亲仔细看了看盘子里的每道饭菜，吃了几口，然后不经意地放下了碗碟。

这种话以往谢克尔绝对说不出口，而且听别人说这种话的时候，他也会感觉怪异，可今天一方面是心中怀着一种责任感，另一方面是他觉得自己不像过去那样畏惧父亲了，于是鼓起勇气说：“您几乎什么都没吃。”

父亲用一种不同寻常的语调说：“现在哪还吃得下东西，饥渴的感觉已经随她一起去了。”说完这句话，父亲忽然站起身来。谢克尔一下沉默了，他推开面前的碗盘，示意餐馆的仆役端水来洗手。

之后的两三天没有什么特别的事情发生，除了有一次父亲又吩咐谢克尔出去买东西，然后又给了他一张十卢比的钞票。谢克尔说：“我身上还有钱。”可父亲说：“那就把这些钱搁在一起。”

三天的时间里，父亲和他有过数次对话，经常说着话就有什么话题让父亲想起母亲，沉重而伤感的气氛立时四处弥漫，但过不了多久，谈话还会照常进行下去。谢克尔以前很少和父亲交谈，即使有过交流，也往往都是父亲自己在滔滔不绝地长篇大论。不过这一次谢克尔在父亲身上发现了一些变化，而且他也在自己身上体会到了一种平等的感觉，因此在这次的谈话中，两人之间言来话往的比例基本上是平衡的，尽管直到现在两人交流时的节奏仍不够和谐，经常冷不丁地忽然聊起什么话题，可说到中间却又突然戛然而止。

“你要这样生活到什么时候？”

“……”

“你想一事无成吗？整天吃餐馆的饭像什么样子？难道这也算是一种活法？”

“我正在努力。而且我从没像现在这样努力过。”

父亲对他的话感到难以置信，说道：“你或许在努力，可是漫无目的的努力怎么能成功？单凭努力就能成就什么事业吗？人生需要一个规划，根据这个规划去努力。首先应该有一个正常的生活方式，难道要像吉卜赛人那样居无定所不成？”

“我给我的未来设定了目标。您对此不感兴趣，那是另外一回事，可是我正在按照这个目标努力。”

“什么目标？你放弃了学业。为什么不继续读书？至少应该拿到硕士学位。努力一下的话，你的考试成绩一定会很出色，甚至能拿到奖学金。如果不想在这里读书，你还可以出国留学！”

“我现在对学业没兴趣。拿了硕士学位又能如何？如今拿到硕士学位的人越来越多，并非都是泛泛之辈。我有何德何能？”

“不读硕士也没关系，总要选择一条出路啊！不是还可以考虑律师或者工程师这样的工作吗？这些职业也可以为大众服务。或者选择教育行业，如果你对服务大众那么痴迷的话。为大众服务并不是什么坏事。”

“可是现在我认为，这些职业或许是别人的人生理想，却不是我的。何况如果对一件事情没有兴趣，那么即使勤勤恳恳也一定不会成功。”

“那你到底是怎么想的？”

“我已经选定文学作为奋斗目标了。”

“选定？文学能带来什么？靠文学能安身立命吗？更何况，文学创作完全可以和其他工作同时进行。难道医生、律师和教授不能同时也是作家？我发现，几乎所有印地语作家都有教授头衔，这些人一定也同时在某个大学教书。这样非常好啊，既可以服务大众，生活也很稳定，同时还能进行文学创作。目标一一实现。而且——”

“但并非所有作家都是如此。那些最优秀的文学家，他们——”

“他们是另一回事。不是每个人都是雪莱和济慈。难道迦梨陀娑不曾做过宫廷诗人？难道人人都可以成为像苏尔达斯①或者杜勒西达斯②那样的圣人隐士？那些都是非凡者才能有的成就，并非人人都可步其后尘。”

“您瞧，我要么有点才华，要么没有。如果没有才华，那您凭什么认为读了硕士以后，我会比其他那些拿到了硕士学位的失业者更强呢？反之，如果我是个才华横溢的人，没准儿我在文学领域也能有所作为呢。”

“哼，这是强词夺理的诡辩！”

交谈戛然而止。

过了很久，父亲忽然问：“你用什么语言写作？印地语吗？”

“是的。”

“哦，用印地语能写出什么作品来？用英语写作或许还能扬名立身。即使不能大富大贵，名气声望多少也能给人带来一些满足感。

① 苏尔达斯（Suradas），中世纪著名的印地语诗人，《苏尔诗海》的作者。大约生活于15~16世纪。

② 杜勒西达斯（Tulasidas，1532~1623），中世纪著名的印地语诗人，《罗摩功行之湖》的作者。

用印地语写作能得到什么？”

“可是写作总该有些目标，仅仅为了名气声望能写出什么好的作品？只有少数人看英语书籍，可是读印地语书籍的人有几千万之多。”可他忽然想起，尽管讲印地语的人可能有几千万之多，可是印地语读者的数量可能很少，于是补充道：“或者至少也有几百万读者。”

“可这些读者的阶层如何？印地语在我们的生活中地位如何？”

谢克尔带着些骄傲的口吻说道：“印地语是人民的语言。几千万人的灵魂在通过它发声。”他继而想到有一种论据可能会打动父亲，于是故意用戏谑的（尽管他自己对此也并非全信）口吻说：“我们民族的传统靠它发声，我们过去的一切都和它联系在一起。”

“或许是这样。可如果不能用它来构建未来，那么反复述说辉煌的过去又有什么用呢？难道只是过过嘴瘾吗？”

“我在印地语身上看到了未来。如果印地语被我们所有人抛弃，那么未来存在与否并没有什么区别。”

“每句话都和我针锋相对，恐怕这才是你想要看到的。你母亲生前非常思念你，可你却如此不孝，连家也不回。父母即使有什么过错，可孩子难道能这么做吗？”

谢克尔没有说话。

“那个可怜的女人直到最后一刻还在替你着想。她已经决定好了，你从监狱里一出来就给你成亲。她一直在为你物色新娘。”

回忆如同利箭一般射在谢克尔心上。“这一次他回来的话，就让他结婚。”长兄依谢沃尔得德离家出走的时候，妈妈也提议给他成亲。他忽然感觉到，他所有的努力——无论是精神的还是肉体的——在人生的地图上都被安排在同一个恰当的位置上，一切努力最终的归宿似乎永远都是这个地方——“这一次他回来的话，就让他结婚！”似乎他的所有想法都是一种陈年旧疾，治疗方案非常明确——某种编号的混合药剂！谢克尔本想回应说：“给我们所有兄弟都开同一种药方？”但他还是克制着自己的情绪说：“为什么让我结婚？我不想结婚。更何况哥哥们还没结婚。”

“你想不想有什么要紧？如果按照男孩子们的意愿，婚姻根本就不会存在了。婚姻是一种社会责任，新郎、新娘、父母、亲戚，这些人全都和婚姻有关。是啊，你说得对，应该先给哥哥成亲。可是依谢沃尔已经订了婚，布尔普也马上就要订婚。订婚不用考虑什么先后，谁遇到了合适的姑娘，谁就订婚。而且——”

谢克尔意识到，这个话题很容易扯起来没个完，他特意强调说：“我不打算现在就结婚。”

“为什么？布尔普现在还在读书，成为工程师还得再花两年时间。而你已经放弃了学业，所以你现在应该按部就班地生活，应该为未来做些打算。成个家，挣点钱，能够自立门户。如果女方家世不错，那她不仅会勤俭持家，她带来的陪嫁也能维持你们一半的开销。我没有什么积蓄，挣的钱全都用在了你们身上，可是只要能做的我都会去做。我能带走什么？与其以后给，不如现在给。如果能给你成门好亲事，我觉得也就算是满足了她的夙愿。可怜的女人一辈子没享过福。现在已经不同于以前那个时代了，以前的媳妇们要为家庭付出多少心血啊！”父亲说到这儿似乎又走神了。

谢克尔说：“您瞧，我一点也不想结婚。而且我也没资格结婚，我现在没有任何收入，也没有拿到今后或许能挣大钱的学位。如果做个普通职员，每月或许能有三四十个卢比的收入，可我永远不会做这种工作。在这种情况下，被家庭束缚既是一种犯罪，同时也是愚蠢的做法。更何况——”谢克尔犹豫了一下，但还是执意说了下去，“更何况我已经选择了自己的人生使命，那么我现在为何要有意在这条路上设置障碍呢？”

“什么使命？哪种使命？”

“我不想去挣钱。即使写作，目的也不是为了挣钱。写作只是实现一个伟大目标的手段而已。我誓言要改变这个社会，要改变所有制度。您也承认变革是十分必要的吧？即使您不承认这一点，那您至少会承认国家应该获得独立吧？”

父亲既有点气恼，也带着一些作为父亲的骄傲说道：“你学到的东西可真不少！”然后微微一笑，说道：“我给你讲讲我自己的故事吧。以前我从来没有提过，可是现在还有什么可隐瞒的，你现在已经是成年人了。”父亲目视远方，用严肃的语调开始了讲述——“毕业以后，我们三四个小伙子也曾经发过这样的誓言。我们是在旧式私塾里读的书，离开那儿的时候，我们大家曾经商量过，离自己二十五岁还有多少年时间，就用多少年时间去履行自己的诺言，因为梵行期[①]结束的时间是二十五岁。我当时只有十八岁。除了身上穿的衣服，我们全部的财产就是一根手杖和一个装了两三本书的小袋子。你说要颠覆一切制度，我们的目标也非常明确，就是要赶走英国人，建立一个印度教国家，重建纯正的雅利安文化。我们用了四年时间，一边乞讨一边宣传我们的思想。我们经历的艰辛困苦你连想也想不到，更遑论亲身经历了！而且——”他停顿了片刻，有些羞涩地笑了笑，接着说道：“和我们那时的抗英宣传相比，如今暴力革命者的所作所为又算得上什么！但是最终——”他用眉毛和肩膀

---

① 印度教文化传统中人生被划分为四个阶段，梵行期是人生的第一阶段。在这一时期，再生族的男性必须离开父母随老师生活，向老师学习吠陀和瑜伽等传统知识，同时必须严格禁欲和戒酒素食。

的动作为这句话收了尾——“彻底失败。”

父亲看了看谢克尔，看到他一脸好奇，于是接着说道：“我们在一起待了一年，之后就各奔东西了。我们一直清楚地知道我们应该肩负的责任，甚至走路时如果遇到落单的英国人，都要狠狠教训他一顿！我——”他兴奋地微张着鼻孔，呼吸有些急促，“我那时候身体很强壮，面色红润，有的是力气！一点也不像现在这个样子。那时我可不是什么巴布萨赫布！”

他沉思了片刻，仿佛在尽力挖掘尘封多年的遥远回忆。“但最终的结局却并不好。两个同伴和一个地下革命组织一起被捕，后来被处以绞刑。第三个同伴不知到底是怎么死的，听说是一些基督教的传教士因为对他不满给他下了毒。第四个——第四个人就是我。过了四年这样的生活之后，我开始感觉到我在做一件徒劳无益的事情，不仅因为这种做法无异于蚍蜉撼树，更是因为传播仇恨最终不会带来善果。之后，一件偶然发生的事情让我一下茅塞顿开。”他忽然转换了话题，“我之前所做的一切都是在传播仇恨。你也打算这么做吧？你不正是要传播惩奸除恶的思想吗？”

“不只是这样，我希望的是——”

“是啊，是啊，不过环境会迫使你这么做的！我发现，所有的宣传最终其实都是在传播仇恨，因为仇恨中包含着力量，而爱中却没有。正因如此，毒药才具有威力。战争也罢，圣战也好，凭借的都是仇恨。而仇恨实际上是一剂毒药，它既可以杀死别人，也不会放过自己。当它无法杀死别人的时候，它会很快将自己吞噬。”

父亲忽然沉默了。谢克尔本想反驳几句，也想问问到底是什么事改变了他，可他担心提问会影响父亲的情绪。此前父亲从来没有讲过自己过去的事情，事实上，谢克尔从未想象过父亲竟然也曾经是个热血青年！因此他一直默默站着没有说话。过了一会儿，父亲接着说道："你会发疯的。"父亲怅然若失，似乎是为了从迷思中唤醒自己，他又继续开始讲述——"三四年的时间里，我对自己所从事的事业完全失去了信心。因此我觉得有必要找到一个人为自己指点迷津。可是应该去找谁呢？有人告诉我，朝特赫里①的方向走，在喜马拉雅山的一个山洞里住着一位圣哲，我能从他那里获得真知。印度文化中有一种传统，喜马拉雅山的山洞里住着真正的苦行者和悟道者，因此我便朝那里走去。走了好几个月，有一天穿过了一片森林，来到一处开阔的小山坡，我在山坡上坐下来打算休息一下。山坡下面是一条小溪，溪流上游经过嶙峋的山地，溪水流过时发出哗哗的声响，山溪的下游却隐没在一片宽阔的草甸里，那片草甸也因此变成了一片沼泽。"

父亲喘了口气接着讲道："没过一会儿，我看见一个高大的身影走了过来。黝黑发亮的身体，干枯蓬乱的长发，胡须就如雄狮的鬃毛一般，全身上下只在私处系着一块布条。他走到沼泽边上，坐在那里用手挖出很多淤泥，然后把泥堆在山丘的斜坡上。堆了不少泥之后，他开始把这些泥巴垒在一起，不知道在用泥巴做什么东西。我离他那儿很远，为了接近同时又不惊动他，我沿着山坡从另一侧兜了一圈，来到他下方不远的地方，躲在一棵树后面悄悄观察他。我所看见的情景让我目瞪口呆。

"造好的是一门土炮。他弯下身子去瞄准，然后用手里的一根棍子假装点燃了炮捻，再从嘴里发出响亮的一声——'砰！'森林里回响着他响亮的笑声。然后他不断重复着这一套程序。"

父亲停住话头，观察了一下谢克尔的反应，然后说："我着了魔

① 特赫里（Tehri），现名特里加瓦尔，位于今印度北阿坎德邦境内。

似地一直看了很久。后来我发现，这附近还有很多门土炮，只不过泥巴干了以后炮已经塌掉了。大约两个小时以后，我离开了那里。”

这次谢克尔追问道：“后来呢？”

“后来打听到，这个人是参加了1857年大起义[①]的士兵。后来因为英国人开始疯狂报复，他便逃到这里躲藏起来。从那时起，这就成了他每天必做的事情——在长达四十年的时间里，他天天用土炮射击。”

一阵长长的沉默。

“经过这次事情，我清楚地意识到，自己既往的努力其实不会有任何结果。我放弃寻访圣哲的打算，返身往回走，进入了另一所学校开始学习。这件事已经过去三十五年了，我并不觉得我做错了。”父亲停下来思索了一会儿，接着说：“仇恨最终的结果就是这样，或者说有可能就是这样——演变成一种疯狂。”他微笑着朝谢克尔望去，神情中有一种得意，似乎在这个例子面前，其他所有争辩都将溃不成军。

一大串辩驳从谢克尔口中喷涌而出。他说：“您怎么能这么说呢？首先，无法证明他是因为仇恨而发疯的。或者说，无法证明仇恨是导致他失败的罪魁祸首。住在林子里每天用土炮瞄准射击的真正原因是恐惧。他偷偷用炮瞄准射击，所以才去造土炮，这是一种软弱无力的反抗。因为他自己选择用软弱无力的方式进行反抗，所以他的反抗也是失败的。如果他不是偷偷躲藏起来，而是战斗到最后一息，仇恨怎么会被认定是失败的呢？如果您认为他发疯的原因是他进行了反抗，那么您有什么理由说他的人生没有价值呢？人人

① 指1857年反抗英殖民统治的民族大起义，这次起义最初的主要参与者是英国军队里的印度雇佣兵。

都有疯狂的一面，但是他的疯狂中有一种不同寻常的专注，他至少实现和证明了这一点，不是吗？”

父亲气恼地说：“你是不是也想发疯？你现在就是个疯子。”

父亲又说：“稳定的生活非常重要。”

谢克尔不知该说些什么。

“你现在还不理解它的重要性。安全感对于生活而言非常重要。从事文学创作也可以挣几个钱，但哪会有什么保障？只有一直有稳定可靠的收入，经济上才能过得去，哪怕钱少一点也没关系。所以我才说，成个家，挣点钱，安安稳稳地生活。有了谋生的手段，人才知道天高地厚。”

谢克尔依然保持着沉默。父亲说：“你怎么不说话？”

“说什么？您说的我并不理解。”

“这有什么可琢磨的？谁不想要有安全感的生活？否则，怎么会有保险、公积金、养老金等制度？现在如果去求职的话，首先会问有没有养老保险。怎么？我的话不对吗？”

“您的话没错。可我并不想要什么安全感。您说的那些什么成家立业啊，稳定的收入啊，还有安全感啊，我觉得它们都是生活的顽疾，我希望能避免感染上这些病症。这种安逸的生活，这种稳定的感觉，这种日复一日对冒险的逃避——其实都是蛀虫，它们蛀蚀的是生命的活力。我想要的与这一切恰恰相反。我希望能常居忧患之中，这样我就不得不随时准备战斗，我就可以亲手去摧毁，然后再亲手重建一个全新的世界。”

“你是为狡辩而狡辩。真过两天这样的日子，你的精神就会崩溃！身处险途危境是不得已而为之的无奈之举，谁会主动要求过这样的生活？你常常卖弄自己很懂科学，那么人类追求安全的环境难道不是文明发展的进步吗？”

“文明！这种文明是一种骗局。安全感、幸福安宁、繁荣进步，这些词汇真正的用意是将人类的童年不断延长。文明程度越高，童年期就越漫长。文明已经成为依附的别称。动物的童年期只有一年，至多两年。野蛮人的童年期大概是十一二年。而我们这些文明人的童年期则长达三十年。在长达三十年的时间里，我们一直都是婴儿，无法用自己的双足站立起来，很多人一直到死也没有度过自己的童年期。”

“什么意思？”

“我现在已经二十一岁了。您直到现在还认为，在拉合尔这样一个安全的城市里，我没有能力自己养活自己。我认为，您的这种想法意味着您花了二十年时间对我进行的培养和教育，您又自己把它们全部作废了，因为您觉得我没被教育成一个所谓的文明人。我觉得我们的文明已经超出了必要的程度。真不知道我们那些几世同堂的大家庭到底会是怎样的状况！难道这不是在迫使人们习惯于屈从于强权吗？难道这不是在麻痹瓦解他们真正的个性和内在的力量吗？文明难道意味着逃避人生的挑战，甚至践踏敢于迎接挑战的勇气？您说，如果雅利安人最初就是贪图舒适安逸的民族，那么他们的文明又如何能传入爪哇、柬埔寨和中国？甚至于哪里还有雅利安人这个字眼？雅利安人指的不正是那些从其他地方来到新的国度，并在这里繁衍生息的民族吗？”

父亲半是气恼半是夸赞地看着谢克尔说：“这些话是从书上看到的，还是你自己想出来的？”

谢克尔忽然想到了巴巴莫丹辛格。“我要从自己的痛苦中寻找真知感悟……”或许他的这些观点受到了巴巴思想的影响，可是难道这影响大到谢克尔只不过像鹦鹉一样在学舌？难道他刚才的话并非出自他的真情实感？

他怏怏不悦地沉默着。

接下来的两三天，父亲一直和谢克尔进行着思想上的交锋。其间，他们也曾短暂外出去看望亲友，也有一两个客人登门拜访。父亲来后的第三天，谢西和拉梅谢沃尔一起过来拜访。他们当天刚刚返回拉合尔。谢西的安慰使父亲的内心得到了一些抚慰，他回忆起母亲的很多往事，谢克尔这时却蹑手蹑脚地走了出去。他觉得，如果自己不在场，谢西可以更加自然地宽慰父亲，而这恰恰是谢克尔并不具备的能力。不知他是否能安慰其他人，可是当着父亲的面，那些话总让他觉得难以启口。

谢克尔半夜忽然惊醒。并没有做什么噩梦，他自己也不明白为什么会心慌意乱地从床上坐起来。惶恐和惴惴难安的感觉异常清晰。他转过身看了看父亲，却吃惊地发现父亲也坐在床上。忽然，从父亲沙哑的喉咙里发出了一种奇怪的声音，既非尖叫，也非呻吟，谢克尔意识到正是这个声音吵醒了他，他的身体禁不住微微有些颤抖。父亲或许知道他醒了，于是快速起身，趿拉着鞋子去了屋外的天井。

谢克尔从来没见父亲哭过，而且还是这种无助的啜泣。他感觉到内心深处的什么地方有一种深深的刺痛，一种难以言说的感觉在心中肆意翻涌。他不知道父亲竟会如此痛苦，直到此时他才明白，一个人会在某个孤独的瞬间为平时的坚强和冷漠付出代价。连对孩子苛责严厉的父亲，终归也会在某个时刻将人性中软弱的一面流露出来。

他听到外面的天井里传来喉咙里发出的“吭哧吭哧”的声音，

然后是擤鼻涕的声音，之后通过脚步声判断，父亲正朝屋里走来。他立刻用被子蒙住脸，在床上躺了下来，凝神屏气，努力控制着急促的心跳。

没过多久，父亲进来坐在床上，长长地叹了一口气，然后慢慢躺了下来。

过了很久，谢克尔依旧没有睡意，他一直在想，不知父亲睡着了没有。后来，他渐渐迷迷糊糊地睡着了。

第二天父亲就要回去了。早晨洗漱完，整理好行李，喝茶时父亲问他："你是怎么决定的？"父亲的声音听起来有些干涩。

昨晚的回忆此时仍很清晰，因为这个原因，谢克尔不希望从自己嘴里说出任何让父亲伤心的话。他尽可能用柔和的声音说："嗯，我已经告诉过您了。我打算出版一本书。"这么多天过去了，谢克尔还没有把手稿送过去。

"是吗？什么书？"

"书名叫做《我们的社会》，书里面——"

"那你一定是提着棍子跟在社会后面找茬。随你的便吧，巴巴！你压根不听任何忠告。"说完，父亲似乎微微舒缓了一下语气，"我们又何曾听过忠告呢？年轻人就是这样热血沸腾，不狠狠地摔一跤，怎么会听别人的劝告呢？"

谢克尔在心里说："这句话说得有道理。"不过他并没有说出来。

这时谢西来了。父亲望着谢西说："你为什么不劝劝他？听说他很听你的话。"

谢克尔问："您听谁说的？"

"总归是听什么人说过。怎么？说得不对吗？"

谢西说："他什么时候听过我的话？我一劝他，他就立刻一顿抢白。”

“他抢白你干什么？你干吗听他的？”

谢西虚假的控诉让谢克尔觉得很好笑，他借口取东西起身去了储藏室，然后又从储藏室来到天井，在天井里转悠了很长时间。令他感到奇怪的是，这么长时间竟然一直没人叫他回去。不知为什么，谢西竟能毫不拘束地和父亲聊天，而父亲和她说话时也显得很亲昵，语气中没有丝毫颐指气使的威严，他们两人总是能够轻松自然地交谈。可谢克尔和父亲之间要么是没完没了的争论，要么是令人尴尬的沉默。

谢克尔忽然想起，他还没有给父亲报账，于是朝屋里走去。正在这时，屋里传来父亲的喊声：“谢克尔！”

谢克尔从古尔达[①]的口袋里掏出所有的钞票和硬币一起递给父亲，说：“这是没用完的钱，账目我写在一张纸条上了。”

父亲用带点斥责的语气说：“好——好——，留着这些钱吧。你可真是了不起，竟然会算账了！”

谢克尔有些不知所措，看到谢西示意他不要再提这个话题，他把钱又放回了口袋。

没过一会儿，马车来了，谢西向父亲道别后回家去了，谢克尔和父亲一起去了车站。

把《我们的社会》的手稿送到出版社后，谢克尔感觉距离自己设定的目标又近了一步。他为此深感欣慰，而且打算更有计划性地进行写作。这一次，他决定针对世界上不同社会阶层中的男女权利问题展开比较性研究。研究中所要讨论的问题是——决定当今两性

① 印度男性常穿的一种上衣，样式类似于衬衫，长度及膝。

关系以及男女权利的基础并不合乎逻辑，或者更确切地说，有一种强大的传统潜藏于其后，其根本是经济交易，只不过这种经济交易的资产单位不是货币而是生命。不仅如此，他还想进一步证明，在改革者当中有一种广为流行的论调，他们认为陈规陋俗在过去的某个时代是正当的，因为它们符合当时的环境，但对于当前新的社会状况来说则已经过时了。其实这种观点是错误的。因为大多数信仰并不一定源于某种社会环境，所以无所谓是现时的抑或是过去的，也就是说，这些陈规陋俗和过去的社会状况之间并不存在必然的因果关系，它们起源于纯粹的迷信思想或者非理性的巫术活动。古老的巫术传统至今仍有不少残留，而且我们在不断将其合理化。这种做法如同妄图用一个黄铜的新罐底补在一个破损的陶罐上，可我们常常在做这种荒谬可笑的事情。

谢克尔还想表达的是，上述论调恰恰是改革者失败的原因。改革者们认为，从旧时代的角度来看，这些陈规陋习具有合理性，但这种观点会使守旧者变得更加自负和膨胀，他们会更加顽冥不化，甚至可能会大言不惭地对改革者说："喂，萨赫布！过去的所有习俗都是仙人们定下来的。您自己也承认这些习俗符合当时那个时代。"由此，他们便又轻而易举地向前推进了一步，当他们发现很多新习俗也有不合理之处时，便会说："萨赫布，他们可是仙人啊，他们制定的规则，不仅仅适用于他们那个时代，对于任何时代来说都是合理的，因为他们是能够洞见过去和未来的先知。如果他们可以为自己那个时代制定合理的规则，难道他们不能为未来制定规则吗？"于是乎，在这种观念面前，那些改革者们的论调完全无路可走。这就是那件穿在陈规陋习身上的难以攻克的铠甲。

谢克尔希望自己的书中不要空谈干巴巴的理论，为了证明文中的观点，必须使用堆积如山的例证，通过历史学、心理学、生物学，特别是人类学的大量例证，使他的每一条论点都坚不可摧。因此，他感觉自己的研究还不够充分。科学是他在大学期间一直关注的学科，因此他阅读过大量相关书籍；十个月的铁窗生涯他也没有白白虚度，其间读了很多书，由此使他对社会学以及人类学的兴趣也有所提升。但是他清楚地认识到，人类的知识体系正处于快速发展中，想不落伍难度很大，特别是对于一个得不到专家指导的人而言。他原本打算申请拉合尔最大公共图书馆的会员资格，以便能够借阅到自己所需的学习资料。可是父亲留给他的钱支付完餐馆的餐费等费用之后，只剩下十一二个卢比了，可是图书馆的年费需要八个卢比，而且他想看的图书还需要二十卢比的押金才能够借阅。

一天，在屋里坐着坐着，他忽然想到，尽管自己的很多书都遗失了，但还剩下不少。他有什么权力像个资本家一样把那些读过的书留藏起来呢？他很珍爱这些书籍，甚至将这些书视为自己社会属性的一个部分。但是，难道知识就不值得去珍惜？难道知识就可以不劳而获？难道知识是某种可以免费试吃的药剂？

谢克尔走到书柜前开始审视放在里面的藏书。他把所有书都认真审视了一两遍之后，从里面取出了三本价格昂贵的书；把所有书又浏览了一遍后，又把三本中的两本放了回去，又从柜子里拿出了另外一本书；之后，他把拿出来的书又全部放了回去，在屋里踱起步来；再后来，他取出了一套两卷本的大部头著作——威尔斯所著的《世界史纲》[①]。他快速翻了翻书，心想：“这只是本通俗性读物，根本没有必要反复研读，而且我已经看过两遍了。”于是，他把这套

① 即英国作家及历史学家赫伯特·乔治·威尔斯（Herbert George Wells，1866~1946）的著名历史学著作 *The Outline of History*。

书留在了外面。他在屋里转悠了两圈，然后又取出了一本大部头的书——觉格达依[①]的画集。他看了看书中的几幅画，似乎在心里默默对着书说道——既然其他画册已经找不到了，只剩这一本有什么用！再说，觉格达依也算不上是世界上最伟大的画家。更何况只有拥有了适合藏画的地方，人们才会去收藏画作。谁知道什么时候这里就会白蚁成灾。他提醒自己说，自己的第一部作品就是被蠹虫吃掉的，第二部作品则喂了牛。可是他的心情比做贼还要难受，根本下不了决心。

谢克尔打开三本书的封皮又仔细看了起来。这些书是他读大学时的奖品，封皮内侧还贴着奖状。谢克尔盯着奖状看了一会儿，忽然用力抠开边角，把它撕了下来。他把书包在一张旧报纸里，然后走了出去。

三本书的定价总共大约四十八卢比，可在旧书市场上它们还不值十八卢比。打听了几个地方之后，谢克尔把威尔斯的《世界史纲》以十五个半卢比的价格卖给了一个旧书商，这个价格恰好是这套书定价的一半。另外那本书最多只值四个半卢比，因为谢克尔也知道，尽管定价是十六卢比，可即便是新书也能打个对折，八个半卢比就能买到。因此，谢克尔拿着书找到了大学里一个熟悉的男生，这个人对绘画很感兴趣。谢克尔软磨硬泡，逼着他用八个卢比买下了这本书。但是谢克尔清楚地知道，自己施加给他的压力不比奸商给顾客施加的压力小。

但是当他以会员资格拿到第一批借阅的图书时，内心的沮丧便

---

① 阿普杜尔·拉赫曼·觉格达依（Abdur Rahman Chughtai，1897~1975），著名画家，出生于拉合尔，印巴分治后生活在巴基斯坦。

一下子荡然无存了。第一批书包括弗雷泽[①]的《金枝》[②]、克劳利[③]的《神秘玫瑰》[④]，还有马林诺夫斯基[⑤]的著作，此外还有一本附有释义和评注的《摩奴法论》[⑥]。此前他无数次看到别人提及这些书，这让他渴望一读的心情特别迫切。于是，这些书甫一到手，他便全神贯注地投入其中。不看的时候他把书摆放进书柜里，他觉得这些书和他一点也不疏远，它们也成了他最亲密的朋友。

一天，正在写作的谢克尔忽然吃惊地发现，一个人正站在门口，期待着在他抬头时能被发现，好得到他的允许进屋来。谢克尔赶忙说："请进！请进！"，然后把四处散落的稿纸收拾起来，在床上给客人腾出了一个坐的地方。

不速之客脸上堆着笑说："我叫阿牟勒格·拉伊，是本地印度教改革大会的主席。"

谢克尔说："您有何贵干？"

"我听说您将社会改革方面的工作当作自己的人生使命。您学识渊博、勤思好学，这一点我刚才已亲眼得见。事实上，执着和专注是改革最需要的精神。我——"

谢克尔吃惊地问："您是从哪儿听说这些的？"

"才华是根本藏不住的，无论您再怎么谦逊，再如何韬光养晦。"

这话根本站不住脚，总感觉哪里有点儿不对劲。谢克尔有些生

---

① 詹姆斯·乔治·弗雷泽（James George Frazer，1854~1941），英国著名人类学家。

②《金枝：巫术与宗教研究》（*The Golden Bough：a Study in Magic and Religion*），是一部研究原始信仰和巫术活动的著作。

③ 阿尔弗雷德·恩斯特·克劳利（Alfred Ernest Crawley，1869~1924），英国著名人类学家。

④《神秘玫瑰：原始婚姻研究》（*The mystic rose：a study of primitive marriage*），克劳利的代表性著作之一。

⑤ 全名布劳尼斯劳·加斯帕尔·马林诺夫斯基（Bronislaw Kasper Malinowski，1884~1942），著名人类学家。

⑥ 又译《摩奴法典》，大约成书于公元前2世纪至公元2世纪之间，是现存最古老也是最重要的法论性著作。该书以种姓制度为核心，讨论了婆罗门教的伦理道德规范。

硬地说："您有何贵干？"

"我就是来拜访一下您。对社会服务感兴趣的人简直屈指可数，而且您也了解当今的年轻人，他们对任何工作都没有兴趣，甚至听到'服务'这两个字就感到厌烦。因此，我们对您寄予了很大期望。"

"请您直说，我能做些什么？"

"您能做的事情很多。您的身上有激情，有热忱，还有年轻人的活力。您什么时候来观摩一下我们的会议吧，看完我们的活动之后，您就知道您能给我们提供多大帮助了。"

这个邀请多少勾起了谢克尔的一些兴趣，他说："我一定参加。但您能否简要地——"

"可以，可以。我们期待能在很多方面进行改革，但是因为感觉到家庭是社会的基础，只有首先对家庭生活有所变革，才能进行社会改革，所以我们将其作为我们工作的方向。"

"很有道理。"

"而家庭的基础在于婚姻，因此我们希望首先能在婚姻习俗方面有所革新。"

"这是非常重要的工作。您有何具体计划？"

"一两句话怎么说得清楚？这项工作需要多方面的共同努力，需要所有人的通力合作，包括新郎、新娘以及他们的父母，报纸杂志等媒体也要发挥重要作用，此外还要让各方面的头头脑脑以及潘迪特们也能感到满意。"

"为什么？"

"无谓地扩大对立面能有什么好处？工作过程中遇到的质疑和反

对越少越好。难道您不赞成这种看法？”拉腊[①]阿牟勒格·拉伊的脸上带着一丝笑意。

“您说得很对。好吧，我一定会去参见你们的会议。会议什么时候召开？”

“您不仅要来，还要在会议上发言。”

谢克尔有些为难地说：“我实在不习惯公开演讲，随意聊聊天对我来说更合适。”

“哎呀！这算是什么大不了的事情？如果刻意逃避社会，那还怎么开展社会改革事业？再说了，也不是什么大场面的会议，只有为数不多的对这项事业感兴趣的人参加。您就把它当作一个改革者们的交流会好了。我们其他的所有工作都在会场外开展，会议上只是讨论交流而已。”

最终决定，谢克尔将参加会议并发言，意在交流彼此的观点。拉腊阿牟勒格·拉伊满意地走了。

尽管谢克尔告诉谢西自己受邀参会的事情时心情很平静，在得到她的赞许时心情也同样平静，但在内心深处他却开始有点紧张。这种紧张一方面是源于一种责任感以及为事业开辟出一条新路的兴奋；另一方面，由于是第一次参加这种讨论会，所以他感到有些局促和惶恐。在大学里，特别是在“珊瑚藤俱乐部”中，虽然他也曾经热情坚定地捍卫自己的观点，可这次却不太一样。那时周围都是熟人和同学，而他本身就是俱乐部的创始人之一；而在这里他是个陌生人，非常正式地受邀参加会议，而且在经验丰富的社会服务者当中他是唯一的新手和“外行”。因此，他开始非常认真地为会议做起准备来。在准备自己的发言要点时，他甚至写了一篇完整的文章。

① 拉腊（Lala）是一种称谓，放在人的名字前面表示对人的尊重。

他充分利用了那段时间读的书和书中的例证，在讨论家庭制度改革问题时，他从家庭的起源开始谈起，研究了家庭的发展过程。由此证明，家庭的发展在初期与经济生活之间没有任何联系，因此将经济因素视为家庭生活中传统习俗形成的基础是一种愚蠢的看法。但是，家庭习俗的发展后来逐渐脱离了巫术魔法的束缚，开始逐步受到经济规律的影响，最终随着经济的发展，家庭习俗也发生了巨大的变化。他以《摩奴法论》为例，证明《摩奴法论》时代的家庭观念受制于当时的经济意识，因此不仅仅是法论的逻辑和观点，甚至连书中的比喻和例证都体现了一种特殊条件下的农业文明特质。因此在规定女性拥有的权利时，该书以母牛、母马、母骆驼、女奴以及母水牛作比，在此基础上进行相应的换算。《摩奴法论》视男性为"生产者"，而例证中的牲畜以及女人全都被视为生产工具。在农业生产中，这些牲畜和女奴的子嗣后代全部被视为生产者的财产，它们产出或拥有的财富也全都归属于主人。而在确定父亲拥有的权利时，采用的也是地主、土地以及收成的比喻。但是，这样评价《摩奴法论》并非是对法论的蔑视，只要社会规则能够适应彼时文明的发展，那么社会就会稳定有序，内部也不会腐朽衰败。但是（谢克尔对此做出了论证）在当今这个时代，这种和谐一致的局面已经被打破，我们的生活状况开始快速变化，但我们的社会却停滞不前。原因之一无疑是殖民当局要建立一套全新的、生搬硬造出来的法律制度——为了保持社会体制的稳定，殖民政府把从各地搜罗来的各种各样的风俗和传统加以整合，将其树为人们必须遵循的原则和标准。可他们却忘记了，即便是原则和标准，也总是处于发展变化之中。而且相较于所谓的原则和标准，环境和状况则如流水一般变化不定。把浩浩汤汤的流水拦聚起来凝结成冰，在凝结的冰盖下面，新的种子如何才能破土发芽，茁壮成长？但是，外部因素只是原因之一。对我们而言，另一个原因则更加重要，那就是社会内部的软弱和愚滞，缺乏于生活而言不可或缺的弹性和活力……在完成了这些理论性的论述之后，谢克尔接着又分析了家庭生活的主要构成，继而指出了必要的变革手段，最终目的是使其能与现代文明生活和谐一致。

随着会期日益临近，谢克尔的紧张和亢奋也越来越强烈，甚至《我们的社会》完笔之后的激动不安也比不上这次会议带给他的紧张感……

这是一个坚硬如石、肮脏晦暗的幽蓝色黄昏。透过四楼一个孤零零的三角形房间中打开的窗户，都市里十月[1]的烟尘冰冷、沉重、酸涩刺鼻，如蜕落的蛇皮，带着死气沉沉、灰蒙暗淡的滑腻感不断涌入室内。从楼下以及四周看不清面目的城市中传来的喧嚣和嘈杂，像鬼影一样缥缈无形，穿过裹尸布一般蒙在城市上空的烟尘，向上飘摇而去，但它无声的脚步似乎让凝滞于这个房间里的死寂又增加了几分。眼前的一切在烟尘中变得模糊不清，刺灼感使双眼更加干涩，谢克尔用力睁开眼睛，蜷坐在床铺一角，依稀感觉到屋外的场景正像是对他此刻内心世界的细致描摹……

谢克尔从改革研讨会的会场回来已经有一个小时了。他想强迫自已把与会议有关的事情忘得干干净净，但是就如致人瘫痪的毒药最初引发的症状只是肢体麻木，但这恰恰表明毒性在扩散，此时的呆滞和麻木让谢克尔眼前不断闪回刚才会场上的画面……

谢克尔看到前来参加会议的竟然有上百人，他惊讶地想，难道这个城市里真的有这么多热衷于社会改革的“实践者”？他的心中

① 阴历十月相当于公历十二月至一月。

燃起新的希望，对这次活动的主题产生了一种新的好奇，这使他忘记了演讲给他带来的紧张和焦虑。会议终于开始了，第一个演讲者发言的题目是——《婆罗门阶层的婚姻问题》。谢克尔最初听得全神贯注，但渐渐他的注意力开始分散，没过多久甚至厌烦得听不下去了。他的目光从演讲者转移到了听众身上，他开始研究每一张脸孔上的表情。许多人听得非常专注，他们的状态甚至可以称得上痴迷。他们摇头晃脑，手舞足蹈，不断变化着嘴唇和眼部的姿态和表情，似乎不仅是在表示对演讲者的支持和赞许，甚至像是在把演讲者无形的思想翻译成有形的动作。谢克尔忽然间简直无法相信自己的眼睛，因为他自己不仅无论如何也无法专心听讲，甚至对演讲者感到愤怒和不满。他大致了解到演讲的主题是一个提议，提议的内容是——如今婆罗门种姓中已到适婚年龄的男性非常稀缺，因此婆罗门种姓中适龄女性的婚姻面临严峻挑战，为了帮助这些年轻人，并且同时也能使他们的父母从困境中脱身，改革大会应该成立一个委员会，委员会的名字可以叫做“婆罗门种姓男性青年婚姻管理委员会”，它的首要任务是将全省范围内所有适婚的婆罗门种姓的男性青年登记造册，并且公开发行，使需要为女儿择婿的父亲能够掌握新郎的联系方式以及其他必要信息，比如：年龄、收入、家庭背景、性格、新郎父亲的收入、职位、肤色外表、兴趣爱好、喜欢什么样的女性、对未来的规划等等……这样一份名单目录将带来诸多便利！将省去无数奔波、麻烦和花销！这个提议提交给了大会，未经正式投票就获得一致通过。谢克尔长舒了一口气，开始期待下一位演讲者上场。拉腊阿伞勒格·拉伊站起来向大家介绍这位演讲者。谢克尔忽然惊讶地意识到，被这么多溢美之词夸赞的人原来正是他自己！他的心中很是羞愧，但他还是鼓起勇气，（对于当时而言，鼓起勇气和摆脱会议此前带给他的感受及影响是同义词！）走到前面，按照之前准备好的提纲开始了自己的演讲。演讲刚一开始，他就听到了前排几个人的窃窃私语以及之后一个人对阿牟勒格·拉伊说的话——“这个小伙子看起来不错，拉腊吉，恭喜哟。”他既感到了一丝安慰，也觉得有些困惑，但就如一个刚刚开始苦行的隐士勇敢坚毅地专注心神抗拒一切诱惑，谢克尔也努力用同样的坚毅和勇敢使自己心无旁骛地专注于演讲。

但是苦行练就的心无旁骛也会烟消云散，不仅优哩婆湿和蒂萝德玛[①]这样美艳的天女会令人意乱神迷，看到别人张着大嘴厌烦地打着哈欠，以及蹙紧眉头投来充满鄙视的目光，也会有同样的结果！终于有一瞬间，谢克尔再也无法对整个会场对他的轻蔑装作视而不见，甚至在他把自己的语速加快了一倍之后，还是做不到。此时，他的内心好像在两三个不同的层面同时工作着，他的记忆似乎也发生了混乱，把许多话和事全都混在了一起……会议结束后，谢克尔坐在光线幽暗的房间里努力回想刚才的整个过程，可他无论如何也捋不清像乱麻一般纠缠在一起的线索——哪件事在先，哪件事在后，他根本无法做出判断。他听到谢克尔在引述《摩奴法论》的例证，与此同时，他也听到有人在说（或许不止一个人？）：“男孩本人愿意，女孩的父亲也愿意，唉，关我们什么事？结婚也罢，自由也罢，为什么要让我们丢脸？潘迪特吉，您的想法是您的想法，可这是在让《摩奴法论》蒙羞！那些国外的课程学得越少越好！毕竟教课的都是基督教徒，他们怎么会尊重印度教？难道他们来这里是为了宣传印度教吗？拉腊吉可能压根没考虑这些！科德利种姓[②]的女孩子

① 优哩婆湿（Urvashi）和蒂萝德玛（Tilottama）都是印度神话中的美丽天女。
② 科德利种姓（Khatri）是刹帝利种姓的一个副种姓。

嫁给婆罗门——婆罗门小伙子会玷污《摩奴法论》的！拉腊吉精于算计，不过终究还是婆罗门女孩子天生命好。”谢克尔正在举马林诺夫斯基的例子的时候，听到了阿牟勒格·拉伊的名字；或者是在他以阿牟勒格·拉伊为例时，听到了马林诺夫斯基女儿的故事；也或者两种说法都对，抑或全都不对。总之，他根本不清楚到底是怎么一回事。他模模糊糊地感觉到，开会时他把自己遗失在某个地方了，可事实上当时他正站在台上讲话。要么是讲台不见了，而他还在开会；要么是会场不见了，而他还站在讲台上。这时，一只发烫的箭簇似乎忽然穿透了谢克尔意识的盾牌，他忽然恍然大悟——阿牟勒格的女儿到了该出嫁的年龄，他们是科德利种姓，可如果能找到一个婆罗门种姓的女婿，将会是一桩大喜事。而且，一个身为社会改革家的岳丈如果能够觅到一个身为社会改革者的女婿，夫复何求？真是举世无双的绝配！举世无双的改革！而他站在那里，面对满满一会场知情的听众大声宣布——瞧啊，我谢克尔像个傻瓜一样被愚弄了，《摩奴法论》也罢，马林诺夫斯基也罢，都证明了这一点……

烟尘真好，酸涩刺鼻的气味真好，蛇皮死气沉沉、灰蒙暗淡的滑腻感真好，就让它们钻进四楼的这个坟茔里来吧！社会改革家谢克尔！

在残败破碎的氛围里，一团烂泥般麻木混沌的谢克尔似乎为一切可能发生的事情做好了准备，唯独没有准备好面对这件事情——有人敲了敲门，没等谢克尔做出回应，来人就径直走进了房间。谢克尔匆忙起身后发现，和一个陌生人一起站在面前的正是阿牟勒格·拉伊！

本能的礼貌悄悄说——把灯点上吧！可谢克尔却感觉礼貌是对自己的不公。他说：“有何贵干？”

拉腊阿牟勒格·拉伊有些委屈地答道："您好像很生气？"

"我有什么可生气的。"

"你看上去很疲惫。来，我来把灯点上。"

谢克尔很快亲自动手点燃了油灯，把灯放在房间的一角，然后说："请坐！"

拉腊说："这是斯瓦米[①]赫利赫拉南德。我们来和您谈谈刚才会议的事情。"

谢克尔看到陌生来客身穿赭色的僧袍，谢了顶的脑壳锃明瓦亮，其余的头发上一丝不苟地涂了油，显得特别茂盛。谢克尔很敷衍地向客人草草行了个礼，说道："还有什么会议的事情？会议已经结束了。"

斯瓦米吉说："业是不会自我完满和终结的，它会产生果报。由会议引发的一连串反应……"说完这句话，他停住了话头，仿佛听众对他投喂的这把知识的草料需要一个反刍消化的过程似的。

拉腊说："您的演讲使会场一片混乱。我本来对您寄予了很大期待。"

谢克尔愤愤不平地说："期待？您可着实要了我一把。如果这是您有意安排的——"

"什么安排？怎么会是安排？我可完全是出于善意才邀请您参加会议的，大家都是在胡说八道。"

斯瓦米附和道："是啊，孩子，这已经成了大家的习惯，他们是出于嫉妒才这么做的。"

谢克尔的语气很强硬，"好的，那就请回吧。这件事现在已经结束了。"

---

① 对出家人、苦行僧的一种尊称。

“那就不谈会议的事情了。可既然大家已经认识了，还是应该加深一下彼此的了解。”

“您太客气了。我不过是一介村夫而已，习惯于独来独往。认识我有什么用？”

“生活在社会中是每个人的责任。更何况，如果没有社会的存在，一个人怎么能生存下来？”

“我感觉，生活于社会之中是一件非常艰难的事情，艰难程度无异于生活在一个真空的盒子里！而独来独往则要简单得多。我一路就是这么走过来的，也会一直这样生活下去！”

“我认为您是一个不同寻常的人。可是不同寻常的人也——”

斯瓦米插话说：“有什么不同寻常？凡事都追求标新立异是行不通的。所以我说，所有人都是普通人，也应该是普通人。”

谢克尔说：“我可从来没有宣称过自己不同寻常，我就是个普通人，也想一直做个普通人。是您给我扣上了一顶所谓不同寻常的大帽子，将我置于百口莫辩的尴尬处境。”

斯瓦米又重复了一遍刚才的话：“大家都是普通人。即使某个人身上有些特殊之处，那又能怎样？凭这一点是无法生存的。假如您的鼻子长得很长，可难道说您就不用去茅厕方便了吗？鼻子即使被割掉了，人也照样能活；可如果不去茅厕的话，人是活不了的。所以说，所有人都是普通人。”

谢克尔对这个人，对他讲话的逻辑，对他惯于重复的语言风格很反感。为了避免和他辩论，他敷衍地说道：“您说得对。”

“因此我说，社会是必不可少的。即使融入社会，您的鼻子依旧会保持原来的长度。怎么？难道您不同意吗？”谢克尔本来想对斯瓦米说，应该把这句话改成“去茅坑拉屎吧，鼻子依旧还和原来一样长”，可他最终还是将这句话咽了下去。

谢克尔什么也没说。他希望谈话能尽快结束，他们能尽快离开。

“您没有做出回应。您心里可能在想，让他胡说八道去吧。所有人在年轻时都会狂妄自负，我曾经也是这样，可最终是什么结果，您都看到了。”

这一次，谢克尔有些好奇地朝赫利赫拉南德望去。

“我是出家人，穿着僧袍。您了解出家的含义。但是，我之所以成为一个出家人，并非因为我主动放弃了一切，而是因为我被剥夺了一切。而这一切都源于我的狂妄自负。自负是一笔财富，不过我连它也耗尽了。我现在四处传教，但我身上的赭色僧袍并不是什么值得炫耀的旌旗，而是一块裹尸布，和泥土同样颜色的裹尸布——这泥土能够将一切掩埋。所有人都是普通人。”

斯瓦米吉这段开诚布公的自白触动了谢克尔。他的态度比之前缓和了一些，说道：“我之所以沉默不是因为自负和狂妄，我沉默是因为无话可说。我了解自己的贫穷和卑微。但因为自己是穷人，所以就要用斧子自断双足，这套逻辑我实在无法理解。”

“拉腊吉是在关心您，他说的都是对的。不要把才华变成魔鬼，所有人都是普通人，因此结婚成家是应该的。”

“我从来没说过他的话不对。但是，我现在不打算结婚，而且无论谁来游说，我都不会同意结婚的。我不想结婚，即便有这个想法，也没有资格考虑这个问题。”

“为什么？”拉腊的语气中带着一丝期待。

“原因很多。不过不谈这个了。”

“总还是要说说原因嘛。”

“不，还是不聊这个话题了吧。目前考虑结婚的事情就是在自寻烦恼。”

赫利赫拉南德的语气忽然变得很激动，“说得对，自寻烦恼！那您就勇敢地继续前进，自找苦吃吧！”

谢克尔再次仔细打量了一下赫利赫拉南德，然后说：“请原谅，我累了。辩论或许永远不会结束，不过我已经把真心话全都告诉给您了。”

看到拉腊吉终于起身告辞，谢克尔长吁了一口气……

第二次和谢西见面的时候，谢克尔把上次会议的情况从头到尾给她讲了一遍，也包括会议结束后与阿牟勒格·拉伊以及赫利赫拉南德的谈话。谢西最初一直静静地聆听，后来哈哈大笑起来。之后，她略微有些严肃地问道：“你觉得很难过吧？”

谢克尔愤愤不平地说：“当时非常气愤。不过我现在琢磨，我为什么不能和你一样一笑了之呢？”

谢西又笑了起来。

过了一会儿，谢西又问道：“他们还会来吗？”

“有这个可能。不过我已经把他们彻彻底底地从自己心里清理出去了。”

“一点不剩？好吧，谢克尔，问你一件事可以吗？你从他们两人的某句话中得到了什么启发吗？”

“启发？完全没有。你指的是哪句话？”

“那句‘继续前进，自找苦吃吧！’”

谢克尔盯着谢西看了一会儿，然后说：“是的，这句话和我这种人内心的想法有些契合。不过——”他忽然有些惊讶地问，“谢西，你是什么意思？”

谢西没有说话。谢克尔接着又说：“你难道也在担心我这个婆罗门单身汉的未来吗？”

“是的，多少有些担心。说真的，你为什么不结婚？”

“谢西！”

有一阵子整个房间里寂静无声。过了一会儿，谢西说：“你父亲让我劝劝你。其实也谈不上什么劝不劝的。不过把自己隔绝于尘世之外，认为这样才能专心工作，我对此表示怀疑。这样做会使你脱离于现实。”

“是我脱离于现实，还是现实脱离于我？”

“难道这不是一回事吗？你也可以说，现实和你之间的联系被切断了。”

谢克尔好像忽然间鼓足了勇气，他对谢西说：“谢西，你瞧，咱俩从来没有谈过这些事情，但请你坦白地告诉我，你在婚姻中得到了什么？”话音刚落，他在谢西的脸上看到一丝痛苦的神情，“我不想让你难过，但是——”

谢西恢复了平静，说道：“不，我完全理解。不过，我的事不能作为一个范例，因为我的婚姻基础与别人不同。我并没有结婚，我只是完成了婚姻。因此，‘结婚后得到了什么’这个问题对我来说根本不存在。至于说得到了什么，那——”谢西的话只说了一半。

过了一会儿谢克尔说：“但对我来说，情况又有什么不同？对我来说也是同样。或者说，如果痛苦也算是一种收获的话，那么——”

“不，我说的不是这个意思。你应该找到一个能与你并肩前行的伴侣，她能和你共同分担痛苦，能和你共同享受幸福。痛苦或是幸福本身并不重要，重要的是并肩携手，是能够共同面对！”

“你凭什么认为，结婚之后就能得到这一切？特别是对一个婆罗门种姓的单身男子来说。”

“我知道我没有任何依据，而且我也并没有说你只能以那种方式结婚。我只是说，如果你能寻找到一位合适的伴侣，那么——”

谢克尔干脆利落地打断她说：“那就别谈这个话题了。如果能遇到那样的人，那就到时候再看。显然这样一个人主动去找是找不到的，只能遇见。如果碰巧在路上遇见了，那就算是找到她了，那时我会好好珍惜的，行吗？”

他突然发现谢西并没有留意他在说什么，她大大的双眸似乎正在远眺前方的某处风景，她的眼睛越睁越大，仿佛敞开心灵之门，恣意赞美和祝福远方的风景……谢克尔用有些怅然，但同时又有些好奇的语气说：“如果在路上我寻觅到一颗珍珠，那我再也不会有任何疑问，再也不会有任何怀疑，再也不会提任何条件。神赐予我的……”

谢西根本没有听见。谢克尔有意想惊醒她，说：“既然是神赐予我的，何须从经典中寻找证明呢？”

谢西忽然回过神来说：“你说什么？”

他们的眼神蓦然相遇，仿佛紧紧交织在一起。谢克尔固执地认为这是一种幻觉，他想将眼神抽离开来，可他还是看到那扇开启的大门后面有光，光的后面是深深的痛楚，痛楚的更深处有一道充满伤痛的光芒……

在相互凝视的一瞬间，在他内心深处的某个地方，一直有一个声音在回响，“何须证明……何须证明……”

他的内心沉浸于一种奇特的平静之中，他开始全神贯注地读书和写作。不仅修改完善了改革会议上的那篇发言稿，还新写了两篇杂文和两篇短篇小说。完成了这些工作之后，他才停下来喘了口气，这时距上次开会已经过去了两周时间，谢西上次来也已经是十天前的事情了。这些日子除了餐馆送饭的小伙子之外，谢克尔没见任何人。不过有一天，三楼的两个小孩带着孩子特有的天真烂漫上楼来找他。“您会扎风筝吗？”得到了谢克尔肯定的回答后，他们又说：“那太好了！等我们有钱了，就去买纸，您给我们扎风筝，说定了！”谢克尔笑着做了保证。他还打听到两个孩子每人会得到多少钱，用多少钱去买线和轮轴，多少钱去买糊风筝的浆糊。原来，如果不自己扎风筝，他们的钱只够买一只风筝，可是在春月初五节[①]的时候，只放一只风筝还有什么意思呢？

春月初五节……何不自掏腰包给孩子们买齐所有的材料，省下他们的钱，也省得他们大费周章呢？春月初五节……可是钱在哪里呢？何况还有餐馆的账单和房租要付。

谢克尔决定把已经完成的所有作品都寄给杂志社，所有作品都要求对方支付稿费——当然前提条件是如果有人能给的话……可是，所有作品全都被退回来了。所有退稿都附有表扬信。最初，谢克尔无法理解这种自相矛盾的做法，后来通过一封编辑来信中直白的暗示他才明白，如果能够无偿使用文章当然很好，可如果要付稿酬的话，那就另当别论了。他决定再做一次努力，可他没能力再赌上一次邮费。他也曾经想过涂掉旧信封上的地址重新再寄一次，但是这会让人一望便知作品是退稿后重寄的，因此这个办法并不明智。最终他决定亲自出马，自己带上作品到当地的主编那里去登门拜访。

《我们的社会》遭遇过的周折重新又被复制了一遍，这一次拒绝

① 春月初五节（Vasant-Panchami）是印度教的重要节日之一，日期在印历十一月白半月的初五。这个节日主要是为迎接春天的到来并且敬奉文艺女神——辩才天女。在旁遮普地区，春月初五节又被称为“春节”，同时也是“风筝节”。

的形式比上回委婉了一些，但却使人体验到了更多无果而终的无奈。唯一的好消息是，一个期刊的编辑就春月初五节的主题向他约稿，小说或者诗歌都可以，因为杂志要做一期特刊。谢克尔想起了自己曾经的一个决定——绝不创作任何约稿性质的作品。可转而又想，那些事先限定了内容的约稿，不必非得称之为文学。如果要将文学供奉在天平和砝码够不到的地方，那么就得有其他谋生糊口的手段。于是他同意写一篇短篇小说，关于酬劳他得到的承诺仅仅是“根据作品的情况而定，其实也就是一点薄礼而已”。

但是，进行这种创作其实并不容易。和自己斗争了几个小时，谢克尔依然没能写出这篇以春月初五节为主题的小说。他的大脑陷入一种停滞的状态，充满了挫败感，不断回想起住在三楼的那两个孩子，还有他们让他帮忙扎风筝的事情。春月初五节……风筝节……他想象着那样一幅画面——他把风筝、线、轮轴和颜料全都买了回来，孩子们欢呼雀跃着奔上了屋顶，谢克尔教他们如何放风筝，他其实并不懂得怎么放，可在这两个孩子面前他就是“专家”……之后，想象的风筝断了线，在他手里不停转动的是现实的空轮轴，他想起了春月初五节的小说和餐馆的账单。他忽然想到，何不将这个故事写成小说？他觉得这个想法很卑鄙，似乎也是对那两个孩子的背叛，可是印地语刊物中这种文章比比皆是，而且如果不将这种东西误认为是文学，那还有什么大不了的？不过是一篇约稿的工作而已，别太当回事，就像工人那样赚几个养家糊口的辛苦钱又有什么不好？尽管他并不能从这套逻辑中得到什么安慰，但他还是写完了小说，小说的题目叫做《风筝五月节》。

编辑看了一下题目，又瞟了谢克尔一眼，然后说：“您是个很有勇气的年轻人。”

谢克尔简短回答道："是的。"

编辑把作品放到一边，然后用一种特别的眼神望着谢克尔，似乎用完一件物品后把它随处乱放，不是他这种井井有条的人喜欢的做法。

谢克尔故意用生硬的语气说："那么，我的稿酬呢？"

编辑的语气表明他非常惊讶，"稿酬？哦，是啊。老弟，我们这里是一个季度结算一次稿酬。况且，现在还没确定是否用这篇稿子。"

谢克尔克制着愤怒的情绪说："那能否请您马上做个决定？"

编辑用平和而又油滑的语调说："文学需要刻苦的磨炼。"

谢克尔忽然感觉到，礼貌客气的交涉完全是徒劳的，不会有任何结果。对于一个工人来说，得到回报是应当的。他说："如果是文学，当然需要磨炼。不过我可不会像您一样把这种东西当作文学来看，我不会犯这种错误。如果我创作的作品属于文学，那我也会刻苦磨炼自己；可现在我在出售自己，所以我要的是该得的报酬。"

编辑重新上下仔细打量了一番谢克尔，目光中满是惊讶，然后说道："您看，稿件的要求我之前已经告诉过您了，但您并没按照我的要求写这篇小说，因此我只能在作品发表后再付给您稿酬。"他尴尬地笑了笑，"但您是了解的，我们的稿费，只不过是区区一点薄礼而已。"

谢克尔冷冷地说了一句"谢谢！"，然后转身离开了出版社。

谢克尔又转了一大圈。经过新时代文学庙堂出版社时，他想应该去问问《我们的社会》的出版情况。经理正好在，看到谢克尔后说："您来得太好了，我正打算派人去找您呢。"

"怎么？有什么要紧事吗？"

“不，不过是一点小事而已。”经理半眯着眼睛望着谢克尔，然后说：“事情是这样的——事实上——我把那本书给几个专家看过了，他们的意见是需要对书稿进行一些修改。”

谢克尔谦逊地说：“那是应当的。我只不过是一个学生而已，不是专家。他们建议怎么修改？”

“您瞧，具体的修改意见口头上也说不清楚，不过您也可以这么理解，他们的意见是结论部分不合理，应该进行调整。”

“可是，这就成了根本性的修改。进行这么大的修改，作者——”

“我的意见是，您最好在完成所有的修改后，征得他们的同意，把他们的名字也一同署上。经过他们编辑审校后再出版，书的销量也更有保证。”

“这些专家都是谁？”

经理并没有回答他的问题，而是说：“修改最后那段费不了多少时间。”

“但是对于推导出结论的事实又该如何去修改呢？结论是——”

“结论只是个人的看法罢了。同一个事实可以得出五个不同的结论，视角不同嘛。既然要修改结论，那么事实——”

谢克尔执拗地说：“是从事实中得出结论还是从结论中推导出事实呢？既然是事实，那就不能无视它的存在。”

“事实到底是什么？一切存在的东西是事实。可不存在的东西也是一种事实——难道它并不存在不是一种事实吗？人们依据自己的兴趣去选择事实，然后再由这些事实推导出结论。因此，结论也建立在个人兴趣之上，难道不是吗？”

“好吧，这样说也对。那么，我把我感兴趣的事实和结论放进书里，怎么会存在需要修改的问题呢？但我还是要说，事实就是事实，而且按照我的理解，从事实中得出的结论是不能改变的。”

经理的语气也变得强硬起来，“这是您的权利。虽然兴趣是个人的事情，但兴趣也是可以纠正的。而且，对社会进行批判是一件需要承担重要责任的事情，所以我们必须征求专家的意见。对您来说，这也是个千载难逢的机会。书上署上著名编辑的名字，既能增加销量，也给自己的未来开辟了一条新路。您应当感激他们付出如此多的心血帮您修改。”

谢克尔吃惊地说：“已经做了修改？难道您不应该事先征求一下我的意见吗？这些专家究竟都是谁啊？”

“都是很有经验的学者，他们全心全意地服务于社会。”

“请您把他们的名字告诉我！”

“拉腊阿牟勒格·拉伊。”

谢克尔一字一顿地大声说道：“我的书必须照原样出版，我会为自己的观点和结论负责的。”

“可是这样就违背专家们的意见了。您知道，这是需要出版商承担责任的事情。我们是为了您的利益考虑。”

谢克尔问：“您是不是想说，如果不做修改您就不能出版？”

“您看，我们也无能为力。这不是什么一时冲动就能解决的事情。”

“那就请您把手稿还给我。”

“请您再考虑考虑。”

谢克尔态度坚决地说：“请把我的手稿立刻还给我！”

“您不愿接受我们的意见。我对此非常遗憾。”

谢克尔又重复了一遍：“劳驾，请您把手稿还给我，我要告辞了。”

经理大声喊道：“听差！”一个形容懒散的家伙来到他们面前。

“去拉腊阿牟勒格·拉伊那儿把稿子拿回来。告诉他，让他把《我们的社会》的稿子交给你。名字是《我们的社会》，记住了吗？”

“《我们的社会》，对吗？”

“对。”

谢克尔问：“要花多长时间？”

“一个多小时就能回来。”

谢克尔不想待在那里，于是说：“好吧，我两个小时以后再来。”说完，站起来走了出去。

他不想带着这样激动愤怒的心情回家，可是在外面也没有其他事情要办，谢克尔只能漫无目的地在街上和巷子里游逛。看到一家商店外面挂着不少风筝的轮轴，他才第一次停下脚步，仔细研究了一番那些轮轴，而后认真看了看昏暗的商店里几盏灰蒙蒙的玻璃吊灯以及堆在角落里的一堆风筝。之后，他继续向前走去。在街上看到了一家水果店，他忽然想起曾在监狱里读过一本食物营养方面的书籍，当时他曾想过今后只吃水果。他上前询问老板坎大哈石榴[①]的价格，老板说一赛尔[②]的价格是一又四分之一卢比，一个石榴的价格大约是十四个安纳。后来他再也没有停下过脚步，大约四点半的时候又回到了新时代文学庙堂出版社，拿到自己的手稿后，他一言未发，只是向经理匆匆行了个礼，然后便立刻离开了。这个季节白天变得越来越短，天上似乎布满阴云，刚过四点半就觉得天快要黑了。

到家之后，谢克尔把稿子扔到地上，自己躺在床上，但忽然又

① 出产于阿富汗坎大哈地区的一种石榴。

② 赛尔（Ser）是印度的一种重量单位，约等于一公斤。

起身从地上捡起稿子翻了起来。文稿后面部分被抽走了许多页，新换上了几页纸，上面是别人的字迹，从笔体看有些生涩，或许是女孩子的笔迹。谢克尔用力抽出这些纸，把它们一撕两半扔在了地上。之后他又发现，许多页稿纸上他写的内容被划掉了，空白处新添了一些文字。他把这几页纸也用力抽了出来，像刚才一样一撕两半扔在一边，现在他手里拿的是未经任何修改的原始书稿！之后，他又来回翻着剩下的稿纸检查了几遍，气愤地“哼”了一声，把这些稿纸也扔在地上，然后用脚把它们踢得满地都是。

他环顾了一下四周，然后趴在床上，把脸埋进枕头里。

枕头里的棉花用柔软和黑暗迎接他。欢迎你，黑暗！你不是无足轻重的，你也不是虚幻无形的，你有形状、有重量、有密度，再一次热烈欢迎你！谢克尔感到，如果他也能融于这片黑暗之中，那么——那么……

房间里一片晦暗，他摸黑从床上站起来，慢慢走下楼去，又一次来到大街上。此时的白昼仿佛已经蜷缩起来，空气中透着瑟瑟寒意。黯淡和昏昧像冰块一般凝结在他的身体里，不过即使没有它们的存在，谢克尔的心里也一片漆黑……黑暗与孤独——冷漠幽冥的虚空，空寂落寞的黑暗……一切都毫无意义。一切只不过是一个结果而已，而这结果却是一个没有根基的空中楼阁……因缘导致业行，然而因缘没有意义，业行也无意义，一切都毫无意义……茫然、迷乱、彷徨……

他在做什么？他朝哪里去？但是，弄清楚做什么以及去哪里又能怎样？前方依旧灰蒙黯淡，暗黑的夜凝结起来，如冰锥一般深深戳入他的眼睛里，这样的双眼什么也看不见……据说，当人们在森林里迷了路，他们的双脚就会不由自主地开始打转，而一旦开始打转，他们便会死去。他也不想去任何地方，也不想让自己的双脚打转。他就像一只患了雪盲症的野山羊，低着头踉踉跄跄地一直走个不停。他渐渐开始意识到，他所感受到的这种毫无意义的幻灭中其实潜藏着某种意义，其意义在于不断重复这个无意义的过程，乞求着生命的凋零……

身后传来汽车的喇叭声，他没有理会，汽车从他身边驶了过去。又传来了一阵喇叭声，谢克尔还是没有理会，依旧走在马路中间。喇叭声再次响起，大声地响着，粗鲁地响着，挑衅地响着，威胁地响着……

没有意义……没有目标……他在马路中间一直不停地向前走着……

忽然，有两只手抓住了他的胳膊用力把他拽向一边，一声尖利的叫喊甚至盖过了刺耳的刹车声——“巴布吉！”谢克尔抬眼望去——是一个女人，既不年轻，也不漂亮。汽车擦着谢克尔的身体呼啸而去，急促的刹车使飞驶的汽车晃动摇摆了几下，但汽车很快便稳住了，锃亮的车身嗖地一闪便消失不见了。

谢克尔暴躁地喊道：“干吗拉我？你是谁？”

关别人什么事？他是死是活，被车轧死，还是在河里淹死，在火里烧死，与其他人有何相干？

那个女人有些委屈和惊讶，“巴布吉，我——”她没有继续说下去。

谢克尔和她的目光相遇了。不，她并不年轻，也并不漂亮。可是她的眼睛里却有一种执拗，有一种满是关切的惶恐。

谢克尔面无表情地说：“大姐，原谅我吧。”说完，迅速转身朝家里走去。但是直到此时，他的脚步声似乎仍在向他发出无聊的挑衅，不断重复叨念着——“与别人何干？与别人何干……”

沿楼梯走上楼去，双脚刚踏在门槛上，谢克尔便猛然呆住了。房间里还是原来的样子，可是灯却亮着，谢西蜷坐在床角，静静望着他。

不知过了多久，两个人谁都没有说话，也都一动未动。还是谢西先打破了沉默，“谢克尔，你去哪儿了？我在这儿等了你很久。到底怎么了？”说完，谢西快步走到谢克尔身边，抓住他的肩膀，惊恐地问道：“谢克尔！谢克尔！出什么事了？”

谢克尔抓住谢西的两个手腕，轻轻把她向后推到床边，然后又轻轻按着她让她坐在了床上。之后，他慢慢把谢西的手从自己的肩膀上拿开，踩着散落一地的稿纸走到房间的另一侧，先是站着，过了一会儿，又在满是稿纸的地上坐了下来。

“谢西，没什么。能有什么事呢？”

谢西又站了起来，走到谢克尔身边。

“谢克尔，告诉我！你为什么出去？你——你都干了些什么？”

谢克尔沉默不语。他的眼睛怔怔盯着站在他面前的谢西的双脚。

“说呀，谢克尔！你不知道刚才等你的时候，我——”

话说到一半谢西就停住了。不知又过了多久，两人都没有说话，也没有动弹。谢克尔听到稿纸上“啪嗒”一声，他惊讶地从地上站起来，可是谢西背朝着灯光，她的脸淹没在黑暗之中。谢克尔凝视着谢西，抓着她的肩膀想让她转过身来。但刚一碰到她，谢西忽然全身僵硬，她依旧背朝他站着，不愿把身体转过来。谢克尔突然松开了她的肩膀，走到床边“嗵”地坐下，然后又一头倒了下去。渐渐枯萎的心清楚地知道，前方一片凝滞，失去了奔腾不息的活力。

他的眼睛一眨不眨地盯着天花板——没有意义，没有意义，没有一丝一毫的意义……

谢西主动走了过来，站在他的床头旁边。她有些迟疑地唤道：“谢克尔？”然后朝他微微俯下身体，“啪嗒”一声，一滴眼泪滴在谢克尔的额头上。

谢克尔忽然伸出手去，轻轻把她拉向自己，把脸埋在她的怀里放声大哭起来……他的全身剧烈地颤抖着，双手紧紧攥着谢西的肩膀。谢西一个字也没说，依然俯身站在他面前，如同一棵郁郁葱葱的七叶木[①]，如盖的绿荫遮覆着一泓山泉……

七叶木的浓荫在清风中微微摇曳，积郁已久的倦怠和疲惫充满了整个身体，在绿荫无形的触摸下，一切都渐渐归于平静。七叶木用丝绸般柔软的触摸轻抚着谢克尔的头发，轻声问道：“现在说说好吗？”

不，既然人生没有任何意义，那么在沉默和躲闪中也没有任何意义；如果一件事没有触动他，那么它所触发的情感反应也不能感动他……谢克尔说：“走出家门后，我其实一片茫然，但是走着走着，我突然意识到我是在寻找自杀的办法。”

一阵轻轻的震颤让七叶木微微摇动了一下。

“谢克尔，为什么这么做？”

“不为什么。我忽然领悟到，无须为死去寻找理由，但是继续活下去反倒需要充足的理由。一个人活着如果失去了明确的目标，那他的死亡便成了一种必然。”

“谢克尔！”谢西的声音里满是担忧和怨责。

---

① 即糖胶树（学名：Alstonia scholaris），又称“橡皮树”“灯架树”“黑板树”等，夹竹桃科鸡骨常山属乔木。

“活着不是为了索取，而是为了给予。我对此深以为然！可是我能给予什么？难道是这种没有目标、没有缘由、毫无意义的自我折磨？为什么要给予？ 给予的目的又是什么？如果唯一的目标是人民的福祉，那么唯一应该给予他人的东西就是幸福，否则一切都没有意义，一切都是谎言和欺骗。而我发现，在我有记忆的这十几年时间里，我——”一阵猛烈的抽泣让他疲弱不堪的身体又一次颤抖起来。

“我从未给别人带来过幸福，我活着只是为了自我的狂妄，我给所有人带来的只有痛苦。”

“谢克尔，你怎么知道是这样？”

“我唯一能确认的是我一直不知道这些。即便是对我所爱的人，我也并没有给她们带来幸福。我没有问过别人的感受，但难道爱还不足以使人了解是否给予了所爱之人幸福吗？”

谢西缓缓直起身来说：“或许并非如此，否则你会发现——”她慢慢走到窗边，手扶在窗框上向外眺望了一会儿，忽然一滴热泪夺眶而出。窗户四周笼罩着一层黯淡的光影，泪水在微光中一闪而过。她似乎从一种虚无中走了出来，但又陷入了另一种虚无之中……她时而站在窗边，时而来回踱着步，而后忽然说道：“可是谢克尔，难道爱不是给予吗？不是一种比幸福更重要的给予吗？”

“是的，爱是一种伟大的给予。不过之所以如此，是因为它能带来莫大的幸福。如果爱带来的不是幸福，而是无休止的折磨，那么让它灰飞烟灭未尝不是一件好事。”

谢西又快步走了过来。她坐在床头的一角，用有些嗔责的语气说：“闭嘴，谢克尔！你根本不知道自己在说什么。”

谢克尔没有说话，躺在床上抬眼望着谢西。谢西目不斜视，目光凝视着前方。但她一定知道，这样吃力地抬眼向上看使谢克尔的额头上挤出了不少皱纹，因为她用一只手轻轻抚着他的额头，就像在抚平丝绸上的压痕和褶皱。这样做并没有什么收效，于是她伸出手指强迫谢克尔合上了眼睛。她的手停在谢克尔的眼睛上，没有移开。

谢克尔轻轻说："听我说，谢西。"

谢西又朝他微微俯下身来。

"谢西，我根本不明白你到底是谁。"

"谢克尔，为什么？"谢西的语气很平静。

"我一直把你当作姐妹，可你不像姐姐那样离我很近，因此你也不像姐姐那样离我很远。"他忽然用双手紧紧抓住谢西的手指，用力将它们压在自己的眼睛上，仿佛这样一来，他的眼睛就再也无力睁开。

透过谢西颤抖的声音，谢克尔仿佛听到了窗外连绵的雨声。"谢克尔，你的话是什么意思？"

谢克尔抬起手，轻轻捧住谢西的额角，让她朝自己俯下身来，然后说道："我不知道我的话是什么意思。可我了解你，而且我知道，我所有的梦都与你融为一体。"

谢西俯身向下时，既没有表现出顺从也没有作丝毫抵抗。尽管俯下身来，但却面无表情，一言未发……

这种木然的感觉似乎也渗入了谢克尔的身体里，他感觉一切依然一片沉寂，因为万物已寂灭消亡……可是，远处的某个地方传来风云激荡的嘶吼和滂沱暴雨的轰鸣。一道电光划破夜空，可它并没有照亮黑夜，在它闪过之后，黑暗反而变得更加幽深凝重……

谢克尔被七叶木绿意盎然的浓荫遮蔽着，远处拂来的一阵清风让树影微微颤动，清风来自遥远的南方，因为风中浸润着水汽和暖意，不时有一种馨甜的香气钻进谢克尔的鼻孔里，仿佛来自秣剌耶山[①]的风轻轻掠过……

七叶木！我什么也不知道，什么也不相信。或许这是片贫瘠的土地，但在你的浓荫下，风儿从它身上轻抚而过，它不需要任何其他滋养便生机勃勃……

有这样一道边界，在它面前，沉默本身便是问题的答案，一切探究与好奇全都淹没于其中，因为这里便是无所疑惧的至上之境……不知何时，不知以怎样的方式，身体表面的疲惫一点点渗入了他的身体里，他睡着了。没过多久，他忽然被闪电和雷鸣声惊醒，但这所谓的惊醒依然是一种半睡半醒的昏沉和迷惘，他再一次深深沉醉在七叶木浓荫的沁香里……但是，无可逃避的现实似乎想给这物我两忘的交融状态一记重击，谢克尔猛然一惊，对谢西说："谢西，已经很晚了，你该回家去了。"他似乎挣扎着想从床上起来，但谢西并没有动，她保持着静默，但寒夜的冬雨似乎替她做出了回答——现在回家已经太迟了。谢克尔又说："谢西，你太累了。"说完再次试图坐起来，但谢西用一只手阻止了他的动作。他发现，内心的意志力和肌肉的爆发力都被一种柔滑无形、无所不在的东西系缚住了，倦意再次袭来，他在七叶木的树荫里安然睡去……

这抹绯红一定是梦境的颜色。四周如水晶一般清冽明澈，但其中又有一抹温暖的绯红。谢克尔微微抬起头，想去触碰七叶木广覆四周的绿荫——他的前额能否看到流动在七叶木身体里的鲜血？他的心能否感受到她的血管在轻轻搏动？

① 秣剌耶山（Malaya），又译摩罗耶山或摩罗延山。据说秣剌耶山盛产旃檀树，印度古代的文学作品常用来自秣剌耶山的风来比喻香风。

七叶木的灵魂在说话——“谢克尔，你醒了？”灵魂发出的声音是多么轻柔！

“醒了。”

“还记得自己说过的话吗？”

“记得。”

“你懂得这些话的含义吗？”

沉默替他做出了回答——“是的，我懂得。”

“现在我也有几句话要说，你想听吗？”

沉默又一次替他作答——“我在听。”

“你无须为你给予他人的东西感到羞愧。我也毫无愧疚地看待你赐予我的东西。蒙受恩惠的人没有拒绝接受的资格。”

“……”

“我是个已婚的女人。我自愿将自己奉献出去。我选择了自己，同时也选择了此生作为祭品。我献祭出去的东西已不属于我，我不能再代表它发表任何看法，我无法替它去拒绝任何东西，无法替它去反驳任何东西，也无法替它去给予任何东西。”说完这段话，她便沉默了。很长时间一直没人说话，只是四周的水晶似乎显得更加清冽凄寒。

“我并不吝于毁灭自己。我毫无保留地奉献了自我，做出了牺牲。我亲眼看见，所有一切都被投入祭火化为了烟尘。我并不认为我受到了欺骗，我清楚地知道这是必然的结果。”

宁静中包含着多少痛苦，梦境中的红色水晶里又冰封雪藏着多少失败……这是一切的结束，也是梦的结束。

七叶木的灵魂忽然获得了力量。如同新的祭品投入火中，祭火重又灼灼燃烧。她说：“但是在你的身上有我的生命存在，她就是我，她属于我。”

之后又是一阵沉默。

“她并非具体有形的存在，但她并不因此而缺少真实，并不因此而缺乏活力。谢克尔，你不要把我看作姐妹、母亲、兄长、儿子或是任何其他角色，因为我——此刻——什么也不是。我只是一个影子。”她的语气中饱含发自内心的热忱，她说：“我已无影无形，我就是你无法命名的那个属于你的自己。”

说完她又沉默了。静默中红色的水晶似乎在颤抖……

“谢西，难道这样——对你来说——是一种实现——是一种完满？”

“实现？不！我的人生并非孕育生命的辽阔田野，也非延续生命的呼吸和空气。我的人生不存在实现和完满，但我非常满足，而满足带来的幸福感是你赐予我的。”

水晶融化在那抹绯红的颜色中，清冽的寒意并非来自梦境，而是来自被十月的雷雨濯洗过的黎明……谢克尔猛然把自己从七叶木的树荫下拽了出来，他坐起来，意识如电光般乍现，过去十个小时里生命的成长在他眼前快速闪回。即将伴随着今天的第一缕晨曦，用一种全新的方式看到谢西，这使他的心中忽然充满一种特别的感动。谢克尔心中充满吠陀颂诗中那种虔诚的情感——童年时他曾经背诵过这些诗，最近重读时又有了新的领悟——凝视着谢西说：“愿我的双眼永远这般圣洁明澈。”

似乎完全洞悉了他的内心，谢西也用一种怅然若失的语气说：“愿我永远这般清醒。”

谢西站了起来，因为在床角坐了整整一夜，床单上压出不少皱褶，她用手抚平了这些皱褶，然后走到窗前，身体紧贴窗框，双手伸向窗外。

看着七叶木纤细、柔韧、向上伸展的枝干，谢克尔的心里忽然充满感激和祝福。他用充满怜爱的目光从头到脚打量着窗边的背影，在心中无声地祈祷和期待着第一缕晨曦能为谢西的身影镀上一道金色的光晕……

那一抹绯红的晨光没有幻化成明艳的朝霞，天上只留下一道淡淡的光影。随着天光亮起，天空上重又浓云蔽日。谢克尔的心情如嬉戏的孩子一样轻松愉悦，他坐在一大摞散落在地的《我们的社会》的手稿上，谢西还站在窗边，不过此时她转过身来面朝着谢克尔。

“谢西，你现在还唱歌吗？”

之后，他自言自语般轻轻地“嗯”了一声，仿佛在说：“就现在，唱首歌吧！”可是谢西却说：“现在我得回去了。”

谢克尔比划着做了个把地上的稿纸拢成一圈的手势，然后说：“我们整个社会都在等你唱歌。”（破烂不堪、碎落一地的社会！被改革者拉腊阿牟勒格·拉伊整饬过的社会！）

谢西说：“我已经有一年时间没唱歌了。”不过她的语气里并没有拒绝，只有一种对执拗请求的包容，“现在我就不唱了，不过可以吟诵几句歌词。”

谢西的声音越来越清晰，如海浪一般在屋里回响起来——

“空界使我们无惧，天界与地界使我们无惧。
让我们无惧西方、无惧东方、无惧北方、无惧南方，
无惧朋友、无惧敌人、无惧相识者、无惧陌生人，
夜晚无惧，白天无惧，让所有方位都成为我们的朋友。”[1]

---

① 梵语，出自《阿达婆吠陀》（19·15·5-6）

谢西再一次转过身去，向窗而立，轻轻呢喃了几声之后，忽然唱了起来，声音尽管有些颤抖，但依然荡气回肠，歌声如同奔腾荡漾的激流，仿佛殷红的鲜血在年轻健康的血管中奔流……

为何今日从窸窣声中醒来！
在枝叶摇曳间，感到瑟瑟颤抖。
……
今日行者的步履声
在我心中回响，
将我从睡梦中骤然惊醒。
为何今日从窸窣声中醒来！[①]

听着这歌声，望着谢西随歌声不断起伏的背影，谢克尔的心也随之飘到了远方。那是多么久远之前的场景——谢西在欢悦地歌唱，他悄悄在一旁偷听，在她的歌声中如醉如痴……这幅场景不仅离他异常遥远，甚至对谢西来说，也早已遥不可及……那时她很幸福，那是一种不知自己身处幸福之中的完美无缺的幸福。现在的她认为幸福带来的并非幸福，仅仅是满足而已。满足即是一种包容，意味着她欣然接受了自我人格的屈就和割裂，并将之视为一种荣耀。

但如果的确如此，如果谢西此刻是满足的，难道这不是谢克尔人生中最有意义的时刻吗？因为迄今为止，这是他能够给予谢西的最大的幸福；因为这一时刻将他的人生划分为昨天和今天。

他回想起，昨夜那个陌生的女人把他从飞驶的车轮边拉开，挽

① 孟加拉语，摘引自泰戈尔创作的歌曲《为何今日从窸窣声中醒来》。这首歌现作为第341首歌曲被收录在泰戈尔的《歌曲集》（Gitabitan）中。原著中将孟加拉语歌词直接用印地语进行了转写。

救了他的生命，可他当时却为此而懊恼，回家的路上他一直在想——与别人何干……可今天——从今天起，他和某个人有了某种联系。他知道，他和某个人有了某种联系……

那么，对于昨天他想要去做的事情，难道今天不是一个合适的时间吗？难道此刻不是一个合适的时间吗？在实现与满足所给予和获得的幸福中枯萎凋谢……如果此时他能悄悄溜出房间，耳边永远回响着谢西的歌声，从这个世界悄悄消失，这将是多么极致的完满……

他慢慢朝房门的方向挪动，碰到门槛后站了起来。

谢西突然停住歌声，说道："谢克尔，你去哪儿？"

谢克尔没有说话。

"难道现在你的心还没有融化？谢克尔，我说了，你不能走。"

像中了埋伏被当场捉住的小偷，谢克尔有些蛮不讲理地说："为什么？"

谢西用强势的语气说："没有什么'为什么'。我说了，你不能走！"说完，又用一种极其平静但与刚才全然不同的语气说："谢克尔，看着我！看着我的眼睛！难道你还要继续任性下去？难道你还要继续形单影只、独来独往？"

谢克尔低下了头，气馁地走回房间。

"那你告诉我该怎么做，你说！"

谢西做了一个轻轻拍打他的手势说："听我说话的时间还多着呢。现在我得走了，天已经亮了。不过你如果再发疯做傻事的话，那么——"她用食指指着谢克尔，话只说了一半。

谢克尔说："我的精神错乱了，我真是个疯子。"他的语气中有一种又气恼又羞愧的感觉。

谢西的眼中含着笑意，却用一种意味深长的严肃口吻说："疯？你可没疯。你就是个大孩子！"说完，向楼下走去。

谢克尔开始把散落在地的《我们的社会》的稿纸一张张捡拾起来。

凌晨时的那种感觉忽然再次充盈在他心里，他吃惊地问自己，他的内心感受怎么会这么迅速地在谢西心里得到回应……这种疑问和好奇更加印证了他的感受。他满怀感激地再次感慨道："愿我的双眼永远这般圣洁明澈。"

谢西曾接着他的慨叹说道："愿我永远这般清醒。"但这是我的觉醒，谢西，这是我的觉醒——我会守护着你的圣洁美好，不眠不休……

第四章　线、绳、结

尽管浓云密布、寒意逼人，但这个白天却是美好的，清丽、温柔，带着一种被夜雨洗濯后的清新。如果他是音乐家，他会以音符为笔，描绘出这个白昼的灵魂；如果他是画家，他会为它作画；如果他是雕塑家，那他会将这个白昼的灵性赋予岩石，竖起一座高大的雕像。不必追求不朽，因为它自身便是不朽的，只是用有形的方式将它呈现出来。因为快乐一定也有形状，可以用意念的指尖触摸到它；如果它是无形的，那么也只是赋予了艺术家塑造和装饰它的自由空间，形状、轮廓以及艺术家的激情全都是妆点它的工具。

谢克尔准备写点什么。或许是诗。但无论以什么形式呈现，他一定要写点什么，因为今天他的心灵经历了前所未有的涤荡和冲刷，仿佛经过了几个世纪的等待，终于冲上了生命波涛的浪尖，而下一次潮汐将在何时来袭，谁能预测呢？

难道没有什么东西已远远超出文学所能表达的范围，它异常浩淼广阔，异常深沉邃远，它无法被捕捉，因为它自身就是包容万物的？

当然会有这样的东西存在。但是谁不想奋力追逐，将它揽入怀中呢？七叶木的枝干挺拔向上，浓荫如盖，但是我却能听到她轻柔呼吸时发出的沙沙声响，也能如醉如痴地随着她的乐歌浅吟低唱……

创作的冲动首先源自感动……

谢克尔动笔写了起来。

九点，十点，十一点，十一点半——

谢克尔在狱中学会了通过脚步声揣测人的心理状态，因此听到楼梯上传来的脚步声，他感到很惊讶。这脚步声中隐含着那么多无奈、那么多疲惫，仿佛是在生活的泥淖和荆棘中勉力前行。在今天这样一个神圣的日子，谁会如此不幸？

谢克尔看了看面前的稿纸，又望了望通向楼梯的房门。

来人一只脚虚弱无力地踩在门槛上，一只手扶住门框，肩膀倚在臂上，面色苍白，一双眼睛像灰蒙的玻璃一样空洞而呆滞。站在他面前的正是谢西。

他赶忙站起来说："哎呀，你怎么来了？！"看到谢西苍白憔悴的面容，他赶紧冲过去想搀扶她。

"我来了。再也不回那里去了。别，别碰我，我马上就走。"

"嗯？谢西，你在说什么呢？"

"他把我从家里赶出来了。"

"为什么？为什么？"谢克尔一下子惊呆了，"快进屋来，坐下说话。"

"不，谢克尔，我是被丈夫抛弃的女人，是有污点的女人，这个世界没有我的容身之地。别叫我进屋来。”

看到谢西蹲下身来想要坐在门槛上，谢克尔仿佛挨了重重一击，他痛苦地喊了一声：“谢西！”他忽然意识到，谢西并非有意坐在门槛上，是因为实在站不住了才坐下的。于是他没再多说什么，抓住谢西的胳膊把她搀扶起来，扶着她向屋里走去。

“唉！我已经说过了。你再好好想想，谢克尔，现在还来得及。你没有必要邀请我进来或者允许我进来。我来并不是要待在这里，我不能给别人添麻烦，而且——特别是给你添麻烦——我永远都不会……”她的声音断断续续，但她还是吃力地说道：“你以前给予我的——”

谢克尔用另一只手捂住了她的嘴，把她扶到了床边，强迫她坐下，之后又轻轻推了她一下，试图让她躺在床上。

谢西轻轻呻吟了一声，说道：“不，就让我坐着吧。”

谢克尔向后退了一步，然后说：“谢西，他为什么赶你走？”说完，立刻又补了一句：“如果不方便说就算了。”

“不，可以告诉你。反正我马上就要走了。他说了什么？他说我是荡妇，是淫贱的女人。”

谢克尔愣了一下，问道：“为什么？”

“我整晚夜不归宿。”

“你没告诉他你来我这儿了吗？你没说你一直和我在一起吗？”

谢西空洞的眼神不知看着哪里，听到问话，她把脸转向了另一侧，没有说话。

“你干吗不说话？我马上就去你家解释。”

谢西焦急地说：“不！不！你别去！”

“为什么？”

“不，谢克尔，别去！我——”

“你为什么不告诉他？”

谢西艰难地吐出三个字：“他知道。”

“那为什么还会这样？”

就如河岸在洪水肆虐的冲刷下渐渐崩塌，谢西的忍耐也到达了极限，渐渐坍塌瓦解。她的声音越来越尖利，“别让我再说下去了，谢克尔！我无法当着你的面把那些话再重复一遍。”

“谢西，难道我是外人吗？”

“哦，你不明白！谢克尔，你不明白！他说——你根本想不到他说了什么，他说——他说——我在你这儿过了夜，所以他说——我是个荡妇。哦，不，不，谢克尔！”

原本尖利的嗓音忽然变成了近似于呜咽般的声音，之后房间里忽然一片沉寂，那种死一般的静寂又像在屋里飕飕穿行……

过了许久，谢克尔说：“我明白了，谢西！不必说了。”他停顿了片刻，又重复了一遍：“我全都明白了。”

他的声音异常平静安详，这让谢西感到诧异，她原本迷茫散乱的眼神忽然凝聚在他身上，用怀疑的语调问：“谢克尔，你要干什么？”

谢克尔若有所思地说：“不，现在我不会那么做的。谢西，我什么也不做。”接着又说：“谢西，你呢？”

“我？”

“你打算怎么办？”

谢西的脸上浮现出一丝惨淡的笑容，“我？！”她的神情变得严肃起来，“谢克尔，你现在就下逐客令吧！我马上就离开这里。我真的会马上离开。你下逐客令吧！”

谢克尔的心仿佛受到了伤害，他用一种斥责的语气说："让我说什么才好？你难道——"

"对你来说，这么做并非一件易事，但这样会让我感到轻松。谢克尔！"

谢克尔走到窗子旁边，站在那里，然后对谢西说："人们说，站在高处会面临一种诱惑，一种可怕的诱惑。"接着他索性挑明了这句话背后的深意，"从四层的这扇窗户，一个人可以跳下去，两个人也可以跳下去。这不失为一条出路。"

谢西用颤抖的声音喝止他："谢克尔！"

"不，我并不是说要走这条路。一定还有其他出路。"

"出路！什么出路？"

谢克尔猛然来回踱了几步后说："谢西，你发誓不会做傻事，你哪儿也不会去！"

"我——该去哪里？不该去哪里？"

"谢西，不要推诿！你发誓，你哪儿都不会去！"

"……"

"谢西，说话呀！你发誓！"

"谢克尔，这就是你想对我说的吗？这就是你真心想要的吗？"

"谢西，你要相信我。"

似乎是在试探和观察谢克尔听了这话会有怎样的反应，谢西用一种略微有些犹疑的语气缓缓说道："我不会离开。或许不离开——就是一种付出——是一种绵薄的回报。"说完，她疲惫地闭上了眼睛，仿佛谈话的双方再也没什么可说的了。

谢克尔在屋里来来回回地踱着步。他竭力重温和思索着刚才谈话的所有内容。从昨晚开始，他们之间已经确立了一种亲密无间的关系，对此他的心中没有丝毫怀疑。谢西无疑已成为他此生无法分割的一部分，他承担着与谢西并肩同行的责任，他满心欢悦地将这份责任视为一种荣耀，这份责任的必然性无可置疑。但是，或许并不能将这种必然性仅仅视为必然会遇到难题，在这个过程中，解决问题是否也同样是无可置疑必须要做的事情？他意识到，坚称“还会有其他出路”并不能保证一定会找到“其他出路”。所谓承诺——

谢西从床上站了起来，摇摇晃晃向门口走去，谢克尔赶忙跑过去搀扶她。“谢西，你去哪儿？”

“不，你待在这里别动，我出去一下。”

谢克尔用有些怀疑的口吻说：“谢西，你起过誓的。”

“谢克尔，我马上就回来，你待在屋里别出来。”说完淡淡一笑，但笑容很快就被痛苦的神情所取代，“你别担心。”

谢克尔木然地站在屋子当间，但在木然中又一直保持着警觉。他听到屋外传来泼水的声音，然后是一声微弱的喘息和呻吟，之后是水龙头放水的声音。

“谢克尔！”

谢克尔连忙冲了出去。谢西弓着腰靠着水管站着，茫然地朝他伸出一只手。谢克尔搀扶着她向屋里走去，问道：“谢西，怎么了？发生什么事情了？”

“没什么，没什么。”

既然知道谢西不会说，干吗还要追问这种无谓的问题？谢克尔担忧地问道：“要不要请个医生？”

“不，谢克尔，没什么事。”谢西本来正要向下躺，可忽然蜷缩着身体半靠在床上，然后艰难地侧过身去，再也不动了。她慢慢抬起一只手，把手放在额头上，手指一点点蠕动着向发际线伸去，三根手指的指尖仿佛三只红色的虫子，慢慢爬进头发里消失不见了。谢克尔忽然发现，虽然谢西睁着眼睛，但她仿佛什么也看不见，什么也不知道，甚至不知道谢克尔就在身旁，或者根本不知道有这个人存在。

难道两人合为一体所产生的力量只是共同面对死亡的力量？难道彼此相知所获得的奖赏便是两人相对无言、无话可说，一边是呆滞迷离的双眼，而另一边是混沌无知的顽石？忽然一幕完整的场景——拉梅谢沃尔粗暴的殴打，谢西严重的伤情——如同一击重锤般猛烈地敲击在谢克尔心上，他变得焦躁不安起来。一种紧张感传遍了他的整个身体，最终凝聚在他蹙紧的眉间，一直凝注在谢西身上的目光瞬间变得如刀锋般锐利。他俯下身，轻轻从床尾处拿出毯子盖在谢西身上，又把一个旧披肩搭在她的肩上，然后向门外走去。

“你去哪里？”

谢克尔吃了一惊，但并没有停下脚步，他说：“我马上回来，谢西，你躺着别动。”说完快速走下楼梯。在他心里并没有什么清晰的计划，他唯一清楚意识到的事情就是——他要去见拉梅谢沃尔。

拉梅谢沃尔坐在正对房门的地方，谢克尔先是打量了他片刻，但就在这一瞬间，拉梅谢沃尔脸上原本有些阴晴不定的神情忽然变得充满敌意，两条连在一起的浓眉紧紧皱在一起，像一堆蓬乱的刺棘。

“你好大胆子！你到这儿来干什么？”

谢克尔没有理会拉梅谢沃尔的咆哮，他反问道：“我来干什么，过一会儿就知道了。不过您都干了些什么？您难道疯了吗？”

“看来你这个混蛋是来声援她的。她跑到你那儿告状了吧？快从我家滚出去！她和你到底是什么关系？”因为愤怒和仇恨，拉梅谢沃尔的脸变得异常扭曲，鼻孔和嘴里呼哧呼哧喘着粗气。谢克尔感觉到他已经怒不可遏，不然不会这么上句不接下句，甚至有些口吃。可他有什么权利发火？莫非他倒成了受害者？这个愚蠢而又残忍的凶手！谢克尔的语气很强硬，“我来这儿不是为了回答你的问题，我是来给你提要求的。”

像潮湿的灯芯怎么也点不着火，拉梅谢沃尔有好一会儿支支吾吾地接不上话，似乎谢克尔的回击让他本已血脉偾张的激愤心情忽然哑了火。趁这个机会，谢克尔立刻把想说的话一口气说了出来：“昨晚谢西和我在一起，我回来得很晚，她发现我想自杀——”他顿了顿，“所以留下来安慰我，再加上外面下雨——”但是说到这里又觉得像是在解释和辩白，而这些话在这种时候显得有些不合时宜，于是说了一半就没再说下去，“您不知道，您的举动是多么不可理喻。谢西——您甚至连给她行触脚礼的资格都没有，可是您——”他惊讶地发现，对谢西的某种莫名的责任感竟然使他在此时仍用“您”来称呼面前的这个人。

忽然从拉梅谢沃尔身后另一个房间的门口传来一个人的讲话声，沙哑的嗓音就像锯齿切割竹子发出的声音，“滚，去舔她的脚底板吧，她会被你舔得十分受用的。”

谢克尔惊讶地望过去，一张女人的脸出现在拉梅谢沃尔身后。尽管脸上布满了一道道黑色的皱纹，但这张脸简直就是老年拉梅谢沃尔的翻版。这张面孔上也有两道蓬乱的刺棘似的浓眉，只不过浓眉下深陷的眼窝里一双眼睛浑浊得如同长满了霉斑。是拉梅谢沃尔的母亲吗？谢克尔之前并没有见过她，不知她是什么时候到这里来的。

"留下来安慰他！被安慰了一整夜，现在理直气壮了！混蛋！下流胚子！"似乎找到了一个可以发泄愤怒的新目标，就像毒蛇吐着信子，老妇朝谢克尔啐着唾沫愤怒地咒骂着。谢克尔看到，在她身侧又出现了一张老年男性的脸，花白的胡须微微有些颤抖。

"真是个名副其实的流氓！参加了共产党，蹲了一年监狱后现在跑到这儿来了，好人家是不会让他进门的。共产党把女人当作公共财产，这些无神论者！他们的工作就是诱骗姑娘，然后打着改革社会的旗号把她们变成娼妓。真是卑鄙无耻！自己一文不名，这当然就是最合算的手段了。先是以姐妹相称，后来就变成了同志，再之后就成了妓女。他们才不在乎谁家的门楣会因此而蒙羞。他们自己倒是把妓女搞到手了——都是良家妇女，不仅年轻而且不用花一分钱！"仿佛这些人的罪恶实在罄竹难书，老头稍稍停顿了一下，然后从花白的胡须下愤愤地吐出一个词，这个词似乎代表了他心中所有的怨憎——"共产党！"

谢克尔感到这完全是另一个世界，这是一个泥泞湿滑、满是泥淖和黑色蚁穴的世界，这里到处散发着雾瘴蛮烟。他感到惊讶和惶惑，面对恶毒的双重夹击，他甚至无法表现出愤怒，只能沉默地怔立在原地。但是，如同一匹被两记鞭打激怒的野马，拉梅谢沃尔怒不可遏，他冲上前去狠狠打了谢克尔一记耳光。

这当然是另一个世界，在这个世界里没有什么事情是经过思考、出自理性的，甚至并非出自有意的安排。在内部某种魔鬼般邪恶力量的催动下，一切自然而然地就发生了，一切犹如一道闪电，在自己发出的光耀中勾勒出自己的轮廓……打在谢克尔脸上的耳光留下了几道浅浅的指痕，复仇行动似乎自己启动了——谢克尔抬起手，紧紧攥住了进犯者的手腕，拳头越攥越紧，把他的手腕向后掰去。

这只手腕曾经狠狠地对他人施以暴力，如今却被别人紧紧攥住，痛得直抖。谢克尔模模糊糊地想到，如果攥得够紧，那么手腕里的骨头就会吱吱嘎嘎地断裂。这是拉梅谢沃尔的手腕，如果不是手腕而是拉梅谢沃尔的脖子，那么……

可为什么攥在手里的是他的手腕？为什么不是他的脖子？当然可以是脖子！手腕能被攥得吱嘎作响，那脖子也同样可以被拧得吱嘎作响。因为在他的动作中没有任何欲求，没有任何愿望，那只是一个动作而已，可是魔鬼般的力量自己启动了，尽管他的双脚依旧茫然无措，不知该去向哪里。

遮在这个世界上的罩布仿佛突然被人撕开，有人碰了碰谢克尔的手臂。谢西说："谢克尔！"

攥紧的拳头松开了，但僵滞的手依然保持着原来的姿势。谢克尔忽然感觉到，刚才被他抓在手里的是什么软塌塌、脏兮兮的东西，于是他把手指彻底伸开，之后又忽然把手放了下去。

沉寂中，那股魔鬼般的力量仍如汹涌的潮水一般久久无法平息……

谢西说："我担心你会这么干。你干吗到这里来？"

谢克尔的忿怒全都化为了沉默。

"你走吧！"

谢克尔的眼睛直视着谢西的眼睛，过了一会儿问道："那你呢？你也走吧！"

"你走吧！听我的话，离开这里！"她的声音里有一种统治者特有的强硬，因为她知道，她不仅对身边的臣民拥有至上的权力，甚至对自己脚下的这块土地也拥有同样的权力，因为这也是她的财产。

谢克尔转身沿着楼梯向下走去。对于这样被流放，尽管他的灵魂在痛苦地嘶喊，但是口中却一言未发。他的理智清晰地意识到——不要说一个谢克尔，即使是五十个谢克尔能够给予这个女王的所有尊崇、所有信任、所有挚爱，在这一瞬间也都微不足道、不值一提。

他并没有回头，但凭着第六感觉，他似乎对身后发生的一切全都了然于心——四个人木然呆立在原地，谢西环视着他们，她的目光先是落在第一个人身上，然后从第一个人转向第二个人，又从第二个人转向第三个人，之后她的目光就一直静静凝聚在他身上。她的目光里有什么含义，没人能够解读，连这个被她目光凝视的人也同样不懂，他猛然转头避开了她的眼睛。

大门砰的一声关上了，门里传来叮叮咣咣锁门的声音。这时谢克尔才回身望去，离他六七级台阶高的地方，谢西正站在像石板一样紧闭的大门外面。他什么也没说，在原地又停留了片刻，然后忽然慢慢朝楼下走去。他听到身后传来另一个人迟缓疲惫的脚步声。

谢西跟在他身后下了楼梯，来到了楼下的街道上。这时，从楼上的窗子里传来那个花白胡须的老头愤怒的喊声："她滚蛋了！"

老妇沙哑的嗓音发出更加污秽的咒骂。

"和他鬼混去吧！不要脸的母狗！贱货！"

谢克尔忽然意识到，尽管这些恶毒的谩骂并没有针对他，但他却应该为此负责。他没有转身，但是停下了脚步，等着谢西从后面赶上来和他并肩而行。

弥漫在房间里的是双重的孤独。对很多未知的原委谢克尔既不了解，也没有问过谢西，而这些本来是他应该去问谢西的。自始至终他都没有问过谢西，他也不清楚自己在什么时候知道了问题的答案。不知是凭借哪些细微感觉在瞬间的灵光乍现，尽管根本无暇去寻问和了解，谢克尔感觉到，在他所看到的表象背后还有一些更重要的事情正在发生，正在进行，但何时才能有机会去抓住并且解开这些蛛丝马迹呢？当下有这么多的事需要思考，需要解答……

谢西没有平躺在床上，而是像个问号一样蜷缩着身体侧卧在床。她虚弱无力地垂着眼皮，过了一会儿，又睁开了眼睛。谢克尔知道，闭眼是在强忍某种剧烈疼痛……

谢西一定病了，得做些安排才好。没有铺盖，谢西也没有带随身的衣物，还有吃饭的问题。没有钱，一切都无从谈起。

在傍晚之前，必须解决一些迫在眉睫的问题。晚饭可以从餐馆里订，但得提前告诉餐馆一声；午饭他可以自己随便做点什么，不过得等他回来以后再说；首先得解决铺盖的问题，还得再多弄几条毯子来。

谢克尔拿着要换的衣服刚要出去，谢西用虚弱的声音问道："你这会儿去哪儿？"

"我去学校一趟，最多一个小时就回来。"说完又往后退了一步，"谢西，别害怕，我不会再做什么让你担心的事情了。你——你躺在床上别动，不要出门。"

换好衣服后，谢克尔又回到谢西身边看了看她，然后说："现在闭上眼睛睡吧，你太累了。昨晚你坐了整整一夜，今天早晨到现在——"

谢西顺服地答道："好的，我马上就睡。"

谢克尔朝门口走去，用一种呵护的口吻笑着说："我是孩子还是你是孩子？"

一个半小时以后，当他腋下夹着三条毛毯、一条粗毯和一床褥子，口袋里揣着借来的十个卢比，脸上洋溢着胜利的喜悦回来的时候，谢西一动不动地坐在水龙头旁边的地上，水龙头没关，水哗哗地往外流着。

谢克尔赶紧从床上撤下自己的铺盖，拿出新床单给谢西铺在床上。他决定在房间另一侧给自己弄个睡觉的地方，于是把不用的衣物卷起来堆在那里，然后搀扶谢西在床上躺了下来。深深的疑虑仿佛在他心上结成了一层冰壳，可他不能问谢西任何问题。扶谢西躺下后，他去储藏室打算做点吃的，可他发现炉子里竟然点着火，四处散放着一些厨具，煮好的豆子汤和一道用土豆做的菜放在一边，还有几张烙好的饼。不过饭似乎只做了一半就停下了，连面粉也没盖好，储藏室的窗户旁边有两只麻雀窥伺着想趁机偷偷啄上几口，其实面粉上已经有几处被鸟啄食过的痕迹。他回到屋里，大声说：“谢西，你——你真是太不应该了！”

谢西像被逮住的罪犯一样怯生生地微笑着说：“我做什么坏事了？刚才没时间收拾锅碗了，我现在马上就去拾掇。”

谢克尔只能无奈地抱怨说：“我是这个意思吗？你干吗要干这些活？好吧，那你现在就享受一下自己的劳动成果吧。你坐着，我去把饭端过来。”

“难道我是做给自己吃的？你吃吧。”

“必须罚你先吃，我洗完锅碗之后再吃。”

“不，这样做不公平，你也得吃。”谢西说完又有些不情愿地加了一句，“好吧，锅碗你可以不让我洗。”

“好吧，那我就原谅你了。我把我的饭也一起端过来。”

谢西神情黯然地说道：“不，谢克尔，我不吃。”

“你说什么？到这儿来的第一天，你自己亲手做好了饭，可你自己却要绝食？你让我怎么想？那我一口也不吃了。”说完，为了缓和一下气氛，谢克尔模仿着父亲的语气，把“雅利安人”这个词拉长了音节，特意让谢西能够辨别出这是谁的语调，“我可是对客人奉若神灵的雅——利——安——人的后裔。”

谢西微微一笑，理解了他故作轻松的幽默。谢西说：“早晨来的时候，我本来就是个客人，可那时你不让我当客人。现在却又把我——”她忽然换了一种语气，“好吧，如果你现在想让我当客人，那我——”看了看谢克尔的脸色，谢西的话又没说完，“不说了，就这样吧。我不想让你难过。谢克尔，我一定会吃东西的，可是现在我——我吃不下去。”

谢克尔一瞬间忧心忡忡，“谢西，你怎么了？出什么事情了？是不是哪里受伤了？”

“我——我——我身体不太舒服。”

谢克尔知道，谢西这句话并非承认了事实，而是在尽力隐瞒。但他了解谢西，如果她不打算说，就绝不会说，执意追问下去不会有任何结果。

“什么也不吃吗？一点也不吃？”

“一点也吃不下，谢克尔。你把你的盘子端到这里来吃，当着我的面把饭吃了，就等于我也吃了。”

“……”

“不，我不要再听你说下去了。听我的话，不然我会认为你不愿吃我做的饭。”

谢克尔默默朝储藏室走去。

谢克尔不知道肚子不饿却被迫吞下土块时，是否需要和此刻一样强大的自制力。但是谢克尔心里朦胧地知道，爱的涓涓溪流从谢西那里源源不断地流向他，而他内心的关爱也自然而然地飘向谢西，如同蒸腾而起的氤氲水汽，迎接着激流和瀑布在低洼处冲刷而起的泡沫……这是一棵在痛苦和辱骂中孕育滋养、破土而出的幼苗，它身上蕴含着更加深邃的悲悯和慈爱，这是人的生命中最神圣、最璀璨的光芒……

我的确不了解很多事情。事发当时以及之前，我甚至没有对此进行过任何猜测和想象。后来才渐渐了解了真相。但我依然无法在知道与不知道这两种状态之间划出一道泾渭分明的分界线，因为我根本无法清晰地回忆起，到底什么时候我才得知了事件背后的全部过程。一定有人将真相告诉了我，因为这段记忆如同藏在记忆仓库中一个单独的盒子里，它似乎从来没有脱离于我的记忆，始终都是它的一部分，是属于我的一部分。它是我记忆中无法分割的那个部分，无论任何时候想起，我都会感觉到，它是我的亲身感受，而不是听谢西讲述她的感受后想象出来的画面。在记忆中，我就是谢西，我想她之所想，我忆她之所忆，我感受着她的痛苦，她沉默、不争但又无比坚韧的自尊就生长在我的身体里……如今谢西已经不在了，但我就是谢西，因此如今这世上已没有我，我只是曾经存在过而已。但至今我仍为她所经历的痛苦而痛苦，那痛苦远远超过我自身的痛苦，我因为她的自尊而成长。因此，她仍然活着……

据说，那些给人带来强烈刺激的事件引发的感受，如同用石头在记忆的表层深深划下的线条一样无法抹去，而且对它的记忆是对完整画面的记忆，而不仅仅是对这根或者那根线条，抑或是对轮廓的记忆。也就是说，当这些事件进入人的记忆时，便天然带有一种不可更改的次序，记忆者无法任由自己的笔端肆意描画，只能被迫亦步亦趋地追随着事件的脚步。可是还有另外一种理论说，意识会竭力忘却强烈的痛苦，用自我欺骗将它一层一层缠裹起来，直到它的轮廓隐没淡去，从人的记忆中彻底消失。但是我却发现，产生强烈感受的这些事件既不会从记忆中完全消失，也不会像石碑上的铭文一样难以磨灭。我发现，一些场景如闪电般光耀灼目，而另一些场景却早已变得黯淡无光，将事件串连起来的线索从中间断开了，不仅断开了，还相互缠绕在一起。因此，当回顾过往那些辉煌闪耀的故事时，我无法追溯它们准确的时序。它们如同闪电一般，随心所欲地在我的记忆里一闪而过，我无法确定哪一件事在先，哪一件事在后。我只能说，这些事情的确发生过，但并不能说明这就是事件的全部过程，或者说，事件就是按照这样的时序发生的……

也或者——莫非创作者更像一名骑手，他用自己的意志驾驭左右了记忆，而不是像一名被告一样，认罪坦白等待着最终的惩罚？难道说在人生最后的日子里，在不断寻找自己人生的价值、意义以及实现和圆满的过程中，我深陷于无谓的努力中无法自拔，背离了忠实记录的中立原则，一心沉迷于创作？

但是，当创作者将自己的生命赋予了作品，难道创作不就是最为极致的中立、最为极致的超脱吗？

而且，难道事件的真相就是最极致的真相？难道事件发生的时序就是人生体验的必然顺序？对于我们所要接受的事实而言，难道人生体验的顺序并不重要？不排斥内心世界与外部世界在事件时序上的抵牾，不也是一种更加深刻的坦白和接受吗？

谢克尔回到家里时看见，维迪雅沃蒂姨妈紧挨着谢西的床坐在地上。他的心怦怦直跳。在谢西、谢克尔以及拉梅谢沃尔的三角关系之外还存在着另外一个世界，而且这个世界与他们并非没有关联，这个问题此前仿佛被他忽略了。社会与他并不能融洽和谐地共处，对此他毫不怀疑；但姨妈无论如何都不是外人，这一点也是毋庸置疑的。但姨妈却被卷入了这种令人难堪的窘境。

谢克尔平静地给姨妈行了礼，并且说道："姨妈，干吗坐在地上？"

姨妈做了个示意祝福的手势，但嘴上却什么也没说。谢克尔忽然发现，姨妈的脸色蜡黄，眼圈发黑，两道深纹从黑眼圈的下缘一直延伸到嘴角旁。谢西的脸冲着姨妈，但眼睛却盯着床帮。

谢西说："谢克尔，你先出去一下。"他呆立了片刻，然后向屋外走去。他信任谢西超过信任自己。来到天井之后，他关上了身后的房门，在天井里来回踱起步来。过了一会儿，忽然又转身去了储藏间，翻腾着储藏室里的杂物，重新整理起壁橱来。

谢克尔正在和医生交谈。谢西躺在右侧的一个帘子里。姨妈站在帘子和医生中间，一只手抓着帘子，似乎不知道应该站在帘子里面还是外面，陷入两难之中。

"腹部肯定伤得不轻，应该特别小心。尽管问题不算很严重，但您知道，内伤有可能会化脓感染。我开些药。另外，她必须严格卧床休养，不要给她吃硬东西。"

"好的。"

医生弯着腰开处方，帘子后面传来吱吱嘎嘎的声音，谢西扶着桌子站了起来。

姨妈问："她还有背痛的症状。"

"背痛自己会慢慢好转的，可能是摔倒时撞的。"说完，医生思忖了一下，"哪里觉得疼？"他直起腰，准备重新给谢西做检查。谢克尔一个人站在帘子外面，眼睛一直盯着对面的帘子。

“这儿呢？这儿呢？稍微弓一下腰。”医生的语气忽然变了，“唉！”

场景和刚才一模一样，姨妈用手抓着帘子，医生站在谢克尔面前，不过脸上的表情却大不相同了。

“医生，情况怎么样？”

医生意味深长地看着谢克尔说：“您是她丈夫吗？”

“不，她是我妹妹。”

“哦，请原谅。那她是母亲吧？”

谢克尔简短地回答说：“是的。”

医生冲着母亲说：“玛达吉[1]，病人是和您一起住吗？”

谢克尔答道：“不，她住在婆家，我们带她来看病。怎么？有什么问题吗？”

医生沉默了半晌，仿佛在思考什么，之后像是拿定了主意似的，说道：“玛达吉，她后背的伤不是摔倒造成的。”

“那是？”

医生的沉默像是在说：“我也是几个孩子的父亲，能体会您的感受。”

姨妈转身问道：“谢西，你还记得是怎么受的伤吗？”

谢西没有说话。似乎是为了打破沉默，医生说：“我开点止痛的药膏，轻轻按摩之后热敷一下。”医生稍稍犹豫了片刻，然后用英语对谢克尔说：“这个伤不是意外事件，而是人为故意造成的——她的肾脏破裂了。”

---

① 印地语中对母亲的一种尊称，既可以用来称呼自己的母亲，也可以用来称呼别人的母亲。

谢克尔也用英语问道："危险吗？"

"不算危险，不过无法治愈。"

"您能给点治疗方面的建议吗？"

"休息，还有就是耐心和坚强，主要是坚强。"

医生想到，一直用英语交谈并不能给病人和家属带来更多宽慰，于是冲着姨妈说："病人必须彻底休息。拿着这个药方到药店去买药，两三天以后再看看情况怎么样。"言下之意是下回不必再把病人带过来，可以请他到家里去看病。

拉梅谢沃尔的房间在二楼，迎面袭来的各种羞辱如同弓弦一般紧紧绷拉着谢西的身体，把她变成了一架紧挽的弯弓。面前是拉梅谢沃尔的脸，如同一堵耸立的高墙，但墙基松垮，摇摇欲坠；在他身后还有两堵墙，这两堵墙不会垮塌，因为它们早已被毁弃，经年的风雨侵蚀已使它们坍塌成一片废墟……

谢西用一只手拂去眼睛四周的香灰，这是婆婆撒在她脸上的，然后说道："如果你们所有人都决意如此，那么——"

她合掌微微颔首行礼，几缕撒在头上的香灰飘落到她的手上，然后又落在地上。她转过身去，前方一步之隔的地方便是楼梯，她往下迈了一级台阶——

锯片咬牙切齿地咆哮道："瞧这个不要脸的女人！"

锯齿的撕割使那堵高墙仿佛忽然崩塌，拉梅谢沃尔猛然向前冲去，穿着凉鞋的脚狠狠踹在谢西的背上，"贱货！"

弓又被拉紧了一倍，弓弦发出铮铮的弹响："对您最后的馈赠我不会逃避和拒绝，用力拉，现在松开箭弦吧！"摇摇欲坠的高墙面前另一堵高墙耸立而起，它像弓一样柔韧，因而永远不会倒塌。

锯片咬牙切齿，激动地大声叫好：“再给她一脚，揍她！”

腹部又被狠狠踢了一脚，谢西发出了一声痛苦的呻吟，但没有倒下。眼前一片漆黑，她扶着墙摸索着向前走去——会面已经结束，现在该离开了……

从马车车厢的后排传来姨妈的问话声，“医生用英语说了些什么？”

谢克尔转过身说：“没说什么。他说一定要好好休息，躺着静养，否则病情会加重。”

姨妈问谢西：“你是怎么受的伤？真的是摔倒碰伤的吗？”

谢克尔把身体又向后侧了侧，说道：“姨妈，向前跌倒怎么会摔伤后背？脸上和手上怎么——”

谢西轻声说：“到家再说吧。”

沉默中只能听见马车夫的口哨声和他不时发出的“让一让——让一让”的吆喝声。

储藏室里的每一样东西都已归置整齐，甚至所有东西已被上上下下来回翻腾了两遍。难道谢西和姨妈之间的谈话还没结束？难道他还得继续待在外面？

谢西像真理一样穿透了他的生命，而他则像光芒一般倾洒于谢西的生命之中。这一切姨妈会接受吗？能接受吗？为了让姨妈免受一些东西的伤害，谢西曾经牺牲了自己，可如今这些可怕的东西又出现在姨妈身边。

谢克尔打开了水龙头，把杯碟放在流水下面冲洗，喷溅而起的冰冷水滴似乎能够给他一些支持和安慰。

屋内终于传来姨妈的呼唤声——“谢克尔！”谢克尔试图通过

她的声音判断自己已被定罪，还是被叫进去接受审问，或者被宣布无罪释放。他站在姨妈身边，姨妈抬脸望向他，脸上流露出一种无声的痛苦，除此之外看不出其他表情。“坐吧。”姨妈说。

谢克尔挨着她坐在了地上。

“你有什么要说的吗？”

因为不知道应该从何说起，谢克尔没有说话。

“从小接受的教育让我相信——丈夫是女人的一切。女人也是丈夫的一部分，这我知道，可是我学到了如何把权力交给丈夫，却没学会如何从丈夫那里得到自己应有的权利。如今我已经老了，更学不会什么新本事了。”姨妈的语气中既没有质疑，也没有任何指责和命令，只是在述说自己的感受。

“谢西说她不会回去了。现在不是她想不想的问题，而是能不能的问题。”

姨妈接着说道：“我已经去过那儿了。”

谢克尔吃惊地问：“什么时候的事？”

“他们拍电报叫我过来，所以我才来的。他们说，他们就当谢西已经死了，也当我们都不存在。谢西的婆婆说，如果她现在——不过不说这个了，回忆这些有什么好处。”

谢西说：“妈妈，他们莫非也羞辱了你？他们都说了些什么？”

“孩子，能把你扫地出门的人，怎么会放过羞辱我的机会！”姨妈说，“你婆婆说如果她现在让你进家门的话，就等于吃了牛肉[①]或是犯了杀夫罪。”

“然后呢？”

“哪儿还有什么然后！现在不能回去了。因为把丈夫视为最宝

① 印度教将牛视为神圣的动物，印度教徒禁食牛肉。

贵的财富，所以回到公婆家就是唯一出路，对于这种观点我并不认可。既然丈夫已经把路堵死了，那么不走这条路也一样能履行自己的达摩。”她沉默了片刻，“谢西说，不管去哪儿，她绝不和我一起回家。”

谢克尔没有说话，望了望谢西。

“妈妈，你别难过，我的话自有道理。”

“谢西让我自己回家去，就像那家人当她已经死了一样，让我也当她已经死了。即使心里不这么想，行动上也要这么做。”

“为什么？”

谢西答道：“既然有些东西是我必须承受的，又何必让妈妈也深陷其中？她已经承受得够多了，现在她应该远离这些纷扰。既然结婚的时候她已经把我交给了婆家，为什么还要让她为现在发生的一切负责？我为什么要让她去承受这些痛苦？”

“姨妈，我应该承担最大的罪责，我就像个扫帚星一样给所有人带来了不幸，我——”

“不，谢克尔，对于注定要发生的事情，不要把责任揽在自己身上。”说完，姨妈又回到了正题，“谢西说让我别管这些事，社会要给她什么惩罚，就让她独自接受惩罚好了。”姨妈望着谢克尔，但没有得到回应，于是接着说道：“可是我怎么能不管不顾？她是我身上掉下来的肉，是我用二十年的心血辛苦养大的孩子。把她从我自己手上砍下来，难道不是我的失败吗？我怎么可能对此视而不见？”

“妈妈，你这样想于事无补。你刚才不是已经同意我不回去了嘛。”谢西的语气第一次显得有些激动，“如果你把我带回家，把我的所有不幸加诸自己身上，这样做不仅仅是我的失败，而且我曾经牺牲自己换来的一切，也都会变得毫无意义。”她平复了一下情绪，

“而且这样做，并不能让你避免这些不幸。”她停顿了片刻，“好吧，如果你不让我住在这里，那我——”

谢克尔说：“我也要补偿自己犯下的罪过。这个社会从谢西身上夺去了什么，我就——”

“我并没有禁止她住在这里。如果她不和我一起回家的话，那么这里就是她唯一可去的地方了。人们在我面前说三道四，可我回答所有人的都是同样的话，我说这两个孩子同宗同脉。谢克尔，我从未把你当成外人，尽管从民间风俗的角度来说，我们没有什么血缘关系。谢西住在这里就等于在我身边，只是我抛弃了自己的孩子，不是谢西一个人，而是你们俩。”

谢克尔感到眼睛里有些灼痛，他真想放声大哭一场，“姨妈，姨妈——妈妈！”

“妈妈，接受一个人是发自内心的，抛弃一个人也同样如此。如果你并非从心底里抛弃了我——我们——的话，为什么还要这么难过呢？更何况，我们永远也不会忘记你。”

姨妈冲着谢克尔说：“我怎么向你父亲交代？”话音戛然而止，她把头靠在谢西身前的床帮上，谢西用一只胳膊搂着她的肩膀，把自己的脸半埋在她的裙裾里。姨妈单薄的身体不住颤抖，像正在经受一场狂风暴雨的冲击，谢克尔静静望着她，泪水潸然而下。但是，忽然间有一种新的感悟油然而生，仿佛它原本深深埋藏于遗忘的灰烬之中，此时却被三河[①]交汇而成的清流荡涤一新。这感悟告诉他说——谢西并没有失败！

“谢克尔，拿着！”

姨妈递给他一张一百卢比的钞票，“以后我再给你们寄。”

---

① 三河常指印度的三条圣河，即恒河、亚穆纳河和娑罗室伐底河。

“姨妈，我——”

“这不是给你的，是给谢西的。现在她病着，而且——”

谢克尔的语气显得有些迟疑，“姨妈，不能这样，我会妥善安排好的——”

姨妈伤心地说：“谢克尔，要输的，已经输光了；该断的，也已经割断了。这样做能让我得到一点安慰。”

“谢克尔，不要在妈妈面前逞强，听我的，拿着！”

谢克尔慢慢伸出手，像在解释什么似地说道：“等谢西身体好起来了，就别再寄钱了。”但他心里想的却是——无论什么情况都别再寄钱来了。

“老天保佑她能尽快好起来！即使以后享不到什么大福大贵，至少应该有一个能受得了苦的好身体。”

“妈妈，我的身体没事。”

谢克尔想说：“我会和她一起分担的。”

记忆中忽然出现了姨妈轻轻下楼的脚步声，当时她跟在谢克尔身后向楼下走去，打算去车站。这个声音莫名地穿插进这段对话中。

“姨妈，您别担心。”

“好的，谢克尔。听老天安排吧！”她冲着谢西说：“谢西，难道生你养你就是为了这一天？”姨妈的声音又开始颤抖起来，她忽然说道：“谢克尔，那天你难道真打算自杀？”

一阵令人尴尬的沉默……

“在她还很小的时候，你洗澡时用水罐把她的头打破了，那时她就为了你撒谎说是自己碰伤的。这个傻孩子打一开始就一直护着你。”姨妈的语气中既有几分忧怨，也夹杂着骄傲和欣慰。不过谢克尔此前并没有听说过这个故事，于是问道：“姨妈，这是什么时候的事？”而且他也在想，这样一打岔，对自杀的事就可以避而不谈了。

姨妈开始给他讲述这个故事，“那时你还很小，你们第一次见面……”

黄昏的静寂中，冰冷的烟尘似乎凝结在一起，顺着双目，填塞进整个身体里。房间里摆放着提灯的地方发出微黯的灯光。谢克尔迅速关上了窗户，免得晦暗湿冷的空气涌入屋内。谢西蜷缩着身体静静躺在床上，眼神显得很安详。他知道，她的眼神一直随着自己的身影移来移去。

“谢西，你太能说谎了。”

“怎么了？”

“这个谎还不够大吗？你对我一个字也不讲，对姨妈说是跌倒碰伤的。你可真能说谎！你究竟为什么要这么做？”

谢西很肯定地说：“我没说谎。”

“可你没说真话呀。在我面前连一个字都不肯讲，可是——”

“谢克尔，我觉得给别人徒增烦恼才是最大的谎言。给妈妈增加痛苦有什么意义？再说了，关于那些人的事情——对他们我没有什么可抱怨的，他们现在根本不值一提。”

“那我呢？”

“你！你怎么了？既然你慢慢会知道的，那还有什么说的必要？”

“可你到现在也没告诉我事情的真相。说实话，你是怎么受的伤？是被人打伤的吗？”

“最初我连受伤的事情也没说，可当着妈妈的面我直不起腰来，还吐了血，这才不得不对她讲。”

“血？”

谢西用笑声隐晦地承认了自己的过错，“是的，坐卧行走引发了呕吐，呕吐时吐了点血。”

他忽然明白那天谢西为什么会坐在水龙头旁边的地上了。他惊愕地说：“那你还那么固执地一直干活！”接着他又伤心地说道，“你还给我做了饭。一顿不吃难道会饿死？”

谢西平静的语气似乎也能平复他人的心情，“你曾经告诉过我巴巴说过的一句话——信念远比痛楚更为重要。”

“是的，怎么了？”

“有一种势不得已的坚持比痛楚更加重要，痛楚有多深，这种势不得已的坚持就有多么重要。否则在痛苦面前，生活将永远会是被打败的一方。”

这句话中包含的真理慢慢渗入了谢克尔的心底，他若有所思地说：“是的，我懂了。”但他还是带着几分好奇执拗地说：“你可真会说谎，堪称说谎高手！”

“你说的谎话难道还少吗？”

“怎么了？我怎么了？”

“谢克尔，我也懂英语！尽管不是很精通，但是我掌握的那点英语已经足够用了。*不算危险，不过无法治愈！*”她边说边微笑着。

谢克尔感到很吃惊，沉默着没有说话。

“可是谢克尔，我并不害怕。医生开的药，我一直带在身上，现在还剩下很多。”

“什么药？”

“*休息，还有就是耐心和坚强，主要是坚强*……谢克尔，我会好起来的，我会陪着你走下去，让你知道我一切都好。”

马车一路向前。谢克尔坐在姨妈旁边，送她去车站。不知为什么，他的心里满是对姨妈的爱，但却不知该如何表达。他想抓住姨妈的手，在到达车站之前，他想紧紧握住她的手一刻也不松开……

“谢克尔，谢西会好起来吗？”

“怎么了，姨妈？您为什么这么担忧？”

“不是担忧，谢克尔，我之所以问你，是因为你比我更了解她的心思，难道不是吗？因为这也是一种心病。如果她心里有痊愈的意愿，那她的身体就会好起来的；如果没有这种意愿，就没法好起来，无论如何也不可能康复。我了解她！拗不过自己的女儿并不是我的失败，谢克尔！”

“我希望她能尽快痊愈。”

“老天保佑！谢克尔，你以后再不要胡思乱想了。”

“什么？”

“你已经担起了一份巨大的责任，所以你没有权利再去想什么自杀这样的事情了。永远也不要这样做！生命永远都是一份对他人的承诺，所以随意抛弃它是背信弃义的表现。”

“姨妈，现在我有很多事要做。”

“谢克尔，其实一直都是这样！只是你没有发现而已——”

谢克尔忽然沮丧地插话说：“如果那天我真的没有回家的话，那么——现在的一切就不会发生了！”

“谢克尔，别这么诅咒自己！你怎么知道事情不会比现在更糟？谢西也许还是会等你一整夜，第二天早晨的事情依旧还会发生。因为这是命中注定的事情，根本没法对别人解释清楚。拉梅谢沃尔对我说——”说到这儿，姨妈忽然沉默了。

“他到底是怎么说的？您就告诉我吧！”

“他说你俩之间早就不干不净了，只不过现在才发现罢了，结婚也不过就是个借口，好让你们——谢克尔，你简直没法想象这三天时间我的所见所闻！”

到了车站以后，姨妈说：“谢克尔，现在赶快回家去，没必要等车开了再走。我已经安安稳稳地坐在车上了，很快就能到家。”

“不，姨妈，给我讲讲后来发生的事情。”

“我之所以催你走，是要你赶在傍晚之前回去。黄昏时不要让谢西一个人待着，黄昏总使人感到特别伤感，特别是在冬天。”姨妈忽然用手拍了拍谢克尔的肩膀，谢克尔顺从地躬身行礼，姨妈摸着他的头发说：“走吧，孩子。”她的声音哽咽了。谢克尔知道，她满含悲悯的祝福想要护佑的不仅仅是他本人，还有谢西……

黄昏、清晨，黄昏、清晨……周而复始的时间流转中，唯一不变的是——谢克尔和谢西开始一起生活，他们被紧紧捆在一起。这样一来，生活的打拼就有了一种意义、一个目标，他也因此自然而然地获得了一种前进的动力。有些事必须去做——不，有太多事情要去处理，既是为了谢西，同时也是为了他自己。

“喂，改革者！你对社会的关注可远远不及你对食物的关注。你得搞清楚，你的身份到底是社会改革者还是厨子！”

“怎么了？我们的烹饪术也和其他东西一样需要改革，它也是一门学问嘛。”

“烹饪里也有表达创造力的空间，对吗？可问题是，适合你去表达创造力的媒介到底是什么？是笔和纸还是擀面杖和面粉？”

“你进行的这番比较让我意识到，这两者其实是一回事。进行烹调的是厨师，用餐的是客人，受到夸赞的却是东道主；写书的是作家，阅读欣赏的是读者，获利的却是出版商。”

“我倒是发现，身体受点折磨反倒会让你的反应更加敏捷。你现在究竟打不打算开始做点正事？我不会再让你帮我做任何事情了。”

“我马上就动笔。而且我已经写了很多东西了。”谢克尔连忙说道，因为尽管谢西看上去已经好多了，但她的健康状况还远远达不到可以做出上述承诺的程度，“可你知道，问题根本不在于写作，问题在于写完了之后该怎么办！饭虽然做熟了，可是如果没有客人愿意到一个不可接触者家里来做客，那该怎么办？”

“你常说，达摩只有在有意义的时候才会发挥出力量——否则遑论何为有意义的胜利！如果美食只能出自婆罗门之手，那当然另当别论；但如果不是这样——”

“但是美味和健康这两者之间还是有区别的，如果我——”

“无谓地考虑这些相互矛盾和抵触的事情于事无补。有益健康的食物，也可以是让人欲罢不能的美食。你应该为这样的目标而努力。”

“谢西，修改完善那篇在改革会议上的演讲稿算不算是工作？”

“把它写完吧！只要具备写作的条件，能写多少就写多少。如果创作时总担心出版问题，一定会妨碍写作的。”

“可是眼下这种担忧并非空穴来风！目前——”

“目前怎么了？目前你有三个月的时间可以毫无顾虑地进行创作，三个月足够你完成一部书稿了。”

“三个月？咱们吃什么？吃退稿信吗？”他忽然明白了谢西话中的含义，“谢西，我不会照你说的那样做。姨妈给的是治病的钱，这些钱是给你治病的，不是我的伙食费，甚至——也不是你的伙食费，明白吗？所以现在根本没有写作的基础。”

谢西怜惜地望着谢克尔，“好吧，你不用姨妈的钱，用我的钱可以吗？”

谢克尔大声说：“什么？”

谢西轻轻抚摸着自己颈上的金项链。

“只有它了，其他东西都留在那边了。可正因为这是唯一的东西，所以你不能再说‘不’了。”

谢克尔搪塞地说道：“好吧，没别的办法时我会接受的。你就把它当作是一笔存款。我可以先用已经完成的作品换些稿费。”

可他心里想的却是，靠这些是远远不够的。如果想让那条项链原封不动留在谢西脖子上，他必须写更多作品，因为连这条项链也是谢西的妈妈送给她的。

谢克尔坐在谢西旁边的地上，后背倚靠着床帮，稿纸摊在屈起的膝盖上，准备开始写作。对现状的担忧并没有使谢克尔心中产生激烈的情绪，促使他用苦涩的笔触写一些批判性的文章。他的心如同一张描绘着各种感受的画板，但即便是甜美的感受，也与他的创作无关，因为谢克尔此刻已经脱离于自我，进入了一种写作状态。他想写一些比批判性文章更具创造性的作品。在平和淡泊的心绪之外，他心中仍留有很多敏锐的感受，这些感受会使他的创作充满生命、富于活力……

尽管为了让他专心，谢西躺在床上一动不动，但他能感觉到，她的目光越过他的肩头，一直专注地凝视着他面前这张洁白的稿纸，他将在上面抒写下自我内心的感受。他有什么权利去抱怨作家命运的悲苦？因为他已经得到了写作的最高奖赏——一个极具鉴赏力的读者，甚至在他开始创作之前，这个读者就已经在阅读他的作品，并把从信念中汲取的力量赐予了他。

但是这种感受也是一种妨碍。在这样的心绪下他该如何写作？

谢克尔！这种幸福感也将渐渐从你身上脱离而去，它只会赋予你力量，你动笔写吧！

一种超然于物外的疏离感渐渐袭来，异常轻柔，却又极其彻底和纯粹……

光线变得越来越暗，谢克尔向前屈伏着身体，直到光线暗到连趴着也看不清字了，他才伸直了膝盖，把肩膀和头向后仰了仰，挺直了后背。

他能清晰地听到谢西的呼吸声，他甚至感觉到她温热的气息触摸着自己的肩膀。那种隔绝于世的疏离感融化在晦暝的天色中。谢克尔忽然因为和谢西如此贴近而躁动起来，甚至有些羞涩不安，“你全都看到了？”

“谢克尔，有一天你会成为大文豪，出版商会围在你的书桌旁从你手里争抢文稿，那时我可能已经不在人世了。可即使在那时，我也同样会站在你的身后，读你写的作品，只不过你不知道罢了。但是如果你写得不够好，我就会在你耳边大叫一声提醒你的。”

谢克尔站起来去点灯。

“谢西，趁着黄昏唱首歌吧！听你唱完后我再写一会儿，饭也就该送过来了。”谢西现在还是什么也吃不下，只能喝凉牛奶，服用医生开的药剂。

谢克尔擦拭着灯罩，房间里闪烁不定的氛围登时变得明快起来。

“把灯点燃！

走近孕育于神秘黑暗中的生命——”

可是只唱了两句，谢西忽然停下来说：“谢克尔，今天不唱了，明天再唱吧。”

谢克尔明白她的感受，可当时他并不想提及令人伤感的话题。他轻声念诵着谢西刚才的唱词，然后说：“这可不是歌。”

“那是什么？”

“这是诗。谢西，这些句子是你自己想出来的吗？”

“我……诗人！”

谢克尔举着灯，似乎是在找放灯的地方，借着明亮的灯光，仔细端详着谢西的脸。

这时，住在三楼的那两个孩子进来说：“我们今天拿到钱了。明天我们就去买纸，您一定会给我们扎风筝吧？”小女孩忧心忡忡地望着谢克尔的脸。

谢克尔愣了一下，许诺帮孩子扎风筝已经是很久之前的事情了。他问：“你们有多少钱？”

“四个安纳。”

“我只有两个安纳。爸爸说女孩不放风筝，我得到的是彩色的披巾。”

“不放风筝？”之后他故意做了个恍然大悟的表情，“对了，的确是这样。女孩放的是许愿灯。”

“那您会做许愿灯吗？”女孩失望地问道。

“嗯，会做。”

男孩有些怀疑地说：“嗯——男孩不放许愿灯吗？”

谢克尔笑了，“如果男孩围上黄色披巾的话，也可以放许愿灯。”

谢西把女孩儿叫到自己身边，问她：“你叫什么名字？”

“古苏姆·古玛丽。哥哥叫维德。”

“维德·古玛尔·南达。”男孩说话的语调似乎是在维护自己的尊严。

“好的，你们明天去买纸之前先告诉我一声。”

谢克尔送孩子们下了楼梯，然后在屋里慢慢踱起步来。后天就是春月初五节了。明天一早——明天一早——明天一早……

春月初五节的专刊出版了。主编没在办公室，谢克尔好不容易打听到他在哪里，然后找到了他。刚开始他并没有认出谢克尔，想起来之后说道：“您是不是在军队生活过？”

“没有。”

“您可真守时。”

谢克尔忍着没说话。

“该给的薄酬，我们从不拖欠。您也知道——及时行善，福德无边。”

谢克尔冷冷地说：“对。”

“可是事情得去办公室处理。”

“我可以陪您一起去。”

主编耸了耸肩膀说：“那就走吧，马上就去。”

主编漫不经心地翻了翻一个本子，然后用一种诵经一样的语调说：“金德尔谢克尔先生，区区薄礼——请您收下！”他慢慢打开抽屉，伸出手在抽屉里摸了摸，然后递到谢克尔面前——两个卢比。他尴尬地笑着说：“不成敬意。”

谢克尔瞪大眼睛看了看他，然后从主编手里接过钱，不卑不亢地说：“谢谢。”

谢克尔走到门口后转身说道：“在账目上您记的是‘薄礼’[1]二字吗？”

“是的。怎么了？”

不过对主编表现出蔑视似乎不太合适，他应该学会忍耐……谢克尔尽力压抑着内心的不快，说道：“没什么，随便问问罢了。”他在心里暗暗重复着原本想说的那句话：“如果写的是‘水’字[2]，那还能节省一个字呢。”

一掬清水……

谢西看到买回来的风筝和灯笼，问道：“这是给孩子们买的？”

“对。”

“给自己买什么了？”

“自己？我又不是小孩。”

“买点颜料回来，我给你染条手帕，你没有缠头巾的习惯。”

“那你呢？”这个问题不得不问，可问完后谢克尔却沉默了。他想，明天一大早就出去买一束芥子花作为礼物送给谢西。[3]

“难道每件事都得有我的份儿？”

“好吧，中午我就把颜料买回来，这会儿你别把手泡在凉水里。”

时间已经到了中午，可孩子们并没有上来找他，谢克尔大声喊他们：“维德！维德·古玛尔！古苏姆！”

---

① 此处原文为：patran-pushapan，本意为“叶和花”，引申为送给他人的微薄礼物，文中译为“薄礼”。

② “水”字的典故出自《薄伽梵歌》（9.26；或见《摩诃婆罗多》6.31.26）。原诗（黄宝生译本）为：“有些人约束自己，虔诚地献给我一片叶，一朵花，一枚果，一掬水，我接受这些真诚的贡品。”叶、花、果、水在这里指廉价的贡品。谢克尔用这个典故讽刺主编吝啬。

③ 春月初五节这一天，印度北方有身穿黄颜色的服装，在家中摆放芥子花等黄色花卉的习俗。

没过一会儿，维德苦着一张脸上了楼，站在房间外面。

谢克尔问："怎么了？进来吧。你怎么没来让我给你扎风筝？"

维德很沮丧，慢吞吞地说："妈妈不许。"

"为什么不许？"

"她说，别到那儿去！"说完看了一眼谢西，"她说好人家的孩子是不会去那种地方的。"

谢克尔一时不知说什么，他偷偷瞟了一眼谢西，然后又将目光转到面前的男孩身上。

维德转过身慢吞吞地朝楼下走去。

"维德，等一下！把这些东西拿走！"谢克尔把六个风筝、线、浆糊还有灯笼一起递给维德，"把这个给古苏姆！在灯笼下面点上蜡烛，它就能飞起来了。"

维德一瞬间笑逐颜开，但他的笑容很快便凋谢了，"妈妈会责骂我的。"

"不会的，你把这些东西放到楼顶的天台上，然后用自己的钱再买一两个风筝，到时候把所有风筝一块儿放掉！只要你不到这里来，妈妈就不会说什么，是不是？"

维德走了。

谢克尔在屋里转过来转过去，好像在忙什么事情似的。

谢西说："谢克尔，别管什么颜料了，白白浪费时间。坐下来写你的文章吧。要么把稿纸给我，我替你写，你口述，我来记录。"

谢克尔默默坐在她身旁，尽管他知道，此刻他什么也写不出来，也无法口述让她记录。此刻浮现在他眼前的只有一束芥子花，这束花明天早上不会在房间里出现了……

今天——此刻——谢西的目光是否越过我的肩头，凝视着我正在不断涂写的稿纸？监狱里的灯光如此暗淡，在这幽暗的微光中她是否正仔细审视着我在写些什么？我——别说成为什么大文豪了，此刻我就站在人生的悬崖边，低头俯视那空无虚幻的深渊……谢西，我的耳边从未响起过你的呼唤声，可我永远不会遗漏你的声音，甚至连最细微的低语都不会逃过我的耳朵……我一直能听到你均匀的呼吸声，它越过我的肩头，从我耳旁的汗毛上轻轻拂过。我笔下的所有文字都不是虚构的谎言……

好人家的孩子不能接近的那些人却时时留心着孩子们的处境。太阳出来了，阳光洒在天井里，谢西坐在门槛上，抬眼望着天空，听着楼顶的天台上孩子们欢乐的嬉笑声。谢克尔背靠墙站在她身边。但他忽然发现，许多双眼睛正直勾勾地从楼顶俯视着他们两个人，她们审视的目光冰冷而且警觉，就像螃蟹或者其他冷血动物的眼神。而当他抬起头用坚定的目光和她们对视时，她们纷纷手忙脚乱地拉起纱丽或是披巾遮在脸上，螃蟹冰冷的目光从他身上移开，盯在了谢西身上。只有维德偷偷朝天井望了一眼，然后又惶恐地看了看前面，之后便躲开了。谢克尔回到房间里，在屋子里缓缓踱着步。没过一会儿，谢西也走进来躺在床上。

过了很久，大约是下午两三点钟的时候，谢克尔听到了古苏姆的哭喊声，于是走到天井上想看看发生了什么。没一会儿，随着一声呵斥，哭喊声小了许多，之后古苏姆的脸出现在楼顶天台的护栏边，小嘴一瘪一瘪地仍在抽泣，可她的眼睛却直瞪瞪地望着楼下。

许愿灯被撕得粉碎……

住在四层有许多好处。四层可以与尘世保持足够的距离，但同样也有一片遮风避雨的屋顶。冬日的阳光中，尘世的喧嚣如一波一波的海浪欢跃而来，谢克尔开始感觉到，这个曾被他当作避风港的小屋，如今已变成了一间牢房，不能在这里继续住下去了。他知道谢西也有同样的感觉，可是两个人都假装对此一无所知。

但是如果在这里住不下去了，难道在拉合尔的其他地方就可以找到一个安身之处？难道所有地方最终不都将变为同样的监牢？也或许它们原本就是？可是又能去哪儿呢？即使想去其他地方，又该如何去呢？

重新修改过的《我们的社会》的手稿、《家庭的历史》和《社会与政治》两部书稿、一两篇杂文、三四篇小说、自己的一双手以及坚韧的精神就是此刻谢克尔的全部财富。当然还有谢西亲切的祝福——七叶木葱郁的树荫！

从一个出版社到另一个出版社，新一轮投稿的艰辛旅程又开始了。这一次，谢克尔抱着极其平和的心态，而且放弃了各种所谓的原则。无论如何，无论出版社开出的条件多么苛刻，一定要让《我们的社会》和《家庭的历史》两本书得以出版。并非因为他需要这个结果，而是因为他已经选择了结果背后的目的。

但是社会的内在结构远比他的想象更加复杂。无论他去哪儿，出版商不仅对他本人很熟悉，对这两本书的历史也谙熟于心，他们脸上的笑容很不自然，似乎在说，他们不仅了解作品，对作家本人也知根知底。

沮丧中抱着最后一点残存的勇气，谢克尔找到了那个曾经给过他区区“薄礼”的主编。他觉得此时对他来说，即使杯水之酬也很关键！

主编从头到脚打量着他，似乎准备迎接什么不期而至的灾难。

“我带来几篇作品供您考虑。”

“好的，多谢。您放在这儿吧！我——”

“您瞧，咱们还是有话直说比较好。您需要考虑的是需不需要可供出版的文稿，我想要的无非就是稿费。而且——”

主编委婉地表达了自己的异议，“您是知道的，我们这本杂志是家庭类刊物，是要进入家庭的。”

“所以呢？”

“我们刊物的读者是中产阶级女性。”

“我明白。可是——”

“因此，我们不得不慎重考虑应该在我们的刊物中发表哪些作者的作品！”

谢克尔并没有将主编的话仅仅理解为是在隐晦地表达对他的蔑视，他说：“我明白了。您能坦言相告，我为此非常感谢您。可是我并不要求在作品上署自己的名字。不署名也罢，署其他人的名字也罢，请您随意处置！”

主编的语气半信半疑，此外还有几分惊讶，“喔？好啊。”

“而且为了对您的方便着想，您可以不要小说和诗歌，只要散文作品。近来散文作品常常以笔名或者匿名发表，因为往往都是编者自己创作的。”

“哦，或许您是想让我挨揍。”

谢克尔微微一笑，说道：“如果我的文章变成了您的作品，那么您挨揍也在情理之中。”

“即使署的是您的名字，我也未见得能幸免。”

“您说得没错。不过我把作品全权授权给您，对原稿您想怎么处理都可以。”

最终达成了一致意见，谢克尔把《我们的社会》的文稿交给主编，经他修改后连载发表，如果读者反响强烈，再以单行本形式出版，但书上的署名将是主编，而不是作者。主编有对作品增删、改动、出版或者不出版的完全自由。作为放弃所有权利的代价，谢克尔可以在书稿出版两个月后得到两百卢比的酬劳，或者马上得到六十卢比的稿酬，不过如果想马上得到稿酬的话，他必须签署一份包含上述所有条款的合约。

除了合约，见证人也被认为是这笔交易中不可或缺的必要条件。最终谢克尔先和见证人见了面，当场起草了合约，谢克尔在合约上签了字。主编把钱交给谢克尔时说："您应该理解您所答应的条件到底意味着什么。今后即使与编辑产生了意见分歧，您也不应该抱怨什么。我所做的一切都出于善意。尽管不是全部，但至少您的一部分思想得到了传播，为此您应该感到满足。"

谢克尔觉得这番话很刺耳，但还是将苦水默默咽进肚里。主编又说："在当今这个时代，好人得不到好报。您或许明天就会后悔为什么要把自己的书稿卖给别人。"

这一次谢克尔再也忍不下去了，他说："如果您害怕的是我以后会争夺作品的署名权，那您大可不必有此恐慌。对出版之后书的内容和署名，我并不打算主张任何权利，或者说，我并不认为我对此还负有任何责任。我已经把书丢到井里去了，并且捡到了放在井台上的六十个卢比。"

主编默不作声地望着谢克尔的脸。两位见证人中有一位年轻人，谢克尔能够感觉到，他脸上的表情既有几分同情，也夹杂着几分好奇。谢克尔起身告辞，转身向外走去。

身后忽然传来一个人的喊声："抱歉打扰一下！"

谢克尔转身看到，那个年轻人略微有些迟疑地朝他走来，似乎有话要说。

“您请讲。”

年轻人环顾了一下左右，然后说：“我叫罗摩克里希纳。您认识维迪亚普什纳吧？”

“哪个维迪亚普什纳？是坐过牢的那个维迪亚普什纳吗？您和他？”

“对，就是他。他是我同学。他在信里向我提起过您。不过您为什么要把文稿卖掉呢？”

谢克尔回答得很简短：“有急用，所以才卖了。不过维迪亚普什纳的信里写了些什么？”

“您不该这么做！您的作品中充满了力量。维迪亚普什纳说您很有见地，而且您的身上既有奉献精神，也有专注和热情。咱们的国家需要您的才华。”

谢克尔苦涩地一笑，说道：“确实有急用！我需要用钱。”

罗摩克里希纳说：“如果您能帮助我们的话——”

“什么方面？”

“很多方面都需要您的帮助，所以维迪亚普什纳才会在信中提到您。他认为您对文学有浓厚的兴趣，可以在写作和出版工作上给我们提供帮助，所以才把您的地址给了我，因为我和新闻出版界的人比较熟。如果您允许的话，我什么时候去您家和您详谈。”

“我住在戈瓦尔门迪街区的一栋四层楼的顶层。您随时可以来找我。”

谢克尔把门牌号以及详细路线告诉了罗摩克里希纳。

罗摩克里希纳又一次说：“您不应该把书稿就这么卖了。不过是区区六十卢比，或许我——我们——”

谢克尔既有些好奇也有些难为情地说：“您所说的‘我们’指的是谁？什么人能如此无私地帮助别人？”

“是我们的组织。我们总是尽一切可能给自己人提供帮助。”

谢克尔恍然大悟，问道：“您也是某个革命小组的成员？”

“您可以这么理解。我们是服务于广大民众的人，彼此之间相互帮助也是我们的责任。”

“服务于广大民众的人同时也可以是接受他人帮助的人，这我以前可从未见过。资金从哪儿来呢？”

“有地方能搞到钱。不过这些话在家里说比较好。我能去拜访您吗？”

“当然可以，随时恭候。”

“好的，过两三天我就去登门拜访。”

谢克尔辞别了罗摩克里希纳。

六十卢比……这笔钱非常重要，因为它或许会是使他们获得自由的工具。来自周围邻居的冷漠和敌意将这个家紧紧包围起来，再加上还有不时袭来的寒流，他们俩像被下了诅咒一样困在里面不得脱身，而这笔钱就是使他们获得自由的工具。如果不还清欠款，不为今后的出路做好安排，自由从何谈起？！这个三角形的小屋幸运地得到了七叶木的荫蔽，变成了他的家，可这个家又同样轻易地被夺走了。他只知道头顶有浓荫蔽日，却不知道地下也会有盘根错节的根须。书被装进了一个小箱子里，衣服也装进了皮箱。谢西几乎一无所有，没什么需要带的。谢克尔把借来的铺盖还给了主人，又花钱买了两条粗毯子，这两条粗毯到时候还可以用来打包。谢克尔把所有物品全部收拾停当，只有两人的铺盖还没有打包，因为到现在还没决定要去哪里。谢克尔心里不时在想，既然要搬走，干吗不去个远一些的地方，这样一来，纠缠着他们的各种烦扰就鞭长莫及了，自己可以安静地工作，谢西也能安心休养尽早康复，而且还可以使生活变得更有意义一些。他们没什么钱，所以做好了从零开始的准备，好在不必负债开始新的生活。可与此同时他又担心，去太远的地方可能对谢西不好。一种温柔细腻的情感告诉他，苗木如果离开自己熟悉的环境被移栽到远方，便无法茁壮生长。谢西身上当然不乏坚强和忍耐力，可是……他有时想，他是出于自己的天性，而谢西则是受环境所迫被卷入了狂暴的飓风之中，他们只能飘来荡去，在彷徨和碰撞中挣扎。既然如此，何不忘却一切，将自己和谢西投入这种动荡但却勇敢的生活？可是，对谢西健康的顾虑又使他迈不开脚步。尽管外界已无可倚仗，但在这间三角形的小屋里，两个生命间的亲情却没有受到任何影响，生长得枝繁叶茂。

比原定的时间迟了两天，罗摩克里希纳带了另一个人一起来拜访。谢克尔安排他们在所谓的起居室里坐下，谢西则躲在屋内的一个角落里。

罗摩克里希纳说：“我们想和您单独谈谈。”

谢克尔明白他指的是什么，于是说道：“我妹妹比我还可靠，而且今后她也会尽力协助我。”

“哦！那她一定要和我们密切配合，我们组织里正好缺少女性。”

谈话围绕着工作展开。谢克尔很想了解并且谈一谈与组织有关的话题，但在当时的心情下，他投身工作的心情比提问迫切得多。罗摩克里希纳介绍说，他们想在军队的士兵中开展反英宣传，使这些士兵能够成为抗英的斗士，投身于印度的独立大业中去。于是谢克尔接受了任务——立刻写一篇具有煽动力的文章，他感到心潮澎湃，甚至立刻便有一些词句在他耳畔回响……

谢西也同意他参与这项工作。他只用了一天时间便完成了这封倡议书，罗摩克里希纳第二天过来取走了文章。与此同时，他还给了谢克尔一两张以前的宣传资料以及组织内部的规章条例供他学习，并且嘱咐道：“仔细收好。”意思是说这是被当局查封的违禁品。

就这样，谢克尔在拉合尔比原计划多逗留了两天，后来又多待了两天，之后又是两天。第七天，他和罗摩克里希纳一起来到后者位于城中一条小巷里的家中，两人花了四五个小时给谢克尔的文章刻版，然后印刷了三四千份传单。

大家随后一致决定，谢克尔应该在拉合尔再多逗留一段时间，如果现在的房子住不下去了，罗摩克里希纳会为他在城中另外安排一个住所。谢克尔心中暗想：“这些安排都很妥当，可如果身边这点钱花完了，到时候该如何离开这里呢？”不过他并没有把自己的这个想法说出来。

撰写自传是一种自命不凡的举动，其中包含着某种自负的心理，似乎是在告诉别人——我的生活中有些故事值得一书，值得珍藏和铭记，值得作为重礼馈赠他人……或许的确如此，可是谁有资格如此张扬地标榜自己呢？糠麸不该自己宣称说：“瞧啊！我的体内可是养活众生的食粮！”这是粮食在别人的身体里转化为能量后才有资格说的话。

但是，难道我写的是这种自传吗？难道这是自我标榜和吹嘘？难道此刻我的心中没有发出这样的感慨——“把那些只属于自己的东西，把那些最本质的东西，把那些灌溉和滋养过我的东西珍藏起来吧！”难道我从未想过要把那些仅对我的生命而言极其重要的东西留给自己，随身携带，悄悄珍藏？即使这些东西或许也是值得他人珍藏与分享的，但因为袒露和公开就意味着共享，财富可以共享，但我怎么能让别人共享自己？我的确发出过上面的心声，我也的确想过要这么做，但我依然执着地挖掘着自己的内心。我之所以如此执着，并非为了写一部自传，只因为这是一种坦陈、一种见证，是对自我的发现。“我属于我自己，但这仅仅意味着或者等同于——我属于这个人，我属于那个人，我属于某某人。”承认这笔“债务”才是我真正的财富，否则我什么也不是，只是偶然聚合在一起的一堆原子和微粒而已，我的存在既无因也无果。

谢克尔在新住所中的身份不是租户，更像是一个客人。罗摩克里希纳告诉他，虽然四下寻找，但却没能找到独立的住房，而且那种人多口杂、易生是非的地方也不适合去住，因为那样可能会使他的工作引起别人的怀疑。组织最终决定让谢克尔住在一个同事家里。谢西也和他一起搬过来住，一日三餐就在家里解决。房间尽管很小，但却是两个独立的房间。如果需要，饭菜可以直接送到他们的房间里去，否则也可以和主人一家一起用餐。他们不必付房租，因为房子是同事以捐献的形式无偿提供给组织使用的，谢克尔只需要承担两人每月三十卢比的伙食费。

谢克尔渐渐意识到，他正走入一种全新的生活。他对社会的叛逆态度依然很激进，但由于处于一种与社会隔离的生活状态，因此它表现为一种新的形式——这种无形的情绪正逐渐转化为激烈的反叛。对这种情绪，他原来就朦朦胧胧地有所感知，十个月的牢狱生活使之越来越清晰，而现在随着与新同事的不断接触，这种情绪也忽然变得坚决起来，似乎渐渐从无形变得具体而明晰。一种强烈的质疑不时出现在他心里——自己莫非又在做傻事？因为原本理性的憎恨无意间变得粗陋起来，并且全然失去了理性，如果从这种情绪中无法自拔，他将难以进步，从他心中喷射出的只能是毒液，而不会是火花。可有时他又在想，他全部的精神生活此前一直建立在虚无缥缈的空中楼阁上，而如今因为有了一个坚实的根基，他的精神将变得更加坚毅，更加贴合于现实……

日子就这样一天天过去，他在地下抗英运动铺开的这张大网中越陷越深。他在这种沉陷中感到满足、安慰，此外还有一种隐隐的骄傲，因为他知道他是自愿投身于其中的。同时他还怀有一份希冀，希望为此承担的危险能够洗刷他过去的罪错，从而使他的生活更有意义。赌博无疑是一种恶习，可是如果明知骰子是用火做成的，摸这样的骰子会烧伤双手，但却依然要赌，这份执着之中难道没有任何可取之处？谢克尔知道，这种受情绪主导的革命激情可能是非常危险的，因为它就像无根的寄生藤，被它蚕食的寄主植物恰恰是它生命的基础。可是他也希望，既然他已经认识到这个根本性的弱点，或许就不会成为它的牺牲品了，他的理性会一直坚守在无人的前线，必要时会及时对他施以援手。

在这个缥缈的幻境中，只有一样东西是真实的，他一直把它紧紧握在自己手中，那就是谢西的爱。尽管怯于表达，但谢克尔对它一直深信不疑。这种爱既非感觉所能描述，也远非理智和知识所能解释。这种信念和感知太过真实，以至于无法捕捉和把握。在思考这个问题时，谢克尔有时会忽而感觉到，这份爱才是最为虚幻的东西，因为它将所有尘俗之物变得超脱凡俗……

爱如奔涌的河水，一刻也不停歇。河流或用奔涌的激情冲塌堤岸，恣肆漫溢；或用卷积而来的泥沙筑起新的岸坝，填塞河道。爱也同样如此，或漫溢，或枯涸，或改道而行，一如奔流的河水！

谢克尔渐渐感觉到，尽管这是一种超凡脱俗的博大情感，但似乎在澎湃的激流中也存在险阻和暗礁，在深不见底、恣肆漫溢的洪波中，也会有细流浅滩……他将自己投入新的工作之中，他看到谢西也在努力帮他分担工作，他中断了在社会学方面的研究，可她却一直在坚持不懈地阅读书籍、收集资料，将研究不断向前推进。这使他觉得，他们两人都全身心地专注于自己的工作，都在努力让自我的存在变得更有意义。近在咫尺的距离、合作与平等的关系、博大超俗的爱——这些谢克尔生活中最真实的东西，就像混凝土一样不断加固和强化着他们存在的意义。但是，有时当他们的眼神不经意间交汇在一起，谢克尔的眼神中总是带有一种隐隐的不满和犹疑，他躲避着谢西的目光，仿佛他的视线是散乱的。尽管他也为此而恼恨自己，责怪自己为什么要在这种完满的状态中人为制造出一种空虚和尴尬的氛围。为了掩饰这种尴尬，他有意主动去接近谢西。近距离相处时，他有时非常担忧谢西的健康，他知道谢西身体里的什么地方出了问题。可谢西却无视自己的病痛，因为除了谢克尔之外，她似乎不想看见任何东西，她的这种专注中似乎潜藏着一种强烈的焦虑，担心如果看到了其他东西，现有的一切将随之倾覆。她就像被囚禁在城堡里的那个受了诅咒的女人，唯一的幸福是不断编织挂毯（或者拆开——重织！），一旦从镜子里看到外面世界的景象，一切都将堕入无边的黑暗之中，化为泡影……[1]想到这一点，他的心中便涌出无数的忧虑，它们像鞭子一样不断抽打着他，使原本焦灼的

---

① 这是英国亚瑟王时代的一个著名传说。传说美丽的女郎夏洛特被仙女囚禁于城堡中，她可以从一面魔镜中看到外面的风景和人物，然后把看到的场景织进挂毯。一天，她在镜中看到并疯狂地爱上了亚瑟王的圆桌骑士兰斯洛。夏洛特为追求爱情离开了城堡，踏上了死亡之旅。英国诗人阿尔弗雷德・丁尼生（Alfred Tennyson，1809~1892)据此创作了诗歌《夏洛特女郎》(The Lady of Shalott)，画家约翰・威廉・沃特豪斯（John William Waterhouse，1849~1917）也创作过同名油画。

爱变得更加令人恐慌。他觉得，越无法靠近，他就越想离谢西更近一些，但这是不可能的，甚至不能去想，因为这种痛楚比疼痛还要锥心刺骨。这是爱的痛楚，也或许是痛楚的爱——“亲爱的人，我无法承受爱你带来的痛楚……”

撰写传单和宣传册方面的工作并不太多，因此谢克尔有不少空闲时间。他慢慢了解到，他们这个革命小组的工作不仅是宣传，还包括搜集武器、制造炸药、进行各种化学实验、建立秘密展览馆等，此外还有许多其他方面的活动。随着他对小组的了解越来越多，或者说，随着允许他了解的范围越来越广，在宣传和出版方面他已不仅仅是一个帮手，而是以副主管的身份在参与这项工作，凭借这个身份，了解组织在其他方面的工作情况似乎也就顺理成章了。宣传工作还包括激发妇女和学生对政治现状的不满情绪，唤醒民众的自觉意识。在这方面的工作中，寻求谢西的帮助似乎是水到渠成的事情，所以谢克尔并没有什么顾虑，自然而然地让谢西参与进来。谢西也开始动笔写一些文章，帮着印传单，甚至有几次还悄悄外出散发过传单。可是考虑到这种秘密行动其他人也可以干（不知到底是谁的意见），所以组织上建议谢西可以参与一些公开性的工作，比如参加学生集会。

一切都在有条不紊地按照计划进行。谢克尔有时也去参加学生集会，因为进行宣传也需要了解宣传对象的思想动态，但他并不参与任何具体行动，这些事由其他人去完成。谢西有时去参加女学生的集会，有时也参加妇女界的会议，会后她会向谢克尔汇报会场是什么状况，谁发表了什么言论，谁是如何回答别人的提问的。她的眼神中不时激情四射，向谢克尔详细复述会议中的某段发言。她能如此专注地投入这个工作令谢克尔颇感兴奋，他感到谢西是幸福而且满足的，她不会因为生活缺乏意义而感到沮丧。有时他惊讶地发现，尽管自己阅读了大量书籍，进行过仔细的研究和思考，可在一些问题上，谢西凭借与生俱来的敏锐和灵感达到了他所无法企及的高度。他常常沉迷地凝视着谢西，心中不断回响着谢西说过的一些话……

“我们的伦理观是地域性的伦理观。温迪亚山脉[①]的这一侧是北印度，另一侧是南部的半岛；温迪亚山脉同样也是伦理的分界线，一些理论在这一侧是真理，到了另一侧则成了谬误。因此，我们的伦理观毫无活力，因为支撑它的不是活生生的真理，而仅仅是一条线——一条死气沉沉的线，一条饱尝败绩的线……

“这种伦理观的本质是戒律，因而它本身就是消极的。如果去研究一下世界上的法典[②]，就会发现，尽管内容丰富多彩、千差万别，但如果忽略这些差异，就会发现其中有三条共同的规约，即知足、言真和正行，它们被树为永恒的道德规范。如果对此进行深入研究，这三条规约的本质又是什么呢？其实是三条重要的戒律！第一条禁锢的是人类自然的贪欲，第二条禁锢的是人类本能的恐惧，第三条禁锢的是人类与生俱来的矛盾的天性。为什么要让戒律成为我们道德规范的基础？为什么我们不去正视、吸收和化解人的本能，而是去抗拒它呢？”

心中的回响渐渐平息，但是回声中似乎一直穿插着一个空洞的声音，似乎有一个解不开的死结紧贴着谢克尔的心悄声说道——这些认知全都建立在对基本事实的漠视上，因此它们是虚妄的，没有

① 温迪亚山脉（Vindhya Range）旧称“文底耶山”，位于印度中部，是划分南北印度的分界线。

② “法典”，又称“传承”（Smriti）或“法论”(Shastra)，是对吠陀或后吠陀时代有关婆罗门教伦理规范的经典的统称。

任何意义，因为这种缺乏欢乐和爱的智慧无法结出任何善果。

在谢克尔的鼓励下，谢西渐渐开始越来越多地参加大型会议，而且不再是那种只有女学生参加的集会，而是男女生共同参加的学生集会。除此之外，谢西也开始参加其他民众集会。谢克尔自己不去会场，而是满怀期待地等待谢西从会场上归来。看到谢西回家时神采奕奕的面孔，谢克尔开心得像自己打赢了一场胜仗。沉浸在兴奋之中的谢克尔并没有察觉到，谢西发烫的脸颊以及脸上的红晕并非胜利和喜悦的光芒，也不是内心的激情焕发出的神采。他一味沉浸于自己兴奋的情绪之中，没有发现谢西的声音中流露出紧张的情绪，而这种紧张感与会议和议题的重要性不成正比。天色将晚，暮霭渐浓。两人的房间彼此隔绝，仿佛困在严冬凄寒的利爪下无法脱身。谢西的房间里异乎寻常的安静，谢克尔忍不住起身向屋内张望，看见谢西正目不转睛地望着天花板发呆。有时他并不明白这到底是怎么回事，可有时心中却充满恐惧——谢西一定是病了，她可能随时会突然抛下自己撒手人寰，可他能想到的也仅限于此，他没往更深处去想。对工作的沉迷以及某种爱情的魔力仿佛催眠了他，令他的视线无法越过一条特殊的边界。

在这种懵懂混沌的状态下，谢克尔鬼使神差般地打算让谢西参加一次公众集会，这次大会上有很多人发言。此时不合作运动正值高潮阶段，无论是在哪里召开的会议，也不论是什么性质的会议，政治问题已经成为会上必然涉及的议题。因此秘密组织的成员也开始参加各种集会，借机扩大自己的影响力，扩充队伍的规模。谢西准备在这次特别大会上发表题为《妇女的平等权》的演讲，谢克尔决定亲自陪她参加大会，因为借助于各种会议，可以构建新的关系网，可以与有望合作共事的人建立起联系。

谢克尔坐在第一排，座位紧挨着一侧的讲台。他似乎分裂成两个不同的自己——一个在听发言者的演讲；另一个则似乎在观察整个会场内部的反应，包括会场的整体氛围，也包括每个与会者的不同反应，由此估测持赞同和反对立场的人各自所占的比例。

谢西站起来准备发言。她缓缓走到前面，一只手轻轻扶着桌子站在台上，灵动的目光打量着全场，似乎现场的每一位听众都是她所熟悉的。之后，谢西开始了自己的演讲。

谢克尔格外敏感地发现，谢西刚一走到台前，好奇和期待顿时如潮水一般在听众席上涌动起来，大家的注意力好像全都涌向了前方的讲台。可与此同时，谢西却好像忽然蹙缩了，向后退去，脸上露出一种勉为其难的神情，似乎是迫于无奈才不得不开口讲话。他的心中暗暗生出了一丝骄傲，尽管谢西被这么多人众星拱月般包围着，可她距离他们却那么遥远，面对喧嚣，她表现得多么淡然！只有那些内心生活极其丰富和广博的人，才能够做到淡泊红尘，超然于物外。难道这种丰富的内心生活不是对会场的一种挑战？难道正因如此，谢西才没有竭力去迎合听众？难道……

谢克尔专注地观察着会场上每一张面孔上的表情，甚至忘了去听演讲的内容。谢西的声音虽然沉静，但其中却有一种令人震撼的力量，不必刻意倾听，那声音便如轰鸣的波涛一般涌入他的心里。只要这声音在耳边回响，谢克尔就感到踏实和欣慰，甚至无须了解话语中的含义。

但是轰鸣声中为什么会有一种轻微的颤抖？沉稳厚重的声音为什么有些飘忽？平静的语气中是否有一种充满了反叛精神的辛辣和尖刻？

“……以理想为骄傲是很简单的事情，比如被奉为理想的印度教婚姻、家庭责任、印度教的贞洁观。可是在骄傲的掩饰下，理想的溪涧是否依然奔流不息？还是已成死水一潭，腐臭难闻？家庭责任是双方都必须承担的，但在当今的生活中，男人对家庭的奉献却乏善可陈，不要说平等的伴侣关系，甚至连同情怜爱之心都吝于付出。女人沦为了男人享乐的工具，男人将女人仅仅视为一个器物而已，只要他们需要，无论何时何地，都可以通过牺牲女人来换取他们自身的满足。没有人为此呼吁和控诉，因为即使女人求救，得到的回应也很直截了当——‘干吗要结婚？’这不是理想，而是埋葬理想的坟墓；这不是充满活力的肉体，而是一具冥顽百年的僵尸。”

谢克尔隐约感觉到，尽管谢西超然于会场之外，但她并没有游离于自己的演讲之外。其他人的发言如隔靴搔痒般浮于表面，始终在主题之外兜圈子，可谢西的心中却好像燃烧着炽热的火焰。应该发表这样激烈的言辞吗？可如果不能直抒胸臆，为什么要去演讲？如果不能发出光焰，前路仍将一片黑暗。

他的思绪蓦然又回到了会场上。人们不是在听，而是在笑。谢西的目光似乎是在寻找能让她在骚动的会场上有所倚靠的某个地方或是某种东西。忽然什么地方传来了一阵哄笑，继而整个会场响起一片笑声，打破震耳笑声的或许是两三声尖利的口哨，也或许是谢西近乎嘶喊的声音，“是啊，这种无情的愚蠢的蔑视就是你们给予别人的东西，这就是你们的理想！”

会场怎么了？这是谢西吗？不，谢西！不！与整个会场为敌没有任何好处，你所对抗的是会场里那群无知者共同的愚蠢和冥顽！

看到谢西的脸气得发红，谢克尔立刻冲到了台上，会场各处的哄笑声此起彼伏，他拽住谢西，想带她远离眼前这种混乱的局面。

可谢西似乎不认识他是谁，此刻她的眼中似乎只有会场，此刻她能意识到的似乎只有身为女性的尊严，这尊严受到了侮辱，因而充满愤怒。谢克尔好不容易把她从讲台拽了下来，拉着她走进后面的一个房间里，强迫她坐在屋里的一把椅子上，然后砰的一声关上了通向讲台的房门，会场里的各种喧闹声顿时小了不少。谢西又站了起来，可是谢克尔拉着她朝屋外走去。他拦住了一辆路过的马车，先安排谢西坐下，然后自己也坐了上去，吩咐了一句“走吧”，之后回答了车夫“巴布吉，去哪儿”的问话。他感觉到谢西的身体此时仍在发抖，如同箭簇射出后弓弦还在颤动不已。一路上，他一直呆坐在车里，一句话也没说。到了地方以后，他先给车夫付了车费，然后上前想把谢西搀扶起来，直到这时，他才用轻柔的声音惴惴不安地唤了一声：“谢西！”

谢西的心里似乎有什么东西崩塌了，她忽然踉跄起来，谢克尔搀扶着她，胳膊上忽然觉得一沉，他知道她昏过去了。

谢克尔扶她进屋躺下。他没有意识到，昏厥其实是天神赐予人的礼物。当人们面对难以承受的巨大压力时，为了保护他们，天神便撒下可以令人失忆的花雨，在如同被催眠了一般的昏蒙睡意中，机体得以休养和复原。他向谢西的脸上洒了点水，又拿起一个本子替她扇着，可他的大脑里几乎一片空白，内心的恐惧像波涛一样翻滚而来，化为一种疯狂的冲动，他空攥着拳头，像紧紧捏着一个并不存在的东西的骨头。

谢西忽然睁开了失神的眼睛。认出谢克尔之后，她的整个身体又变得僵硬起来，她说：“谢克尔，你知道他们为什么笑吗？”说完又昏厥过去。

内心的波涛翻滚着巨浪将他彻底吞噬，他的手颤抖着似乎要把一切全都撕碎，空攥的拳头像在用力扭绞着一个并不存在的东西的骨头……谢克尔把一杯水放在谢西旁边，稍稍松了松谢西上衣的领口，把一个被单盖在她身上，环顾了一下四周，然后走出了房间，朝会场的方向走去。此刻，他就像一头凶猛的野兽——他们嘲笑的是谢西，谢西！他们嘲笑的是谢西的生活和她的痛苦。谁有脸敢当着我的面嘲笑她?

但当他到达开会的地方时，会场上已经空无一人了，会早就已经散了。他愣了片刻，然后转身离开了会场，来到了外面的大街上。这时忽然听到从一个方向传来的笑声，他转身望去，看见两个身穿西装的年轻人边走边笑。他们为何发笑、在笑什么全都不得而知，可是他们的笑声仿佛深深刺痛了谢克尔。他朝他们走了过去，故意朝他们撞了一下，从两人中间穿了过去。

“喂，先生，当心点！”

这正是谢克尔想要的结果。他大声喊道：“怎么了？”说完，朝其中一人猛挥了一拳，两人瞬间扭作一团，厮打起来。最初，那人的同伴不知所措地呆望着扭打在一起的两个人，但当他发现自己的同伴孤军奋战无法占得上风的时候，他也准备加入这场混战。可这时围观的人越聚越多，架是打不下去了，人们又拉又拽，分开了双方。当两位年轻人向周围的人解释事件的原委时，谢克尔站在一旁瞪了大家一眼，然后扬长而去……他渐渐清醒过来，意识到自己刚才干了一件蠢事，可同时他也感受到了一种平静，感觉内心积郁的压力得到了释放。他快步朝家里走去，熊熊燃烧的怒火甫一熄灭，对谢西的担忧重又将他包围起来。

谢西已从昏迷中苏醒过来。可是谢克尔轻轻碰了她一下，却发现她的身上热得烫手。他把手放在谢西的额上，在床头旁边的地上坐了下来。

“请原谅，谢克尔。”

“……”

“我也不知道我是怎么了。这就是人们所说的歇斯底里吧？”

“不，歇斯底里说的是我刚才的状态。”谢克尔微微一笑，“我和两位先生打了一架。”

“什么时候？”

“就在刚才，在你睡觉的时候。”

“为什么？”

“如果知道原因，怎么会是歇斯底里？正因为不知道为什么，所以才被称为歇斯底里。可是谢西……谢西……谢西——”谢克尔一时说不出话来，他轻轻抚摸着谢西的头发。谢西把自己的手放在他的手上，他的手一下子僵住了……

谢西，这种错误再也不会发生了。我出于虚荣，想把属于自己的幸运展示给别人看。可我不知道，当一个人无可展示却依然富有时，他才能算是一个幸运的人。谢西，愿你的每一天都是圣洁的，愿你的每一刻都是圣洁的，谢西……

德里……

透过薄薄的晨雾，亚穆纳河[1]大桥的身影若隐若现地出现在视线右方，桥的右侧有时会露出红堡[2]的一个角塔和一段高墙。随着雾气消散，面前的亚穆纳河越来越清晰，宛如一位清秀苗条的少女，

① 旧称“朱木拿河”，恒河最长的支流。

② 德里的红堡位于亚穆纳河西岸。17世纪中叶，莫卧儿皇帝沙贾汗将都城从阿格拉迁至德里之后，效仿阿格拉堡的风格建造了红堡，因为建筑材料主要为红褐色的砂石，故而得名红堡（Lal Qila）。

黝黑的身体上裹着一袭长长的纱裙。对岸是茂密的柽柳丛，此外还能看到一口水井上尚未完工的穹形拱顶。谢西倚着枕头微微抬起身体，这样才能看见窗外的景色，谢克尔站在她的身后，等待着黎明缓缓掀开薄雾的面纱。烟霭中，一切景物都是新鲜而陌生的，但这新鲜感却令他心里倍感亲切，因为这里不是拉合尔。他们俩逃离了一个可怕的怪圈，来到了这里，这里的薄雾后面一定藏着某种新鲜的东西，它是友善的，是亲切的，尽管想要认识它还需要花上几天时间……

他们之所以会来到德里，背后还有一段故事。一段时间以来，谢克尔对地下革命者的生活多少有了一些了解，他根据这些素材创作了一部篇幅不长的小说。作品的艺术性算不上很高，因为主要目的是将革命者的生活展示在民众面前，从而宣传反抗英国统治的激进思想。小说的内容的确有点“烫手”，无法正式出版，所以不存在寻找出版商的问题。可是给几个人看过小说的手稿后，罗摩克里希纳告诉谢克尔，这部小说可以以非法出版物的形式出版和发行，而且一名“赞助者”已经为此提供了一大笔钱款，因为小说将在拉合尔出版，所以谢克尔最好离开此地。这恰好与谢克尔自己的期望不谋而合。为了能落实这一计划，组织从赞助者的捐款中拨给谢克尔二百五十卢比，便于他在异地妥善安排好自己的生活。谢克尔决定去德里，因为在大城市里更有可能过一种相对平静的生活，既可以找一份工作维持生计，同时也不会引起别人过多的关注，况且还能继续为地下革命小组做些工作。考虑到谢西的身体状况可能难以承受连夜的行程，因此他们清晨从拉合尔出发，当晚便到达德里。小组的一名同志以低廉的租金帮他们租到了一所房子，房子坐落在亚穆纳河岸边，里面共有两间半房间。到达德里的当晚他们就住了进去。翌日清晨，第一缕晨曦唤醒了这两个异乡人，将薄雾笼罩下的德里呈现在他们眼前，让他们去熟悉和了解……

德里有亚穆纳河的河岸，有两间半设施齐全的住房，有二百五十卢比，有尽管陌生但也因此而自由的环境，还有七叶木浓密的树荫。如果真的有神灵存在，那么或许应该感谢神灵的是，他能得到谢西爱的庇护，而且能有机会为这份爱奉献自己；或许应该感谢神灵的是，原本可能践踏这份爱的罪戾和污名被他们抛在了身后，此刻周围是新鲜的空气，虽然是陌生的，但也因此满怀恻隐和怜惜；或许应该感谢神灵的是，即使不能完全弥补谢西的生命在自我牺牲的过程中受到的伤害，但至少谢克尔得到了能让她忘却伤痛的机会，他不敢奢求补偿所有对谢西的亏欠，但是此前他甚至没有自由接受和感恩这份爱的权利，如今他终于得到了这个机会，他终于可以为谢西做点什么了。

来德里之前，谢克尔并没有什么明确的计划。尽管当下并不亟须马上赚钱，但他还是决定要找一份能赚钱的工作，而且这个工作要尽可能避免牵涉到他的社会关系（也就是说与抗英斗争无关！）。知识分子以知识作为谋生手段，除此之外他们不屑于做任何其他工作，可他却打算今后只凭体力吃饭，这样就不会白白浪费自己的知识，就像不让自己的马为别人拉车一样。

可他能做什么工作呢？大学教育当然没有把他培养成一个体力劳动者，如果说他身上还具备一点这种能力的话，那也与大学教育无关，只是因为他并不是一个纯粹的书呆子罢了。经过认真思考，同时也征求了几个小组成员的意见之后，他决定开办一家绘制广告牌的工坊。这个工作既自由，也不需要特别大的投资，同时多少还需要一些艺术天分，而且如果生意顺利的话，也能有些收入。此外，组织也能从中受益，因为这个小店可以为两三个人提供掩护——不管这些人晚上住在哪儿，整个白天他们都可以待在谢克尔的店里，这样一来，晚上过夜的地方便不会对他们有任何怀疑，以为他们白天外出是去工作。即使接不到外面的活儿，他们也可以在店里做自己的工作。组织提供经费用于租赁店铺，其他事务就由谢克尔自己打理。

最终在一家位于一条新建道路上的客栈里租到了一间房子，租金是每月十八个卢比。谢克尔在屋子前面的屋檐外挂了一面很大的彩色招牌，又“招”了三名“帮工”，工坊开始正式营业。新店开张，根本没有生意可做，可为了对外展示店里的业务，他们还是把两三个未完工的广告牌摆在店里，把一面很大的幕布染了色，还四处堆放了一些大大小小的罐子和油桶。当时正值冬天，没必要到来很早，谢克尔大约十一点来店里上班。到店之后，他先是很认真地把各种颜料摆出来，然后找些要做的活计，坐下来开始工作。“帮工”们一般比他早到一会儿，他们把一整天的时间基本都用在阅读和写作上，当然这是在他们把自己打扮成油漆工的样子，在前面布置好油漆的一切准备之后。有时楼梯上传来脚步声，大家就赶紧把书和笔记本放下，装成专心“干活”的样子，有时也有人装作在抽烟。随着脚步声进屋来的有时是巡警，有时是某个找错了地方的鞋匠或制作蕾丝花边的手艺人，大家偷偷相视一笑，为自己骗过了他们感到有些得意。

下午四五点钟，谢克尔急切地回到家里，可他发现谢西并没有躺在床上休息，而是在做家务，尽管他已严令禁止她这么做。他立刻上前阻止，谢西最终只能被迫妥协。两人后来达成了一个协议，谢西每天做一顿饭，打扫房间以及收拾厨房的活儿由谢克尔承担。可两人还是会为此发生争执，因为谢西说收拾厨房是她分内的事，谢克尔却认为协议上说的是由他来做饭。这时房间似乎忽然被一片氤氲包围，他们这个小小的家好像与整个世界脱离开来，孑然独居于遥远一隅，与尘世无涉，超然、宁静、充满温情……可温情之中似乎又回荡着一种深深的感伤，感伤中又蕴含着一种特别的温情，既令他们感觉彼此近在咫尺，可不知为何，同时又使他们陷入一种局促的氛围之中。谢克尔想，此刻能够躲在七叶木清凉的树荫下，能够弥补各种未竟的缺憾，夫复何求？可每当这样想的时候，又总会有一种缺失感使他的心隐隐作痛，他知道自己还想要得更多，尽管他想要的东西似乎缥缈无形，无法用语言去描述。有时谢西忽然打断他的思绪说："谢克尔，这样安逸下去可不行，近来不打算开始写作吗？"他没有回答谢西的问题，而是在想——谢西是真的希望他写作，还是因为看到了这份安逸背后的空虚，想让他避免堕入其中，所以才说这番话的？空虚的确存在，可他却看不见它在哪里，不知道它是什么样子，无法估量它的大小，因此无法去填补它……

日子一天天过去。终于有一天，挂在树枝上的叶子好像突然发现自己已经变黄，飘摇着坠落在地。狂乱的疾风掠过大树，摇动着枝丫，像是要把枝头的残叶一并吹落。风中的寒意未减，可似乎又带着一种来自远方的春天的气息，恍惚间竟令人有一种春风轻拂而过的错觉。雾霭不再那么凝重。夜与昼在交锋中此消彼长，黑暗渐渐松开了钳制光明的利爪……谢克尔的店铺里开始有顾客光顾。一天，店里一下子收到了三张广告牌的订单，谢克尔和同事们一起忙碌起来。傍晚回家的时候，他用身上所剩无几的钱买了一小块黄油和几个番茄，一进家门就兴冲冲地立刻烹煮起来。医生说过，谢西应该多吃番茄、水果和新鲜的绿色蔬菜，应该尽量避免着凉和潮湿。明天就能把赚到的六七个卢比带回家，这种兴奋给了谢克尔一种底气，今天可以先不把这个好消息告诉谢西。谢西近来变得越来越听话，无论他说什么，她都绝无违逆地接受和服从，有时甚至连他自己都为谢西这种过于顺服的态度感到惊讶。不知为什么，他觉得谢西很忧郁。可近来并没有发生什么意外事件，而且谢西脸上那种淡淡的沉郁之色又显得那么安然，或许只是冬春交替时节阴晦的黄昏投下的暗影罢了……谢克尔一边给谢西做饭，一边胡思乱想着，可他忽然意识到，谢西之所以这么忧郁，是因为她一直在惦记他的事。想到这里，他忽然开口说："谢西，祝贺我吧！今天店里接到生意了。"

谢西笑着说："哎呀！这可是件大喜事。什么生意？"

"三块很大的广告牌。有一家新公司要开业，他们订制了油和肥皂的广告牌，此外还要做一块十五英尺长的公司铭牌。"

"太棒了，画家先生！您现在可是吉星高照，而且幸运之星还是五光十色的呢！"说完，谢西的眼神忽然有些犹疑，她怔怔地盯着面前的一只盘子，似乎在发呆。

"怎么了？谢西，怎么回事？"

"谢克尔，你不打算继续写作吗？"

听到这话，谢克尔有些惶恐。的确，广告牌上斑斓的色彩并不是革命的颜色。而且目前这种安逸的氛围不仅不能激励他的斗志，反而使他陷入一种怠惰之中。他一无所成，沦为了一个画广告牌的匠人，甚至连这件事也不算做得很成功。

他有些羞赧地说："怎么会不写呢？我没有忘记写作。谢西，我还会写的。”

“不，谢克尔，你并没有为此而努力。要么给我做饭，要么去画什么油和肥皂的广告牌，你怎么能这样碌碌无为地生活？”

直到这时，谢克尔才终于打开心结说出了实话，“谢西，我不知道该写什么。以前尽管来自周围的压力让我无法安心写作，可这种压力同时也给了我创作的灵感；现在虽然一片安宁祥和，可是——该写些什么呢？你能告诉我吗？四周宁静似水、波澜不惊。”

“谢克尔，你是说没有创作的题材吗？难道只有发生在你身边的事件才是真实的，而你自己的经历和感受却不够真实吗？”

“什么真实的感受？所有感受都是虚妄的。更何况，我又能有多少感受？”

谢西不为所动，继续表达着自己的看法，“谢克尔，我并不认为你缺乏写作的素材。你并不是遗忘了，你是对一些东西视而不见。难道巴巴莫丹辛格的故事不是可写的素材？难道你从默赫欣的故事中没有得到可以传达给他人的感悟？难道拉姆吉不配成为你笔下的主人公？当然会有一些东西比你自身的感受更加深刻，但我想说的是，你的亲身经历，那些真正激发出了你内心深处的真情实感的故事一定也是值得书写的素材。故事无须惊天动地，但感悟必须深刻，对人的理解必须透彻，你应该专注于并且勇于利用和把握这些故事。热量不在柴薪里，而在火焰中，你将内心真实的感受写下来，其中必定燃烧着熊熊火焰。在这烈焰面前，一切污秽都将无处容身，甚至连因为与我接触而滋生的罪愆也将在烈焰中焚化成烟、荡然无存。”

最后这句话让谢克尔感到很吃惊，他本想反驳，可是看到谢西眼睛里似乎有火花在闪动，于是沉默着没有说话。

"我发现，我正在成为你前进路上的障碍。可我不认为这无法避免。如果有一天我发现这种状况已无法避免，那时——那时——"她忽然停顿了一下，"不，谢克尔，忘记所有人，专心记录你自己的真实所感吧，不管它是什么。"

谢克尔感到，谢西说话的语气和内容已经远远超出了与他写作有关的话题，于是带着些笑意说道："那我就写写你的故事吧，它就是我自己的真实所感。"

谢西脸上没有一丝笑意，反而更加严肃地说道："好啊，什么时候我的生活也能成为这种有价值的真实故事，而你能冷静客观地只把它当作一个真实的故事来看待，到那时你当然可以把它写下来——"她的眼神忽然一亮，"或许故事还真不算太糟，谢克尔！"

谢克尔呆呆愣在那里。

谢西起身去洗手。谢克尔也站了起来，走出厨房，穿过卧室，走到正对河岸的露台上，静静凝视着面前的亚穆纳河。河水隐没于雾霭之中，可在河流原本所在的位置，氤氲中依稀呈现出一种开阔的气象。谢克尔将视线投向那里。

谢西也来到露台上，站在离他稍远一些的地方。

谢西说得对。她说过的话何时错过？她的每一句话都如金子般弥足珍贵，因为这些真知灼见都是焚烧自己练就而成的，巴巴的箴言也同样如此……谢西是他的同龄人，可是她却拥有多么深刻的洞察力、多么敏锐的感知力和多么富于洞见的智识！谢西自己为什么不是一个领导者？她为什么满足于在谢克尔的生活中仅仅充当一个追随和依附于他的配角？她为什么甘愿为了推动他的发展而奉献自己？她为什么在生活中总是将自己的身影抹去？难道他应该接受这种伟大的自我牺牲？谁能保证如此伟大的奉献所能成就的结果配得上这高昂的代价？即使收获与付出相当，他又凭什么心安理得地安享这份收获……

谢克尔转身望着谢西。朦胧的夜色中看不清她的面容，只能看到一双凝视着亚穆纳河的眼睛。他不再转弯抹角，而是直白地说道："谢西，你一直在抹杀自己，而我则一直在恬不知耻地接受着你的付出。不能再这样继续下去了。你能成就的辉煌远超于我。我不会接受你的这种奉献，我不能接受，不能接受！"

谢西惊讶地望着他，然后走到他的身边说："谢克尔，你在说什么呢？"

谢克尔深深吸了一口气，接着说道："我是说，我对你非常感激，谢西！这种感激之情有多深，我无法用语言去描述，可正因为如此，我不能这样去羞辱你。你希望让我明白一些道理，可你懂得远比我多，想得远比我远，悟得远比我深，可你却一直在抹杀这些天赋。你这么做是因为我吗？"

谢西走得离他更近了一些，"你既然问了，那我就告诉你。你听着，女人总是在将自己的身影抹去。女人的身体里集聚着各种智慧，就像泥土里集聚着孕育的意念。种子破土而出，吐出新芽，但无论如何，泥土自己并不能开花结果。这可能是我的谬见，但我不认为女人在男人追求完满过程中成为一种工具是对女人的侮辱，她就是一种工具。虽然泥土只能是泥土，但它也同样是创造者，对其而言，创造意味着悲伤与痛楚，而非满足和欢悦，又有什么大不了的呢？"

沉默中，静寂向四周蔓延开来。弥散在亚穆纳河上的雾霭中仿佛有簌簌的风声悄悄席卷而来……

"我并非在抹杀自己的存在。在塑造我眼中的这个谢克尔的过程中，我一直都是参与者，因此根本不存在所谓给予和索取的问题。

你的彷徨和你的感激才是对我的侮辱。”

寂静的黄昏似乎更加寂静，然而悄然而至的风声漫卷开来，翻覆飘摇的风中仿佛忽然出现了一片粼粼的波光。谢克尔忽然产生了一种与谢西近在咫尺、密不可分的感觉，他蓦然走上前去，在谢西前额的发际处轻轻吻了一下，然后又轻如呼吸般亲吻着她的嘴唇。

“不，谢克尔！不，不要碰它！”谢西忽然用颤抖的声音说，“它已被玷污了。”谢西像被什么蜇了一下似地向后退了几步。听到谢西凄厉的哭声，谢克尔才忽然意识到刚才发生了什么，他怔怔僵立在原地，浑然不知所措，眼睁睁地看着谢西在他面前哭泣，他却既动弹不得，也说不出话来，只是木然凝视着谢西朦胧的面孔。

“谢克尔！”

“……”

“谢克尔，原谅我！你不能碰它……你不明白，我生命中的某个部分已被玷污，而且是被那个人玷污的，我甚至不想让他的影子碰到你。”

“谢西！”谢克尔轻声唤道，似乎连自己的声音都让他感到羞愧。

“我说的是真心话，有些事你不明白……如果能将这个被玷污的部分从我的生命中完全剔除，我会毫不犹豫地去做。但我却做不到。我视他为亲人，真诚地对待我的婚姻，甚至为此甘愿为他牺牲，被他毁灭。但他并没有毁灭我，而是将我变成了一个残废，让我蒙污受辱，然后将我无情地抛弃。而现在……”

谢克尔鼓起勇气，把一只手放在谢西的肩头，他感到谢西的肩膀猛然一颤，可他还是艰难地吐出几个字：“谢西，别哭！”

谢西一直在低声啜泣。谢克尔又说：“你何苦白白让自己伤心难过？他根本不配！谢西，他已彻底从你的生活中消失了，不要再懊悔什么，不要再为他流泪。”

谢西的情绪忽然变得更加激动，说道：“我何时为他哭过？我是为自己给予过他的爱而哭泣……”

夜是悲悯的化身。黑夜之神的手中握有一剂灵丹妙药，它能平复消弭所有悲伤带来的痛楚……

黑暗中，四周被加倍的寂静所包围。静谧中，谢西和谢克尔相对无语，他们彼此都能看到流淌在对方心中的忧伤，即使不看，他们也能清晰地感受到这种痛楚，因而对此深信不疑。谢西渐渐停止了啜泣，摸着黑慢慢朝屋里走去。过了很久，谢克尔也走进屋里，吹熄了厨房里的油灯，回到房间在自己床上躺了下来。

黑暗中他什么也看不清，却能清晰地看到谢西的痛楚……他一直能够看到这种痛楚，可在这个幽暗的夜晚，它比以往任何时候都要清晰……七叶木的树荫——如意树①的树荫，不仅能给人慰藉，也能给人以激励。在这清凉的树荫里，不仅有沁人的馨香，还有甘美的汁液、艳丽的花朵。这树荫中不仅潜藏着过去，也有鲜活跃动的现在和沉睡未醒的将来。因此这树荫中有一个巨大的空洞，直到此时仍未被填满。

谢克尔看到了这一切。他的目光坚定而执着，凝视着黑暗中的一切……如果连天神听闻都会错愕，那就让他错愕去吧，但难道一定要坦白心中所爱？

谢克尔，你为何没有从一开始就预见到自己的命运？

---

① Parijad，是一种名为珊瑚树或者刺桐的树木。在印度神话中，Parijad意为如意树，是搅乳海时发现的十四种宝物之一。

又是一个冬日的清晨。黎明时灰黄色的雾霭渐渐变成铜红色、绯红色，然后又慢慢变白。天光乍现，第一道阳光慵懒地洒落下来。但谢克尔早在太阳升起之前就已经起来了，他站在谢西的窗前，用一根手指拂去了凝结在玻璃上的水汽，向屋内望去。

谢西还在睡着。从神态可以看出她一定整夜未眠，刚刚才睡着。她像婴儿一样蜷缩着身体，头侧躺在枕头上，脸向上仰起，嘴唇微张，垂在额前的一缕头发随着她的呼吸轻轻颤动着……

谢克尔一动不动地站了很久，一直凝视着谢西的面庞。他的目光一遍遍温柔地从她脸上轻轻抚过，就如她的气息一次次拂过那缕飘落的发丝。谢西的眼睑近乎透明，以前他就注意到了这一点，可此时他感觉到，似乎她的整张脸都是透明的，似乎默默隐忍了许久的痛苦使她原本清透的肌肤变得更加晶莹，透出内在的光芒……谢西的面容并不沧桑，此时安详静谧的神态中更看不出一丝沧桑的痕迹。但是望着她的脸，会使人全身忽然感觉到一种疼痛，这痛楚如月光般皎洁，倾洒而下，荡涤心灵，令人震颤……

“不，谢克尔！不要碰它，它已被玷污了。”不要说玷污，这个世界上没有任何东西能够碰到那张面孔。没有人能够触碰她那张被痛楚洗濯得晶莹光灿的面庞，正如无人能够触碰炽热到极点的金属，除非是和它同样炽热的东西。

但是，谢西的苦修是否真的将她引至殊方绝域，一个难以抵达、无法测量的极远之地？难道痛苦不仅净化淬炼了她，还在她的面前立起了一道透明的水晶墙，一切清晰可辨，但又触碰不到？

晨曦穿过烟霭，破雾而出。谢克尔深吸了一口气，让它在心里化作对谢西的祝福，然后蹑手蹑脚地从窗前走开，准备去上班。幸好谢西睡着没醒，一来她可以好好休息一下，另外——谁知道呢，或许她一醒来，那种尴尬局促的氛围又会弥漫在他们四周……

大家又忙活了大半天，广告牌终于画好了。广告牌直到傍晚还没有完全干透，可顾客已经来取货了。最后决定当天只拿走两块广告牌，第二天再来取第三块。顾客支付了这两块广告牌的费用。谢克尔把收入分成了两份，一份留给自己，一份上交给小组。小组有各种开销，因此每个人都要尽最大努力为组织提供一些经费，惯例是上交百分之五至百分之五十的收入。

谢克尔揣着七个卢比朝家里走去。这笔钱是他一个字一个字辛辛苦苦写出来的，是付出汗水获得的回报，是真正的工钱。今天他既可以给组织上交一些经费，而且还能把辛劳付出得到的报酬带回家，交给谢西。谢西，他永远挚爱的人，但是——但是——谢克尔找不到合适的词汇去形容她，他只能想象有一种可以容纳整个生命的博大的爱，他觉得谢西便是这爱的化身。

昨天还兴奋不已急于把店里有了生意的消息带回家，可今天不知为什么，走在回家的路上，虽然身上揣着赚到的钱，可心里却没有了昨天的那种兴奋。离家越近，就越感到一种莫名的担忧和彷徨。谢西一定会开心的，可他似乎担心在这种开心的氛围中自己会突然感到失望，而谢西很快便会发现他的沮丧，之后她或许又会遁迹于那个他根本无法抵达的极远之地去了……这就是爱的博大——广袤包容、无可置疑的挚爱!

他在家门口稍稍停留了片刻，可就在这短短的一瞬间，他几乎惊呆了。谢西正在屋里唱歌，唱的是旁遮普地区的德巴[①]山歌，曲调

① Tappa，一种流行于旁遮普和信德地区的传统民歌，主要表现的是民间故事中“希尔与朗恰”的爱情悲剧。

中充满山地的空寂、高峻和悠远，谢西的嗓音清越宛转，歌声凄切，令人不忍卒听，仿佛歌声中泣诉的并非个人的离愁别绪，而是一种无边无际的彻骨的哀愁……

两片石榴树的叶子——
它们明白我的痛楚
两块山上的顽石！
我的长袍已破烂不堪——
回来吧，哪怕只回来一次
看一看流浪者的愁苦！[①]

谢克尔想起一首希腊长诗[②]，诗中描述了一个悲伤的森林女神，她的眼泪汇成了一条隆隆作响、飞泻而下的瀑布，在每一个来往经过的路人听来，瀑布的湍流似在哀鸣，使他们心中感到阵阵刺痛。就这样，这条瀑布渐渐流进了他们的心里……

听到脚步声，谢西立刻停止了哼唱。谢克尔感到这突然的静默太过凝重，为了找个话题打破屋内的这片沉寂，于是说："拿着，这是今天赚的钱。"

"是吗？有多少？"谢西竭力挤出一个微笑。

"你就拿着吧，一大笔钱，数都数不过来。伸出手，接着！"

谢克尔从口袋里一个卢比一个卢比掏出钱来，然后再一个卢比一个卢比放在谢西手上。等到七个卢比全掏出来后，他停下了手上的动作。谢西这时故意调侃道："还有呢？"

"还有什么？这就是一整天的收入。"

---

① 旁遮普语，原著中将旁遮普语民歌直接用印地语进行了转写。
② 指的是希腊神话中尼俄柏（Niobe）的故事。

谢西顽皮地一笑，“就这些？总共就这么多？让我把手摊开就为接这几个卢比？”

谢克尔略微有些懊恼，不过依然笑着说：“哪来的更多钱？挣的钱全都悉数交给你了。”他忽然意识到自己刚才的话里似乎隐含着某种深意，他自己也吃了一惊，突然沉默了。

突如其来的沉默使谢西也体会到了话中的深意，她脸上的表情变得严肃起来，她放下原本伸向前方的两只手，慢慢朝屋里走去。屋里传来钱币碰撞发出的叮当声，谢克尔知道谢西在归置刚刚拿回来的钱，于是自己朝露台走去。

他的内心又被一种空寂的感觉所笼罩，眼前仿佛空若无物，两只眼睛什么也看不到……空寂中，他轻轻哼唱起谢西刚才唱过的几句歌词：

它们明白我的痛楚
两块山上的顽石！——
两块山上的顽石……

难道石头真的能够理解痛苦的含义？或许这只不过是在说这种痛苦无人能解罢了。两块山上的顽石……但是几百年来，山上的顽石亲眼看到峰顶的岩石在狂风暴雪贪婪的爱抚下不断侵蚀碎裂；几百年来，它亲眼看到疾风盲然地伸出手指，却只能触摸到生长在岩石上的一片小小的绿芽，因此失望地大声哀嚎；它会因为自己身处巅峰而骄傲，也会像失落的自尊一样崩塌碎裂，坠落在地。山上的石头或许真的能够理解痛苦的含义……两块山上的顽石，它们明白我的痛楚……

谢西悄悄走了过来，站在他的身边。谢克尔想起了前日的那个黄昏，一瞬间他忽然感觉到，发生在那个黄昏的故事或许会日复一日、年复一年不断重复下去，毫无结果地不断重复下去……尽管如此，他却无法提出任何要求，因为他们两人身上流着同样的血脉，无论这是源于诅咒，还是出自神的恩赐。

谢西说，她也参与了创造，她也同样是创造者……可这所谓的创造和建设，难道不是漫长而又徒劳的生命旅途上一次没有终点的远征？

“谢克尔，我还是回去吧？”

“去哪儿？”

“回去。回到把我赶出来的那个地方。”

谢克尔既感到震惊，同时也感觉受到了伤害。他问：“谢西，你知道自己在说些什么吗？回那个地方！现在这样做还可行吗？”

“可行。他们——如果他们懂得付出爱的话，或许不太可行，但现在或许行得通，最多不过——”

“谢西，我问的不是这个。我是问你现在还做得到的吗？我是指你自己现在能接受这个结果吗？”

“哦，你是说我……谢克尔，我发现自己成了你前进路上的障碍，我正在把你拖入深渊，而我永远都不会允许这样的事情发生。与其这样，回到那里去可能更简单一些。”

“你在说什么？！谢西！先别说我的事。你怎么能有回去的念头？”

“为什么不？如果能利于你的发展，能对你有所助益，那又有何不可？”

“难道你自己的灵魂无足轻重？没有任何东西值得我们牺牲自己

的灵魂。”

“谢克尔，这么做并不会让我的灵魂就此毁灭。我在那个地方也仍然会好好地活着，仍然能够勇敢地活下去，因为我要一直守护着你，一直推着你往前走。我之所以要远离你，谢克尔，并非因为我不懂爱的含义，而是因为我是个残缺不全的人。如果不懂得一并付出姊妹之爱、女性之爱和母亲之爱，这样的女人才是不懂得爱的女人。我回到那里之后之所以能够活下去，是因为我要像一个母亲那样呵护你。你不明白这种信念对我来说是多么重要，而且此刻它变得更加重要！我一定会活下去！生命也许贱若蝼蚁，可女人或许是一只萤火虫，在她身体里永远燃烧着不熄的火焰。”

谢克尔焦躁地说道：“谢西，我不听你的这套说辞。你已经疯了，你的心理出问题了。你——”谢克尔一时间找不到合适的词汇，可激动的情绪迅速填补进来，“你变成了一个彻头彻尾的印度教徒——把自我折磨当作苦行的印度教徒！可我不会接受你的这种自我毁灭。而且，这样的蠢事得有两个人配合才能完成。”

谢克尔发现谢西在默默流泪。不知为何，他的态度忽然变得强硬起来，“谢西，如果只有你的痛苦才能成就我，那就让所谓的成就见鬼去吧！你的——”

“你不明白，谢克尔，你以为我在不断放大这种痛苦。难道我想回去吗？但我不会说出“爱”这个字，因为——我说不出口。你无法想象这爱有多深，谢克尔！”

谢西又一次独自朝屋里走去，留下谢克尔一个人痛苦地默默站在原地。过了一会儿，谢克尔听到谢西在屋里轻声啜泣……

难道谢西说的是对的？如果谢西是在把他拖入深渊，那又是什么向上托举着他，使他免堕黑暗的地狱？至于说残缺——使她残缺不全、给她的人生打上一个死结的难道不正是谢西内心的某种冷酷和残忍？难道默默接受这个死结就是人生的责任？难道奋起反抗这种被束缚的人生不是人生的责任？如果生命意味着奉献，如果生命具有某种意义，那么保持生命的活力就是人生的责任，像一个宿命论者那样被动接受倾覆和坍塌则是对生命的漠视和犯罪。失败是谎言，被击垮也是谎言，一个不肯屈服的人怎么会陷入沮丧？谢西的确伤痕累累，她满心沮丧地认为自己的人生已被玷污。但是，难道她的沮丧不恰恰证明了生命的力量并未屈服，因此她的人生不仅没有被玷污，而且是打不垮、击不败的吗？不，我不允许谢西失败，我不允许她这样衰萎下去，如果她自己已无力再战，那我来替她出征！

谢克尔走到谢西身旁说：“听着，谢西，我有几句话要对你说。”

谢西的面庞已被泪水浸湿，她转过头望了谢克尔一眼，没有说话。谢克尔用两只手捧住她的头，直视着她的双眼，一字一顿慢慢说道：“你哪儿都不能去，而且——你绝不会失败，而且——你不必害怕。”他没有松开手，而是俯下身去，再一次将自己的嘴唇吻在谢西的唇上。谢西紧闭双眼，头向后仰着，整个身体都在颤抖。谢克尔抬起头看了看谢西紧闭的双眼，看到她泪湿的双眼在轻轻颤抖，然后又一次俯下身去亲吻着她。谢西的双唇也在颤抖，吻上去的滋味比她的泪水还要苦涩……

谢克尔松开手，离开了谢西的房间。他点上灯，在厨房里忙活起来。没过多久，杂豆粥就熬好了，牛奶也早已热好。他这才走到谢西的门前说道：“谢西，起来吧，饭做好了。去洗洗脸擦擦手。”

屋里传来谢西沉静温和的声音，“马上就来。”

平静的声音似乎给了谢克尔一些安慰。或许从现在开始，生活并非没有任何希望……

人们常说，欲望是短暂的，爱情才是不朽的。这两者之间是否会发生根本性的颠倒和转换，我不知道。但如果欲望和爱情确实是两种不同的东西，那么这种说法是多么荒谬和虚假！爱情只有一次生命，它只存在一次，如果爱情死去了，它就永远失去了生命，再也无法重生。欲望却是不朽的，无论化为泡影，还是得偿夙愿；无论铩羽而归，还是高奏凯歌，它都会像罗刹勒格德比迦[①]一样再次复生，重新站立起来……

教育、文明、仪礼……这些东西使我们能够超越自我、突破自身的局限，能够把我们带入一个既包含普世价值，但又更为广阔、更为高远、更加超凡脱俗的境界。

但是，仪礼和教育对于个体生命而言又是一个多么难解的死结！因为受过良好教育的人，能够体察到高雅生活中最细微变化（比一般的文明礼仪更深层次的一些变化）的人，在生命中的一些重要时刻，比如坠入情网或者其他强烈的情感反应出现之时，他们会突然发现，自己的感受其实并不完满，他们没有感到意动神迷，没有体验到任何极致的感受，反而感觉到一种与氛围极不和谐的冷静和淡漠，他们的自我与他们强烈的情感之间产生了某种疏离，从而把行动者变成了行动的观察者和评判者。也就是说，这种疏离将他们自己隔绝于完整的自我之外。我们常常幻想着能拥有这样的一个情人，他（她）可以伴随着我们灵魂中最细微的颤动一起颤动，他

① 勒格德比迦（Raktabija），意为“以血为种者”。在印度古代神话中，勒格德比迦是与迦梨女神和杜尔迦女神为敌的阿修罗军队的统帅，他在战场上流出的每一滴血都会变成一个罗刹继续战斗，勒格德比迦最后被迦梨女神诛杀。

（她）不仅参与并且分享我们的肉体属性和社会属性，而且也能分享我们心中最柔软的地方以及我们最私密、最微妙的感受——关于艺术、关于诗歌、关于音乐，甚至分享我们所有的喜怒哀乐……但事实上，我们在现实的爱情中会发现，无论何时何地，我们都无法将自己完全融入这个人或者那个人，或任何其他人。两个人彼此亲近，相互倾慕，甚至彼此的内心也是亲密无间的，但是这种亲密关系永远仰赖于一种媒介，仰赖于我们自身之外的某种附属物——画作、思想、诗歌、歌曲、声音或者美梦，这些东西当然属于我们，但尽管如此，却并不永远属于我们，因为我们自己也不是纯粹的“我们”，那个本质的永恒的“我们”之外还包裹着一张知书达礼、温文尔雅的皮囊……

时光静好。轻拂而过的微风中夹杂着槐花的清香，若有若无间，似乎还有其他的花香慵懒地飘散在轻柔的风中……谢西不再像之前那样冲动和焦虑，她显得十分安详。谢克尔觉得，在他们彼此的陪伴之外，一切都不存在，或者说，没有任何有价值的东西存在。此时此地，相互陪伴就是完满和幸福……但是这一意识层面之上似乎还交叉着另一层面的意识，第二个意识层面强调的是工作，是个人对集体的奉献，是失落和愤懑的情绪以及由此产生的叛逆心理，是困惑、纠结、捆绑、束缚以及由此催生而出的革命冲动；此外，他的意识还存在着第三个层面，这个层面的意识告诉他，他就像个吝啬鬼一样想守着积攒的财富安享余生，但钱财却在慢慢耗尽。尽管谢西此刻平静安详，其实却在不断衰萎，终有一天会突然消失不见。他的生命被不同层面的意识切割得四分五裂，积郁已久的愤懑忽然爆发，所有的束缚和捆绑让他觉得刺痛难忍，他希望能割断这些束缚，无论付出任何代价，即使必须一同切下自己的肢体也在所不惜……可他又想到，所有的愤懑和焦虑都是不知满足的本能导致的结果，这种本能浸染了他的整个灵魂。于是他祈求这个叛逆的灵魂能被征服、被打碎，这样他就能让自己习惯于捆绑，变成一个驯顺听话的人，不是出于被动，而是心甘情愿地接受这种束缚和捆绑。这样他才能彻底忘记叛逆，扑灭永不熄灭的烈焰，因为火焰的职责就是熊熊燃烧，如果不能将一切化为灰烬，便永远不会满足……

如果他是一个目不识丁的村夫莽汉，如果他是一头牲畜——不管是什么，或许他都会感到完满；不管是什么，或许他都能心无旁骛、毫不犹豫地投身于此刻的生活……

“印画工坊”渐渐开始有了生意，或多或少也开始有了一些收入。收入的一半归谢克尔支配，这笔钱足够他过得很安逸。决定来德里之前，他就已经停止了各种社会活动，因为他不希望谢西因为再次遭受歧视而被迫离开拉合尔。而且当时政治运动正喧嚣一时，所以他也有意与此保持着距离，组织的其他成员也都尽可能减少了各种社会活动，只与少数“支持者”保持着联系，外联以及机密程度不高的通信工作都通过他们去完成，筹款等方面的事务也通过他们来进行。因此谢克尔根本没有任何社会活动方面的花销。而且他也没有任何特殊的不良嗜好，甚至从未产生过娱乐消遣、看电影或者玩牌的欲望。谢西也是如此。

但另一方面，谢西的身体却开始每况愈下，尽管她从不主动说，可谢克尔从她脸上能够看得出她正忍受着病痛的折磨。他尽可能遵照医嘱尽心尽力地照顾她，而且一切进行得还算顺利，因为谢西出乎意料地听话，对他非常配合。可是谢西的身体还是日渐虚弱，不时因为剧烈的疼痛忽然紧闭双眼、一动不动，这种时候谢克尔便会担心她是不是失去了知觉。他带谢西去看了一个很有名的医生，医生检查之后询问了病史，几乎又把过去的所有医嘱重复了一遍，还说因为是肾脏的毛病，所以必须格外小心，然后建议谢西去做一个腹部的X光检查，还开了三四种药。尽管谢西不情愿，但最终还是拍了X光片，片子的结果直接送给了医生。谢克尔再次带谢西去了医院，医生花了很长时间仔细看了片子，然后用严肃的口吻说道："嗯，和我的怀疑没有什么出入。不过你们看……"医生交代说，背部必须尽量避免着凉和潮湿，要彻底卧床休息，保持心情平静，一定要避免任何刺激，多吃水果和软烂的蔬菜。

这些都需要额外的开支。谢克尔不想让自己焦虑的心情影响到谢西，因此他每天起得很早，做好一些必要的安排之后，便出门去散步，散步时尽可能让自己累得顾不上再想什么烦心事，这样便可以带着轻松的心情回家了。沿着河边散步时，他有时会穿过贝拉路，转而拐进路旁的菜地里。一天横穿菜地时，他从一棵粗壮的植株上摘下两三个番茄带回家里。第二天出门散步时，他不假思索地把一个被单裹在身上，此后每天都如法炮制。他沿着菜地散步，每天都在菜地的不同地方摘一些菜，有时是几个番茄，有时是一棵鲜嫩的甘蓝，有时是四五棵芜菁苗。他把菜藏在被单下面，然后踱着步，继续向前走去。回到家以后，先给谢西做好饭，让她当着自己的面吃下，然后自己吃过早饭后去上班。这是在偷窃，可他似乎并没有注意到这一点。蔬菜是给谢西吃的，这样省下来的钱可以去买药，考虑到这一点，他觉得这种做法无可厚非。只是有一天，他刚摘下一棵甘蓝藏在被单下面，似乎突然听到了一阵脚步声，他猛然一惊，心里直发慌。这种恐惧感让他意识到，他知道自己是在犯罪。可是这又能伤害到谁呢？他拿走的这点菜和被鸟啄食或者被牲畜偷吃掉的差不多，这么一大片菜地里一两个甘蓝算得了什么，况且那些番茄在运往市场的途中好多都被压坏了。他用这些自欺欺人的理由平复了内心的愧疚和不安。

可谢西的身体不见有什么起色。医生还是只允许她喝果汁。谢西的皮肤原来几乎就是透明的，现在变得更加纤薄，仿佛连光都能透过去，两只眼睛也显得更大了。谢克尔每天下班回到家里时，谢西对他的迎接也越来越热切。看到谢西这么急切地盼着他回来，他回到家后她又显得那么踏实和开心，谢克尔的心似乎忽然间便融化了——只要有谢西在，整个世界是多么不同……除了要在店里绘制广告，一些其他方面的工作也落在了他的身上。近来政治局势比较紧张，他所在的革命小组决定扩大自己的工作范围，因此他每天都要就某个主题写一些传单或者宣传册。而且他还得知，同伴们正在制定一个劫狱计划，准备营救地下组织中一些被俘的特别成员。他也被分派了相应的工作，而且很快会给他配发一把手枪。接连而至的各种消息使他心潮起伏，各种各样的疑问、困惑和不安充斥在他心里。可每次回到家，一看见谢西的脸，这些问题立刻变得无足轻重，一切烦扰犹如一片枯叶飘摇而落，眼前只有冬春交替时节明澈的天空，那是映衬在谢西眼眸中的天空……

他有时什么也不说，只是扶着原本坐在床上的谢西躺下，然后坐在她的床头，默默无语地轻轻拍着她的额头。他心里对不得不起身干活或者生火做饭这些事非常反感，他总在想——为什么非得吃饭不可？谢西喝的果汁和热牛奶很快就能准备好，他自己可以不吃，或者随便吃点剩饭就行，以后他可以一顿多做一点。有时谢西说："谢克尔，你看上去不开心，怎么了？"听到问话，谢克尔心里瞬时如同翻江倒海一般，他依旧轻轻拍着谢西的额头，伴着这节拍，心中似乎轻轻飘荡着一首忧伤哀婉的乐曲。谢克尔的心情非常烦乱纠结，有时他忍不住想把心里的这些烦闷一吐为快，于是他开始慢慢一点一点地向谢西倾诉着自己的心事，而谢西则在一旁默默倾听……

一天谢克尔忽然得到消息说，店里的一名“帮工”此前因阴谋颠覆政府的罪名被悬赏通缉，所以从联合省①的某个城市逃到了德里，这个人最近在城里被警察认出来了，因此警方很有可能会打听到店铺的地址，所以他必须小心提防。得到消息的当天，谢克尔和其他三名同伴合作共事的生活戛然而止，其中两人当天便离开了德里，谢克尔后来得知他们去了坎普尔②，因为目前马上离开德里既不可能也不明智，第三个人，也就是在城里被警察认出来的那个人，决定先在谢克尔家住两三天，待时机成熟后再转移到别的地方去。谢克尔为此提前关了店铺，中午就回家去了。大家此前商量后决定，因为要穿越城区，所以客人不和他一起回家，而是下午再单独过来。

谢西看到他提早回来一定会很开心，可是客人住在这儿的两三天时间里，他们俩肯定不便太过亲近。谢克尔怀着矛盾的心情回到了家中。谢西看到他回来，一边手忙脚乱地收拾着摊在面前的稿纸，一边问道：“今天怎么这么早就回来了？”

“你在写什么？是在偷偷创作什么鸿篇巨制吗？我怎么不知道？”

“没什么，只是一封信而已。”

“这么长的信？谁这么有福气？”

---

① 即现在的北方邦，联合省是英属印度时期的旧称。

② 坎普尔（Kanpur），印度北方邦的一个城市。

谢克尔原本想逗她开心，却发现她脸上的表情有些尴尬，便没再继续说下去。他还注意到谢西的脸色特别萎黄，明显流露出一种疲惫的神态。他的心里像有一道黑影倏地划过——或许她是在给拉梅谢沃尔写信，因为若是给姨妈写信，何必躲躲藏藏？不过或许因为信中的内容与他有关，所以才得背着他。管它是什么原因呢……想到这里，谢克尔说："我之所以提前回来，是因为过一会儿有客人要来。"

"客人？来这儿？是谁呀？"

"就一个人。谢西，这个人性格很拘谨，他没和我一起回来，他说：'你先回去告诉谢西吉一声，否则我怕见面时会不好意思。'"

"真是的！这人到底是谁啊？他要是这么拘谨，干脆就让他住在楼梯旁的壁橱里好了，这样他就不必和我见面了！"

谢克尔笑了起来。之后，他把事情的原委告诉了谢西。

谢西有些吃惊地问道："他是个通缉犯？那警察会找到这里来吗？"

"嗯，不必太紧张，不过的确有这种可能性。怎么？你怕了？"

谢西心神不宁地说："不，有什么可担心的？"但这时谢克尔自己心里反倒闪过一个念头，如果警察真的来了，把他和客人一起带走了，谢西孤身一人该如何是好……这个想法使谢克尔对接待来客的事又有了一些新的看法，他沉默着没有再说话，过了一会儿才又说道："谢西，别胡思乱想了，我得尽快安排一下。"

"安排什么？"

"你先回去躺下，看着我把一切全都打理妥当。"

经过了一番讨论，两人最后决定让客人和谢克尔一起在他房间里打地铺，当然前提是客人不愿自己占了谢克尔的床而让他一个人

睡在地上。谢西本来要求自己打地铺，把自己的床让给客人，不过在遭到谢克尔的反对后她也没再继续坚持。客人自己会带铺盖来，如果他没带的话，临时去买也来得及。吃饭的问题等客人到了以后再决定，他很有可能会去别处吃饭。讨论到这儿，谢西笑着问他："具体应该做些什么呢？"

谢克尔要做的事情只有一件，就是把书和笔记本从自己房间搬到谢西房间里去，然后把谢西房间里的一个小方凳搬过来，兼做床头柜、凳子和书桌来使用。

客人到家后暂时安顿下来。他随身只带了简单的铺盖，没有其他行李。客人说他会在家吃晚饭，但不能保证白天一定会待在家里，为了筹划逃离德里的事情，他得四处活动，吃饭的问题也只好见机行事了。

吃完饭后不久客人就去休息了。第二天早晨谢克尔刚一睁眼，就看见他已准备出门。客人告诉谢克尔他傍晚回来，然后便走出了房间，刚要打开大门向外走，谢西忽然说："您瞧，如果是因为白天我独自在家，所以您才打算待在外面的话，那我必须得告诉您，我没有任何不便，您可以白天也待在家里。我没法亲自招待您，这的确让我感到很遗憾，可是谢克尔不许我做家务。"

谢克尔也说："是啊，可千万别因为这个缘故。"

客人有些局促不安地说道："是有点难为情，不过——"他看了一眼谢西，"我对您非常感激。既然我觉得到这儿来是一个正确的决定，就不会不好意思留在家里。"

店里现在只剩下谢克尔一个人了。如果接到了生意，他依然还是会全力工作，不过他的心思却不在这上面，谢西忧郁、萎黄的面

孔不断闪现在他面前，而且一些想法也总是出现在他的脑海里。谢西和他的问题不仅是他们两人之间的问题，也与外在因素有关；爱情不仅仅停留在精神层面，也与世俗生活息息相关；不仅如此，这并非他们两个人的问题，而是与他的所有亲人和朋友都有关联……如果继续深究下去，那么不仅他们之间的这份爱，所有的爱情，只要真的是爱情，本质上都存在问题，而且这个问题并不仅仅局限于两个个体之间，有许多纷繁复杂的线索——或牢固或脆弱，或粗略或细微，或直接或间接——都与此交缠在一起，从而使它变成一道难解之题……爱情中最根本的问题是能否和谐一致的问题。爱情是一种吸引、一种力量，人生会因它而富于变化，但变化无常则恰恰是问题之所在。因为爱情无所不在，同时又直入人的内心，所以它打破了人生在锋利的刀刃上（在无数刀刃上！）已经形成的平衡状态，当再也无从觅得之前的那种和谐与平衡时，问题便出现了。爱情是一个问题，是一种修炼，是一种苦行……每当思索到问题的这个层面，他的思绪就又回到谢西萎黄的面孔，回到与这个极大的困惑纠缠在一起的一个个小烦恼上去了……

还不到五点钟他就提前关上店门回家了。这个季节的白天比以前长了一些，所以到家后，他还来得及在露台上为谢西铺上席子，放好枕头，扶她坐下，然后站在她身边，和谢西一起等待红色的火星从亚穆纳河畔渐渐升起……

离家还有一段距离，他远远看见谢西站在门口翘首以盼。看见他后，她立刻回身进屋坐在了床上。谢克尔进屋后问她："谢西，怎么了？"

"没什么。"

"是哪里不舒服吗？"

“没有，我一直好好地在这儿坐着呢。”

“可是刚才你站在外面，我都看见了。”

“哦，只是随便站了一会儿。我在想你什么时候才能到家，会不会很晚才能回来。”

“为什么？”说完这句话，谢克尔忽然想到，谢西是因为客人在家所以才会觉得很不自在。他沉默了片刻说：“从明天起我再提早一些回家。”

“不，你还有工作要做。好吧，这样也好，回家以后你可以看看书，还可以写作。”

谢克尔的语气像是在揭晓一个秘密，“我在店里时也一直在写作，反正最近没有什么其他事情可做。”

谢西微微一笑，说道：“好啊，你也不告诉我。”她稍稍停顿了一下，“为什么不把书稿带回来？这样可以快一点完成。”

“不，谢西，我现在不在家里写作。陪你的时候我什么也不想做，包括写作，因为那样会分散我的精力。”

谢西轻声说了句：“疯子！”然后便不作声了。

没过多久客人回来了。进屋后客人小心翼翼地关上门，看了谢克尔一眼，然后说道：“你回来了！真是太好了。”

走进房间后，客人从衣服下面掏出几个小包放在床上，自己也在床上坐了下来，然后对谢克尔说：“听我的，去把门闩上！”看到谢克尔闩上了门，他这才慢慢把那几个小包一一打开，同时说道：“我已经把离开德里的事大致安排好了，如果没有特殊情况，我后天一早就走。不过明天还有一件要紧的工作要完成，而且这件事可能需要你的协助。我得检验一下它们的性能。”

谢克尔看到，一个小包里放着三只手枪，另一个小包里是不同

规格的两把左轮手枪，第三个小包里包着大大小小的许多子弹。谢克尔吃惊地说："我能做什么？"

客人轻轻摩挲着一支左轮手枪说："它是我忠实的伙伴。这支枪我很熟悉，可其他武器都是新弄来的，得测试一下它们的性能。我已经看好了亚穆纳河对面的一块地方，那地方很合适，不过依然需要有人把风，所以——"

谢克尔明白了他的意思，"什么时候去？"

"你中午能回来吗？"

"没问题。"

吃过晚饭后，客人向谢克尔表达了歉意之后很快就睡着了，可谢克尔却失眠了。他躺在床上不住地胡思乱想，后来觉得自己实在睡不着，便索性起床想去看看谢西在干什么，如果她没睡的话，就陪她坐一会儿。谢西的房间里亮着灯，他推门走了进去。谢西静静躺地在床上望着天花板，床旁边的地上放着墨水和钢笔，床头还搁了几张纸。

"你是在写什么吗？我来帮你写吧。"

"不用了，就是想起一些事怕忘了，随便记一下而已。最近特别健忘。"

谢克尔凝视着她，问道："你困不困？我稍坐一会儿就走。"

谢西把搭在床沿的毯子往里拉了拉，腾出来一个坐的地方。

"我还是坐在床头这边吧。"说完，谢克尔在枕边的角落里坐了下来。

"别坐那儿，那样我就看不到你了。坐到我前面来。"

谢克尔在床边坐下。

谢克尔来的目的是为了有人陪伴，无疑他已经得到了陪伴，可这陪伴却是多么沉默！他不知该说些什么，而谢西不仅默不作声，甚至渐渐连眼睛也闭上了。

“睡了？”

“没有，光线太刺眼。”说完又沉默了。

为了找个可聊的话题，谢克尔说：“姨妈什么消息也没有，不知道她最近怎么样了，也不知道她是怎么想的。”

“我们也没给她写过信，她知道准确地址吗？”

“我告诉了她邮局的地址，也通知了邮局的信差，不过没有信寄过来。”

“应该一切都好。即使写信，又能写什么呢？我已让她彻底崩溃了。”

谢克尔把一只手轻轻放在她的肩膀上。

“我在想，要不要写信给高拉，让她告知我家里的消息。她肯定能完成这个任务。她已经长大了，而且是个聪明的孩子。”似乎继续沿着心中某种隐藏的思绪想到了什么，谢西忽然有些突兀地说道：“她很崇拜你。”

“崇拜我？为什么？”

“从你坐牢时就开始了。她话很少，可是想得却很多。”

又是一阵静默。谢西忽然问道：“你们刚才关门做什么？”

“没什么。他后天离开德里。”

“所以要关门？难道在屋里进行什么秘密行动？更何况现在离他走还有两天时间呢。”

谢克尔先是沉默了片刻，然后把事情一五一十地告诉了谢西。“谢西，他可能是考虑到不要牵连到你，所以才把这些枪和子弹藏起来。”

“他拿枪回来干什么？”

“放在身边以备不时之需。”

过了一会儿谢西又问：“他后天什么时候离开？”

“一大早。”

“怎么走？”

“不清楚，不过他会从这里出发。开口问这些也不太合适，对一些无关紧要的事情知道得越少越好。”

“明白了。”

谈话又中断了。

“谢克尔，如果身处险境，你也会随身带着枪吗？”

“……”

“我们自身的处境或许很危险，但我觉得，为此就随时准备动手杀人是不对的。”

“可这是战争的原则啊。”

“难道战争是正确的？况且这两者之间其实是有区别的。战争是特殊时期，人们知道战争一旦结束，他们就会重归平静的正常生活。可这却是发生在普通老百姓日常生活中的事情——随时准备动手杀人。”

“怎么可能是这样？此时此地只有敌人可能会面临危险，不会有人来杀你我这样的人的，除非是在特殊情况下。”

“你说得没错，我并不是说他们不分对象对谁都会下手。可是这种做法可能会对人的心理产生负面影响，这对人来说可不是一件好事。”

“可是他们或许会说，我们用自己的生命来补偿自己行为造成的结果。尽管代价是高昂的，但对于需要付出的代价，我们一定会承担。”

“算了，不说这个了。你明天什么时候走？”

“你指去哪儿？店里吗？还是老时间。”

又是一阵沉默，这次的沉默持续了很久。谢克尔轻轻地站起身来，谢西忽然睁开了眼睛，没等她说话，谢克尔就说：“不，我不离开。”他起来吹熄了油灯，然后又回来坐下，把一只手放在谢西的额头上。谢西又闭上了眼睛。

远处传来守田人含混不清的喊声，过了一会儿，又听见胡狼在“嗷嗷”地嗥叫，随之引来一片犬吠之声，接着传来水鸟两三声清脆的啼鸣。之后，万籁俱寂，静谧中似乎有某种来自暗夜深处无声的寂响在不断回荡……

谢西或许已经睡着了。近来她从不平躺，总是蜷曲着腿，脸朝着这边或者那边侧卧在床上。此刻她也是这样侧身睡着，谢克尔的手没有放在她的额头上，而是放在她额角处的太阳穴上，他能够感觉到谢西的血管在轻轻搏动。

谢西忽然惊叫道：“谢克尔！”然后一下抓住了他的手。谢克尔轻柔地说：“怎么了？醒了？”谢西没有回答，只是抓着他的手往前拉，把它放在自己脸上，然后抓着他的手指在自己紧抿的嘴唇上不断轻轻摩擦……过了一会儿，她松开手说：“谢克尔，去睡吧，太晚了。刚才忽然就醒了，现在我想再睡一会儿。”

她又和刚才一样悄无声息地侧卧在床上。谢克尔慢慢起身，然后俯身将自己的脸紧紧贴在谢西的脸上，像是在嗅闻谢西发丝上的香气，然后轻手轻脚地回自己房间去了。

第二天一大早，一个年轻人找上门来。来人问谢克尔：“大哥在哪儿？”

“哪个大哥？”谢克尔的语气很冷淡。正在这时，客人从房间里走了出来，说道：“哦，你来了，太好了。谢克尔，他是来找我的。”

“大哥”只留下了自己的左轮手枪和子弹，把其余的枪支和弹药全都交给了那个年轻人，嘱咐了几句之后便打发他离开了。之后“大哥”自己也准备外出，临走时又再次嘱咐谢克尔说：“中午请您务必做好准备。”

谢克尔本不打算告诉谢西实情，可中午他会提前回家，然后很快就又要离开，她一定会问的，与其那时再说，不如现在直接告诉她为好。这样一想，他索性告诉谢西自己中午会提前回来，因为要和“大哥”一起出去一趟。

“去哪儿？干什么去？”

“去亚穆纳河对岸的某个地方。至于说为什么要去那儿，我也不知道。”

“也就是说，我不该问这个问题？”

“谢西，不是这样的。我的确不知道自己的任务到底是什么。”

中午谢克尔提前回了家，然后一直在家里等着“大哥”。

可“大哥”并没有按时回来。三点左右，早上来过的那个年轻人前来传话说：“大哥叫您过去，他自己这会儿就不回来了。”

谢克尔默默收拾停当，和那个年轻人一起出了门。临走时谢西问：“什么时候回来？”

谢克尔估算了一下时间，然后说：“日落前一定能回来，不要担心。”说完就走了。

过了桥以后，两人一直沿着河边往前走，穿过了一个村子，又走了足足一英里之后，才在一片芦苇丛中见到了“大哥”。一见到他们，“大哥”就问那个年轻人：“没人跟踪吧？”

“我觉得一切正常。过桥时看见了一个人，不过附近一切正常。”

芦苇丛前面是一面沙坡，沙坡下是一个干涸的壕沟，从壕沟再往前又是一片高坡。人站在沟里，从任何方向都不会被人发现，而且两面的沙坡就像为射击场特意修建而成的围墙一样。朝另一侧望去，可以看见纤细狭长的亚穆纳河在静静流淌。谢克尔有些惊讶地意识到，他住的那所房子恰好就在这个地方的正对岸。

谢克尔负责在一侧望风，年轻人守在另一侧。“大哥”从坡上下了壕沟。没过多久，传来一声枪响，之后又断断续续传来很多次枪声，每次枪声相隔的时间很短，有的声音很尖利，有的很急促，有的则很低沉……

不一会儿“大哥”从沟里走上来说：“所有枪支都没问题，不过有些子弹年头太长了，可能会哑弹。”

三人开始往回返，可刚走到路边，“大哥”忽然停下了脚步。谢克尔看见，一辆土褐色的卡车正从桥的另一侧朝这里驶来，车上坐着很多警察。卡车并没有停下来，而是缓缓朝着夏赫德拉[①]的方向驶去，可“大哥”却说：“事情看起来有点麻烦。”说完，他稍稍绕了点路，朝着一片荒僻无人的地方走去。谢克尔和那个年轻人也跟在他身后转身回撤。

荒地的一侧有一条路，“大哥”沿着这条路继续朝前走去。

“这条路通向哪儿？”

“可能是通往哪个居民区吧。不管怎样，我们不可能在这里一直待到天黑。”

谢克尔本来想问为什么一定要在这儿待到傍晚，之后又该怎么

---

① 夏赫德拉（Shahdara），德里老城的中心区域，位于亚穆纳河岸边。

办，可最终他还是把想问的话咽了回去，什么也没说，一切都由“大哥”来决定。又走了大约三英里的路，他们来到一个村庄旁边，此时太阳快要下山了，“大哥”觉得这会儿再进村没有任何意义，于是沿着村外继续向前走去。

“谢克尔，你会游泳吗？”

“会，多少会游一些。怎么了？”

“咱们得从这里游过亚穆纳河，从桥上走太危险了。”

“好的，最近可能不是丰水期，或许根本用不着游泳。”

“那就太好了，不过如果有必要，还是得游过去。这些东西也得避免浸水，不过我自己可以拿过去，我已经习惯了举着手游泳。这里离河边大概有多远？”

“直线距离大概一英里远，从路上走过去的话可能要走两英里。”

“干吗要从路上走？我们从这里直接插过去。”

“中间好像有条小渠沟，里面可能会有淤泥。”

“大哥”用怀疑的语气答了一声“哦”，转弯沿着一块庄稼地向前走去。

迎面走过来一个农村姑娘。为了让自己在窄窄的田埂上能走得稳当一些，她摇摇摆摆地来回晃动着身体。女孩的头上顶着一大捆东西，为了保持身体的平衡，她的一只胳膊向上举起，可手却并没有碰顶在头上的东西，而是随着她的步伐来回摆动。女孩一边走一边轻声地哼唱着歌曲。

“大哥”停下脚步，问那个姑娘：“亚穆纳河还有多远？”

女孩也停了下来，“嗯？亚穆纳河？掉头直走，离这儿大概一苟斯或者一个半苟斯[①]。你们这么走打算去哪儿？”

---

① 苟斯（Kos），印度的一种长度单位，一苟斯大约等于两英里。

“这里没有路通往亚穆纳河吗？”

“没有。”

谢克尔问：“能直接从这儿穿过去抄个近道吗？”

女孩先是看了谢克尔一眼，之后又慢慢从头到脚打量了一下“大哥”，然后冲着谢克尔说：“路上有泥泞湿滑的渠沟，还有很陡的高坡。你倒是没问题，可这个大胖子怎么过得去？”

谢克尔目瞪口呆。“大哥”的身体确实很笨重，不知他此前是否听到过别人这样直白地评价他的体型。“大哥”微微一笑，像是笑纳了女孩的讥讽，然后说道：“丫头，肯花时间就什么都能办到，走着瞧吧。”说完继续向前走去。

女孩边走边说：“你会陷进泥里去的！”似乎看到了那个滑稽的场景似的，女孩说着忽然笑了起来。

三个人朝下面的渠沟走去，沙地越来越软，他们索性脱下鞋拿在手里，默不作声地闷头赶路。渠沟里的淤泥确实不比沼泽少。太阳已经落山了，前面的高坡若隐若现，夜风拂过柽柳，发出沙沙的响声。

直到高坡完全出现在他们面前，“大哥”才若有所思地说：“我足足走了六十多英里的路，小丫头竟然说我是个大胖子！”说完微微一笑，“的确有些发福了”。似乎是为了对那个女孩给他起的外号给予狠狠的回击，“大哥”冲到了最前面，率先开始朝高坡顶上攀爬。

从高坡上能够看到亚穆纳河，河对岸摇曳着点点灯光。谢克尔的心里忽然间萌生出对谢西的担忧——过河后至少还要走两英里才能到家……

“大哥”说：“谢克尔，我得先去一趟别的地方。”他让谢克尔直接回家。听到这句话，谢克尔感到的不仅是开心，甚至是感激，因为现在他终于可以尽快赶回家，还可以赶在客人回来前求得谢西的谅解……

谢克尔低着头，快步向前走去，中途经过无人的街道时，他甚至紧跑了几步，然后又继续朝前走去。在迈步踏上自己家门槛的那一刻，他才猛然抬起头来，因为他看到黑暗中有人静静伫立在门口——谢西！她用手拽着纱丽的裙边遮住了鼻子和嘴，只露出一双眼睛。

谢克尔的心怦怦直跳。他什么也没说，用一只胳膊搂住谢西，连推带拽地带她进了屋。他发现谢西的身体冻得瑟瑟发抖。当他扶着谢西坐在床上时，忽然感觉到两滴热泪从谢西眼中夺眶而出（屋子里此时黑着灯），他用愧疚、担忧、满是怜爱的口吻轻声唤道："谢西！"

这一声呼唤的分量抵得上千言万语。谢西用嘶哑的声音说："你终于回来了！"说完，失声痛哭起来。

谢克尔感到羞愧难当，一句话也说不出来。他忽然想起了自己身上的责任，于是赶紧把毯子盖在谢西身上，接着又跑去生取暖的炉子，为了让炉火能尽快旺起来，他大口大口地使劲朝炉子吹着。谢西一直在轻声抽泣，她的啜泣声像一把匕首一样深深刺进了他内心深处的某个地方……火慢慢着起来了，他把炉子端进谢西的房间，放好炉子后，他想试着慢慢扶谢西在床上躺下，"傻孩子，干吗要去外面挨冻？何必这么放心不下我？"

谢西紧绷着身体，坐在床上没动。她把谢克尔的手从自己肩膀上推开，然后说道："走开！"

谢克尔有些不知所措，傻站在一旁。过了一会儿，他又一次重复道:“谢西，乖孩子！快点躺下，把毯子盖在身上！何必要用我的罪过惩罚自己？”

谢西既没有说话，也没有改变姿势。谢克尔无奈地站在旁边。

过了一会儿，谢西长吁了一口气，主动躺了下来。她蜷缩着手脚，怔怔地凝视着燃烧的炉火。

“谢西，我不是故意耽搁的。回来的路上我们绕了很远的路，而且横穿了亚穆纳河，所以花了很长时间。”

谢西的眼睛依旧盯着炉火，“为什么？出什么事了？”

“没出什么事。我们正打算返回，却恰好看到了一辆载着警察的卡车。大哥说，不能从桥上走。所以我们多绕了五六英里的路，从河对岸蹚着水回来的。”

“你们干什么去了？”

谢克尔沉默着没有说话。过了一会儿谢西说:“你走吧！好在你终于回来了。”

“谢西，怎么了？你为什么这么害怕？”

谢西望着炉火微微一笑，“哼！为什么这么害怕？！你怎么可能知道我到底在害怕什么。我还以为——你回不来了——”

“谢西，你为什么会这么想？怎么可能发生这种事？”

谢西若有所思，像是在对自己说话。“你到河对岸去了，这我是知道的。后来当我站在屋外时，听到对岸什么地方传来一阵枪声。我从来没有特别担心过你，因为我觉得如果你有什么不测，我一定会有预感。可今天不知为什么，我感觉再也见不到你了，我觉得你走了……或许因为——我就要走了……”

“谢西，你在说什么呢！”

“是的，谢克尔，恐惧不是一件好事，但人们时常能从恐惧中得到某种预感。我在等你的时候——不，不是在等你，是在等你的消息时，看到了很多以前不曾看到的东西，或许以前我曾经看到过，只是那时并不清晰。”

“谢西，你看到了什么？”

“很多很多……我看过一本外国小说，书上说，爱情是一门艺术，而艺术意味着适度的克制；书上说，无论对方是谁，我们都不应该爱一个人爱到将其视为自己生命中的唯一，除此之外再也看不到其他任何意义的程度；书上还说，每个生命都是独立的个体，如果一个生命完全沦为了附属品，那这种爱就不能成其为艺术，因为这已经背离了艺术的理想。当时我并不明白这些话的含义。”

谢克尔也默默凝视着前方。

“尽管我现在依然不认同这种观点，但我却理解了其中的含义。我——已经远远超越了艺术，而且——而且我发现，这样做是正确的，对我来说是正确的。在我的生命中，我并不需要其他任何意义，因为——此刻我自己的生命已所剩无多了。”

谢克尔仿佛受到了沉重的一击，“谢西，你经受了太多伤害，所以才会说出这种悲观的话来。”

“不，谢克尔，并不是这样。我今天看到的与你有关的那些画面或许并不完全真实，但这一点是不会错的。我的使命已经完成了。”

谢西的语气那么笃定，谢克尔甚至无力反驳。他原本一直呆立在一旁，这时却忽然坐在了谢西的床上。他的内心近乎麻木，尽管他一直试图去理解谢西话语中所含的深意，但所有理解都止步于谢西说她活不了太久了，想到这里便怎么也想不下去了。

谢西慢慢闭上了眼睛，谢克尔一直凝视着燃烧的炉火，就这样过了很长时间。炉中的炭灰一层一层堆积起来，谢克尔正要起身拨一拨炉子里的炭火，却忽然发现谢西的呼吸越来越急促。他轻声喊了一句："谢西！"然后把手放在她的额头上，可马上又收了回去。谢西在发烧。

谢西说："我好像发烧了。"

谢克尔从自己床上拿了一床毯子盖在谢西身上，又把炉子里的炭火烧得旺旺的，做完这一切后，他不安地在屋里走来走去。

先是一阵暗号式的敲门声，紧接着紧锁的大门被打开，"大哥"走了进来。谢克尔从谢西的房间里走出来迎接他，与此同时他忽然想起自己还肩负着待客之责。

可是"大哥"却说："拿着，这些吃的是我给你们俩买的，时间已经不早了。"

谢克尔满心感激，沉默着没有说话。

"谢西吉身体还好吗？"

"嗯——不太好，她有些发烧。"

"大哥"走进谢克尔的房间，开始收拾行李，谢克尔去厨房拿盘子。

"大哥"说他明天一大早就从这里出发，赶在天亮前离开德里，然后随便找个小车站上火车。他说谢克尔没必要起来送他，他自己悄悄走就可以了，以后若能相见当然好，如若不能再见——"那就各自保重吧！"

躺下没多久"大哥"就发出了均匀的鼻息声。谢克尔悄悄溜了出来，来到谢西的房间里。他试了试谢西的额头，依然很烫。谢西并没有睡着，只是虚弱无力地躺在床上。他用手在谢西的额头上轻轻摩挲了片刻，然后起身走了出去，往炉子里多添了一些木炭，把炉火烧旺后，又将炉子重新放回谢西的房间，然后把一杯水搁在谢西床头旁边的案几上，轻声对她说："谢西，想要什么就叫我一声，自己千万不要起来。"说完有些无措地在床边站了一会儿，然后回到自己房间里躺了下来。

他本以为自己整晚都不会有睡意，一定会胡思乱想一整夜的，可他没想到，整整一个白天的奔波劳顿此时发挥了作用，他竟在不知不觉中睡着了。他忽然惊醒，匆忙瞟了一眼放在"大哥"床头的夜光闹钟，已经是凌晨四点了。这会儿正是夜里最冷的时候，想到这儿他立刻从床上起来，想给炉子里添点炭火后再把炉子送回谢西房间。可当他走到谢西房间门口时却看到屋里亮着灯，尽管油灯的光被调得很暗。于是他立刻冲了进去，看到谢西躺在床上，用一只胳膊支撑着身体正在写什么。不，此刻她并没有动笔，应该是之前写了很长时间，这会儿或许累了，正垂着头小憩，手里还握着笔。他的第一反应是想看看她到底在写什么，可最终还是控制住了自己的好奇心，走过去想让谢西躺得舒服一些。谢西忽然惊醒，坐起身来，伸了伸压麻的胳膊，然后开始整理身旁的稿纸。

谢克尔幽怨地喊了一声："谢西！"

谢西用轻松的语调说："好了，我已经写完了。"不过看到谢克尔脸上难过的神情，她有些尴尬地说："这封信很要紧。不过从现在开始，我再也不任性了。谢克尔，我一定会乖乖听你的话。"

谢克尔无奈地拿起炉子到外面去生火。

"大哥"被开门声吵醒后也起了床，从房间里走出来对谢克尔说："我本来打算悄悄溜走的，可您竟然比我起得还早！"

谢克尔给炉子生火的时候，"大哥"已经洗漱完毕。"好吧，谢克尔，我该走了。咱们一定会再见面的，我们和你们都还有很多事要做！”“大哥”微微笑着说：“替我向谢西吉问好，我非常感激她。虽然心怀感激，可还是给她添了很多麻烦。好吧，就此别过吧。”

谢克尔立刻洗了洗满是炭黑的手，把他送到大门口。对离别早已习以为常的“大哥”并没有停下来道别，只是对谢克尔微微一笑，然后便大步流星地走了。

谢克尔慢慢关上房门，回屋后端起炉子，一边吹着火苗，一边朝谢西的房间走去。

放好炉子后，他掩上了谢西的房门，只把窗户开了一道缝，然后似乎在考虑下一步该做些什么。

躺在床上的谢西也有了些动静。她舒展了一下身体在床上躺平，深深地吸了一口气，把毯子向上拽了拽，几乎遮住了下巴，然后看了谢克尔一眼。

谢克尔问：“谢西，你感觉还好吗？这会儿很冷，炉子——”话还没说完，他就停住了口。谢西根本没听，她紧闭双眼，怅惘的神情此刻被挂在脸上的一抹笑容所代替。谢克尔默默望着她的面庞。谢西忽然睁开双眼，将目光投向谢克尔，目不转睛地望着他。在这漫长的凝视中，在洞穿一切的目光面前，谢克尔的心忽然悸动翻腾起来，他似乎看到了什么，或许是某种终极的真理，它漫无边际、无所不在……

“谢克尔，过来。”

谢克尔走到床边。

“坐到我旁边来。”

怀着一种莫名的感受，谢克尔又往前走了一步，在床尾坐了下来。谢西离他如此遥远，她是如此纤尘不染、超凡脱俗，似乎轻轻一碰，那纤弱无骨的身体便会融化在空气里。

“不，”她的声音里仿佛潜藏着某种神秘的力量，“别坐在那儿，到我旁边来。”谢克尔像被施了魔咒一般，慢慢从床尾向前移去。

谢西没再说话，只是扬起下巴，半闭着眼睛，双唇微张。她一直保持着这个姿势，静静坐在床上。

谢克尔瞬间感到一片茫然。但心中忽然掀起了一股巨浪，他俯下身，慢慢贴近谢西轻轻抬起的微张的双唇。俯身向下的过程中，汹涌澎湃的激情反而使他冷静下来，他的心里忽然萌生出一种温柔和怜惜之情——应该用最最轻柔的力量去触碰初绽的茉莉花蕾。在即将碰到谢西嘴唇的那一瞬间，他微微侧了一下脸，用下巴轻轻碰了碰谢西的嘴唇。谢西的嘴唇是滚烫的，她还在发烧。下巴上的胡茬碰到了她的嘴唇，这轻轻的一碰似乎让他的额头一阵发麻，又一股热浪在他心中激涌而来，他重又俯下身去，亲吻着谢西柔软的嘴唇。她的嘴唇尽管有些木然，但却异常坚定，没有丝毫闪躲和犹豫，这个长长的亲吻酣畅淋漓、炽热如火……

谢西深吸了一口气，闭上了眼睛。谢克尔感到有些恍惚，悄无声息地坐在一旁，一动不动。静默中，他甚至能听见自己的脉搏跳动的声音，可很快他又产生了一种错觉，似乎这不是他的脉动，而是谢西的心跳声。但随后他又感觉到，这不是他俩的心跳声，这是黎明来临前，弥漫在晨曦深处的沉寂在轻轻搏动……

灰黄色的夜空中渐渐透出晨曦的一抹微红……

“谢克尔？”

“我在。”

“你总是让我唱歌给你听，可现在我想让你给我念点什么。”

“我？”

“是啊，不是唱，是朗诵。”谢西用眼神朝书柜的方向示意了一下，“你去那儿把一个黑色封皮的笔记本拿出来，就在下面那层格子里。”

谢克尔取出了笔记本。

“给我。”

谢西打开笔记本，用一只手和下巴相互配合着一页页翻动本子，最终选定了一页后，对谢克尔说：“给，就从这儿开始读吧。”

谢克尔有些好奇地接过笔记本，上面是谢西的笔迹，里面抄录了不少诗——有印地语的，还有英语和孟加拉语的诗歌。

“别看其他的，念吧！”

谢克尔刚要开始读，可目光只扫了半行诗句便停住了，他看了谢西一眼，然后轻声开始了诵读：

“I want to die while you love me
While yet you hold me fair,
While laughter lies upon my lips
And lights are in my hair,
I want to die while you love me.
Oh who would care to live
Till love has nothing more to ask
And nothing more……to give ?
I want to die——” ①

谢克尔突然停了下来，“不，谢西，我读不下去了。”诗中反复出现的那行诗句以及谢西此刻让他念诵这首诗背后隐含的深意，如

① 英文，这首诗摘引自美国黑人女诗人乔治亚·道格拉斯·约翰逊（Georgia Douglas Johnson，1880~1962）的诗歌《我要在你爱我时死去》（I want to die while you love me）中的第一节和第三节。大意为：我要在你爱我时死去，当你认为我还美丽，当笑声还挂在我的唇边，阳光洒在我的头发里，我要在你爱我时死去。哦，谁还愿意活下去，直到爱无可要求，也没有什么可以给予？

同利刃一般深深刺入了他的灵魂。I want to die while you love me……[1]“不，绝不会是这样！”

“谢克尔，你为什么害怕？这是一首老诗，更何况我的笑声早已消失了！不，谢克尔，我并不想让你难过，不要用这种目光盯着我。我们相识得太晚了。昨天晚上，不，是昨天傍晚，当你在亚穆纳河对岸时我才领悟到这一点。”

谢克尔合上笔记本，把它放到一边，然后伸出手紧紧握住了谢西的两只手。

过了许久，谢西说：“松开手吧，我不会马上就死掉的。”说完笑了笑，然后换了一种语气说：“谢克尔，如果你现在想去工作，就去忙吧，我想睡一会儿。”

谢克尔抬眼看了看已经彻亮的天光，他本想说我没什么工作要做，可想到睡眠对谢西的身体会有好处，于是默默站起身来走了出去，不过他决定今天不去店里上班了。

做完日常的家务后，谢克尔点上炉子，煮了一点牛奶粥，又用三个橘子榨了一杯橘汁，然后蹑手蹑脚走到谢西房间外面，透过玻璃窗向屋内望去。谢西依然在沉沉地睡着。

谢西刚才为什么让他念那首诗？I want to die while you love me……谢西从来不会在冲动的情绪下说过头的话。那么，这算是什么？暗示？或者仅仅是在描述一种可能而已？或许是在表达某种情感，是对爱情的感怀？难道她在预言什么吗？

他回到自己房间给姨妈写了一封短信。信中说，因为很久没有收到消息，所以他们俩有些担心。他们一切均好，只是谢西的身体欠佳。如有可能，请姨妈寄些钱来。写到这里，他的笔不由顿了一

① 意为：我要在你爱我时死去。

下——之前的自尊心跑到哪里去了？可此刻这所谓的自尊在他心里没有任何意义。他在信封上面写上地址，又隔着窗户朝谢西张望了一下，然后悄悄走出家门，把信投进不远处的一个邮箱里。

谢西还没醒，额上满是汗水，终于开始退烧了。谢克尔轻轻地走进谢西的房间，在她床头旁边的地上坐了下来。尽管因为谢西还在沉睡，所以此时房间里并没有什么可做的事情，反倒是外面有些事需要处理，可是谢克尔有许多话必须立刻向这张沉睡中的面庞倾诉……

这是我生命中最刻骨铭心的一段日子。为什么在关于这段时光的回忆中，我一次次陷入两难的窘境，不知道哪些回忆是真实发生过的，哪些其实并未发生，只是我的臆想而已。尘世生活和内心世界紧紧交缠在一起，我无法将它们分隔开来，或许因为心灵世界的感受太过强烈，最终激烈迸发，冲破了内外之间的边界。即使并非如此，心灵感受也是更为真实的感受，它曾经真实存在过，如今也依然是真实的……

“听着，谢西，我有话要对你说。你不要醒来，继续睡吧！你睡着了，但即使在睡梦中，你也能听到我想说的话，因为我不是在对你的耳朵说，而是在对你的嘴唇说。今天你毫不犹豫地向我抬起双唇，因此对你的嘴唇说话时，我也同样不会有丝毫迟疑。什么时候连它们也睡着了，那就我就再也没有说话的对象了……

“谢西，你把爱交给了我，你把爱赐予了我。但是，赐予我之前你为什么不对我进行一番考验？考验我吧，看看我是否有得到它的权利……

“谢西，其实我一直充满力量，可我并没有意识到这力量的存在；我生来就是个叛逆者，终其一生都不会改变，但我却一直在肆意浪费自己这种叛逆的力量。有一天，是你的面庞让我看到，是它告诉我斗争本身并不是最终目标，为斗争而斗争不会有任何结果，叛逆应该有一个针对的对象——神灵、社会、疾病、死亡、父母、自我、他人或者爱情，无论是什么，有了靶子才能进行反叛和抗争。直到这时，我的叛逆之剑才有了锐利的锋芒，它终于变成了作战的利器，而我成了敌人真正的对手……

“可这只不过是一半的真理，因此我的叛逆也只完成了一半。之后——之后是你让我明白了一个道理——只针对反抗的标靶进行抗争还远远不够。我发现，到处充斥着罪孽、堕落和颓废；我发现，不独这个社会，甚至于整个人生都被彻底玷污，神灵、人类、万事万物……都被彻底玷污，一切都变得肮脏龌龊、溃烂腐朽，没有任何东西有资格成为斗争的目标。一言以蔽之，泥土可以被挖掘开垦，但是沼泽泥淖却不可以，因为它会使人深陷其中、无法自拔。只针对某个反抗的目标进行斗争是远远不够的，但为了某种东西而斗争又是十分必要的……

“为了某种东西而斗争……可是为了谁呢？既然一切都已腐朽溃烂，那还有什么值得为其而战？”

“谢克尔，你做了什么决定？”

“我自己并不敢有所奢求，可是你出现了，你回到我生命中来了……我不知道自己该为什么而斗争，可你就在我身边，我开始为你而战斗，或者说，我开始为战斗做着努力。谢西，我会永远斗争下去。我曾经也将你视为反抗的对象，可现在我接受了一个事实——我爱上了你。在斗争中，我将自己身上最优秀的部分奉献而出，因为这是献给你的。在这个过程中，我也曾经有过怀疑，怀疑这个理想太过渺小，但这个疑虑早已烟消云散，因为你不比任何崇高的理想低微。但我心中又唤起了一种新的渴求，它使我产生了一种新的疑虑。谢西，难道我犯下了什么罪孽？”

“谢克尔，我一直爱着你。我从来不曾犯过罪。”

两句互不关联的话……谢克尔渐渐理解了这句话中的深意……但他彻底醒悟时，却——

“谢西——当我终于找到了抗争的意义时，谢西——谢西——你难道真的要离开我吗？谢西——”

谢克尔忽然用力捧住了谢西的脸。谢西蓦然惊醒，谢克尔的手指不断摩挲着谢西的手。

“谢西，难道你真的要离开吗？难道我的生命将不再有任何意义？”

谢西轻轻拍着他的手说：“会有意义的，谢克尔，意义自始至终一直存在。即使我走了，意义也仍将存在。你不会失败，永远不会失败。为了我，谢克尔，为了我……”

“我知道，谢西。对我来说，绝不可能停步不前，因为你不允许我这样做。可我真的不知道该如何继续往前走，我看不到前面的路，我也不知道该为谁继续前行。或者还是会为你——尽管我看不到路在哪里，也不知道怎样才能为你做到这一点，但还是为你，谢西……”

谢西的额头冰凉，面容宁静而安详。她的神情太过平静，太过安然，甚至令谢克尔感到恐惧。他用嘶哑的声音问：“谢西，你——走了吗？”这句话甫一出口，他便为这个愚蠢的问题感到羞愧和震惊。但谢西并没有表现出丝毫惊讶，她又一次将手指轻轻放在了谢克尔的手上。

难道周围的环境发生了什么变化？难道交错的光影令人产生了

幻觉？谢西的额头上为什么有浅浅的暗影在舞动，而她坚毅的眼神清澈安详，她的嘴唇静谧而温柔？为何她放在胸口的左手手指似乎不时在痉挛，而她心跳的节奏却依然平稳？

“谢西，是哪里觉得疼吗？”

眼睛眨了眨，示意否定。

可为什么在他的手指下面，谢西冰凉的额头在不断抽搐？为什么他感觉谢西似乎在颤抖？

“告诉我，谢西，你怎么了？”

谢西抬起手，抓住他的头发，把他的头拉向自己，说道：“幸福，谢克尔，幸福……”

上午、中午、黄昏、夜晚；清晨、上午、中午、黄昏、夜晚、黎明……高烧、汗水、虚脱、低热、寒颤、高烧；柔软潮湿的手；高烧、汗水、疲惫虚弱的身体……带有霍利节①气息的微风，轻柔而凉爽；飘落无尽的落叶；白色的云朵像一团团棉花一样漂浮在天空，随心所欲、无忧无虑、了无牵挂；一阵旋风刮过，尘土漫天飞扬……进进出出的医生；垫着炭灰的便盆、记录体温的图表、大大小小的药瓶、各种各样的果汁……收到一封姨妈的来信，信是由高拉代笔的——“妈妈的眼疾很严重，因此没法亲自执笔，她非常诚挚地祝福你们，她说请尽快写信告知谢西的身体状况，时隔这么久才写信可不应该。大神保佑她尽快康复……给你们寄去一百卢比……”之后是高拉自己的话——“妈妈说让我把钱汇给你们，可我把钱直接放在信封里用挂号信寄给你们了，因为你也许不希望收到寄自这里的汇款。我很担心谢西的身体，可如果没有发生这件令

① 霍利节（Holi），又称“洒红节”，是印历春节，于每年二三月间举行。

人担心的事，你怎么会给我们写信？我能去照料谢西吗？我还没有问过妈妈的意见，可只要你吩咐一声，不管怎样，我一定会来。请尽快来信告知所有情况……”高拉变得这么懂事，长成一个大姑娘了。各种嘈杂的声音；汽车飞驰而过，喇叭声震耳欲聋；各种标语；白色的帽子；红色的衬衫；“黑法案！”“帕格特·辛格[①]被绞死了！”“不接受甘地的乞怜行为！”[②]

中午、黄昏、夜晚。一切都显得极不真实，虚幻而迷离，仿佛远处的海市蜃楼……只有身旁这双大大的眼睛，灿若星辰，如秋水寒星般清澈明亮，目光中掩藏着痛苦、忧虑和恐惧……

我写的是谢克尔的故事，因为我要从故事中寻找有关生命意义的线索，但最终却抵达了一条边界。跨过这条边界，我便无法再继续保持自己与谢克尔之间的距离，过往的亲历者与今天的记录者将合二为一，因为最终他生命的意义便是我生命的意义。对于我所要寻找的线索，我无法超然其外，我无法漠然待之！

历史学家对我的叙述一定倍感失望，对此我并不在意。对我而言，所谓历史无足轻重，事件的时序也并不重要。令人生最为骄傲的是生命本身，我们一生中最大的骄傲在于我们是人，我们自身就是一件奇妙非凡的作品；令一个生命引以为傲的是爱，是能够牺牲自我、将爱施与他人的能力……这个故事并非因我而意义非凡，它的意义在于我故事中的人物；它的意义在于，在我离开这个世界之前我能了解她，并且成为她人生的见证者……如今我将不复存

① 帕格特·辛格（Bhagat Singh，1907~1931），印度民族独立运动时期著名的反英斗士，组织策划了多起反英的暴力活动，1931年被英国殖民政府处以绞刑。

② 指1931年3月签订的《甘地-欧文协定》，又称《德里协定》，其中包括终止不服从运动等多项条款。由于甘地退让较多，因此协定内容公布后引起了广大民众的不满，遭到了来自各界人士的批评。

在，但我可以用这个故事为她树立一座纪念碑。假若她的人生境遇有所不同，那她也会有一个美好的未来。如果她是一个大家庭的族长，她一定会将这种圣洁的爱给予所有家人，这份慈爱是一个伟大的灵魂恩赐的礼物……但是这种假设注定无法实现。只有我近在咫尺亲眼见证了这个伟大灵魂的力量，然而我恰恰是使她粉身碎骨的缘由……

但是这种见证、这种刻画和表达，并非为了洗刷我自身的罪愆，并非为了赎罪和忏悔。在她所给予的爱中，连罪孽也会被包容，因为这爱是如此博大……我并非在替谢克尔开脱，因为在他的罪错背后，是他对爱的痴迷，而那个谢克尔就是我……

忧虑、不安、恐惧……抉择……谢西也许早已知晓最后的结局，但是谢克尔有一天忽然意识到，自己或许应该故作镇定装成视而不见的样子，可若真的无视残酷的现实则罪不可恕。他已经很多天没去上班了，这段时间他甚至寸步不离地守在谢西身边。他把铺盖搬到了谢西的房间里，如果有空就小睡一会儿，有时晚上睡两个小时，有时白天睡一个多小时；如果抽不出空来，他就一直坐在谢西床头旁边的地上，静静守着她。谢西如果醒了，他就不停抚摸她的额头或者放在胸口的手；谢西如果想睡了，他就悄无声息地蜷缩在一旁，尽可能不去打扰她；如果她昏睡不醒，他就仔细端详着她的脸——这样端详她的机会越来越多；有时谢西吩咐他去休息，他就半倚在自己床上，胳膊撑着床，双手托着下巴，久久凝望着她……

看护病人是一门科学，依靠的是护理知识，感情在其中发挥不了什么作用。那些受西方文化影响的人常会嘲笑印度的妈妈们，因为她们不是把生病的孩子带去看医生，而是抱着孩子傻坐在家里，整宿不睡。这种爱纯粹出于天性，就像幼崽受伤后，母兽会表现出莫名的焦躁一样。这种做法当然不是科学的护理，但却是必不可少的，至少像科学一样必不可少，像脉搏的跳动一样必不可少……当科学无能为力的时候，这种本能的天性不会束手无策，它迸发出的力量也是一种巨大的能量。先于死亡到来的是对死亡的恐惧，而这种恐惧无法威胁被爱紧紧包裹着的生命……

医生每天白天来两次，有时直接用药，有时派人把药送来。革命小组的两个年轻人每天轮流来给他们送饭，询问谢西的情况，有时也会给他们带来一些外界的信息，可谢克尔对这些表现得很淡漠，因为此时除了谢西，他的心里已没有一丝一毫的空隙。

谢克尔很少讲话，谢西基本不说话，只是不时用眼神向谢克尔传递着安慰，让他不要担心。病痛一次次来袭，每次发病时都先是浑身颤栗，然后是持续高烧，之后是淋漓的汗水和几近虚脱的身体。谢西双手无力地放在胸口，微微有些颤抖，蜷曲的手指慢慢松开，双目紧闭，眼皮忽然皱紧，然后又慢慢放松。谢克尔意识到，应该聊点有意思的话题哄谢西开心，转移她的注意力，减少一点病痛的折磨。他努力寻找着这种话题，可他的心里空空荡荡，想不出任何能逗人开心的趣闻轶事。他伸手握住谢西的手，轻声对她说："谢西，别慌，有我呢。"谢西睁开眼睛望了他一眼，目光中含着笑意和淡淡的怜惜，似乎在说："是我在心慌吗？你别怕，有我陪在你身边……"

就这样，灯油将要燃尽，可谢克尔依然坐在床边，一直凝视着那抹微光。

夜虽然漫长，但一直在悄悄流逝。炉火已经熄灭，而谢克尔一直醒着没睡。

谢西轻声唤道："谢克尔——"

为了听清谢西在说什么，谢克尔朝她俯下身去，这样她就不必再重复了。

“谢克尔——书柜里——信——”

谢克尔听懂了她的意思。他打开书柜，拉开下面的抽屉，从里面取出几张叠在一起的纸，问道：“你想把信寄到什么地方去还是交给什么人？”

谢西眨了眨眼睛表示肯定。

“那我把信寄给谁呢？”

谢西凝视着谢克尔，慢慢蠕动着嘴唇说：“看看吧。”

不知这是谢西写给谁的信。我看合适吗？难道是谢西写给拉梅谢沃尔的信？她怎么能给他写信！他有些为难地打开折在一起的信纸，迟疑地读了第一句话，刹那间他的身体里像有一道电光闪过。他怎么这么愚蠢？！这是谢西写给他的信，写给谢克尔的信——谢克尔！

明白了真相后，谢克尔没有接着往下读，他的双手有些颤抖，目光从信纸上移开，目不转睛地凝视着谢西。

“不，不要留到以后，现在就读！”

谢克尔一口气读完了信。他读得太快，或许没有完全理解这封信的含义，即便如此，信里的每个字、每句话就像烧红的铁块一样，在他的脑海里留下了深深的烙印，这些话语在他耳边不断回响……现实生活仍在继续，谢克尔全身心地参与其中，但与此同时，那些声音也不断回响在他耳边。仿佛他同时身处两个不同的生活，一个带给他强烈的感受，因为这便是当下正在历经的生活；而另一个带给他的感受则更为强烈，因为它被当下抛在身后，于是想奋力追赶时间的脚步……

“你离开了几个小时，然后又回来了。可在这段时间里，我不知有多少次丢失了你，又把你找了回来；放弃了你，又亲手把你竖立起来。对你的爱，我片刻也不曾遗忘。但是谢克尔，一个瞬间在我脑海中一闪而过，须臾之间，我看到了比你的爱更重要的东西，谢克尔，那就是你的未来。我之所以说它比你的爱更加重要，是因为你的爱也是其中的一部分。我感激这个瞬间的出现……

“谢克尔，此时写给你的这封信是要你在我走后再读的。以后读信的时候你可能会问：“谢西之前为什么没有告诉我这些话？如果那时说，信里的这些话就不会像是恶毒的诅咒了。”可是谢克尔，我这样做是对的。如果我的生命还有很漫长的一段时光，则另当别论，但在那瞬间的了悟中，我也预见到自己时日无多。所以此时在这封信里我不会谈论自己的爱，一个已经逝去的生命，她的爱只会是痛苦，而面对痛苦，我们应当默默承受。在这封信里，我要谈论的只是你的爱……

“谢克尔，爱情也可以成为一门艺术，以此为理想不仅没有任何错误，而且可能会带来幸福的人生，对此我表示认同。但于我而言，爱情远比艺术更加直击心灵，更加不可或缺。这番话并非出于我的自负，事实上我坦然接受自己的荏弱和无奈。艺术创造的愉悦是一种有克制、有分寸的快感，而我将全部的自我、全部的生命倾囊而出，毫无克制、不留余地，因此或许并没有给人带来愉悦，尽管也不能称其为悲剧，因为它带来的痛楚太深，远远超过悲剧一词的含义……

“有一次我曾骄傲地对你说：‘能为我写作吗？’因为你说仅有理想是不够的，理想必须有一个具体的象征和代表，因此我挺身而出，希望能成为这种象征和代表。谢克尔，这么做并非因为骄傲自负，它并非在宣称我是你生命的意义和目标，我不会狂妄地将自己视为你的归宿。我之所以这么说，只是因为——在亲手毁灭了自己的人生，将它献上祭坛化为灰烬之后，我恳求，我希望，自己的生命能在你的身上结出果实，能在你的身上获得自我的圆满。于我而言，你已然成了一种象征，象征着我自己的人生。我的四周是一望无际的汪洋，充满了退缩、绝望、消沉、沮丧和幻灭，你象征着驻留停靠的港湾，你象征着横渡穿越的方舟……因此我说，为我写作吧！这样说并非要为你的生命注入希望，恰恰相反，我期冀能从你那里获得希望……

“我满怀感激地接受了你给予我的一切，但我并没有将其视为我应得的恩典，或是我应得的权利，我从未想过永远占有它。我需要你，因为我破碎的灵魂只有通过你才能获得表达的途径——通过你，通过那些与你有关的梦。但我知道，而且我也看到，你的未来不会是支离破碎的，因此我决定，只要我力之所及，就绝不会让我的爱束缚你……谢克尔，我对你的爱深如大海，但我希望你能知道，我以前不曾束缚过你，现在也不会；我活着的时候不会束缚你，以后也不会……

“你有自己的未来，谢克尔，而我的未来就是你，而且只有你。在你追寻自己未来的过程中，如果——”

谢克尔望着谢西，心想：“此刻难道真的有必要在你面前读这些话吗？”可他看到，谢西的眼睛此时正对他倾诉着什么，而且此时要说的似乎比信里的话还要多。他紧紧贴着她，谢西的嘴唇嚅动着想说话，但却没有发出声音，或许这种无声也同样是想表达什么。谢克尔将自己的嘴唇印在谢西的唇上，她的嘴唇不再颤抖，谢克尔凝视着谢西的眼睛，然后慢慢站了起来。他感觉自己已经听见了谢西想说的话。谢西用仅剩的一点力气接受了谢克尔的亲吻，她的嘴唇再也说不出一个字来，只是在轻轻抽搐，或许渐渐意识到控制抽搐的企图完全是一种徒劳，她最终放弃了这种努力。她的整个身体终于挣脱了一切压力和撕扯，进入了一种极致的宁静状态。

“在你追寻自己未来的过程中，如果想到了我，请不要为没有我的陪伴却依然可以独自前行而责备自己。你能够继续前行，并不是我的失败，而是我最终的胜利……”

谢西的整个身体一动不动，除了她的眼睛。

“所有人都有可能幸运地在某一天、某一个瞬间成为楷模和典范，但没有人会永远完美，也不可能如此。因此，如果一个人‘永远’忠于自己所爱之人，那他身上一定缺失了某种理想；而忠于理想之人，总会有爱他的人出现……前者是普通人，而后者是艺术家——这就是叛逆者的不同之处。我不希望你是一个缺乏气概的人，谢克尔，如果你有超越常人的能力，我要你成为一个伟岸的人，我满怀欣悦地给予你自由……”

谢西的眼睛并未死去……看到薪柴已经燃尽，她的明眸中宽宏、无畏的光芒终于在眼中熄灭……

“你与我，我们两人多年以来一直在修筑一座宫殿，但是你不会住在里面，我也同样不会。尽管我们都不会住在里面，但它并不因此而黯然失色……”

在静寂中，在渐渐黯淡的光芒里，难道也有哭泣和嘶喊？谢克尔的身体僵硬得像一块木头，他机械地朝窗边走去，窗户敞开着，灿烂的晨阳洒满整个房间……谢克尔转身看到，谢西的脸庞和火红的朝霞融为一体，生命的色彩耀动在她的脸上……

谢克尔呆住了。他木然而立，似乎沉浸于某种超然出尘的感悟中，似乎静候着某种真知的降临……

他忽然获得了顿悟……

但是，故事到这里便结束了，故事的线索和时序至此也戛然而止。生命失去了意义，失去了触手可及的真实，失去了秩序、变化以及所有的一切，甚至连物质的存在——粒子群从一个瞬间到另一个瞬间的存在和延续——也消失了。我是一个影子、一场梦境、一声无形的诅咒、一次离别、一个秘密……我是徘徊于情感与情感间的一个意识——我四处纵火，甚至将自己也投进烈火中，火越烧越旺，烈焰熊熊燃烧，永不熄灭，永不消亡……

死亡，你也只是一个幻影而已。如果你有力量，如果你有勇气，就将这个影子吞噬摧毁；掀翻火把，把它踩在脚下，将它彻底消灭。人的躯壳如同一只火把，总有一天会燃尽熄灭，可是它发出的光芒直上云霄。这光芒永存，你无法将其攫于利爪之下，它向你发出挑战，它永不消逝、自由昂扬……

将它吞噬吧！去抓住它吧！如果你有力量，如果你有勇气……

一个年轻人登门来拜访。

“大哥”从拉合尔捎来一封亲笔信，邀请谢克尔在条件允许的前提下前往拉合尔与他会合。“大哥”在信中说，几天之后秘密组织中一些被捕入狱的成员就要被送往有着“黑水”之称的安达曼群岛[①]。如果要保持独立运动的生命力，就绝不能让他们落入那个暗无天日的坟墓，营救计划亟须谢克尔的参与……谢西的身体状况如何，他并不清楚，但他已经安排好看护以及医疗等一应事务。

---

① 安达曼群岛附近的海域海水呈现为黑色，因而被称为“黑水”（Kalapani）。英国殖民统治期间，安达曼群岛是流放被判终身监禁的囚犯的地方。

年轻人用同情的口吻说：“大哥把信交给我的时候，还不知道这个消息。这件事对您打击很大，不过请您一定要来拉合尔，您会在工作中，尤其是那些比苦行还要艰难的工作中得到慰藉。如果谢西姐还活着，她也一定会这么说。而且我相信，您这样做也能使她的灵魂得到安息。”

谢克尔一开始并没留意他在说什么，但碰巧听到了最后一句话，他真想给这个年轻人一耳光，这句话竟然说得这么轻巧。不过最终谢克尔只说了一句：“需要有人来接手这儿的工作，包括那间广告店。”

再见！亚穆纳河；再见！东方的晨曦；再见！暮春时节盛放的紫铆和洋槐；再见！柽柳忧伤的低吟和漫卷尘沙的旋风；再见！被双足踏过无数次的沙岸；再见！随河水漂流而去的一抔骨灰……我以前常常在想，如果不是这样而是那样，会是怎样的结局。可如今我却在想，不，是近乎于祈求，如果真的重新来过，那就还是像现在这样。影子，我和你依然是如今的样子——尽管天各一方，但永远都在奋力向彼此靠近；尽管在世俗的观念中，我们是毫不相干的陌生人，但其实我们的身体里搏动着同一根血脉，我们有着同样颠扑不灭的信仰……

影子，我不会忘记你，请与我同行！先去姨妈和高拉身边，然后继续向前。投身于工作并不意味着忘却，谢西，在一切工作中，你都在我身边，你永远激励着我，之所以如此，是因为你自由无拘，并将带我获得解脱……